Gonzalo Giner

Pacto de lealtad

Planeta

El papel utilizado para la impresión de este libro es cien por cien libre de cloro y está calificado como **papel ecológico**.

Avinguda Diagonal, 662, 6.ª planta. 08034 Barcelona (España)
www.planetadelibros.com

Adaptación de la cubierta: Booket / Área Editorial Grupo Planeta a partir de la idea original de © Compañía
Fotografía de la cubierta: Masgráfica
Primera edición en Colección Booket: julio de 2015

Depósito legal: B. 13.909-2015
ISBN: 978-84-08-14056-6
Impresión y encuadernación: Rodesa, S. L.
Printed in Spain - Impreso en España

Biografía

Gonzalo Giner logró el éxito literario con *El sanador de caballos*, que alcanzó cotas de crítica y público muy elevadas, convirtiéndose en un autor de renombre y su obra en un referente dentro de la literatura popular. Veterinario de profesión, con aquel título quiso investigar el inicio de su oficio. Con su siguiente novela, *El jinete del silencio*, Gonzalo nos descubrió los antecedentes de la creación de la raza española de caballos durante el siglo XVI. Ahora, el autor ha dado un salto en su producción literaria y nos presenta una historia mucho más moderna. Una novela minuciosamente documentada que narra, por vez primera, la participación de los perros en dos de las guerras más sangrientas del pasado siglo XX.

Dedicada a todas las personas que saben que los perros son mucho más que animales.

A mi madre.

Y siempre a Pilar…

ESTABAS LEJOS DE MÍ

PRIMERA PARTE

Alrededores de Gijón
9 de octubre de 1934

I

Campeón, como cualquier otro perro, no entendía de balas, granadas ni bombas.

Su mirada era limpia y curiosa, ajena a las de un puñado de hombres que ese día trataban de matarse desde dos barricadas distantes una treintena de metros, en la única calle asfaltada de Sotiello, una aldea a pocos kilómetros de la ciudad de Gijón.

Campeón acompañaba a su amo, un teniente de la IV Bandera de la Legión, y a un centenar de soldados a sus órdenes, que tenían como misión combatir a un grupo de revolucionarios alzados en armas desde las cuencas mineras de Asturias, con más utopía en sus corazones que habilidad para defenderse de un ejército dispuesto a atajar de raíz sus afanes libertarios.

Era un perro sin raza, de pelo largo y áspero, color canela, y una cara casi negra. Aunque tenía una estatura mediana, su valentía recordaba a la de un animal de mayor talla y fortaleza, y su carácter era espabilado y alegre. Había nacido dos años antes al lado de una tapia del campamento que el Tercio de la Legión tenía en Dar Riffien, a poco menos de diez kilómetros de la ciudad de Ceuta. Abandonado por su madre, el cachorro había resistido el hambre y la soledad durante tres días a la espera de que apareciera, pero no lo hizo. Fueron unos musculosos brazos los que finalmente lo encontraron para convertirse desde entonces en su único protector.

A los pies de su amo y sin saber qué esperaba de él en aquella verde y húmeda tierra, protegidos detrás de una barricada de trastos viejos, su hocico empezó a ventear un sinfín de interesantes olores. Por el este, a hierba recién segada, a vacas, a fruta verde, y a su alrededor, al sudor de unos soldados de camisa arremangada y mirada de hierro, dispuestos a matar o a morir bajo el frescor de una fina lluvia.

Asomó su cabeza entre una trilla destrozada y dos vigas de madera para ver qué hacía el bando contrario al otro lado de la calle. Sus treinta y tantos defensores, ligeramente desorganizados, se habían empeñado en resistir al profesional envite de la Legión, habiéndose refugiado pocas horas antes tras una sólida muralla levantada con colchones, muebles viejos, puertas y algún que otro paquete de paja, a la salida de la aldea y entre sus dos últimas casas. Los mineros solo disponían de una veintena de fusiles, unas cuantas pistolas y muy poca munición, después de dos días de resistencia en el puerto y en las calles de Gijón, y el cansancio empezaba a pasarles factura. De hecho, sabían que la batalla la tenían perdida. Las noticias sobre los desastrosos enfrentamientos de sus camaradas en Sama de Langreo, Mieres y La Felguera eran descorazonadoras, pero ellos se habían jurado no rendirse sin llevarse al menos a unos cuantos soldados por delante.

El eco de un motor de aviación se empezó a escuchar por el este.

Las miradas de unos y otros escudriñaron el cielo encapotado, unas con más pavor que otras, hasta ver aparecer dos aparatos de combate Nieuport 52 con los colores de la bandera republicana en sus timones. Los sintieron descender, enfilar su posición, y cuerpo a tierra esperaron el efecto de sus ametralladoras de 7,7 milímetros. Los aparatos, en su primera aproximación, sembraron de plomo cuatro líneas de tiro, aunque solo una alcanzó a los rebeldes matando a varios en el acto.

El jefe del grupo minero, un destacado miembro de la CNT que había ganado buena fama por su alma revolucionaria y su ardorosa oratoria, José María Martínez, al imaginar la corrección de tiro de los biplanos en su siguiente pasada, ordenó a los suyos que abandonasen la posición para buscar refugio en una cuadra de vacas, a espaldas de un grupo de nogales y a unos cincuenta metros de donde estaban.

Uno de ellos, un pelirrojo de pelo enmarañado y delgado como un junco, con menos edad de la que debería tener para estar allí, pero más valor que todos juntos, desobedeció la orden. Con un dedo se empujó las gafas desde la punta de la nariz, oteó a través del único cristal que mantenía entero, tomó aire, levantó a pulso la última ametralladora pesada que les quedaba, retiró el seguro y apuntó el cañón hacia la barricada legionaria. Al grito de «¡Viva la República Socialista Asturiana!», comenzó a disparar en todas direcciones henchido de valor, sin medir la fuerza de retroceso del arma ni su propia delgadez, lo que lo llevó a terminar tumbado boca arriba, con el arma y sus gafas por los aires. Al verlo actuar, dos compañeros deshicieron el paso y volvieron en su ayuda disparando a discreción.

Y de repente, Campeón, sin que nadie entendiera su reacción, saltó la barricada que lo protegía y se lanzó a correr calle arriba hacia los mineros. Su mirada se cruzó con la de los tres rebeldes, colocados ahora sobre dos paquetes de paja y con los fusiles prestos a disparar en su misma dirección. A menos de diez metros de ellos se paró, volvió la cabeza hacia los suyos con una expresión bonachona y empezó a agitar la cola, a ladrar, y a rodar una y otra vez sobre su espalda, dispuesto a jugar, a la espera de que alguien, le daba igual de qué bando fuera, le tirara una rama o una pelota para ir a por ella como solía hacer en el cuartel.

Su amo, el teniente Andrés Urgazi Latour, lo llamó a voz en grito, temiendo por su vida. Campeón reconoció la voz, pero no se movió. Se encontraba en el peor lugar posible, en medio de la línea de fuego, y sin embargo su absurda presencia había detenido por un momento el intercambio de disparos.

Un extraño silencio se instaló entre los presentes durante unos minutos.

—¡Sacad a ese perro de ahí antes de que lo alcance una bala! —proclamó uno de los sublevados.

Campeón se sentó. Sin dejar de mover la cola y con la lengua fuera permaneció en alerta, listo para correr en busca del primer objeto que viese volar.

—¡Es mío! —gritó el oficial Urgazi asomando la cabeza con precaución—. Ya salgo a por él.

Uno de sus sargentos lo frenó.

—Mi señor, le van a levantar la tapa de los sesos. No se fíe de esos malnacidos.

El teniente dudó, miró una vez más a su can y le silbó para que volviera. Campeón agitó con mayor intensidad el rabo, pero no se movió ni un solo milímetro. Al no conseguir del animal la respuesta deseada, su dueño pensó de qué manera podía apartarlo de allí, y de repente recordó una habilidad que le había hecho famoso en el campamento. A Campeón le encantaba recuperar las pistolas, machetes y otras armas cortas que perdían los soldados en las maniobras cuerpo a tierra durante los ejercicios de adiestramiento. Decidió probar, descargó las balas de su pistola Astra y la tiró lo más lejos que pudo, a la izquierda del perro. Y Campeón aceptó el juego corriendo, encantado de ir en su busca.

En ese mismo momento, a unas pocas decenas de metros por detrás de la defensa minera, los que habían alcanzado la vaquería, aprovechando la insospechada situación de alto el fuego, se separaron en dos grupos con intención de bordear el pueblo y atacar a los legionarios por la retaguardia. Pero para su desgracia, desde el oeste de su posición apareció una patrulla de Infantería del Ejército republicano a las órdenes de un joven teniente coronel, en apoyo de los legionarios, y por el este, de nuevo los dos aviones.

Los primeros en empezar a disparar fueron los tres mineros que habían quedado aislados, y lo hicieron apuntando al perfil de los biplanos. El teniente del Tercio vio la oportunidad de avanzar en sus posiciones, dividió el grupo en tres y encabezó el de la izquierda con intención de flanquear al enemigo, manteniendo un tercero en la retaguardia para cubrirlos.

Su grupo buscó una fuente de piedra, y el otro quedó a gio de una casona blasonada. Campeón, al verlo acercar rrió a su encuentro con la pistola en la boca y se tumbó junto a él, sin importarle las balas que silbaban a su alrededor. Entendió las órdenes de su amo, pegó el morro al suelo y a partir de ese momento se quedó quieto. El teniente asomó la cabeza para calcular la distancia que lo separaba de la barricada y comprobó que el grupo de la derecha había recuperado una nueva edificación, un hórreo. A la vista de la proximidad del enemigo, les hizo una señal para que les lanzaran granadas y sujetó a su perro para que no corriera tras ellas.

La mitad de las defensas saltaron por los aires, y con ellas otro de los rebeldes. A las explosiones las sucedió un intenso fuego cruzado, y de nuevo el rugir del potente motor Hispano Suiza de uno de los Nieuport, que se aproximaba a escasa altura, abriéndose paso entre las nubes de humo y polvo causadas por las detonaciones.

A las afueras del pueblo, el grueso de los mineros estaban haciendo frente al destacamento de infantería, desde la escasa protección que les ofrecía un muro de piedra. Su cabecilla, al tanto de la delicada situación defensiva, por intentar algo ordenó montar a toda velocidad una especie de catapulta casera que habían ideado días atrás, con objeto de lanzar a mayor distancia las granadas robadas en el asalto a la fábrica de armas de Trubia. Una treintena de soldados les disparaban sin cesar dejándoles poca oportunidad para contestar. Por eso, en cuanto estuvo montado el artefacto, empezaron a lanzar las piñas explosivas sobre los recién llegados. Las tres primeras sobrepasaron las posiciones de los infantes, pero, tras corregir ángulo, las dos siguientes alcanzaron de lleno a cuatro de ellos. El oficial al cargo, al comprobar la desventaja de su posición ante la lluvia de explosivos, hizo una señal a sus cuatro hombres más cercanos, armados con fusiles ametralladores, para que dejaran el abrigo de los árboles y corrieran hacia el enemigo. La rapidez con la que actuaron cogió de sorpresa a los mineros y fueron todos abatidos. Pero la mala fortuna hizo que una de las pocas balas que consiguieron disparar atravesara el pecho del oficial. El hombre quedó tendido en el suelo, boqueando.

Una vez establecido el alto el fuego, Campeón empezó a recorrer el dramático escenario con su húmedo hocico pegado al suelo, olfateándolo todo, con la sana intención de continuar jugando y ahogar su inagotable curiosidad. Apretaba entre sus muelas cada pistola que encontraba y corría en busca de su teniente para dejarla a sus pies. Otras veces se paraba frente a alguno de los fallecidos, desconcertado por su falta de reacción. Les lamía las heridas, la cara, y aguardaba jadeando alguna respuesta. Eso hizo con el infortunado teniente coronel del Ejército republicano cuando encontró su cuerpo arqueado sobre el bajo muro de piedra donde había caído abatido. La vida se borraba por momentos de su mirada y su aliento destilaba aromas de muerte. Al ver cómo venía corriendo su amo hacia él, no entendió el gesto de angustiosa sospecha que reflejaba su cara, ni por qué cuando recogió el rostro ensangrentado de aquel hombre entre sus manos maldijo la mala suerte con un grito de rabia.

Andrés Urgazi Latour, teniente de la Legión, sabía que su cuñado Carlos Alameda también había sido movilizado para ahogar la revolución en Asturias, pero no se podía imaginar que iban a coincidir en la misma aldea y menos aún que presenciaría su muerte. Al recoger su placa observó que del bolsillo de la ensangrentada camisa asomaba una fotografía. La extrajo y al verla se le heló el corazón. En ella se veía a su cuñado de la mano de una mujer, en actitud muy cariñosa, pero una mujer que no era su hermana. La bala no solo había agujereado las manos de la pareja, también había despertado una dolorosa sospecha en Andrés.

Entre dos soldados lo retiraron de las piedras y lo dejaron en el suelo. La lluvia empezó a lavar la sangre del cadáver, una lluvia que el cielo había querido enviar para borrar de aquella tierra los restos de la tragedia. Campeón se acercó a su amo y al oler su pena le lamió la cara, mirándolo con sus brillantes ojos, captando unas emociones que no entendía.

Reunidos en torno a su teniente, el grupo de legionarios

observaba el panorama sin sentirse vencedores. Habían salvado la vida, pero quitándosela a otros de su misma sangre y país, a unos trabajadores como ellos.

Campeón, aburrido, se lanzó a corretear por los alrededores. Alcanzó el alto de una pequeña loma y observó el bello paisaje que su posición le ofrecía. Por las verdes praderas que se extendían bajo sus patas, entre las arboledas, situó a alguna que otra vaca pastando, en la lejanía, y escuchó graznar a un grupo de urracas que se perseguían entre los árboles. La naturaleza seguía viva, respetando sus propias leyes.

Volvió la cabeza hacia donde estaban los mineros muertos.

Él no entendía de revoluciones ni de legalidad republicana, le gustaban los seres humanos, adoraba su voz, necesitaba su compañía, aunque no terminaba de comprender ese juego que practicaban entre ellos, y mucho menos el «servicio de armas» que él les prestaba.

Cárcel de Salamanca
1 de marzo de 1935

II

Zoe Urgazi Latour calculó que desde la estación de tren hasta la nueva prisión, inaugurada hacía solo tres años, habría poco más de un kilómetro. No parecía demasiada distancia como para tener que emplear otro transporte, y la temperatura era agradable, así que, aunque el paquete que llevaba pesaba lo suyo, decidió hacerlo andando.

Pero se arrepintió a los pocos pasos.

Al no estar acostumbrada a acarrear tanta carga, empezó a resoplar fatigada y tuvo que pararse varias veces a descansar. Además, el basto cordaje que había empleado para llevarla con más comodidad le estaba destrozando las manos. Buscó un pañuelo en el bolso y se las protegió del áspero cordel. Levantó la mirada, localizó la enorme masa de ladrillo visto que supuestamente albergaba a lo peor de la sociedad salmantina, sacó fuerzas de flaqueza y siguió caminando. Tenía un importante motivo para acudir a ese preciso lugar en ese preciso momento de su vida.

Hacía algo más de ocho meses que no había visto a su padre y dos años y medio desde que estaba en la cárcel, cumpliendo condena por homicidio. Su progenitor, Tomás Urgazi Saavedra, no era un asesino, pero había matado a un hombre. Y la justicia se lo había hecho pagar con veinte años de prisión.

Se cruzó con una anciana que transportaba en la cabeza

una enorme bolsa que la doblaba por entero y se apiadó de ella. En comparación, la suya no era nada. Se mordió el labio, tensó las piernas, endureció la espalda y se dispuso a superar los siguientes cuatrocientos metros sin compadecerse de sí misma ni volver a parar. Cuando estaba a poca distancia de conseguirlo, se le cruzó un joven que se ofreció a ayudarla, pero Zoe, en un arranque de autosuficiencia, le dijo que no le hacía ninguna falta.

—¡Pues hala..., todo tuyo! ¡Ahí te desriñones!

Siguió caminando sin hacerle el menor caso, repasando por última vez lo que iba a hablar con su padre, y también lo que no.

Habían pasado casi cinco meses desde la violenta muerte de su marido en Asturias, cinco meses que habían supuesto para ella un penoso infierno interior. A sus veintitrés años y con solo dos de casada, aunque la viudez había madrugado demasiado en su vida, se sentía traicionada. Porque su marido, su maravilloso Carlos, además de no haberla amado la había compartido con otra mujer, algo que había descubierto dos días después de su muerte, al encontrar docenas de cartas de amor escondidas entre sus papeles mientras tramitaba su defunción. El impacto emocional había sido tan fuerte que aún estaba recomponiendo su orgullo y un corazón malherido, en una titánica lucha por resucitar su yo desde un encierro interior que la estaba consumiendo.

Por esos motivos apenas había llorado a Carlos después de su entierro.

Pero casi nadie lo sabía, tampoco su padre.

La puerta de la prisión estaba abierta. La atravesó con alivio y dejó caer al suelo el pesado paquete lleno de libros. Miró su reloj y, tras comprobar que todavía faltaban veinte minutos para que se abriera el horario de visitas, observó a su alrededor. Tras una mesa de despacho un funcionario leía el periódico, ajeno a las ruidosas conversaciones del variopinto público que esperaba el momento de entrar. Encontró asiento entre dos gruesas gitanas, quienes no tardaron ni medio segundo en estudiarla de arriba abajo.

—No te habíamos visto nunca por aquí —le espetó una nada más tenerla al lado.

—Es que no suelo venir —se explicó Zoe.

—Yo soy Juani y ella es Estrella. —La mujer le extendió una mano gordezuela acompañada de una hermosa sonrisa.

—Zoe, Zoe Urgazi —respondió, sin intención alguna de que la conversación se extendiera mucho más.

La más joven tomó entre las manos un pliegue de su falda y lo palpó con gesto profesional. Zoe, sin saber a qué venía aquello, preguntó cuánto duraban las visitas, sin perder de vista lo que hacía su vecina. Acababan de cambiar la ley penitenciaria y le sonaba que permitían un poco más de tiempo. Las cíngaras se miraron con picardía.

—Muy buen lino, sí... Ha tenido que costarte un buen dinero —comentó la que toqueteaba su falda.

—Bueno, no fue barata, es verdad —contestó imaginándola detrás de un puesto de ropa ambulante.

—Con la nueva ley o con la antigua las visitas duran muy poco, chata, mucho menos de lo que a todas nos gustaría. Pero depende de lo rápido que te lo haga tu marido. Como el mío siempre termina en un santiamén, a veces nos da tiempo a echar dos. —Le hizo un obsceno gesto—. Ya me entiendes. —Se rieron las dos a carcajadas.

Zoe no se sintió intimidada a la hora de contestar.

—Ese no será mi caso, vengo a ver a mi padre.

—Ah..., bueno, entonces cuenta más o menos con una hora, aunque depende del funcionario. A ese —señaló al de la mesa— le solemos sacar cinco o diez minutos más.

—¿Se puede saber qué hizo tu padre para estar aquí? —preguntó la mayor—. ¿Cómo se llama? Seguro que lo conoce mi Paco.

—Un homicidio. Y se llama Tomás Urgazi Saavedra.

Revivió el dramático suceso acontecido a escasas dos semanas de su pedida, cuando su padre, veterinario rural, por defender a un anciano capataz de los golpes que le estaba propinando su patrón, un hacendado con numerosas fincas en la dehesa salmantina y menos escrúpulos y consideración hacia sus trabajadores que dinero en los bolsillos, trató de detenerlo con lo que tenía más a mano: unas pesadas tenazas para recortar los cascos de las mulas. La fuerza del golpe, su indignación, la contundencia del hierro y la poca medida que puso en ello terminaron abriéndole la cabeza de forma fatal, lo que significó que un día después fuera la Guardia Civil a buscarlo a casa para no volver nunca más a ella.

El funcionario se levantó, hizo sonar una campanilla y con voz ronca pidió que todo el que tuviera paquetes para los internos los llevara a la mesa para su inspección. Se levantaron varias mujeres a la vez que Zoe y formaron una fila frente al funcionario. No tuvo que esperar mucho.

—Este paquete excede del tamaño permitido —el hombre se pronunció sin ni siquiera haberlo abierto—. ¿Qué contiene?

—Sobre todo libros. Libros técnicos. —Empezó a retirar el papel de estraza para que lo viera—. Y un poco de ropa.

—¿A quién viene a ver, señorita? —La estudió con curiosidad.

—A mi padre; a Tomás Urgazi.

El funcionario supo de quién hablaba; un preso atípico para la calaña que solía verse por allí. La miró a los ojos y entendió por qué no la reconocía. Aquel tipo de presos sentían tanta vergüenza ante sus familias que no eran tan visitados como otros. La chica tenía una mirada limpia y brillante, ojos grandes y marrones, labios generosos y pómulos bien marcados.

—La siguiente. —El hombre sonrió, empujó el paquete a su izquierda y se concentró en el bulto de una de las gitanas.

Pocos minutos después, con la mirada puesta en una oscura puerta de metal y tras escuchar descorrerse varios cerrojos, su corazón empezó a palpitar a la espera de ver aparecer a su padre en cualquier momento. Le temblaron las manos de emoción y sintió la boca seca. La puerta se abrió y una gran cantidad de presos empezaron a salir en busca de los suyos. Zoe iba recorriendo sus caras llena de ansiedad, como si no fuese a verlo entre tantos. Eran rostros de hombres peligrosos; ladrones, criminales, algunos seguramente hasta despiadados asesinos, y sin embargo todos expresaban esa ilusión que precede al reencuentro con los seres queridos.

Salió al final, acompañando a otro recluso que apenas se tenía en pie de viejo que era. Como iba pendiente del anciano, ayudándolo a encontrar a su familia, no vio a su hija. Ella, abriéndose paso entre unos y otros, fue en su busca. Lo encontró muy delgado, calculó que habría perdido una tercera parte de su peso, cuando en realidad nunca le había sobrado. Aunque había pasado menos de un año de su anterior visita, tenía el pelo mucho más encanecido y unas pesadas arrugas que no eran normales en un hombre de cincuenta.

Estaba ayudando al frágil compañero para que tomara asiento cuando ella alcanzó su espalda.

—¿Papá?

Él se volvió y sus miradas se encontraron. Zoe reconoció en aquellos ojos una sucesión de emociones; sorpresa, desconcierto, y por último alegría. Sin mediar una sola palabra se fundieron en un abrazo. Ella tembló al sentirse en los brazos de un padre al que había adorado desde muy pequeña, y él carraspeó para no atragantarse de emoción, reviviendo en pocos segundos la tierna y dura infancia de una niña que había visto morir a su madre con solo cinco años.

Al separarse, el primero en hablar fue él.

—Aunque te lo dije por carta, me dolió mucho que no me dejaran ir al entierro de Carlos para poder estar a tu lado.

—Lo sé, papá. Yo también siento no haber venido desde entonces. ¿Cómo estás?

—Bien. A todo se acostumbra uno. Aprovecho el excesivo tiempo libre que te da la cárcel para pensar, estar en la biblioteca, o pasear por el patio horas y horas cuando hace bueno. Aunque tu correspondencia es lo único que me da vida. Cada día me leo una de tus cartas al levantarme, y algunos días hasta cinco y seis. Son las ventanas por las que respiro para no sentirme ahogado en este lugar. Y desde ahora, con los libros que me has traído, voy a tener entretenimiento para muchas semanas. —Sonrió repasando sus títulos.

—Te he comprado lo último que se ha publicado sobre patología y terapéutica equina y vacuna.

—Los devoraré, te lo aseguro.

—¿Quieres que te compre algo más? ¿Ropa, jabón, cuartillas...?

Don Tomás tragó saliva.

—Vas a tener que hacerlo, sí, porque ando un poco justo de dinero. —El gesto de inquietud que aquel comentario produjo en Zoe le obligó a explicarse mejor—. Verás..., he tenido que malvender la casa, no hará ni dos meses de ello, y todo lo que he sacado se lo han llevado los abogados para pagar los recursos y el juicio, aparte de la indemnización a la familia.

—Papá, ¿en serio? —Se estrujó las manos—. No me parece justo.

—Hija mía, tampoco es justo cómo te está tratando a ti la vida, y ya ves... A todo esto, ¿cómo estás?

Zoe buscó un pañuelo en el bolso para sonarse la nariz sin poder pronunciar una palabra. Tenía demasiada pena dentro, pero también una insalvable necesidad de compartirla con él.

—Papá... —consiguió aunar suficientes fuerzas para hablar—. He necesitado que pasaran unos meses para poder contarte algo que no sabes sobre Carlos. —Dudó cómo explicárselo y con qué palabras. Pero terminó dejando que surgieran libres—. Ahora sé que casarme con él fue la peor decisión que he tomado en mi vida. Me equivoqué de hombre, equivoqué mis sentimientos, mis sueños, todo.

Sus ojos se quebraron con el eco de sus propias palabras.

—Pero... ¿por qué dices eso? —La contundencia de sus palabras dejó a don Tomás descolocado.

—Descubrí que había otra mujer.

Don Tomás recogió las manos de Zoe entre las suyas e imaginó su profunda frustración. Sus ojos buscaron respuestas en los de su hija, pero allí no estaban todas; algunas se las iba a evitar para no añadir más dolor a su encierro, como la cruel iniciativa que acababan de tomar sus suegros contra ella.

—¿Cómo lo supiste?

—Lo descubrí después de su muerte. Era una antigua amiga suya a la que yo conocía. Cuando pienso que tuvo la desfachatez de acudir al entierro y de darme el pésame, todavía me hierve la sangre. —Apretó los puños—. No entiendo cómo no me di cuenta de lo que estaban haciendo a mis espaldas.

—No te culpes. Confiabas en él.

—Llevábamos solo dos años casados y creí que me quería. Qué patética he sido. Casi me muero cuando leí las cartas.

—Ese hombre nunca me gustó, Zoe, y lo sabes. No entendí que te casaras tan pronto. Sabía que no te merecía, pero no me hiciste caso —apuntó el padre recordando las fuertes discusiones que habían mantenido a cuenta de ello.

—Lo sé, papá, he recordado cada palabra que me dijiste, y no te puedes imaginar lo mucho que me he arrepentido. Porque después de haber puesto boca arriba todos mis recuerdos, sigo sin entender nada.

—No te martirices más, Zoe. Era un canalla y punto. —El hombre apretó los puños deseando haberlos roto en su día sobre la cara de Carlos, y en el fondo se alegró de su muerte—. Lo tuve claro desde que te obligó a dejar la universidad nada más casaros. Con lo mucho que habíamos luchado tú y yo para que pudieras estudiar.

—Sí, cedí en todo como una imbécil.

—Hija, equivocarse no es malo. —Le acarició una mejilla—. Lo importante es lo que hacemos después, y compadecerse no sirve de nada. ¿Te acuerdas cuando en verano me acompañabas a las vaquerías y veías algunos de aquellos partos complicados? Muchas veces, cuando la vaca parecía estar a punto de morir por tener mal colocado a su ternero y llevaba demasiadas horas intentándolo, te maravillabas al ver cómo cambiaba de actitud en cuanto veía nacer a su criatura. Te asombraba lo pronto que se le olvidaba el durísimo sacrificio. Y si recuerdas, a veces lo hacían con media placenta dentro y los músculos atenazados de dolor. —Mantuvo un silencio cargado de intenciones y bajó la voz empleando un tono más grave—. Eres joven e inteligente, retoma tu vida y olvida a ese malnacido.

Zoe lo abrazó reconfortada

—Papá.

—¿Qué?

—Acabaré la carrera de Veterinaria.

—De eso no te arrepentirás nunca.

—Papá, y además voy a sacarte de aquí, te lo juro. No te preocupes por el dinero. Haré lo que sea por verte fuera de este infierno, lo que sea. Te quiero conmigo. —Le plantó las manos en su corazón.

—Hija mía... Sin duda son dos grandes sueños. Pero enfoca todo tu tiempo, ganas y recursos en el primero. El otro puede estar demasiado lejos de tus posibilidades y no quiero que te sientas defraudada por ello. Lo más importante para mí es que seas feliz; así lo seré yo también. Y ahora, pensemos en otras cosas. No me has contado nada de tu hermano Andrés.

—Sigue en Asturias terminando de sofocar la revolución minera. Me escribe poco, como siempre. De hecho, desde el entierro no lo he vuelto a ver, pero le diré que te ponga unas letras.

En ese momento sonó el timbre que anunciaba el fin de la visita.

—Sabes que os quiero a los dos. Pero qué distintos sois...

Centro de cría y adiestramiento canino
Grünheide. Alemania
5 de abril de 1935

III

El nombre de Reinhard Heydrich y su visita, notificada tan solo dieciséis horas antes, inquietó a su responsable y en general a todos los que trabajaban en aquel centro a las afueras de Berlín. Y no era para menos, pues se trataba del máximo responsable de la SD, los servicios de inteligencia dentro de las SS, y mano derecha del todopoderoso y siempre temido Heinrich Himmler.

Al no haber sido informados de antemano sobre cuáles eran sus intenciones, nada más recibir la noticia se habían organizado cinco patrullas de limpieza para tratar de adecentar en lo posible las amplísimas instalaciones que albergaban a los casi dos mil perros, entre reproductores, cachorros y animales adultos. El centro había sido creado unos cuarenta años antes, bajo la dirección de un capitán prusiano, Schoenherr, un hombre apasionado por la cría del perro. La idea había surgido desde el gobierno regional, necesitado de una escuela de adiestramiento y reproducción para proveer de suficientes animales a su policía. Sin embargo, comenzados los años treinta, aquel primer proyecto se había visto fuertemente impulsado por expreso deseo de las autoridades nacionalsocialistas, para convertirlo en uno de los dos complejos que albergarían el más ambicioso programa de cría de perros con fines militares que Alemania había conocido.

A partir de los éxitos cosechados por las unidades caninas del Ejército alemán en la guerra del catorce —como mensajeros, antiminas, patrullas o rescatadores de heridos, entre otras muchas actividades—, la jefatura nazi estaba decidida a dotar a sus unidades armadas de la más poderosa fuerza animal jamás vista. Y para sortear las restricciones de rearme que imponía el Tratado de Versalles, ambos centros habían sido destinados aparentemente a la cría de perros para abastecer a las unidades policiales K-9, una actividad de índole civil y por ello aceptada por los aliados.

Un Heinkel He 70 con cabina para cuatro pasajeros aterrizaba a las diez de la mañana procedente de Múnich en una pista del flamante aeropuerto de Schönefeld, a las afueras de Berlín. En uno de sus cómodos asientos, Heydrich acababa de cerrar su portadocumentos después de haber revisado un informe sobre la cría de perros en Alemania. A su lado viajaba Max von Stephanitz, fundador y presidente de la asociación de criadores de los *schäferhunde*, los famosos pastores alemanes. Un hombre de avanzada edad que compartiría con él la visita al centro sin saber en concreto para qué lo había hecho ir.

—Señores, cuando quieran, les espera su coche en la pista. —El secretario personal de Heydrich, un joven capitán de origen austriaco, le trajo su abrigo y la gorra de plato.

—¿Qué distancia hay hasta Grünheide? —Se abotonó el abrigo negro y comprobó que el brazalete rojo con la esvástica estuviese bien colocado. A pesar de haber estrenado la primavera, el frío seguía dominando los termómetros.

—En torno a veinte kilómetros. —Asomó la cabeza fuera de la portezuela del aparato y sintió una fina lluvia. Abrió un paraguas, pero su jefe descartó usarlo.

Un lujoso Mercedes los recibió a pocos pasos de la escalerilla. Los tres pasajeros entraron con rapidez para evitar la lluvia, y el potente motor del vehículo rugió. Se dirigieron hacia una salida especial del aeropuerto, para tomar luego dirección Grünheide; los escoltaban cuatro motoristas.

Von Stephanitz quiso retomar el argumento que había empezado a esgrimir una vez habían despegado de Múnich.

—Como le decía antes, nuestro perro pastor es una evocación viva del *volk*, de nuestro admirado pueblo ancestral. Desde tiempos inmemoriales el orgulloso guerrero alemán ha tenido en gran estima a su compañero de caza, valiente y leal, que lo ayudó a luchar contra la furia del buey salvaje, del destructivo jabalí y de cualquier otra bestia. En los muchos años que llevo dedicado a su selección, he tratado de recuperar las esencias de esa raza antigua para hacer de él un animal puro, sano, fiel, luchador, henchido de coraje y obediencia, de lealtad y disciplina absoluta, pero también de crueldad si es necesario.

—Más parece que estuviese describiendo a un soldado, que no a un perro.

—En mi opinión ese es el modelo al que debemos aspirar, pues en realidad posee las mismas virtudes que hoy reconocemos en nuestra raza aria. Hemos de convertirlos en los mejores y más aguerridos defensores del Reich.

Heydrich escuchaba su planteamiento con un indisimulado entusiasmo, seguro de que a Himmler le agradaría todavía más. La identificación de los miembros de las SS con las máximas virtudes del pueblo alemán era un objetivo bien conocido, pero no el uso de un perro genuinamente alemán como portador de los mismos valores. Sin duda le encantaría la idea, y al Führer también, dada la absoluta adoración que sentía por su perra pastora Blondi.

—Nuestro perro ha asombrado al mundo. Y buena prueba de ello es que ahora todos lo quieran introducir en sus ejércitos. Pero además, y en menos de cuarenta años, se ha convertido en la raza más utilizada por la Policía estadounidense, y hasta lo denominan así: *perro policía.* Allá a donde ha ido, y ahora me refiero a los más célebres concursos internacionales, siempre ha conseguido triunfar o por lo menos obtener buenas posiciones. —Tomó aire y sus palabras ganaron aplomo—. Llevo toda mi vida estudiándolo, y sé de qué hablo. Por eso, en este momento puedo asegurar que los orígenes primigenios del pastor alemán también coinciden con los de nuestro pueblo en su procedencia euroasiática. Prueba de ello son las dos grandes razas de canes que han surgido de esa base; al este el akita japonés, y al oeste nuestro gran pastor; ambos con una línea genética común.

—Fascinante… Asombroso... —repetía su interlocutor, entregado por completo a sus palabras—. Pero, ahora, déjeme que le haga una pregunta. Según me ha parecido entender, su laborioso pero eficaz trabajo ha consistido en cambiar sus anteriores habilidades como pastor de ovejas y guarda y dotarlo de los nuevos valores que hoy lo caracterizan, como son la lealtad y la valentía. Si le pregunto cómo lo ha conseguido, ha de imaginarse el trasfondo de mi interés…, ¿cierto?

—No hay duda, mi querido *gruppenführer*, creo en el proyecto que están ustedes abanderando y confío en su éxito, desde luego. Y en referencia a nuestro perro, no solo he moldeado su cuerpo seleccionando los caracteres estéticos y funcionales idóneos. La clave ha consistido en implantar, bajo la permanente idea de la mejora de su raza, un estricto control sobre su reproducción, una minuciosa selección de sus parentales y una decidida eliminación de los defectos que surgieron por efecto de tanto cruzamiento. Con esas premisas, básicas pero estrictas, hemos ido grabando sus mejores cualidades en unas pocas líneas genealógicas.

—Señor, en cinco minutos llegaremos —apuntó su secretario desde el asiento delantero.

—Herr Stephanitz, confirmo las buenísimas referencias que recibí sobre usted, y en particular he de confesarle que me ha satisfecho especialmente lo oportuno de sus ideas y trabajo. En breve le organizaré una entrevista con mi superior Himmler. Ha de contarle todo lo que me ha explicado. Aunque yo se lo adelante, usted será bastante más preciso en los detalles técnicos. —Miró por la ventanilla y vio cómo el anterior paisaje plano y monótono se transformaba en otro boscoso y oscuro—. Pero hoy lo necesitaré para algo diferente. Cuando estemos allí sabrá a qué me refiero.

—Como usted guste.

Los cuatro motoristas atravesaron el arco de entrada a las instalaciones seguidos por el vehículo, haciendo crepitar la gravilla del camino bajo sus neumáticos.

A la puerta de la oficina principal los esperaban dos hombres bastante inquietos. El director del centro, Adolf Stauffer, un sólido biólogo de mediana edad y fama de meticuloso gestor, con medio paquete de cigarrillos fumados en menos de dos horas. Y a su lado, su máximo responsable veterinario, Luther Krugg, un brillante genetista de treinta y tres años y metro noventa de estatura, con más publicaciones e investigaciones que muchos viejos catedráticos, pensando en ese justo momento en cómo iba a organizarse para vacunar a ciento veinte cachorros esa misma tarde.

El secretario de Heydrich le abrió la portezuela del coche.

—¡*Heil* Hitler! —los dos hombres saludaron al *gruppenführer* sin usar el brazo en alto.

—¡*Heil*! —respondió Heydrich, presentando de inmediato a su acompañante Von Stephanitz.

Como el director Stauffer lo conocía de anteriores visitas, estrechó su mano con especial cordialidad, aunque extrañado por su coincidencia con uno de los máximos dirigentes nazis. El veterinario Krugg no había visto nunca a Stephanitz, pero su nombre era de sobra conocido en los ambientes profesionales, además de haber leído su prestigioso libro sobre la caracterización del pastor alemán.

—¿Quizá quieran un café antes de recorrer las instalaciones? —sugirió el director.

—Excelente idea —aplaudió Heydrich, quien se había quitado los guantes y empezaba a desabrocharse el pesado abrigo de paño—. Supongo que además querrá saber a qué venimos.

Stauffer les abrió paso dándole la razón.

Entraron en una especie de sala de lectura y tomaron asiento alrededor de una mesa ovalada. Sobre las paredes colgaban varias fotografías de los criaderos, parques de entrenamiento y jaulones, y dos imágenes aéreas donde se apreciaba la dimensión y estructura del complejo. Una secretaria entró con una bandeja con bebidas calientes y dulces. Después de probar el humeante café, Heydrich tomó la palabra.

—Señor Stauffer, usted no es militar, solo un técnico bien cualificado, pero me va a comprender rápido. —La contundencia de sus palabras incomodó al responsable del centro, pero las prefirió a que se anduviera con circunloquios—. Hasta hoy ha tenido un objetivo claro, procurar a nuestros intereses militares más de dos mil perros al año. Animales que, además de nacer aquí a partir de reproductores controlados y sanos —miró al veterinario—, sobre todo han de salir perfectamente entrenados para las tareas que les hemos pedido.

Von Stephanitz seguía el argumento de Heydrich sin saber a dónde quería llegar.

El director enumeró las diferentes líneas de trabajo y entrenamiento que tenían puestas en marcha, adelantándose al líder nazi.

—Hemos conseguido adiestrar perros para detectar minas, otros que localizan y rescatan heridos, estafetas en un hipotético frente bélico, animales entrenados para tirar cables de telecomunicaciones, perros patrulla, y desde luego, cómo no, perros guardianes. Cada uno de estos patrones de conducta requiere un entrenamiento diferente, y para ello disponemos de personal perfectamente cualificado y de las instalaciones necesarias. A pocos kilómetros de aquí, en Röntgental, existe otra unidad de cría y escuela canina, dirigida por Langner, como bien sabrán, que está especializada en el adiestramiento de perros destinados a la Reichsbahn para trabajar en los ferrocarriles, en concreto para patrullar con sus inspectores.

Stephanitz aprovechó para apuntarse un tanto.

—He de señalar que desde el primer momento ambos centros han sido aprovisionados únicamente de sementales procedentes de los más selectos clubs de cría de pastor alemán que personalmente controlo y autorizo. Confío en que así siga siendo, y que impere nuestra raza entre las demás por ser la más cualificada mental y físicamente para los cometidos que ha mencionado.

Luther Krugg, como responsable técnico, matizó el comentario.

—De los dos mil perros que sacamos al año, más de mil quinientos, en efecto, son pastores, y unos doscientos, rottweilers. Pero no nos detenemos ahí, buscamos otras razas que aporten otras ventajas ante determinados cometidos. En ese sentido contamos con airedales ingleses y samoyedos rusos, estos últimos especializados en trabajos de montaña; sin duda los mejores para la nieve. O con los beagles, cuyo destacadísimo olfato les permite detectar minas enterradas a más de veinticinco centímetros de profundidad. En este centro, como van a ver, no dejamos de explorar cualquier camino que mejore las capacidades de nuestras actuales razas.

Stephanitz y Heydrich no se mostraron demasiado satisfechos con su explicación. Hubieran preferido escuchar de él una mayor loa a las virtudes de las razas autóctonas, cuando ellos veían al pastor alemán como un perro insignia y espejo del noble espíritu ario. Heydrich se dejó el café a medias, se levantó de golpe y provocó que el resto hiciera lo mismo.

Salieron del pabellón central a buen paso hacia los parterres de entrenamiento. En el primer parque vallado, cinco pastores esperaban turno para recibir un entrenamiento de rescate, mientras un sexto lo estaba poniendo en práctica. El can iba ligeramente por delante de su guía, olfateando en círculos, en busca de un supuesto herido que había sido escondido bajo un montón de escombros.

—Como van a ver, las cualidades de nuestro perro son evidentes cuando se trata de tareas sanitarias —Luther señaló al que en ese momento estaba realizando el trabajo—, porque manifiesta como ningún otro una destacadísima fidelidad a su entrenador, obedece cada señal que se le hace, está siempre atento, es infatigable, nunca se muestra sometido, y sobre todo es muy activo.

Stephanitz se sumó y aplaudió sus impresiones, asegurando que acababa de describir los valores más genuinos del pastor alemán, sintiéndose orgulloso al verlos trabajar de forma tan eficaz con sus adiestradores.

Luther los invitó a pasar a la siguiente parcela, donde estaban preparando a unos escandalosos beagles para el trabajo con explosivos.

—Estos animales son sorprendentes. Como les comentaba, su tarea es localizar las minas que previamente hemos escondido. Para atraer su interés metemos un poco de carne por debajo, de tal modo que asocian la localización de los dispositivos con un premio. Estamos tratando de traspasar su maravilloso olfato a nuestro rottweiler seleccionando los reproductores que posean unas medidas craneales más cercanas a las de esta raza inglesa.

A Heydrich le estaba pareciendo interesante lo que veía y no dudaba de la pericia de sus técnicos, pero el objetivo de su visita era otro.

—Si hoy estoy aquí, aparte de para constatar el eficaz trabajo que están ustedes realizando —el director suspiró aliviado—, es para encargarles algo muy importante, diría que crítico y un tanto inusual.

Se le quedaron mirando expectantes. Él guardó silencio, y se dedicó a comprobar el estado de brillo y pulido de sus largas botas ante la mirada del resto, en el fondo disfrutando al sentir cómo iba creciendo la tensión. Le encantaba provocar esos momentos de suspense. Tardó unos segundos más en hablar.

—Usted dirá —intervino el director del centro, inquieto por la espera.

—Escúchenme todos bien. En menos de un mes necesitaré poner a prueba un centenar de perros con un adiestramiento... diferente. Me da igual su raza, eso sí, siempre que sea alemana. —La expresión de su mirada daba a entender que no iba a admitir excusas y mucho menos una negativa—. Los quiero agresivos, violentos; entrenados para responder de la forma más fiera e intimidatoria posible, ¿me explico? Y necesito que todos ustedes colaboren en ese empeño; también usted, Stephanitz, dada su experiencia y conocimientos. En resumen, han de conseguir que sean obedientes con sus amos y extremadamente salvajes contra quien se les ordene. Y si no lo consiguen con las razas actuales, invéntense una, o mejórenlas, me da igual... ¡Quiero ver auténticas bestias! ¿Lo entienden?

El director Stauffer buscó en la mirada de su colega y en la de Stephanitz alguna explicación a la extraña solicitud, pero solo encontró el mismo desconcierto. Después de un primer balbuceo, lo vio claro. No pensó en cómo conseguirlo ni en el corto plazo que tenía para ello. Conociendo el modo de operar de las SS, decidió no poner pegas. Solo preguntó el lugar de destino.

—Ya se les informará a su debido tiempo. Pónganse en marcha y consideren este trabajo como prioritario. ¿Queda claro?

Horas más tarde, Luther Krugg, sentado a la mesa de la cocina de su casa en la misma población de Grünheide, le explicaba a su esposa Katherine la visita del dirigente nazi.

—Es un hombre de piel blanquísima, ojos profundos y muy azules. Tiene aires de actor de cine, pero su mirada es fría e inquietante, como si estuviese ocultando cosas terribles.

—¿Y para qué os quiere? —La mujer le sirvió un poco más de sopa de rábanos.

—Nos pide que le entrenemos perros de ataque.

—Luther, si vas a trabajar para ellos, ¿por qué no te afilias al partido? Tu jefe ya lo hizo hace unos meses. —Sus ojos inmensamente azules y sus perfectos rasgos se enfrentaron a los de un Luther incómodo.

—Si ya sabes que rechazo profundamente cómo piensan, ¿por qué sigues insistiendo en que lo haga? —Atacó una patata preocupado por el cariz que estaba tomando su situación, como la de cualquier ciudadano cuyas ideas no coincidían con las proclamadas por el Partido Nacionalsocialista—. Pudimos irnos de Alemania cuando Hitler ascendió al poder, pero entonces no quisiste. Sé lo mal que lo pasas con cualquier cambio, pero quizá un día tengamos que volver a planteárnoslo. No me gusta cómo pintan las cosas últimamente.

La mujer miró a su marido inquieta por el trasfondo de sus palabras. Se habían conocido en Hannover, él estudiando Veterinaria y ella Enfermería. De la personalidad de Luther le había cautivado su integridad y la fuerza de sus convicciones, pero sobre todo la fe que demostraba en sí mismo. Y de su aspecto, la altura, aquellos ojos de color miel y el pelo rizado y castaño que por entonces llevaba algo más largo. Por eso, aunque conocía perfectamente su forma de pensar y su cerrazón, trató una vez más de convencerlo para que se adaptara a los nuevos tiempos.

—Luther. Los nazis están por todos lados, cada día tienen más poder, hasta en este pueblo. No puedes dar la espalda a lo que son y a lo que pueden hacer con nosotros si llegasen a saber lo tuyo.

Calle de Rafael Calvo
Madrid
5 de abril de 1935

IV

Aquella carta de la notaría depositada sobre el escritorio Luis XV contenía la sentencia económica de Zoe. Le había llegado esa misma mañana. Al leerla entendió que acababa de perder toda posibilidad de quedarse con el palacete en el que vivía. El documento timbrado explicaba, con los habituales y farragosos términos propios de un notario, que técnicamente su marido no había llegado a heredar la casa por un defecto de procedimiento, por lo que tampoco había sido registrada a su nombre. Eso significaba que a su muerte el inmueble seguía en manos de su anterior propietaria, la abuela de Carlos, y como esta había fallecido solo un mes después que él, ahora era de sus suegros. De hecho, acompañando al escrito que daba fe de los verdaderos propietarios, había una carta firmada por ellos en la que le daban una semana para abandonarlo.

Los diez cajones del escritorio empezaron a volar por el gran salón a medida que Zoe se iba indignando más. Nunca se había preocupado de los asuntos económicos del matrimonio ni de conocer las cuentas reales o sus derechos, hasta que había sabido que sus suegros estaban decididos a quedarse con la casa. La relación de Carlos con sus padres había sido siempre distante, con el dinero como responsable último de todo, y ella apenas los había tratado.

Revisó su libro de cuentas y una vez más se desesperó. Había estado calculando cuánto tiempo resistiría con el ritmo de gastos que la casa soportaba y el dinero que le quedaba, y su panorama económico no podía pintar peor.

La aparición de su mayordomo, Jeremías, último representante del servicio doméstico que le faltaba por despedir, elevó un poco más su tensión.

—Señora..., ejem... —El hombre carraspeó a causa de su laringitis crónica y del mal tabaco de picar que fumaba medio a escondidas—. Siento tener que recordarle que me debe los meses de enero, febrero y ahora marzo.

—Jeremías, lo siento... Tiene toda la razón. El lunes iré al banco y se lo pagaré todo.

Sus mejillas ardían de rabia. De sobra sabía que apenas tenía para cubrir esa deuda, pero no era de las que eludían sus obligaciones.

—Siento mucho lo que le está sucediendo, señora.

El hombre había estado dudando si debía o no confiarle sus impresiones, pero finalmente se había decidido.

—Se lo agradezco de corazón, Jeremías. Y todavía no sabe lo peor: he de dejar esta casa en menos de una semana.

—¿Cómo dice? ¿Por qué?

—Mis suegros se han hecho definitivamente con ella y me echan a la calle. Ya ve. —A esas alturas no tenía ninguna necesidad de seguir disfrazando su cruda realidad—. Pero en fin, para su tranquilidad, imagino que a usted lo mantendrán.

—Me parece terrible, señora. No se lo merece.

—Es usted muy amable, Jeremías, pero los documentos son definitivos y no hay nada que hacer. Trataré de no agotar la fecha que me han dado para encontrar otro sitio donde vivir y, desde luego, un trabajo para pagarlo.

Mirándolo de otro modo, quiso consolarse con la idea de que, en realidad, nunca había terminado de ver esa casa como su verdadero hogar.

—Si le falta dinero, no me pague ahora. —El generoso comentario de Jeremías emocionó a Zoe.

—Se lo agradezco de corazón, pero no. Las cosas han de hacerse bien y usted tiene que cobrar.

El hombre se excusó para terminar con la limpieza en la planta baja, pero antes de que saliera, Zoe le pidió un último favor

—¿Podría preparar algo de merienda para las seis? Espero visita.

En cuanto estuvo sola se dejó caer sobre su butaca preferida, enfrente de un ventanal por el que apenas entraba algo de luz por culpa de la plomiza tarde que hacía. Nunca se había visto tan en el límite como se encontraba en ese momento. Ya no tenía más lugares de la casa donde buscar dinero, había malvendido sus pocas pertenencias de valor; lo último, el reloj de compromiso con el que consiguió saldar la deuda con el resto del servicio. Y el lunes tendría que desprenderse de los tres vestidos de noche que le quedaban, para disponer de algo de efectivo una vez dejase liquidada la deuda con Jeremías. El recibo de la luz estaba sin pagar y esperaba en cualquier momento un corte de suministro.

Miró el reloj de la chimenea. Todavía no eran las cinco.

En una hora llegaría su hermano Andrés, terrible espectador de la muerte de Carlos en aquella pequeña aldea cercana a Gijón. Desde su entierro no se habían vuelto a ver. De aquel lúgubre día, ella solo recordaba cómo había visto explotar en mil pedazos un contrato que dos años antes había firmado frente a un altar, y que había dejado como herencia dos sentimientos: frustración y humillación.

Abandonó el sillón y buscó su reflejo en uno de los enormes ventanales.

Se retiró las horquillas que ondulaban su pelo y lo ahuecó sintiendo un inmediato alivio. Buscó la pequeña perla que colgaba de su cuello, como único recuerdo físico de su madre, y jugueteó con ella durante unos segundos para rebajar sus nervios.

En los últimos meses se había despreocupado bastante de su aspecto, apenas salía de casa y tampoco trataba con mucha más gente que sus dos mejores amigas; Brunilda Gordón y Julia Welczeck, quienes hacían lo que podían por sacarla de su casa. Aquella tarde vestía un jersey negro y una cómoda falda de color crema con bastante vuelo.

Miró a su alrededor.

Las enormes dimensiones de aquel salón guardaban relación con las otras doce habitaciones que el palacete poseía, además de cocina, vivienda para el servicio, biblioteca y algunas otras dependencias más, sin contar el imponente jardín; todo un lujo para estar en pleno centro de Madrid, y un duro contraste con las sórdidas condiciones en las que vivía su padre. Algo que desde su entrada en aquella casa le había costado asumir. Porque siempre le había sobrado espacio, pero le había faltado calor de hogar.

Un ladrido desde la calle le hizo recordar la casa familiar de Salamanca donde habían llegado a tener hasta seis perros. Su favorita se llamaba Jacinta, una sabuesa que, movida por un poderoso instinto maternal, había conseguido compensar, con sorprendente cariño y ternura, la falta de su madre durante los primeros años.

Cuando escuchó que llamaban al timbre en la planta baja, imaginó que se trataba de Andrés. Faltaban dos minutos para las seis cuando entró sonriendo por la puerta del salón.

—¡No sabes cómo llueve!

—Estás empapado, pobre. —Le ayudó a quitarse la guerrera.

—¡Qué ganas tenía de verte, canija! Y ahora que lo hago, te encuentro hasta guapa. Y mira que es difícil… —bromeó.

—Anda, déjate de bobadas y siéntate. ¿Te apetece tomar algo?

—Sí, por favor, un café bien caliente.

Jeremías entró en el salón, recogió la guerrera para secarla al fuego de la cocina, le acercó un cenicero envidiándolo por fumar en el palacete, privilegio que su señora otorgaba a muy pocos, y esperó nuevas órdenes.

—Querríamos café y lo que hayas preparado para acompañarlo.

—Sí, señora, unas pastas, cómo no. ¿Deseará de mí alguna otra cosa?

—Nada más, gracias. Te puedes retirar.

Andrés observó a Zoe mientras esta terminaba de acomodarse en el sillón; pierna cruzada, jersey recolocado, uno o dos tirones del lóbulo de su oreja derecha y caracoleo con el dedo a un revoltoso rizo que le caía por la frente. La conocía demasiado bien como para no percatarse de que estaba nerviosa. Se llevaban trece años, y a pesar de que Andrés había abandonado el domicilio familiar con dieciocho y se habían cumplido otros dieciocho de ello, nunca habían perdido el contacto y la adoraba. Se encendió un cigarrillo americano y tras darle una profunda calada fue directo a su primera pregunta.

—¿Qué noticias tienes de tu pensión?

—Nada nuevo ni bueno. Me dicen que algo terminarán dándome, pero me temo que, si al final lo consigo, será tan poco y tan tarde que no va a resolver mi situación actual. —Empezó a bambolear un pie.

—Vende la casa y resolverás de una sola vez todos tus problemas... Esto tiene que valer una fortuna.

Zoe se levantó a por el sobre de la notaría y cogió también una libreta donde había anotado su balance económico. Le dejó tiempo para que estudiara el documento oficial, mientras buscaba la página donde había resumido de su puño y letra los ingresos y gastos. Andrés soltó un grueso taco al terminar de leer la escritura notarial y de inmediato se puso a revisar la libreta con las cuentas. No había que ser un experto para saber que su hermana estaba en la ruina.

—El gran patrimonio de la familia en realidad pertenecía a la abuela de Carlos. Él recibió una buena cantidad de dinero y esta casa poco antes de casarnos, pero ahora estoy descubriendo que lo invirtió casi todo en papel, me refiero a acciones de empresas y Bolsa que apenas valen nada. Hasta hace poco tiempo mi tabla de salvación era poner a la venta el palacete, pero después de ese escrito —señaló el acta notarial—, me veo en la calle y sin una peseta. —Tragó saliva afectada por la indignación.

Andrés tardó unos minutos en reaccionar.

Se había imaginado una situación difícil, pero no tan desesperada.

—¿Qué has pensado hacer?

—Fui a ver a papá a la prisión con idea de volver a nuestra antigua casa para estar más cerca de él, y de paso darme un tiempo hasta ver encauzada mi vida. Pero tuve que descartarlo cuando me explicó que la había tenido que vender para pagar a los abogados.

—¡Esas sabandijas! No han conseguido ganar un solo recurso y encima lo han arruinado. Yo no les hubiera pagado, no se lo merecen. Pero ya sabemos cómo es padre…

—Escríbele…, te echa de menos.

—Descuida, lo haré. Pero volviendo a lo tuyo, ¿cómo te puedo ayudar? ¿A dónde vas a ir a vivir? No tengo mucho dinero ahorrado, pero un poco te podría dejar.

—Mañana mismo empezaré a buscar una habitación barata y, sobre todo, trabajo. Y con relación al dinero, aunque me quede poco después de pagar las últimas facturas, espero que sea suficiente para mantenerme durante un tiempo. No te preocupes. Si me veo muy necesitada, te lo diré.

—No lo dudes. ¿Por qué no le pides a alguna de tus amigas que te acoja en su casa de momento, hasta que encuentres un trabajo? Siempre se han portado muy bien contigo.

—Lo he pensado, pero no. Debo asumir mis problemas y prefiero no tener que pedir favores. Y en cuanto al dinero que me ofreces, preferiría que ayudaras a papá.

—¿Cómo? Lo hemos intentado de todas las formas.

—No sé, Andrés, estoy de acuerdo en que los últimos abogados lo engañaron, pero podríamos contratar a otro para que prepare un nuevo recurso. El problema será pagarle. Ya ves cómo estoy ahora… ¿Podríamos usar ese dinero que me ofrecías?

—No es suficiente para lo que cobran. Sus minutas son carísimas, pero ahorraré todo lo que pueda de ahora en adelante. Dame un poco más de tiempo y retomamos el tema.

Se encendió un segundo cigarrillo.

—¿Hasta cuándo estaréis en Asturias?

—Al menos hasta el verano. El Gobierno teme que sin nuestra presencia explote de nuevo el movimiento minero, y todavía quedan muchas armas por recuperar.

La entrada de Jeremías con una bandeja de plata y los cafés detuvo la conversación por un momento. Cuando se volvieron a quedar a solas, Andrés quiso hablar de algo que le quemaba por dentro desde la fatal muerte de su cuñado. En su momento había decidido dejar pasar el tiempo, pero ya había transcurrido demasiado y necesitaba sacar a la luz toda la verdad. Lo abordó de forma indirecta.

—En tu última carta terminabas diciendo que estabas viviendo «un momento muy duro y lleno de incertidumbres». Hasta ahora hemos hablado de dinero y de tus planes, pero me preocupa que haya algo más.

Ella dejó la taza sobre una mesita auxiliar y decidió explicarse.

—Carlos me engañó con una amiga suya. Lo averigüé antes del entierro, pero no me sentí capaz de contarlo en ese momento.

Andrés sacó de su cartera una foto doblada y agujereada y se la pasó. Zoe la miró unos segundos y se le inflamaron los ojos de rabia.

—Es ella..., Isabel.

—La llevaba en el bolsillo aquel día, pero no fui capaz de decírtelo. Me pareció demasiado cruel. Perdóname.

—No te preocupes, seguramente yo habría hecho lo mismo.

Zoe observó la fotografía y escuchó por boca de su hermano la causa del agujero. Pensó en ello. Una bala que había destrozado tres vidas.

—Nunca he sido bueno dando consejos y tampoco demasiado ejemplar en temas de amores, no hace falta que te lo explique. Pero lo intentaré. Te conozco y sé que no eres culpable de lo que pasó, así que intenta esquivar cualquier pensamiento frustrante que te asalte. Habla, comparte; no te quedes con nada dentro.

Zoe cogió entre sus manos un pastillero de plata y se lo pasó de una a otra de forma nerviosa. Lo que le recomendaba hacer estaba muy lejos de la manera en que se lo estaba planteando ella. Pero como aquel no era un tema de conversación con el que se sintiera cómoda, trató de zanjarlo.

—No pienso volver a acercarme a un hombre en muchos años. No os comprendo, en serio. Tendrá que pasar mucho tiempo antes de dejarme engatusar por otro.

—Cambiarás de opinión, estoy seguro. Aparecerá alguien.

Zoe lo miró a los ojos y pensó lo diferentes que eran.

Había que reconocer que a sus treinta y seis años el atractivo de Andrés seguía siendo el mismo que con veinte. Había heredado la belleza de su madre, aquella cautivadora sonrisa y sus increíbles ojos verdes.

—Necesitas que pasen cosas positivas en tu vida. Ahora ni tú ni yo somos capaces de ponerles nombre, pero estoy seguro de que llegarán —concluyó Andrés.

—De momento he de empezar por sobrevivir. Luego ya veremos.

—Padre nos educó para no dejarnos vencer, y conociéndote como te conozco, sé que lucharás.

—Créeme que lo intentaré. —Se recogió el rizo de la frente y lo remetió entre el resto de pelo, todavía algo inquieta.

Andrés era consciente de que por el momento solo podía transmitirle confianza en sus capacidades, estar más pendiente de ella y conseguir que no se sintiera tan sola. Una soledad que por desgracia y desde bien pequeña había sido la gran protagonista de su vida. Porque Zoe había tenido que asumir la falta de una madre con cinco años y la de su padre después, al haberla mandado a Madrid a estudiar con solo ocho a casa de su tía Gloria, queriendo para ella la mejor educación posible.

Los estudios en el Colegio Alemán supusieron un enorme esfuerzo económico y emocional para todos, pero especialmente para Zoe, que tuvo que separarse de su familia desde muy pequeña y salir adelante en un entorno social muy superior al suyo.

Andrés apuró el café, miró el reloj, y se inquietó al pensar que llegaba tarde a una cita que no había podido eludir. Lamentó dejarla, pero Zoe, lo entendió y, en contra de lo que hubiera preferido, insistió para que se fuera. Pidió a Jeremías su guerrera, y en una emocionada despedida, le agradeció la visita, los consejos y sobre todo su cariño.

—Ahora vete ya, que te noto nervioso. No te preocupes. Te escribiré en unos días para que sepas cómo me va, y espero que hagas lo mismo y vengas pronto.

Se despidieron en la puerta del palacete, ella deseándole buen viaje y él lamentando dejar a una hermana que lo necesitaba más que nunca.

Alrededores del río Braña
Asturias
12 de abril de 1935

V

Una patrulla formada por seis legionarios de la IV Bandera del Tercio acababa de atravesar el puente sobre el caudaloso río Brañas, en la vertiente norte del puerto de San Isidro, después de haber dejado atrás un conjunto de cabañas, apenas una aldea, que llamaban Fielato, donde habían quedado con su informador.

El hombre que los guiaría hasta el bosque y las brañas de Gumial, algo menos de diez kilómetros de dura marcha montaña arriba, estimaba que les llevaría algo más de cinco horas por causa de la abundante nieve que iban a encontrar cuando alcanzaran la altura del monte Tuzu.

Desde hacía una semana andaban buscando a un grupo de mineros rebeldes, de los que habían tenido noticias porque algunos vecinos de la comarca habían empezado a denunciar el robo de gallinas, comida en conserva, varios sacos de patatas, leña y otros objetos como ropa y mantas. Los fugitivos podían estar escondidos en cualquier lugar dentro de aquel enorme macizo montañoso, como lo habían hecho otros ochocientos mineros más a lo largo y ancho de la extensa y compleja cordillera asturiana. Después de su derrota frente al Ejército de la República, aquellos remotos páramos se habían convertido en su nuevo mundo, unos para evitar la detención y la cárcel, y la mayoría con el anhelo de poder volver a levantar a Asturias en armas.

Algo adelantado al grupo iba un perro, Campeón, y detrás de él, y discutiendo con el guía, su amo y teniente de la Legión, Andrés Urgazi, junto a su sargento.

—Me temo que no van ustedes bien preparados para aguantar los fríos que vamos a pasar por allá arriba. —El hombre, enfundado de ropa hasta las orejas, señalaba el primer pico al que ascenderían, oscurecido por un cielo de nieve.

—Quizá tenga razón —contestó el sargento—, pero los legionarios nos crecemos ante la adversidad. No hay nada que nos venza, solo la muerte. —Levantó el mentón en un gesto típicamente castrense.

El paisanín, un hombre de corta estatura, pero recio como la montaña y las vacas que pastoreaba a diario, lo miró incrédulo. No entendía los valores con los que ellos bordaban sus galones —disciplina, combate y muerte—, pero tenía los suyos: resignación, miseria y sufrimiento. Los necesarios para dar de comer a su familia con solo tres vacas de monte y cuatro cabras a las que ordeñaba. Por eso, cuando supo lo que pretendían y lo bien que iban a pagar, calculó que le daría para hacerse con dos cabras más y sacrificar por fin a la más vieja, una que apenas producía ya el medio litro de leche y que solo le daba un cabrito cada año y medio, como mucho.

Los soldados vestían pantalón verde de paño con polainas abotonadas del mismo color y bota baja. Y el teniente llevaba igual indumentaria, pero con bota alta de cuero. Sobre la camisa verde oliva, como excepción a su tradicional vestimenta y dadas las duras condiciones climatológicas de Asturias, llevaban unos jerséis de gruesa lana gris, con cuello alto recogido y anudado, y cosidos a ellos los respectivos galones y demás identificaciones castrenses. El equipo lo completaba una canana de cuero al cinto con pistola, y el chapiri, clásico gorrito isabelino de forma alargada con un madroño rojo que cuelga por delante, al extremo de un largo cordel, que según se decía servía para espantar las moscas y que sin duda era la prenda más genuina en el uniforme del Tercio.

Tomaron un tortuoso sendero rodeado de piornos por donde Campeón entraba y salía disfrutando de su tarea exploratoria. Según las indicaciones del paisano, buscarían primero el paraje llamado de Brañarredonda, el más abierto y llano en la primera parte del ascenso, para comer un poco y rellenar cantimploras, y desde allí encararían el segundo tramo, el más difícil de toda la marcha.

Pasada una hora y media llegaron a la majada, su primera parada; el silencio era demoledoramente hermoso. Tan solo se escuchaba el crujir de la hierba bajo las botas, la respiración agitada del perro y el murmullo del agua de los numerosos riachuelos que salpicaban sus verdes praderas. El teniente Urgazi dejó la mochila sobre una piedra y buscó a su segundo.

—Sargento, nos detendremos solo unos minutos para comer. Ordene a la tropa que forme un círculo de seguridad y adelántese usted hacia esa collada —la señaló hacia el este—, para ir reconociendo el camino que hemos de tomar después.

El paisano, ajeno a todo reglamento, clavó su garrota en el suelo y apoyó su trasero sobre ella a modo de asiento. Sacó de su zurrón un trozo de panceta fresca y otro de pan negro. Se echó un buen bocado de primeras, y mientras lo masticaba observó a los soldados. Calculó que ninguno tendría los treinta años, pero parecían hombres forjados y recios, como los que habituaban a pisar la montaña como él, entre picos, pedregales y gargantas, entre ventiscas y lluvias sin fin. El perro que acompañaba a la tropa, demasiado pequeño para trabajar en el monte como lo hacían los poderosos mastines que no temían al lobo, se le acercó moviendo la cola sin perder de vista su panceta.

—¡Largo! —le gritó amagando usar la garrota. Pero Campeón no se movió. El teniente Andrés Urgazi lo llamó para que dejara en paz al hombre.

—Ven aquí, pesado.

Campeón respondió a sus órdenes con una corta carrera. Cuando vio la loncha de carne desecada que se estaba comiendo su amo, ladró dos veces, giró sobre sí mismo otras dos y levantó la pata. Todo para ganarse sus favores y con ellos una parte de la olorosa comida. El teniente sonrió y, sintiendo lástima de él, le lanzó lejos el último trozo. Campeón corrió con todas sus ganas y, como era su costumbre, lo devoró en menos de un segundo. Luego se sentó frente a su amo a la espera del siguiente, con la lengua fuera y babeando. Pero como no obtuvo respuesta, y de reojo había visto que el resto de la tropa masticaba lo mismo, se levantó, dio la espalda a su teniente y se fue, esperanzado, en busca de nuevas satisfacciones. Sin embargo no tuvo suerte. Nadie le hizo el menor caso.

—¡Vete por ahí y déjanos en paz! —Un legionario ucraniano, de oscuro pasado y rostro cosido a cicatrices, le disparó un guijarro para que se fuera.

Campeón pareció entender la orden, clavó su trufa en el suelo y olfateó por los alrededores en busca de algo que llevarse a su atormentada tripa. Tomó el camino hacia la collada por donde había ido el sargento, y entre unas piedras y una pequeña poza localizó a una rana. Se le escapó dos veces con sus saltos, pero en un tercer intento quedó atrapada entre sus colmillos. La masticó feliz hasta deshacer sus frágiles huesos y la tragó de golpe. Siguió rastreando aquel alto hasta dar con el sargento, al que encontró sentado sobre una gran roca y mirando con unos prismáticos una cuerda que separaba dos afilados picos a su izquierda. Campeón no entendía qué hacía allí, pero al instante recibió una señal de alarma, un olor peligroso. Estiró la cabeza, adelantó el hocico para percibir mejor su origen, sintió cómo se le erizaban los pelos de la espalda y tensó la cola en el justo instante en que lo descubrió. Un ronco gruñido puso en aviso al sargento.

—Has visto algo. —Miró en la misma dirección que lo hacía el perro, pero no supo encontrar nada extraño entre la espesa arboleda de castaños, frente por frente de su posición.

Campeón se adelantó unos pasos más y enseñó los colmillos, aumentando la potencia de su gruñido.

El sargento volvió a usar los prismáticos, y en ese instante lo vio, entre dos árboles, a tiempo de tirarse al suelo y no recibir la bala del rifle con el que lo acababa de intentar matar. El ruido del disparo alertó al resto de los soldados que corrieron hacia la collada con los fusiles cargados, dispuestos a responder. Cuando llegaron hasta la posición del sargento vieron a

Campeón que ladraba como un loco y seguía la carrera del agresor con su mirada.

—¿Qué ha pasado? —El teniente buscó la retaguardia de la piedra al lado del sargento, y los demás se echaron cuerpo a tierra.

—Un hombre, no he visto más, al otro lado del valle, entre la arboleda.

Andrés cogió los prismáticos y asomó la cabeza con extrema precaución para localizar al agresor, pero por más que escudriñó la zona no vio nada. Mandar a alguien en su busca le pareció inútil, dada la excesiva ventaja que les sacaba. Como tenían que tomar la misma dirección por la que el hombre había escapado, pensó que lo único que podían hacer era emprender la marcha de inmediato. Por lo que dio por terminado el respiro y transmitió la orden.

En pocos minutos se encontraban ascendiendo por una ladera hacia una nueva collada desde donde encarar el monte Tuzu. La nieve empezaba a blanquear el suelo y a dificultar su caminata en las zonas de mayor pendiente. Con las primeras manchas blancas Campeón se quedó fascinado. Las olfateaba con inusitado interés sin saber qué eran, y luego se lanzaba a trotar camino arriba unos pasos por delante del sargento y del teniente Urgazi, pero ligeramente por detrás de un experimentado zapador a quien Andrés había encargado la tarea de explorar y asegurar la ruta para el resto de compañeros.

—Su perro me ha salvado la vida. —El sargento se quitó su chapiri para rascarse la coronilla en un significativo gesto de alivio—. Ya le digo, de no ser por su instinto, me habrían reventado la cabeza.

Campeón se colocó a su altura como si supiera que hablaban de él. Recibió una palmada de cariño en los costillares y una larga tira de carne que el hombre quiso compartir agradecido.

—Antes del embarque dudé si traerlo o no —apuntó Andrés Urgazi—, pero ahora me alegro de que se colara por la escalerilla en el último momento, justo antes de soltar amarras. La verdad es que es un buen perro, un mil leches más listo que el hambre. Creo que la mayoría de las veces nos entiende perfectamente, ¿verdad, Campeón?

El animal le devolvió la pregunta mirándolo con la boca abierta y la lengua colgando. El especial brillo que surgió en ese momento desde sus ojos podía significar que así era.

Unos metros más adelante, el paisanín localizó a sus tres vacas que se abrían paso entre la nieve. Los pobres animales la venteaban con el morro para buscar la poca hierba que sobreviviese por debajo. Comprobó que estaban todas y bien, pero una vez más temió por ellas. Si, como sospechaba, los fugitivos habían tomado los refugios de las brañas de Gumiel, unas antiquísimas edificaciones de piedra al otro lado del Tuzu, y si arreciaban las nevadas como parecía probable según venía el cielo, lo más seguro es que se quedasen bloqueados en breve y sin otro alimento que sus vacas.

Simpatizaba con el movimiento obrero y la reivindicación social, y en más de una ocasión había acudido a asambleas organizadas por la CNT en Cabañaquinta y hasta una vez en Mieres, donde había escuchado hablar del contrato social y de que los más pobres, o sea, él, iban a tener los mismos derechos que los ricos si la revolución triunfaba. Mientras ascendían al poderoso monte, el hombre revivió la emoción de los primeros días en los que se había desatado el levantamiento en su Asturies, surgiendo los primeros focos a pocos kilómetros de su aldea. Hasta ella no había llegado porque allí, en su recóndita comarca, eran tan pocos y pobres que corta podía ser su reivindicación. Pero soñó con que un día se le darían más vacas, más cabras y más monte para que pastaran sin pagar arriendos a nadie. Y como aquel sueño se hizo tan corto, nada más aparecieron las tropas, todo volvió a su sitio, y él lo hizo a su mundo de cencerros en la niebla, silencios de hayas y castaños, oscuras brañas donde pasar la noche cuando el cielo ponía difícil su regreso, un cacho de tocino con el que apagar el hambre y su mujer con quien yacer, cuando se dejaba, al calor de un buen hogar.

Campeón empezó a ver cómo sus patas se hundían en la nieve y a sentir un intenso frío, como le sucedió al resto en cuanto llegaron al punto más alto de su ascensión. Un viento cortante y gélido penetraba por la lana de sus jerséis y les robaba en un instante todo el calor de sus cuerpos.

—¿Por dónde quedan las brañas que buscamos? —el teniente levantó la voz para contrarrestar el efecto de la gruesa pelliza con la que su guía se tapaba media cabeza. No pudo evitar sentir un poco de envidia al verlo tan protegido y recordó su amonestación por lo poco abrigados que iban para acometer la excursión.

—Tenemos que bajar por un pedrero que está ahí adelante, aunque la nieve lo tapa, y calculo que llegaremos en media hora. —El paisano plisó su mirada en mil arrugas, cerró la boca y se caló bien la boina para afrontar la bajada contra el cruel ventisquero que levantaba la nieve y cortaba la piel.

Campeón caminaba encorvado, con la cabeza baja para evitar que se le helaran los ojos, sacudiéndosela a respingos cada dos pasos. El más adelantado del grupo encontró huellas frescas, una vez habían dejado atrás la ladera, y lo puso en conocimiento del oficial. Desde ese momento caminaron con más cuidado y en silencio, con los fusiles preparados.

Las brañas de Gumiel se hallaban en una planicie verde, cerrada al norte por un enorme y centenario hayedo, un escondite natural en el que sería casi imposible encontrar a alguien. Así se lo había explicado el guía, dando fe de que, por lúgubre y misterioso, había quien decía que en sus entrañas más profundas vivían trasgos y enanos sobre un suelo alfombrado de musgo y gruesas raíces levantadas, escurridizos pedernales y peligrosos seres de la oscuridad. Un lugar propicio para el lobo y el oso, no para que el hombre pisara por él.

Vieron salir humo desde la braña de mayor tamaño, confirmándose así las sospechas del paisano sobre el paradero de los mineros

—Tendrá que repartir a sus hombres y sobre todo cerrar las espaldas de la edificación, para que no escapen al bosque.

El teniente Urgazi así lo ordenó enviando a dos de sus hombres por detrás de la braña, otros dos a cubrir las ventanas laterales y el resto con él a la puerta. Campeón se quedó mirándolos apoyado sobre una pequeña elevación a pocos metros. Reconoció un jugoso olor a asado en el aire.

Los soldados cargaron los fusiles y golpearon la puerta.

Escucharon ruido adentro y unas voces quedas, pero no tuvieron respuesta.

—¡Abrid de inmediato a la Legión o entramos disparando! —amenazó Andrés.

—¡Tranquilos... Somos gente de paz! —clamó una voz desde el interior, un segundo antes de que, tras la desvencijada puerta, apareciera un hombre chato pero fuerte como un roble, de enorme bigote y ojos tan profundos y negros como el carbón. Nada más hacerse ver, levantó las manos esbozando una sonrisa a todas luces forzada.

El sargento y dos de los soldados entraron, fusil por delante, a la única cámara de la cabaña, donde había tres hombres más sentados frente a una chimenea con un fuego vivo en el que se asaban dos conejos.

—¿Qué les va de bueno por estas tierras tan altas y frías? —preguntó el que parecía estar encargado del asado, dándose un aire de tranquilidad.

—¡En pie todos y tirad las armas al suelo!

El teniente y el resto de sus hombres los encañonaban pendientes de cualquier movimiento extraño. La tensión se mascaba en el ambiente, la menor imprudencia por cualquiera de las dos partes podía terminar de manera trágica. Después de cachearlos a conciencia, uno de los legionarios exploró el perímetro de la edificación por si hubieran escondido las armas o cualquier útil de defensa. No encontraron nada sospechoso.

—Como veis somos gente de bien —concluyó uno de pelo canoso.

—¡Buscamos a unos fugitivos, traidores a la República, a unos comunistas asesinos! —proclamó el sargento para provocarlos—. O sea, a vosotros.

—Somos pastores, vamos a recoger un rebaño al otro lado de la montaña para trashumar al sur después —comentó con buen temple el que había hablado primero.

—No os creemos. Un inocente pastor no anda disparando como alguno de vosotros lo ha hecho tan solo hace un rato, montaña abajo. —Andrés fue mirándolos uno a uno a la cara.

—Nunca han pasado por aquí antes —intervino el guía.

—¡Registrad los alrededores de la casa! —ordenó el teniente—. Conque aparezca una sola arma, no necesitaremos más pruebas.

Tres de ellos se pusieron en faena. Levantaron todos los troncos de la leñera. Buscaron cualquier lugar que pudiera servir de escondite, hasta por debajo de aquellas piedras más grandes que encontraron cerca de la casa, y desmontaron una pila de tableros desvencijados y amontonados, seguramente procedentes de las obras de restauración de aquella braña principal. Revisaron a conciencia el resto de las edificaciones que la rodeaban, pero, para su desesperación, no encontraron el menor rastro.

El teniente Urgazi empezó a inquietarse ante la falta de evidencias. Sin ellas, no podía detenerlos. Pero mientras andaba en esos pensamientos sintió cómo la cola de Campeón le golpeaba en la pierna, y se le encendió una idea. Sacó de su mochila una nueva tira de carne y se la mostró.

—¡Busca!... ¡Busca armas, Campeón, y te ganarás esto!

El perro olfateó a los supuestos pastores deteniéndose más tiempo en las manos de uno, posiblemente el que había disparado poco antes, y luego continuó por la casa repasando cada rincón. Salió de la braña y rodeó su perímetro, y al no encontrar nada, se detuvo, levantó el hocico y aspiró con intensidad tras alguna pista de lo que buscaba. Estornudó dos veces como si de esa manera retirara de su nariz anteriores olores para prepararla a recibir nuevos. Y de pronto levantó la cola, la mantuvo rígida durante unos segundos y fijó la cabeza en una dirección, hacia el comienzo del hayedo.

Pocos minutos después, los soldados regresaban a la braña con cuatro pistolas y seis fusiles, seis cajas de munición y dos granadas de mano. Campeón tras ellos, feliz por haber respondido a los deseos de su amo, que en premio a su pericia le dio a comer la tira de carne.

—Unos pastores con granadas y todo este armamento... Ya vemos. —El sargento ató las muñecas del primer fugitivo y en cuanto hubo comprobado que quedaban bien firmes se puso con el siguiente.

—¡Fascistas! —gritó el cabecilla, revolviéndose como un toro para no ser inmovilizado.

—Si a defender los valores y la Constitución republicana lo llamas ser fascista, aquí tienes a seis —respondió el teniente, dedicado al cordaje del tercero—. Podéis estar en desacuerdo con leyes o gobiernos, sentiros injustamente pagados o maltratados por vuestros patronos, pero habéis matado. Y esas muertes no son menos terribles por sentiros bajo el amparo de una romántica revolución. Ahora os tocará pagar por ellas.

Campeón se acercó con curiosidad a los capturados y no entendió lo que dijo uno de ellos al verlo, pero sí reconoció su mirada peligrosa.

—Vaya hijoputa de perro.

Barrio de Tetuán
Madrid
13 de abril de 1935

VI

Las dos maletas que cargaba Zoe en sus manos, aparte de suponerle un peso casi insoportable, eran las que más le había costado hacer en su vida. Cuando cerró la puerta de la casa en la que había vivido los dos últimos años, a la poca ropa que había logrado conservar se le sumó una dolorosa y pesada carga de humillación y fracaso.

Se tragó las lágrimas hasta que dobló la esquina de su calle con la de Santa Engracia, momento en el que explotó a llorar sin preocuparse de los transeúntes con los que se cruzaba, hombres y mujeres; vecinos de uno de los barrios más pudientes de Madrid.

No quiso tomar un taxi ni un tranvía.

En su cartera había trescientas cuarenta y dos pesetas, todo lo que le quedaba, y no le sobraba ni una.

Tomó dirección norte, hacia la plaza de Cuatro Caminos, en un mar de sinsabores. Su nuevo barrio, el de Tetuán, sin duda no tenía el mismo regusto aristocrático que hasta entonces había conocido. La que antiguamente todos llamaban Carretera Mala de Francia, en realidad era un camino de tierra que continuaba la calle de Bravo Murillo hacia el norte, dejando a la derecha la población de Chamartín de la Rosa. Los muchos traperos que vivían en aquel lugar colocaban sus puestos a ambos lados de la calle para vender los productos de sus adquisiciones, cuando no de robos, constituyendo uno de los peores suburbios de la ciudad.

En Madrid se pensaba que aquella esquina de la ciudad era un submundo, pero para los muchos emigrantes del campo que arribaban a ella con los ojos cargados de sueños y la espalda doblada por el trabajo representaba una puerta de entrada a sus esperanzas de prosperidad.

De día la actividad era frenética.

Cientos de carromatos cargados con ropa, zapatos usados, o cualquier otro objeto imaginable proveían sus puestos. Mujeres gritonas, armadas con cestos, a la caza de la ganga. Perros callejeros que para no verse cociendo dentro de una olla salvaban el pellejo huyendo de la cercanía del hombre. O personajes de patilla larga y poca palabra, mediando siempre en tratos. Todos ellos constituían la fauna habitual de aquel barrio.

De noche la cosa cambiaba, y cuando Zoe pisó su calle principal lo notó.

El peligro se adueñaba de sus aceras, y las sombras podían convertirse en un navajazo mortal o en una promesa de amor por tres pesetas. Temió por su suerte cuando todavía no había llegado al portal donde iba a vivir a partir de entonces. De todas las casas de huéspedes que había mirado, sin duda aquella era la más barata, aunque quizá también la más sucia. Como no sabía cuánto tiempo tardaría en conseguir trabajo y recursos suficientes para vivir con más dignidad, decidió que aquella mujer que le alquilaba una habitación de su casa por veinte perras gordas al día era su mejor opción.

—¡Muchacha, no corras tanto y vente conmigo! ¡Esta noche necesito un buen alivio! —Zoe se volvió y se enfrentó a la lasciva mirada de un hombre descamisado y barrigudo, de enorme bigote, aspecto grasiento y ojos diminutos. Le asqueó su comentario—. ¡Para la basura que suelo encontrarme por aquí, a ti te pagaría hasta un duro!

Se dio media vuelta, se le encendieron las mejillas de vergüenza, y aceleró el paso para perder de vista a aquel despreciable individuo. Trató de identificar el número del portal que tenía a su izquierda, pero como allí, por no haber, no había ni alumbrado, solo le pareció medio ver que era el dieciséis. Suspiró agobiada. Le faltaban más de veinte números para llegar al suyo, que era impar, y el ambiente a su alrededor empeoraba a cada paso.

Cruzó la calle quitándose de encima a una joven que se le acababa de ofrecer para compartirse en amores.

—Venga, guapa, que te voy a arrastrar a placeres que no has conocido hasta hoy. Ya verás cómo te van a saber a pura gloria.

—¡Déjame en paz! —se le encaró Zoe.

La chica, que no tendría veinte años, demasiado pintada, pero de facciones finas y un cuerpo que seguramente haría furor entre los hombres, tomó dirección contraria a la de Zoe. Maldijo lo mal que se le estaba dando el día, todavía más seca de dinero que una mojama, y se propuso con imperiosa necesidad hacer al menos un cliente antes de cerrar la jornada, fuese hombre o mujer; que había aprendido a darle a todo.

Zoe volvió a comprobar el número de los portales y sintió alivio al saberse más cerca. Reconoció una lechería a solo dos del suyo. Evitaba mirar a los ojos a todo aquel que se cruzaba con ella, no fuera a meterse en nuevos embrollos, pero a menos de diez pasos del treinta y nueve, una de las maletas se le abrió y el contenido se desparramó por el suelo. Comprobó con espanto que su ropa interior había quedado a la vista de los viandantes, entre alguna que otra camisa y varios rulos de medias. La reacción normal hubiera sido agacharse a recogerlo todo, con prisa, pero Zoe se quedó muda, sin apenas respirar, con el cuerpo paralizado. Los que pasaban a su lado o le hacían comentarios obscenos o, los más benévolos, solo se reían, pero nadie la ayudaba. Hasta que pasados unos minutos escuchó una voz familiar a su espalda.

—¿Qué te ha pasado, chica?

La propietaria de su nueva casa recogió lo poco que habían dejado los transeúntes, quienes no habían desperdiciado la ocasión de hacerse con ropa que parecía de bastante mejor factura que la que se vendía en la Carretera Mala de Francia.

Metió la maleta entre su brazo y el cuerpo, y con voz firme mandó a Zoe seguirla.

—¡Vaya entrada más mala que has tenido en el barrio! —comentó la mujer a la vez que empujaba la puerta de su domicilio con la cadera y la invitaba a pasar.

Zoe respondió a sus órdenes todavía conmocionada.

Tardaron más de un cuarto de hora en subir las tres plantas y llegar al piso de Rosa, que así se llamaba su arrendadora. Y no se debió al exceso de peso de las maletas, pues una había quedado bastante aligerada, sino a la curiosidad de sus vecinas, que a esas alturas se habían enterado ya del suceso en la calle. No hubo una sola puerta que no se abriera a su paso, y no faltó una completa explicación sobre quién era Zoe en cada una. Finalmente Rosa sacó la llave que llevaba colgada de una cadena dentro del escote y dio dos vueltas a la cerradura antes de darle un estratégico empujón a la madera a la altura de un san Cristóbal de latón.

—Recuerda al santo si quieres que se abra la puerta. —Rio su comentario sin la menor moderación.

De la casa, que había conocido tres días antes, no había mucho que explicar. Pues en sus cincuenta metros cuadrados se apretaban dos dormitorios, el de Rosa y el diminuto suyo, una cocina y un estrecho cuarto de estar con un lavabo en una esquina. El servicio se encontraba en el rellano del pasillo, compartido por las cuatro viviendas de la planta, con el lujo de disponer de un gran pozal donde bañarse, una verdadera rareza para aquella barriada. Escuchó, sin hacer ningún comentario, las innumerables normas que tenía que tener en cuenta para que la convivencia fuera la deseable, asombrada de que se pudieran establecer tantas limitaciones en tan reducido espacio físico, y las aceptó todas sin rechistar. Estaba deseando quedarse a solas, pero no veía el momento.

Rosa, según le contó en el dintel de su nueva habitación, tenía un novio de siempre, pero seguía siendo soltera. Para tormento de Zoe, la mujer no dejaba de explicarle cosas. Desde cómo se encendía la radio, que tampoco tenía demasiado misterio, a su negativa a lavarle la ropa. Eso sí, le hizo repetir tres veces la cantidad de jabón que tenía que usar en la pila para no gastar en exceso.

Cuando Zoe se sentó sobre su nueva cama, con la puerta cerrada y sola, no se lo terminaba de creer. Miró a su alrededor y le faltó la respiración. Era tan pequeña que para abrir el armario de una sola hoja tenía que tapar media ventana, lo que hacía que estuviese poco ventilada y medio a oscuras. No quiso imaginar cómo sería aquello con los calores del verano. En un lateral de la cama había una mesita de noche, y pegada a ella un estrecho escritorio con una minúscula cajonera, que según Rosa le serviría para meter los zapatos, y el famoso armario para la ropa. Del techo colgaba una bombilla sin lámpara, y como única decoración de sus paredes un cristo de latón bruñido, desproporcionado para la estancia, y un descolorido bodegón con bastante poco arte.

Se sentó sobre el colchón, que no parecía malo, cerró los ojos y no pudo aguantarse más. Empezó a llorar con una hondísima pena, convencida de que su vida había tocado fondo. Acostumbrada a las comodidades de la casa de su tía, en la que había vivido mientras estudiaba en el Colegio Alemán, una buena casa en el barrio de Salamanca, y no digamos las del palacete en el barrio de Chamberí, el escenario que tenía delante de los ojos no lo hubiera imaginado ni en el peor de sus sueños. Se tumbó, buscó la almohada para ahogar sus gemidos y no llamar la atención de Rosa, la última persona a la que deseaba contarle sus penas.

A su mente solo venían dos palabras que se repetían una y otra vez: has fracasado, has fracasado, has fracasado…

—¡La cena está preparada! —gritó la mujer desde detrás de la puerta.

—Gracias, hoy no cenaré —contestó ella, sin ninguna gana de dejarse ver—. ¡Hasta mañana!

—Como tú quieras, pero te vas a perder una tortilla de patata que no has comido en tu vida —replicó, con el plato en la mano camino del saloncito.

—La próxima que hagas no la perdonaré —consiguió decir en un hilillo de voz.

Zoe pensó que la mujer era un poco pesada, pero parecía buena gente. Se quitó la chaqueta, los zapatos y la falda, y sin ganas de deshacer las maletas ni ordenar sus pocas pertenencias volvió a echarse sobre la cama. Encogida sobre sí misma, desprotegida y sin un futuro a la vista, se sintió muy sola.

Pasados unos minutos escuchó la voz de un hombre. Imaginó que sería el novio de Rosa. Estaba en ropa interior y con un aspecto deplorable. Al sentir pasos cerca de su habitación se escondió bajo las sábanas.

—Te querría presentar a Mario, mi novio.

Ella no contestó.

—¿Está buena?

Su voz y, sobre todo, esas palabras inquietaron a Zoe.

—Serás mamón y animal —escuchó decir a Rosa—. Anda, dejémosla dormir que estará agotada. Ya la conocerás mañana. Y ahora ven, que te he preparado una tortilla que te vas a chupar los dedos.

—Me los chuparé, sí, pero después me dedicaré a los tuyos…

Zoe apenas pudo escuchar mucho más, pero le pareció que Rosa le contestaba:

—Anda, bribón, que me tienes loquita.

Calle Barquillo, 23
Madrid
29 de abril de 1935

VII

Zoe dobló el diario *ABC* del día anterior por la sección de Bolsa de Trabajo. Se encontraba sentada en una silla, dentro de la oficina que viajes Carco tenía abierta en aquella céntrica calle, esperando a ser recibida por su director.

Miró la hora. Habían pasado diez minutos de las doce y media, y el amable empleado que la había recibido acababa de comentar que llevaban un poco de retraso con las entrevistas. Se levantó para buscar la máquina que despachaba agua fría y se sirvió un vaso.

Llevaba dos semanas viviendo en la casa de Tetuán y a primera hora de esa mañana había logrado huir de su noveno intento de conseguir trabajo, cuando al responder a un anuncio donde se requería una profesora de español para un extranjero venido a Madrid, lo que se encontró fue a un hombre de negocios alemán, de aspecto correcto pero intenciones ambiguas, que deseaba practicar alguna cosa más que el idioma de Cervantes. Zoe tardó poco en constatarlo, cuando los ojos del hombre no parecían cansarse de viajar desde sus piernas a sus pechos, y a la inversa. Y lo lamentó, porque el sueldo era interesante y las horas de trabajo no excesivas. Si aguantó a escuchar todas sus condiciones fue solo por cortesía o quizá por su imperiosa necesidad económica, porque cuando el hombre empezó a explicar que el horario sería de nueve a once de la noche, y que quizá necesitase tenerla hasta más tarde para recibir un trato intensivo, a Zoe le sonó tan mal la propuesta que se descartó ella misma para el trabajo. Una vez más, aquel despreciable tipo la había hecho dudar si los hombres eran capaces de ver en la mujer algo más interesante que su cuerpo.

Los primeros tres días de su nueva vida se los había pasado sin salir de la habitación, hundida en sus problemas, sin buscar trabajo y sin ganas de pelear por otra cosa que no fuera acomodar la dura almohada para apoyar mejor la cabeza.

Pero al cuarto salió, compró tres periódicos y decidió afrontar la realidad.

—Señorita, acaba de entrar la candidata que estaba citada antes que usted, por lo que calcule unos quince minutos más. —El joven y dispuesto empleado sonrió de forma aséptica. Zoe, aunque imaginó la cantidad de personas a las que les habría dicho lo mismo, se lo agradeció, y para aligerar la espera se dedicó a hacer balance de sus intentos laborales.

Hasta el momento había probado sobre todo trabajos como secretaria, dado que siendo mujer eran los más ofertados. Pero tenía un grave problema; sus conocimientos de taquigrafía eran nulos y su velocidad a la máquina de escribir no estaba a la altura de lo que las empresas exigían. Decepcionada por sus escasas posibilidades, había probado otras ofertas como dependienta de comercio. Lo hizo en una carnicería bastante alejada del centro, en una bodega y hasta en una pescadería. Pero en todas las ocasiones la descartaban a la primera de cambio, y no acertaba a saber por qué. Pensó que tenía que ver con su aspecto en general, o quizá con sus manos poco trabajadas.

Abrió el bolso para buscar el monedero. Habría contado no menos de cien veces el dinero, pero lo hizo una más. Le quedaban doscientas cuarenta pesetas. Calculó que con su actual nivel de gasto tendría para un mes y medio o quizá dos, lo que le produjo un renovado agobio.

«Si sigo pensando en esas cosas, lo único que voy a conseguir es ponerme más nerviosa», razonó en silencio.

Se concentró en la entrevista que iba a hacer. En otras ocasiones le había venido bien repetirse una y otra vez, antes de entrar a la prueba, cuáles eran sus mejores aptitudes. Tenía comprobado que casi todos se lo preguntaban, y daba buen resultado cuando las exponía con agilidad y convicción. Decidió hacer lo mismo con la que se iba a enfrentar, enfatizando su destacada capacidad de trabajo, su alta responsabilidad y desde luego el manejo de idiomas. Porque era de prever que, para una agencia de viajes, poder hablar de un modo fluido en alemán o en su francés materno supondría un mérito importante.

La puerta del despacho donde se celebraban las entrevistas se abrió. Por ella salió una chica de aspecto más bien soso, expresión tímida y gesto huidizo. Tras ella lo hacía un hombre de agradable planta y sonrisa franca, seguramente el dueño de la agencia, quien al despedirla no tuvo el menor reparo en hablar en voz alta.

—Dé recuerdos a su padre, y por supuesto le puede avanzar que estaremos encantados de tenerla trabajando con nosotros a partir del próximo lunes. A ver si un día de estos me paso por el ministerio para saludarlo.

La chica sonrió sin demostrar demasiado interés y se despidió ofreciéndole la mano. Al pasar al lado de Zoe se miraron. Estaba claro que allí no tenía nada que hacer. Recogió su bolso del suelo, se estiró la falda y, sin despedirse del entrevistador que en ese momento la llamaba, tomó la puerta de salida y se fue.

Con el ánimo por los suelos, Zoe recibió el frescor de la calle mientras doblaba la esquina en Prim para bajar hacia el paseo de la Castellana en dirección a Serrano, donde tenía su siguiente entrevista. Una cita que le había costado mucho concertar al tratarse de un trabajo que hasta entonces había descartado. Pedían una doncella que lavara y supiera corte, para una vivienda ubicada en el número diecinueve. Aparte del escaso atractivo de aquel cometido, el problema eran las dos horas que tenía por delante antes de presentarse en la casa, al haberse saltado la entrevista anterior. Decidió caminar hacia la puerta de Alcalá, para dar un paseo por el parque del Retiro, bendecida por la agradable temperatura.

La aristocrática calle Serrano reflejaba sus lujos tanto en sus viandantes como en los vehículos aparcados. Zoe no era una experta en marcas ni modelos de coches, pero reconoció dos Hispano Suiza, un Delahaye y un fabuloso Lincoln de color corinto. Las mujeres vestían la nueva moda de primavera con faldas plisadas en tonos suaves y predominancia del amarillo, sombreros con gran aparato floral y bolsos a juego. Y los varones lucían impecables trajes de corte inglés, bastón negro y sombrero. Al paso de varias *boutiques*, a Zoe le llamó la atención una en especial, dedicada en exclusiva a los bebés. Se detuvo unos minutos en su escaparate para admirar la variedad y buen gusto de la ropita expuesta, los maravillosos cochecitos y las tronas, como también la gama de juguetes que sin duda harían feliz al niño más exigente.

Tan solo unos pasos más adelante le crujieron las tripas al cruzarse con una aromática pastelería. No había desayunado nada y aunque fuese mediodía no se podía permitir comer fuera. Además era consciente de que cualquier restaurante en aquella zona tenía unos precios prohibitivos. Rebuscó por su bolso y por suerte encontró una galleta. La mordisqueó muy despacio para engañar al hambre y siguió caminando mientras observaba a los transeúntes con los que se cruzaba.

Ninguno de ellos podía imaginar su lamentable situación. Solo tres semanas antes había estado viviendo en un fabuloso palacete con todas las comodidades, y ahora lo hacía en una minúscula habitación de un diminuto piso en una de las peores barriadas de Madrid. Tenía como anfitriona de la casa a una buena mujer, esa era la verdad, pero también descuidada, malhablada y sobre todo rácana con la cena, en realidad la única comida que estaba incluida en el precio de la habitación. Lo peor era el baboso de su novio, un hombre casado que mantenía una doble vida desde hacía algo más de quince años. Mario, que así se llamaba el infiel marido y eterno amante, era un activísimo anarquista miembro de la FAI (Federación Anarquista Ibérica) y un tipo de temer. Tenía la cara marcada por una larga cicatriz que le fruncía el gesto y una mirada oscura y peligrosa, como si estuviera lleno de resentimiento. Pero además era un mirón y un tocón. Desde que se habían conocido no le había quitado el ojo de encima, y tampoco perdía ocasión para rozarse con ella en los pasillos o buscar choques fortuitos que siempre terminaban con una de sus manos sobre alguna parte de su anatomía.

Después de haber atravesado de lado a lado el parque del Retiro y de sentir los pies molidos, miró de nuevo su reloj. Ya podía ir hacia la casa.

—Espere en la cocina a que venga la señora.

Un mayordomo la acompañó hasta la luminosa dependencia donde una mujer del servicio doméstico, de avanzada edad, estaba puliendo una cubertería de plata sentada a una mesa. Al entrar, Zoe sintió cómo la repasaba de arriba abajo.

—A ti no te van a coger. Y si no, al tiempo.

—¿Perdone? —acertó a decir Zoe desconcertada.

—Pareces tan señora como ella —le respondió lacónicamente.

—Necesito el trabajo.

En ese momento una mujer impecablemente vestida, con un elaborado peinado y estudiada sonrisa, entró y preguntó por ella.

—Mira, no dispongo de mucho tiempo para perdernos en menudencias. He de salir en diez minutos de viaje con mi marido y no puedo alargarme.

La rodeó estudiándola sin reparos. Observó sus manos, investigó hasta detrás de sus orejas y acercó la nariz a su camisa. El paseo por el Retiro había dejado un rastro de sudor que detectó a la primera.

—Hueles un poco, y eso no se lo permito a nadie en mi casa. Pero bueno, imagino que tendría arreglo con algo de jabón y más cuidado por tu parte —comentó sin darle la menor oportunidad de explicarse—, aunque no acabo de verte de doncella.

—No le falta razón porque nunca lo he sido, pero sé llevar una casa. Y si tiene hijos, me encantan los niños.

—Así que vienes sin referencias. ¿A qué te has dedicado entonces hasta ahora?

Zoe le explicó dónde había estudiado, cuáles habían sido sus incursiones universitarias y su actual condición de viuda de militar. Con demasiada inocencia pensó que su pasado la podría apiadar, sin embargo provocó el efecto contrario.

—Uy... Uy... —La mujer agitó las manos como si se deshiciera de algo—. Quita, quita… No quiero tener en casa a nadie con esos antecedentes. Lamento que te veas obligada a esto, pero no durarías ni un mes, y menos aún si te saliera otro trabajo más acorde con tu situación personal.

—Pero, señora, yo…

—Hala, hala, no insistas más, guapa. —Extendió la mano con un billete de cinco pesetas—. Toma; por las molestias. Y ya te puedes ir. —Llamó en voz alta al mayordomo para que la acompañase a la puerta, mientras ella desaparecía por donde había venido.

Zoe, sin apenas entender qué había pasado, escuchó a la mujer mayor.

—Te lo dije.

Ya en la calle, con el billete arrugado en una mano y su amor propio por los suelos, se sintió tan impotente y tan mal consigo misma que no supo a dónde ir. Miró a la gente que paseaba y, aunque se sintió ajena a aquel ambiente, tras unos inciertos pasos tomó la determinación de compartir sus males con su amiga Julia, que vivía en la embajada alemana, a escasas manzanas de donde estaba.

Después de superar los trámites de entrada a la legación diplomática, Julia, salió a su encuentro y tiró de ella movida por una inexplicable urgencia.

—¡Corre! ¡Menuda sorpresa te vas a llevar! —le espetó emocionada.

Sin mediar más palabras recorrieron a toda velocidad el largo pasillo que comunicaba la entrada de la residencia privada del embajador con su habitación. Sobre una mesa había una radio encendida.

—¿Qué pasa?

—Tú escucha… —Señaló al aparato.

«Señoras y señoritas radioyentes —comenzó a decir la locutora. Zoe reconoció la voz de Matilde Muñoz, presentadora del famoso programa *Mujer* en Unión Radio—, no hay en estos tiempos modernos, en que se acusa con señalados perfiles la actividad femenina, una senda, por espinosa y dura que sea, a la que la mujer no se sienta especialmente atraída. Hemos descubierto en nuestras hermanas de sexo vocaciones intelectuales que echan abajo todos los prejuicios y que marcan, con mayor justicia, las verdaderas tendencias de la mujer. ¿Quién hubiera pensado, por ejemplo, que las muchachas que antes solo se ocupaban de labores primorosas, de trazar poemas de palomas y cestillos de flores con hilo blanco, o de bordar sus quimeras en lana de alfombra, iban a invadir de tal modo los terrenos hasta entonces solo reservados al hombre y que, en no largo plazo, las hijas de aquellas mujeres que se asustaban de salir solas a la caída de la tarde y tapaban su sonrisa con un abanico de encaje entrarían nada menos que a cursar los estudios de Veterinaria?»*

—¡Va a entrevistar a tus compañeras de carrera! —apuntó Julia encantada con la coincidencia de su visita.

Zoe imaginó a sus amigas muy nerviosas, como lo estaría ella con solo pensar en la cantidad de gente que podía estar escuchando el programa, uno de los más seguidos. Su público, mayoritariamente femenino, la escuchaba con fervor porque tocaba temas relacionados con los derechos de la mujer, algo que muy pocos hacían, desde una visión bastante liberal. Matilde era una abanderada de la igualdad, y por eso, cual-

* Entre comillas, alocución exacta de la histórica entrevista radiofónica. El autor ha preferido no sustituirla por una narración para que el lector aprecie en todos sus matices la forma de valorar la gesta de esas primeras veterinarias españolas en el entorno de la época. De Unión Radio nació más tarde la actual Cadena Ser.

quier empeño que supusiese un avance en esa dirección trataba de llevarlo a las ondas, como iba a hacer con las siete estudiantes de la Escuela de Veterinaria.

«El salto ha sido de gigante. Nada puede oponerse a esta reivindicación del derecho al trabajo que las mujeres alegan. Y además, cuando rota la primera capa de hielo de las falsas ideas, nos paramos a pensar un poco, terminamos por decirnos: ¿Pues no es lógico y natural que la mujer, que siempre tuvo a su cuidado a los animalitos domésticos, la mujer amiga de los pájaros, y de los lindos gatitos, y de los perros fieles, de la nutrición de los gallineros, quiera llevar esta afición, hasta ahora contenida en los moldes de lo doméstico, a terrenos más científicos y ampliarlos de modo que sus cuidados a esas bestezuelas, hacia las que siempre se sintió atraída, sean conscientes, científicos y verdaderamente eficaces?»

La entrevista, sin abandonar un tono amable, se alargó durante algo más de media hora, incluyendo en las preguntas temas personales y sociales, pero interesándose especialmente en la relación con sus compañeros, el alcance social de su decisión y las posibles salidas laborales. Alguna de las alumnas argumentó que los atractivos que tenía la carrera veterinaria para la mujer habían surgido una vez había desaparecido la grotesca imagen del antiguo veterinario, rudo y herrador, al haberse convertido ahora en una profesión más científica y accesible para ellas.

Cuando terminó la alocución final de la presentadora, Zoe se quedó quieta, sin hablar y con una expresión triste, frotándose las manos frente al receptor.

—Imagino que te ha afectado. —Julia se percató de su desánimo.

—La verdad es que un poco. Me siento orgullosa por ellas, pero me hubiera encantado ser una más. Aunque, en este momento de mi vida, dudo si algún día eso se hará realidad.

A Julia no podía ocultarle nada, porque aparte de ser la hija del embajador, había sido su primera compañera de pupitre en el Colegio Alemán, su mayor cómplice y, a falta de una madre, la persona con quien había compartido los cambios que toda mujer vive en su adolescencia, como también sus miedos, sueños y pensamientos más íntimos.

Julia entendió su reacción y no quiso animarla con vanas expectativas de futuro. Era consciente de su difícil momento, pero ella ya había emprendido gestiones para cambiarlo.

—La próxima semana se va a proyectar una película en la embajada de no me acuerdo quién, y después se dará una recepción. Necesitas cambiar de aires y distraerte. Acompáñame. Estoy moviendo algunos hilos y puede que para entonces tenga alguna buena noticia para ti.

Zoe escuchó la invitación desanimada. Arrastraba un penoso día, veía su futuro más que negro y lo que menos le apetecía era un evento social.

—No sé, la idea no me tienta demasiado. Y encima no tengo nada que ponerme... Con toda confianza, no cuentes conmigo.

—Si es por lo del vestido, te vienes antes y eliges uno mío. No tienes nada que perder y puede que te dé una alegría.

Zoe le pidió un adelanto.

—No debo. He de confirmar antes ciertos puntos, y además me gustaría que fuera una sorpresa. Tú ven, y lo descubrirás por ti misma.

—Lo pensaré, pero lo más seguro es que no vaya. En serio, no me encuentro con ánimos.

De vuelta a la calle Serrano, Zoe caminó sin destino alguno. Atravesó varias calles arrastrando sus zapatos por la acera sintiéndose fracasada. La estaban rechazando en todos los trabajos, hacer posible su sueño profesional lo veía inviable, y tampoco podía ayudar en la defensa de su padre cuando económicamente no se sostenía ni ella.

Se mordió el labio, inspiró una larga bocanada de aire y al meter la mano en el bolsillo de su abrigo encontró el billete arrugado que le había dado la mujer de la última entrevista. Lo miró. Por poco que era, le parecía mucho, sin embargo decidió usarlo en aquella pastelería que tanto la había tentado antes. Al llegar a su escaparate, localizó una enorme trufa de chocolate que destacaba sobre otras más pequeñas, y tomó la única decisión dulce que se había permitido en todo el día.

Cuando su sabor le inundó la boca se sintió más feliz. Al salir a la calle miró al cielo, recapacitó la propuesta de Julia y cambió de parecer; iría a la embajada.

Residencia de caza del mariscal Göring
Karinhall, al noroeste de Berlín
30 de abril de 1935

VIII

Bajo la protección de un denso arbusto, uno de los dos cazadores oteó la pieza a menos de treinta metros. La distancia era un poco justa para la potencia de su arco y la frondosidad del bosque demasiado cerrada, circunstancias que iban a dificultar su acierto. Pero esos retos eran los que convertían la caza en una actividad fascinante.

Tensó el cordaje hasta la máxima apertura para conseguir las sesenta libras de potencia que le daba el arma, apuntó la flecha medio metro por encima del pecho del venado para salvar su caída, comprobó que desde el otro puesto su compañero no estuviese marcando la misma pieza y contuvo la respiración en el justo momento de disparar. Pero el animal reaccionó ante un inoportuno ruido, pegó un gran brinco y se arrancó a correr en dirección contraria. Llevaban ya dos horas, había amanecido hacía una, y todavía no habían acertado a un solo objetivo. Se guardó la flecha en su carcaj y se aproximó hasta el refugio del otro cazador.

—Está claro que no tenemos un buen día —proclamó con resignación su invitado.

—Oskar, ha llegado el momento de probar con algo más grande. Está visto que los venados andan más espabilados de lo normal. Llevo cinco intentos y todavía no he conseguido estrenar mi arco.

Oskar Stulz envidió su arma. Se trataba de una pieza exclusiva, fabricada a medida para su compañero de caza, Hermann Göring, una maravilla hecha en tejo, recurvo, y que según le había explicado podía tomar una potencia de ochenta libras; algo inaudito. Solo un hombre con su fortaleza y corpulencia podría permitirse aguantar cinco minutos de apertura máxima antes de disparar.

—Sígueme. Te llevaré a uno de los lugares más recónditos de este bosque donde con suerte quizá nos crucemos con alguna sorpresa. —Su azulada mirada se llenó de felicidad. No había nada en el mundo que le gustase más que cazar.

Oskar había decidido llevar su mejor arco, el de madera de naranjo de Luisiana, una de las más duras que existían. Le había costado un ojo de la cara, pero con mucho era bastante peor que el de su amigo y jefe de la Luftwaffe, Göring.

Se adentraron por una formidable foresta de robles centenarios en busca de unas pozas de agua donde iban a beber los animales. Oskar iba detrás de su anfitrión. Los dos vestían chaleco de grueso cuero sobre camisa blanca de amplias mangas para poder angular los brazos sin sentir tirones, pantalón de ante al estilo bávaro y unas buenas botas a las que les daba igual pisar en agua o en tierra.

Iban en silencio, cuidando de hacer el menor ruido para no espantar a ningún posible objetivo. Eran viejos amigos y apasionados cazadores casi a la vez, pues a pesar de que Oskar era once años más joven, habían congeniado en esa afición desde la proximidad de los castillos de sus respectivas familias. Su relación era bastante más estrecha que si fuera de sangre, pues para la caza Göring no había encontrado mejor compañero que Oskar Stulz; con ninguno disfrutaba tanto como con él. Por eso, cuando coincidían, se paralizaba el mundo; no había nada más, ni trabajo ni obligaciones... Nada.

—Chisss... —Göring dirigió su dedo en dirección nordeste, señalando una sombra que vio moverse.

Oskar usó los prismáticos y localizó, sin poder ocultar su emoción, a un enorme animal, una mezcla de bisonte y toro, una especie que no había visto jamás. Le pasó los prismáticos a Göring, que reaccionó con una amplia sonrisa nada más enfocarlo. Prepararon sus arcos y decidieron disparar a la vez para abatirlo. Se escondieron detrás de dos árboles, eligieron una flecha con punta de acero y estrías, y adoptaron la posición de tiro antes de lanzar su mortal envío a una velocidad próxima a los trescientos cincuenta metros por segundo. Sin embargo, la inesperada aparición de un gigantesco oso al que no habían visto los dejó sin aliento. El úrsido atacó al enorme toro lanzando sus afiladas garras al costillar y la mandíbula al cuello del despistado animal. Completamente asombrado por la salvaje escena, Göring relajó el cordaje e hizo un gesto a su amigo para que esperaran antes de tirar. El violento bóvido se revolvió bramando, y por efecto de su imponente fortaleza le lanzó una potente cornada al oso, derribándolo aparatosamente. Con el cuello angulado y los ojos inyectados en furia, el toro clavó sobre la tierra su tercio trasero y embistió a su enemigo sin darle tiempo a responder. Del segundo golpe, el oso, aparentemente superior en fuerza, se golpeó la cabeza con el tronco de un grueso árbol y quedó medio atontado.

Göring apuntó con su arco y Oskar también. Uno buscando la yugular del fabuloso toro y el otro el corazón del oso.

Las dos flechas silbaron hacia cada objetivo. Pero antes de que hubieran penetrado en los cuerpos de los animales, repitieron disparo en busca de nuevos puntos mortales. Los animales habían quedado heridos sin solución.

—¡Excelente puntería! —exclamó Göring una vez frente al oso, al ver el certero destino de la primera flecha de Oskar que le había atravesado el corazón.

—Opino lo mismo. Pero, dime, ¿qué es ese bicho? No había visto nada parecido en mi vida.

Göring sonrió maliciosamente, dejándose la explicación más detallada para cuando se reunieran con su tercer invitado, Heydrich.

—Es un mito viviente.

Reinhard Heydrich era rubio, esbelto y atlético. Medía más de metro ochenta, amaba el tenis, la lectura, la natación y la hípica; tocaba el violín como el mejor de los concertistas y solo tenía treinta años. Su anfitrión, a los mandos de un gran panel desde donde controlaba una gigantesca maqueta de trenes de no menos de veinte metros cuadrados, era un hombre grueso, de cuarenta y dos años, apasionado por la naturaleza y la pintura clásica, excéntrico en sus gustos y a la vez refinado; héroe de la aviación en la guerra del catorce y morfinómano a causa de dos heridas de bala. Aunque en lo físico Hermann Göring era el polo opuesto a Heydrich, ambos encabezaban la cúpula de la Alemania nazi y compartían el sueño de convertir su pueblo en director de los destinos del mundo.

Göring colocó una curiosa locomotora eléctrica Schienen Zeppelin de treinta y siete centímetros de largo, que imitaba en su diseño a los afamados dirigibles, sobre las vías de una nevada estación alpina. Se la acababa de regalar Heydrich después de haber mandado a uno de sus colaboradores a recogerla ex profeso a la fábrica de juguetes en miniatura Märklin, en Göppingen, ciudad cercana a Stuttgart.

Al accionar el conmutador que daba electricidad a la vía, comprobó cómo su hélice impulsora trasera giraba en sincronía con la marcha del tren. Abrió emocionado los tres paquetes restantes envueltos en el papel de la afamada juguetería, y aparecieron tres vagones de transporte militar; uno con un potente foco, otro con un cañón y el tercero cargaba un tanque oruga.

—Excelente…, excelente… —Al incorporarse desde el suelo, se estiró a duras penas el chaleco de cuero negro y sopló aliviado al liberar el estómago demasiado constreñido con su anterior postura—. En Berlín hay una tienda especializada donde de vez en cuando me dejo caer para admirar las novedades de Märklin, pero estas no las conocía. —Le golpeó en la espalda con afecto—. Una vez más alabo tu buen gusto, y, cómo no, agradezco el detalle.

—Mi querido Hermann, con tu invitación a pasar el fin de semana me siento más que pagado. Nuestras esposas se adoran y no imaginas cómo añoro un largo paseo a caballo a primera hora de la mañana por los maravillosos bosques de tu finca. Reconozco que su naturaleza salvaje y la paz que se respira en ellos ha sido testigo de alguna de las decisiones más importantes que he tomado a lo largo de mi carrera.

Göring apagó los interruptores que daban vida a la maqueta, montada bajo la cubierta de la planta alta del edificio principal, y animó a Heydrich a acompañarlo al coqueto pabellón de caza, origen del resto de construcciones que formaban la colosal residencia, con idea de sorprenderlo.

Salieron al patio de entrada, delimitado por el edificio central y dos largos aleros, donde fueron saludados por la tropa de seguridad. Hermann, haciendo uso de su cetro de marfil y oro, que rara vez abandonaba, señaló la última escultura en bronce que acababan de traerle.

—Él todavía no lo ha visto. Lo encargué como homenaje a nuestro Führer. —Heydrich observó la figura de un lobo en posición de alerta, con las orejas en alto—. Está mirando al exterior de la guarida, protegiéndola. —Göring aprobó una vez más su calidad artística—. Imagino que nuestro querido Führer te habrá hablado alguna vez de las virtudes que desde joven vio en este animal, en el lobo; su astucia natural, la lealtad que demuestra hacia su manada, su persistencia a la hora de cazar o su ferocidad son algunos de los valores que nos propone continuamente.

Heydrich conocía la afición de Hitler por la simbología, y recordó haberle escuchado decir que hasta su propio nombre, Adolf, etimológicamente significaba «noble lobo», y desde luego su apodo, Herr Wolf, una forma de dirigirse a él reservada a sus más allegados. Ambas eran algunas de las pruebas de su inclinación por un animal que también había dado nombre a su cuartel más secreto y recóndito, al este de Prusia, al que había llamado Wolfsschanze, «la guarida del lobo».

—Hay otra estatua que no conoces; allá al fondo, antes del arco de salida. Se trata de un jabalí. Simboliza el mundo salvaje del bosque. La compré en recuerdo de *El cantar de los nibe-*

lungos; sin duda el mejor poema escrito sobre nuestras épicas leyendas, como bien sabes.

Su imaginación lo transportó a los oscuros bosques que daban fama a Karinhall, de los que acababa de volver de cazar, tal y como lo hacía su héroe Sigfrido, quien en el poema se enfrentaba valientemente a fieras y a dragones, o a los legendarios uros, esos mismos uros que se había encargado de recuperar. Cerró los ojos recorriendo las sombras de la muda arboleda, con el crujir de sus botas sobre la hojarasca, y le pareció volver a ver el perfil del mastodóntico ser contra la umbría de la ladera poblada de castaños, antes de ser atacado por aquel oso.

Heydrich, ante los excesivos minutos de silencio que parecían haber dejado a Göring como obnubilado, carraspeó varias veces para ver si conseguía devolverlo a la realidad.

—No hay nada más excitante que dar caza a un uro. —Los ojos de su anfitrión se abrieron de golpe y reflejaron su retorno a la consciencia—. Todavía no hace un año que empecé a repoblar los bosques de Schorfheide, aún en mis dominios, con esos toros de origen euroasiático: los *urus* o uros, herederos de aquellos enormes búfalos que un día poblaron las tierras de nuestros antepasados, y que les dieron tanta fama como aguerridos cazadores.

Heydrich, poco aficionado a la caza, reconoció su desconocimiento en la materia.

—Hace unos años puse a trabajar a dos de nuestros más ilustres científicos, curiosamente hermanos y directores de los zoológicos de Múnich y Berlín, para que recuperaran esa ancestral bestia que se había extinguido a mediados del siglo XVII.

Heydrich escuchó con interés cómo lo habían conseguido.

Göring explicó que los dos científicos habían buscado las formas originales del animal en varias pinturas de los siglos XV y XVI, donde los uros habían quedado inmortalizados, mezclando unos bóvidos de similares características, encontrados en unos bosques al este de Polonia, con los bisontes americanos.

—Si los vieras al natural... Son animales tremendamente peligrosos, crueles, diría que sanguinarios. En cuanto huelen tu miedo, solo estudian cómo matarte. Te aseguro que no existe una emoción más intensa que ver a una de esas moles viniendo hacia ti a toda velocidad con los ollares abiertos y sus ojos clavados en tu cuerpo... Ufff... Hace solo un rato hemos matado uno. Ya te enseñaré fotos otro día.

Al hilo de aquella exitosa recuperación animal, Göring recordó otra idea que llevaba tiempo madurando y aprovechó para comentarla con su invitado.

—¿Has escuchado alguna vez hablar del perro bullenbeisser?

Heydrich era aficionado a muchos deportes y se consideraba un adicto a la música clásica, pero de perros no sabía nada. Göring lo disculpó y le avanzó algunos detalles sobre ese animal.

—La antiquísima raza de los bullenbeisser, famosa por su increíble ferocidad y valentía, era usada por entonces para abatir toros, osos o cualquier otra bestia salvaje, pero desapareció hace mucho tiempo de nuestras tierras. Era tal su fortaleza que no había animal que se les resistiese; unos verdaderos colosos dentro de la especie canina.

—¡Qué interesante! —apuntó Heydrich, teniendo en mente su reciente visita al centro de adiestramiento y cría de Grünheide—. ¿Qué más sabes de ellos?

Göring situó su origen en época asiria, unos dos mil años antes de Jesucristo, con una importante influencia posterior en Grecia, donde estaban considerados como los mejores perros de guerra.

—Siglos después, sabemos que nuestros heroicos antepasados germanos, gracias a sus habilidades guerreras y al uso de feroces perros, se hicieron con media Europa ganándosela a los romanos. Pero también que dejaron constancia de ello introduciendo en muchos de aquellos nuevos territorios a un can capaz de enfrentarse a cualquier enemigo; un animal con una fuerza increíble, suficiente para frenar con su mordida a osos o a toros, a la espera de que su amo los matara después. Sin duda, se trataba de nuestro bullenbeisser.

Heydrich escuchaba a Göring con creciente atención, sin saber qué estaría maquinando el hombre con más poder después del Führer. Sus dudas quedaron resueltas al momento

—Quiero recuperar ese animal para Alemania, Reinhard. —Sus ojos parecían volar al compás de su sueño—. Estoy decidido a ello, como hice con los uros. ¿Qué te parece la idea?

—¡Me entusiasma! —contestó eufórico—. Sería como si rescatásemos una parte de nuestra esencia milenaria, el arma de esos viejos guerreros que derrotaron a todos los ejércitos cuando luchaban al lado de sus imbatibles perros. Si me lo permites, lo comentaré con Von Sievers. La oficina Ahnenerbe que está montando estará especializada en el estudio de nuestras tradiciones y mitos, y dispondrá de grandes expertos en todas las materias. Sé que esto le va a encantar. Y estoy pensando también en una persona que quizá sepa cómo conseguir recobrarlos para nuestro Reich. Aunque antes he de asegurarme de otras cosas. Ya te tendré al corriente.

—Háblalo con Von Sievers, sí. Yo seguiré estudiándolo por mi parte.

En el porche de entrada del pabellón de caza, el original de la finca que había sido regalo del Gobierno prusiano, la mujer de Göring, Emma Sonnemann, y la de Heydrich, Lina von Osten, estaban tumbadas sobre dos hamacas. Conversaban con un vino espumoso en la mano disfrutando del sol de abril y de la amena conversación de Oskar Stulz, quien les contaba alguna de sus anécdotas en España, donde estaba destinado. A los pies de las mujeres, dos enormes dogos dormitaban en el suelo.

—No se te ocurrirá sacarlo. —La que fuera actriz, Emma, conocía demasiado bien a su marido. Por eso, al verlo entrar con Heydrich en la cabaña imaginó cuál era su intención—. Te recuerdo que están los perros sueltos.

—Descuida, querida, no pasará nada.

Emma previno a Lina y a Oskar.

—Veáis lo que veáis, ni se os ocurra moveros.

—¿Qué sucede? —preguntó Oskar agarrado a un Martini, mientras se encendía un cigarrillo.

—Un nuevo capricho de Hermann. Uno más.

Göring abrió con llave la puerta del pabellón de piedra y entraron en su interior. Al fondo de una cálida sala de estar y al lado de una generosa chimenea, la cabeza de un joven león se volvió hacia ellos. Heydrich, al percatarse de lo que era, dio un paso atrás.

—Tranquilo, Reinhard, es un cachorro de seis meses que de momento solo se plantea jugar.

El animal se levantó y buscó a su amo bostezando. Unos afilados colmillos encerraban una pesada lengua rosa. El león se puso a dos patas colocando las delanteras sobre los hombros de Göring, quien a duras penas pudo con él sin caerse.

—¿Qué te pasa, muchacho? ¿No vas a recibir a tu amo con un lengüetazo?

El león, que a pesar de su juventud debía de pesar más de cien kilos, le lamió feliz la cara y observó a continuación al invitado. De vuelta al suelo rugió dos veces y se acercó a Heydrich, quien a pesar de confiar en el criterio de Göring sintió un enorme respeto por aquella fiera.

—Igual te lo pido prestado. Con él, dudo que mis detenidos no canten. —Con una forzada sonrisa disimuló la tensión que le tenía medio paralizado—. Me imagino la cara de pánico que pondría más de uno si lo viera entrar conmigo a un interrogatorio.

Göring tiró de su collar para sacarlo al exterior.

—A todo esto, ¿has podido avanzar en esa importante y tan anhelada reorganización de los Servicios de Información?

—Vamos a buen ritmo, sí —contestó Heydrich—. Cuento ya con dos centenares de agentes que he seleccionado personalmente. Y el mes pasado quedó organizado todo el trabajo en cinco secciones a las que he asignado recursos proporcionales: judíos, marxistas, líderes religiosos, opositores de derechas y liberales, y por último masones.

—Tenemos demasiados enemigos en el Reich —proclamó convencido Göring—. Si pudiéramos ser más contundentes con esa basura de gente, aplastaríamos cualquier capacidad de respuesta a las nobles aspiraciones de nuestro Führer. Y lo necesitamos.

Heydrich, que entendía la extensión de sus palabras, compartió sus planes en ese sentido.

—Mi idea es sembrar Alemania de campos de reclusión, tomando como modelo Dachau. El trabajo de su director está siendo impecable y su experiencia valiosísima para no repetir errores con los próximos.

—Sin duda Theodor Eicke nos será muy útil para ese empeño. Estoy de acuerdo.

Al salir al exterior de la cabaña los dogos se abalanzaron al león para jugar con él. Lina gritó de espanto, pero siguió los consejos de su amiga y se quedó quieta, aferrada a la manta que le había servido para protegerse cada vez que se iba el sol. Oskar sin embargo quiso acariciarlo, idea que descartó en cuanto sus ojos se cruzaron con la amenazante mirada del animal y escuchó un gruñido de advertencia. Göring le lanzó un pedazo de carne para evitar problemas, sintiendo en ese momento un doloroso vacío en su estómago.

—Yo no sé vosotros, pero tengo hambre. Vamos a comer.

De camino al salón principal de la residencia, adelantándose al resto del grupo, buscó la compañía de Oskar para que le pusiera al día de su trabajo en España.

—¿Cómo te va por ese turbulento país?

—Sabes que no puedo vivir sin pilotar un avión, y en ese sentido no me puedo quejar. Sigo entrenando a los nuevos pilotos contratados por la compañía Iberia y por tanto respiro el suficiente queroseno para ser feliz. Y además voy a cazar siempre que puedo. No te imaginas el potencial cinegético que tiene aquel país; perdices, corzos, jabalíes, venados, liebres. Hay un sinfín de posibilidades para un aficionado como tú, tantas que casi se podría recorrer de un extremo al otro saltando de coto en coto.

—Te envidio. —Suspiró fastidiado. Tenía tal cantidad de trabajo que vivía pegado a la mesa de su ministerio.

—¿Te preparo una buena batida de corzos?

La propuesta no podía ser mejor, pero sus posibilidades nulas, como así lo expresó. Sin embargo, pensó en otra idea que podría servirle de ayuda.

—Oye, Oskar, tú que gozas de cierta libertad de movimientos por España y que te apasiona la caza tanto como a mí, ¿podrías investigar qué razas de perros tienen que compartan procedencia con las nuestras?

—No parece un encargo difícil, cuenta con ello. ¿Necesitas algo más?

Göring lo pensó y se le ocurrió otra tarea.

—Pues sí. También me interesaría saber quién puede ser el mejor especialista español en genealogía e historia de sus razas caninas.

Oskar, extrañado por la naturaleza de su petición, imaginó que estaría buscando algún perro especial para cazar en sus bosques, pero no le pareció oportuno preguntárselo cuando su anfitrión había decidido no ser más concreto. Por su lado, Göring, consciente del extraño encargo, prefirió no avanzarle detalles hasta tener más madura la idea de su proyecto bullenbeisser.

—Si encuentras algo interesante, sea lo que sea, coméntamelo directamente a mí. Y ahora unámonos al resto.

Las dos mujeres, al ser informadas por Heydrich de la excepcional inauguración del castillo de Wewelsburg que iba a tener lugar a mediados de junio, el último capricho de Himmler, empezaron a pensar qué vestidos lucirían para tan magno acontecimiento. Ningún alto dirigente del partido había visto todavía el resultado final de las obras de restauración de aquella fortaleza, pero se imaginaban algo grandioso, dada la millonada de marcos invertidos y las ensoñaciones de su promotor.

—Creo que me decidiré por uno rojo, bien ceñido y escotado —apuntó Emma, que lucía mejor tipo que la otra.

—Pues yo estrenaré uno que tengo encargado; uno de tres colores, los de la esvástica; negro, blanco y rojo. Conozco demasiado bien a nuestro excéntrico amigo Himmler y sé cómo le gusta que cuidemos la simbología.

Embajada alemana
Calle de los Hermanos Bécquer
Madrid
6 de mayo de 1935

IX

Las luces se apagaron en el salón principal de la embajada y el proyector empezó a trasladar hasta una gran pantalla la película *El triunfo de la voluntad*, de la directora Leni Riefenstahl, una cinta de propaganda política que recogía la multitudinaria concentración del Partido Nazi en Nuremberg, celebrada en septiembre del año anterior. Unas larguísimas filas de alineados militantes rodeados de un mar de esvásticas acompañaban con fervor las palabras de un Hitler enardecido.

En las sillas habilitadas para el visionado de la película se encontraban algo más de dos centenares de personas. La mayoría eran miembros de la colonia alemana en Madrid; empresarios, funcionarios de la legación diplomática, profesores del Colegio Alemán y una docena de miembros del Partido Nazi en España. Pero también habían sido invitados varios periodistas afines al régimen germano, algunos miembros de la alta sociedad madrileña y otras personas con estrechas vinculaciones comerciales o familiares con aquel país.

Zoe se sintió inmediatamente incómoda con el contenido del film. Conocía muy bien la historia de Alemania, su cultura, y había tenido que aprender la vida de sus principales músicos, filósofos, artistas y científicos. Al haber estudiado en el sistema académico alemán y convivido con compañeras y profesoras nacidas en aquel país, entendía el trasfondo ideológico del discurso del Führer, pues ensalzando al pueblo ario como lo hacía, le devolvía el orgullo perdido en la pasada Gran Guerra. Por eso interpretó sus gestos bruscos, casi violentos, como una forma de reforzar su mensaje ante la entregada multitud.

Después de una ovacionada primera intervención, Hitler pasó, esta vez con voz más profunda y serena, a reclamarles su entrega, su lealtad y, sobre todo, su trabajo para entre todos construir el tercer Reich; el nuevo imperio.

Miró de reojo a su amiga y comprobó que los efectos de la arenga en ella eran diametralmente opuestos a los suyos. Zoe repudiaba tanto aquella ideología que lo que le pedía el cuerpo era levantarse e irse en ese preciso momento, pero decidió no hacerlo. Sería una descortesía por su parte, y podría poner a su amiga en un aprieto con su padre el embajador, al que localizó dos filas por delante. Aguantó hasta que terminó la película, con la salida en coche descubierto del funesto líder y los títulos de créditos. En la sala, un cerrado aplauso coincidió con el encendido de luces y los primeros movimientos de sillas.

Julia se arrimó a Zoe y habló en voz baja:

—Con verte la cara no me hace falta preguntar qué te ha parecido. Pero tranquila, como puedes imaginar no te hice venir solo por esto. Espero compensártelo durante el cóctel cuando te presente a un individuo muy interesante. Pero ahora vamos al jardín, que quiero hablarte de Oskar y necesito fumar un cigarrillo.

—¿He venido a la embajada para conocer a ese tal Oskar?

—No, qué va... Oskar es..., bueno, digamos que lleva unas semanas rondándome y he de reconocer que me tiene loca.

—Entiendo. Tu última conquista.

Zoe se levantó tras ella acusando un agudo dolor de pies. El vestido negro que le había prestado le sentaba perfecto, pero los zapatos no tanto. Todavía no sabía para qué la había hecho ir, pero Julia era así. Le encantaba mantener el misterio hasta el final.

Estaban saliendo de su fila de sillas cuando forzaron a levantarse a un apuesto oficial alemán, oportunidad que el hombre aprovechó para estudiarlas con cierta indiscreción; Julia no pasó por alto el detalle y sonrió con coquetería. Siempre había sido así; la más exitosa de las tres en asuntos de hombres, la más desinhibida y simpática, y además la más guapa. Durante la adolescencia, Zoe había envidiado su carácter, pero sobre todo su irresistible *charme*; una virtud heredada de su bellísima madre chilena, una de esas mujeres que cada vez que entran en algún lugar se atraen de inmediato a todos los presentes, sean varones o no. Su hija, con similares dones, aparte de un físico perfecto, preciosa melena oscura y ojos enormes y azules, se había convertido en una competencia imposible para Zoe y Brunilda a la hora de ganarse el interés de los chicos.

—¿Te has fijado en lo atractivo que era?

Julia se volvió para comprobar si seguía mirándola y sonrió al confirmarlo. Aceleró el paso para esquivar a la gente que trataba de saludarla y buscó la salida del palacete al jardín.

—Me he fijado más en las insignias de su uniforme. —Zoe se levantó el ajustado traje negro por encima de las rodillas para afrontar la importante altura de los escalones que terminaban en el césped.

—¿Cómo eran? Ni las he visto.

—¡De las SS! —contestó sin disimular su desprecio.

—Mira, no sé… A mí no me parece tan abominable lo que defienden. En realidad, intentan curar las heridas de nuestro pueblo y devolverle el orgullo. Y además, y eso no me lo negarás, les sientan tan bien esos uniformes oscuros…

Buscó la zona más discreta del jardín; un rincón escondido entre dos arbustos donde había un banco de piedra. Una vez sentadas sacó un cigarrillo americano de su diminuto bolso y una caja de cerillas. Con la primera calada cerró los ojos con una expresión de placer.

—Si me viera mi madre, me mataría. Dice que no hay nada peor en la mujer que un aliento con olor a tabaco, pero también tengo remedio para eso. —Con gesto pícaro le enseñó un pequeño vaporizador con un fuerte olor mentolado.

Zoe la oía hablar, pero no escuchaba. Verse allí, tan arreglada, en uno de los edificios más lujosos de Madrid y con aquellos selectos invitados, le resultaba tan ajeno a su vida en esos momentos que se sintió incómoda.

—Julia, esto ya no es para mí.

Ante la contundencia de su comentario, su amiga descartó cualquier otra conversación para centrarse en algo que quería decirle desde hacía tiempo.

—Imagino a lo que te refieres, y no estoy de acuerdo. Este mundo no te ha rechazado. Y lo que más me preocupa es cómo te has distanciado de nosotras.

—¿Para qué os voy a amargar?

Julia aplastó el resto de cigarrillo en el suelo y escondió la colilla entre las ramas de uno de los setos.

—Zoe, Zoe... Muchos dicen que soy una mujer superficial y simple, y quizá tengan razón, no lo niego. Con los años he asumido que Dios no me dio una mente brillante, aunque me lo compensó con un buen físico. Por eso mi madre, desde bien pequeña, me enseñó a sacarle partido, para que cuando fuera mayor supiera atraerme un marido guapo y pudiente. Pero cuando vinieron los problemas, y algunos fueron muy agobiantes, qué te voy a contar que no sepas, nunca, nunca dejé de compartirlos contigo. ¿O no fue así?

—Es verdad; siempre has sido completamente transparente. —Zoe empezó a acusar el golpe.

—¿Entonces, por qué no haces lo mismo? —Su mirada no podía ser más expresiva—. Tu vida ha cambiado como de la noche al día, y soy consciente de las dificultades por las que estás pasando. No te dejaste ayudar cuando te ofrecí mi casa y ahora me preocupa tu silencio. Tanto Bruni como yo queremos ayudarte, pero si no sabemos lo que te pasa, poco podemos hacer. —Zoe asintió, sabía que su amiga tenía razón—. Apóyate en nosotras, somos tus mejores amigas.

—Os lo agradezco, de verdad, pero creo que debo salir sola de esto. Necesito saber que puedo conseguirlo.

Se miraron en silencio, mientras a lo lejos se oía el murmullo de las conversaciones entre los invitados, los brindis y los saludos.

—Respeto tu decisión, pero no conseguirás que tire la toalla.

—Señorita Welczeck, el señor Stulz la busca, y su madre también.

Uno de los empleados de la embajada la acababa de localizar para darle el encargo.

—Gracias, Markus, iremos de inmediato.

Mientras volvían a la recepción, Julia le aclaró que el señor Stulz era su Oskar, Oskar Stulz.

—¿Te ha pasado alguna vez que nada más conocer a un hombre te das cuenta de que se va a convertir en alguien importante en tu vida? —Zoe pensó en su marido Carlos, pero no lo quiso decir—. A mí me sucedió el mismo día en que me presentaron a Oskar. Es piloto, teniente de la Luftwaffe, y ejerce como instructor para Iberia. Ya verás qué inteligente es y qué buena planta tiene.

—Te noto algo más que interesada por él.

—De momento hemos salido solo cinco veces, pero es verdad, me tiene atrapada. Me contó que proviene de una antiquísima familia de Baviera, propietaria de numerosas fábricas de cerveza repartidas por la región de Nuremberg. Sin embargo, su padre se saltó la tradición después de haber combatido en la guerra del catorce y quiso que su hijo hiciera carrera en el ejército. Quizá por eso no parezca el típico militar. Es educado, romántico, seguro de sí mismo, guapísimo... Y yo creo que le gusto, Zoe. Pero será mejor que lo conozcas ya y juzgues por ti misma.

Al entrar en el salón, y tras una fugaz búsqueda entre los invitados, lo localizó cerca de donde se estaban sirviendo las bebidas.

—Es ese. —Señaló discretamente a un grupo de tres militares en animada conversación—. El de uniforme gris claro.

Caminaron hacia ellos.

—Oskar, quiero que conozcas a mi amiga Zoe.

El hombre recibió a Julia con un abrazo un tanto excesivo, algo que a Zoe le extrañó teniendo en cuenta el lugar donde estaban y lo poco que se habían tratado. Con un golpe de vista tuvo que reconocer que la descripción de su amiga no había sido exagerada. Armado con una sonrisa y una mirada verdaderamente cautivadoras, el joven era algo más que el vivo ejemplo del clásico perfil alemán; rubio, ojos claros, nariz perfecta y mentón proporcionado, cabellera rasurada por los lados, cuerpo atlético y buena estatura.

—He escuchado cosas estupendas sobre ti, Zoe —se expresó en un español muy mejorable.

—Puedes hablar en alemán si lo prefieres —contestó ella, fijándose en la sonrisa de boba que lucía su amiga.

—¿Las señoritas querrán alguna bebida? —les ofreció un camarero.

—Una copa de vino blanco para mí —contestó Zoe, antes de que Julia pidiera lo mismo.

Oskar se despidió de los hombres con los que había estado hablando y a continuación se dirigió a Zoe.

—Tengo entendido que eres una apasionada de los animales. —Ella se lo confirmó a la vez que probaba el aromático vino—. Pues aquí tienes a otro, y no imaginas hasta qué grado. Tendrías que conocer a mis perros weimarianos en plena caza. Me he traído a Madrid una hembra, o sea que un día si quieres verla…

—¿En serio tienes bracos de Weimar? Por Dios, si son preciosos.

Zoe sabía que para la caza era una de las razas más reconocidas en el mundo, por su habilidad como cobradores.

—Sí, y nada menos que dieciséis. —Sonrió, encantado de tener a una interlocutora que manifestaba idéntica devoción por el mundo canino. Desde ese momento supo que se iban a llevar muy bien.

—He escuchado decir que tienen un carácter muy especial, que son muy tímidos. ¿Es cierto que necesitan que se les hable en voz baja y con dulzura? Mi padre es un ferviente cazador y recuerdo lo bien que hablaba de ellos.

Julia, desde su silencio, empezó a notar entre ellos un flujo de afinidades que le agradó.

—¿Con qué perro cazaba?

—En casa, para la caza mayor, tenía una pareja de sabuesos, sabuesos españoles. ¿Los conoces?

—La verdad es que no. He visto sabuesos franceses e incluso ingleses, pero nunca uno español. ¿Todavía tienes alguno?

—No, desde que vivo en Madrid no tengo perro.

En respuesta al interés que Oskar le manifestó a continuación, deseoso de conocer más cosas sobre aquella raza, ella empezó a explicar sus principales detalles morfológicos, así como sus más destacadas cualidades, refiriendo su origen a los reinos astures del siglo once. Encantados con el objeto de su charla, a los sabuesos los siguieron otras razas en una conversación que no parecía tener fin, y que derivó después de un rato a asuntos más personales.

—Yo también quise ser veterinario —confesó Oskar en un momento de la charla—, pero para mis padres eso significaba el peor de los sacrilegios posibles. Desde la más vetusta tradición familiar, para un Stulz no había más alternativas que seguir en el negocio de la cerveza o entrar en la milicia; los únicos trabajos que se han repetido de generación en generación.

Julia, con la copa vacía en su mano y la cabeza en otro lado, en ese momento localizó al contacto por el que había hecho venir a Zoe.

—Perdonad que os corte. Oskar, espérame aquí. Ha llegado el momento de presentarte a alguien —se dirigió a su amiga. Zoe se terminó la copa y emplazó a Oskar para continuar su charla en otra ocasión.

—Cuando gustes. Me ha encantado conocerte. —Le besó la mano.

Mientras las dos mujeres se dirigían en busca del misterioso personaje, Zoe aprobó la elección de su amiga con la mejor nota.

—Mira que te he conocido novios, pero creo que por fin has dado con un tipo interesante.

Julia le dio un beso. Se la veía realmente enamorada.

El estricto protocolo de la recepción tenía que ver con la presencia del capitán de navío Wilhelm Canaris, de visita por España. Su dominio del español y su excelente relación con algunos de los más notables hombres de Estado, así como con importantes empresarios españoles, le animaban a visitar el país con cierta frecuencia. En los ambientes gubernamentales sus estancias no agradaban, pero era importante mantener las relaciones diplomáticas con Alemania en un nivel de razonable respeto mutuo. Otra cosa era lo que el propio presidente o los ministros pensasen sobre la inquietante deriva que estaba tomando el Partido Nacionalsocialista. Por ese motivo, la presencia del alemán solía ser controlada de forma discreta por un equipo de información del Ministerio de Estado. Era de imaginar que en aquella recepción hubiese alguno de sus miembros, quizá bajo la falsa adscripción de empresario.

—Bueno, a ver si de una vez por todas me revelas ese secreto que estás llevando con tanto misterio. —Zoe saludó a dos antiguas compañeras de colegio de camino y a su profesor de Literatura; un berlinés al que recordaba con angustia cada vez que tenía que declinar las preposiciones que regían en dativo, en acusativo o en genitivo.

—Ya queda poco, espera. —Julia se iba haciendo hueco entre los invitados y los camareros, armados con bandejas llenas de canapés y bebidas. Atravesar aquel salón de lado a lado les costó una eternidad—. ¿Ves al hombre que se acaba de apoyar sobre la repisa de aquella chimenea? —Julia dirigió su mirada en esa dirección y Zoe jugueteó con uno de sus rizos llena de curiosidad—. Pues ese, como que me llamo Julia, te va a dar tu primer trabajo.

—¿De qué? —La sujetó por el codo para saber algo antes de enfrentarse a él.

—Quédate con este nombre: Max Wiss. Es suizo, de cincuenta y pocos, casado con una concertista de piano, riquísimo y cultísimo. Pero ahora viene lo mejor: acaba de ser destinado a las oficinas de Madrid desde la central de la Cruz Roja Internacional.

De momento, Zoe no encontró nada que lo hiciera interesante para ella.

—¡Sigue, por favor!

—El señor Wiss habla en alemán, sabe inglés y francés, pero casi nada de español. Hace pocos días, se presentó en la embajada solicitando un intérprete para entenderse en el trabajo, al menos hasta que consiga un cierto nivel de español.

Zoe la cortó.

—¿Me propones que trabaje de intérprete para él?

—¡No! Llegué tarde a eso. Ya le habían asignado a otra persona. Su elevada posición en la Cruz Roja hizo que se entrevistara directamente con mis padres, y fue a ellos a quienes les trasladó otra de sus peticiones. —Mantuvo un deliberado silencio para darle más tensión al momento. Zoe protestó—. Vale, te cuento. Les preguntó si conocían a algún miembro de la colonia alemana en España que hablase a la perfección el francés y el alemán, y que tuviera además..., y agárrate, experiencia y conocimiento en el manejo de perros.

—¿Cómo? ¿De perros? —La expresión de Zoe cambió de golpe—. ¿Para qué? ¿Tus padres le hablaron de mí?

Julia sabía que la siguiente frase le iba a producir un contundente efecto, por lo que la pronunció con enorme ilusión.

—Para organizar la primera unidad canina de socorro de la Cruz Roja Española.

—¡No me lo puedo creer! —proclamó Zoe.

—Hecho a tu medida —apuntó Julia.

—¡Preséntamelo! No perdamos más tiempo.

—Espera... No te adelantes. —Julia sacó de su bolso un papel doblado, se lo pasó y sonrió. Zoe lo cogió a toda prisa y leyó su contenido. Tenía escritos un día y una hora—. Te va a entrevistar. Pero vas a tener que sacar lo mejor de ti, porque confesó a mis padres que en realidad buscaba a un varón. Mi madre peleó todo lo que pudo por tu causa, pero él insistió en su idea. Porque, según dijo, trabajar con perros exigiría a su adiestrador bastante fuerza y sobre todo autoridad.

Zoe se sintió medio mareada por lo que estaba escuchando. A pesar de que lo tuviera difícil, albergó esperanzas.

—Gracias, gracias... Un millón de gracias. —Le dio un sentido beso en la mejilla—. Y también dáselas a tus padres de mi parte. Son un encanto. Pero, oye, ¿le contaron algo más de mí?

—No, Zoe. Ese hombre no sabe casi nada de ti. Tendrás que jugar bien tus cartas. Y no me des las gracias. Los favores entre amigas no se han de agradecer.

Max Wiss dibujó una comedida sonrisa cuando Julia le presentó a Zoe. Besó su mano con cortesía, pero su mirada no se dirigió en un primer momento hacia ella, sino a otro punto de la sala.

—Discúlpenme... Estaba buscando a un hombre con el que he de hablar con urgencia antes de que se me escape. Pero ya estoy con ustedes. —Se fijó detenidamente en Zoe—. Gracias a las referencias que me dieron de usted, pero sobre todo porque partieron de quien partieron, le haré una entrevista pasado mañana. Será entonces cuando le cuente con detalle en qué consiste el trabajo. Después ya veremos. —Volvió a escudriñar entre los invitados, muy inquieto—. Les pido perdón, pero ahora, como les decía, he de atender un asunto importante.

La actitud esquiva del hombre y su impactante aspecto consiguieron que Zoe se sintiera incómoda. Debía medir más de un metro noventa, ojos profundos, mentón marcado y mejillas secas, cuidado corte de pelo y un traje de impecable factura. No era atractivo, pero su estilo clásico realzaba su imagen.

—No queremos robarle su tiempo, no se preocupe. Allí estaré. Pero quiero que sepa que su proyecto para la Cruz Roja me parece fascinante —nada más decirlo, Zoe se arrepintió, al obligarle a volver cuando ya había empezado a caminar.

—Sí, sí..., lo es... Me disculpan, ¿verdad?

Cuando se quedaron solas, Julia tranquilizó a Zoe al verla confusa.

—No puedo decir que haya sido la mejor presentación del mundo, pero lo importante no es lo de hoy; prepárate muy bien esa entrevista porque será cuando te lo juegues todo.

—Dispongo solo de un día para pensármela, pero te juro que lucharé como una fiera para conseguir ese puesto. ¡Qué feliz me haría!

—¡Esa es mi amiga Zoe!

Julia se excusó por tener que atender al resto de invitados, pero a Zoe no le importó. Localizó a Max hablando con dos hombres y lo estudió discretamente, sintiéndose bien pero rara. Por fin le había pasado algo positivo —reconoció—, pero la rapidez de los hechos no le estaba permitiendo disfrutar del todo. Trató de relajarse. La orquesta estaba tocando en esos momentos una *suite* francesa de Bach, una de sus preferidas. Decidió pasear entre la gente, saludando a alguna que otra compañera, con la única compañía de una copa de champán en la mano y su corazón lleno de ilusión.

Al cabo de un rato buscó de nuevo a Julia y la encontró junto a Oskar.

La expresión de felicidad de su amiga lo decía todo. Tenía que reconocer que aquel tipo era de lo más interesante y además un agradabilísimo conversador. Solo había una cosa que no le gustaba: su uniforme. Si había algo que odiaba de la vida social alemana era la injerencia de la política nazi en todo. Desconocía si estaría afiliado al partido o no. Solo deseaba que no fuera así, porque odiaría que su amiga se viese afectada por ello de una manera u otra.

Él sintió su mirada desde lejos y le sonrió encantador.

Konzentrationslager
Dachau. Noroeste de Múnich
10 de mayo de 1935

X

Luther Krugg, veterinario del centro de cría y adiestramiento canino de Grünheide, conducía su coche particular delante de un camión cargado con cincuenta perros que tenía que entregar en una pequeña población cercana a Múnich, en Dachau, después de haber recorrido algo más de seiscientos kilómetros. Su única referencia era un nombre, el capitán de las SS, Rudolph Mayer, quien le indicaría la ubicación de los animales y el plan de trabajo para entrenarlos con sus nuevos guías.

A pocos kilómetros de su destino rememoró las vicisitudes que había tenido que superar hasta llegar allí. Su jefe, Adolf Stauffer, había sido informado de aquel destino con pocos días de antelación, y ese lugar supuso para ambos una negra noticia. Toda Alemania sabía que se trataba de un lugar de reclusión para presos políticos, levantado bajo el expreso deseo del Führer hacía poco menos de dos años, aunque había sido vestido oficialmente como centro de trabajo. La búsqueda de una mayor agresividad en los perros ya tenía respuesta.

Para conseguir aquella indeseable aptitud en los animales, Luther había tenido que modificar sus habituales pautas de trabajo, pensadas específicamente para el adiestramiento de perros patrulla, introduciendo nuevos ejercicios que desarrollaran en los canes una mayor fiereza. No había sido sencillo.

A pesar de sus reiteradas objeciones ante una tarea que atentaba contra su ética profesional, las órdenes de su director habían sido tajantes. El hombre, atenazado por el peso político del principal promotor de la idea, Heydrich, no solo no había tenido en cuenta la opinión de su veterinario, sino que además le había exigido una dedicación plena.

El pastor alemán era un perro genética y formalmente acostumbrado a la convivencia con el hombre, nunca a atacarlo. Luther y todos sus ayudantes lo sabían, pero a pesar de ello habían tenido que empeñarse en estimular esa innoble actitud en unos animales que tardaron en entender lo que se les pedía. Tuvieron que descartar el uso de perros adultos, o ya educados, al constatar la incapacidad que demostraban para soslayar su instinto, decidiéndose por los más jóvenes, cachorros entre seis y ocho meses de edad. Luther, apremiado por el poco tiempo que le habían dado y después de haber ensayado con ellos una y otra técnica, finalmente había conseguido establecer un sistema que aumentaba sensiblemente su agresividad. Pero como sabía que para la educación de los perros la formación de sus instructores era crítica, decidió que, además de hacerles llegar los animales, pasaría unos días dentro del campo para acostumbrarlos a obedecer a diferentes amos, tantos como turnos de patrulla. Una empresa sobre la que también mantenía serias dudas.

Luther regresó de sus recuerdos al alcanzar la pequeña población de Dachau. De ella arrancaba la carretera que terminaba en la entrada del campo.

Era mediodía cuando la vio.

Sobre dos grandes portones de madera se perfilaba un arco de piedra presidido por una enorme águila, con una esvástica entre sus garras. Una pareja de soldados le dieron el alto. Luther bajó del coche, se identificó y esperó intranquilo a que le devolvieran su documentación. En menos de un minuto los dos hombres salieron de la garita blindada dando órdenes para que levantaran la barrera. Las puertas de Dachau se abrieron y el coche de Luther con el camión de los perros detrás tomó el primer camino a la izquierda siguiendo la indicación «Academia y campo de entrenamiento. Waffen SS».

Luther, con una extraña sensación de amenaza, observó a su derecha unos enormes garajes ocupados con motocicletas y coches blindados, detrás de ellos un horno de panadería cuyo olor penetró agradablemente por la ventanilla, y después dos grandes naves. Siguieron el camino hasta llegar a un edificio rodeado de zonas ajardinadas donde les habían indicado que encontrarían al capitán Mayer. Aparcó su vehículo en la entrada, y preocupado por el estado de los perros se dirigió al camión antes de preguntar por el oficial. Los animales lo recibieron con ansiedad y con un sonoro coro de ladridos.

—Tranquilos, chicos, en un rato todo habrá terminado.

Con gran agitación, los canes lo miraban a través de las rendijas de los cajones donde eran transportados. El camión disponía de dos pisos con veinticinco perros en cada uno. La jauría atrajo de inmediato la atención de un sinfín de curiosos que se acercaron a verlos.

—¿Herr Krugg?

Luther miró a su espalda. Las insignias del hombre que lo acababa de nombrar por su apellido coincidían con las de un capitán de las SS.

—Soy yo. Imagino que usted será el capitán Mayer.

—Por supuesto. Encantado de tenerlo entre nosotros. —Se aproximó a uno de los camiones sin poder resistirse a mirar—. Espero que no hayan tenido demasiados incidentes durante el viaje.

—No los hemos tenido porque apenas hemos parado, solo para repostar; muy a pesar de lo que hubieran preferido ellos, claro. —Los señaló con la mirada—. Decidimos que controlar a cincuenta perros entre tres personas podía ser una auténtica locura.

—Nadie los conoce como usted. ¿Cómo hemos de proceder con ellos?

—Lo más urgente es que beban. Después, si se pudiera, les vendría muy bien correr un buen rato, a ser posible en algún recinto vallado.

El capitán mandó que trajeran las correas para los perros e hizo formar a veinticinco soldados para que se hicieran con una pareja cada uno. Una vez que tenían todo preparado, Luther se dirigió al camión y abrió una portezuela lateral. Por ella apareció la cabeza de un animal, lo bajó en brazos y se lo pasó al primer soldado que le colocó de inmediato su correa. Demostrado el procedimiento, se formaron dos filas de hombres, de tal modo que, uno a uno y en menos de veinte minutos, consiguieron vaciarlo. Después de beber, los fueron llevando hasta un campo de fútbol donde quedaron sueltos.

Cuando terminaron con todos, Luther y el capitán Mayer, apoyados sobre la valla, contemplaron las imponentes carreras y quiebros que daban, gastando la energía que llevaban acumulada de tan largo viaje.

—Son verdaderamente magníficos —comentó el capitán.

—Sí lo son, es verdad. Tienen una raza portentosa.

Pasados unos minutos el capitán lo invitó a conocer el emplazamiento donde quedarían alojados los perros, en un lugar bastante separado de los pabellones dormitorio de los soldados. Luther apreció de inmediato su diseño como también sus excelentes condiciones de ventilación y limpieza. Se trataba de una larga hilera de casetas de madera con un pequeño patio exterior, todo enrejado, y con una puerta de acceso que miraba hacia un frondoso bosque. El capitán agradeció los elogios.

—Hasta que se familiarice con las enormes dimensiones de Dachau, podrá comprobar que el diseño de este campo está pensado para que los recorridos y los edificios de uso común queden cerca los unos de los otros. Dachau consta de treinta y seis pabellones dormitorio para unos cinco mil soldados y una veintena de casas para los oficiales. Le hemos preparado una de ellas para que su estancia con nosotros sea lo más agradable posible.

—No me lo imaginaba tan grande. —Por más que miraba a su alrededor, Luther no dejaba de ver edificios.

—Créame que lo es. Ahora nos encontramos en el área de la academia, la más importante que tienen las SS en Alemania, donde se están formando los nuevos oficiales. Pero ahí no termina todo, el complejo también encierra un batallón completo de soldados con un total de ciento veintiocho edificaciones, que ocupan su dos terceras partes. Y en su cara este se localiza el recinto para los presos con dieciséis edificios, aunque en breve serán treinta y cuatro, porque no dejamos de recibir nuevos. Esa última parte del campo se encuentra aislada del resto, opera con tropas específicas y tiene un régimen de funcionamiento autónomo.

Una vez de vuelta a donde estaban los perros, escucharon unos pasos que se acercaban por detrás. Al volverse, Mayer saludó, mano en alto y haciendo sonar las botas, al comandante en jefe de Dachau, Theodor Eicke, que acababa de ser avisado de la llegada de los animales.

Luther, en su condición de civil, le estrechó la mano.

—¡Bienvenido a Dachau! —proclamó Eicke con una mueca lo menos parecida a una sonrisa.

De un solo vistazo, Luther decidió que el personaje era de temer. Corpulento aunque tieso como una vara, ojos claros, gruesa nariz y mentón fuerte, su voz sonaba áspera y seria.

—Le agradezco su bienvenida, comandante.

—Desde el mismo día que nuestro *gruppenführer* Heydrich nos habló de estos perros tan especiales, estamos deseando tenerlos por aquí. —Observó con gesto de satisfacción cómo corrían por el campo de deportes; le parecieron inagotables—. ¿Están todos los que les pedimos?

Luther confirmó que en solo dos días llegarían cincuenta más.

—Perfecto, perfecto… ¿Y cuándo estarán listos para el trabajo?

—Necesitaré por lo menos dos semanas, una de aclimatación y la siguiente para que se familiaricen con sus nuevos guías —contestó el veterinario.

—Es comprensible. Pero verá, se nos ha presentado una circunstancia excepcional que va a requerir acortar esos tiempos. Esperamos la visita de Himmler el próximo miércoles y lógicamente han de estar listos para entonces; los quiere ver en acción. ¿Podrá conseguirlo en menos de una semana? —La fría expresión de Eicke dejaba claro que no iba a admitir una negativa.

—Haré lo posible para que así sea.

—Perfecto, perfecto... Nos veremos. —Se dio media vuelta y tomó dirección este, probablemente hacia el campo de prisioneros, pensó Luther.

El capitán, una vez se quedaron de nuevo a solas, suspiró aliviado.

—Hágame caso, herr Krugg; trate de no tener nunca en contra a ese hombre. ¿Me comprende?

—Le agradezco la recomendación. Así lo haré.

Mayer lo acompañó hasta la casa que le habían asignado y se la enseñó comentando algunos datos de orden interno: los horarios del comedor, dónde debía dejar la ropa para su lavado, y el nombre del suboficial que estaría a su servicio durante toda la estancia. Cuando estaba a punto de despedirse, Luther le hizo una pregunta que desde hacía un rato le estaba quemando en la boca.

—Disculpe si le parezco demasiado curioso, capitán, pero se me explicó que los perros serían usados para patrullar el campo de prisioneros. ¿De cuántos presos hablamos?

Mayer no le había dicho todavía a Luther que quien se responsabilizaba de la tropa de vigilancia del recinto penal era él mismo. Aprovechó la ocasión para hacerlo, y respondió de forma escueta, todavía con ciertas reservas.

—Ahora tendremos unos diez mil.

A Luther le impresionó la cantidad, aunque no lo confesó en voz alta. Sin embargo sí se interesó por los motivos. Preguntó cuántos eran por causa política y cuántos por delitos comunes. Mayer, que ni se había planteado las objeciones éticas o políticas que pudiera tener su interlocutor, respondió sin tapujos.

—Políticos casi todos. Son una pequeña muestra de la escoria de nuestra sociedad, créame. Los podrá ver durante los próximos días. La mayoría son miembros del Partido Comunista o del Socialdemócrata, pero también hay bastantes sindicalistas. Estamos empezando a recibir judíos, muchos de ellos funcionarios que han sido despedidos, y en unos días llegarán seis sacerdotes católicos y algunos pastores luteranos más, acusados de traición al pueblo alemán por defender la causa judía, cuando no por su encendida aversión a nuestras tesis.

Luther recibió sus palabras con enorme inquietud, pero no hizo el menor comentario. Él también aborrecía la ideología nazi.

Esperó a quedarse solo, buscó un sofá y se acomodó para relajarse y tratar de asimilar todo lo que estaba viviendo.

En Alemania casi nadie conocía hasta dónde llegaban los oscuros planteamientos que barajaban los líderes del Partido Nacionalsocialista, y eran muchos los ciudadanos que firmaban su afiliación. La mayoría lo hacía como solución práctica ante el asfixiante poder que iba adquiriendo aquella formación.

Luther nunca sería nazi, sus convicciones eran otras.

Pero tenía un gravísimo problema si alguien se ponía a hurgar en su pasado. Porque pocos conocían sus devaneos revolucionarios de juventud, y menos aún el grave suceso que vivió hacía diecisiete años y que todavía lamentaba.

Sucedió antes de empezar la carrera.

Por entonces, la lectura, un profesor de literatura al que adoraba y la repulsa que sentía hacia la decadente monarquía y sus privilegios lo empujaron, por partes iguales, a abrazar las ideas socialistas con tanta pasión y convencimiento que se implicó de lleno en ello. La intensidad de su celo y un invencible afán de cambio lo habían llevado a participar en casi todas las actividades que el Partido Socialdemócrata alemán había puesto en marcha con la instauración de la República y los movimientos revolucionarios de noviembre de 1918. En aquellos años de adolescencia, quizá demasiado henchido de idealismos y arrojo, Luther había empezado a acudir a manifestaciones, dirigido comités estudiantiles, había boicoteado fábricas que explotaban a los obreros y denunciado talleres donde la mano de obra era infantil. Y en general, se le podía ver en un sinfín de mítines de corte revolucionario. Para su desgracia, también había estado presente en un funesto asalto a una comisaría, donde una pistola que nunca debió ser disparada acabó con la vida de dos policías. Él sintió los fogonazos a escasos centímetros de su brazo; partieron desde el compañero que tenía a su izquierda. Y vio, también, a los dos destinatarios con los pechos atravesados de muerte. No fue detenido ni acusado porque salió despavorido del escenario y por suerte nadie lo reconoció. O eso se pensó en un primer momento, porque unos meses después, cuando tuvo lugar el juicio, su nombre apareció dentro de la causa por culpa de una lista que la Policía había obtenido al registrar la sede del partido. Todos los testigos y las evidencias apuntaban a una sola persona, y la pena recayó exclusivamente en el culpable. Nadie más se vio encausado, pero su nombre estaba ahí, en esa lista.

Con el inicio de la carrera universitaria abandonó toda militancia, quemó su carné de afiliado y se dedicó en cuerpo y alma al estudio y posteriormente a su profesión. Se especializó en el área de la genética con un gran reconocimiento por parte del mundo académico, a pesar de su juventud.

En el treinta y tres, cuando ya habían pasado once años de aquellas incursiones reivindicativas, completamente olvidadas por su parte, Hitler ilegalizó el Partido Socialdemócrata por haberse opuesto a su Ley de Plenos Poderes. Y fue entonces cuando empezó la persecución de sus miembros. Luther lo supo y la sintió cerca, al saber que muchos de sus compañeros de por entonces habían sido detenidos. Y fue en esos momentos cuando recordó la lista, la famosa lista que podía dormir olvidada en los sótanos de los juzgados de Berlín, o estar en manos de alguien que pretendiera devolverla a la vida a saber para qué.

Con el Partido Nazi en el poder, había tratado de mover todos los hilos posibles entre sus antiguos camaradas para dejar borrado definitivamente su rastro político, no tanto por lo que le pudiera pasar a él, sino por las consecuencias sobre su mujer. Le aseguraron que todas las fichas, informes y registros de su paso por la política activa habían sido quemados. Pero de la lista nadie sabía nada.

Luther vivía desde entonces con esa incertidumbre. Y el hecho de saber que aquella prisión estaba concebida como un centro de reclusión y represión política le parecía detestable.

Solo deseaba una cosa: abandonar lo antes posible aquel lugar.

Los primeros dos días parecieron volar al empuje de unas ajetreadísimas jornadas. El segundo transporte de perros llegó puntual, aunque los animales venían más agitados y la descarga resultó más complicada.

Durante el resto de la semana, Luther fue conociendo uno a uno a los soldados que se harían cargo de los perros para las tareas de vigilancia. A todos les fue explicando cómo tenían que manejarlos y a qué órdenes respondían, insistiendo en la importancia que tenían las rutinas para sacarles el máximo rendimiento en el trabajo.

Durante la mañana de su sexto día tuvo la oportunidad de visitar el campo de prisioneros, imagen que le dejó una profunda impresión. Al atravesar la puerta de hierro que irónicamente contenía en su propio forjado la frase «El trabajo os hará libres», fue consciente de que estaba entrando en otro mundo. Los presos vestían un uniforme a rayas numerado, tenían rapado el pelo y calzaban unas pesadas botas. Pero lo que le llamó más la atención fueron sus miradas, unas miradas cargadas de desesperanza, en un caminar arrastrado.

En esa visita lo acompañó un joven sargento del que no se había separado desde el primer día, para que conociera por dónde patrullarían los perros. Comprobó las infranqueables medidas de seguridad del recinto: el muro exterior de imponente altura, unas vallas electrificadas a continuación, y la zanja perimetral llena de agua. Un conjunto que sin duda ponía muy difícil cualquier intento de fuga.

Contó seis torres de vigilancia y doce soldados en ellas, y presenció un recuento de presos en el patio central, a la cabecera de un paseo arbolado a cuyos lados se extendían los diferentes pabellones. La angustia de los reclusos era palpable, y la debilidad en algunos realmente inquietante. Pero cuando escuchó un coro de alaridos, a espaldas de un pabellón que el soldado identificó como la zona de cocinas, la sangre se le terminó de congelar.

—¿De dónde salen esos gritos?

—No se me permite dar más explicaciones, lo siento —contestó lacónicamente su guía y ayudante.

Luther miró hacia las cocinas escandalizado de las atrocidades que se podrían estar cometiendo allí.

Cuando se cumplió el octavo día, todo el campo experimentó un especial nerviosismo desde primera hora de la mañana.

Luego supo por qué.

Se esperaba la visita de los dos máximos dirigentes de las SS, Himmler y Heydrich, para que oficialmente revisaran las últimas ampliaciones realizadas y el nuevo reglamento de orden interno que había ideado su comandante en jefe. Pero en realidad venían con otro objetivo mucho más deseado: ver a los perros.

A Heydrich lo conocía de su visita a Grünheide, pero de Himmler solo sabía lo que todos en Alemania, que siendo la mano derecha del Führer su poder no tenía límites. Y su locura tampoco.

El comandante en jefe de Dachau, Eicke, tampoco se quedaba corto. De hecho, Luther había escuchado comentar a varios soldados con los que había ganado confianza que se hizo con aquel destino y una cruz de hierro después de haber disparado a muerte al máximo responsable de los llamados *camisas pardas*, fuerza de choque paramilitar del Partido Nazi, Ernst Röhm, enemigo número uno de Hitler, aunque uno de sus más apreciados colaboradores hasta entonces.

Eicke lo había liquidado en la misma celda donde había sido apresado tras la llamada *noche de los cuchillos largos*, no hacía ni un año de ello. La culpa de Röhm, un declarado homosexual, había consistido en reunir a un ejército de casi tres millones de personas, en su mayoría miembros de las clases más desfavorecidas, dispuestos a lo que se les pidiera a cambio de alojamiento, comida y vestido. Una fuerza demasiado poderosa para estar en otras manos diferentes a las de Himmler o en última instancia Hitler. Y para mayor demérito, la variada tipología que componía aquella tropa la había convertido en el polo opuesto a la selecta fuerza de las SS, los auténticos caballeros del Reich y herederos de los nobles guerreros arios.

Los altavoces del campo estuvieron toda la mañana alternando canciones militares y melodías populares bávaras, hasta que empezó a sonar el preludio de la ópera de Wagner, *Parsifal*, la preferida de Himmler.

Durante algo más de una hora, los recién llegados fueron recibidos por el máximo responsable del campo y los oficiales de mayor rango en el pabellón principal.

A Luther le habían encargado que tuviera preparados dos perros para hacerlos trabajar, y así lo hizo, eligiendo a los dos mejores. Junto a ellos iba un voluntario vestido con el traje acolchado de protección que se habían traído de Grünheide. Los noventa y ocho restantes animales permanecerían en formación con sus soldados, alineados en el patio central del campo de prisioneros y frente a ellos, para que los ilustres visitantes pasaran revista.

La entrada de la comitiva fue aplaudida por la tropa y despreciada por los presos en los que Luther se fijó. Ninguno se distinguió por expresarlo en voz alta porque sin duda eso les costaría un castigo y quién sabe si incluso la vida, pero sus gestos lo decían todo. Himmler llevaba un abrigo largo de color gris y Heydrich el clásico uniforme negro y gorra con calavera. Mientras el primero se dirigió a saludar a la tropa y conocer los nuevos pabellones, Heydrich, al ver al veterinario Krugg, se acercó hasta él.

—Siempre me agrada ver cumplidas mis órdenes, pero en este caso mucho más. Como soy consciente de las dificultades que conllevaban, aprecio sobremanera lo que ha hecho.

Luther adoptó una expresión indeterminada sin querer agradecerle el elogio.

—Ahí los tiene.

Heydrich se acercó a ver a los perros, orgulloso de su apariencia, y acarició a los tres primeros.

—Aparte del encargo especial que le hicimos, ¿cuántos perros más saldrán de Grünheide este año para uso militar?

Luther reconoció que se quedarían por debajo de los mil novecientos, consciente de que era una cifra inferior a la prevista. A juzgar por la taladrante mirada que le lanzó Heydrich, la noticia no le debió de gustar nada. Se acercó tanto al veterinario que sus caras quedaron a menos de cuatro dedos. Luther notó sus siguientes palabras como si se tratase de balas disparadas a quemarropa.

—Escúcheme bien, porque solo me lo va a oír una vez. Dicen de usted que es toda una autoridad en genética y por eso lo respeto. Pero para un buen alemán, respeto también significa obediencia, disciplina y cumplimiento. Por tanto, no aceptaré menos de dos mil quinientos este año. —Sus ojos se quedaron tan fijos en los de Luther que parecían haberse congelado.

—Señor, me gustaría conseguirlo, pero puede ser un objetivo imposible. Las perras tienen dos épocas de celo al año y hemos agotado la primera. Se nos ha de dar especialmente bien en esta segunda para que se queden todas cubiertas. Tenga en cuenta que muchas son primerizas, y que de parir varias lo harían el próximo año. ¿Me entiende?

El capitán Mayer, al tanto de la conversación, empalideció con solo escuchar que aquel loco de Krugg se estaba atreviendo a rebatir al mismísimo Heydrich. Pero al *gruppenführer* no le importó tanto, el tal Luther demostraba tener agallas.

—También le parecía imposible preparar a tiempo estos perros. ¿Lo recuerda? —Usó deliberadamente sus mismas palabras—. No me preocupa: confío en sus reconocidos méritos. —Sonrió de forma hasta cordial. Aquel técnico le estaba empezando a gustar, pero tenía que ver el resultado final de su trabajo con los perros—. Hagan lo que tengan que hacer; empiecen a cubrir a esas hembras desde más jóvenes, no dejen escapar sus celos o fuércelas si hiciese falta. —Alzó la voz, pero sin acalorarse en ningún momento. Su autoridad surgía desde la firmeza, no desde la ira—. No me importa cómo, pero háganlo. Nosotros necesitamos más perros, y ustedes están organizados para hacerlo. ¿Necesita saber algo más? —terminó con voz serena.

—No, señor. Lo he comprendido a la perfección.

Luther era consciente de las limitaciones del nuevo objetivo y sintió un gran agobio. Miró al cielo. Una pesada nube de color ceniza lo tapaba por completo, dando a la mañana un aire tétrico. Al bajar la vista, se encontró con el rostro de Himmler, quien en ese momento le estaba tendiendo la mano. Las pequeñas gafas redondas que llevaba escondían unos ojos sin expresión, casi gélidos, dentro de una cabeza ovoide y fea. Su físico y en general su apariencia eran muy poco arios, pero su personalidad lo desbordaba todo, provocando una rara tensión a su alrededor.

—Estábamos ansiosos por ver su trabajo.

Luther hizo venir al ayudante vestido con el traje protector mientras sujetaba por la correa a uno de los dos perros. El animal parecía relajado, pero a la orden de «atención» empezó a gruñir y se le erizó el pelo desde la base del cuello hasta la cola. Sin embargo se mantuvo completamente quieto. El soldado que hacía de señuelo se le acercó un poco más, marcando un ligero ademán de agresión. Ante el cual, el perro respondió ladrando furioso y enseñando los dientes.

Luther lo mantuvo sujeto.

—Se les ha entrenado para mostrarse sobre todo intimidatorios, hasta que no perciben un serio motivo de amenaza no agreden.

Himmler y Heydrich comentaron algo en voz baja.

A una señal de Luther el soldado se aproximó con ademán de pegar al animal, pero este no reaccionó hasta que escuchó la orden «ataca» y se vio libre de la correa. El perro se lanzó entonces a por el brazo del joven que acabó en el suelo protegiéndose de él.

—¡Quieto, tranquilo!

Luther recogió al animal y lo mantuvo sujeto, explicando que habían llegado a medir la potencia de su mordida con un resultado equivalente a cinco veces su peso.

Los presos observaban la demostración horrorizados, con la firme sospecha de que un día se verían en el pellejo de aquel soldado, pero sin la protección del traje. Lo mismo debió de pensar Himmler, quien planteó su propia idea.

—Hagámoslo más real. —Se dirigió al director del campo—. Elíjanos un preso cualquiera y veamos si el perro responde de igual modo.

—Pero..., señor —intervino Luther—, deje que le ponga antes el traje.

Himmler, sin ni siquiera mirarlo, dibujó una tenue sonrisa.

—Ni se le ocurra.

Ante el estupor del veterinario y el pánico de los internos, el comandante del campo, Eicke, agarró por la correa al perro y mandó que le trajeran a uno de los presos. Así lo hicieron, eligiendo a un joven de aspecto afeminado. Eicke le gritó al animal: «¡Muerde!», pero no respondió al desconocer el sentido de aquel comando. Heydrich le recordó la palabra exacta que debía decir, desanimado por lo que estaba viendo. Finalmente, el inocente perro, a la orden de «¡Ataca!» se lanzó hacia el aterrorizado individuo, quien al recibir la primera dentellada en una pierna comenzó a gritar, lo que hizo tanta gracia a los soldados que empezaron a reírse y a imitar su amaneramiento.

Luther hizo amago de ir en su ayuda, pero sintió una mano sobre el hombro.

Se trataba de Heydrich.

—¡Déjelo hacer!

El veterinario miró a unos y a otros horrorizado, confiando en que alguien reaccionara.

Pero nadie lo hizo.

—Muchacho... Esperaba una mayor agresividad en esos perros. —Luther no terminaba de creerse lo que estaba diciendo—. Tal y como nos acaba de demostrar, si no se ven amenazados no responden. Y yo buscaba otra cosa... Necesitamos un perro mucho más violento, que demuestre mayor ferocidad y sin tantos miramientos. Pero como creo en usted, ha cumplido los plazos que le marqué y posee una inmejorable preparación técnica, volveremos a hablar en breve... Puede que tengamos un nuevo encargo para usted.

Luther volvió a mirar al interno herido y compadeció a los presos.

Casi todos mantenían la cabeza gacha, seguramente para no presenciar aquella brutalidad, pero de pronto se dio cuenta de que uno de ellos lo estaba mirando atentamente. En sus ojos Luther revivió una escena del pasado en un solo segundo. Recordó una plaza, un día de violenta lucha contra la policía en Berlín, y un nombre, Guido, y un cargo: su jefe político en las juventudes socialistas. Sintió cómo la sangre se le empezaba a acumular en las orejas cuando se dio cuenta de que Guido acababa de reconocerlo.

Cruz Roja Española
Calle de Pablo Iglesias
Madrid
8 de mayo de 1935

XI

Zoe preguntó por Max Wiss en recepción.

El despacho al que el ordenanza la invitó a entrar olía a medicina y a lejía, la mesa de escritorio necesitaba una sustitución inmediata, o por lo menos un tratamiento intensivo para la carcoma, y su aspecto en general era bastante descuidado, lo que chocaba con la excelente presencia que tenía aquel hombre.

—Ah sí, Zoe, disculpe, casi había olvidado la cita. —Se retiró unas diminutas gafas redondas enmarcadas en oro y las dejó sobre la mesa por encima de los papeles con los que estaba trabajando, eso sí, perfectamente centradas. Se incorporó de su silla y le estrechó la mano.

—Espero no haberme equivocado de hora.

—No sé ni en qué día vivo, perdone. —Sus ojos buscaron un reloj de mesa—. ¡Uff…, si ya son las doce! ¡Qué tarde es!

Zoe, que apenas conseguía contener sus nervios, recibió sus comentarios con inquietud. Estaba claro que no parecía demasiado entusiasmado con su presencia.

—Siéntese, por favor. —Le acercó una silla—. Como le avancé en la embajada, la señora Welczeck insistió mucho en que tuviéramos esta entrevista, a pesar de no coincidir demasiado su perfil con el que tenía pensado para este puesto. El que esté hoy aquí se lo debe a ella y a su marido, el embajador.

—Siempre han sido encantadores conmigo. Es verdad —contestó, con la moral bastante hundida.

—Perdone mi descortesía, ¿desea algo de beber? ¿Un café?

Zoe se lo agradeció, pero pensó que, con el nudo que tenía en la garganta en esos momentos, pretender tragar algo iba a ser, como poco, un acto de imprudencia. Se estiró la falda y cruzó las piernas a la espera de sus preguntas y de que le explicara el trabajo.

El suizo sacó una carpeta de un cajón. Zoe tuvo tiempo de observar la etiqueta en su portada: *Proyecto de unidad canina de socorro y atención sanitaria para la Cruz Roja Española.* Una sacudida de emoción le recorrió la espalda.

—Bien, le cuento rápidamente las características del trabajo, y luego pasaré a preguntar sobre usted. —Zoe asintió anhelante—. Mi objetivo, y la razón de venir a Madrid, es establecer en España un equipo de servicio para el rescate de heridos, búsqueda de personas y botiquín, en situaciones de emergencia, aunque integrado por perros. En otros países ya lo hemos implantado y está funcionando, sobre todo a raíz de la Gran Guerra. Pero como España, al igual que hizo mi país, se mantuvo neutral, han sido necesarias las revueltas de Asturias para constatar que seguramente muchos heridos murieron por no ser encontrados a tiempo, dado el difícil escenario de montaña que caracteriza a esa región. —Zoe pensó en su marido Carlos, pero no le pareció el mejor momento para sacarlo a colación. Siguió escuchando—. Ha sido la Cruz Roja Española la que solicitó hace unos meses a nuestra central en Suiza poner en marcha este tipo de unidad. Y como tengo experiencia en ese cometido, pues ya son tres los países donde lo he hecho, me encargaron la tarea.

La expresión de Zoe no podía disimular su ilusión. Quizá él se dio cuenta de ello porque, de no ser así, no habrían tenido ningún sentido sus siguientes comentarios.

—Usted no es la única aspirante a este trabajo, como puede imaginar. Con la suya cierro la rueda de entrevistas, y tengo candidatos muy interesantes, mucho. No se lo han puesto nada fácil, créame. Pero, en fin, sigo contándole. —Zoe recibió sus últimas palabras como un jarro de agua fría. Pero no se dejó vencer; todavía estaba a tiempo de convencerlo—. Aún no tenemos los perros aquí, ni siquiera una ubicación definitiva para el futuro centro de cría y adiestramiento, pero he decidido que sean pastores alemanes. El trabajo con ellos requiere mucha determinación y energía. Por eso necesitaré a un hombre, perdón, a una persona que sea capaz de organizar y dirigir a un equipo de colaboradores, quizá no muy numeroso al principio, pero sí cualificado. Ayudaría mucho que tuviera conocimientos previos de etología canina, así como experiencia en el manejo de colectivos animales o por lo menos una demostrable habilidad con ellos.

Siguió enumerando los puntos principales del perfil que buscaba, esta vez leyéndolos de un papel. Zoe lamentó el poco interés que parecía poner en ello, deseó que solo fuera por haberlo tenido que repetir varias veces antes, y esperó a su turno de preguntas.

—Y bueno..., pues eso es todo. —Cerró la carpeta donde tenía las encuestas de los demás candidatos y la miró con gesto de querer terminar pronto—. Ahora que sabe lo que busco, dígame por qué debería elegirla a usted.

Apoyó las dos manos en la mesa, una sobre otra, y buscó sus ojos intimidándola. Zoe ordenó en décimas de segundo sus ideas y empezó.

—Hablo alemán como si fuera nativa. El francés es mi segunda lengua porque mi madre era francesa y lo perfeccioné en el colegio. Tengo veintitrés años, dos años de estudios en la Escuela de Veterinaria, mi padre es veterinario, he vivido con perros desde que nací y creo que he desarrollado una especial capacidad para entenderlos. A todo lo anterior le sumo que soy viuda y que necesito trabajar. Me veo capaz de afrontar cualquier reto, por difícil que este sea, y su proyecto me parece fascinante. Es verdad que carezco de experiencia en dirigir equipos, pero no me asusta la idea. Ah, y adoro aprender.

Las únicas aportaciones que Max hizo a su discurso fueron: «Ya...», «Eso está bien», o «¡Qué interesante!». Aunque sonaron bastante poco convincentes. A Zoe no se le escapó el detalle.

—¿Tiene alguna pregunta más que hacerme? —El hombre empujó su silla hacia atrás dispuesto a levantarse y a dar por terminada la entrevista.

—Bueno, en realidad… creía que usted me las haría.

—Sí, sí, claro. Pero, por mi parte, pienso que ya he averiguado todo lo que necesitaba saber.

Zoe se vio obligada a ponerse de pie, pero no pensaba rendirse.

—Créame, se me dan muy bien los perros.

—Por supuesto, claro —respondió él, decidido a despedirla.

Ella se dio cuenta de lo patético de su comentario, pero no le pareció suficiente motivo para dejarlo ahí.

—Déme una oportunidad. ¡Se lo ruego!

Max abrió la puerta de su despacho y contestó con cortesía.

—Señora, lo siento. Pero me temo que ya tengo a un candidato al que con bastante seguridad le daré el trabajo. La verdad es que lamento decírselo de este modo, porque parece usted una persona muy capaz e íntegra, pero aun así…

Un velo de profunda decepción recorrió la mirada de Zoe al escuchar aquello.

—Entiendo. ¿Y como colaboradora de esa persona a la que ha elegido?

Imaginó que su pregunta podría sonar desesperada, pero a esas alturas le daba todo igual.

—Puede ser, por qué no. Ya le avisaremos en todo caso. Gracias por venir. —Le extendió la mano—. Y por supuesto le deseo lo mejor.

Cuando vio cerrarse la puerta del despacho, Zoe se quedó parada frente a él completamente frustrada. Después del nefasto resultado de la entrevista dudó si sería oportuno hablar con Julia para que sus padres presionaran al suizo, o sería mejor dejarlo como estaba. Apenas había tenido tiempo de defender su candidatura. El esquema de presentación que tan bien había pensado, él se lo había desordenado por completo y no había podido transmitir ni sus capacidades ni sus méritos.

Aunque quizá los estuviera sobrestimando y en realidad no fueran tales.

Repasó mentalmente toda la conversación. Se arrepintió de no haber sido más convincente, dedujo que su condición de mujer había podido ser uno de los inconvenientes, y después empezó a hundirse. Primero lentamente, y al cabo de un rato hasta los límites más profundos y oscuros.

Caminó cabizbaja por los pasillos con la impresión de que no solo había perdido una increíble oportunidad, sino su última esperanza de salir del atolladero en el que se encontraba. Encogida por su negra realidad a la que no veía solución, y sin ni siquiera saber qué iba a hacer al día siguiente dentro de su desquiciante búsqueda de ingresos, al salir del hospital vio un cartel en el que se solicitaba personal de limpieza. Lo dejó atrás. Pero no había dado diez pasos cuando lo pensó mejor y se dio media vuelta. No sería un trabajo para enorgullecerse, y menos después del otro que había llegado a saborear, pero a esas alturas de su declive económico tenía que afrontar cualquier posibilidad.

Tan solo media hora después, de nuevo en la calle, se sintió mucho mejor.

Cien pesetas al mes no eran gran cosa, pero con ellas, después de pagar setenta a su casera, podría seguir siendo autónoma y al menos no iba a necesitar cobijo en casa de sus amigas. El trabajo era duro, o mejor dicho durísimo. Quizá por ese motivo se lo habían asignado con solo interesarse en él. Porque el cartel, en realidad, no decía toda la verdad. Era cierto que buscaban una persona para la limpieza, pero no solo de suelos y ventanas como daba a entender. La mitad de su tiempo tendría que dedicarlo a hacer lo propio con enfermos, ancianos y tullidos. Una tarea que a nadie le gustaba y por la que estaban dispuestos a pagar. De todas maneras, Zoe quiso creer que la experiencia clínica con su padre, aunque hubiera sido con animales, también había pesado sobre la decisión final de la entrevistadora.

Residencia de don Félix Gordón Ordás
Calle Santa Engracia
Madrid
16 de mayo de 1935

XII

El comedor de la familia Gordón Ordás disfrutaba de una excelente luminosidad a mediodía gracias a la orientación de sus dos ventanales a la calle de Santa Engracia. Al entrar, Zoe y Bruni localizaron al cabeza de familia. Don Félix exponía un pequeño librito al beneficio de esa luz y estaba tan concentrado que no advirtió su presencia.

Para Zoe, aquella casa era como su segundo hogar, porque la de su tía Gloria, donde había vivido una gran parte de su infancia y juventud, no había llegado a sentirla como suya. A diferencia de su padre, la tía no tenía buen carácter y además empeoró con el tiempo. La voluntad que la mujer había puesto para que Zoe se educara en un ambiente de obstinada virtud, llevando hasta los extremos la práctica del orden, la laboriosidad, la puntualidad, o la discreción en el vestir y en el estar, hizo que apenas se dejase un hueco para la ternura. Hasta para morir de cáncer quiso la mujer respetar un determinado orden: despedida de los amigos y después de su sobrina, extremaunción, última comida, perfecta colocación de camisón y melena, y suspiro final. Y lo hizo a solo un mes de la boda de Zoe, como colofón de un escalonado proceso, el último de su vida.

Zoe no había tenido motivo alguno para echarle nada en cara, porque la mujer se había esforzado lo suyo con su sobrina, sin embargo para cubrir sus carencias afectivas tuvo que entrar de prestado en la vida y en la familia de sus amigas. Unas amigas a las que consideraba hermanas, sobre todo en el caso de Brunilda, quien desde bien pequeña había desempeñado con ella un claro papel protector. Porque en Bruni todo era corazón, pero también inteligencia y sensatez, unas virtudes que compensaban su escaso atractivo físico.

Identificó un cuadro nuevo en el salón y recordó las muchas horas que había pasado allí hurgando por las estanterías de su nutrida biblioteca, en busca de los más variados libros en alemán, cada vez que sus profesoras le pedían mejorar su ortografía, cuando no la calidad lectora. Allí se había peleado con Sigfrido, el hermano mayor de Bruni, casi tantas veces como lo hacía su amiga. Sin embargo, no recordaba haber tenido una sola conversación personal con el patriarca de la familia, con don Félix, por quien sentía un colosal respeto.

—Padre, ha venido Zoe.

—¡Zoe, hacía mucho que no te veíamos por aquí! —El hombre la estrechó en sus brazos—. Imagino que no hace falta recordarte que nos tienes para todo lo que necesites. —Le pellizcó la barbilla con cariño, en un gesto que la trasladó a su infancia y adolescencia, el mismo con el que siempre la saludaba—. Sé que Brunilda te lo ha ofrecido ya, pero quiero insistir personalmente: nos gustaría tenerte en esta casa.

Ella desestimó la idea, aunque se lo agradeció de corazón. La entrada de Ofelia, la hermana menor, junto a su prometido Anselmo Carretero, al que todavía no había conocido, provocó un inmediato cambio de conversación. Bruni se lo presentó.

—Mira que tenía ganas de ponerte cara, Zoe. Tanto tiempo oyendo hablar de ti... —Esbozó una bonita sonrisa—. Siento mucho lo de tu marido.

—Gracias, Anselmo. Yo también estaba deseando conocerte. Entre lo mío y tu estancia en Alemania, han pasado ocho meses sin que hayamos tenido oportunidad de conocernos...

La voz de Consuelo, la matriarca, surgió de repente desde la puerta que comunicaba el salón con la cocina:

—¡A sentarse todos, que la comida se enfría!

El padre presidía la larga mesa de caoba y Zoe se colocó entre su amiga y Sigfrido. El hermano mayor de Brunilda vestía un jersey de rombos muy a la moda, era tan solo un año mayor que ella y acababa de finalizar los estudios de Veterinaria. Pero todavía se le podía ver por la escuela, dado que colaboraba con una de las cátedras.

Doña Consuelo entró con una humeante fuente con pollo, chorizo, oreja y morro de cerdo, morcillo, tocino y varios huesos de ternera; el primer vuelco del clásico cocido maragato.

—No he conseguido recordar si te gustaba —se dirigió a Zoe.

—Sí, señora, me encanta, aunque hace tanto que no lo como que casi no recuerdo a qué sabe.

—Pues entonces, disculpando el turno de mi marido, te serviré la primera.

Dado su origen leonés, don Félix no perdonaba jamás su cocido de los jueves, ya tuviera sesiones en Cortes o la visita más importante del mundo. Mientras su mujer lo servía, dudó si debía empezar la conversación preguntando a Anselmo por su reciente estancia en Alemania, o lo dejaba para después en atención a Zoe, a la que hacía más tiempo que no habían visto. Se decidió por ella.

—Cuesta entender por qué se suceden tantas desgracias en tu vida, Zoe, la verdad... Por si no hubiese sido suficiente lo de tu marido y antes lo de tu padre, al que aprecio desde que coincidimos en la carrera, lo último de tus suegros clama al cielo. —Con su espontaneidad no midió el efecto de sus palabras sobre la invitada, actitud que su mujer recriminó, considerando que quizá no era el mejor momento para remover ciertas cosas.

—No se preocupe, doña Consuelo, que no me importa. Estoy segura de que no hay herida que no cure con el tiempo.

—Esa es la mejor manera de afrontarlo —se pronunció don Félix—. Para nosotros sigues siendo una más de la familia. En Asturias, donde se dejó la vida tu marido, se derramó demasiada sangre, un sacrificio que al final no sirvió para nada. Y hasta de eso hay que sacar una enseñanza: la vida sigue.

Doña Consuelo estaba sirviendo a Zoe las diferentes carnes y volvió a mirar a su marido con un gesto de reproche.

—Anda, ¡deja ese tema y a la chica en pa'! —exageró su acento andaluz.

—¡Pues eso hago, mujer! —protestó don Félix antes de mandar a Sigfrido a por vino.

Él jamás bebía, pero siempre tenía alguna buena botella para sus invitados. Mandó a su hijo que les sirviera.

—Probadlo, es de mi tierra. Los que me lo mandaron me aseguraron que era muy bueno.

Les explicó que aquella botella, junto a otras cinco más, se la habían hecho llegar desde su añorada ciudad de León en agradecimiento a una conferencia que había celebrado recientemente con un numeroso grupo de veterinarios.

Zoe bebió un sorbo a la vez que Anselmo, pero fue él quien hizo la primera valoración.

—Don Félix, he de decir que lo encuentro excelente. Está claro que sus colegas lo quieren mucho.

—No estoy tan seguro de ello, no sé… He hecho todo lo que ha estado en mi mano por la profesión, pero reconozco que mi vehemencia dialéctica y mi condición de diputado por el Partido Republicano Radical Socialista también me ha cerrado muchos corazones y puertas.

La filosofía social de don Félix Gordón Ordás latía entre la revolución ilustrada y el idealismo combatiente. De gran preparación intelectual e inagotable capacidad de trabajo, a lo largo de los años había asumido importantes cargos políticos que recorrían los Ministerios de Industria y Comercio, como también Fomento, aparte de ser diputado por León desde la instauración de la República. Pero además de hombre político, sobre todo era un incansable defensor de la profesión veterinaria, como veterinario que era. Laboriosa tarea a la que se había entregado en cuerpo y alma en un colosal objetivo: el de la unificación del colectivo profesional en una sola asociación nacional, junto con la transformación de la oscura imagen del albéitar herrador, de escaso prestigio e influencia social, en otra más científica y médica. Una profesión nueva que abarcase la sanidad animal, la higiene alimentaria y el desarrollo ganadero.

—Durante mis dos años de carrera, su nombre estaba en boca de todos —apuntó Zoe, elogiando también la calidad del tinto leonés.

—Seguramente para ponerme a caer de un burro —repuso, convencido de la mala fama que se había ganado entre las cátedras, al haberles impuesto desde la Dirección General de Ganadería el plan de estudios que estaba vigente sin tener su consenso.

—Hablando de veterinaria, Zoe le quiere pedir un favor —intervino Brunilda aposta, conociendo lo prudente que era su amiga.

Don Félix dejó los cubiertos en el plato y se limpió con la servilleta a la espera de saber de qué se trataba. Aunque Zoe no llevaba más de una semana trabajando en el hospital, el pequeño alivio económico que aquello suponía, junto con el impacto emocional del programa de Unión Radio, le había despertado las ganas de recuperar sus estudios. Por ese motivo, se propuso ser lo más convincente posible

—Recordará que al casarme tuve que dejar la carrera por la oposición de mi marido —tosió nerviosa y bebió un poco de agua—, pero no se me han quitado las ganas de volver a la escuela, la añoro. Por eso tengo idea de retomar mi formación donde la dejé y empezar tercero.

—¡Lo celebro por partida doble! —Sonrió complacido don Félix—. Siempre he defendido el derecho de las mujeres a conquistar los trabajos que hasta ahora han sido exclusivos del hombre. Pero además, he de confesarte que me dio mucha pena que abandonaras la universidad.

—Padre, no la corte. Déjela terminar.

Zoe recuperó la palabra.

—Lo que quiero pedirle es que interceda en la escuela por mí, para que me permitan acudir a clases hasta finalizar el ejercicio, aunque no esté matriculada.

—Pero si ya casi está terminando el curso…

—Soy consciente de ello, y sé que le pongo en un compromiso, pero dispongo de tiempo y podría ir adelantando materia para septiembre. Lo deseo con toda mi alma, don Félix. Sería un alivio para mi complicado momento, me serviría de aliciente y además le daríamos una gran alegría a mi padre, y también podría…

—¡Vale, vale! No sigas. Queda entendido.

Don Félix se quitó las gafas y se frotó con alivio la cuenca de los ojos. La pésima situación social en España últimamente le quitaba el sueño.

Zoe retuvo la respiración a la espera de su respuesta, al igual que lo hicieron Brunilda y el resto de la familia.

—Políticamente hablando, el actual decano de la escuela y yo volamos por cielos muy diferentes, pero nos hemos respetado siempre, ya fuera discutiendo el devenir de la profesión o de cualquier otro orden de la vida. —Ninguno de los presentes podía adivinar todavía la intención de su discurso—. A los dos nos pueden dos cosas que sin duda terminan haciéndonos iguales: extasiarnos ante la belleza de una mujer, algo de lo que no tenemos queja ninguno de los dos —le lanzó una mirada cómplice a doña Consuelo—; y segundo, el cocido madrileño que ponen a diario en la taberna de la Bola. Quedaré con él la próxima semana para tomarnos uno —sentenció, consciente del valioso efecto de sus palabras sobre la tranquilidad de Zoe, quien se lo agradeció levantándose de la silla para darle un sentido beso—. Y como hablábamos de cocidos… Consuelo, ¿qué tal si nos enfrentamos a su segunda vuelta, a los garbanzos? —Miró a Ofelia, pero se dirigió a todos—. Os voy a tener que dejar enseguida para atender unos asuntos urgentes en el Parlamento, pero antes de irme, y disculpad el cambio de tema, no quiero dejar de preguntarle algo a Anselmo.

La atención de todos los comensales se dirigió al rostro del novio de Ofelia.

Zoe constató que la descripción física que Bruni le había adelantado en más de una ocasión no era exagerada. Lo encontró guapísimo. Tenía un aire intelectual, bigote cuidado y un rostro anguloso pero bien proporcionado, con el pelo castaño tirando a rubio y ojos claros.

—Dime una cosa, ¿hasta dónde llega la influencia del Partido Nacionalsocialista en la sociedad alemana?

—Entre los que están ideológicamente a la izquierda hay mucho miedo y ni que decir tiene entre el pueblo judío. Pero lo que más me ha impresionado es lo extendido que está el credo nazi en el resto de la población: hoy es algo imparable.

Anselmo acababa de regresar de Berlín después de haber pasado seis meses con una beca de la Dirección General de Pesca estudiando la gestión portuaria alemana, pero no solo había recibido ese inocente encargo.

—Ese hombre, y su visión racista del mundo y de la historia, va a poner a Europa en un aprieto si no le paramos pronto los pies —sentenció don Félix—. ¿Te has visto ya con Largo Caballero?

Zoe se sintió perdida. No sabía de qué estaban hablando, pero notó una cierta incomodidad en Anselmo ante la pregunta, lo que fue resuelto por su posible suegro al percibirla también.

—Ella es de total confianza. Puedes hablar sin reparos.

—Ayer mismo estuve despachando con él, sí. Le he puesto al corriente de todo lo que he podido averiguar gracias a la ayuda de lo poco que queda del Partido Socialdemócrata de Alemania. Durante los meses que pasé en Berlín trabajé codo con codo con antiguos agentes de la Abwehr, ahora expulsados de ese cuerpo de inteligencia por su adscripción socialista, y gracias a ellos conseguí ciertas informaciones que he trasladado a Largo Caballero. Eso es todo lo que puedo contar.

Zoe se quedó sin habla. Ninguno de los presentes se extrañaba demasiado de lo que Anselmo estaba contando, seguramente al estar bastante más al corriente de sus actividades de lo que estaba ella. Pero le había dejado impresionada la referencia al famoso dirigente del Partido Socialista Obrero Español, que si no estaba equivocada seguía encarcelado en la Modelo de Madrid por su participación en la revolución de octubre del año anterior. Bruni le había contado bastantes cosas sobre Anselmo cuando este había empezado a salir con Ofelia, ante el gran impacto que su persona había provocado en toda la familia. Por eso sabía que era ingeniero industrial, que había vivido en la Residencia de Estudiantes, como también su activa participación en la sindicación universitaria y luego en la UGT, y que había sido contratado después por la Dirección General de Pesca gracias a su especialización en oceanografía.

Mientras don Félix seguía interesándose por otros detalles menores sobre la vida en Alemania, y Anselmo se los respondía, ella no hacía otra cosa que dar vueltas a algo que se le acababa de ocurrir, al hilo de los importantes contactos políticos que parecía tener aquel hombre. Se planteó si sería el momento de comentarlo, pero terminó decidiendo que no. Aunque se sentía como una más en aquella familia, no le parecía correcto introducir un problema suyo a mitad de comida.

Sin embargo, su oportunidad llegó durante la sobremesa.

Don Félix se había ido al Parlamento, doña Consuelo estaba echándose la siesta en su dormitorio y Sigfrido tenía que preparar un trabajo, por lo que se quedaron solos Bruni, Ofelia, Anselmo y ella.

Mediado el café no pudo aguantar más y se lo preguntó.

—Por lo que se ve, te mueves en unos círculos muy importantes y supongo que mantienes buenos amigos de tu época en la Residencia de Estudiantes, como también de la UGT y el PSOE...

Anselmo sonrió sintiéndose medio diseccionado por ella, pero no quiso cortarla.

—Te explico a dónde quiero ir. Quizá tú no lo sepas, pero mi padre lleva encarcelado varios años por un accidente mortal que le costó una dura sentencia, y me gustaría saber si todavía se puede hacer algo por él.

Bruni captó al instante su intención y la apoyó sin tapujos.

—Los abogados de su padre ya la han recurrido varias veces sin ningún éxito. —Rellenó la taza de café de Anselmo y le guiñó un ojo a su amiga, percibiendo a través de su expresión que iba por buen camino—. Imagino que entre tus muchas amistades tienes que conocer a alguien que pudiera darle un empujón a ese caso.

—Ojala fuera así —se sumó Zoe—. Pero también me conformaría con un especialista que me ayudara a enfocar mejor su defensa.

Anselmo se quedó pensativo durante unos segundos.

—Quizá tenga un nombre, pero supongo que no será fácil, por lo que contáis.

La mirada de Zoe se iluminó.

—¡Eso sería estupendo!

—Probaré a hablar con él, pero también tú podrías hacer algo por mí.

Zoe se incorporó en el sillón.

—Lo que quieras.

—Nada en concreto, pero quizá surja una ocasión. Verás. Como has podido escuchar antes, estamos muy preocupados por la deriva del nazismo en Alemania y sus posibles movimientos en España. Sé que te mueves en ambientes próximos a la embajada, y que disfrutas de algunas amistades de origen alemán que en algún caso compartes con Bruni. No te pido nada en concreto, pero si por casualidad escucharas algo que te extrañe, o si alguien, por lo que sea, llega a levantar tus sospechas, solo te pido que me lo cuentes. Nada más.

—¡Dalo por hecho! —respondió Zoe sin ambages.

Cuando Bruni despedía a Zoe una hora más tarde en la puerta de su casa, recibió dos preguntas de su parte que ya se esperaba. La primera tenía que ver con su común amiga Julia.

—Hace un tiempo Anselmo también me pidió ese favor. Pero jamás se me ocurriría poner en duda a Julia y menos espiarla.

La segunda tuvo una contestación menos concreta.

—Nunca he querido preguntar qué, o quién, mueve a Anselmo a querer saberlo todo sobre los nazis.

Glorieta de Cuatro Caminos
Madrid
16 de mayo de 1935

XIII

Con treinta y dos grados a la sombra, a pesar de ser el mes de mayo, en Madrid no se podía andar callejeando a las cuatro de la tarde. Pero como Zoe no atendía a comodidades, decidió ahorrarse el trayecto en tranvía para regresar a su casa después de la interesante comida en casa de Bruni.

A pesar de la calima, del sofoco y del poco aire que corría, estaba satisfecha. Contaba con la decidida ayuda de don Félix Gordón para su regreso a las aulas, tendría en Anselmo un nuevo y esperanzador apoyo para encontrar una fórmula de ayuda a su padre, y aquella tarde, además, esperaba una grata visita en su casa.

Empezó a notar cómo le corría el sudor por la nuca y buscó una zona de sombra. Después de atravesar la glorieta de Cuatro Caminos tomó la calle Pablo Iglesias para entrar a su popular barrio, evitando recorrer otras zonas más peligrosas. Saludó a las dos prostitutas que repetían esquina a diario, cerca de su portal, conocidas desde que apareció por primera vez en la barriada y que nunca más la molestaron, compró dos manzanas en la frutería de al lado y subió las escaleras con una inusitada energía, a pesar del pegajoso calor que parecía haberse quedado alojado en las sucias paredes del edificio.

Rosa no estaba.

Entró en su dormitorio, se quitó la blusa y la falda al mismo tiempo que disparaba los zapatos al aire. Tumbada sobre la cama, extendió los brazos todo lo ancho que permitía el colchón, como si estuviera de ese modo abrazando por fin una vida reencontrada. Llevaba algo más de un mes viviendo allí, pero le parecía un año. En esas cinco semanas y pico había agujereado la suela de sus zapatos, acudido a más de cuarenta entrevistas, había conocido a los más variopintos personajes callejeros: peligrosos unos, y otros simples seres a los que un día el destino había olvidado. Ante su asfixiante situación, se había sentido muchas más veces perdida que valiente. Pero al final podía agarrarse a algo, a su nuevo trabajo. Le daba igual lo malo que fuera; lo veía como una señal, la primera de un cambio de rumbo, la primera de una nueva vida.

Alguien llamó a la puerta de la vivienda.

Se incorporó y salió de su habitación poniéndose la falda. Mientras se terminaba de abrochar la blusa, gritó que ya iba. Y entonces, antes de llegar a la puerta, escuchó un ladrido que le extrañó.

Al abrir se le abalanzó un manojo de pelos con tanta energía que terminaron los dos en el suelo.

—Pero bueno, tú debes de ser Campeón —Zoe sujetó la cabeza del perro entre las manos y reconoció en sus ojos una contagiosa felicidad. El animal batía la cola con tanta intensidad que hasta le hacía daño en las piernas. Le acarició la barriga.

—Desde que salimos anoche de Oviedo no ha estado quieto ni un solo momento dentro del vagón. Me tiene agotado —comentó su hermano Andrés.

—¡Qué ganas tenía de verte! —Ella abandonó a Campeón para abrazarse a su hermano. El perro los miraba desde su altura, con la lengua fuera y sin parar de dar saltitos, reclamando su parte.

Andrés se quitó el chapiri, lo arrugó entre las manos, y sintió una aguda pena al constatar de un solo vistazo dónde estaba viviendo su hermana, impresionado de antemano por la sucia barriada en la que se encontraba la casa.

—¿Pero qué mierda de sitio es este?

Zoe comprendió el impacto que tenía que estar recibiendo.

—Tú siempre tan explícito. Vale, no es el Ritz, pero hasta ahora ha sido todo lo que he podido pagar. —Le agarró del brazo y lo llevó hasta su habitación. Andrés se quedó mudo al ver su tamaño y el lamentable estado de paredes y techo.

—Pero..., pero... —no acertaba a expresarse.

—Todo lo que me digas lo entenderé. Y sí, todo esto es un poco penoso, pero tuve que tomar una decisión después de verme en la calle y sin apenas dinero.

—No... Sí, sí, lo comprendo. —Se sentó sobre el colchón lamentando no haber sido más insistente en su momento—. Pero ¿por qué no me pediste dinero? Has estado viviendo prácticamente en la miseria.

Ella quiso resumir en pocas palabras el difícil mes que había pasado, con la intención de no detenerse en lo negativo y sí en el alivio de tener al fin un trabajo.

—Después de todo, me he dado cuenta de que de nada sirve estar lamentándose todo el día. Bueno, y no solo eso. También he descubierto el valor de ciertas cosas que hasta ahora me habían pasado del todo desapercibidas. Por ejemplo, algo tan simple como pagar un billete de tranvía. Hoy es un lujo para mí, y entiendo que puede ser prohibitivo para mucha gente.

Campeón saltó sobre la cama, la buscó y se acurrucó entre sus piernas, pendiente de cualquier gesto que pudiera ir dirigido a él. Zoe lo recibió sin entender por qué no lo había dejado en Asturias como otras veces. Tan solo había visto a ese perro en dos ocasiones, pero era evidente que se acordaba de ella.

—Y dime, ¿qué trabajo has conseguido?

—En un hospital. —Por un momento dudó de si darle o no los detalles, pero terminó haciéndolo—. Voy a limpiar suelos y atender a ciertos enfermos. Ya sabes, a lavarlos y todo eso.

—Joder, hermana, lo dices como si nada, como si fuese la cosa más normal y maravillosa del mundo.

—Andrés, no imaginas lo complicado que resulta encontrar trabajo en Madrid siendo mujer. Por eso estoy encantada.

—Zoe, lo que has hecho no lo hace cualquiera.

—Si no lo hago yo, ¿quién lo iba a hacer por mí?

Él le dio la razón. Pensó que con aquel trabajo su situación económica no iba a estar ni mucho menos solventada, pero creyó en su capacidad de superación.

Zoe le preguntó por sus planes.

—Por fin me vuelvo a África. No imaginas lo mucho que añoro la sencilla vida cuartelaria, o tener dos días seguidos de cielo soleado. Hasta me apetece hacer maniobras por las inhóspitas montañas del Rift. Y no te digo el té moro, o sentir el calor del desierto. —Su mirada pareció volar por aquellos escenarios durante unos segundos—. Aunque he de confesarte que no sé a qué voy. Mi jefe me ha convocado para celebrar los éxitos de nuestra intervención en Asturias, pero sospecho que me quiere plantear algo más. —Acarició la cabeza de Campeón—. No sabes cuánto echaré de menos a este pedazo de sinvergüenza.

—¿Qué quieres decir con que lo echarás de menos? ¿No te lo vas a llevar?

Andrés, sin ningún rubor, le explicó lo que había decidido.

—No, te lo voy a dejar para que te acompañe.

Zoe arqueó las cejas sin terminar de creérselo. Adoraba a los perros, pero en sus actuales circunstancias no podía tenerlo con ella, ni cuidarlo ni responsabilizarse de él.

—¿Te has vuelto loco? —Sus mejillas se enrojecieron al instante—. ¿Tú no ves dónde y cómo vivo? ¡Es imposible!

—Espera... Tranquila... —Adoptó una expresión condescendiente—. Será cosa de poco tiempo. Como te digo, si me dan un nuevo destino como me estoy oliendo, no sé si podré llevármelo conmigo en un primer momento. En cuanto sepa lo que he de hacer, volveré a por él.

Campeón, ajeno a lo que hablaban, sintió un repentino ataque de hambre. Bajó de la cama y olfateó por la habitación buscando comida. Le sonaron tanto las tripas que Zoe entendió lo que le pasaba.

—Me estás engañando... Te conozco demasiado bien. —Se incorporó de la cama y salió hacia la cocina para darle un poco de pan.

A su vuelta, Andrés cambió deliberadamente de tema.

—No puedes imaginarte lo mucho que se le quiere en mi bandera; ha terminado convirtiéndose en un compañero más. —Envolvió el cuello de Campeón con su brazo y le rascó la cabeza con energía viéndolo comer.

Zoe iba a contestar que se lo quedaran en el cuartel si tan apreciado era, pero imaginó que a esas alturas su hermano no iba a regresar a Asturias por ese único motivo. Le fastidiaba la manía que tenía Andrés de decidir en su vida y su afición por pasarle responsabilidades. No tenía ninguna gana de cuidar a su perro, pero como le conocía demasiado bien empezó a asumir lo que iba a pasar al final. Pensó en Rosa y al instante le asaltó un primer problema. ¿Cómo se lo iba a explicar?

Un tufo de suciedad le alcanzó la nariz.

—Al menos podías haberlo bañado... Me lo quedaré, vale, pero no sé ni por qué lo hago, me va a traer problemas, seguro.

Consciente de que había superado el difícil trance, Andrés le dio toda la razón y se disculpó por ello.

—No te dará ninguna guerra, canija. Ya verás.

—De acuerdo. —Suspiró resignada—. Pero vete poniendo fecha para recogerlo.

Andrés le dio un sentido beso en la mejilla y alabó su bondad.

—Antes de que me lo preguntes, escribí a padre, y desde el mes pasado estoy haciendo una reserva de mi paga para poder contratar nuevos abogados.

Zoe constató una vez más su habilidad para engatusarla, pero le reconoció el gesto antes de comentar sus propias gestiones.

Cuando estaba terminando de contárselo, escuchó abrirse la puerta.

—Zoe, ¿estás en casa?

Andrés miró a su hermana desconcertado.

—¡Es la dueña del piso! Vaya, no le advertí que vendrías —comentó, levantándose de la cama.

—¿Podemos pasar? —Rosa se hizo oír al otro lado de la puerta.

Aquel plural significaba que venía con su novio, lo que lamentó doblemente, pero dijo que sí. El gesto amable con el que la mujer entró se transformó en perplejidad al ver a un legionario en la habitación, y la colcha de la cama revuelta.

—¡Mira con la finolis! Se lo ha *montao* con un militroncho —disparó Mario.

Sin dejarla hablar, Rosa la amonestó por meter sin su permiso a hombres en casa, y lo hizo con gran vehemencia.

—No te lo permito. ¡Ni hablar! ¡No y no!

—Rosa, espera…, se trata de…

—¿Y ese chucho? —Acababa de ver a Campeón que asomaba la cabeza entre las piernas de su inquilina—. ¡Vamos con la Zoe! Salgo un rato… y mira cómo aprovechas el tiempo —concluyó indignada.

—Déjame hablar… Todo tiene una explicación.

Rosa resopló sin resignarse a estar callada, mientras su novio no hacía otra cosa que mirar el uniforme verde del intruso, sus galones de teniente, la casaca y las botas altas que calzaba, con una expresión de absoluto desprecio. En los ambientes de la FAI que él frecuentaba, todavía se seguían comentando los desmanes que había cometido la Legión en Asturias aniquilando a centenares de camaradas revolucionarios. A punto estuvo él de ir a luchar por esa causa, de no ser porque su mujer oficial había tenido la mala *ocurrencia* de hacerlo padre en las mismas fechas.

—Es mi hermano Andrés —consiguió decir Zoe cogiéndolo de la mano—, y este es su perro Campeón, me lo ha traído.

Al escuchar el parentesco, la mujer se relajó, pero no así con lo del perro.

—¿No pretenderás tenerlo aquí? —Su cabeza dibujó una negativa sin perder de vista al militar, reconociendo lo buen mozo que era.

—Está bien educado —respondió Andrés—. Es limpio y no da ningún problema. Ya verá cómo terminará cogiéndole cariño.

—¿A ese perro? Lo dudo —aseguró Rosa, comparando el musculoso torso del militar con la creciente barriga de Mario.

—Rosa, será por poco tiempo. Mi hermano volverá a recogerlo en pocas semanas —añadió Zoe, tratando de ser convincente, aunque ni ella se lo creía.

La mujer se rascó la barbilla llena de dudas hasta que vio en ello una oportunidad.

—No me gusta nada la idea. Pero, bueno, hoy me cogéis de buenas —se dirigió a Zoe—. Podría permitirte que lo tuvieras en tu habitación; eso sí, asumiendo que el precio de tu renta desde hoy va a subir a dos pesetas y media. Y no admito negociaciones. Lo tomas o el perro se larga con tu hermano.

—Te dejaré dinero —apuntó Andrés, dirigiéndose a Zoe.

Mario, incapaz de soportar un minuto más la presencia de un legionario en aquella casa, terminó explotando a su manera.

—¡No aceptes dinero de fascistas!

Zoe tuvo que parar a Andrés para que no fuera a romperle la cara. Y Rosa, que era mucha mujer cuando se ponía en su papel, se enfrentó a su novio sin contemplaciones.

—¡Déjame a mí! —le espetó con los brazos en jarras—. En asuntos de inquilinos me arreglo yo solita. Así que vete ahuecando el ala y espérame abajo, que no tardaré ni cinco minutos en dejar el tema resuelto.

Mario cerró la puerta de la casa de un portazo, jurándose que aquella era la última vez que iba a permitir otro ridículo en público.

—O sea que, si te pago dos pesetas con cinco perras gordas, ¿Campeón se podría quedar conmigo? —resumió Zoe.

Rosa contestó sin mirarla.

—Sí, eso. Aunque no podrás dejarlo solo en casa. Si tú sales, él también.

—Pero… —Zoe pensó de inmediato en su nuevo trabajo.

—Ni peros ni leches. El perro se va contigo o no se queda. Tú decides.

Campamento de la Legión española
Dar Riffien
Protectorado español de Marruecos
18 de mayo de 1935

XIV

Los sables no estaban tranquilos dentro de sus fundas.

Durante los años de la España republicana, para quien respirase a diario los aires castrenses el malestar no había hecho otra cosa que crecer.

Había quien aseguraba que se estaba asistiendo al nacimiento de una nueva nación comunista a imagen soviética, bajo la inspiración de los socialistas y de la izquierda más radical, que parecían haber dejado de creer en los cauces democráticos para intentarlo por la vía revolucionaria. Otros se lamentaban del descontrol y falta de seguridad que la calle vivía, ante el imparable incremento de asesinatos, quema de iglesias y robos. O denunciaban la feroz acción sindical que ahogaba a las empresas y paralizaba el país con sus constantes huelgas.

Muchos de los altos mandos del ejército interpretaban que la única fuerza que todavía soportaba la idea de España y constituía su columna vertebral eran ellos. También había quien consideraba los estatutos de Cataluña y del País Vasco como la peor amenaza para la unidad de la patria, aunque el primero hubiese sido suspendido y hubiesen detenido a su presidente, y en el otro caso estuviese paralizada su tramitación en el Parlamento.

A pesar de que la coalición de derechas CEDA había entrado a formar parte del Gobierno del radical Lerroux desde octubre del treinta y cuatro, carlistas y monárquicos vivían la decisión como una auténtica traición a sus principios, y las izquierdas como la mejor fórmula para destruir los avances sociales conseguidos hasta entonces por la República. Por todas aquellas causas, en los altos despachos de los cuarteles los ánimos andaban muy crispados, y la presidencia de la República vivía con seria preocupación cualquier rumor que surgiese de ellos.

—Mi coronel, acaba de llegar el teniente Andrés Urgazi con dos representantes más de la IV Bandera desde Asturias. —El ayudante del máximo responsable de la Legión en el cuartel de Dar Riffien irrumpió en el despacho después de haber pedido permiso.

El coronel Luis Molina Galano le rogó que avisara al resto de oficiales y a la banda de música. Al otro lado de su mesa se encontraba el general Millán Astray, fundador de la Legión, desde hacía dos días de visita en Dar Riffien. Ambos se levantaron. El general sintió su habitual vértigo desde que perdiera el ojo derecho a causa de un disparo años atrás. Se colocó su chapiri con el único brazo que le quedaba, Molina recogió de la mesa su discurso, comprobó la hora en su reloj y antes de enfundarse la pistola y de que su segundo abandonara el despacho le transmitió sus órdenes.

—¡Quiero ver a toda la tropa formada en el patio en quince minutos! El homenaje lo presidirá su usía, el general.

Millán Astray, como primer ideólogo de aquel prestigioso cuerpo militar, había trasladado los procedimientos de la afamada Legión francesa y los principios del código de honor samurái, el *bushido* japonés, a la ideología y credo de los legionarios. En memoria de los Tercios españoles del siglo XVI, la enseña de la Legión recogía las armas que estos habían enseñoreado, el arcabuz, la ballesta y la alabarda, constituyéndose en sus sucesores espirituales. Por eso, las llamadas al honor, al deber y al sacrificio se traducían en condecoraciones a aquellos miembros que hubiesen destacado en su cumplimiento de una forma heroica, como se iba a hacer aquella mañana con las banderas II, III, IV, V y VI, las que habían acudido a combatir a los sublevados en Asturias. Tres de ellas habían vuelto a sus cuarteles entre abril y mayo, quedaba la cuarta que no lo haría hasta octubre, y la segunda que lo haría en la primavera del treinta y seis.

Como no habían encontrado el modo o la fecha adecuada para hacerlas coincidir a todas en Dar Riffien, su coronel había decidido hacer venir a los que mereciesen condecoración para no retrasar más el homenaje y que perdiera todo su sentido. La presencia de Millán Astray, a pesar de no haber sido programada, sin duda daría solemnidad a la ceremonia. Aunque para el coronel aquel hombre no fuera plato de su gusto.

La base de Dar Riffien no era solo la casa madre de la Legión, sino el cuartel más grande del norte de África; una auténtica ciudad autosuficiente construida en los años veinte y dotada con los medios más modernos: agua potable y electricidad, lavandería mecánica, mesón, salas de juegos, biblioteca y amplias aulas para servir de academia. Ubicada a diez kilómetros de Ceuta, en pleno protectorado español, era el orgullo de los hombres que entraban a formar parte de una institución armada que nunca les había preguntado por sus pasados ni orígenes, pero que conseguía unirlos en un fraternal espíritu de lucha.

—Vayamos mientras tanto a conocer las nuevas instalaciones. Estoy convencido de que serán de su agrado —propuso Molina al general Astray.

Los dos hombres se dispusieron a abandonar el pabellón de oficiales, pero antes de salir el general no pudo evitar mirar con cierto orgullo su ojo, que como exvoto había quedado expuesto dentro de una urna, a las puertas del edificio. Atravesaron a continuación el patio de armas y se dirigieron hacia las antiguas cuadras del escuadrón de lanceros desaparecido dos años atrás, ahora convertidas en aulas para la formación de oficiales.

—Mi general, ¿cómo están las cosas por Madrid?

—Muy revueltas, como siempre —contestó Astray—. Aunque he de confesar que la presencia de Lerroux está resolviendo la injusta situación de muchos de los generales que sufrimos una rebaja de categoría y la dura separación de nuestras tareas de mando por culpa de los gobiernos de izquierda, siempre bajo la voluntad de ese infame de Azaña. Lerroux es un viejo amigo de mi padre y está demostrando tener una visión más favorable a nuestra causa.

Al entrar en las antiguas cuadras fueron saludados por su principal encargado.

—¡A España la Legión, servir hasta morir! —proclamó a viva voz, cabeza levantada y saludo reglamentario.

—Descanse y cuéntele a nuestro general qué ventajas hemos conseguido con estas edificaciones —le pidió el coronel.

El hombre les fue mostrando las naves restauradas. Donde antes dormían más de dos centenares de caballos, el número que componía el escuadrón de lanceros, ahora solo lo hacía una veintena de acémilas de carga. Los antiguos boxes adosados a los laterales del edificio se habían transformado en cuatro amplias salas, donde se impartía la formación. Millán buscó el enorme guadarnés donde lo recordaba, con sus centenares de sillas de montar, riendas y demás útiles, pero en su lugar encontró un gran almacén en el que se recibía material y alimentos desde la península.

—Excelente. Les felicito por lo acertado de los cambios —comentó.

Como en aquellos mismos días una de las banderas estaba realizando unos ejercicios fuera del recinto, en el Llano Amarillo, los dos oficiales coincidieron con la salida de cinco acémilas cargadas con barriles de agua para ellos.

Dejaron atrás los dos pabellones transformados, e inspeccionaron otros de reciente construcción destinados a acoger a doscientos hombres más, candidatos que ya estaban siendo reclutados en diferentes lugares del protectorado, muchos de ellos extranjeros.

El general Millán Astray había hablado pocas veces con el coronel, a pesar de que este último llevaba tres años en el cargo. Su deprimente exclusión en un despacho del Ministerio de Guerra, sin apenas funciones y a un paso de entrar en el cuerpo de inválidos, había sido la principal razón. Pero en aquella visita quería conocer de primera mano cuál era la posición política de Molina frente a los acontecimientos que desgarraban España. Como también lo deseaba un grupo de condecorados e influyentes militares con los que Millán Astray se reunía en tertulia cada semana, en el elitista club de la Gran Peña de Madrid. El nombramiento del coronel Molina se había hecho de una forma diferente a la habitual. Su nombre había sido propuesto directamente desde el Ministerio de Guerra, y no por quien había sido director del Tercio y luego máximo jefe militar de los ejércitos en África, el actual jefe del Estado Mayor y general Francisco Franco. Esa excepción seguía provocando ciertas suspicacias entre los militares africanistas.

Volvían al patio principal, donde estaban terminando de preparar la ceremonia, cuando Astray le inquirió sobre ello sin andarse con rodeos. Molina contestó.

—Mi general, he jurado servir a mi patria y defender en todo momento el orden y las leyes de nuestra República. Por eso, siguiendo esos principios, baso y basaré mi proceder en la salvaguarda de la Constitución y en la obediencia a la autoridad. Ese es mi deber —contestó lleno de convicción y formalidad, imaginando que esa no era la respuesta que hubiese deseado escuchar su invitado.

Millán Astray vio ratificado lo que ya sospechaban, pero quiso asegurarse.

—Así ha de ser, no lo niego. Pero entre nosotros, cuando uno presencia las tentaciones secesionistas de algunos territorios, empeñados en quebrar nuestra indisoluble unidad, o a los comunistas y anarquistas adueñándose de las calles y asesinando por doquier a gente de bien, o por qué no sumar a la intrigante masonería, que está adentrándose en el poder después de haber redactado media Constitución, y que hoy cuenta con cientos de parlamentarios, hijos de sus logias, ¿no piensa que se debería poner un poco de orden en este guirigay?

El coronel entendió con profunda incomodidad que en realidad le estaba pidiendo pronunciarse. Pero, fiel a sus principios, una vez más se reafirmó en su pensamiento, emplazando al Gobierno para que resolviera todos aquellos problemas desde el uso de su autoridad, y al Parlamento a apoyarlo con las leyes que fueran necesarias.

El general tuvo clara su postura y desde ese momento calló, coincidiendo con su entrada en el improvisado escenario donde se iba a realizar el homenaje a unos hombres cuyo lema era «Legionarios a luchar. Legionarios a morir», y en cuyo credo estaban escritas las enseñas de su espíritu: compañerismo, amistad, unión y socorro, marcha, sufrimiento, disciplina, combate y muerte. Al alcanzar la tribuna miró con orgullo los frutos de su trabajo, de su idea original, cuando quiso fundar un ejército de proscritos redimidos por el honor y la pertenencia a una causa noble y heroica, y sus palabras fueron breves pero contundentes. Les recordó su lema, elogió su espíritu y valor, y les trasladó el respeto que se habían ganado fuera de España, y que él mismo había constatado en sus últimos viajes por Argentina, Chile y hasta en Estados Unidos. Y terminó con una reflexión con la que solía cerrar muchos de sus discursos:

«Os habéis levantado de entre los muertos, porque no olvidéis que vosotros ya estabais muertos, que vuestras vidas estaban terminadas. Habéis venido aquí a vivir una nueva vida por la cual tenéis que pagar con la muerte. Habéis venido a morir.»

Cuando pocos minutos después empezaron a desfilar las tropas de las diferentes banderas, y con ellos los miembros de la cuarta convocados expresamente desde su destino en el Cantábrico, Millán Astray recordó la placa que había mandado poner años atrás frente a la entrada de Dar Riffien, que decía: «Detente, caminante. Esta es la Legión, la que recoge la escoria de la humanidad y devuelve hombres».

Una mesa con cincuenta medallas esperaba a los correspondientes legionarios que habían sobresalido por su heroísmo contra los revolucionarios asturianos. Pero entre ellas había una destinada a un perro.

Ante la extrañeza del general, el coronel le explicó que el animal, de nombre Campeón, había prestado tantos y tan destacados servicios que habían decidido dársela. La recogería en su nombre el teniente de la IV Bandera Andrés Urgazi, su dueño, mientras daba fe de los méritos del can.

—Corrió entre las barricadas, en pleno centro de Gijón, mientras las balas silbaban a su alrededor, decidido a atacar a un enemigo que estaba aniquilando a los nuestros tras un nido de ametralladoras, demostrando una valentía sin límites. En otra ocasión advirtió la presencia de un francotirador y evitó la muerte de uno de nuestros oficiales. Y en varias ocasiones más adelantó la presencia de agentes enemigos preparados para atentar. Además, gracias a su olfato e inteligencia, se pudo detener a un grupo de insurgentes huidos por las montañas.

Después de que pasaran uno a uno los convocados para recibir sus respectivas medallas, le llegó el turno a Andrés Urgazi. Le impusieron una como reconocimiento de los veintidós objetivos conseguidos por su bandera, pero le hizo mucha más ilusión la condecoración que el general le dio para Campeón, felicitándolo efusivamente.

Se guardó la inesperada medalla en un bolsillo.

Lamentó haberlo dejado en Madrid, pero a la vez se sintió profundamente orgulloso de su perro, como lo iban a estar sus hombres en cuanto lo supieran. Tragó saliva, emocionado, y con la primera estrofa del himno de la Legión, unió su voz a los centenares de hombres que, cabeza en alto y sacando pecho, lo cantaban a pleno pulmón.

Hospital de la Cruz Roja
Calle Pablo Iglesias
Madrid
22 de mayo de 1935

XV

A Campeón le costó entender por qué tenía que quedarse fuera del hospital y esperar varias horas. Los primeros días se entretuvo con los visitantes que entraban y salían. Algunos se acercaban cautos, al principio, aunque después cariñosos, pero otros no le hacían ni caso. Al perro, pasada la primera semana aquello se le empezó a hacer un poco pesado. La correa limitaba sus movimientos. Cada vez que intentaba separarse de la farola a la que su nueva dueña lo ataba, sentía la tirantez del correaje. Él solo deseaba olfatear el entorno, amedrentar a un gato que pasase cerca, o comerse los frutos negros de un árbol que caían por efecto del calor y la madurez, a escasa distancia.

Entre los trabajadores de aquella institución benéfica Campeón se fue haciendo cada vez más popular, hasta el punto de ganarse la curiosidad entre los que fueron más reacios a su presencia. Algunos salían a darle de comer, otros a acariciarlo durante sus descansos, y hasta hubo quien evacuó todos sus problemas contándoselos como si se tratase del mejor confidente del mundo.

Pero Campeón se aburría.

Zoe lo sabía. Pero ¿qué otra cosa podía hacer? También a ella le incomodaba su permanente presencia, preocupada porque le pudiese afectar al trabajo. Su realidad también era dura.

De los primeros días recordaba la ilusión con la que había ido a trabajar, a pesar de la incómoda labor que le tocaba realizar a refugio de aquellas cuatro paredes. La mitad de su horario se lo pasaba de rodillas frotando suelos con un cepillo de gruesa cerda y un cubo con jabón, y la otra mitad era casi peor. Porque entre un anciano, que además de haber perdido la cabeza también había olvidado cómo controlar sus esfínteres, y la mujer de la sección de infecciosos, cuyas llagas eran tan numerosas y productivas que tenía que secarlas y lavarlas tres veces al día, las ganas de acudir al hospital fueron menguando.

Sin embargo, al poco tiempo, todos hablaban maravillas de ella. Sobre todo las enfermeras, que le pasaban los trabajos más ingratos o los peores pacientes. En la sección de tuberculosos y asmáticos, los ingresados la esperaban felices. Su delicadeza y respeto la convertían en la presencia más deseada. Después de retirarles las excrecencias que surgían de sus vías respiratorias, escuchaba con sincero interés los detalles de sus vidas y cuáles habían sido sus pequeñas o grandes historias.

A Zoe los días se le hacían largos, pero la enorme humanidad que encontraba en las mujeres y hombres a los que tenía que lavar, arreglar o curar compensaba muchas otras cosas. Cuando ella se quejaba de su mala suerte, aquellos desheredados le hacían entender el verdadero significado de la palabra *desgracia.*

Sus jornadas de dieciséis horas se repartían entre la visión directa del dolor y sus libros de veterinaria. En ellos se refugiaba por la noche para poder compensar la fetidez de una letrina de enfermos, el tacto purulento de ciertas heridas, la sensación húmeda de una gasa impregnada en babas o el olor de la lejía con la que desinfectaba los baños.

No se quejaba de lo que le tocaba hacer, pero ansiaba estudiar. Soñaba con volver a las clases para absorber los conocimientos que no tenía. Porque aquella era su verdadera meta en la vida.

Tal vez por eso, pidió que le cambiaran el turno en la

Cruz Roja y una buena mañana se presentó en la escuela sin encomendarse a nadie, a pesar de las fallidas gestiones del padre de Bruni, incapaz de superar las desavenencias con el director.

Decir que aquel día Zoe produjo un poco de revuelo sería verlo con mucho optimismo, porque la realidad fue muy diferente. Y no tanto para el resto de alumnos, una de las promociones menos numerosas de los últimos años, pues no llegaban a ochenta, sino para el claustro de profesores, a quienes no pudo pasar desapercibida su presencia, al contar con solo dos mujeres más cursando tercero de Veterinaria.

Había llegado un poco antes, hecha un manojo de nervios y en compañía de Brunilda, a quien había avisado la tarde anterior. Dejó atado a Campeón cerca de la puerta principal y el animal se mostró tranquilo y animado, quizá por el nuevo público, más entregado que el del hospital. Los alumnos respondían a su presencia desde una especie de emoción profesional desbordada, y él les ofrecía su mejor gama de encantos perrunos.

Nada más entrar Zoe por la puerta, sita en la calle de Embajadores y cerca de la glorieta del mismo nombre, se encontró con sus tres antiguas compañeras de primero que la esperaban en la escalera principal.

—Bienvenida de nuevo —la saludaron entre abrazos.

—Gracias —Zoe esbozó una rendida sonrisa.

Una de ellas, al echar un vistazo al reloj que presidía el atrio y ver que quedaban cinco minutos para comenzar las clases, propuso volverse a ver a media mañana para que les contara su experiencia.

—Zoe, ¿va todo bien? —se limitó a decir.

—Hay de todo, pero ya os contaré después. No quiero llegar tarde a Fisiología.

—Con Morros Sardá... Ufff —se le escapó a Brunilda.

—¿Qué pasa?

No tuvo oportunidad de que se lo aclarara, porque empezó a sonar el timbre y todas salieron corriendo hacia las aulas.

Brunilda la acompañó hasta su clase, pero tampoco se detuvo mucho para no perderse la suya de Industrias Lácteas, de quinto.

—¡Mucha suerte! Luego hablamos.

Zoe se quedó parada frente a la puerta abierta, aferrada a una carpeta, y empezando a recibir las primeras miradas de extrañeza por parte de los alumnos que iban llegando.

—Señorita, ¿me permite? Me temo que si no entra un poco más, impedirá el paso al resto. —A su espalda un risueño joven esperó su reacción.

—Ah, disculpe.

Zoe se metió en un aula semicircular con filas de bancos corridos sin respaldo, la misma en la que había recibido Anatomía Descriptiva en su primer año. Buscó entre las últimas filas un discreto asiento, pero cuando estaba a punto de subir las escaleras, una muchacha se dirigió a ella.

—Mejor siéntate con nosotras. Me han hablado mucho de ti.

Era una chica de cara redonda y ojos pequeños. Le hizo un hueco en la primera fila, entre ella y otra joven, a la que también presentó.

En ese momento entró el catedrático y se pusieron en pie. El hombre con su atención puesta sobre la pizarra dio su permiso para sentarse, continuó con un «buenos días», tomó una tiza y escribió el tema que le ocuparía la siguiente hora: fisiología del tono muscular.

—Espero que se hayan estudiado bien el papel biológico y el metabolismo del calcio, pues tiene bastante que ver con el tema de hoy. Evitaré, por tanto, ahondar en ciertas interrelaciones hormonales que ya deberían dominar, porque en efecto... —En ese momento se volvió hacia los alumnos y su mirada recayó en una mujer con la que no contaba. Detuvo sus palabras para apuro de Zoe, que sintió su inquisitiva mirada y la curiosidad del resto de la clase—. Porque, en efecto, la absorción, resorción y la influencia del tiroides... en... —Siguió impartiendo la lección entre titubeos, hasta que dejó la tiza en la pizarra, se retiró las gafas ovaladas de concha y bajó hasta situarse enfrente de Zoe—. Señorita, es indudable que su rostro me es familiar. Pero antes de entender por qué, ¿me puede usted justificar qué está haciendo exactamente aquí?

Zoe se puso colorada, pero respondió como había ensayado no menos de cien veces.

—Señor, me conoce porque cursé los cuatro primeros semestres hace unos años en esta misma escuela. Por motivos que no vienen a cuento, tuve que abandonar mis estudios. Y ahora, en otras circunstancias, he decidido volver y terminar los cursos que me faltan.

Morros Sardá se rascó la perilla afectado por aquella inesperada contrariedad.

—La recuerdo, sí… No son muchas las mujeres que se atreven a abrazar esta profesión hasta ahora masculina —comentó con cierta sorna—. Pero, señorita, y perdone que se lo diga, han pasado ya muchos meses desde que empezó el curso y faltan menos de dos para acabar. Espere a septiembre para volver a clase. —Endureció su tono de voz como antecedente a una decisión firme—. Hasta entonces, le ruego que abandone esta clase inmediatamente

Un fuerte rumor recorrió el aula. De los chicos nadie sabía quién era esa mujer ni qué razones podía tener para estar allí, y callaron ante la autoridad del catedrático, respetado por su saber, pero también por su firmeza.

Zoe, avergonzada, se levantó del asiento, recogió su bolso, y con la cabeza baja empezó a caminar hacia la puerta. Para su sorpresa, no lo hizo sola. A tres pasos de ella las otras dos chicas, carpetas en mano, acababan de decidir acompañarla.

—¿A dónde van ustedes? —el profesor levantó la voz con enfado.

Zoe les pidió que volvieran a sus asientos. No quería comprometer a nadie en su empresa. Le regalaron una sonrisa llena de afecto, sin darse ninguna importancia, y una de ellas se dirigió al catedrático.

—¿No es la universidad, por definición, la escuela universal del saber? Pues aquí se le acaba de negar el derecho a una mujer que tan solo ha venido a aprender. Tiene todo nuestro apoyo y nos vemos obligadas a hacer lo mismo que ella.

—No, no..., por favor... —intervino Zoe—. Esto no tiene que ver con vosotras.

El profesor extendió el brazo señalando la salida. Zoe no había calculado la fulminante respuesta del catedrático y menos aún la de las chicas. Al salir al pasillo les agradeció su actitud, pero temió que esa reacción de solidaridad tampoco la iba a beneficiar, lo que quedó confirmado con la aparición del catedrático, quien le rogó que lo acompañara para hablar con el director.

—¡Ánimo, Zoe! Somos pocas, pero nos tendrás a tu lado —la apoyó la más joven antes de verla irse tras los pasos del profesor.

Encontraron al director de la escuela y catedrático de Histología y Anatomía Patológica en su laboratorio, preparando con un microtomo unos cortes de tejido para observarlos al microscopio.

Sentado sobre un taburete alto, la bata blanca a medio abotonar, y con unas gafas en la mano y otras apoyadas sobre la punta de la nariz, escuchó a su colega sin inmutarse demasiado. La furibunda explicación sobre lo que acababa de suceder en su clase por culpa de aquella señorita que solo decía bobadas le pareció cuando menos extraña.

—Déjame a solas con ella, José. Ya comentaremos.

El hombre se dio la vuelta con deliberada brusquedad, y se alejó murmurando todavía sus protestas.

—Señora Urgazi, sabía que podía aparecer por aquí un día de estos, pero no esperaba que se atrajera tanto jaleo.

—Lo siento. No pretendía alterar la vida académica de la escuela, mi única intención es aprender un poco antes de mi vuelta en...

—Lo sé, lo sé... —Recogió con unas pinzas una finísima lámina de tejido y la colocó sobre un porta, bajo la óptica de un poderoso microscopio—. ¿Recuerda cómo se identifica un linfosarcoma de Stiker?

Zoe contestó que no sabía cómo diagnosticarlo histológicamente, por no haberlo estudiado en primero, pero que sí había leído cómo se comportaba esa enfermedad, y el linfosarcoma era un tumor venéreo bastante frecuente en perros callejeros. Al director le satisfizo su contestación, y en el momento que tenía enmarcada la zona a estudiar, la invitó a mirar. Zoe encontró, entre algunos macrófagos y varios linfocitos, unas células redondeadas con un citoplasma muy delgado, algunas eran poliédricas, y también vio núcleos hipercromáticos. Así se lo fue explicando.

—¡Excelente! Ese examen celular es el esperable en este tipo de tumores, benignos por otra parte. Pero volvamos a su caso. Alguien me ha hablado muy bien de usted. Imagina quién, ¿verdad?

Zoe le dio su nombre.

—En efecto, el mismo. La primera vez fue tomando un cocido. Me contó su caso, aprovecho para darle mi más sentido pésame. Pero como me negué a su petición, la segunda ocasión en que nos vimos estuvo más contundente, y le evito ciertos detalles que no vienen al caso. —Dejó las gafas sobre la mesa y de pronto cayó en su descortesía por no haberle ofrecido asiento. Zoe se lo agradeció y se sentó a su lado.

—Soy viuda, mayor de edad, tuve buenas calificaciones en mi paso por esta escuela, y lo único que pretendo viniendo a clase es adelantar un poco mis estudios para poder ingresar en tercero el próximo curso. ¿Qué mal hago, o a quién?

—La comprendo, es natural que lo vea de ese modo. Sin embargo, yo no puedo hacer que las cosas sean de otra manera. Usted recibirá la formación a su debido tiempo. No admitiré, y espero que lo comprenda, que acuda usted a clase cuando le venga en gana. Creo que es razonable, ¿verdad? Dicho de otro modo, sin matrícula no hay posibilidad alguna de que la admitamos. Así que, ¡hasta septiembre! Y espero que todo le vaya bien hasta entonces. —Devolvió su atención al microscopio, dando por zanjada la conversación.

Zoe se sintió profundamente frustrada. Nada en su vida parecía correr al ritmo de sus deseos y le parecía una decisión injusta.

—Pero si yo solo pretendo escuchar para ir poniéndome al día.

El director la ignoró centrándose en su muestra tintada, lo que terminó de indignar a Zoe.

—Volveré. —Se levantó de su silla enfadada.

—Llamaré a la Policía —contestó él, sin levantar la vista del microscopio.

Centro de cría y adiestramiento canino
Grünheide. Alemania
28 de mayo de 1935

XVI

El director Stauffer daba vueltas al lápiz una y otra vez haciéndolo saltar de una mano a otra extremadamente nervioso. Sentado en su silla de despacho observaba cómo los dos inspectores del partido revolvían en el fichero metálico donde guardaba la información de su personal.

—Adolf, te noto inquieto —comentó el secretario de la delegación de Köpenick, uno de los nuevos distritos de la cercana ciudad de Berlín, quien se había presentado en su despacho por sorpresa a las ocho de la mañana.

El director negó que lo estuviera, adoptando deliberadamente un gesto más relajado. En ese momento lamentó no haber echado a Isaac, uno de sus mejores empleados, cuando las cosas se habían empezado a poner serias contra los judíos. Lo bien que trabajaba y la larga relación personal que los unía habían frenado su decisión. Un error fatal.

—Tengo demasiado trabajo, Bert. Será por eso.

—Tranquilo, que acabaremos rápido y te dejaremos en paz.

Stauffer conocía bien a su interlocutor. Como responsable del partido en su distrito, lo tenía como a un hombre capaz de todo por defender la más estrecha pulcritud ideológica dentro de su área. De hecho, era notorio que entre las diferentes delegaciones que dependían de la central en Berlín, la de Köpenick se vanagloriaba de ser la más escrupulosa cuando elaboraba listas negras.

Aunque Stauffer disimulaba mostrándose absorto en sus papeles, no dejaba de observar lo que hacían. A pesar de que Isaac seguía trabajando en el centro, hacía meses que se había deshecho de su ficha. Y aun así, hasta que no los viera salir del centro no se quedaría tranquilo. Bert cerró el archivador satisfecho y le pidió el libro de contabilidad. Adolf lo buscó en una estantería.

—No entiendo para qué necesitas revisar nuestras cuentas.

Bert tomó en sus manos el libro, lo apoyó sobre la mesa del director y empezó a pasar páginas.

—No será tu caso, pero me he encontrado a algunos listos que han hecho desaparecer los expedientes de empleados problemáticos, y misteriosamente los nombres han aparecido después en los pagos, por ejemplo en el correspondiente a los salarios. ¿Qué día pagáis aquí?

—En torno al día catorce... y luego el treinta —contestó atragantándose. Aquel detalle no lo había tenido en cuenta.

—Veamos entonces. —Pasó de golpe varias páginas y llegó a la deseada. Todos los empleados estaban reflejados en los apuntes, pero junto al apellido solo aparecía la inicial del nombre, y en el caso del judío su apellido era indudablemente alemán.

—Ahí lo tienes. No vas a encontrar nada raro.

El inspector tomó de nuevo el libro y lo inspeccionó de modo aleatorio. Se rascó la barbilla pensando qué hacer y a continuación miró a Stauffer directamente a los ojos.

—Sabes que confío en ti, Adolf, por eso, si me aseguras que en este centro no voy a encontrar nada, ni un solo rastro de sangre hebrea o bolchevique, nadie que pueda convertirse en una amenaza para nuestro Reich, confiaré en ti y aquí lo dejamos. Pero no está de más recordarte lo que ocurriría si por cualquier circunstancia apareciese algo que contrariase tu palabra, ¿verdad?

—Estoy limpio. Puedes irte tranquilo —contestó con toda la rotundidad que pudo.

—De acuerdo, entonces te dejamos. —Se levantó de la silla, recogió la pistola que había dejado encima de la mesa y mandó a su acompañante salir del despacho. Stauffer hizo ademán de acompañarlo, pero Bert lo excusó—. No te preocupes, conocemos el camino. —Se estrecharon las manos, Bert recogió su cartera y cuando se disponía a salir se dio media vuelta para hacerle una última advertencia—. Llevo muy mal el engaño. No lo olvides nunca.

Stauffer tragó saliva, sonrió, y al cerrar la puerta se quedó apoyado en ella sintiendo que el corazón se le salía del pecho. Era consciente de que había salvado la situación, pero el riesgo no desaparecería hasta que no despidiese a Isaac. No lo dudó un minuto más. Llamó a su secretaria e hizo venir al judío.

Una vez sentado en el sillón, decidió investigar a fondo la vida y pasado de sus otros dieciséis empleados. «¿Quién no tiene algo que ocultar en el largo transcurso de una vida?», reflexionó. En su momento lo había hablado con cada uno, y en principio ninguno parecía tener nada raro en su historial. Pero no podía volver a arriesgarse a estar en el centro de la diana, sabiendo que quien disparaba la flecha era el extremista de Bert.

Barrio de Tetuán
Madrid
1 de junio 1935

XVII

Su casera había salido, y en las otras tres viviendas de la tercera planta con las que compartían aseo tampoco parecía haber nadie. Aprovechándose de ello, Zoe decidió tomarse un largo baño. A las seis de la tarde y con aquel asfixiante calor de un Madrid que estaba alcanzando unos atípicos cuarenta grados a mediodía, qué podía haber mejor que un pozal lleno de agua y no tener prisa.

A Campeón lo había dejado encerrado en su habitación mientras disfrutaba de aquel placer tan pocas veces disponible. Llevaba con él solo dos semanas, pero su compañía no le estaba resultando fácil. A pesar de que el animal le regalaba algunos buenos momentos y compartiese con ella su inquebrantable alegría, una alegría a prueba de cualquier contrariedad como lo eran sus largas esperas a la puerta del trabajo, tenerlo en casa le había traído nuevas complicaciones a una vida de por sí bastante alterada.

El calor del agua se repartió por su cuerpo relajándola por entero. Le hubiera gustado tener sales de baño, o un buen jabón de esos que se anunciaban en la revista *Estampa* con el que actrices y cantantes lucían una piel de ensueño, pero no estaban los tiempos para esos dispendios y se conformó con una pastilla de jabón Lagarto.

Rosa solo le permitía bañarse una vez al mes, porque decía

que se gastaba demasiada agua y carbón para calentarla. Recién estrenado junio, ese sería su primero, aunque sin duda no sería el único, ya que solía escamotearle un par de ellos más, aprovechando alguna de sus ausencias.

A sus espaldas tenía una ventana de cristal esmerilado, y a través de ella entraba un buen chorro de luz tamizada que alcanzaba las ondas de su pelo, como si de un oleaje se tratara. Se sumergió por completo para desprenderse de la espuma y aguantó la respiración hasta que no pudo más. Al salir tomó aire y suspiró aliviada, comprobando cómo le habían quedado de arrugados los dedos de las manos. Buscó la toalla y se incorporó con cuidado para no resbalar. Arrimadas al pozal tenía sus zapatillas. Una vez fuera se calzó y empezó a secarse la cara y el pelo, para luego seguir por las piernas, el vientre y la espalda. Se miró al espejo, desaprobó su descuidado cutis a falta de las cremas que antes usaba, y a punto de salir al pasillo sonaron unos nudillos en la puerta.

—¡Está ocupado! Un segundo, ya salgo.

Retiró el pestillo, movió el picaporte y al asomarse se encontró con una desagradable sorpresa: Mario. En esos instantes Zoe lamentó el ridículo tamaño de la toalla que llevaba puesta. Por arriba apenas le cubría los pechos, y por abajo se le veían los muslos por entero. Sin embargo, Mario no compartió su pesar, sino todo lo contrario.

—Bonitas piernas, sí, señora. —Las miró descarado.

—Déjame pasar. —Lo empujó para abrirse paso hacia su habitación.

—Vale, vale… No seas así de arisca. —La siguió.

Zoe imaginó su lasciva mirada sin necesidad de comprobarlo. Entró en el piso y cerró la puerta de un portazo tras de sí. A Mario le bastaron solo dos segundos para abrirla y dirigirse a toda velocidad a la habitación de Zoe.

—Espera, mujer. Puedo ayudarte… a secarte, por ejemplo.

Zoe le dio dos vueltas al cerrojo de su puerta y gritó que la dejara en paz y se largara.

Mario probó a entrar sin éxito.

—Anda, Zoe, no seas tonta y ábreme. Aquí tienes a un hombre de los de verdad, para lo que gustes. Porque ¿hace cuánto que no estás con uno?

Zoe miró a Campeón. Nada más escuchar aquella voz, el perro había pasado de gruñir a ladrar furioso. No sabía qué estaba sucediendo, pero su instinto le estaba haciendo entender que su ama estaba en peligro.

—¿Quieres que le cuente a Rosa lo que pretendes hacer? —Zoe se envalentonó mientras buscaba a toda prisa qué ropa interior ponerse, revolviendo en un cajón.

Mario, que no quería darle tiempo a vestirse, enloquecido por el deseo, pegó una patada tan fuerte a la puerta que reventó la cerradura. Campeón saltó a morderlo, pero, entre la fuerza de sus brazos y la rapidez con la que reaccionó, el perro terminó estampado contra una pared del pasillo con tan mala fortuna que perdió el conocimiento.

A Zoe solo le había dado tiempo a ponerse unas bragas. Se tapó con la colcha como pudo, temió por Campeón, y se puso a gritar con todas sus fuerzas.

Mario pasó por encima de la cama y en solo dos zancadas la tenía agarrada por los brazos y a un palmo de su cara.

—Y ahora sé buena y deja de gritar. No me obligues a emplear la violencia, que lo puedo hacer. Es mucho mejor con suavidad…

Zoe, aterrorizada, lo miró con asco. Él le pasó la lengua desde el mentón hasta los labios, y ella le arreó un rodillazo en sus partes que lo dejó retorciéndose de dolor en el suelo.

—¡Serás puta!

Mario, con las manos en la entrepierna, parecía haberse quedado medio anulado.

Ella aprovechó el momento para vestirse a toda velocidad. Pero cuando estaba a punto de escapar, sintió cómo una mano la agarraba del tobillo con tanta fuerza que la hizo caer y darse un fuerte golpe en el mentón. La otra mano del hombre empezó a subir por el interior de sus piernas a toda velocidad sin que Zoe pudiera evitarlo.

—Por favor… —Se le escaparon las primeras lágrimas al

sentirse completamente impotente contra su fuerza—. Por favor, no lo hagas…

El hombre no escuchó sus súplicas, se lanzó encima de ella y la manoseó por debajo del vestido. Recibir su aliento en la boca le produjo tanta repugnancia que sintió náuseas. Buscó a su alrededor algo con lo que defenderse, pero no había nada. Aplastada por su peso, no conseguía moverse ni un solo milímetro, casi asfixiada, humillada hasta no poderse sentir peor.

Y en ese momento una sombra peluda se abalanzó sobre Mario y lo mordió en el cuello. Zoe vio cómo Campeón luchaba ferozmente para defenderla. Su inesperada dentellada sobre la nuca había dejado al novio de Rosa momentáneamente inmovilizado, aunque al instante respondió con un brutal puñetazo que el animal recibió en su cabeza, pero se mantuvo firme en su mordida. La valentía del animal y su destreza no solo habían conseguido tumbar al hombre bocabajo y mantenerse encima de él, sino que además sintiera sus colmillos tan cerca de la yugular que un mal movimiento podía tener fatales consecuencias.

—¡Quítamelo de encima! —bramó lleno de ira.

Zoe, que no sabía cómo podía ayudar al perro, tenía entre las manos el pesado crucifijo que acababa de descolgar de la pared, aferrada a él como su única defensa en el caso de que Campeón fuera reducido.

La sangre brotaba con generosidad del cuello del hombre cuando se revolvió contra el perro. Sus poderosas manos lo apresaron sin piedad envolviendo su cuello. Campeón, al sentirse ahogado, relajó las fauces y liberó desde su garganta un débil gemido. Su mirada se dirigió a Zoe suplicando su ayuda, quien sin dudarlo asestó a Mario un violento golpe con el crucifijo, abriéndole una profunda brecha en la cabeza que lo dejó sin sentido.

Liberado de sus garras, Campeón se quedó encogido y boqueando, sin entender qué sentido tenía todo aquello. Hasta que recibió el abrazo de su ama, un abrazo como nunca había conocido de su parte, y que compensaba los inciertos momentos que hasta entonces había vivido en aquella casa.

Zoe confirmó la inconsciencia de su agresor, se terminó de vestir a toda velocidad, abrió la ventana de su balcón de par en par y a voz en grito pidió auxilio. Sus alaridos y su desesperación fueron escuchados por media calle, lo que hizo que una de las prostitutas se saltara todas sus prevenciones y corriera en busca de la policía para ayudar a aquella mujer.

Cuando Rosa entró en su casa venía advertida por las vecinas de que algo gordo había pasado y que tenía a la policía dentro. En el salón se cruzó con dos agentes que de inmediato la pararon.

—Eh... ¿A dónde va? ¿Quién es usted?

—La dueña de este piso. ¿Me puede decir alguien qué ha pasado?

Zoe salió de su habitación todavía temblando al identificar la voz, y tras ella un guardia de asalto. Sentado sobre el suelo del pasillo vio a Mario, con media cara ensangrentada y esposado.

—¡Tu querido novio ha intentado violarme!

Incapaz de contener sus propios temblores, Zoe le señaló con el dedo, sujetando por la correa a duras penas a Campeón para evitar que fuera a por él.

—¿Cómo...? Pero ¿qué tonterías dices? —respondió, llevándose las manos a la cabeza.

—¡Fue ella! —intervino Mario—. No la creas. Me hizo venir sabiendo que no ibas a estar en casa y...

—Rosa, no es verdad... No le creas. ¡Es un... es un cerdo! —balbuceó Zoe, profundamente afectada.

—¡Pero serás canalla! —Completamente enloquecida, lo abofeteó con tanta fuerza que le abrió una nueva herida en la mejilla antes de patearle el vientre. Tanta era su furia que tuvieron que emplearse a fondo dos agentes para conseguir separarla—. ¡Eres peor que un animal! —le gritó al oído—. Cada vez que se te ha cruzado una mujer interesante, te doy igual; todo te da igual... ¡No quiero saber nada más de ti!

Las manos de la mujer buscaron la cabellera del novio para tirar a continuación con tanta rabia que se quedó con un buen mechón en la mano, sin que los policías tuvieran tiempo de evitarlo.

Visto el escándalo que estaba montando la mujer y el numeroso público que se había atraído con sus gritos, con medio salón lleno de vecinos, el jefe de los guardas ordenó a dos de sus hombres que se llevaran al agresor detenido para que lo viera un médico primero, y proceder a su interrogatorio después en comisaría. Habían tomado ya declaración a Zoe, y según les dijo a sus hombres, antes de salir por la puerta, allí ya no pintaban nada.

Zoe se pegó a la pared en el momento que Mario pasaba a su lado.

Él no abrió la boca, pero le lanzó una mirada peligrosa, llena de odio y rencor, oscura, vengativa.

Cuando salieron los vecinos y tras ellos el último policía, Rosa cerró la puerta y miró a su inquilina con un gesto desolado. Zoe no pudo aguantar más. Se derrumbó sobre el suelo quedándose apoyada contra la pared y explotó a llorar. Campeón la husmeó angustiado y empezó a lamerle las manos al percibir su pena, llegando a gimotear a coro como si quisiera compartir sus emociones. Al sentir tal derroche de afecto, ella le expresó sin palabras su agradecimiento, arrepintiéndose de todos sus pasados recelos hacia él.

—Has actuado como un auténtico héroe. Perdóname el poco caso que te hecho hasta hoy, porque de no ser por ti... —Le acarició con ternura la cabeza y sus peludas orejas, a lo que Campeón respondió retorciéndose de gusto.

En ese momento Rosa apareció con un vaso de agua, buscó espacio a su lado y sin emplear demasiadas palabras le expresó su compasión, pero sobre todo le dio un abrazo que a Zoe la reconfortó.

—No sé cuándo lo volveré a tener conmigo, pero es la última vez que meto a una mujer en casa —puso voz a sus pensamientos—. Porque yo sé que te miró con ganas desde el primer día. ¡Anda que no me di cuenta yo! Lo que nunca me esperé es que fuese a llegar tan lejos… —Apretó los puños llena de rabia—. ¿Qué pasó?

Zoe entendió por sus palabras que Rosa no tenía ninguna intención de abandonar a Mario, lo que le parecía increíble.

—Me asaltó cuando salía de tomar un baño.

—Claro, apenas irías tapada.

—¿Cómo que claro? ¿Acaso lo justificas? —Zoe se enfureció.

—No, por supuesto. Pero no soy boba, y a mi Mario no se le puede poner la miel en los labios y esperar que luego se comporte. Me lo conozco demasiado bien.

—Yo no.

—Lo sé, lo sé… Pero teniendo en cuenta cómo son los hombres, y más aún mi Mario, tendrías que haber puesto un poco más de cuidado.

Zoe la escuchaba indignada, sin poder creerse cómo había pasado en pocos minutos de una cerrada repulsa a un cierto rechazo, y si seguía por ese camino terminaría por recriminarle a ella lo sucedido.

—¿Vas a seguir entonces con él?

Rosa bajó la cabeza. Su silencio significaba que sí.

—No lo puedo creer… —Zoe se llevó las manos a la cabeza. Ahora, la que sentía lástima era ella. Campeón se le pegó a las piernas con sed de caricias.

—Supongo que se pasará un tiempo entre rejas, pero él es todo lo que tengo —confesó Rosa mirándose las manos, en un gesto cargado de sinceridad consigo misma—. Nunca he sido libre, Zoe. O ¿de qué crees que vivo aparte del alquiler de tu habitación? Él me paga las letras del piso y cubre todo lo demás que necesito.

—Pero hay unos mínimos.

—Claro que los hay, pero cuando han pasado tantos años y te das cuenta de que ya no estás en el mercado para poder ir a buscar algo mejor, solo te queda tirar con lo que hay. Mírame si no… —Se subió los pechos hacia arriba y los dejó caer—. Me cuelgan como si fuera una vieja, tengo demasiada barriga, me sobran diez kilos por lo menos, y ya no tengo la piel como antes. Pero él sigue deseándome, y todavía me busca para revolcarse en la cama conmigo.

—No solo somos un cuerpo.

—Hija, tú y yo estaremos de acuerdo en eso, pero no estoy tan segura de que ellos lo vean así.

Zoe entendió de golpe que su presencia en esa casa tenía fecha de caducidad. Exasperada por su falta de reacción, olvidó guardar cualquier tono de prudencia en su siguiente comentario.

—Comprendo tu dependencia económica. Pero ¿dónde queda tu dignidad cuando descubres cosas como lo que ha pasado hoy?

—Perdí mi dignidad el día que supe que estaba casado y que no pensaba dejarla por mí. Desde aquel día acepté convertirme en su ramera, y eso es lo que he sido y es lo que soy. ¿Para qué voy a engañarme a mí misma?

Zoe recibía sus comentarios sintiéndose mal, o peor que mal.

—Me iré en cuanto encuentre otra casa —concluyó levantándose del suelo.

—Tómate el tiempo que necesites.

Rosa se acercó a Zoe y le dio un sentido beso en la mejilla. Era la primera vez que lo hacía.

Castillo de Wewelsburg
Valle del río Alme. Alemania
14 de junio de 1935

XVIII

Heinrich Himmler, a solo una hora de que comenzara la selecta cena con sus treinta comensales, eligió a tres de ellos para que fueran los primeros en conocer su más secreto recinto dentro del remodelado castillo de Wewelsburg: la cripta subterránea.

Antes ya había recorrido el resto del castillo con todos sus invitados, sus doce SS-*gruppenführer* y esposas, pero ahora, para explicar qué significados escondía aquella sala circular bajo tierra, solo lo acompañaban Hermann Göring, Reinhard Heydrich y su reverenciado e íntimo colaborador Karl María Willigut. A este último se le conocía más por el seudónimo de Weisthor, «el sabio Thor», que por su nombre, y era el verdadero inspirador de aquel increíble sueño enclavado sobre una poderosa colina. Serían por tanto los únicos que en esa noche pondrían un pie en el sanctasanctórum que Himmler y Weisthor habían previsto para reunir y gobernar el prometedor destino de las SS a través de sus doce generales, sus más incorruptibles, valerosos y nobles caballeros.

La planta inmediatamente superior a la cripta, la *gruppenführersaal* que acababan de atravesar y donde se celebraría la cena, era un simbólico prólogo del descenso a la tierra, de la energía que en ella se contenía. Decorada con doce columnas, sus paredes estaban ornamentadas con un conjunto de frescos que recordaban algunas de las más conocidas escenas de la mitología nórdica. Y el suelo de mármol representaba en su centro una rueda solar de la que surgían doce rayos, los doce dioses nórdicos, con la forma de las runas *sig* propias de las SS.

Himmler, emocionado, les hizo una breve introducción sobre lo que iban a ver.

—Este castillo es el único en Alemania de planta triangular. El torreón en el que estamos, en su vértice norte, simboliza una punta de flecha que cortaría el eje este-oeste, en recuerdo de la lanza de Longinus. —Miró a un Weisthor henchido de complicidad. De él había aprendido los significados ocultos de las teorías irministas, teorías que recorrían los orígenes de la tierra y viajaban a tiempos antiquísimos, donde, según ellos, el mundo solo estaba poblado por gigantes, enanos y germanos con una sabiduría sobrenatural—. La cripta subterránea, a la que vamos a entrar ahora mismo, la llamamos *walhalla,* la denominación de la famosa morada del dios Odín, y servirá de destino final para nuestros más valerosos guerreros arios. En ella afrontarán la definitiva batalla, el «ragnarok», el enfrentamiento final entre las fuerzas del bien y del mal.

Entraron uno a uno en un espacio abovedado con una esvástica de brazos torneados en su punto más alto. En el centro había una especie de fosa destinada a mantener un fuego vivo, y al pie de sus paredes curvas se apoyaban doce pequeños bancos de piedra.

Göring atendía a sus palabras sin salir de su asombro. Las excentricidades y rarezas de su compañero de poder eran conocidas por todos, pero aquello sobrepasaba todo precedente.

Weisthor tomó la palabra.

—En mis viajes mentales por el futuro, he podido ver este enclave como el bastión de la batalla que se librará entre el oeste y el este. La misma que ya se cantaba en la vieja leyenda de *La batalla del abedul*; la que ganaremos nosotros. El templo en el que estamos, por su especial ubicación en el epicentro de unas potentes fuerzas telúricas, armará a los nuevos guerreros con la energía necesaria para conseguirlo. Y lo hemos constituido como templo porque, en el postrer momento de sus vidas, recibirá sus huesos en doce urnas alojadas en aquellas cavidades. —Las fue señalando con el dedo, ante la exultante satisfacción de Himmler—. Habiéndose quemado antes sus escudos de armas en ceremonia solemne, ahí en el centro.

El esoterismo de Weisthor alcanzaba cotas difícilmente imaginables. Desde su despacho en Berlín, en la Hauptamt Persönlicher Stab Reichsführer-SS, la oficina de asesores personales de Himmler, había confeccionado un entrenamiento específico basado en el significado y conocimiento de las runas para la formación de los oficiales de alto rango de las SS. Junto con Hermann Wirth, como organizador de la sociedad Ahnenerbe, habían establecido también un sistema de mantras que les hacían aprender y repetir, con objeto de que esos sonidos ocuparan sus mentes para despejarlas de pensamientos improductivos. Y la última aportación que había hecho a tan extraña causa consistía en un anillo de plata con una calavera y cuatro runas diferentes que denominó *totenkopfring*, anillo que sería entregado solo a aquellos individuos que demostrasen la más elevada disciplina y valor, con la condición de que a su muerte fueran devueltos a Wewelsburg para ser destruidos en su cripta.

—Este castillo es en sí mismo un gran símbolo en piedra —continuó Himmler—. Fue construido en el siglo XVII siguiendo las reglas del número áurico, aunque sus orígenes parece que se remontan al siglo XII. Su orientación norte nos traslada a la mítica Thule, tierra natal de nuestra raza aria. Como habréis visto, en su decoración, nombres de habitaciones y salas de lectura, y ornamentos, he tratado de rendir un homenaje a la vida y gestas de los principales héroes de nuestro patrimonio histórico. Por eso, la mejor cámara del castillo, dedicada a Friedich Barbarossa, está reservada para nuestro Führer. Vosotros dormiréis en la de Otton el Grande y en la de Friedich Hohenstauffen, y yo lo haré en la del rey Heinrich I, el Pajarero, nuestro primer monarca germánico.

Siguió explicándoles que los demás nombres que habían elegido para el resto de dependencias los transportarían a los más grandes misterios del pasado, como por ejemplo la sala del Grial o la del Rey Arturo. Otras, a pasados épicos fabulosos como los que habían protagonizado los miembros de la Orden Teutónica, o el mismo Cristóbal Colón.

Göring, que ya había tomado posesión de la suya, la de Otton, se había quedado impresionado por su exquisita decoración repleta de antiquísimos recordatorios de la época de aquel monarca —espadas, blasones, vestimentas y joyas—, objetos que Himmler había ido recuperando de algunos museos estatales y coleccionistas privados.

—Es especialmente interesante su completísima biblioteca —apuntó Heydrich, quien se había hecho cargo de nutrirla—. Posee doce mil volúmenes con toda nuestra historia, poesía antigua, libros de leyendas y magia. Un verdadero arsenal para cualquier estudioso de nuestros orígenes.

Göring, poco identificado con aquel compendio de recónditas teorías, preguntó a Himmler qué uso le iba a dar al castillo en términos más prácticos, mientras ascendían a la cámara superior donde esperaba el resto de comensales para dar inicio a la cena.

—Quiero convertirlo en un centro de estudios especiales, en realidad un lugar de iniciación. Dentro de nuestros SS, pretendo que acudan los mejores entre los mejores para que aquí su espíritu adquiera cotas más elevadas. Tenemos academias donde formarlos militarmente, pero hasta Wewelsburg no teníamos donde hacerlos mentalmente invencibles. Y nuestra Alemania va a necesitar a ese tipo de hombres. El conocimiento de nuestras tradiciones y valores será básico para que puedan contagiar con ese noble espíritu a todos los demás. En este castillo meditarán, bautizaremos a sus hijos, se casarán bajo los ritos antiguos, celebrarán la fiesta de la primavera, o se iniciarán en la leyenda de Agarttha y en la del Grial. Aquí investigarán sobre la India védica, y realizarán pruebas de sangre antiquísimas, como la que practicaban los caballeros medievales contra un perro enfurecido en una lucha a muerte.

Heydrich, al escuchar la última referencia canina, les recordó la visita del veterinario Luther Krugg, al que había citado para el día siguiente. La necesidad de dotarse de un perro mucho más violento que los pastores alemanes, junto a la personalidad y prestigio de aquel veterinario, interesó mucho al primer ideólogo del proyecto bullenbeisser, a Göring, cuando Heydrich le trasladó la propuesta de contar con él. Pero también al colaborador de Himmler, Wolfram von Sievers, hombre al cargo de la secretaría de la sociedad Ahnenerbe. Después de varias deliberaciones con Göring, Heydrich había elegido a este último, a Von Sievers, para dirigir la recuperación del ancestral perro, así como la supervisión directa del veterinario.

—Mañana, Von Sievers le expondrá a herr Krugg nuestros planes —apuntó Heydrich, justo antes de entrar en la gran sala y reunirse con el resto de los generales y con su mujer, Lina von Osten.

Recogió una copa de Riesling y saludó a la esposa del *standartenführer* Paul Hausser, máximo responsable de la escuela de oficiales de las SS, la bellísima Elisabeth Gerard. Heydrich había movido los hilos necesarios para tener a Elisabeth a su lado durante la cena, porque encabezaba la lista de mujeres con las que pretendía tener algo más que una simple amistad.

Lina, su esposa, harta de tantos deslices de su marido, a pesar de llevar solo cuatro años casados, decidió coquetear con el jovencísimo y atractivo Karl Wolff, el tercer hombre de Himmler, un *oberführer* que, a pesar de su menor graduación, podía presumir de tener una de las carreras más prometedoras dentro de las SS.

Luther Krugg trataba de dormir, sin conseguirlo, en un colchón demasiado blando para su espalda. Había parado en una fonda de camino a Wewelsburg. Debía entrevistarse a la mañana siguiente con un tal Wolfram von Sievers siguiendo las órdenes del *gruppenführer* Heydrich. Desconocía qué motivos podría haber tenido aquel indeseable para haberle hecho llegar la citación a Grünheide con dos motoristas. Pero la conversación que había mantenido inmediatamente después con su director Adolf Stauffer, en la que le manifestó su negativa a acudir a esa cita, fue casi peor.

Buscó a tientas en la mesilla su reloj de pulsera y comprobó con espanto la hora; las tres y cuarto de la madrugada. Se dio media vuelta, intentó dejar la mente en blanco, rebajó su ritmo de respiración para conseguir relajarse, pero una vez más la delicadísima conversación de aquella misma mañana con su jefe volvía a aparecer en su cabeza.

Había regresado la tarde anterior del abominable campo de Dachau en su tercera estancia, coincidiendo con el envío de la última partida de perros. Agotado por las muchas horas de conducción, no había querido pasar por el criadero. Quizá fuese la soledad del viaje lo que le había llevado a tomar una decisión o la incapacidad de presenciar más barbarie junta. Pero fuera por un motivo u otro, de vuelta de aquel maldito campo había decidido presentar su irrevocable dimisión a Stauffer. Su conciencia no le permitía seguir colaborando, directa o indirectamente, con las brutales actividades de aquellos hombres. Y menos aún después de lo que había tenido que ver uno de aquellos días, algo que superaba todos los límites de la crueldad humana. La escena se había producido en las perreras del campo, un hecho tan espantoso que apenas le había dejado dormir desde entonces. Ver cómo echaban de comer a los perros los restos humanos de los presos muertos, imaginaba que después de ser torturados, había sido demasiado para su resistencia.

Luther buscó una nueva posición en la cama con aquellas imágenes sobrevolando por su cabeza, y recordó su llegada al criadero esa misma mañana.

Había entrado en el despacho de su jefe para poner la carta de renuncia encima de la mesa. La primera reacción negativa no le había sorprendido demasiado, pero lo siguiente que hizo sí, y mucho. Sin pronunciar una sola palabra, Stauffer le había puesto en paralelo a su carta de dimisión otro documento para que lo leyera. Cuando desdobló el escrito y recorrió su contenido, entendió al instante su gravedad. Se trataba de una lista de nombres, bajo membrete de la Policía de Berlín, con fecha de 1920. Y el suyo estaba incluido. Era la famosa relación de militantes socialistas implicados en las algarabías y posterior asalto a la comisaría de Policía.

Luther nunca la había visto hasta entonces.

Stauffer, al mismo tiempo que estudiaba los efectos de aquel descubrimiento en su empleado, le recordó el despido de Isaac para evitar a los inspectores del partido. En su duermevela, Luther repasó todas y cada una de sus palabras en ese sentido, como si las escuchara de nuevo.

«Ya sabes cómo están de inquisitivos con ese tipo de asuntos. Cada dos meses pasan por aquí, y me piden una y otra vez que les asegure que vuestra ascendencia o ideología es la ortodoxa. Y no puedes engañarlos, porque entre otras cosas son unos eficacísimos rastreadores. Pueden buscar en cualquier archivo, ya sea público o privado. Y tú mismo has visto cómo tratan a sus opositores políticos. Por ese motivo un día me propuse conocer vuestros pasados, encargando a un íntimo amigo que lo hiciera por mí. Quería adelantarme a los problemas que pudieran surgir. Y de repente apareció esa lista.»

Enfrascado en tan turbulentos pensamientos, Luther sintió sed. Se levantó de la cama y buscó un vaso en el lavabo. Echó un largo trago y luego se miró en el espejo. Le habían dado las cuatro de la madrugada y su rostro reflejaba el agotamiento propio de un día demasiado largo, pero también un profundo miedo. Miedo a que Stauffer llevara a término sus amenazas de poner aquella lista en manos del partido en el caso de que no obedeciera, desde ese momento, a todas y a cada una de las órdenes que viniesen de la oficina de Heydrich o de cualquier otro dirigente nazi.

«El ambiente no está para jugarse el cuello por nadie. Sin embargo, yo lo haré siempre que cumplas con tu parte. No son tiempos de heroicidades ni de románticas lealtades.»

Esas palabras habían martilleado su conciencia mientras atravesaba media Alemania para acudir a la extraña cita en aquel castillo. Su destino acababa de quedar condicionado por aquel papel. No le quedaba otra alternativa que tragarse sus aprensiones, y de paso su ética profesional. No había otra solución para él.

Estaba atrapado.

Encendió la luz, se sentó sobre la cama y buscó en su cartera la foto de Katherine. Su vida y su destino le preocupaban menos que los de ella. Porque de ciegos sería creer que no le salpicaría su detención, en el caso de que Stauffer actuara. La simple idea de verla sufriendo por su culpa o, todavía peor, detenida y acusada por cualquier cosa que se les ocurriera le destrozaba el corazón.

Se derrumbó sobre la cama, apagó la luz y se encogió sobre sí mismo.

A la mañana siguiente Luther llegó a los pies del castillo de Wewelsburg después de superar tres controles de las SS. El salvoconducto que llevaba y sobre todo la firma de su autor le abrieron de inmediato las barreras hasta las mismísimas puertas de la fortaleza.

Apagó el motor, salió del coche y contempló la edificación impresionado por su tamaño. A juzgar por los numerosos vehículos oficiales aparcados por la zona, y sus respectivos chóferes y escoltas motorizados, dentro tenía que estar reunida la plana mayor del Partido Nazi. Caminó hacia la puerta principal, y en ese momento vio llegar a cuatro motoristas por delante de dos Mercedes con las matrículas de las SS. Desde el interior del castillo salieron casi a la vez un par de matrimonios conversando de forma distendida. Ellas se despidieron con un beso, y los hombres estrecharon sus manos mientras la portezuela del primer vehículo se abría para recibirlos. No entendía de graduaciones, pero las hojas de roble en la solapa de los oficiales le parecieron la máxima. Al pasar a su lado se le quedaron mirando haciéndole el saludo mano en alto, a lo que Luther no respondió y siguió su camino.

—¡Eh, tú! —le levantó la voz uno de ellos.

—¿Es a mí? —respondió, deteniendo sus pasos.

—Aunque no seas militar, a un saludo, un hombre contesta con otro.

—Déjalo, Kurt —intervino su mujer tirándole de la manga para que entrara en el coche, impresionada por otra parte de la buena presencia que tenía el joven.

—No, no lo dejo. ¿Se puede saber a quién buscas? —El militar se le acercó tanto que la punta de la visera quedó a escasos centímetros de la frente de Luther. La imponente presencia de aquel tipo, las dos cruces de hierro que colgaban de su pechera y la fuerza de la mano que clavó en su antebrazo provocaban respeto.

Luther se presentó.

—... y me ha citado el *gruppenführer* Heydrich.

—¡Pero bueno! O sea ¿que tú eres el famoso veterinario del que tanto habla Heydrich? —Su gesto se transformó por completo. Le estrechó la mano pidiéndole disculpas—. Estoy al corriente de tu trabajo y créeme que lo admiro. Por cierto, sé que hoy se te espera por aquí porque formo parte del equipo de Himmler y Von Sievers, con quien en realidad tienes la cita.

Luther se quedó callado. No dejaba de resultarle repugnante estar en boca de aquellos dirigentes, y sin saber quién tenía enfrente imaginó que debía de ser uno de gran peso. Estrechó de nuevo su mano y vio con alivio cómo se perdía en el confortable vehículo, despidiéndose amigablemente.

Al reiniciar su camino hacia la entrada de la fortaleza apareció una tercera pareja; él con idéntica graduación que los anteriores. Decidió no saludarlo para evitarse complicaciones y se plantó delante de la barrera de vigilancia.

Un soldado le preguntó a quién buscaba y al comprobar su cita lo acompañó hasta una sala de lectura que tenía por nombre Sala de los Caballeros Teutones. Se trataba de una estancia no demasiado grande, con las paredes vestidas por completo de estanterías y libros, y en el centro una larga mesa de lectura. Estaba solo.

Los altos oficiales con los que había coincidido en la entrada venían a sumarse a la tropa de indeseables que tenía que soportar últimamente, lo que no dejaba de inquietarle. La sensación de impotencia era cada vez más aguda, y el posible remedio a aquella locura tan solo era una quimera, sobre todo a partir del chantaje de su jefe. La única duda que le quedaba era saber si Stauffer sería capaz de usar en su contra los papeles que le implicaban como antiguo activista político. En otros tiempos no lo hubiera creído capaz, pero ahora quizá sí.

—Herr Krugg…

Una voz ronca y potente le hizo volverse.

—¿Ha tenido buen viaje? —El hombre, con bigotes largos y rizados, estatura media y de cuerpo más bien escurrido, sonrió sin demasiada convicción—. Soy Wolfram von Sievers.

—Excelente, señor —contestó, manteniendo las formas.

Von Sievers indicó dónde podía tomar asiento.

—Llámeme Wolfram de ahora en adelante. Espero mantener un estrecho y provechoso contacto con usted.

Luther tragó saliva sin imaginar qué lo podría justificar.

El hombre empujó dos libros desde el otro extremo de la mesa y los abrió por las señales que había dejado colocadas de antemano. De un vistazo, Luther no entendió qué tenía que ver. Wolfram tomó la palabra.

—Le hemos hecho venir hasta este castillo por motivos relacionados con su trabajo, como puede imaginar. Y para no demorar más el tema, paso a explicarle lo que queremos de usted. Necesitamos que empiece a colaborar con la fundación Ahnenerbe: una sociedad recientemente establecida dentro de las SS que persigue la investigación y enseñanza de nuestra ancestral herencia. Sus referencias profesionales son las mejores para acometer los planes que estamos ideando, y a ellas se les suma la alta opinión que sobre usted tiene nuestro *gruppenführer* Heydrich. Eso es más que bueno para su futuro; esté seguro de ello. Pero yendo al grano, ha de ayudarnos a cumplir un verdadero sueño, un sueño que la fundación Ahnenerbe ha adoptado desde la inspiración de nuestro líder Göring.

Luther lo escuchaba con una especie de amarga ansiedad. La poca curiosidad por conocer de qué trataba aquello estaba directamente relacionada con el seguro rechazo que le produciría. Devolvió su atención a los libros para evitar la incisiva mirada del hombre, y vio dos grabados en los que aparecían unos perros atacando a un feroz oso.

—¿Qué sabe sobre la raza de perros bullenbeisser? —inquirió Wolfram.

—Que es una raza extinguida. La estudié en la carrera, y hasta podría ser capaz de recordar algunos detalles de su fisonomía, pero no mucho más. —Señaló los dibujos de ambos libros—. ¿Son estos, verdad?

—Cierto. —Von Sievers tomó entre sus manos el ejemplar más voluminoso, buscó otra página marcada y se lo devolvió para que la mirara—. No soy hombre de circunloquios y tampoco me gusta hacer perder el tiempo a la gente, por lo que le voy a plantear lo que queremos. ¿Cuánto tiempo necesitaría para poner un perro como este en mis manos? ¿Cuánto tiempo para devolver a Alemania uno de sus animales más emblemáticos y valerosos?

Luther se quedó sin habla.

—La contestación es rápida: ninguno. Porque es imposible.

Wolfram no se inmutó con su respuesta.

—Por lo que me han contado de usted, esas palabras salen de su boca con demasiada frecuencia.

Luther tuvo que reconocérselo, pero insistió en la imposibilidad del nuevo encargo.

—No me diga que no puede, pídame todo lo que necesite, por extraño o costoso que le parezca —contrarrestó Von Sievers—. En esta sala, como en otras cuatro más que posee el castillo, hemos reunido miles y miles de libros sobre los más variados temas de nuestro pasado: cultura, religión, folclore, mitología, antiguas tradiciones, biografías de nuestros magnos antecesores. Estamos seguros de que, al igual que hemos localizado estos dos dibujos que acaba de ver, aparecerán otros trabajos con las pistas necesarias para que su actual negativa se transforme en una solución viable. Pero antes de dar cualquier paso, requerimos en usted una actitud algo más abierta.

—No digo que no sea así, pero me parece un trabajo ímprobo.

—Ya hemos puesto a un numeroso equipo de personas a buscar. No se preocupe; esa no será su tarea. En cuanto localicen cualquier referencia que pudiera serle útil, se lo haremos saber. Pero esa sería la parte más sencilla de lo que esperamos de usted. Porque nuestro principal cometido es emplear sus importantes conocimientos en genética para averiguar qué otras razas pueden haber heredado la sangre del bullenbeisser. Superada esa primera fase, tendría que elegir entre ellas cuáles son las más directas y reunir cuantos ejemplares necesitase para recomponer la raza originaria. En definitiva, se trataría de extraer los orígenes del bullenbeisser desde sus herederos. Sabemos que no es una tarea fácil, pero confiamos en su capacidad. Y como ya le he avanzado, no repararemos en invertir el dinero que sea necesario.

Luther reconoció que el enfoque podía dar resultados, y desde un ángulo científico le pareció un fascinante reto, un trabajo descomunal y lento, pero atractivo.

—Vuelvo entonces a preguntarle. ¿Cuánto tiempo necesitará para ponerme un perro como estos en mis manos?

Luther fue consciente del compromiso. Lo meditó durante unos segundos.

—Quizá no menos de diez años para empezar a tener algo.

Von Sievers se mostró completamente indignado.

—¿Se ha vuelto loco? No le estamos pidiendo que levante las pirámides de Guiza; solo que mezcle unas determinadas razas para recrear otra. Se ha de hacer en menos tiempo. No me venga con estrecheces mentales más propias de otros siglos...

Luther admitió la posibilidad de acelerar el resultado si bajaba el número de cruces para hacer, eso sí, con más dudas sobre el resultado final, como así le razonó.

—Y entonces, ¿qué tiempo le llevaría?

—Quizá en dos o tres años tendríamos los primeros resultados. No sé.

Von Sievers se palmeó las rodillas encantado con la nueva solución y agradeció su flexibilidad. Dispuesto a dar por terminada la entrevista, no quiso que se fuera sin dejarle claro una vez más cuál tenía que ser desde ese momento su único objetivo.

—Usted trabaje, sueñe, y hasta coma, pensando solo en el bullenbeisser. Le adelanto que en los próximos días llegarán a Grünheide dos órdenes directas de Heydrich que no han de ocupar ni un solo segundo de su tiempo; hablaré con su jefe Stauffer para que lo tenga en cuenta. Será a él a quien pidamos que nos envíe a este castillo los diez pastores alemanes más fieros que tengan, y más importante todavía, que incremente en un cincuenta por ciento la producción de perros para cubrir las necesidades de los nuevos campos que se van a abrir.

—Lo de los diez perros no va a suponer ningún problema, pero dudo que Grünheide esté capacitado para alcanzar el nivel de entregas que pretenden exigir a mi jefe.

Von Sievers le recriminó su comentario recordándole el único asunto que tenía que ocupar su mente.

—Hágame caso… Usted solo piense en el bullenbeisser. —Se levantó de la silla, le estrechó la mano emplazándolo a verse en menos de un mes, y lo acompañó hasta la puerta de salida del castillo—. ¡Ah! Se me olvidaba. Heydrich me ha encargado investigar su historial personal y familiar. —A Luther se le paralizó el corazón—. Ha de comprender que, dada la importancia de los asuntos que le estamos encomendando, no podemos tener la mínima sospecha sobre usted. Imagino que no nos vamos a llevar ninguna sorpresa en ese sentido, ¿verdad?

—Por supuesto. No… Claro que no.

Campamento de la Legión española
Dar Riffien
Protectorado español de Marruecos
18 de junio de 1935

XIX

Un mes después de haber pisado suelo africano y de sentir cómo su piel volvía a tostarse por efecto de un sol que apenas había conocido en Asturias, Andrés empezó a preocuparse por su situación. Su bandera seguía destinada en tierras astures, su jefe no terminaba de decir para qué lo quería allí, y se pasaba los días sin apenas saber qué hacer.

Aquel silencio le estaba matando.

Hasta que una tarde le citó en su despacho. Su superior, nada más verlo entrar, lejos de seguir en su mesa de despacho, le ofreció asiento en una cómoda butaca con objeto de restarle formalidad a la conversación, dada su buena amistad.

—Andrés, supongo que estarás deseando saber por qué te estoy reteniendo en Dar Riffien sin tus hombres.

Molina se sirvió una copa de *brandy* y le puso otra.

—He de reconocer que un poco sí, mi coronel.

—Como habrás comprobado, durante las pasadas semanas apenas he parado por el cuartel, por lo que tampoco hemos tenido muchas oportunidades de vernos. Sin embargo, antes de comentarte mis motivos, me gustaría hablar un poco de Asturias. No imaginas cuánto me hubiera gustado estar con vosotros. Muchos días pienso que me falta acción y me sobran papeles. Pero, en fin... Dime, ¿cómo has visto la situación por allí?

—Si se me permite opinar, y no solo dar unos fríos datos, aquello es un cáncer que solo con armas no se va a curar. La gente necesita trabajo y unas mínimas condiciones laborales. Pero, sobre todo, más y mejores escuelas para que las próximas generaciones busquen su futuro fuera de la mina y de la actual miseria. Tal y como he podido constatar, de no hacerlo, volverán las protestas. —Probó el *brandy* y lo saboreó despacio.

El coronel confesó compartir su opinión y prometió transmitirla a donde pudiera ser tenida en cuenta. Con pocos oficiales había ganado tanta confianza como con Andrés y necesitaba compartir la inquietante visita de Millán Astray. Seguía preocupado desde entonces.

—Se está cociendo algo.

—¿A qué se refiere?

—Trátame de tú, como hemos hecho siempre en privado. —Sonó el teléfono en ese momento, pero no lo descolgó. Cuando cesó la llamada levantó el auricular para dar orden de que no le pasaran ninguna más. Necesitaba tranquilidad y tiempo para hablar sobre un asunto de extrema importancia—. Hay un grupo de generales y oficiales de alta graduación que últimamente frecuentan ciertos domicilios privados para mantener reuniones, digamos que, *poco* oficiales. La mayoría tuvieron cargos de responsabilidad y buenos destinos aquí en el protectorado. Como participaron en las guerras del Riff, recibieron condecoraciones y vertiginosos ascensos debido a sus indudables méritos militares, no lo niego. Millán Astray es uno de ellos, y hoy ha venido a tantearme.

A Andrés no le extrañaron las reservas que Molina mantenía sobre el fundador de la Legión, porque ya se las había escuchado otras veces. Pero sí la existencia de aquellos encuentros. Preguntó quiénes eran.

—Fanjul, Franco, Cabanellas, Goded, y casi estoy seguro de que también está metido nuestro jefe, el general Mola, desde su máxima responsabilidad en la circunscripción oriental del protectorado de Marruecos —alargó la última frase enfatizando su importancia—. Como comprenderás, de todo lo que hablemos no puede salir ni una sola palabra.

Andrés confirmó que así sería. La confianza era mutua.

El coronel añadió que casi todos aquellos nombres estaban adscritos a la Unión Militar Española, un grupo de militares contrarios a la República implicados en el golpe de Sanjurjo del treinta y dos. Andrés había escuchado cosas, pero no sabía que en ese momento estuviesen copando las unidades operativas, academias y jefaturas más importantes del país.

—Como respuesta a esa organización, a finales del año pasado se constituyó otra unidad de militares, en este caso completamente leales a la República, donde tengo buenos amigos y con la que confieso simpatizar: la UMA, Unión Militar Antifascista. —Se incorporó y caminó hacia la mesa de su escritorio. Buscó una llave que le colgaba del cuello y abrió un cajón con doble cerradura. De allí extrajo una carpeta y volvió a su asiento—. Pronto entenderás por qué te estoy contando todo esto —sentenció en un tono misterioso—. Pero antes, necesitas saber algo más.

A tenor de sus palabras, Andrés se empezó a inquietar. Nunca había hablado con el coronel de asuntos tan serios como de los que le estaba haciendo partícipe.

—Poco después del golpe de Sanjurjo, al ser Azaña ministro de la Guerra y por expreso deseo suyo, se organizó una oficina especial dependiente de su ministerio y persona, llamada Sección del Servicio Especial del Estado Mayor Central, conocida con las siglas SSE. La misión de esa oficina fue inicialmente de tipo informativo. Estaba planteada, específica y casi exclusivamente, para conocer quiénes eran leales a la República entre los miembros del ejército. Vamos, dicho de una forma más coloquial, una oficina de espionaje.

—Entre cuarteles se han escuchado rumores sobre ese departamento, pero en realidad nadie sabe qué hace ni quiénes lo forman —apuntó Andrés.

—Yo sé un poco más. Dentro de un momento entenderás por qué. —Bajó la voz para dar más confidencialidad a sus palabras—. A partir de los sucesos de Asturias, la SSE creció en agentes y en funciones, y se desdobló en dos. Se creó un nuevo servicio llamado de antiextremismo, y otro de contraespionaje, con las siglas SEA y SEC, respectivamente. Para que te hagas una idea de la importancia que hoy tiene el SSE, solo en este protectorado existen cuatro delegaciones: una en Tánger, otra en Larache y, cómo no, en Ceuta y Melilla. —El coronel se acabó el coñac de un solo trago, y vio llegado el momento de revelarle la verdadera causa de haberlo hecho venir desde Asturias antes de la fecha prevista—. Si te estoy contando todo esto es por dos motivos: el primero, porque tengo algo que ver con el servicio especial de contraespionaje; y el segundo, porque te he propuesto para que entres a formar parte de él.

Andrés sintió una sacudida mental al escuchar aquello.

Se rascó la nariz lleno de dudas.

—El máximo jefe de esos servicios te ha aceptado. Ahora solo falta que digas que sí.

—Bueno, no sé… Parece algo muy serio. ¿Qué tendría que hacer exactamente?

El coronel comprendió sus reservas, pero le pidió una decisión inequívoca. No podía detallarle nada sin contar con su previa lealtad al proyecto.

—Antes de explicártelo todo, debes definirte. ¿Te unes o no?

Andrés se revolvió en su asiento, incómodo por la presión a que se estaba viendo sometido. Era consciente de que se le pedía una respuesta a ciegas. Pensó con rapidez. De repente se vio a sus dieciocho años. Por entonces la Legión le había abierto las puertas sin preguntar sus razones ni ponerle una sola condición. Al recordarlo, entendió que solo podía responder de una manera. Se expresó con toda rotundidad.

—Estupendo; estaba seguro de tu comportamiento. —Estrechó su mano—. Bien, entonces te cuento hasta donde yo sé. La SSE necesita mejorar la calidad de la información que actualmente obtiene de las legaciones diplomáticas extranjeras que están presentes en la ciudad de Tánger, y quieren que seas tú quien lo haga. —Guardó unos segundos de silencio, se encendió un puro y siguió—. En apoyo de tu tarea, serías introducido en los ambientes diplomáticos de aquella ciudad para que puedas descubrir los nombres de sus principales agentes y obtener la información que circule por sus embajadas. Sobre todo la de Alemania e Italia, dadas las afinidades ideológicas que tienen con el grupo de militares bajo sospecha.

Andrés escuchaba, intentando disimular la congoja que sentía por la magnitud de la empresa, pero no le pareció acertado confesarlo.

—Podrás emplear todos los medios que consideres, establecer los métodos y recursos que encuentres necesarios, y dispondrás del dinero que te haga falta. Hasta ahora, ¿cómo lo ves?

—Me siento un poco abrumado, la verdad. Como bien sabes, no soy de los que se amilanan ante las dificultades, ni tampoco de los que vacilan ante una orden dada. Pero en este caso me surgen las dudas, quizá por mi inexperiencia en ese tipo de trabajos. O quizá porque desde fuera la propuesta parece muy muy compleja. No sé si estaré a la altura.

—Es lógico que ahora lo veas así, pero no debe preocuparte.

—¿A quién tendría que pasar la información?

—A un superior de la SSE que pronto conocerás. Pero tu pregunta nos adentra en un terreno un poco más complejo que debes conocer. Y me explico: oficialmente, el destinatario último de toda la información que hoy está generando la SSE es el general jefe del Estado Mayor Central, o sea...

—El general Franco —resolvió con rapidez Andrés.

—Exacto. Pero Franco forma parte de la UME... —durante unos segundos dejó en el aire esas últimas palabras, cruzó una pierna, se metió dos largas caladas a los pulmones y, entre volutas de humo y un corto ataque de tos, recuperó la conversación—, lo que significa que aquellos informes que puedan afectar a ese grupo de militares problemáticos de la UME me los tendrías que hacer llegar exclusivamente a mí, para enviarlos por cartera especial a una persona que por lógica no te diré quién es, pero te aseguro que detenta un gran poder político. Como ves, mi papel en todo este asunto es semejante al que tiene un jefe de agujas en una estación de tren. Tengo acceso a toda la información que se consigue, y la dirijo hacia un lado u otro. Puede parecerte algo enrevesado, pero en este momento y en este país todos dudamos de todos.

El teniente Urgazi tragó saliva y expuso su resumen.

—Por tanto, mi superior no tiene que saber que una parte de la información no se la pasaré a él, sino solo a ti. O sea, que he de jugar a dos bandas, si se me permite el símil.

—O a tres. Eso ya se verá. Sé que te estoy pidiendo un trabajo extremadamente delicado y no exento de riesgos, pero confío en ti, y por otro lado la SSE también. Andrés, estoy seguro de que no te falta valor, inteligencia y capacidad. Superas con diferencia a la media de los oficiales de nuestro tercio. —Abrió la carpeta que había recogido antes de su escritorio—. Por eso te propongo, ahora formalmente, que ingreses en la SSE, y también en otro selecto grupo, la Red Especial, cuya existencia es desconocida para la SSE y para casi todo el mundo. Una vez firmes este documento —le acercó un papel de color amarillo en cuyo membrete ponía «papel B»—, habrás entrado a formar parte de los servicios de espionaje del Gobierno. Porque para el otro trabajo que te pido colaborar, para la Red Especial, no existen registros.

Andrés ni lo leyó. Estampó su rúbrica sintiendo cómo la sangre de sus sienes palpitaba al mismo ritmo que su mano se movía sobre el papel. En su decisión había una parte de amor a la Legión, otra al espíritu de entrega que había aprendido de ella, y un poco de inconsciencia. Actitud esta última demasiado presente en su carácter y una de las principales causas de sus abundantes problemas.

Estrecharon sus manos.

Andrés le expresó su agradecimiento por haber pensado en él, y acto seguido el coronel introdujo el papel en un sobre con unas letras grandes que decían «No abrir. Servicio Especial».

—Ordenaré tu definitivo relevo en Asturias para que puedas comenzar lo antes posible en Tánger. Oficialmente, te darás a conocer en los ambientes de esa ciudad como el nuevo asesor agrícola de nuestra legación diplomática. Borraré cualquier rastro de tu expediente. Desde hoy te convertirás en un individuo sin pasado militar, aunque en realidad nunca lo perderás. —Sacó de un cajón dos gruesas carpetas y se las pasó—. De momento, sería bueno que te estudiaras todo esto, lo necesitarás.

Andrés leyó los dos encabezamientos.

—*Estudio y balance de las necesidades de transferencia tecnológica agraria para el protectorado español.* Y el segundo, *Mejora y explotación de fincas agrícolas en terrenos semidesérticos.*

El coronel sonrió ante su expresivo gesto de pavor.

—Apasionante, ¿a que sí?

Hospital de la Cruz Roja
Calle de Pablo Iglesias
Madrid
25 de junio de 1935

XX

Tres semanas después de su intento de violación, Zoe seguía atemorizada.

Cada vez que se cruzaba con un hombre que la miraba de forma excesiva, le temblaban las piernas. En casa, la relación con Rosa se había vuelto incomodísima, sobre todo desde que había sabido que a su novio le podían caer dos años de prisión. Y a todo eso había que sumar la gesta de vivir con algo más de treinta pesetas al mes: un ejercicio casi imposible.

La ropa le venía cada vez más grande y los días se sucedían duros y anodinos.

Los pacientes del hospital, aunque ella no lo sabía, no pensaban lo mismo cada vez que la veían aparecer, y hasta alguno se preguntaba de dónde había salido aquel ser de bata azul, zapatos desgastados y un alma tan grande. Pero ella no lo veía así. Ahogada por las contrariedades, le tocó asumir que los tiempos en su vida venían marcados, y que poco más le quedaba por hacer salvo seguir limpiando cuerpos malogrados, escuchar los lamentos de unos y otros, o adecentar unos baños que recogían a diario grandes dosis de inmundicia, dolor y enfermedad.

Por lo menos ahora tenía a Campeón.

Aquel día, a punto de terminar su turno, decidió adelantar

su salida. Recogió sus cosas de la taquilla, buscó la calle y allí lo vio, tumbado en el suelo y hecho un ovillo.

—Ven conmigo, corre...

El perro saltó de alegría, con un batir de cola tan intenso que parecía no haberla visto en años. Zoe soltó la correa de la farola donde lo tenía atado y se la envolvió en la mano dándole dos vueltas. Miró a la calle con expresión vacía y empezó a caminar.

—¡Espere un momento!

Zoe se volvió para ver quién le hablaba. Se trataba de Max Wiss.

—Perdone, pero tengo prisa —mintió, para evitar hablar con él.

—Le ruego que espere, por favor. —El hombre dio dos zancadas para ponerse a su altura y miró al perro—. Dígame solo una cosa, ¿es suyo?

—Sí, claro.

Se agachó a acariciarlo. Campeón, además de recibirlo encantado, reconoció su azulada mirada de otras ocasiones que se había parado a estar con él. Aquel hombre le había transmitido buenas vibraciones desde el primer día. Le olfateó la mano y las rodillas.

—¡Menuda sorpresa! O sea, que eres tú la dueña...

Zoe asintió con la cabeza sin saber a qué venía todo aquello, y su desconcierto aumentó todavía más cuando el hombre se agachó para hablar con el perro.

—Llevo tiempo viéndote por aquí, esperando horas y horas, y me había preguntado cien veces quién te habría enseñado a tener tanta paciencia, a estar tan tranquilo, solo y sin molestar a nadie.

Zoe no supo qué decir.

—¿Cómo lo consigue? —Miró a Zoe.

—Lo he acostumbrado a ello. No es el primer perro que tengo y creo conocer algunas claves para que te obedezcan. Al principio le daba un pequeño premio, pero después no hizo falta. Aunque es cierto que ellos también ayudan cuando tienen buen carácter, como es el caso de Campeón. —Le rascó una oreja con cariño.

—De mi último viaje a Suiza —le explicó el hombre—, me volví con dos cachorros de pastor alemán de tres meses, con idea de que fueran los primeros perros con los que empezar mi proyecto con la Cruz Roja. Los recogí cerca de la ciudad de Vevey, en un centro canino muy especial. De momento seguirán conmigo un tiempo hasta poder juntarlos con los otros veinte que irán llegando en los próximos meses, a la espera de tener bien entrenado al responsable de la nueva unidad.

Zoe no entendía a dónde quería llegar, pero le trasladó su opinión.

—Aunque habrá pasado algo más de mes y medio desde que me entrevistó, sigo pensando que me hubiera encantado ser su elegida.

—No imaginaba que lo deseara tanto… —Se rascó la barbilla—. Pero, verá, quizá estemos a tiempo de ponerla de nuevo a prueba.

—¿Lo dice en serio? —A Zoe le empezaron a temblar las piernas, y con los nervios también un párpado. Aquello no podía ser verdad—. No sé qué decir…, o sí. ¡Gracias!

—Lo digo completamente en serio. Pero ha de constarle que el principal responsable de mi cambio de parecer ha sido él. —Señaló a Campeón—. Porque, si usted es capaz de conseguir que un perro se comporte como lo hace este todos los días, considero que se merece otra oportunidad. —Le sonrió.

—Y ¿qué he de hacer? —preguntó inquieta.

—Venga a mi casa esta tarde. Tendrá que superar una prueba con los cachorros suizos. Su oponente ya la ha hecho. Valoraré si es capaz de mejorar sus resultados.

Sacó una tarjeta de visita de su cartera, se despidió y retomó su camino.

Zoe tardó unos minutos en poder reaccionar.

No se lo podía creer. Miró a Campeón regalándole una dosis extra de caricias.

—El día que mi hermano te dejó en casa, estaba lejos de imaginar lo que podías llega a influir en mi vida. —Con la lengua colgando y la cola barriendo el aire, Campeón centró su mirada en los ojos de aquella mujer con la que se sentía cada día mejor—. Me defendiste de aquel desgraciado, me ofreces a diario una dosis gratuita de alegría, eres mejor compañía que muchas personas, y hoy me acabas de colocar enfrente de una puerta que creía cerrada para mí. ¿Sabes una cosa, Campeón? —Al escuchar su nombre, sumó sus caderas al bamboleo de rabo—. Te estás haciendo querer. —Buscó en el bolso una galleta enorme a ojos del perro, que se la devoró en décimas de segundo a la espera de más.

Cuando aquella tarde Zoe entró en la cocina del piso de Max, atendiendo las indicaciones de su mayordomo, la luz de media tarde iluminaba con suficiente generosidad un improvisado circuito de obstáculos repartidos por el suelo, que no eran otra cosa que dos viejas cacerolas, varias macetas y unos gruesos y largos cordones de cortina que limitaban un sinuoso recorrido. Mientras esperaba al dueño de aquel enorme piso de la calle Maldonado, trató de combatir su estado de ansiedad estudiando la distribución de los elementos del circuito de un modo casi obsesivo, intentando adelantarse a lo que le pudiera pedir. Le iba tanto en ello que se había pasado más de dos horas en casa de Rosa ensayando con Campeón diferentes juegos y técnicas con el fin de conseguir su concentración y disciplina, aunque no le había ido tan bien como hubiera deseado. Su relación con los perros se basaba en la experiencia de haber vivido con ellos muchos años y en su propia intuición, porque la técnica para adiestrarlos ni la había aprendido ni la conocía.

—Zoe, gracias por tu puntualidad; un detalle importante para un suizo.

La voz de Max hizo que se volviera, pero su mirada se dirigió hacia los dos maravillosos cachorros que entraron a la vez que él. Los animales corrieron a su encuentro algo patosos, y ella los recibió en cuclillas acariciándolos a dos manos.

—¡Hola, chicos! Pero mira que sois bonitos. ¿Cómo se llaman?

—Tic y Toc. La culpa la tuvo el reloj de cuco del salón, al sonar de fondo cuando lo estábamos decidiendo Erika, mi mujer, y yo. —Se agachó para agarrar al que estaba más gordo—. Este es Toc, el más tranquilo. Tienen cuatro meses recién cumplidos, y por tanto lo único que les gusta es jugar.

Los perros, atraídos por los insólitos objetos repartidos por el suelo, fueron a husmear, mientras Max ayudaba a incorporarse a Zoe tendiéndole una mano.

—Bueno, le explico el ejercicio para no hacerla esperar. —Se percató de su rictus—. Emplee todo el tiempo que necesite para familiarizarse con ellos, no tenga prisa. La dejaré sola. Pero en cuanto crea que se ha ganado su confianza y vea que la obedecen, tendrá que hacerlos recorrer ese circuito en el menor tiempo posible y sin que se salgan de los dos cordones. Registraré su tiempo. ¿Tiene alguna duda?

—Ninguna. Me pongo a ello.

Max cerró la puerta de la cocina siendo consciente de la dificultad de la prueba. Los perros eran demasiado pequeños y todavía se distraían con todo, lo que sin duda tendría en cuenta, porque en realidad lo que buscaba era ver cómo se iba a comunicar con ellos y qué medios emplearía para que la obedecieran.

No había pasado ni media hora cuando Zoe le avisó que ya estaba preparada.

Asombrado por su rapidez, se sentó en una silla, contó hasta tres y puso su cronómetro en marcha. Zoe, sin hablar, se atrajo la atención de los dos cachorros mostrándoles un trozo de pan que había encontrado sobre una repisa de la cocina. Adelantada a ellos empezó a recorrer de espaldas el circuito unas veces enseñándoselo y otras cerrando la mano para no crearles demasiada ansiedad. Cuando uno de ellos parecía que se iba a salir de su carril, le lanzaba un dedo amenazador a la vez que fruncía la mirada para advertirle. En un momento dado, como a mitad de camino, partió el trozo de pan y se lo dio a comer, acariciándoles la cabeza armada de su mejor sonrisa. Los dos cachorros parecían haber memorizado sus expresiones faciales porque hasta el momento respondían como ella quería.

Siguió arrastrando los pies por el siguiente tramo, donde la dificultad aumentaba; los perros tenían que saltar por encima de unos maceteros vacíos y alargados y girar a la izquierda, con muy poco ángulo, para terminar enfilando la última parte. Toc se negó a seguir cuando se enfrentó al que le tocaba y se sentó a descansar, mientras Tic, que lo había superado sin problemas, se encontraba a un paso de llegar al final. Zoe lo esperó al otro lado de un largo cucharón que hacía de línea de meta, y al atravesarlo le regaló el resto de pan que le correspondía, felicitándolo efusivamente.

Mientras volvía a por Toc miró de refilón a Max sin poder identificar en su expresión nada que le hiciera adivinar qué impresión estaba produciéndole. Era consciente de que aquel cachorro podía ser la llave que abriera la puerta de un trabajo maravilloso, y con ello el final de sus agobios económicos, o al revés. Se inquietó tanto al pensarlo que lo tradujo en un tembleque de manos imposible de evitar. Cuando las dirigía por encima del macetero con el pan para atraerse la atención del perro, la mirada de Toc las seguía, pero en el momento que desaparecían al otro lado del obstáculo perdía todo interés, se tumbaba apoyando la cabeza sobre sus patas, o se ponía a bostezar aburrido.

Max contemplaba la situación con una sonrisa, sin que la respuesta del perro le preocupara tanto como la de Zoe. Porque hacía solo dos semanas había tenido que despedir a su primer seleccionado al descubrir en él una excesiva severidad con los perros, severidad que rozaba la violencia. Una actitud que lo descartaba de inmediato, y un detalle que no había contado a Zoe para no ponerla en sobre aviso. Además de ella, disponía de un segundo candidato que también le gustaba. Pero en aquel preciso momento y con Toc rebelde, le interesaba mucho ver cómo resolvía aquella dificultad.

Zoe se dio cuenta de que tenía que cambiar de táctica, pero no se le ocurría nada. Realizó en persona el mismo movimiento que esperaba en el perro, para que lo imitara, pero no consiguió que Toc moviera una sola pata. Se empezó a inquietar. Probó de nuevo con el pan, y nada.

—Es algo cabezón —intervino Max—. Si quiere, dejamos la prueba aquí.

—No... No he terminado todavía.

Consciente de lo mucho que se jugaba, no estaba dispuesta a dejar pasar una oportunidad como aquella. Buscó la perla que colgaba de su cuello, pensó en su madre y se relajó jugueteando con ella entre los dedos. Poco a poco se fue tranquilizando, hasta que de repente le llegó a la nariz un olor a carne guisada. Localizó su origen en una cacerola al fuego, fue hacia ella, para desconcierto de Max, le pidió permiso mientras abría la tapa, y al obtenerlo sacó un pequeño trozo de carne con ayuda de un tenedor. Su aroma revolucionó a Toc de tal modo que no solo saltó el obstáculo, sino que corrió hasta la meta con una agilidad desconocida. En ese momento Max apagó el cronómetro y decidió que Zoe era la persona que necesitaba, pero no se lo dijo, tan solo destacó el poco tiempo que había necesitado, su iniciativa, la capacidad de resolver problemas complejos y algo que le había llamado especialmente la atención: cómo había dirigido a los animales sin abrir la boca, solo con estímulos y gestos.

—¿Entonces...?

—Reconozco que me ha sorprendido gratamente, pero me gustaría saber algo más de usted. ¿Me acompaña a mi despacho?

Después de dos horas y media de entrevista, de haberse visto asaeteada a preguntas y más preguntas, unas en francés y el resto en alemán, y con el agotamiento de todo un día de trabajo sobre sus espaldas, cuando le vio cerrar la carpeta en la que había tomado notas, a pesar de los nervios que en ese momento tenía, se sintió aliviada.

Max la miró a los ojos, carraspeó, y después de agradecerle su paciencia y el tiempo que le había robado, le acercó un papel y una pluma.

—Esta es una solicitud de admisión a la Cruz Roja. Le ruego que la firme, me encantaría tenerla desde hoy en mi proyecto.

Profundamente emocionada y con una sonrisa que no le entraba en la cara después de rubricar aquel papel, escuchó a partir de entonces los planes que tenía previstos para su inmediata integración. Las piernas le temblaban. Tendría que viajar a Suiza en menos de una semana para aprender las técnicas de adiestramiento en el mismo centro donde habían nacido Tic y Toc, en una finca llamada Fortunate Fields, en Vevey. Y a su vuelta, después de firmar el contrato con la Cruz Roja, le esperarían los veintidós primeros perros con los que empezaría a aplicar lo aprendido. Y además, le pagarían trescientas pesetas mensuales.

Desde aquella maravillosa tarde, todo fue tan rápido como excitante. En una sola semana había preparado la maleta con todos sus vestidos y algo de abrigo, porque, según palabras de Max, a pesar de estar en julio seguía haciendo frío en Suiza; estaba empezando a difuminarse en su cabeza la penosa experiencia vivida en aquella pensión, y su futuro parecía brillar con más luz que el intenso sol que caracterizaba a aquel tórrido mes.

Una semana después, un coche la esperaba en el portal de una casa que iba a abandonar para siempre. Rosa lloró por fuera, pero se alegró por dentro. Con Zoe fuera de su vida, perdía las setenta pesetas que le pagaba cada mes, pero se olvidaba también de aquel chucho al que no tenía ningún aprecio, y evitaba que su novio la siguiera riñendo por tenerla todavía en casa. Max había aceptado que se llevara al perro a Suiza, y Mario estaba a la espera de que sus compañeros de sindicato terminaran de preparar un recurso a su sentencia, según le habían prometido en la primera visita a prisión.

Se abrazaron una última vez, y Zoe se comprometió a hacerle llegar su nueva dirección en cuanto la supiera.

Julia y Oskar se habían ofrecido a llevarla hasta el aeropuerto aprovechando la coincidencia de un viaje que tenía que hacer él a Berlín, ese mismo dos de julio.

Vuelta de espaldas, desde el sillón del acompañante, Julia sonrió feliz. Comprobó que su mejor amiga por fin le había dado un poco de color a sus labios y mejillas, algo difícil de ver últimamente, y que su vestido le sentaba perfecto.

—Hoy es el primer día desde hace más de ocho meses que reconozco a la Zoe de siempre.

Oskar arrancó el vehículo y escuchó cómo tenía que hacer para salir de aquel laberinto de calles en dirección al aeropuerto. Al girar en la primera esquina Zoe no pudo evitar que se le escapara una lágrima. En aquel barrio se dejaba una parte de su vida, con momentos amargos, pero también enriquecedores. Porque allí había descubierto la naturaleza humana en toda su crudeza. Se había cruzado con personas cuyos principios y comportamientos atentaban contra cualquier norma establecida, y había aprendido que la vida en sus calles se regía por la picardía, el engaño y el instinto de supervivencia. Pero también allí había crecido como persona, en una sucia y abandonada barriada, con cien pesetas al mes y un trabajo que al final le había dado mucho más de lo que nunca se hubiera podido imaginar.

A ninguno de los dos se les ocurrió hacer el menor comentario mientras la veían saludar a unos y a otros porque respetaron su momento de emoción.

Al salir del barrio, Julia se volvió para hablar.

—Bueno, ya no puedo aguantarme más. Tenemos una gran noticia. Acaban de ascender a Oskar a capitán de la Luftwaffe, y además le han ofrecido un trabajo asociado a la agregaduría militar de la embajada, que sin restarle demasiado tiempo lo atará a España unos meses más. —Su mirada se inundó de alegría.

—Enhorabuena por tu nueva graduación. ¿A partir de ahora tendremos que llamarte *hauptmann* Stulz en vez de Oskar? —Zoe ironizó sin maldad, encantada por su amiga—. ¿Y esa nueva actividad en la embajada te va a permitir volar?

—Como Julia dice, es un trabajo que de vez en cuando puede requerir un poco de dedicación, como también algún que otro viaje a Berlín, pero estamos contentísimos. Y con relación a tu pregunta, si lo he aceptado es precisamente porque me permite seguir como instructor de aviación y volar.

Llegaron a la entrada del aeropuerto, aparcaron en una zona especial para uso de clientes, y al bajar del coche escucharon por los altavoces el anuncio de la llegada del vuelo de Ginebra, con el que volaría Zoe a la ciudad helvética. Como Campeón iba a tener que viajar en la bodega y los trámites llevaban su tiempo, se apresuró a entrar en el edificio.

Oskar sacó las dos maletas de Zoe y después la suya, y se cargó al hombro una funda alargada de piel en forma de arco.

—¿Vas a trabajar con eso? —Zoe miró el bulto, suponiendo lo que era.

—Bueno, sí y no —contestó, mientras hacía venir a un mozo para que se hiciera con el resto de los bultos—. Voy a Karinhall.

—¿Karinhall? —Zoe no había escuchado nunca aquel nombre—. ¿Debería conocerlo?

Oskar titubeó antes de explicarse. En su interior lamentó haberlo mencionado sin habérselo pensado mejor, entre otras cosas porque no se lo había contado a su novia.

—Primera noticia —intervino Julia un tanto extrañada.

—Bueno, digamos que es... como si se tratase de... Bueno, es como una gran finca de caza a la que acudo con alguna frecuencia...

—¿De tu propiedad?

—No, qué va... Es de un amigo.

Sentada en el asiento del avión, después de haberse despedido cien veces de Julia y de comprobar que Campeón se había quedado tranquilo en el cajón donde se lo habían llevado, superó su primer despegue algo mareada. Aunque la cosa empeoró durante el vuelo al cruzarse con una complicada tormenta. Soportó medio vuelo con los ojos cerrados y las manos aferradas a los reposabrazos, y solo cuando el avión pudo recuperar la estabilidad y ella su estado normal, sacó de su bolso tres cuartillas de papel.

En los últimos días no había tenido tiempo de escribir ni unas breves palabras a su padre para ponerle al corriente de su increíble noticia, ni tampoco a Andrés para advertirle de que no volviera a por su perro. Por lo que decidió aprovechar el viaje, aunque tuviera que franquearlas en Suiza. A las dos cartas iba a sumar una tercera que haría llegar a Anselmo a través de Bruni. Recordó la petición que le había hecho en casa de Gordón Ordás a cambio de interesarse por la situación penal de su padre, y le pareció que Oskar era un buen candidato. Dado su nuevo encargo dentro de la embajada, a su anterior trabajo como militar y piloto le añadía un tinte político que no le gustaba nada, pensando en su amiga Julia.

Se desabrochó el cinturón de seguridad, cruzó las piernas, sacó del bolso una estilográfica, bajó la mesita adosada al asiento delantero y escribió las dos primeras líneas:

«Querido padre, lo que a continuación te voy a contar sí ha sucedido, aunque todavía me parece un sueño...»

Dejó la pluma sobre la mesita y miró por la ventanilla. La simple contemplación de la alfombra de nubes que parecían hacer flotar al avión desencadenó un respingo de placer en ella. Nunca había volado ni tampoco había salido de España, pero se sentía tan feliz que cualquier detalle le parecía maravilloso: desde el uniforme de la tripulación hasta el mal café que le acababan de dar.

Aquel avión dejaba atrás muchas sombras de su pasado: un marido infiel, un tiempo de miseria e incertidumbre, una horrenda humillación y la amarga impotencia de no haber podido hacer todavía nada por su padre. Pero también viajaba con ella un leal y recién descubierto Campeón, junto con un torrente de nuevos sueños.

Eran la cara y la cruz de su vida, de una vida que finalmente se iba a llenar de nuevas emociones y retos. Sobrevolaba los majestuosos Alpes cuando se imaginó rodeada de aquellas maravillosas criaturas que de forma desinteresada terminaban convirtiéndose, para heridos y moribundos, en una especie de última esperanza a cuatro patas, lengua rosada y mirada brillante.

Y se sintió feliz.

AHORA ESTÁS A MI LADO

SEGUNDA PARTE

Fortunate Fields
Vevey. Suiza
5 de agosto de 1935

I

Al abrir la ventana de su habitación, Zoe respiró el aire fresco procedente de los Alpes hinchándose los pulmones de aromas a verano. Ya se había vestido y aseado, y aunque en pocos minutos tenía que acudir a clase, nunca perdonaba aquel momento. Cada mañana, desde hacía más de un mes, todos sus sentidos se desbordaban mientras admiraba la quietud del lago Lemán, recorría los perfiles de la cordillera alpina o recibía el perfume de las infinitas y verdes praderas de su entorno.

Fortunate Fields estaba suponiendo para ella una especie de adelanto en vida de lo que tenía que ser el cielo. A pesar de que en sus instalaciones primaba la funcionalidad, para quien venía de estar en una habitación de apenas tres metros cuadrados, de haber pasado auténtica necesidad o de haber olido a diario una corta gama de olores que iban desde la lejía al sudor ajeno, aquello era un auténtico edén.

El entorno de la finca era precioso, de un verde insólito.

La coqueta y enorme casa de arquitectura tradicional alpina que servía de edificio principal estaba preparada para recibir frecuentes nieves. Decorada con contraventanas de madera y tejado de grandes aleros, agrupaba a su alrededor una docena de parques donde se alojaban hasta cuatrocientos perros.

A pesar de la paz interior que Zoe experimentaba, fruto de su propio aislamiento en tan recóndito lugar, no se olvidaba de los suyos. Solo dos días después de su llegada había escrito a sus amigas y también a su padre contándoles sus primeras impresiones. También a Andrés, pero una vez más la carta le había sido devuelta sin especificar el motivo, como ya había pasado con la escrita en el avión.

Campeón dormía con los demás perros y estaba integrado en un programa de entrenamiento para tareas sanitarias, obedeciendo a los deseos de Zoe.

En Fortunate Fields solo había tres mujeres además de ella: una amigable cocinera del cantón de Neuchâtel, que derrochaba energía a pesar de cargar con ciento veinte kilos de peso; su áspera ayudante; y, cómo no, la propietaria de aquel centro único en el mundo, Dorothy Eustis.

Aquella mañana Zoe bajó corriendo las escaleras de la edificación donde estaban las oficinas principales y los dormitorios. Tras saludar a Margareth, la camarera, que la regañó por coger una magdalena al vuelo en lugar de sentarse a desayunar, salió a buscar a Dorothy, quien desde su llegada se había encargado personalmente de su formación.

Corrió por la pradera hasta alcanzar el punto diario de encuentro, en la cancela de entrada en donde se guardaban los perros, y allí la esperó, feliz y agradecida, con el mismo sentimiento que se repetía en ella cada día. Porque ni en el mejor de los sueños podía haberse imaginado estar viviendo una experiencia tan excitante como la que se le ofrecía cada mañana en aquel mágico lugar, cuyo nombre, Fortunate Fields, estaba más que justificado. Un paraíso de una belleza sin igual.

La vio venir con su permanente sonrisa, erguida, y con aquel elegante caminar seguramente fruto de una esmerada educación. Detrás de aquel proyecto, único en el mundo y altruista desde su concepción, estaba Dorothy Leib Harrison Eustis Wood, nacida en Filadelfia, cuya familia había prosperado al haber levantado la primera compañía química de los Estados Unidos y una próspera refinería de azúcar. Según le había ido contando a Zoe, entre paseos y entrenamientos, su bisabuelo había sido un hombre próximo a los Padres Fundadores de la nación norteamericana. De hecho, había sido el encargado de leer por primera vez la Declaración de Independencia de Filadelfia. La madre de Dorothy se había movido también en un círculo social muy elevado, y era habitual verla en los eventos más importantes de la ciudad, ya fueran culturales o benéficos.

Dorothy se había casado por primera vez a los veinte años y había fijado su residencia en una pequeña población del estado de Nueva York. Pero durante un viaje que el matrimonio había realizado por Europa, con apenas veintisiete años, se enamoró de tal manera de la clase y nobleza de una raza de perros, los pastores alemanes, que convenció a su marido para que le comprara uno. De nombre Hans, el animal marcaría desde entonces su vida, y fue responsable último de muchas e importantes decisiones posteriores.

Con veintinueve enviudó, pero se casó de nuevo a los treinta y siete con un jugador de polo. El gran impacto que le produjeron aquellos paisajes suizos en su primer viaje la animó a trasladarse a vivir allí. Alquilaron una casa en los Alpes, y en ella, al poco tiempo, se decidió a criar pastores alemanes, aquellos perros que tanto admiraba. Sin embargo, a diferencia del resto de criadores, cuyos objetivos solo eran estéticos, Dorothy empezó a seleccionarlos por sus cualidades para el trabajo. Unos trabajos que fueran útiles para el hombre, a imagen de las habilidades que había descubierto en su propio perro Hans.

El detonante de otra de las grandes decisiones que había tomado en su vida surgió durante una visita a un centro canino alemán, donde estaban adiestrando perros para ayudar a soldados ciegos de la guerra del catorce. La hermosa y asombrosa asistencia que un sencillo perro le ofrecía a un humano con tan graves limitaciones personales la animó a empezar un primer ensayo de adiestramiento para conseguir lo mismo que los alemanes, pero en su propia finca. No fue lo único que hizo. Publicó su descubrimiento en un conocido periódico americano, y la repercusión de su crónica fue tan enorme que en poco tiempo recibió centenares de peticiones desde Estados Unidos para hacerse con un perro de esas características. Y así fue cómo nació una nueva sociedad, llamada The Seeing Eye, al margen del resto de actividades de Fortunate Fields y a solo diez kilómetros de distancia de sus instalaciones. Dorothy empezó a entrenar allí a nuevos perros, pero también a educar a sus usuarios ciegos para manejarse con ellos y conseguir una mayor independencia en sus vidas. Algo que impresionó mucho al mundo entero, y también a Zoe el día que había recorrido con ella aquel centro.

—Hoy trabajarás con un gran perro, con SZ1987. Y por cierto, el instructor que está trabajando con Campeón habla maravillas de su carácter, pero no puede decir lo mismo de su velocidad de aprendizaje.

—Fue todo un detalle que me permitierais venir con él. No llevábamos mucho tiempo juntos, habíamos empezado a entendernos, y pensé que trayéndolo, si aprendía el oficio sanitario, siempre me podía servir como sustituto en un momento de necesidad. Pero si estorba en los entrenamientos, lo dejamos fuera de ellos. No pasa nada.

—No te preocupes... Un perro nunca molestará en esta casa. Jamás. Campeón tiene cerca de tres años y es algo cabezón, pero el mejor pastor alemán que podamos tener en Fortunate Fields respondería igual si hubiéramos pretendido entrenarlo a esa edad. Tu perro seguirá formándose, aunque tarde más. Pero volvamos al objetivo de hoy, que el tiempo vuela. Quiero enseñarte cómo conseguir que un perro trabaje de estafeta o mensajero.

Zoe abrió la portezuela del jaulón y SZ1987 salió feliz agitando el rabo como un loco. Le colocó la correa y lo dirigió hasta los pies de Dorothy. A su lado vio a un joven soldado.

—Para este ejercicio necesitarás un compañero. Karl, ella es Zoe —los presentó.

El muchacho no tendría veinte años, era alto como un olmo, con demasiados granos todavía en su cara y un aspecto un tanto enclenque.

Dorothy empezó a acariciar a SZ1987.

—Como ya me habéis oído explicar más de una vez, el pastor alemán es un perro que desde tiempos remotos aprendió a proteger a las ovejas de posibles depredadores viéndolas como miembros de su propia camada. Esa es su aptitud más notable y es innata a su raza. Pero en Fortunate Fields, lo que hemos hecho es redirigir esa respuesta natural hacia otras tareas, como por ejemplo a la localización de heridos. Lo que ya has aprendido durante el pasado mes, Zoe. O en el caso de Karl, tareas de patrulla. —Se caló sus gruesas gafas hasta arriba de la nariz y tiró de la correa del perro buscando un claro en la pradera—. Hoy vamos a hacerles trasladar algo desde un punto a otro. Imaginaos que fuera un mensaje, o un mapa; algo que en caso de emergencia se hiciera necesario hacer llegar a un destino alejado. La ventaja de usarlos para esos cometidos es su velocidad, y sobre todo no tener que poner en riesgo una vida humana. Os aseguro, ya lo veréis vosotros mismos, que para ellos la extensión que separa el punto de salida de su objetivo no constituye ninguna limitación. Y cuando digo eso, me refiero a que se los puede entrenar para superar distancias de más de veinte kilómetros sin posibilidad de equivocarse. Parece sorprendente, ¿verdad?

Zoe, vestida con unos cómodos pantalones de trabajo y jersey rojo de lana, estaba deseando aprender la nueva técnica, como le había pasado con el resto. Un día más, al escuchar a Dorothy hablar, volvió a admirar a aquella mujer. La adoraba y aprendía de ella a partes iguales, porque poseía muchas de las cualidades que deseaba para sí misma: valentía, constancia, templanza y sobre todo una gran autonomía. Y en el trato con los perros, no dejaba de maravillarle el tacto y sensibilidad que demostraba con cada uno de ellos.

Dorothy empezó a dar órdenes.

—Karl, lleva al perro hasta aquel árbol.

Le indicó un enorme abeto a menos de diez metros de donde estaban. El joven se hizo con su correa y empezó a caminar, pero a SZ1987 no le pareció tan buena idea y se resistió a moverse de donde estaba. Karl volvió hacia atrás y tiró de la correa con fuerza, mandándole caminar en un tono de voz severo.

—Déjame a mí, verás... —Dorothy se colocó frente al perro, captó su atención, dio un corto tirón de la correa y consiguió que la siguiera con el primer paso—. Nunca os responderán bien si usáis la violencia con ellos. Y las órdenes han de darse usando siempre las mismas palabras, no es necesario levantarles la voz. —Se dirigió a Zoe—. ¿Qué harías con un perro cuando te ha obedecido correctamente, como ha hecho SZ1987?

—Premiarlo con una buena dosis de caricias.

—Sí y no. Tienes que meterte en su cabeza, y si no ha terminado el ejercicio que esperábamos de él, no podemos premiarlo todavía. En otras palabras: no deben pasar de lección sin dominar la anterior. Y es mejor terminar las sesiones con un ejercicio conocido y placentero para ellos, sin ser excesivo con las caricias, y desde luego no emplear nunca el collar de castigo.

Se estiró la chaqueta de punto y le pasó la correa a Zoe.

—Dorothy, antes me decías que Campeón no tiene la edad adecuada para aprender con rapidez estas tareas. ¿Cuál es la mejor?

—Según mi experiencia, se obtienen los mejores resultados a partir de los seis meses de vida. Han de aprender la habilidad durante tres o cuatro meses, no más, empleando media hora, o como mucho tres cuartos de hora al día. La pasada semana, trabajé contigo, Zoe, qué órdenes debíamos emplear para conseguir que un perro camine a tu lado, se levante, se acueste y obedezca otros ejercicios básicos. Pero lo de hoy es más complejo. Cuando os separéis, el perro ha de buscaros aunque no sepa para qué lo hace. El principio básico de su comportamiento consiste en desear localizaros.

—¿Cómo va a saber el perro que tiene que buscarnos? —preguntó Zoe.

—Construyendo en su cabeza una asociación positiva. Si cumple con lo que queremos que haga, obtendrá un premio. Pero eso no será suficiente, necesitaremos ofrecerle ciertos estímulos de camino. Lo vamos a ver ahora.

Mandó a Karl que se untase las botas con el contenido de

un frasquito que sacó del bolsillo de su chaqueta. Al destaparlo, un apestoso olor a ajos y arenques inundó su alrededor.

—La primera señal que ha de recibir el perro tiene que ser vuestra orden. Cuando le digáis «busca», él ha de entender que tiene que localizar al otro. En cuanto lo haga, se le ha de dar de inmediato un premio para que repita esa respuesta en siguientes ocasiones. El olor que dejan las botas en el suelo lo ayudará a seguir un rastro y a fijar y repetir el comportamiento a medida que vayamos ganando distancia entre los dos.

Karl dejó que el perro oliera sus suelas y empezó a caminar sin apenas alejarse. Zoe soltó a SZ1987 y le ordenó que buscara a Karl, quien desde no mucha distancia le estaba enseñando una galleta. El perro olfateó el suelo, fijó su rastro y corrió hacia él. Al llegar recibió la galleta y una palmada en el cuello a modo de felicitación.

—Muy bien —apuntó Dorothy—. Ahora sepárate un centenar de metros.

Karl lo hizo, y a la siguiente orden de Zoe el perro volvió a olfatear el suelo. En menos de un segundo había identificado el camino que había tomado Karl en esta ocasión y corría hacia él ansioso.

—Un perro mensajero ha de trabajar en ambas direcciones —explicó Dorothy—. De nada nos sirve que sepa localizar a uno si luego no sabe continuar. Imaginemos que estuviese trasladando un mensaje de vida o muerte; por ejemplo, una orden de retirada a unas tropas en primera línea del frente. ¿Serviría de algo que el animal apareciera una hora más tarde?

Mandó que Zoe tuviera preparada otra golosina, y caminó hasta donde estaba Karl para explicarle qué tenía que hacer. El joven siguió sus instrucciones. Señaló al perro qué dirección debía tomar y le dio la orden: «busca». El animal levantó las orejas, olfateó a su alrededor y de inmediato se puso a correr. Pero al cruzarse con el anterior rastro de Karl, después de dar dos o tres vueltas sobre sí mismo, rehízo el camino y apareció de nuevo junto al soldado, con una mirada complaciente y a la espera de otro premio.

Una vez que Karl regresó a donde estaban, Dorothy explicó qué había pasado.

—Para que el perro entienda lo que se espera de él, hay que ayudarlo, como decía antes, con estímulos externos. Una vez asimile la tarea como un juego, ya no serán necesarios. Pero en nuestro caso, Zoe tendrá que untar sus zapatos con otra esencia diferente a la de Karl para no confundirlo. —Le pasó otro frasquito.

Zoe lo destapó y se echó unas gotas en su calzado. El líquido olía a anís, un aroma mucho más agradable que el anterior. Se dirigió a paso ligero hacia una arboleda tomando más distancia de la que había empleado antes su compañero, y después de atravesar la extensa pradera que rodeaba la casa, esperó la respuesta del perro. Karl mandó que la buscara. El animal halló en pocos segundos su rastro y lo recorrió a toda velocidad hasta dar con ella sin aparentes dificultades. Y a continuación hizo lo mismo con Karl, respondiendo a la orden de Zoe, lo que le supuso una doble recompensa.

—Como veis, acabamos de cerrar el circuito. Una vez conseguido, lo que se ha de hacer es repetirlo una y otra vez ganando distancia, hasta retarlos con recorridos superiores a la veintena de kilómetros.

Un par de horas después, Zoe esperaba en la mesa a Dorothy para almorzar juntas, como era costumbre desde su primer día en Fortunate Fields. La vio aparecer. Se había cambiado de ropa y arreglado un poco el cabello. Zoe decidió que, a sus cuarenta y nueve años, aquella mujer seguía manteniendo un estilo cautivador, aunque el paso del tiempo y su intensa actividad seguramente le habían pasado también su factura. La americana se sentó a su lado, como hacía siempre, encantada de tener a su primera alumna en Fortunate Fields.

Tenían para comer pastel de verduras.

Después de hundir el tenedor en su porción, a Zoe le asaltó una duda que tenía ganas de resolver desde hacía tiempo. Pero en el preciso momento en que se la iba a plantear, a Dorothy le trajeron un cable cuyo remitente no debió de gustarle demasiado, a juzgar por cómo le cambió la cara. Leyó su contenido, frunció el ceño, resopló enfadada y lo rompió en pedazos.

—¡Será posible!

Zoe no sabía si preguntar o callar, y menos aún sin conocer si se trataba de un asunto personal. Pero Dorothy la sacó de dudas cuando decidió compartirlo con ella.

—No te puedes imaginar qué presiones estoy recibiendo desde Alemania para que les envíe más y más perros a uno de esos enormes centros de adiestramiento que tienen, al de Grünheide. Sin ni siquiera justificarme los motivos de tan imperiosa urgencia, me instan una y otra vez a que ponga todo mi interés en ello. Pero es que ya les he dicho que no me sobran animales, y en solo seis meses les llevo enviados cerca de setenta.

Zoe se atrevió a dar su opinión.

—Pídales una barbaridad de dinero y así la dejarán tranquila.

—Como sabes, en Fortunate Fields no cobramos. Eso sí, siempre que el uso de los perros tenga fines humanitarios, incluso si es el ejército quien los necesita, como sucede con el rescate de heridos. Pero con los alemanes no seguí el mismo criterio, al dudar para qué los querían, y les pedí bastante dinero. El problema es que lo pagan sin rechistar y no paran de pedirme más. —Dejó los cubiertos en el plato y pidió que le sirvieran un poco más de vino. Después de saborearlo analizó su situación en voz alta—. En esta última misiva me anuncian la visita de su director técnico para mañana. Lo conozco de anteriores intercambios, cuando quisimos cruzar sangre entre sus pastores alemanes y los míos. Es un buen tipo, pero ¡qué poco me apetece discutir con él, Dios! —Se sujetó el mentón entre las palmas de las manos, pensativa.

Zoe se mantuvo en silencio sin saber cómo ayudarla.

—Intente anular la cita antes de que se le presente aquí.

—Ya no da tiempo.

Zoe admiraba a Dorothy por su titánica obra, pero también por su condición de mujer. Aquel problema sería uno más dentro de los muchos que habría tenido que superar a lo largo de su larga trayectoria. Como se había quedado con ganas de resolver una duda antes de verse interrumpida por el cable, se animó a ello.

—Dígame una cosa. ¿Por qué en Fortunate Fields solo se trabaja con pastores alemanes?

—La culpa la tuvo mi perro Hans, un auténtico pastor alemán de los de estética clásica; uno de los últimos representantes de la estirpe originaria. Aquellos animales eran mucho más rústicos que los actuales y desde luego más trabajadores, aunque fueran menos elegantes. Sus innatas habilidades fueron las que me animaron a levantar Fortunate Fields. Quise desarrollar un centro de cría y adiestramiento completamente diferente a los demás, y para ello me propuse usar como base genética la de los antiguos perros pastor. Y como empecé con pastores alemanes, en ellos centré todos los esfuerzos de selección, lo que me condicionó a no meter otras razas. Hoy no dudo que algunas están más cualificadas para ciertos desempeños, pero es difícil que ya cambie a estas alturas.

Dorothy detuvo las intenciones de la camarera, quien parecía decidida a llenarle hasta arriba el plato con más pastel; probó de nuevo el vino y escuchó a Zoe.

—Antes de verlos trabajando aquí, nunca me había planteado si un perro es capaz de entender que su trabajo supone un bien para los demás. Pero después de lo que estoy conociendo y viendo, empiezo a pensar que sí. Desde siempre me ha interesado analizar su comportamiento para entender qué piensan y cómo piensan. Me encanta observarlos. Y cuando lo he hecho con el suficiente detenimiento, he conseguido reconocer ciertas expresiones en su rostro o a través de su cuerpo, que en mi opinión son sus formas de responder a emociones más complejas. Creo que los perros no solo demuestran alegría, hambre, enfado o ganas de jugar; estoy segura de que son capaces de mucho más, de bastante más.

—Comparto tu opinión. La psicología canina es una de las facetas más fascinantes para quienes trabajamos a diario con ellos. La prueba está en que no todos los perros poseen la misma inteligencia. Cuando alguno aprende una tarea a la segunda ocasión, otros no lo hacen ni a la trigésima. ¿Por qué? Hasta ahora no lo habíamos tenido en cuenta en Fortunate Fields, pero llevamos un tiempo incluyendo la inteligencia como un criterio más de selección.

Zoe movía la cucharilla del café sin parar, saboreando las palabras de Dorothy, en una conversación que pocas veces podría mantener con alguien de su experiencia.

—Llevo algo más de un mes en Fortunate Fields, y me da una pena horrible saber que solo me queda otro para abandonarlo, Dorothy. —Su mirada tembló de emoción—. Porque confieso que está siendo la experiencia más interesante a la que me he enfrentado en toda mi vida. Trabajar a diario en este lugar, de tu mano, y con esos maravillosos animales me ha ayudado a olvidar algunos asuntos que amargaron mi pasado. Ahora estoy segura de que no hay mejor tarea en la vida que hacer algo en beneficio de los demás. Como lo haces tú a través de los perros, como lo hacen ellos. Sé que fue y es tu sueño, un sueño que comparto.

Fortunate Fields
Vevey. Suiza
16 de agosto de 1935

II

—

Zoe no había coincidido con Luther Krugg el día de su entrevista con Dorothy, pero el resultado final de aquella la había escandalizado.

No podía entender cómo ella había terminado accediendo a venderle cincuenta perros cuando se suponía que irían a alimentar un centro con oscuras finalidades dirigido por los nazis. Dorothy se había sentido condicionada por la confianza personal que tenía en aquel veterinario, y más aún después de que este le asegurara que los perros serían entrenados para formar parte de las nuevas unidades K9 de la policía. Pero había quien sospechaba que no era cierto, y que el verdadero destino de los animales sería el de terminar convertidos en un arma más del horror nazi.

Zoe no se había atrevido a discutir aquella decisión con Dorothy por respeto a ella, pero se empezó a poner nerviosa a medida que se acercaba la fecha en la que Krugg volvería a por ellos. Sobre todo después de haber sabido por boca de un soldado del Ejército suizo con el que compartía a diario entrenamientos que en medios próximos a la inteligencia suiza se sabía que los nazis estaban desarrollando un gigantesco plan para crear la fuerza canina más poderosa de Europa.

No entendía la obcecación de Dorothy por atender a la entrega, aunque imaginaba que lo hacía más por no ir en contra de su palabra dada, algo sagrado para ella, que por estar del todo convencida. A pesar de acometer varios intentos para hacerla cambiar de opinión, de poner en ello toda su capacidad de convicción y de facilitarle incluso algunas excusas para que pudiese justificar la quiebra de su compromiso, no consiguió nada.

Sin embargo Zoe fue advirtiendo que con el paso de los días, y a causa quizá de sus súplicas, la firmeza de la mujer empezaba a presentar ciertas grietas. Pero no resultaron lo suficientemente grandes como para provocar un definitivo cambio, y por eso, cuando llegó la fatídica fecha, decidió actuar sin su permiso imaginando que a la larga no se lo tendría en cuenta.

Aquel dieciséis de agosto se había levantado extrañamente oscuro y nuboso.

Los animales llevaban dos horas metidos en una caseta alejada de las instalaciones que apenas se usaba y a oscuras, para que no se alteraran demasiado, a la espera de que viniera a por ellos el veterinario alemán.

Apareció en su coche, precediendo a un transporte de medio tonelaje. Campeón corrió a importunarle en cuanto puso un pie en el suelo. Hasta ese momento había estado paseando con Zoe por una explanada por la que tenía que pasar el alemán para acceder al chalé principal. Luther Krugg, acostumbrado a convivir con perros, lo obvió, recogió del asiento derecho unos papeles y se dirigió a buen paso hacia la puerta de entrada.

Zoe recogió a su perro y fue hacia él.

—Discúlpelo. No le suelen caer bien los extraños.

Luther observó a la mujer que le cerraba el paso, extrañado por su tono. Le calculó menos de veinticinco años, su alemán no era perfecto pero casi, vestía de un modo informal, casi modesto, y quizá por eso se fijó más en una llamativa perla que colgaba de su cuello.

—No se preocupe. Ya se sabe cómo son los perros.

Zoe le regaló una mirada poco amigable y se dio media vuelta.

Desconcertado, Luther se dirigió hacia la entrada del chalé donde Dorothy lo esperaba. Nada más saludarla, preguntó quién era aquella mujer con la que se había cruzado. Tras explicárselo, y sin entrar en demasiados detalles, su anfitriona le ofreció un café que aceptó de inmediato. Pero antes de atravesar el atrio, la curiosidad lo empujó a volver la mirada. La vio entrar en unas cuadras sin percatarse de su atención, no así su perro, que giró la cabeza.

Sentada en un sillón de su despacho, Dorothy cruzó una pierna, le asaltó una tos nerviosa, y se estiró la falda incómoda. Estudió a su interlocutor y le pareció, una vez más, buena gente. Recogió su taza vacía, la dejó sobre la mesa, tomó aire y le disparó la cuestión.

—Luther, nos conocemos desde hace años y nunca te he preguntado ciertas cosas, digamos que un poco delicadas, por respeto a tu intimidad. Pero… no sé… Creo que ha llegado el momento de saber hasta qué punto formas parte o no del entramado nazi. —No le dejó responder—. Y me gustaría saber también para qué queréis de verdad esos perros.

—Entre tú y yo: antes me cortaría las venas que adherirme a ese grupo de locos. —Dorothy suspiró algo más aliviada. Aunque se esperaba su posición, había preferido escucharlo de su boca—. Y en cuanto a tu segunda duda, he de decir que si vine hace quince días a pedirte el favor y vuelvo ahora a recoger a los perros, solo se debe a que Stauffer, al que ya conoces, me insistió tanto que tuve que aparcar un importante encargo por atenderlo. Como tuvisteis aquellos rifirrafes hace años, mi jefe no se atrevía a pedírtelo en persona y me imploró que lo hiciera por él.

—Perfecto. Pero aún no has contestado a mi pregunta.

Luther se retorció en el sillón, incómodo. No estaba seguro de qué hacer. Dorothy era americana y no tenía ninguna duda sobre su adscripción ideológica. Pero ya en la primera visita había decidido no ponerla al corriente de lo que estaban haciendo en Grünheide, ni de para qué estaba empleando a una parte de los perros, por miedo a su segura reacción. Se jugaba que denunciara internacionalmente el caso, y que Heydrich o alguno de los altos dirigentes nazis con los que últimamente trataba ataran cabos y lo relacionaran. No le faltaban ganas de hacerlo, pero pensó que, de urdir una contundente venganza contra aquellos desalmados, prefería manejarla mejor, y desde luego con más cálculo sobre su seguridad y la de su mujer, poniéndola primero a salvo.

—Seguimos adiestrándolos para abastecer las necesidades de la Policía —contestó con una verdad a medias—. Y si ahora necesitamos más es porque nos los están reclamando desde la autoridad ferroviaria para patrullar estaciones de tren y hangares. Eso es todo.

Dorothy percibió en su tono de voz algo diferente a otras veces y también le extrañó que respondiera sin mirarla a los ojos, como solía hacer. No pensó que estuviese mintiendo, pero sí que no estaba contando toda la verdad. Lejos del efecto que él esperaba bajo la aparente seguridad de sus palabras, aquella respuesta acababa de despejar en Dorothy una semana llena de dudas.

—Me tranquiliza mucho saberlo… Sí…

A escasos quinientos metros de donde estaban reunidos, Zoe salió a caballo de las cuadras de Fortunate Fields con Campeón a su lado. De camino se cruzó con un instructor, pero no le respondió a la pregunta de qué diantres hacía montando a esas horas cuando debería estar recibiendo clases. Puso al galope a su caballo y desapareció al instante por la parte trasera de un gran almacén. Cuando pocos minutos después había alcanzado la caseta donde se guardaban los perros, miró hacia los lados para asegurarse de actuar sin testigos, descabalgó y se dirigió a Campeón.

—Me vas a tener que ayudar, y mucho, a partir de este momento. —Sacó del bolsillo un trozo de panceta seca que revolucionó al perro nada más verla—. Si me obedeces en todo momento será tuya.

Zoe observó el entorno del refugio canino y se sintió un poco acobardada ante lo que pretendía hacer.

Liberar a los perros de su encierro era sencillo, solo tenía que abrir la puerta y dejar que se fueran. Pero con ello no se garantizaba salvarlos de su incierto destino, pues podían ser recogidos sin demasiados problemas para terminar llevándoselos a Alemania. Lo que había pensado era mucho más difícil y requería una estrecha y decidida colaboración por parte de Campeón.

Cuando abrió el portalón, además de hacer chirriar sus goznes, desencadenó un coro de ladridos que de inmediato trató de sofocar. En un solo minuto tenía a su alrededor medio centenar de pastores alemanes muy jóvenes, todos cachorros, con más ganas de jugar que otra cosa. Zoe tiró de la correa de Campeón forzándolo a abandonar el olfateo de hocicos y traseros al que estaba dedicado en cuerpo y alma, y le habló.

—Como eres el mayor de todos, en cuanto salgamos afuera quiero que los reúnas y me sigáis a toda carrera. —Campeón miró a los cachorros y, sin entender sus órdenes, se propuso hacer lo que le mandara.

Zoe caminó entre ellos repitiendo los mismos movimientos que había visto hacer a las perras en su casa de Salamanca cuando parían, para atraerse la atención de sus crías. Tardaron en entender lo que quería.

A pesar de la prisa que llevaba y con el miedo a que apareciera en cualquier momento Dorothy junto al veterinario alemán, insistió una y otra vez con aquellos gestos y movimientos hasta que captó su atención y comprobó que la seguían allá donde se movía. Justo cuando decidió que había llegado el momento de abordar la parte más delicada de su plan, el portón se cerró por efecto del aire y la caseta quedó a oscuras. Zoe maldijo aquel contratiempo y buscó a tientas la salida. Tropezó aparatosamente con una pila de piedra y rodó por el suelo. Para empeorar aún más las cosas, cuando trataba de levantarse se golpeó la frente con algún objeto afilado y al segundo notó cómo el corte se cubría de sangre.

Localizó finalmente la madera del portón y la empujó. Devuelta la luz al interior, los cachorros se unieron a ella saliendo en tropel de la caseta. Fue entonces cuando Zoe miró fijamente a Campeón y le señaló a los perros, y dibujó imaginarios círculos con el dedo. El perro corrió a por ellos guiado por el instinto, y los rodeó al instante con intimidatorios ladridos. Ella buscó al caballo, lo montó y, con una mano en las riendas y la atención puesta en sus espaldas, se atrajo la atención del improvisado rebaño perruno y los hizo caminar al paso de su montura.

Para no tener que atravesar por la parte más descubierta de la finca, planeó un rodeo a través de un bosque que recorría la cara norte de Fortunate Fields, lo que complicaría la unión del grupo, pero no le quedaba otra alternativa.

Aprovechó el buen trabajo de Campeón, asombrada de lo bien que lo estaba haciendo, para acelerar el paso del caballo con idea de buscar lo antes posible el abrigo y escondite de los árboles. Los perros parecían felices corriendo detrás de ella, formando un curioso grupo que flanqueaba Campeón a toda velocidad yendo y viniendo entre ellos.

Cuando se adentraron en la arboleda solo se le habían despistado un par de perros. El grueso de la improvisada camada seguía unida con la mirada puesta en los cascos del animal y en aquella mujer que se había convertido en su nueva guía. Zoe suspiró algo más tranquila al ser consciente de que había superado la parte más complicada de su plan. Ahora solo tenía que esconderlos.

En Fortunate Fields, Luther y Dorothy abandonaron el despacho después de haber compartido una larga charla sobre los esquemas de selección que estaba aplicando el alemán en Grünheide, un tema de gran interés para Dorothy, que era consciente de la elevada preparación técnica que poseía el veterinario.

Después de saber dónde debían recoger a los perros, Luther ordenó al conductor del camión que lo acercara para facilitar la carga. Caminaron por la verde pradera hasta la caseta, en silencio y perdidos en sus pensamientos. Dorothy estaba arrepentida de lo que iba a hacer, pero no sabía cómo salir del atolladero. Y él estaba dándole vueltas a algo que no tenía nada que ver con aquel lugar; qué estrategia iba a seguir para recomponer aquel perro bullenbeisser que le habían encargado. Por eso, ni uno ni otro se dieron cuenta de que el portón estaba abierto hasta que lo tuvieron enfrente de sus narices.

—¿Y los perros? —Luther metió la cabeza en la caseta.

—¿Pero qué ha podido pasar? ¿Cómo no van a estar?

Dorothy supuso que se habrían escapado debido a un fallo en el cierre. Rodeó primero el recinto y exploró después por los alrededores, sin encontrar una sola pista de ellos. Hasta que cansada de buscar y buscar, le pareció ver a uno en mitad de una hondonada y a cierta distancia de donde estaban.

El alemán, que se había quedado a las puertas del chamizo, desconcertado por la pérdida de los animales, de repente descubrió algo que llamó su atención sobre la paja, a pocos centímetros de la entrada. Lo recogió y se lo guardó en un bolsillo.

La teoría de Dorothy, basada en un tonto accidente, no se terminaba de sujetar cuando dos horas después solo habían localizado a dos cachorros, de los cincuenta que según ella andarían vagando por los alrededores. Así lo veía Luther. Sencillamente no le cuadraba.

A escasos metros del aparcamiento, Dorothy seguía tratando de convencerlo.

—Si se han escapado, aparecerán. Es solo cuestión de tiempo.

—Del que no dispongo —contestó él con expresión contrariada.

—Si tuviese más cachorros te los cambiaba ahora mismo. Aunque me temo que eso no va a ser posible. Lo siento. Tendrás que esperar a que los reunamos para enviártelos más adelante, o si no, a la nueva paridera.

—Dorothy… Todo esto está siendo muy lamentable.

Luther estaba seguro de su buena fe, la conocía. Pero no tanto de la de su personal. De hecho, a esas alturas no tenía ninguna duda de que la desaparición no había sido fortuita. Pero prefirió dejarlo como estaba. Al fin y al cabo, a él no le urgía reunir más perros en Grünheide, solo a Stauffer.

A un solo paso del coche, a Dorothy le extrañó el repentino interés que mostró el alemán por despedirse de Zoe, refiriéndose a ella como: «aquella interesante joven con la que me crucé a mi llegada».

Los empleados que la buscaron en su habitación, en los parques de entrenamiento, en los almacenes y hasta en la zona de enfermería no dieron con ella.

—No pierdas más tiempo, Luther. Fortunate Fields es demasiado grande, y si todavía no la han encontrado, puede que no lo consigan en un buen rato. Descuida, que le trasladaré tu despedida.

Antes de abandonar definitivamente la finca, cuando el coche de Luther enfilaba la última recta antes de alcanzar los arcos de entrada, la vio trotando a caballo con su perro a escasos cincuenta metros de distancia. Tocó el claxon y se detuvo. Zoe, advertida por sus gestos, se dirigió hacia él con el corazón acelerado. Acababa de dejar a cuarenta y ocho cachorros en las instalaciones de la vecina finca también propiedad de Dorothy, donde se entrenaban los perros guía para ciegos.

—¿Ya se va? —Ella jugueteó con un rizo de su pelo.

—Sí, pero me alegro de haberme cruzado con usted antes, al menos para despedirme. Como ve, me vuelvo sin los perros que vine a buscar.

—¿Podría saber por qué? —Zoe se esforzó para que no le temblara la voz.

—Cómo no. Sencillamente porque han desaparecido. ¿Usted se lo explica?

—No… No tenía ni idea…

Se sintió tan incómoda y tensa que buscó su perla de forma inconsciente. Pero al echarse la mano al pecho se dio cuenta de que no la tenía. Recordó la caída cuando estaba sacando los perros de la caseta y dedujo dónde la había perdido. Se le enrojecieron las mejillas de golpe y musitó un «buen viaje», que sonó ahogado.

Luther, al poner el coche en marcha y a punto de irse, le dijo:

—No entiendo por qué lo ha hecho, pero si alguna vez nos volvemos a cruzar, me gustaría saberlo. Que tenga un feliz día. *Aufwiedersehen.*

Xauen
Protectorado español de Marruecos
28 de agosto de 1935

III

El brazo de Andrés Urgazi se ceñía sin remilgo alguno a la cintura de avispa de una hermosa italiana, más preocupada de ser reconocida por alguien que por estar engañando a su marido desde hacía dos meses.

Andrés acababa de volver de Madrid atendiendo a las órdenes de su superior, el coronel Molina, después de haber cubierto dos objetivos. El primero, recaudar una elevada cantidad de dinero para pagar a un diplomático extranjero de altísimo nivel que tenía comprado. Como la financiación de las actividades de contraespionaje se realizaba a través de unos fondos reservados, el dinero se lo había suministrado una persona a la que no había llegado a ver, y lo había recogido en una portería vecina al ministerio, en un buzón cuya llave había sido remitida en sobre secreto al despacho del coronel Molina. Y su segundo cometido tenía como destinataria aquella mujer con la que se disponía a pasar una tarde de amor: una buena joya que terminó de rendirla.

Las tortuosas callejuelas del pintoresco pueblo de Xauen, con sus paredes teñidas de un llamativo color añil, acogían a los dos amantes en busca de una discreta posada en la plaza de Uta al-Hamman, donde sus cuerpos se encontraban una vez a la semana.

La ciudad, en el protectorado español, estaba lo suficientemente lejos de Tánger como para que la mujer del encargado de negocios de la legación italiana se sintiera libre y pudiera desatar su pasión con aquel español que la había conquistado desde el primer día.

Valeria le decía que si no había sido el destino el que los había unido, entonces, cómo se explicaba que él pasara por la misma carretera que había tomado ella en busca de una playa recóndita, y además que lo hiciera pocos minutos después de que se le averiara el coche, en medio de la nada.

Andrés compartía su misma opinión, pero solo de palabra, porque en realidad él era quien había manipulado el motor y la había seguido a una distancia prudencial para provocar el encuentro. Una supuesta coincidencia que terminó en un largo paseo por la solitaria playa a la que ella pretendía ir, y en una cita a la semana siguiente en idéntico destino, según las palabras de Valeria: «para recuperar una conversación que se le había hecho corta» con un hombre cuya mirada y atractivo le habían recordado que seguía siendo mujer, y además muy deseable, aun en aquella perdida y seca África.

Valeria, nacida en Siena, a sus treinta y nueve años había encontrado en Andrés un atractivo motivo para endulzar su aburrida vida. Y él había conseguido que ella le abriera una provechosa vía para acceder a la información que generaba la red de espionaje italiano que operaba de forma eficaz desde su representación diplomática en Tánger.

—*Oggi voglio* sorprenderte —le susurró Valeria con una graciosa mezcla de italiano y español, encantada con el precioso anillo que le había regalado.

—Nunca has dejado de hacerlo, mi amor —respondió Andrés mordisqueando el lóbulo de su oreja.

Les faltaban pocos metros para alcanzar el punto más elevado de la ciudad vieja, donde antaño habían vivido los judíos expulsados de España por los Reyes Católicos, y donde la pareja tenía su secreto nido de amor.

Andrés miró a Valeria de arriba abajo.

El generoso cuerpo que la naturaleza le había regalado era sin duda una de las mejores compensaciones que obtenía de trabajar para los servicios secretos republicanos.

Durante los once meses que llevaba empeñado en aquel cometido, había conseguido crearse una interesante red de informadores, y de todo lo que averiguaba, los asuntos más delicados se los trasladaba a su coronel, contentando así a ambos servicios de espionaje. Mantenía generosamente sobornado a un joven administrativo de la legación francesa que le iba suministrando los nombres de los nuevos agentes que el Deuxième Bureau, la agencia de espías francesa, enviaba a la ciudad. Ayudaba a mejorar el nivel de vida de uno de los cocineros de la Embajada inglesa, un soriano al que le gustaba más el juego y los casinos que a sus entregados diplomáticos la empanada de almejas o las diez variedades diferentes de bacalao que les hacía. Pero, sin dudarlo, el mayor éxito en su tarea de infiltración llevaba medias de seda, se pintaba los labios de color rosa, y como amante era absolutamente perfecta.

Gracias a ella, la figura de Giuseppe Luccardi, el agregado militar de la Embajada de Italia, pasó a ser para Andrés el objetivo número uno de sus pesquisas, y Valeria su mejor topo. Porque además de ser una esposa infiel, ejercía de secretaria del embajador, y por ello tenía acceso a ciertos documentos reservados que Luccardi enviaba periódicamente a Roma.

El recepcionista de la posada no contó los dólares que Andrés le acababa de meter en el bolsillo de su chaleco porque ya conocía su generosidad. Le dio la llave de su habitación, la siete, como siempre, sin necesidad de firmar ningún registro de entrada ni hacer papeleo alguno que pudiera comprometerlos.

—Tiene todo lo que me pidió por teléfono.

Andrés le guiñó un ojo y le dio dos billetes más, agradecido por su eficacia.

Subían la escalera, de paredes estucadas en color arcilla, besándose como dos jóvenes enamorados.

—*Mi piace* estar contigo.

Andrés metió la llave en la cerradura de la habitación y una vez se abrió la puerta Valeria corrió hacia el luminoso ventanal que abría la estancia al exterior, con dos buganvillas teñidas de malva a cada lado y un aire cálido lleno de trinos. Sobre el alféizar había dos copas y una botella de champán, y a su izquierda, una amplia cama: una nueva promesa de placer con sábanas de hilo. Valeria inspiró el aroma de las flores temblando de ganas, mientras escuchaba descorchar la botella de espumoso y recibía en su mano una copa. Se soltó los cabellos y miró a su amante ligeramente incómoda. Acudía a aquellas citas para sentirse una y otra vez amada por él, pero asumía que lo que movía a Andrés era bien distinto. Porque como si se tratase de un endiablado pacto que nunca habían hablado, cuanta mayor importancia tenían los documentos que le pasaba, mayor era la entrega que obtenía de él.

—*Oggi porto una informazione chiave* para ti.

Valeria se volvió hacia Andrés con una expresión en su mirada donde no cabía más deseo, lo besó en los labios y le pasó un sobre. Era consciente de los peligros que corría si llegaba a ser descubierta por su marido o por algún otro miembro de la embajada, pero cuando estaba con él, como esa tarde, y lo sentía completamente rendido a sus encantos, la lógica y la prudencia se esfumaban de inmediato.

Andrés lo abrió y leyó a toda velocidad el informe que contenía.

Se trataba de un mensaje de Luccardi a su superior en Roma donde le explicaba las excelentes relaciones que mantenía con el general Franco, al que visitaba con frecuencia en su despacho en Madrid. Pero además mencionaba el fuerte malestar que estaba encontrándose entre los más altos cargos del ejército, lo que le hacía temer que se produjera algo gordo. Andrés digirió la importancia del primer párrafo y siguió leyendo. La misiva se cerraba con una relación de los nuevos agentes de inteligencia que se habían instalado en Tánger por aquellos días, además de ingleses y franceses, también rusos, alemanes y japoneses.

Ella lo observaba sabiendo que aquel papel era la gasolina que de inmediato prendería su pasión. No podía echarle en cara nada, porque nunca le había pedido que espiara para él. La idea había surgido de ella cuando, pasado un mes de sus primeros escarceos, él le confesó su verdadero trabajo y ella la insatisfacción que le producía tener un marido que lo único que parecía querer era lucirla en fiestas o recepciones, sin preocuparse de sacar la hembra que subsistía a duras penas a su indiferencia.

Andrés devolvió el papel al interior del sobre, lo quemó en un cenicero y la miró con gesto preocupado. Un gesto que duró tan poco como el tiempo que tardó ella en desnudarse y pedirle que la amara.

Cuatro horas después, cuando su coche se estaba aproximando a la casa de Valeria en Tánger, se desvió hacia los jardines de la Mendoubia para dejarla en un lugar más discreto. Detuvo el vehículo y se despidió.

—Gracias por darme tanto de ti, amor mío —pellizcó su mejilla—. Y gracias también por lo otro.

Ella se mordió un labio, deseándolo de nuevo, y le comentó que no podrían verse durante la semana siguiente porque tenía que viajar con su marido, pero que a su regreso podrían pasar juntos dos días enteros.

—*Caro* Andrés, elige una buena *destinazione*, un lugar donde amarnos *sulla* arena del *deserto.* —Lo besó en los labios, abrió la puerta y se alejó del coche sin volverse.

Andrés suspiró al verla caminar, agotado pero satisfecho. No se dio cuenta de que también a él lo observaban desde un vehículo que se había detenido por detrás a media distancia.

Paseo del Pintor Rosales
Madrid
6 de septiembre de 1935

IV

El cielo amenazaba lluvia.

Campeón trotaba a escasos pasos de su dueña por el parque del Oeste dándose el primer paseo del día. A su vuelta de Suiza, Zoe había tenido que buscar casa con urgencia, y la oportunidad se le presentó en forma de un piso modesto con una sola habitación, pero en un buen barrio, y con inmejorables vistas sobre la sierra y una parte de la Casa de Campo. Lo había localizado gracias al buen ojo de Bruni y a la suerte de Julia. Una, porque había visto el cartel de «se alquila», a pesar de estar colocado en el balcón del piso, lejos de las miradas de cualquier viandante. Y la suerte, al darse la coincidencia de que su dueño veraneaba en San Sebastián y era vecino de la familia Welczeck en la capital guipuzcoana, lo que había facilitado el trato. Acordaron un precio razonable, y así, a la semana de haber aterrizado en Madrid, Zoe hacía entrada en su nueva casa del paseo del Pintor Rosales.

Aparte de sus excelentes vistas, y de sorprenderse con el buen estado de la vivienda, la proximidad a la carretera de La Coruña hizo que Zoe no dudara ni un segundo en quedarse con ella.

—¡Ven aquí! —le gritó al perro para apartarlo de otro al que vio en actitud amenazante después de haberse olido a conciencia.

Campeón obedeció, corriendo hacia ella con media lengua fuera y su habitual expresión despreocupada. El animal se sentó a sus pies con la vista clavada en su mano, no fuera a meterla en el bolso y tuviera la suerte de verla con un trozo de galleta.

—No, no te voy a dar nada —le adivinó el pensamiento y se lo cambió por una buena dosis de caricias.

Las tres campanadas del vecino santuario del Corazón de María señalaron los tres cuartos para las ocho.

—Tenemos que volver a casa.

Lo sujetó por el collar y se dirigieron a buen paso hacia el portal, deseando volver a ver a Max para visitar con él la finca que había alquilado en Torrelodones, que iba a acoger el nuevo centro canino de la Cruz Roja.

A esas horas tan tempranas apenas había nadie, todo lo contrario que a mediodía o de noche, cuando el paseo del Pintor Rosales se llenaba de terrazas, con camareros de chaleco y pajarita, y bandeja redonda de latón. Sus mesas reunían entonces a un público poco parecido al que había conocido en su anterior barrio de Tetuán. Aquí se veía a respetables jubilados tomándose el vermú, a una tropa de niñeras paseando cochecitos de bebé, o a mujeres de buena cuna luciendo los últimos diseños de los mejores modistos de Madrid. Había quien comparaba aquel paseo con las calles que bordeaban Central Park en Nueva York o Hyde Park en Londres. Seguramente no era para tanto, pero para sus vecinos era todo un orgullo y una excusa para darse a la tertulia, tomar una cerveza con aceitunas, o salir a cazar un buen novio en el caso de las más jóvenes.

Max encontró a Zoe especialmente despierta y alegre cuando la vio aparecer en el portal de su casa, a pesar de que solo eran las ocho de la mañana.

—¡Bienvenida de nuevo a Madrid! ¿Todo bien por Vevey?

—Bien es poco. Ha sido una experiencia inolvidable.

—Me alegra oírlo. Ahora toca trabajar, y te avanzo que

vas a tener por delante unos meses muy intensos. Como vamos a pasar todo el día juntos, ya tendremos tiempo de compartir los detalles de tu experiencia en Fortunate Fields. Antes hemos de pasar por las oficinas de nuestra delegación en José Abascal para que firmes el contrato, y de allí nos iremos al hospital donde he de recoger unos documentos. Te presentaré al resto de la gerencia en España. Después nos marcharemos a Torrelodones, donde me gustaría dejar planificado el trabajo para los próximos seis meses. Aunque antes recorreremos a fondo las instalaciones y te presentaré al personal.

—Tengo muchísimas ganas de verlo todo —comentó Zoe sin querer ocultar su emoción. Max, al volante de su Mercedes, aplaudió su disposición y compartió su plan de arranque.

—Finalmente empezaremos con veinte perros. Pero mi idea es que antes de un año consigamos una velocidad de entrenamiento de setenta y cinco. Ya veremos. —De repente recordó el encargo de su mujer—. Por cierto, si no tienes nada que hacer esta noche, harías muy feliz a Erika si vinieras a cenar con nosotros. Está impaciente por conocerte.

—Por supuesto que iré, encantada.

Ella también deseaba saber cómo era la mujer de aquel hombre que tanto estaba influyendo en su vida. Su admiración hacia él no se limitaba al trabajo, tenía que ver con la calidad humana que desprendía, con su determinación e inteligencia.

Volver a entrar por la puerta del hospital de la Cruz Roja le provocó un ataque de nostalgia y también de orgullo. Decidió volver algún otro día sola para ver si seguían sus mismos enfermos, a alguno de los cuales había llegado a tomar verdadero cariño. Pero de verse con un cubo de agua con lejía y una escoba a sentir el respeto que todos le prodigaron a medida que iba siendo presentada había un abismo, un agradable abismo. Además, constató desde otros ángulos la importancia del proyecto, al escuchar al resto de directivos hablar de él con tanto entusiasmo.

Una hora más tarde Max tomó la carretera de La Coruña en dirección Torrelodones.

—En un solo mes estrenas casa y trabajo. No te quejarás.

—No debería, no. Soy consciente del cambio que ha dado mi vida y me siento muy agradecida por lo que has tenido que ver.

—Me parece bien, porque te necesito plena de facultades. Nos espera un gran reto y disponemos de poco tiempo para conseguirlo.

En la finca de Torrelodones hacía calor.

Las nubes de la mañana habían desaparecido después de empapar la tierra, y el último sol del verano trataba de demostrar que aún tenía fuerza.

Zoe sintió que le sobraba el jersey cuando empezaron a recorrer el irregular contorno de la finca. Su lado norte serpenteaba entre peñascos, y el oeste también. La entrada la tenía por un lateral, y continuando un corto camino se llegaba a una amplia explanada donde se podía trabajar muy bien con los perros. El perímetro de esta última zona quedaba delimitado por un muro de piedra, en algunas partes bastante deteriorado; algo que habría que mejorar en el futuro.

El primer problema que Zoe le vio al trabajo era su propio transporte, al tomar conciencia de lo apartada que estaba la finca de la población de Torrelodones. Pero una vez más su jefe lo había previsto todo, y la solución se encontraba al otro lado de un gran portón en la parte trasera de la vivienda: una motocicleta con sidecar identificada con el emblema de la Cruz Roja.

—Ha estado parada y sin que nadie la usara durante un tiempo. Pero, tranquila, que después de haberla mandado revisar me han asegurado que ha quedado en perfectas condiciones. ¿Sabes conducirla?

—No, pero aprenderé rápido.

—Cuando terminemos de ver las instalaciones y conozcas a los perros, si te parece, nos damos una vuelta con la moto y te enseño. Verás que no es difícil. Ahora bien, para que la puedas usar tendrás que sacarte un permiso de conducción. Entérate de los trámites y a ser posible no lo demores mucho.

Los cálidos rayos de sol ayudaban a endulzar, todavía más, una visita que para ella era tan importante como deseada. Zoe se veía ya allí, ejerciendo su trabajo con los primeros veinte cachorros de los que se proponía sacar hasta la última bondad de su sangre.

Le gustaba el lugar, el clima, el aire limpio de sus colinas bajas, los aromas a romero y tomillo que todavía resistían los estertores del estío. Conoció a los encargados de la finca, un matrimonio de mediana edad que se responsabilizarían del cuidado, limpieza y alimentación de los perros. Y después a Rosinda, una joven elegida directamente por Max para ayudar a Zoe con los entrenamientos. Según lo había pensado, si la chica demostraba un cierto talento, se convertiría a medio plazo en su mano derecha, para cuando Zoe no estuviera. La jovencita había sumado dos claras ventajas a las demás: vivir en Torrelodones, lo que facilitaba una rápida disponibilidad ante cualquier emergencia, y su parentesco con otro de los directivos de la institución, circunstancia que también influyó para que Max se decantara por ella.

Rosinda era de aquellas personas a las que en solo cinco minutos se las llega a conocer. Su transparencia no era sino un reflejo más de su apasionada personalidad. No se podía decir que fuera guapa, pero su mirada brillante junto a una generosa sonrisa, que no parecía querer abandonarla nunca, le daban un interesante atractivo. Nada más ser presentadas, la chica manifestó su ilusión por trabajar con ella, confesando su poca experiencia con los perros, pero también su sincera disposición a aprender.

Según le explicó Max una vez a solas, en Rosinda solo había encontrado un defecto que por no ser demasiado grave no anulaba sus virtudes: hablaba por los codos.

Uno de los primeros detalles que sorprendieron gratamente a Zoe fue reconocer la similitud de los alojamientos caninos con los de Fortunate Fields, lo que significó un primer aprobado para el criadero. Los perros, de unos seis meses de edad y todos pastores alemanes, se mostraron curiosos y juguetones nada más verla. Ella conocía la raza con la que iba a trabajar, pero tenía claro que deberían sumar otras al proyecto, que aportasen nuevas habilidades, si querían cubrir los servicios que la Cruz Roja española esperaba del grupo canino

La pequeña oficina del recinto, en realidad una habitación de las cuatro de que constaba la casa, donde también vivía el matrimonio de guardeses, disponía de lo imprescindible para mantener los papeles ordenados, recibir a alguna visita, y un sofá convertible en cama cuando se hiciera necesario hacer noche allí.

Junto a Rosinda y Max, durante algo más de tres horas, estuvieron preparando rutinas de trabajo para todos los procesos, programaron las entradas de animales en ese primer año y calcularon también las necesidades de comida, medicamentos básicos y otros gastos de funcionamiento, dejando preparadas las actividades para las siguientes seis semanas.

Acabado el trabajo de planificación, Zoe quiso hablar con Max de un asunto personal.

—Como estamos a principios de septiembre, me gustaría poder compatibilizar el trabajo en el centro con la continuación de mis estudios de Veterinaria. Eso me haría muy feliz y además nos beneficiaríamos todos, ya que podría aplicar aquí lo que fuera aprendiendo. ¿Cómo lo ves? —Aunque Zoe se lo había planteado como una pregunta, no tenía ninguna duda de que lo aprobaría.

Max respondió al segundo.

—Imposible, Zoe —se expresó con firmeza—. En estos momentos y en pleno arranque del proyecto, nada te puede despistar de tu principal cometido. Piensa que a primeros de diciembre vendrán las primeras enfermeras a ser entrenadas en el manejo de sus futuros perros, y necesitaremos material escrito que les sirva de estudio. Para entonces tendrías que tener preparada una docena de perros, aquellos que te ofrezcan más garantías de docilidad y buen carácter, si no queremos hacerles perder el tiempo. Eso significa que vas a tener muchísimo trabajo desde ya, y no puedo permitir que faltes. Y por si fuera poco, me he comprometido a tener al menos veinte perros perfectamente entrenados para el desfile de celebración del quinto aniversario de la República, el próximo catorce de abril. No permitiré un solo fallo; nos jugamos nuestra imagen. —Zoe estaba recibiendo sus comentarios desde la desolación de ver retrasado su sueño, pero entendía su postura—. Confío en ti, así que dejo en tus manos el centro, pero quiero resultados —concluyó Max—. Y ahora, vamos a ver esa moto.

La motocicleta, una BMW R11, tenía un poderoso motor de setecientos cincuenta centímetros cúbicos transversal a su eje, y podía alcanzar una velocidad de ciento cuarenta kilómetros por hora. Max le explicó cómo se arrancaba, los mandos principales y dónde estaba el cambio de tres velocidades.

—A la caja de cambios de una moto hay que tratarla con suavidad y sin brusquedades. Primero has de embragar —la animó a cerrar palanca y a sincronizar la aceleración sin meter todavía una marcha—, y luego ir soltando mano coincidiendo con el aumento de aceleración. Aunque ahora te parezca difícil, en poco tiempo harás este movimiento sin darte cuenta.

Zoe se sentó en el sillón de cuero y sintió con prevención el poderoso tamaño de la moto. Probó los interruptores de luces y localizó a su derecha la palanca con las marchas.

—Ahora me pondré detrás de ti y la llevaré yo. Observa lo que hacen mis manos.

Zoe se echó un poco hacia delante y esperó a que Max se hiciera con el manillar. Le enseñó a arrancar empujando con decisión la correspondiente palanca hacia abajo, y la moto respondió con un potente rugido. Zoe escuchó el chasquido de la entrada de la marcha y al soltar embrague y acelerar sintió cómo la máquina se ponía a rodar carretera abajo.

Superadas varias cuestas y alguna que otra curva, Max le pidió que tomara el mando. Pendiente en todo momento de sus manos, le iba diciendo qué debía hacer. Ella, además de obedecer sin sentir el menor miedo, empezó a experimentar una desconocida pero grata sensación de libertad, como si no solo estuviera empezando a rodar una moto, sino su propia vida.

Se soltó la coleta cuando Max recuperó el control de la motocicleta para atravesar una zona pedregosa, y al volver a hacerse con ella gozó todavía más.

Dársena norte del Puerto Nuevo
Buenos Aires
2 de febrero de 1936

V

El Cap Arcona era sin duda el mejor buque de vapor de la compañía naviera con bandera alemana Hamburg Süd. Un barco que cada mes realizaba el trayecto de Hamburgo a Buenos Aires en un tiempo récord: quince días, incluyendo sus habituales escalas en Southampton, La Coruña, Lisboa, Río de Janeiro y Montevideo.

Con tres chimeneas, la primera de popa, falsa para mejorar su estética, medía casi doscientos diez metros de eslora y veintiséis de manga. Poseía ocho calderas de gasóleo que alimentaban dos potentísimas turbinas para empujar sus veintiocho mil toneladas. Pero, sin duda, eran las cuidadas y lujosas instalaciones, como también el esmerado servicio de su personal, lo que hacían que navegar en él fuese, además de un placer, una muestra de distinción para sus pasajeros.

Apoyado sobre la barandilla, en la cubierta de primera clase, Luther Krugg observaba las maniobras de atraque en la dársena más larga del puerto de Buenos Aires.

El tiempo era fresco y el cielo estaba encapotado, con amenaza de lluvia.

Sus mil trescientos quince pasajeros habían disfrutado de una agradable travesía recibiendo las innumerables atenciones de los seiscientos treinta tripulantes. Luther había nadado a diario en la piscina cubierta, jugado al tenis en un rápido torneo con varios de los pasajeros, y le quedó suficiente tiempo para ordenar sus papeles y leerse dos libros que había elegido en la biblioteca del castillo de Wewelsburg: uno era la *Enciclopedia del perro* de Hutchinson y el otro un tratado antiguo de caza con varias referencias a los bullenbeisser.

En sus investigaciones sobre la influencia del ancestral animal sobre otras razas, había dado con una importante pista: un perro que en Argentina llamaban *el viejo perro de pelea cordobés* que parecía reunir bastantes características del cánido alemán. Había sido comentarlo con Von Sievers, y en un tiempo récord le había organizado aquel viaje a la Argentina, y más en concreto a la ciudad de Córdoba, donde la embajada había conseguido localizar a un médico cirujano, el doctor Antonio Nores Martínez, quien al parecer estaba trabajando sobre esa antigua raza en una hacienda a las afueras de aquella ciudad.

Luther solo sabía que a su llegada a puerto habría alguien esperándolo. Pero no tenía ni idea de quién, desconocía cómo habrían previsto su posterior desplazamiento hasta la hacienda de Nores, el día que lo haría, o dónde se iba a citar con el famoso criador.

—¡Nunca había conocido un puerto con tanta actividad como este!

Luther se volvió a ver quién le hablaba y reconoció al periodista del *Berliner Illustrierte Zeitung*, Dieter Slummer. Habían congeniado durante el trayecto gracias a que los dos tenían ganas de hablar, viajaban sin compañía, y sobre todo porque con solo cruzar unas palabras se habían dado cuenta de su escasa comunión con el ambiente político del momento, y de lo mucho que coincidían en sus creencias progresistas.

Luther señaló una fila de cinco enormes barcos de carga a la espera de llenar sus bodegas de trigo desde unos enormes silos.

—Argentina es el mayor almacén de comida del mundo. No es de extrañar.

Las sirenas del Cap Arcona anunciaron con estruendosa intensidad el amarre del barco y por tanto el final del viaje.

—¿Cuántos días estarás por aquí? —le preguntó Dieter, quien venía a realizar un reportaje fotográfico sobre los grandes latifundistas alemanes repartidos por la provincia de Buenos Aires, alguno de ellos con más de cien mil hectáreas, según le explicó a Luther en alguna de sus muchas veladas en el barco, a la luz de la luna y con un *whisky* entre las manos.

—No tengo ni idea, la verdad. Como te conté, no estoy seguro de encontrar a la primera lo que ando buscando. Es algo tan complejo como hallar una aguja en un pajar. Si lo consigo me volveré a casa en un par de semanas. Pero si no fuera así, puede que me ocupe meses.

A Luther no le había costado demasiado abrirse a Dieter. El periodista era un tipo transparente y sin dobleces, de amena conversación y amplia cultura; alguien con quien uno podía pasarse horas y horas charlando sin darse cuenta. A Dieter el objetivo en Argentina de aquel veterinario le había parecido un propósito verdaderamente increíble. «Toda una aventura en el tiempo», fue como la definió cuando escuchó por primera vez el nombre de la desaparecida raza bullenbeisser. Luther se había cuidado mucho de no referir en ningún momento la identidad de sus promotores, dada su condición de periodista. Pero Dieter lo había intentado, incluso ofreciéndose para dar notoriedad escrita a su trabajo, algo a lo que Luther se había negado en rotundo sin darle la menor explicación.

A la vista del intenso movimiento de gente en el puerto, prólogo de un inmediato desembarco, Dieter se empeñó en convencer a Luther sobre lo estupendo que sería hacer ese reportaje. Como buen rastreador que era, no dejaba escapar una buena historia. Y en Luther Krugg sabía que tenía una, muy original y potente.

—Me encantaría acompañarte, en serio.

—De verdad, no puedo. Se trata de algo, digamos... que requiere un poco de... —Luther meditó bien la palabra— de discreción. ¡Ese es el término! Discreción.

Dieter no insistió más, pero en ese mismo instante tomó

una decisión. Aquel extraño secretismo vestía de mejores galas la posible noticia. En cuanto estuviera en tierra y viera a su corresponsal, le iba a pedir que uno de sus hombres siguiera al veterinario allá a donde fuese.

Uno de los mayordomos de la cubierta se les acercó.

—Ruego me disculpen los señores, pero en cuanto gusten pueden desembarcar.

—Gracias, lo haremos de inmediato —respondió Dieter por los dos, dándole una exigua propina, lo que no alegró demasiado al hombre a juzgar por su adusto gesto.

—Te has ganado un amigo —sonrió Luther.

—Lo sé, pero me he gastado todo lo que traía en metálico. Demasiados días teniendo que agradecer tantas atenciones, ¿verdad?

—Bueno, Dieter... —Le ofreció la mano—. Ha sido todo un placer conocerte.

El periodista expresó su mismo parecer antes de despedirse, comprometiéndose por su parte a no perder el contacto, una vez volvieran a Alemania, para por lo menos compartir sus respectivos avatares en Argentina. Luther anotó en un papel la dirección del centro de adiestramiento y su teléfono, se lo dio y se dirigió a buen paso a su camarote para recoger el equipaje de mano.

Cuando empezó a descender hacia el muelle se preguntó cómo haría para reconocer a su contacto entre tan numeroso grupo de gente que esperaba a ambos lados de la escalerilla.

Al tocar pie en tierra aguardó a que alguien se dirigiera a él.

Estudió cada uno de los rostros que tenía próximos, pero ninguno pareció mostrar el menor interés. Durante los siguientes minutos vivió las explosiones de alegría entre los que se encontraban a su alrededor, o las lágrimas de reencuentros infinitamente deseados. Vio gestos de incredulidad en unos, ante la constancia de un rostro quizá demasiado cambiado por el tiempo, y sobre todo vio besos, besos entre amados, entre hijos y padres; unos apasionados y otros tiernos.

Con aquel viaje estrenaba su primera búsqueda entre los herederos del bullenbeisser, después de haberse dejado los ojos en una infinidad de tratados que le habían hecho llegar desde Wewelsburg. El excitante reto técnico que tenía por delante era sin duda la mejor cara de aquel desplazamiento, aparte de olvidarse por unos días de su jefe Stauffer y de sus periódicas y ácidas recriminaciones por haberle fallado con los perros de Fortunate Fields, unos perros que, pasados seis meses de los hechos, aún no les habían hecho llegar. Sin embargo, el lado oscuro de aquello lucía galones con runas y cruces de hierro, y le exigía participar de unos planes que le parecían abominables. Su meta personal era recuperar un perro perdido desde hacía unos siglos; la de ellos, fabricar una bestia asesina.

Miró de nuevo entre el público.

Leyó una vez más todos los nombres escritos en los carteles, pero en ninguno estaba el suyo. Al escuchar ruido y voces a sus espaldas se volvió y vio a varios mozos que con increíble eficacia se iban haciendo cargo de los equipajes que bajaban por una cinta mecánica a una velocidad asombrosa. Habían alineado las de primera clase a un lado de la rampa, y entre ellas reconoció la suya. Enseñó su identificación y la recogió, a la espera de algún acontecimiento.

Cuando media hora más tarde apenas quedaban unos pocos viajeros, solo los de las clases más bajas recogiendo sus últimas pertenencias, Luther Krugg empezó a inquietarse de verdad.

El chirriar de unos neumáticos desde una curva de acceso al malecón atrajo su interés. Un coche imponente, negro y seguramente americano, dibujó una línea recta hacia él y frenó a escasos centímetros de su cuerpo. Con el corazón a punto de sufrir una parada vio salir de su interior a un hombre bien trajeado, de unos cuarenta y cinco años, poco pelo y gafas doradas y redondas, con la mano por delante para estrechársela.

—Herr Krugg, sin duda.

—Sí, soy yo. ¿Con quién tengo el gusto de hablar?

—Edmund von Thermann, embajador de Alemania en la Argentina. Mucho gusto en conocerle y perdone el retraso. Lo entenderá cuando atravesemos el viejo Buenos Aires en busca de su aeropuerto. Es una ciudad de locos.

Mientras el chófer recogía su equipaje, otro hombre les abría la portezuela del lujoso vehículo. La confortable piel de su interior y un olor a buena colonia agasajaron de inmediato los sentidos del recién llegado.

—¿Champán? —El embajador descorchó una botella de Möet, le sirvió una copa y dejó la botella en un cubo con hielos. Luther se asombró de las lujosas prestaciones que tenía el vehículo.

—Me ha parecido entender que vamos directamente al aeropuerto —señaló el veterinario—. Creía que la primera entrevista la tendría con usted aquí, en la ciudad.

Acababa de observar el alfiler de corbata que lucía su anfitrión: una calavera de plata. Otro adscrito a las SS, concluyó. Estaba claro que por lejos que estuviese de Alemania no se los podía quitar de encima.

—Esa era la primera idea, pero los planes han cambiado. Hemos de volar de inmediato a Córdoba para llegar a tiempo al evento.

Ante el gesto de estupor de su invitado, Edmund se sonrió. Si había algo que le hacía disfrutar era jugar con sus interlocutores al desconcierto.

—No quiero parecer antipático, pero me gustaría entender de qué *evento* me habla —enfatizó la palabra—, cuando a lo que he venido es a tener una entrevista con el doctor Nores Martínez.

Un destello en el cristal del vehículo que los seguía atrajo la atención de Luther. Lo miró distraído, sin imaginar que en su interior había alguien que también pretendía saber a dónde iba con el embajador de Alemania.

—Allí estará. No se preocupe por nada. Lo tenemos todo perfectamente organizado. El cable cifrado donde se nos anunciaba su llegada, así como sus planes en Argentina, venía firmado por Von Sievers. Y la semana pasada recibí una llamada del mismísimo *gruppenführer* Heydrich con instrucciones precisas sobre usted. Eso ha significado que su misión suponga una máxima prioridad dentro de mis planes de trabajo. En conclusión, desde hoy dispondrá de mi persona y del resto de mi equipo para todo lo que necesite, como también de un crédito ilimitado para afrontar cualquier pago que vea necesario hacer. Espero que no le falte de nada en su estancia con nosotros. Insisto, pida lo que quiera.

Luther observó de reojo al embajador. Aquella calavera en su corbata le estaba amargando la conversación.

—Como puede comprobar, esta ciudad tiene un evidente aire europeo, pero a la vez posee algo que la diferencia: su desbordante pasión. Una pasión que brota de su gente, en su música, en los poemas de sus mejores escritores... Buenos Aires fascina al extraño que la descubre por primera vez y lo termina enamorando a golpe de tango. Por cierto, ¿le gusta el tango? Alvarito, pónganos uno bueno —se dirigió al conductor.

Mientras Luther iba recibiendo las cadenciosas notas de la melodía y sin perderse la belleza que le iba regalando la ciudad, el embajador le explicó cuál era la presencia alemana en el país y la impronta empresarial que esta suponía.

—Tenemos censados en torno a cuarenta y dos mil alemanes en Argentina, pero calculamos que hay más de doscientos mil descendientes. Disponemos de ciento setenta y seis escuelas y un frente de empresas muy poderoso que opera en casi todas las actividades que usted se pueda imaginar. Conocerá a alguno de ellos hoy mismo. Durante el último cuarto del pasado siglo, el Gobierno argentino se propuso explotar los inmensos recursos agrícolas y ganaderos que hasta entonces estaban en manos indígenas. Para ello regaló o vendió a precio de saldo algo más de cuarenta y un millones de hectáreas repartiéndolas entre solo mil ochocientas personas, entre las cuales había un nutrido grupo de compatriotas nuestros. Ellos fueron los que consolidaron la gran propiedad territorial ganadera y desplazaron definitivamente a los pocos indios que el Gobierno dejó con vida.

Continuó explicándole que esa misma tarde conocería una de las haciendas más hermosas de aquellos primeros propietarios, ahora en manos de un español, don Antonio Maura; un personaje, hijo de un conocido político, que aparte de ganadero se había hecho famoso por los «eventos» que organizaba, tanto por la generosidad de sus invitaciones como por las personalidades mundiales que conseguía atraerse a ellos.

De nuevo citaba la palabra *eventos* sin darle un significado preciso, lo que rebeló aún más a Luther. Sin embargo, no quiso entrar en su juego y guardó silencio.

El vehículo entró directamente por una de las pistas del aeropuerto y se dirigió hacia un avión aparcado en ella. Luther miró desde su ventanilla el perfil del aparato de la compañía Aeroposta Argentina. Pensó que su pequeño tamaño tendría que ver con un uso para cortos recorridos. Desconocía la distancia que los separaba de Córdoba, pero imaginó que no sería mucha.

Nada más entrar comprobó cómo su pequeña cabina solo permitía la presencia de cuatro pasajeros, y el piloto quedaba alojado en una *roadster* al aire libre. Dos hermosas mujeres esperaban en su interior. El embajador besó en los labios a la que se llamaba Marta y Luther estrechó la pequeña mano de Asunción, una rubia de impactantes formas que de inmediato comenzó a contarle las maravillas de su país, de sus paisajes y costumbres, con su cantarín acento. Luther se acomodó en un diminuto asiento, pegado al de la chica, esperaron a que los ayudantes colocaran los equipajes en la bodega, y en menos de cinco minutos se encontraban rodando por la pista de despegue, atronados por el ruido de los potentes motores Renault de aquel Laté 25.

—Como tendremos dos horas y media de vuelo hasta el aeropuerto de Córdoba, he pensado que sería agradable hacerlo en buena compañía. —El embajador le guiñó un ojo desde su asiento.

Asunción se aferró al brazo de Luther confesándole el pavor que le producían los aviones. El generoso pecho de la mujer se apretó sin remedio alguno contra su chaqueta. El seductor perfume, el rojo carmín de sus carnosos labios que dibujaba sus palabras y el cruce de piernas que dejó al descubierto medio muslo operaron en conjunto despertando los instintos del veterinario.

Aquel recibimiento en el aeropuerto, el lujoso vehículo que lo había transportado, la exclusividad de ese vuelo hacia un ignoto destino, o la presencia de aquellas dos bellezas; estaba claro que el embajador no reparaba en recursos para hacerle el viaje agradable.

—Y vos, cariño, ¿a qué te dedicas? —le preguntó Asunción, quien sin reparo alguno había empezado a juguetear con un dedo por su cuello y oreja.

Al mismo tiempo, en una oficina del centro de la ciudad de Buenos Aires, el corresponsal argentino del diario *Berliner Illustrierte Zeitung* explicaba a su colega Dieter Slummer lo que habían podido averiguar sobre el destino que había tomado un avión con el veterinario al que habían seguido y el embajador Von Thermann.

El periodista alemán escuchaba con absoluto interés.

—Según hemos podido saber, ese monoplano vuela a diario a Santiago de Chile, pero la embajada lo ha contratado en esta ocasión para ir a Córdoba. No sabemos mucho más. Reconozco que la presencia de Von Thermann estimula aún más mi curiosidad, sobre todo por las extrañas amistades a las que suele asociarse su nombre. Y por cierto, has de saber que alguno de los miembros de su protección personal nos detectó en el aeropuerto mientras nos informábamos. En un momento se nos vinieron encima dos hombres como dos armarios preguntándonos qué hacíamos por allí y quiénes éramos. Como puedes entender, no soltamos ni esta. —Hizo un significativo gesto con los dedos.

Dieter se rascó la barbilla decidido a poner todos los medios para que esa historia no se le escapara. Mandó que avisaran por cable al corresponsal del periódico en Córdoba para que acudiera al aeropuerto antes de que aterrizara el avión y continuar desde allí su seguimiento.

—Y a mí sacadme billete para el primer vuelo que salga a Santa Rosa. He de comenzar mi reportaje por allí, en la Pampa. Pero tenedme informado en todo momento. Insisto en ello, aunque lo que averigüéis parezca que no tiene ninguna importancia. Estamos ante una buena noticia.

Asunción, después de dos horas de vuelo, había abandonado los prolegómenos deshaciéndose ahora en caricias hacia un Luther que no deseaba participar de su mismo juego. Aunque los ardores de la mujer no se lo estaban poniendo nada fácil. Con sus labios correteando por el cuello y una de sus manos abriéndose paso por el interior de su camisa, dudó si no sería mejor dejarse llevar.

—Te estás adentrando en territorios peligrosos... —Luther la dejó operar con el cierre de su cinturón.

—Lo sé... Y también que te gustará. —Le humedeció los labios con su lengua.

El embajador, un asiento por delante, había pasado de las caricias a la acción y tenía sobre sus piernas a Marta en una decidida postura amatoria.

En solo un segundo Luther se encontraba en idéntico trance con Asunción, cuando los detuvo la voz del piloto anunciando el descenso al aeropuerto de destino y la recomendación de que se abrocharan los cinturones de seguridad.

—Lo dejaremos para esta noche... —comentó irónicamente a la mujer.

—Claro, mi amor —respondió ella sin captar el significado. Se cerró la camisa, y con la ayuda de un espejito de mano y un colorete de urgencia recompuso con bastante éxito su anterior aspecto.

La siguiente hora la pasaron dentro de un coche por carreteras de tercera categoría. El traqueteo que provocaba su mal firme, junto con el desagradable ruido del aire que entraba por las ventanillas y el humo de los puros de Edmund convirtieron la conversación en algo imposible.

—¿Cuánto nos queda para llegar a la hacienda? —consultó el embajador al conductor, después de apagar su segundo puro y de tener mareados a sus acompañantes.

—Estamos llegando, señor.

La hacienda de San Huberto reflejaba el esplendor y magnitud de sus dominios con la presencia de un enorme arco de entrada y dos antiquísimos robles a cada lado. El vehículo que llevaba a Luther y al embajador atravesó sus puertas sin detenerse, escoltado por dos motoristas armados. Tomaron una pista de tierra que terminó abriéndose en una generosa explanada frente a una soberbia villa de estilo mediterráneo. Delante de la puerta principal los esperaban tres caballos ensillados. Luther miró al embajador con un gesto interrogativo.

—No terminan las sorpresas, ¿eh? —se rio con ganas.

Las dos mujeres se despidieron con exagerada ternura, marcando caderas y en un bamboleante caminar, más debido al mal apoyo de sus largos tacones sobre la grava que a cualquier sensual intención.

—Espero que la chica sea de su agrado. De no ser así, dígamelo, para que esta noche tenga preparada otra.

—Bueno, en realidad... —no pudo terminar la frase al verse rodeado de repente por una corte de camareros de la casa; unos trayéndoles ropa de montar, otros ofreciéndoles un pequeño *lunch*, y una hermosa joven con dos copas de vino que aseguró eran de los propios viñedos.

El ayuda de cámara de Maura se presentó para hacerles de guía.

—Mi señor les está esperando junto al resto de invitados en el Bosque Umbrío, al norte. Yo mismo les llevaré.

Se sentaron en dos improvisadas sillas de caza para facilitar su calzado, les pasaron protectores de cuero con los que cubrieron sus pantalones, y una vez armados con fusta y guantes se subieron a los caballos para dirigirse a continuación y a paso ligero en dirección norte.

—¿Sabe si ya ha llegado el embajador Welczeck? —preguntó Edmund al guía.

—Sí, señor. Como también lo ha hecho el ex primer ministro húngaro y el exembajador español en Londres, quienes llevan ya dos días entre nosotros.

Luther, al escuchar los altos cargos de aquellas personas y sin entender todavía qué tenía que ver él con ellos, exigió al embajador saber si iba a estar su contacto.

—Por supuesto, caballero, sin la presencia del joven doctor Nores, y sobre todo de sus perros, mi patrón no habría convocado a sus amigos.

Cabalgaron por una verde pradera hasta que alcanzaron los límites de un espeso bosque que obligó a los caballos a reducir la velocidad. Pasados unos diez minutos de oscuridad y de un tortuoso recorrido, aparecieron en un claro donde un grupo de unos veinte hombres hacían corro sobre algo que no se llegaba a distinguir.

—Señores, hemos llegado.

El ayudante descabalgó y ayudó a sus dos invitados a hacer lo mismo sujetando las riendas de sus caballos.

Luther y Edmund caminaron hacia el grupo y fueron saludados por un risueño personaje que se presentó como Antonio Maura, propietario de la hacienda.

—Sin duda usted es el veterinario que con tanta ansiedad espera mi amigo el doctor Nores. —Se dirigió a Luther, lo tomó por el codo y lo ayudó a abrirse paso a través de sus arremolinados invitados hasta meterlo en el interior del anillo humano.

Dos grandes perros de poderosa cabeza y marcada musculatura mantenían atrapado entre sus fauces a un enorme jabalí macho de unos doscientos kilos de peso, que se resistía violentamente. La fuerza de los canes lo mantenía inmovilizado sin aparente dificultad, soportando sus embestidas. Los perros eran de pelo blanco, y la sangre les salpicaba la cara y medio cuerpo. A su lado, un joven de aspecto tosco, ojos vivos y sonrisa franca se incorporó al ser anunciada la presencia de herr Luther Krugg. Le mostró las manos ensangrentadas como disculpa para no saludarlo, y señaló a los dos perros.

—Mi querido amigo, te presento a mis mejores dogos argentinos; herederos del perro que sin duda estás buscando. Soy Antonio Nores.

A las afueras de la hacienda de San Huberto, un coche con un periodista acababa de ser descubierto por los escoltas del embajador alemán, dos miembros de las SS encargados de su seguridad. El reportero justificó con una serie de vaguedades su presencia en aquel recóndito lugar, vio cómo su cámara de fotos estallaba en mil pedazos contra una piedra, pero lo que no terminó de entender fue que resolvieran el interrogatorio reventándole la cabeza de un disparo.

Hacienda Santa Isabel
Argentina
5 de febrero de 1936

VI

Luther Krugg y el doctor Antonio Nores necesitaron muy poco tiempo para congeniar.

El argentino era un poco desastre como anfitrión, porque cuando surgía la palabra *perro* todo su mundo se dirigía hacia ese único tema, despreocupándose por cosas que para el resto de los humanos podían tener una cierta importancia, como comer o dormir. Y como Luther fue quien le había sacado la determinante palabra estando sentados frente a la chimenea de su salón, no podía quejarse ahora de no haber salido de él en dos días.

El joven médico, después de haberse encontrado con Luther en la finca de su amigo español Maura, a la que acudía siempre que este organizaba sus célebres cacerías y el posterior y clásico asado argentino, le había invitado a su villa, Santa Isabel. Allí era donde tenía sus perros.

Del momento del asado en la anterior hacienda, Luther guardaba una inquietante impresión. Al principio no entendía qué razones podían haber reunido en el fin del mundo a tal cantidad de políticos, diplomáticos, empresarios y terratenientes argentinos, pero cuando el ambiente se fue relajando y corrió el vino, las lenguas se desataron y empezó a constatar, en algunas de las conversaciones que mantenían aquellos ilustres hombres, un preocupante tufo pronazi. Entre risas y mujeres, con las que disfrutaron todos, y el abundante alcohol que corrió sin ningún límite, se terminó desatando alguna que otra lengua, y Luther escuchó hablar de complots económicos, de directrices a determinados gobiernos, y hasta de una consigna para despejar del poder a uno que debía estorbarles demasiado.

Aunque el invierno austral no empezaba oficialmente hasta junio, Luther agradeció el buen fuego que disfrutaba la chimenea del salón de Nores, frente a la cual se habían sentado para diseccionar con más detalle su proyecto.

—Me parece apasionante lo que pretendes, reconstruir una raza perdida a través de sus herederas: es exactamente lo contrario de lo que he hecho yo.

Antonio acarició la cabeza de su mejor macho, tumbado a sus pies, y Luther sintió sobre los suyos la presencia de una de las primeras hembras que su anfitrión había elegido para iniciar el proceso de cruzamiento. El animal, de mirada vieja y avanzada edad, todavía reflejaba una gran fortaleza, tenía capa atigrada, cabeza pesada y claro perfil masticador.

El médico le sirvió un segundo *whisky* y se rellenó su vaso.

—Crear una nueva raza parece algo complejo, pero en realidad no lo es. Tan solo se necesita tener muy claro cómo han de ser su morfología y aptitudes, y desde luego mucha paciencia para ir buscando cada una de las características elegidas en aquellas otras razas que las poseen. Pero qué te voy a explicar a ti, siendo como eres un especialista en genética. —Chocaron sonoramente sus copas.

En efecto, Luther no era nuevo en ese tipo de procedimientos y de hecho ya había comenzado a establecer los primeros cruces para reconstruir el bullenbeisser, pero quería saber cuánto tiempo y cuántas razas había empleado el argentino para fijar la suya. Los dogos que había ido viendo en la hacienda eran verdaderamente hermosos y casi idénticos; todos ellos presentaban la misma capa de pelo blanca, ojos hundidos y negros, un hocico oscuro, labios tirantes, un tórax amplio y profundo, y un cuerpo corto y muy musculoso. Sus cualidades físicas les permitían cazar en jauría o batir por sí solos a una presa, atreviéndose con fieras de hasta veinte veces su peso.

—Mezclé la sangre de diez razas distintas hasta conseguir los detalles anatómicos que por entonces tenía en mente. La dificultad estuvo en averiguar los porcentajes necesarios de cada una de ellas para objetivar lo que deseaba. La raíz genética sobre la que inicié mi proyecto la tomé del perro que has venido buscando, el viejo perro de pelea cordobés, de los que solo te podré vender cinco hembras y dos machos, no más.

—Sobra decirte que no tendremos ningún problema para acordar su precio.

—Lo sé, y más aún sabiendo que en este proyecto hay financiación nazi. Porque, a pesar de que no me lo hayas contado, imagino que tiene que ser así. —Estudió su mirada, aunque estaba convencido de que su hipótesis era acertada.

Luther dedujo que a su interlocutor la política le importaba más bien poco.

—Bien, digamos que sí. Que hay gente de mucho peso institucional detrás de recuperar ese mítico bullenbeisser.

Durante los siguientes veinte minutos Nores estuvo explicando las diferentes razas que había elegido para cruzar con la cordobesa: pointer para dar un buen olfato al producto final, bóxer con los que ganar vivacidad, bullterrier por su intrepidez. Los pechos amplios los consiguió de los bulldog, y el instinto de caza se lo transmitió una raza irlandesa casi extinguida, el cazador de zorro.

—El tamaño que necesitaba para mi nuevo animal lo busqué en el mastín leonés y sus poderosas mandíbulas las extraje del dogo de Burdeos.

Luther calculó el número de cruzamientos que habría tenido que hacer para conseguir su perro final, dada la abultada participación de razas. Ese era uno de sus graves problemas. Von Sievers, pero sobre todo Göring y no digamos Heydrich, le exigían rapidez, y eso iba a depender básicamente del número total de razas que tuviese que emplear para recomponer la fisonomía externa del bullenbeisser, como también sus aptitudes. Si el argentino había requerido diez, eso significaba mucho tiempo: calculó que doce años.

—Trece, para ser del todo preciso —contestó su anfitrión a la pregunta—. Los últimos cuatro serán los que necesitarás para fijar los caracteres deseados, pues una vez tengas cerrada la raza tendrás que cruzar únicamente hijas con padres, o hermanos, hasta que veas que todas las camadas salen idénticas.

—Confieso que no poseo tu dedicación y perseverancia, porque para mí todo esto no es más que un encargo, y encima me apremian para que reduzca el tiempo de su ejecución. Por eso, sobre los ensayos que ya he iniciado, probaré a mezclar cuatro razas: la cordobesa que me llevaré gracias a tu amabilidad, bullterrier, una buena parte de gran danés, y desde luego bóxer. Espero que sean suficientes, porque de no ser así tendría que localizar alguna raza más que mantenga un alto porcentaje genético con el original bullenbeisser, como le sucede al viejo perro de pelea. Y no se me ocurre cuál. —Luther sacó de su cartera un pequeño dibujo, copia de un grabado, donde aparecía el perfil de un ejemplar de mediados del siglo XVI.

—Muy bello, sí… —El doctor Nores se rascó la barbilla pensando si sería suficiente con esa variedad de sangres—. Yo me olvidaría del bóxer y empezaría por el bulldog antiguo, que no deja de ser otra raza de presa usada por los británicos desde el Medioevo para la pelea con toros. Si no recuerdo mal, sus capas originarias eran atigradas como la que buscas para tu animal. —Volvió a mirar la imagen del grabado, convencido de lo acertado de su consejo—. Si me haces caso, tendrías que ponerte en contacto con una persona que, además de buena amiga, es la mejor experta en esa raza: la señora Pearson. Posee un criadero llamado Pearson Westall's. Y además, este mismo año la acaban de nombrar presidenta del English Bulldog Club.

Buscó sus datos en una agenda y se los anotó en un papel.

—¿Crees que puede conservar algún ejemplar vivo de aquellos bulldog originales?

—Lo desconozco, pero si hay alguien que pueda darte esa respuesta sin duda es ella.

Para alivio del estómago vacío de Luther, en ese momento entró en el salón la cocinera preguntándoles si preparaba algo para cenar.

—Déjenos un par de piezas de carne y avive las brasas, por favor. Nuestro invitado todavía no ha probado el toque especial que le doy a la carne.

A setecientos kilómetros de distancia, Dieter Slummer, reportero del *Berliner Illustrierte Zeitung*, escuchaba con inquietud las preocupantes y escasas noticias que llegaban desde la ciudad de Córdoba. El periodista al que habían encargado el seguimiento del veterinario alemán estaba desaparecido desde hacía tres días. Avisada la Policía, un par de agentes se habían personado en la hacienda de San Huberto para recabar alguna noticia sobre su paradero, pero allí nadie había visto al muchacho.

—Alguien miente —comentó Dieter con su corresponsal en Buenos Aires—. Algo le ha tenido que pasar.

—Quizá haya tenido un accidente.

—Si fuera eso, tendríamos un coche o algún testigo.

Dieter acababa de regresar de su expedición por las mayores haciendas de la provincia de Buenos Aires en manos alemanas, y tenía el pasaje de barco para la mañana siguiente. Su trabajo había sido fundamentalmente gráfico, pero de las conversaciones mantenidas con alguno de sus propietarios, le había sorprendido la importante presencia entre ellos de un movimiento de carácter local que al parecer había surgido a partir de los años treinta: la Unión Cívica. Un grupo, según ellos, de patriotas argentinos, antijudíos, defensores de una revolución de corte fascista, y estrechamente relacionados con la Falange española y las juventudes de Mussolini. Hasta los había visto entrenar con pistolas en alguna de las fincas o incluso recibir instrucción militar, pero le habían prohibido tomar fotografías de ello. La crónica política no era de su competencia, aunque lo que se había encontrado en aquellos ambientes le parecía un asunto serio y muy noticiable, con estrechas similitudes con lo que estaba sucediendo en su país. Por eso, en medio de aquel clima tan proclive a la violencia y a la barbaridad, el destino de su compañero le preocupaba sobremanera.

Había congeniado lo suficiente con Luther Krugg como para poder comentar con toda libertad lo que había visto y oído una vez estuviesen en Alemania. Quizá él pudiera ofrecerle luz sobre la desaparición del periodista. Antes de despedirse de su corresponsal para volver al hotel, le rogó que no dejara de informarlo sobre el asunto, sin que ninguno de los dos pudiera imaginar que aquel desgraciado estaba hundido en una acequia con dos grandes piedras atadas al cuerpo, para que el agua y el tiempo borraran las huellas del crimen.

A esa misma hora, en la villa de Santa Isabel, Luther marcaba el número de teléfono de su casa para hablar con Katherine.

Escuchó la señal, cuatro veces, seis.

Extrañado, probó de nuevo. Era raro que a mediodía su esposa no estuviera comiendo en casa. Pensó que quizá se había equivocado de número. Lo intentó una vez más.

En esta ocasión contó seis tonos, pero cuando estaba a punto de colgar escuchó al otro lado de la línea una voz femenina.

—¿Quién llama?

—¿Con quién hablo? ¿Katherine? —contestó él desconcertado.

—¿Herr Krugg?

—Sí, soy yo, pero ¿quién es usted?

—Mi nombre es Eva Mostz.

—No la conozco y sin embargo usted a mí sí. ¿Me puede explicar por qué?

—Herr Krugg, lo entenderá. Con lo que el Gobierno está invirtiendo en usted y dado el interés de sus proyectos, ha de comprender que tomemos ciertas medidas.

—No termino de comprenderla, ni tampoco cómo puedo estar hablando con usted en mi línea privada de teléfono. ¿Dónde está mi mujer? ¡Quiero hablar con ella, no con usted!

—Haga el favor de suavizar sus maneras conmigo y quédese con dos ideas, herr Krugg. Tenga mucho más cuidado con lo que habla y con quién lo habla. Y si por una remota casualidad se le ocurriese aflojar en su esfuerzo o, peor aún, abandonar el mandato, valore las consecuencias que arrastraría su decisión sobre gente muy cercana a usted, a la que sabemos que quiere.

Luther entendió la coacción y se le revolvieron las tripas.

La mandó al infierno y exigió que le pasara de inmediato con su mujer.

—Se la paso sin ningún problema. Cuídese y vuelva pronto.

Paseo de la Castellana
Madrid
14 de abril de 1936

VII

Acababa de llegar el jefe de Gobierno, Azaña, a la tribuna de autoridades, instalada en el paseo de la Castellana a la altura de Fernando el Santo, cuando Zoe tomó asiento en la zona habilitada para los representantes de las instituciones civiles con sede en Madrid.

Se encontraba expectante y nerviosa.

Después de siete meses de intensa dedicación en el centro de entrenamiento de Torrelodones, sus perros iban a desfilar por primera vez en las celebraciones del quinto aniversario de la República, por delante de las ambulancias de la Cruz Roja y de la mano de un grupo de enfermeras.

El día se había levantado luminoso y sin una sola nube en el cielo, con una temperatura más propia del mes de agosto.

Acababa de estar con ellos antes de buscar asiento y le preocupaba la larga espera que habían tenido que sufrir, más de dos horas en formación junto al resto de las tropas, y el calor que estaban pasando.

Al tanto de su agudo estado de ansiedad, Max trató de relajarla.

—Tranquilízate, mujer. Verás cómo van a causar una gran sensación.

Ella no paraba quieta en el asiento. Cuando no taconeaba los tablones de la grada, practicaba una infructuosa búsqueda en su bolso de no se sabía qué, o se levantaba una y otra vez intentando ver a sus perros.

—Eso espero. Solo quiero que esto termine pronto y hagan un buen papel —contestó, mordisqueándose las uñas.

Al lado de Max estaba su mujer Erika, quien les dio ánimos, consciente de la importancia del evento tanto para su marido como para Zoe.

Los altavoces dieron aviso de la inmediata llegada del presidente de la República, Alcalá Zamora. Zoe se volvió hacia su derecha, siguiendo el rumor y los vítores del público, y lo vio aparecer en un coche descubierto y rodeado por el escuadrón de la escolta presidencial a caballo. A la bajada del vehículo lo esperaba Azaña con un gesto falsamente cordial, pues se había sabido que pocos días antes había solicitado su dimisión para presentarse a la Presidencia. Los mayores aplausos surgieron de un numeroso grupo de las juventudes marxistas que rodeaba la tribuna y formaba un estrecho cordón a lo largo del paseo.

El presidente, junto a los generales Miaja y Masquelet, inició una rápida revista a un destacamento de la Guardia de Asalto para buscar después la tribuna y dar comienzo al desfile.

No eran las once y media, y apenas habían empezado a pasar las primeras formaciones de soldados, cuando desde la parte trasera del estrado se oyeron unas fuertes detonaciones que de inmediato sembraron el pánico. Los caballos de la escolta presidencial, asustados por el ruido, tuvieron que ser sujetados por varios soldados para evitar que escaparan al galope. Alcalá Zamora y Azaña fueron de inmediato protegidos por varios guardias de asalto, y una gran parte del público, imaginando que se trataba de un tiroteo de los muchos que sufría Madrid por aquel entonces, intentó escapar derribando las vallas de protección. Algunos, para su desgracia, quedaron atrapados bajo ellas en un ambiente de confusión, gritos y miedo.

Zoe y Erika, cada una agarrada a un brazo de Max, vieron horrorizadas cómo aparecían pistolas por doquier, algunas entre el mismo público, y hasta se sintieron encañonadas en más de una ocasión.

—¡Agachaos, corred! —Max tiró de las dos hacia el suelo y las cubrió con su propio cuerpo.

—¿Qué ha pasado? —exclamó Zoe medio aturdida, intentando localizar a sus perros—. ¿Qué ve?

—Se ha producido una gran confusión y también hay heridos. No sé qué ha pasado, pero esto tiene toda la pinta de un atentado.

—Sácanos de aquí, Max —imploró medio histérica Erika.

—Ahora sería lo peor. Hay que esperar —contestó más templado.

Muchos de los embajadores y sus mujeres estaban siendo protegidos por los miembros armados de sus legaciones, y lo mismo sucedía con los ministros y diputados presentes, a algunos de los cuales se les veía incluso buscando amparo entre las tropas que desfilaban.

Hubo quien entre los bancos donde estaban los políticos acusó directamente a la derecha, e incluso dijo haber visto cómo un camisa azul escapaba entre el público. Pero la voz del máximo responsable de la Guardia de Asalto se alzó sobre el griterío para transmitir un poco de serenidad.

—¡Falsa alarma! —exclamó repetidas veces a través de un megáfono—. ¡Solo han sido unos petardos y un loco! Pueden volver a ocupar sus asientos. ¡Todo está controlado!

Max vio que se dirigía al general Miaja, y que este iba a continuación hasta el palco donde permanecía el presidente Alcalá Zamora, quien a pesar de la confusión general seguía mostrando un semblante bastante sereno. Después de ser informado sobre lo sucedido, él mismo decidió reanudar el desfile. Y para tranquilizar un poco al público mandó a la banda de música que empezara a tocar la marcha de artillería.

—Parece que ya ha pasado todo. Podéis levantaros. —Max ayudó a su mujer y a Zoe a incorporarse—. ¿Estáis bien?

—Vámonos —le suplicó Erika—. No quiero estar aquí.

—Te lo prometo, cariño, pero espera a que salgan los perros.

Zoe volvió a tomar asiento con una profunda sensación de desasosiego. Se podía quitar importancia a lo sucedido, pero desde las elecciones de febrero la violencia estaba a la orden del día, y cada vez se levantaban más voces que vaticinaban peores consecuencias si alguien no detenía de una vez aquella locura.

—No sé cómo lo ves tú, Max, a mí me parece que la situación no puede ser más inquietante. Este país da miedo...

—Eso que dices no solo se está percibiendo aquí, fuera de España también; existe un creciente temor a que pueda pasar algo gordo. Tanto es así que desde Suiza me han sugerido dar un cambio de enfoque a nuestro centro de Torrelodones. Tenía pensado comentártelo en otra ocasión, pero ya que ha salido el tema te lo avanzo.

—¿En qué están pensando?

—Consideran que además de hacerlo crecer en número de perros hemos de abordar su especialización. O dicho de otra manera, disponer de animales entrenados para otras funciones aparte de la sanitaria. Tú misma viste en Fortunate Fields cómo se preparaban para rastrear minas o transportar un botiquín en situaciones de emergencia, por poner algún ejemplo.

Zoe apuntó que para esas nuevas tareas se requerirían razas específicas.

—Estoy de acuerdo, pero empecemos por una. Si quisiéramos tener al mejor rastreador, ¿qué me propondrías?

—Sin ninguna duda a los sabuesos.

—Sabuesos, vale... Si quieres piénsatelo un poco más, trata de averiguar dónde podríamos hacernos con ellos, y lo volvemos a hablar en unos días, que ya se acercan nuestros perros.

Devuelta su atención sobre el desfile, le llegó el turno a un numeroso grupo de artilleros, sentados en grupos de tres, sobre armones arrastrados por caballos que a su vez tiraban de unas piezas de artillería de medio calibre. A estos los siguió un batallón de guardiamarinas con uniforme de gala, e inmediatamente detrás aparecieron los perros por delante de seis ambulancias de la Cruz Roja. Los animales llevaban un peto con el símbolo de la institución a la espalda y un falso botiquín de urgencia en forma de dos cartucheras a cada lado.

Zoe se sintió tremendamente orgullosa al escuchar la cálida ovación con que los recibió el público entre «vivas» y aplausos. Sus quince pastores caminaban de forma sincronizada sin abandonar la rodilla de las enfermeras, demostrando un adiestramiento perfecto. Conocía a cada uno por su nombre, sus historias particulares y hasta el carácter que tenían. Recordaba las noches que había pasado velándolos para hacer más llevadera su enfermedad o para aliviar sus dolores. Todavía los podía ver de cachorros, tan necesitados de su presencia y de sus caricias.

Pero entre todos ellos le produjo una especial emoción ver a Tic y a Toc en primera fila, sus preferidos; los responsables de que pudiera estar disfrutando como lo hacía. Al pasar frente a ella les hizo un disimulado saludo al que respondieron agitando la cola.

Max miraba de reojo a Zoe para contrastar sus reacciones.

Para Zoe aquella era la primera prueba pública de su trabajo. No había dormido en toda la noche, pero ahora, viéndolos desfilar con su elegante paso frente a las máximas autoridades de la República, le pareció un lujo de estreno. Le había costado muchos meses de trabajo, renunciar a su tercer curso de Veterinaria, un agotador periodo de su vida cargado de tensiones, sustos y alegrías, pero ahí estaban. La perfecta formación y el éxito que arrastraban a su paso era su forma de pagar a Max la valiente apuesta que había hecho un día por ella.

—¡Son fantásticos! —exclamó él dirigiéndose a Zoe y después a Erika, a quien todavía no se le había pasado el susto.

—Desde luego, desde luego... —respondió su mujer de forma vaga, presa de una incontrolable ansiedad. En ese momento le daban igual Zoe, los perros, los soldados y el Gobierno en pleno. Solo quería verse a salvo y en su casa.

Acababa de pasar la última ambulancia y empezaba a hacerlo la Guardia Civil cuando desde una zona del público surgieron unos disparos. De nuevo el terror se adueñó de los que estaban más cerca. La gente empezó a correr sin saber por dónde huir derribando a su paso sillas y vallas. Max vio cómo un grupo de guardias de asalto irrumpía violentamente en el lugar y encontraban cuatro cuerpos tendidos en el suelo con heridas de bala.

La escolta presidencial recogió en volandas al presidente y se lo llevó de la tribuna. Lo metieron en su coche y salieron a toda velocidad. Lo mismo se hizo con Azaña y con los ministros presentes. Nadie sabía nada. Los agentes de seguridad temieron que aquel grupo que había comenzado a disparar, seguramente falangistas, extendiera su acción hacia las gradas donde todavía quedaban diputados y autoridades.

La confusión era enorme y el peligro extremo.

La posibilidad de verse en medio de un tiroteo o de recibir una bala perdida hizo que Max decidiera escapar de la tribuna con una Erika en pleno ataque de nervios. Zoe sintió una aguda preocupación por sus perros. Pero en ese momento se cruzaron dos de las enfermeras que había conocido en Torrelodones para atender a los primeros heridos. Sin pensárselo dos veces, decidió echarles una mano, en contra de lo que su jefe quería que hiciera.

Prometió tener cuidado, pero se unió al grupo de enfermeras en el momento que accedían al lugar donde había empezado todo. La Guardia de Asalto había abatido a dos hombres después de ser recibidos a tiros, y a pesar de la tensión que se respiraba, parecía que lo peor había pasado.

Las dejaron entrar para asistir a los que aún estaban vivos, mientras empezaban a llegar las primeras ambulancias.

Zoe se agachó para ayudar a una mujer de avanzada edad herida en una pierna. No parecía grave, pero la pobre estaba completamente pálida y sobre todo preocupada por su nieto con el que había acudido al desfile, al que no veía cerca y no dejaba de llamar a voz en grito.

—Joven, búsquelo, por Dios se lo pido. Se llama Pablo, es muy delgado y tiene seis años. Vestía de blanco. ¿Le habrá pasado algo?

Dejó a la mujer en manos de dos enfermeras y se puso a buscar al pequeño por los alrededores. Lo llamaba por su nombre, preguntaba a todos con los que se cruzaba, o se agachaba cada pocos pasos tratando de localizar entre tantos pantalones unos blancos de niño. Pero no aparecía.

Se adentró entre las tropas que ya habían desfilado.

Unos se apostaban tras las piezas de artillería, apuntando con sus fusiles en todas direcciones; la mayoría obedeciendo órdenes de sus superiores y otros a su propio instinto. Preguntó por el niño, pero tampoco sabían de él. Unos metros más adelante, localizó la ambulancia preparada para el transporte de perros. Entre un enorme barullo de gente localizó a Rosinda y corrió hacia ella.

—¿Estás bien?

—No mejor que ese… —Señaló a un niño agarrado al cuello de uno de los perros, detrás del vehículo. Rosinda había conseguido meter a los demás en la ambulancia desde la que se los oía ladrar muy nerviosos.

Zoe se agachó a la altura del chavalito.

—¿Eres Pablo, verdad?

Los ojos del chico la observaron durante unos segundos y volvieron al pastor alemán.

—Sí, pero él se llama Torbellino y estaba muy asustado —se explicó con su vocecilla—. Conmigo está tranquilo.

—Eso es que le has gustado. ¡Muy bien! Pero sabes una cosa, he estado con tu abuela y me ha dicho que también ella necesita que la tranquilices. Ven conmigo y te acompaño hasta donde está.

El niño la obedeció, y cuando se despedía del perro preguntó si podía volver a jugar con Torbellino algún otro día. Su inocencia y ternura emocionaron a las dos mujeres, que se lo prometieron.

—Mete al perro en la ambulancia y llévatelos a la finca —señaló Zoe a Rosinda—. Yo me quedaré un rato más por si puedo serle útil a alguien.

Durante la siguiente hora la determinación de Zoe se fue apagando a medida que la situación recobró cierta normalidad y el público se dispersó. Porque en el momento en que entendió que no era necesaria su ayuda, empezó a vagar sin destino por los alrededores del atentado. Sus pasos la llevaron desde una esquina a la otra, mientras por su cabeza bullía un tropel de pensamientos; al principio de desorientación, bajo los efectos del miedo o de la confusión, pero después de desamparo. Porque de pronto se vio allí, en medio de Madrid, sin nadie con quien hablar, ni tan siquiera para compartir lo sucedido. Max y Erika se habían ido, las enfermeras y Rosinda también, y en la calle solo quedaban un montón de sillas tiradas, la sangre de los heridos, y cuatro despistados como ella a los que o no les había llegado la hora de la comida para reunirse con los suyos, o estaban igual de perdidos.

Siguió deambulando sin norte hasta que sintió una mano amiga sobre su hombro, la de Sigfrido, el hermano de Bruni. La había reconocido cuando estaba cruzando la Castellana para ir a su casa procedente de la escuela de Veterinaria. Al joven le bastó ver su expresión para preocuparse y adivinar lo que necesitaba: un poco de ambiente familiar y estar con su amiga Bruni.

Por eso, su inesperada aparición en el salón de los Gordón Ordás quedó inmediatamente justificada en cuanto Sigfrido contó a su hermana dónde y cómo la había encontrado.

—Lo peor se lo ha llevado el público, imagino que el número de heridos ha tenido que ser importante. ¡Qué mal se están poniendo las cosas, Bruni!

—Me hubiera encantado estar contigo viendo a los perros, pero ya sabes, con el examen de mañana…

Sonó el timbre de la puerta y al momento entró Ofelia del brazo de Anselmo Carretero, con el que se había casado hacía solo tres semanas en una ceremonia civil sin apenas invitados. Zoe aprovechó la oportunidad para felicitarlos.

—No sé ni cuánto tiempo hacía que no nos veíamos, Zoe —señaló Ofelia.

Sin darle tiempo a contestar, intervino Anselmo.

—Perdona que en su momento no te agradeciera la nota que me hiciste llegar desde Suiza, pero significó el inicio de una investigación sobre el tal Oskar Stulz que todavía sigue en marcha. De momento no tenemos nada en concreto, pero ya te contaré si surgiera algo importante.

—Hazlo, te lo ruego. Me preocupa mi amiga Julia.

—Descuida, que si descubriéramos algo que pudiera afectarla, te lo haré saber.

Zoe notó a Anselmo inquieto. Por eso no le extrañó cuando le dijo en voz baja que en cuanto pudieran necesitaba contarle algo más. La oportunidad surgió tan solo unos minutos después cuando las dos hermanas salieron del salón para ayudar en la cocina. Buscaron una discreta esquina de la enorme librería, y Zoe se le adelantó a hablar.

—Conocí a un veterinario alemán de nombre Luther Krugg que por lo visto dirige un masivo programa de cría de perros para los ejércitos nazis, y pensé que te…

—Espera, Zoe, espera… Agradezco y mucho tu buena intención, pero no me parece justo dejarte hablar sin que sepas algo importante que tiene que ver con tu padre. Sobre todo porque son malas noticias.

—¡Por Dios! Dime pronto qué has sabido —exclamó angustiada.

—La primera es que, dada la gravedad del delito y la personalidad del fallecido, está siendo muy difícil encontrar una manera de ayudarlo judicialmente. En realidad no sé si se podrá avanzar mucho más… Pero todavía hay algo peor: tu padre tiene una enfermedad muy seria.

—¿Cómo? ¿Pero qué le pasa? No hace un mes que estuve con él y no me contó nada. Lo encontré débil, pero no más que otras veces…

Anselmo le acercó una silla para que se sentara al advertir la palidez de su rostro.

—No te puedo decir qué tiene en concreto, porque mi informador tampoco lo sabía. Lo siento, Zoe.

—Tengo que ir a verlo —murmuró completamente apesadumbrada.

—Dime si te puedo ayudar en algo. Lo que sea. Y en cuanto a lo de ese veterinario que has conocido, ya lo hablaremos mejor en otro momento. Si su caso fuera interesante, podría pedir a mis colegas más información sobre él.

Doña Consuelo hizo presencia en el salón del brazo de su marido buscando a Zoe. Con ellos también entraron sus tres hijos.

—Acabábamos de escuchar la noticia en la radio cuando Bruni nos ha venido a contar que estabas en el desfile.

Don Félix se sonó la nariz bajo los efectos de un severo catarro que le mantenía encerrado en casa desde hacía unos días, pero al ver la expresión de Zoe se preocupó de inmediato.

—¿Qué ha pasado, hija mía?

Anselmo pidió permiso a Zoe para transmitirles la mala noticia, lo que provocó una inmediata ola de afecto por parte de todos, que sentían su pena como propia. Bruni la abrazó de forma tan sentida que terminó haciéndola llorar.

En medio de aquel doloroso momento y sin que nadie supiera qué decir, doña Consuelo decidió retomar la noticia del atentado para despistar la pena de la chica.

—¿Se produjo algún herido entre las autoridades?

Zoe se recompuso como pudo, bebió un poco de agua y resumió a su manera lo sucedido, tranquilizando a don Félix al asegurar que su amigo Azaña y los demás ministros habían salido ilesos. Pero no pudo contestar a su siguiente pregunta, pues desconocía la posible autoría del acto.

—Este país va de mal en peor —sentenció el patriarca, y decidió a quién iba a llamar para obtener más detalles.

—Será cosa de la Falange —intervino Anselmo, aceptando una copa de Jerez que Ofelia iba ofreciendo a todos.

—Desconozco quién puede haber estado detrás de lo sucedido —apuntó don Félix—, pero por desgracia creo que veremos cosas peores. —Dudó en adelantarles la noticia que había previsto para el final de la comida. Saboreó su copa de Jerez, lo meditó bien, y finalmente se decidió—. Os he de anunciar algo importante, escuchadme bien. —Sus palabras atrajeron la inmediata atención de todos—. No hace muchos días mantuve una discreta entrevista con el presidente Azaña y me gustaría haceros partícipes de las decisiones que he tomado desde entonces. Porque os van a afectar a todos.

Doña Consuelo, consciente de la trascendente revelación que les iba a hacer, pidió que se aproximaran más. Zoe también lo hizo.

—¿Qué pasa, papá?

Sigfrido percibió un gesto de gravedad poco común en su progenitor.

Para ponerlos en antecedentes, don Félix resumió a su manera la grave situación política que España estaba arrastrando desde las elecciones de febrero, a causa del extremismo de algunas formaciones dentro del Frente Popular y el sectarismo antirrevolucionario de la derecha; unos y otros cada vez más violentos.

—El problema lo tenemos con ciertos representantes políticos que ya no solo aspiran a ganar un número de escaños en el Parlamento o una determinada cuota de poder asociada a ellos. Lo preocupante es que algunos se están atribuyendo el papel de «elegidos por la Historia» para llevar a cabo una especie de utópica misión universal: la de transformar de una forma definitiva la sociedad, el poder y hasta la vida privada de todos nosotros. Y englobo dentro de estos grupos de iluminados a los anarcosindicalistas, a carlistas y alfonsinos, a la Falange, a ciertos socialistas revolucionarios y comunistas y, cómo no, a varios grupos de integristas católicos. La formación de los dos frentes en las elecciones pasadas ha significado en sí misma dividir a los españoles en dos posiciones extremadamente opuestas. Y tan grave ha sido esta evolución que estamos a punto de saltar de las palabras a las manos. —Guardó un breve silencio—. Antes lo estábamos comentando Anselmo y yo.

Anselmo Carretero, desde su posición como activo militante del Partido Socialista Obrero Español y miembro de la UGT, sumó a las impresiones de su suegro su propio balance de los dos últimos meses.

—Estamos asistiendo a un insoportable número de asaltos y saqueos a las sedes de los partidos, últimamente hasta con muertos, y parece que nos acostumbramos a ello. Han ardido más de un centenar de iglesias y conventos, y la tendencia tampoco indica que vayamos a mejor. Llevamos once huelgas generales. Los motines dentro de las fábricas o las reyertas a fuego de fusil son incontables. Y en la calle, da la impresión de que los pistoleros empiezan a ganar terreno a las fuerzas del orden. Por todo eso, los que estamos en la política activa vemos que el país se está dirigiendo hacia el caos, pero nadie pone un poco de sentido común, o mejor, un poco de grandeza de miras.

—Son cosas que, en efecto, se están viendo a diario y que muchos conocemos, pero la mayoría calla —intervino Bruni.

—Qué razón tienes. Las minorías son las que hacen más ruido, se atribuyen la verdad absoluta, y apoyándose en la democracia encima nos imponen sus visiones. Siempre ha sido así. Pero, hijos míos, pueden suceder cosas aún mucho peores. —La última frase dejó a todos sin respiración—. La semana pasada, como os decía antes, mantuve una importante conversación con Azaña —el cambio en el tono de su voz adelantaba una noticia de peso—, y por eso os he reunido hoy. —Hizo una pausa para retomar un poco de aire.

—Padre, no nos haga esperar más, y ¡cuéntelo ya!

Sigfrido se estaba comiendo las uñas.

—Veréis, la noticia es que me han ofrecido la Embajada de España en México —proclamó, mientras recorría uno a uno los gestos de asombro de sus hijos.

—Pero, don Félix —intervino Anselmo—, eso significaría abandonar la escena política en España. Después de lo mucho que ha luchado durante todos estos años.

Don Félix carraspeó y meditó bien sus palabras antes de hablar.

—Creo que lo necesito. Será algo temporal; dos años a lo sumo. Tengo el compromiso de Martínez Barrio y del propio Azaña de que así será. Es verdad que ese puesto me interesaba desde hacía tiempo, pero no quiero esconderos que pesa mucho más en mi decisión el sufrimiento y la impotencia que siento al ver cómo se está ensombreciendo mi querida República.

Sigfrido y sus hermanas se miraron preocupados. México era un destino demasiado lejano, y no sabían si su padre estaba pensando en llevarse a toda la familia con él. Bruni no había acabado sus estudios, Ofelia hacía ya vida aparte y Sigfrido acababa de empezar a trabajar. Al preguntárselo, don Félix anunció que la toma de destino sería inminente, no más tarde del treinta de abril, pero que de todos modos mantendría el alquiler de la casa para quien se quisiera quedar.

Zoe temió que Bruni pudiera terminar yéndose a medio plazo, pero se lo guardó para sus adentros. Sin embargo, Ofelia, a pesar de ser la pequeña de los tres hermanos, ante los gestos de desolación de todos los presentes, se prestó a ayudar en la medida de sus posibilidades.

—Padre, nosotros, como el trabajo de Anselmo de momento nos retiene en Madrid, podemos estar al tanto de los que se queden.

Su padre la miró agradecido pero no aliviado, porque todavía tenía que contarles algo mucho más grave, algo que le había manifestado el propio jefe de Gobierno sin disimular una honda preocupación.

—Azaña tiene serias evidencias de que se avecina el comienzo de una guerra en España.

—¿Cómo? —soltaron todos.

—¿Una guerra contra quién?

—Entre nosotros, entre españoles.

Sede central del Partido Nazi
Briennerstrasse. Múnich
15 de abril de 1936

VIII

A Luther Krugg se le agrió el estómago nada más pisar aquel lugar.

Vestía traje negro y había cuidado su aspecto siguiendo las indicaciones de Katherine. Porque la cita a la que iba era ineludible, su interlocutor demasiado poderoso y el motivo importante: llevarle en persona uno de los perros que había traído desde Argentina como parte del proyecto que habían denominado *Wiedergeburt Bullenbeisser*, «el renacimiento del bullenbeisser». Así se lo había ordenado su más próximo promotor, Von Sievers.

Nada más entrar en el edificio, la hembra más joven de las cinco que había conseguido reunir empezó a mirar con recelo a todo aquel que se le acercaba. El largo viaje en coche desde Grünheide tenía buena culpa de su nerviosismo. A pesar de que Luther les iba advirtiendo de su mal carácter, algunos ignoraron sus consejos hasta que una inesperada y seca dentellada a punto estuvo de llevarse la mano de un oficial excesivamente empeñado en acariciarla.

Luther siguió las instrucciones de uno de los porteros y empezó a atravesar el recibidor de pulidísimo mármol blanco camino del ascensor, acompañado de la perra cuyas patazas apenas podían moverse sin resbalar. La planta del despacho de Reinhard Heydrich era la cuarta.

Pulsó el botón, pero antes de que se cerraran las puertas entró corriendo una joven con una enorme pila de papeles entre los brazos y gesto de agobio.

—¿A qué piso va? —preguntó él.

—Al cuarto. ¿Y usted? —La mujer esperó para apretar uno u otro número.

—Al mismo, gracias.

La chica le echó un vistazo de arriba abajo y descubrió a la perra, escondida detrás de él.

—¡Hola, preciosa! —Se dobló para buscar la cabeza del animal que asomaba entre las rodillas de Luther. La perra gruñó como primera advertencia y enseñó los colmillos a continuación.

—Tenga cuidado. No le gustan mucho los extraños y lleva un día un poco duro.

La mujer, una rubia de increíble belleza, comprendió y sonrió. Pero en el proceso de volver a incorporarse se le cayeron los papeles que apenas le cabían entre los brazos, y quedaron esparcidos por el suelo del ascensor.

—Ups… Mira que soy torpe…

—Déjeme que la ayude.

Luther se agachó para recoger los que tenía más cerca con los gruñidos de la perra de fondo, que no apartaba la mirada de la mujer. Un discreto toque de campana señaló que habían llegado a la cuarta planta. Las puertas se abrieron y al otro lado de ellas apareció el *gruppenführer* Heydrich. Observó la extraña escena y se le escapó una sonrisa. Se dirigió a su secretaria:

—Olga, haga que me preparen el coche, necesito resolver un asunto fuera de la oficina con este caballero. —Miró a la perra con insana curiosidad—. Herr Krugg, mientras viene nuestro transporte, sígame, por favor, a mi despacho.

Luther comprobó cómo a su paso todo el mundo los miraba con inusitado interés, imaginó que atraídos por la presencia del animal. Atravesaron un despacho con otras dos secretarias, y al alcanzar la puerta del suyo, Heydrich lo invitó a pasar. Luther echó un rápido vistazo, impresionado por su sobriedad, y esperó sus indicaciones.

—Von Sievers me ha rogado que le disculpe por no poder estar hoy con nosotros, muy en contra de sus deseos. Ha tenido que viajar fuera de Múnich por un asunto urgente. Pero, por favor, tome asiento, y permítame observar mejor a este animal.

Le señaló un amplio sofá en un lateral del despacho.

—Lamento que su colaborador no pueda ver a la perra, cuando ha sido él quien me ha convocado. Dígale que podrá hacerlo cuando guste en Grünheide.

—Descuide que lo hará. Pero, por razones que luego entenderá, también yo he querido verlo hoy. —Acercó la mano a la cabeza de la perra, pero la retiró de inmediato al recibir un serio gruñido de advertencia.

Luther, bastante nervioso ya, cuando solo pensaba entrevistarse con Von Sievers, se sintió más coaccionado todavía ante Heydrich y su inquietante comentario. Sin ni siquiera esperar a recibir sus preguntas, empezó a hablar del viaje a Argentina, ahondando en lo que podía resultarle de mayor interés. Le contó la historia de la raza llamada *viejo perro de pelea cordobés* y los motivos que lo habían llevado a pensar que podía tratarse de una de las herederas de la alemana que perseguían. Detalló lo hablado con el doctor Nores, y qué esperaba hacer a partir de ese momento con los siete ejemplares comprados al argentino. Le avanzó sus intenciones de viajar a Inglaterra en un breve plazo de tiempo para traerse varios bulldogs de buena casta, con idea de cruzarlos con los argentinos y conseguir con ello la misma cabeza del mítico perro que le habían encargado. También le explicó el trabajo que había realizado hasta la fecha en Grünheide usando otras razas, y el poco resultado obtenido hasta el momento. Por eso terminó citando a los bullmastif como alternativa a los dogos franceses que había empleado hasta ahora, en su intento de fijar la capa atigrada del bullenbeisser, la fortaleza ósea deseada y la anchura de morro que finalmente necesitaba.

—Sigo explorando infinidad de tratados antiguos con idea de rastrear en qué otros países pudo dejar huella nuestro perro. Sospecho que el pitbull americano comparte mucha sangre con él, y en ese sentido he encargado a nuestro embajador que nos mande una pareja. Y lo último que estoy estudiando tiene que ver con España. He podido ver algún grabado firmado por el famoso pintor Goya donde aparecen perros, con cierta similitud a los que buscamos, participando en una curiosa variedad de corrida de toros. No tengo demasiados problemas para entenderme en inglés, pero en español, todos. Lo que hace que me cueste mucho ahondar en el conocimiento de las razas que pudieron emplear en esos espectáculos, o saber si acaso ha quedado algo de ellas. Ahora ando tras esa pista que...

—Va demasiado lento.

Heydrich, con su habitual sequedad, lo dejó con la palabra en la boca. Los tacones de sus botas repiquetearon sobre el suelo reflejando sus nervios.

—¿Perdone?

—Que, por lo que veo, apenas ha hecho nada.

Luther se revolvió en el sillón empezando a sentirse francamente incómodo mientras le contestaba.

—En Wewelsburg le dije a Von Sievers que este no era un proyecto de meses, sino de años, y no pocos. Supongo que así tuvo que transmitírselo.

—Lo hizo, sí, pero de ese comentario han pasado ya diez meses. Y por lo que veo, todavía sigue pensando los pasos que dar. Me preocupa. Así es como lo pienso y así quiero que lo sepa. —Su gesto se endureció—. Últimamente me viene preocupando el proyecto, me preocupan sus inexplicables retrasos, y ahora me preocupa usted. Usted y su pasado.

A Luther se le secó la boca de golpe.

Heydrich lo miró fijamente a los ojos y mantuvo un excesivo silencio que su invitado no supo interpretar. Unos toques en la puerta, y la voz de Olga, confirmaron que el coche los esperaba a la entrada del edificio.

—Nos vamos a Dachau, herr Krugg. Quiero contrastar una confesión que ha hecho uno de los presos sobre usted.

—¿A Dachau? ¿Ahora?... ¿Cómo? No sé a qué se refiere.

Heydrich no le contestó, pero Luther recordó inmediatamente la cara del recluso al que había reconocido en una de sus primeras visitas al campo: su antiguo jefe de milicias socialistas Guido Strehler. Alguien con quien había coincidido en su época estudiantil, tan loca en fervores políticos. Su mente se puso a trabajar a toda velocidad buscando qué podía hacer. Dachau era el infierno, y si el tal Guido les había contado algo, su destino iba a consistir en engrosar su lista de presos. Sintió tanta presión en el pecho que empezó a faltarle el aire. Cuando entró en el vehículo oficial del hombre más frío y seguramente más cruel de toda Alemania, empezó a ser consciente de que su trayecto podía ser solo de ida.

Durante el camino apenas hablaron, pero las pocas frases que se intercambiaron resultaron nefastas para el penoso estado de incertidumbre de Luther.

—Espero por su bien —le soltó Heydrich, a escasos metros del control de entrada al campo— que lo que ese hombre ha dicho no sea cierto. Porque de lo contrario no sé cómo me cobraría mi decepción.

A la llegada a Dachau, la lividez en Luther era constatable a distancia. Viéndolo recorrer los escasos pasos desde el coche en el que había llegado a la puerta forjada del campo de Dachau, con la cabeza baja y en un coro de suspiros, daba más la imagen de un preso que la de un visitante.

En la entrada los esperaba el capitán Mayer con expresión grave.

—Está en las duchas. Síganme.

Luther y Heydrich fueron tras él, de camino al pabellón central donde estaban las cocinas, unos cuantos almacenes y los baños. A la perra la dejaron con un teniente a las puertas del campo. Luther tenía la sensación de estar caminando hacia el patíbulo. Solo sentía pena al pensar en su mujer, a la que sin duda no volvería a ver en mucho tiempo. Si es que alguna vez lo conseguía.

Atravesaron dos primeras puertas protegidas por soldados, y una tercera que separaba un ancho vestuario de una dependencia recorrida por tres largas líneas de duchas. El suelo estaba en pendiente para recoger el agua. Apoyado sobre una pared Luther vio a un hombre atado a una silla con el pecho descubierto y la cara rota a golpes. A su lado, dos oficiales de las SS, con camisa remangada y unos mandiles de cuero, se cuadraron nada más ver aparecer a su *gruppenführer*.

—¡*Heil* Hitler! —proclamaron a coro.

—¡*Heil*! —contestó Heydrich permitiéndoles recuperar su anterior posición de descanso.

Luther sintió espanto al mirar al preso, al que costaba verle la cara entre tanta sangre. Tenía el pelo alborotado, un hematoma que le ocupaba media mejilla, el labio abierto y una ceja partida. Estaba en un estado tan irreconocible que por unos segundos deseó que se tratase de otra persona. Pero le duró muy poco el consuelo cuando el individuo levantó los ojos ante el ruido de voces y taconazos de sus verdugos.

Se miraron.

El capitán Mayer le sujetó la barbilla con una de sus manos y con la otra señaló a Luther.

—¿Reconoces a este hombre?

—No —contestó para desconcierto de sus verdugos.

—Será cabrón. —Uno de los soldados lo abofeteó con tanta fuerza que se llevó de camino una de sus muelas y un largo escupitajo de sangre—. Ayer confesaste que era un colega socialista con el que habías acudido a mítines, asaltos y a boicotear varias fábricas. ¿Y ahora no sabes nada? —Se dirigió a Heydrich—. Mi *gruppenführer*, nos dio hasta su nombre y apellido.

—Háganlo hablar.

Los dos soldados se acercaron al preso y empezaron a golpearlo consecutivamente con una brutalidad insoportable para Luther.

—Me conoce —fue el propio Luther quien lo confesó para que terminara de una vez aquel suplicio. Los presentes se miraron, sorprendidos de su espontáneo testimonio—. Es verdad, ese hombre, Guido Strehler, fue mi superior hace muchos años. Milité en el Partido Socialdemócrata en coincidencia con el establecimiento de la República de Weimar. Fueron otros tiempos, pero es la verdad. Y ahora déjenlo en paz.

Heydrich se acercó a Mayer y le habló al oído. Y este, a continuación, hizo lo mismo con los dos soldados. Le quitaron las correas al preso, lo levantaron y se lo llevaron fuera de los baños arrastrándolo. Luther se quedó a solas con el máximo dirigente nazi.

—Bien, bien… ¿Y ahora qué vamos a hacer con usted?

Luther lo miró resignado.

—Fue algo del pasado, pero si he de pagar por ello, ordene lo que crea conveniente.

—Ya lo he hecho. He mandado fusilar a su amigo Guido.

—Pero ¿cómo? ¿Qué dice? No lo entiendo…, es… injusto. —A Luther le costaba hablar. Se sentía ahogado por la impotencia, por el odio, por la sorpresa.

—No se queje; esa muerte le salvará la vida. Su silencio se convertirá en su protección. Le aseguro que todos los que han estado presentes borrarán de su cabeza lo que han escuchado. Usted no ha existido para ellos. Pero yo lo sé todo, no lo olvide. —Dio dos o tres pasos a su derecha y después a su izquierda, meditativo. Hasta que se detuvo de nuevo a hablar—. Le permitiré que siga haciendo su trabajo, pero hágalo con mucha más eficacia de lo que viene acostumbrándonos. Solo así evitará que un día usted o su adorable Katherine terminen como su amigo Guido.

Los ojos de Luther se abrieron de par en par al escuchar el nombre de su esposa en boca de aquel canalla.

—¿Qué sabe de mi mujer?

—Veo que me ha captado muy bien, ¿a que sí?

Cine Tetuán
Madrid
16 de abril de 1936

IX

La platea del cine Tetuán era un mar de banderas que coreaban las encendidas palabras del orador y presentador de aquella asamblea extraordinaria de la Federación Anarquista Ibérica.

Sin llegar a ocupar los doscientos asientos con los que contaba la sala, habían acudido a ella la totalidad de los miembros que formaban los tres grupos de afinidad libertaria del distrito de Cuatro Caminos y el único de la pobre barriada de Tetuán, junto con una abultada representación de las juventudes libertarias de ambos.

—¡Compañeros! —tomó la palabra el responsable de la FAI para el gremio de editores y prensa—. Una vez leído y aprobado el informe *La insurrección al alcance de todos*, cuyo contenido está pensado para ayudaros a que remováis la conciencia de la masa obrera de vuestro entorno, pasaremos ahora a tratar el intento de atentado contra los presidentes Azaña y Alcalá Zamora del pasado martes. —Los asistentes ahogaron sus palabras explotando en un sinfín de imprecaciones y la más variada colección de insultos a las derechas, encauzando hacia ellas su enorme indignación—. ¡Un poco de silencio, por favor! ¡Dejadme hablar! ¡Haced un esfuerzo! —A pesar de sus reiteradas peticiones, al hombre le costó unos minutos más conseguir recuperar su turno de palabra—. Tenéis razón, sí. Y como entiendo y comparto vuestra exasperación ante hechos tan graves como los sucedidos en el desfile de la Castellana, los fascistas han de entender que desde el anarquismo no van a recibir una respuesta tan timorata y débil como la que hasta ahora les ha dado el Gobierno. La FAI ha de responder de forma mucho más contundente y expeditiva. —Alargó la pausa y a continuación levantó la voz—: ¡Vivimos tiempos de excepción y asistimos a una insoportable cobardía dentro de la clase política! Los derechos ganados para la clase obrera están siendo pisoteados por los patronos, y no hay día que no surjan nuevos rumores sobre la amenaza de un levantamiento militar. —Aquella última referencia se vio ahogada por un enorme estruendo de silbidos y un intenso pataleo. Cuando estos fueron menores, continuó—. No podemos permitir que sindicatos y partidos de izquierda sigamos desunidos. Porque mientras, vemos cómo los fascistas campan a sus anchas maquinando en los cuarteles, en sus despachos, fábricas, escuelas o iglesias.

—¡Vayamos a por ellos! —exclamó un anciano doblado por los años, pero lleno de arrojo.

—¡Levantemos al pueblo contra esos hijos de puta! —se le sumó otro de los presentes, desencadenando un gran aplauso.

Al fondo, el grupo de las juventudes libertarias arrancó un grito que contagió a toda la sala en muy pocos segundos.

—¡A violencia fascista, violencia libertaria! —clamaban con feroz intensidad—. ¡A violencia fascista, violencia libertaria!

El orador pidió de nuevo silencio para exponer la decisión tomada por la mesa de representantes.

—¡Atendedme, por favor, compañeros!

El público fue sentándose, y en pocos segundos hubo el suficiente silencio como para que el hombre retomara la dirección de la asamblea.

—Cada grupo de afinidad se reunirá por separado en cuatro lugares de este mismo cine. Dos os quedaréis aquí, otro en el atrio, y el de Tetuán en la sala privada de proyecciones. Es pequeña, pero sois el menos numeroso. —Bebió agua y carraspeó para aclararse la garganta—. Pensamos que siguiendo este procedimiento se facilita el diálogo y la igualdad en las deliberaciones, lo que sería imposible en asamblea, con tanta gente.

Hizo uso de la palabra otro de los representantes de la mesa; del gremio de trabajadores de banca.

—Tomaos una hora para la discusión y, en cuanto terminéis, pasadnos las conclusiones a cualquiera de los miembros de esta mesa para poder reunirlas y remitirlas a nuestra federación de Madrid, donde imagino que llegarán las del resto de asambleas que están convocadas para hoy. —Terminó de dar su aviso y, sin querer ser menos que los anteriores oradores, levantó la voz poniendo en su proclama un apasionado ímpetu—: ¡Compañeros, a luchar todos por la justicia y la igualdad!

Algunos repitieron la arenga, y con un cerrado aplauso se dio por terminada la asamblea.

Los dos grupos que iban a realizar su reunión fuera de la sala la abandonaron en ruidoso murmullo. Entre ellos iba Mario, a quien apodaban el Tuercas, comentando sus impresiones con otro de los participantes de su grupo de afinidades libertarias.

—Somos demasiado blandos… Hablamos y hablamos, pero a la hora de la verdad, nada.

—Tienes toda la razón, Mario. Ha llegado el momento de mover a la gente, y de que se sepa que no vamos a quedarnos quietos. Si te parece, lo hablamos en nuestro grupo.

Gracias al triunfo del Frente Popular en las elecciones del mes de febrero, Mario había sido puesto en libertad al acogerse a la masiva amnistía firmada por el nuevo Gobierno. Aunque los primeros destinatarios de la medida habían sido los encarcelados por los hechos revolucionarios de octubre del treinta y cuatro, esta se había extendido a presos políticos, sindicalistas y a muchos comunes, como era su caso.

De su lamentable estancia entre rejas había sacado dos únicas conclusiones: que España estaba preparada para vivir una nueva revolución abanderada por su gente, y la segunda, que haría pagar a Zoe sus irritantes nueve meses sin libertad, a pesar de las vehementes súplicas por parte de Rosa para que dejara en paz a la chica y se olvidara de ella.

Una libertad que en su vida siempre había tenido un coste muy alto.

Porque Mario, aparte del taller mecánico en el que había vuelto a trabajar y de sus dos vidas, la oficial y la que alternaba con su amante Rosa desde hacía quince años, arrastraba un pasado lamentable. Cuando se ha nacido en el más pobre de los barrios pobres de Madrid, en uno que llamaban *de las Injurias*, cerca de la puerta de Toledo y en la sucia vera del río Manzanares, las razones de su desprecio hacia todo y hacia todos podían parecer hasta lógicas. Porque, en aquel suburbio, Mario no había conocido otra cosa que el hambre; desde el mismo día de su nacimiento cuando fue a mamar en los pechos secos de una madre tuberculosa hasta el día en que puso un pie en el otro Madrid para no regresar jamás. Las Injurias eran una excrecencia de la ciudad, llena de miserables, traperos y gente humilde, rodeados de un auténtico ejército de ladrones. Los niños se peleaban con los perros por un trozo de pan, y las niñas se vendían por media perra gorda sin haber pasado ni su primera regla. En aquel ambiente de olores agrios y rostros míseros, donde las ollas solo podían cocer patatas día y noche, la injusticia viajaba en el corazón de sus habitantes y la ira en sus miradas.

Allí fue donde Mario aprendió a vivir, a odiar y a robar.

Y como fruto de uno de esos robos, en el palacete de unos marqueses, un día pudo reunir suficiente botín como para abandonar el barrio e ir al de Tetuán, que sin ser muchísimo mejor le permitió quemar en putas la mitad de lo ganado, y pagar medio taller mecánico con otro socio, que además de convertirse en un amigo lo empujó a senderos más normales de la vida.

Aunque las cosas le habían ido mejor desde entonces, a Mario nunca se le había olvidado lo que había vivido, visto y sufrido; como tampoco las ganas de hacer pagar por ello a quienes habían recibido de la vida todo lo contrario; a esos que solo habían tenido infancias felices, bienestar y comodidades de todo tipo. Su particular revolución no era tanto la que enarbolaba las siglas de su sindicato como poder ver un día a aquellos privilegiados sufriendo del mismo modo que sus hermanos de miseria.

Los ocho miembros del grupo de afinidad libertaria de Tetuán tomaron asiento formando corro en la estrecha sala de proyección. Se conocían demasiado bien como para tener que repartirse los papeles.

—Yo propondría hacer una lista con todos los guardias civiles, de asalto y militares que vivan en nuestra barriada —se arrancó el cabecilla, un hombre que trabajaba de día en una frutería y de madrugada repartiendo periódicos—. Una vez terminada, nos repartimos sus nombres y nos ponemos a investigarlos a fondo hasta saber todo de ellos: dónde están destinados, cuántos son de familia, sus horarios, y desde luego su ideología. Si un día tuviésemos que buscarlos con urgencia, siempre sabríamos dónde. Ya me entendéis...

Al más resolutivo del grupo se le ocurrió ampliar aquella lista con cualquier otro vecino, familiar o conocido con pinta de fascista, para empezar a hacer con ellos una limpieza preventiva. Simuló una pistola con la mano, y apoyó su argumento con la contundente frase: «Dejémonos de bobadas y vayamos a joderlos de verdad».

La propuesta no prosperó por excesiva.

—¡Lo que tenemos de hacer es cepillarnos a uno de esos falangistas que no son más que unos hijos de perra! —apuntó fuera de sí otro, en la misma dirección que el anterior, harto de tantas palabras.

—En mi opinión, todavía no es momento de actuar, sino de tener más y mejor información que ellos —volvió a intervenir el que había hablado primero, conocido por ser el más juicioso de todos—. Eso es lo que nos pide la Federación Madrileña. Por tanto, centrémonos. En el treinta y cuatro, la falta de preparación, la improvisación y, sobre todo, no saber contra qué nos enfrentábamos hizo trizas la ansiada revolución. No cometamos el mismo error. Aparte de la lista de la que ya hemos hablado, propongo señalar los edificios públicos próximos a nuestro barrio y tener claro quién trabaja en ellos que sea de nuestra cuerda. Si un día tuviésemos que intervenirlos, no perderíamos el tiempo, como pasó en el treinta y cuatro. Y por otro lado, deberíamos tener perfectamente localizada la red de distribución de agua y de luz, las centrales telefónicas, imprentas, cocheras, almacenes con posibilidades o cualquier pequeña industria que en un momento dado pudiera sernos útil. —El encargado de redactar sus conclusiones pidió que hablara más despacio porque se estaba perdiendo—. Disculpa, compañero, que ya casi termino. Pienso que con los militares deberíamos actuar de otro modo a como lo hemos venido haciendo. Me explico. Hace unos meses, como sabéis, desde la central se elaboró un periódico llamado *Soldados del pueblo* dirigido a la simple soldadesca con idea de hacerla más afín a nuestras ideas. Pero como la verdad es que no lo movimos demasiado, se me ocurre que lo hagamos ahora repartiéndonos entre los aquí presentes todos los cuarteles de Madrid para hacérselos llegar. Los soldados rasos han de estar de nuestro lado.

—Con solo acercarme a un cuartel me saldría una urticaria —apuntó el mayor del grupo, un picapedrero más leído que ninguno y discípulo del anarquismo más puro—. Yo me niego. Odio las armas y siento un rechazo infinito por todo lo que tenga que ver con el espíritu castrense.

—Respetamos tu posición, Mateo —participó Mario, *el Tuercas*—. En mi caso no tengo problema alguno, y además recuerdo que uno de mi barriada está destinado en un regimiento de Infantería.

—Eso sería lo mejor —retomó la palabra el cabecilla—. Si conocéis a alguien que esté dentro, pedidle que nos ayude a difundir el periódico. Tengo un ejemplar conmigo por si queréis echarle un vistazo. —Se lo pasó—. Quien lo escribió hizo un buen trabajo, porque explica muy bien qué somos, a qué aspiramos y cuál es nuestro compromiso hacia ellos luchando también por sus derechos sociales. ¿Se os ocurre alguna cosa más?

—¡Desde luego que sí! —respondió Mario con toda contundencia.

—Tú dirás.

—Deberíamos armarnos y pasar de las palabras a los hechos.

Cárcel de Salamanca
18 de abril de 1936

X

Cuando Zoe vio a su padre se le cayó el mundo encima.

Su deterioro era preocupante.

Le sobraba uniforme por todos lados y hasta le pareció que había empequeñecido. Pero la extrema demacración de su cara fue sin duda lo que más impresión le produjo.

Al sentarse frente a él se sintió desarmada. Aunque había transcurrido poco más de un mes de su anterior visita, su aspecto parecía el de una persona diez años mayor. Físicamente estaba molida debido a la incomodidad de los asientos de madera de un tren que para hacer el recorrido Madrid-Salamanca parecía haber dado la vuelta a España dos veces, entre mujeres chillonas y vergonzosas confidencias, jaulas con gallinas, y un permanente olor a sudor y miseria. Pero el desahucio de su padre acababa de terminar de destrozarla.

—Papá, ¿por qué me has ocultado tu enfermedad? —Su gesto no podía reflejar más inquietud.

—Para no preocuparte, hija, y porque tampoco es tan grave. —Su sonrisa agrietó sus secas mejillas.

—Dime qué tienes.

—No deberías haber venido, cariño. Con las cartas que me mandas puedo vivir tu vida casi al día, el viaje te cuesta un dinero y no me gusta que dejes de trabajar.

—No cambies de tema. Ese color amarillento en tus ojos y en la piel… —Lo cogió de las manos con cariño—. Ya te había notado algo raro la última vez, pero hoy es mucho más evidente. Tienes algo de hígado, ¿verdad?

Como don Tomás había tenido mucho tiempo para pensar la manera de afrontar sus preguntas cuando llegaran, había ideado una elaborada hipótesis con la que evitar la verdad de su cáncer. Porque después de haber superado el primer impacto emocional de su diagnóstico, y de medio digerir el fatal desenlace que le esperaba, había visto claro cómo quería que Zoe viviera su enfermedad mortal.

Iba a mentirle pensando en ella, pero también en él mismo.

Porque la cárcel no era un buen lugar para nada, pero menos para vivir con una fecha marcada en el calendario y levantarte sabiendo que las personas a las que quieres, aparte del dolor que la propia separación les supone, tienen que sufrir todavía más al no poder darte su cariño, servirte de consuelo, o compartir el último adiós de la vida.

—¿Recuerdas que poco antes de entrar en prisión padecí una hidatidosis hepática? Quizá está recidivando. Sabes que no es grave si se controla, tan solo aparatosa. No te preocupes por mí —distanció cada una de esas cinco palabras para darles un significado más rotundo.

Comenzó a toser de una forma ronca y dolorosa.

—Tú dirás lo que quieras, pero eso tampoco suena nada bien… Con una hidatidosis, ¿no te habrá salido un quiste en el pulmón? No me gusta nada. ¿Te lo han empezado a tratar? —Como era una enfermedad bastante común entre la profesión y los síntomas coincidían con los que estaba viendo en su padre, a Zoe no se le ocurrió dudar de él.

—Sí, sí… Ya está todo hablado con el médico —trató de tranquilizarla con una verdad a medias.

—Papá, tienes que exigírselo. Y tampoco puedes seguir adelgazando; pareces un saco de huesos. Has de comer más.

Don Tomás recibió el calor de sus manos, se las llevó a la cara con ternura, y prometió tomárselo en serio, para de inmediato cambiar el tema de conversación.

—A pesar del dramático desfile, ¿qué tal lo hicieron tus perros?

—Me sentí muy orgullosa. No puedes imaginarte cómo los ovacionó la gente. Viví un momento muy especial, en realidad lo estoy viviendo desde que conseguí el trabajo en la Cruz Roja y puedo hacer lo que me gusta. Pero, como me sucede tantas y tantas veces, también me sentí un poco culpable.

—Pero, hija, no entiendo por qué.

—Verás, cada vez que pasa algo bueno en mi vida pienso que estás aquí, solo, y me siento fatal. Me encanta recibir tus cartas, pero me saben a muy poco; preferiría tenerte a mi lado para enseñarte el criadero de Torrelodones, para que me ayudaras cuando enferma un perro, que los vieras entrenar, disfrutar de tus consejos, que conocieras a mis compañeras, mi casa. O tan solo que pudieras pasear conmigo y con Campeón por el parque. Fíjate qué poco pido, pero qué difícil es...

Don Tomás arrugó la boca y apretó las mandíbulas encajando como pudo aquellas palabras. Le dolían, pero al mismo tiempo le aliviaban. Porque en aquel lugar de reclusión, además de su fatídica enfermedad, no había nada peor que sentirse olvidado por los suyos. Casi todos los presos contaban los días que les faltaban para salir, pero él ya no lo hacía. Solo sumaba los que había dejado de tener a sus dos hijos cerca, y sobre todo a Zoe, los días que ya no sentía los logros y fracasos de su trabajo, los días que pasaban entre una y otra de sus cartas, o los días que tendría por delante hasta la siguiente visita, a la que quizá no llegase vivo.

Cuando los otros internos restaban meses, él solo sumaba pena y resignación.

—Zoe, no puedes seguir viviendo mi situación como lo haces. Escucha —le recolocó el rizo permanentemente rebelde—, la vida tiene momentos únicos y maravillosos, pero también otros que no pueden ser peores. Estar aquí es duro, sin duda, pero he vivido intensamente; le he sacado jugo a las cosas importantes que me han ido pasando a lo largo de mi vida, he disfrutado de mi trabajo que me parece el más maravilloso del mundo, he conocido el amor con letras mayúsculas, y además he tenido unos hijos de los que me siento orgulloso y que me han dado muchísimas alegrías...

Zoe lo abrazó emocionada.

—Entiendo el mensaje, pero me cuesta ver cómo se puede sacar algo bueno de tu paso por la cárcel.

—Vivir entre rejas no solo te roba la libertad, también te hace preso de tu pasado porque aquí apenas sientes el presente y menos el futuro. Pero tú no puedes padecer la misma pena que yo, porque eres libre. Así que dejemos de hablar de mí y cuéntame otras cosas, por ejemplo de tu hermano, del que por cierto sigo sin saber apenas nada, o de tu trabajo. ¿Sabes algo de don Félix Gordón?

Zoe reconoció la misma falta de noticias por parte de Andrés, al que acusó de desapegado, pero aprovecharon para ponerse al día con lo poco que cada uno sabía. Sin embargo, cuando iba a responder a la siguiente pregunta de su padre con relación al trabajo, le vino a la cabeza la conversación que había mantenido con Max a mitad del desfile, por lo que se la trasladó para recabar su opinión.

—Está claro que lo que necesitas son sabuesos. Para los rastros no existe perro más pertinaz que él. Los recuerdo a mi lado cazando jabalíes y no puedes imaginarte cómo los perseguían; podían pasarse cuatro horas detrás de ellos y ahí los tenías, con la trufa pegada al suelo y sin desfallecer. Y a ese tesón hay que sumarle la particularidad de sus ladridos. No sé si lo recordarás, pero utilizan diferentes tonos según la fase de su rastreo, diferenciando el acercamiento a la presa de su levantamiento, de su persecución, o cuando finalmente llaman a muerte. Creo que esa habilidad puede serte muy útil para la localización de heridos. Y ahora que me acuerdo, en El Burgo de Osma trabaja Justiniano, uno de mis mejores compañeros de carrera. Sé que conoce a mucha gente de Soria, y si no recuerdo mal, en esa región es donde más sabuesos hay. Si se lo pides, él te puede ayudar a buscar buenos reproductores.

Zoe apuntó los datos.

—Me parece perfecto, papá. Lo llamaré de tu parte para ver qué me recomienda hacer y por dónde empezar. Max se encargó de contactar directamente con la Asociación Veterinaria para pedirles también ayuda.

—Te preguntaba antes por Gordón Ordás, pero ahora que has mencionado a esa asociación que tanto le debe, haz uso de tu amistad con él. Cualquier compañero con el que trates, sea en esa zona como en el resto de España, lo conoce perfectamente, y en general suele ser bastante respetado. Te ayudará a abrir puertas; ya verás. Y si vas a Soria, a tu vuelta cuéntamelo todo. Ya me dirás qué te parece mi querido Justiniano. Es un gran veterinario. Como lo serás tú, mi niña. —La besó en las mejillas—. Porque imagino que, pasado este difícil año de arranque, tu jefe te dejará matricularte en septiembre, ¿verdad?

—¡Eso espero! La verdad… Pero habrá que ver también cómo evolucionan las cosas en España, porque cada vez están peor, papá. Tu amigo don Félix, el mismo día del desfile, contó algo que nos puso los pelos de punta a todos, algo que había hablado con el mismísimo Azaña. Y me refiero a una posible guerra. Supongo que aquí os llegará muy poca información, pero puede que no estén muy equivocados. Es horrible.

—En la cárcel no se vive tan al día de lo que pasa afuera. Pero ahora que me lo cuentas, claro que me preocupa, y mucho, sobre todo por ti y por tu hermano metido en el ejército. De todos modos confío en Azaña; él sabrá poner las cosas en su sitio y arreglarlo a tiempo. Ya lo verás.

La impetuosa entrada del funcionario con el aviso de que habían agotado su tiempo detuvo la conversación. El hombre pidió al recluso que se levantara para ponerle las esposas, pero Zoe lo frenó y le pidió a su padre un último abrazo.

Lo vio irse con una extraña sensación, como si en vez de haberle levantado el ánimo ella a él como se había propuesto, hubiese sido a la inversa. Decidió que esa era la magia de su padre, de su saber hacer. Sintió una enorme ternura, y al verlo unos pasos por detrás de su carcelero, en un caminar agotado y extremadamente débil, tomó la determinación de no volver a Madrid sin hablar con el médico del penal, aunque tuviera que pedir de rodillas al director de la prisión la autorización necesaria.

Quería asegurarse de que estuviera recibiendo el tratamiento adecuado para su hidatidosis.

Pero le esperaban noticias mucho peores.

Desierto de Erg Chebbi
Protectorado español de Marruecos
1 de mayo de 1936

XI

A Valeria le sobraba toda la ropa.

El intenso calor que surgía desde la misma arena, en aquellas interminables dunas que subían y bajaban, no solo le quemaba los pies, sino que estaba consiguiendo que hasta se le olvidara su habitual ardor por Andrés, con quien había acudido hasta los confines de Marruecos.

Menos mal, pensó, que su acompañante tenía licencia para pilotar, y que había alquilado un biplano de dos plazas para cubrir la distancia que los separaba de Tánger. De no ser por eso, les hubiese costado más de diez horas de coche y habrían consumido casi todo el tiempo de que disponían sin haber podido poner en práctica sus sueños más secretos.

Valeria, agobiada por la elevadísima temperatura, intensificó el movimiento de su abanico y se desabrochó otro botón de la blusa.

—¿Dónde ti ha *detto* la guía *che trovaríamos il* oasis *e* la jaima?

Andrés miró la brújula y resopló asfixiado.

—Tiene que faltarnos muy poco. Según sus indicaciones, debemos de estar a menos de diez minutos y en la dirección correcta.

La mujer se apiadó de él. Además de sufrir la infernal temperatura y el agotador caminar, sintiendo cómo se les hundían los pies en la arena, su amante había tenido que cargar con la pesada bolsa en la que había metido lo necesario para hacerle pasar una noche inolvidable. Caminaban con la cabeza baja y un idéntico panorama bajo sus pies: arena y más arena. Un monótono paisaje que solo variaba según desde qué ángulo se mirara, fuera hacia arriba de una duna o hacia abajo.

A escasos metros de alcanzar la cumbre más elevada desde la cual esperaban ver el oasis, Valeria sintió que le faltaba el aliento y le sobraba sol. Miró la hora en su reloj. Como faltaba poco para anochecer y les habían recomendado evitar el frío nocturno, aceleró el paso, rasgándose la falda para evitar su estrechez.

—¡Mira! ¡Ahí está! —exclamó Andrés. Dejó caer sus bultos y suspiró con gusto.

Valeria observó una mancha verde a menos de un kilómetro de donde se encontraban. Jadeando por el esfuerzo del último repecho, se agarró de su brazo, recuperó el aliento y disfrutó del hermosísimo lugar en el que estaban. Un mar de olas naranjas se extendía desde ellos hasta el infinito, bañado por un tenue sol que empezaba a ser digerido por el horizonte arenoso.

—*E* un lugar *molto* maravilloso. —Apoyó la cabeza sobre su hombro, afectada por el imponente silencio que se respiraba en aquel escenario, tan carente de vida como rico en sensaciones.

Andrés la besó en los labios y ella se dejó hacer, sintiendo una placentera presión sobre su cintura.

—¿Estás cansada? ¿Va todo bien?

—*Non sono* cansada, *sono* deseosa *di te.*

El oasis de Shertad no era tan pequeño como desde lejos les había parecido, sin embargo, tampoco tardaron tanto en recorrer sus tres zonas bien diferenciadas: un pequeño cañón de paredes calizas que terminaba en un modesto pero insólito salto de agua; el palmeral, sembrado de dátiles y sombras; y en medio de un llano, una jaima preparada con todos los lujos posibles.

Andrés dejó la bolsa de Valeria dentro de la tienda, se retiró de la cabeza el pañuelo con el que se había protegido del sol, y después de sacudirse la arena de la ropa, tomó su primera decisión al localizar la botella de vino que había encargado. Ella se había puesto a recorrer el interior de la jaima observando cada detalle. Le maravillaron las sedas que colgaban de sus paredes y el precioso juego de té en plata repujada dispuesto sobre una repisa; o los incensarios colgados a diferentes alturas del techo. En uno de sus rincones descubrió una docena de frasquitos perfumeros embellecidos en plata, con las formas más variadas, que contenían los más seductores aromas. Sus pies caminaban sobre un suave y mullido suelo de alfombras y su mirada se iba llenando de sensualidad. Se imaginó como una princesa de leyenda, una Sherezade en compañía de un hombre que, cada vez que la amaba, le hacía sentir placeres que nunca había alcanzado antes.

—*Tutto è perfetto.*

—A tu lado, todo es perfecto.

Él la cogió de la mano, agarró la botella y las copas con la otra, y salieron de la tienda para dirigirse al rincón más sensual de todos los que el oasis ofrecía.

La fresca y fina lluvia se dejaba caer desde la roca, y el privilegio de saberse solos fue suficiente motivo para recibirla desnudos. Allí probaron el vino y la humedad de sus bocas. Allí se dejaron embriagar del único sonido que se escuchaba: las gotas que caían desde sus cuerpos a la piedra después de apenas haber conseguido templar su ardor. Y allí se recorrieron y se fundieron como nunca lo habían hecho antes, con un cielo brillante de estrellas y un soplo de viento seco.

Terminaron la botella de vino dentro de la tienda, después de que Valeria, con un divertido aire de misterio, le pidiera quince minutos a solas para poder arreglarse. A cambio le dio el sobre con la información que había conseguido. Él abandonó la tienda para abrirlo con ansiedad.

A la luz de un candil, nada más empezar a leer el contenido del escrito que estaba sellado como alto secreto, se le cortó la respiración. En él se listaban los agentes republicanos del

SSE, o sea, sus propios compañeros, que estaban colaborando con los servicios secretos italianos. Leyó sus nombres uno a uno, sin terminar de creérselo, y contó más de doce; casi todos. Sin duda alguna, aquella era la información más delicada que había caído en sus manos desde que estaba trabajando en tareas de espionaje. Dentro del sobre había otros tres informes, aunque comparados con el primero apenas tenían importancia. Recogían datos sobre los seguimientos a un militar de alta graduación y reconocida lealtad republicana, y a otros dos empresarios de dudosa reputación. Y el tercero daba constancia de la llegada de un nuevo agente ruso.

Volvió a releer el de mayor trascendencia muy impresionado. De ser cierto, casi todo el servicio secreto español del norte de África estaba colaborando con un país extranjero de corte fascista.

Se sintió mareado. Guardó el documento en el sobre, suspiró largamente y se puso a pensar. Coincidiendo con el ocaso del sol que hacía temblar el perfil de las dunas, lo primero que le vino a la cabeza fue preguntarse cómo podía manejar aquella noticia. De la información que hasta ese momento había conseguido, incluido el correo de Luccardi a Roma que Valeria le había pasado en Xauen, todo hacía pensar que una importante parte del ejército estaba fraguando una contundente respuesta contra el Gobierno republicano. Molina lo sabía, y muchos de sus superiores también. Sin embargo, el informe que tenía en sus manos añadía un factor de excepcional importancia al quedar implicado un país extranjero.

Dudó qué hacer.

La SSE sabía quién era Valeria y cuán especiales las relaciones que mantenía con ella, considerando a la mujer como la mejor fuente de información de que disponía la unidad. Hasta entonces, él había estado pasando a la SSE lo que averiguaba de la italiana, dejándose alguna parte para exclusivo conocimiento de Molina. Pero si ahora no entregaba a su actual jefe lo que acababa de recibir y se lo pasaba solo a su coronel, la reacción lógica de Molina sería detener a los agentes desleales, y la de sus actuales compañeros sospechar inmediatamente de él, desvelándose así su doble condición de espía. Aquella era una situación francamente complicada.

Estuvo pensando qué opciones tenía durante un buen rato, hasta que encontró una interesante solución. Pasaría el documento con la lista de los agentes a ambas partes. Con ese gesto se ganaría la confianza de los traidores de la SSE, a los que convencería después de la veracidad de su compromiso, para integrarse en su estrategia y obtener más y mejor información de ellos. Y a Molina, además de hacerlo cómplice de su táctica, le pediría que no desbaratara todavía al grupo, para poder llegar a conocer quiénes inspiraban desde la sombra aquella revolución del espionaje republicano. Trataría de hacerle ver que, estando dentro de la trama, podía conseguir mucho más que cargándosela de un plumazo.

Cerró el sobre preocupado y suspiró intentando relajarse. Aunque hubiese dado con una salida al grave problema, era consciente de que el mínimo error o una mala decisión le podía costar la vida.

—*¡Mio amore, vieni a me!*

Ni la llamada de Valeria ni su espectacular y seductora pose fueron suficientes motivos para sobreponerse a lo que acababa de conocer. Ella, bajo una serie de vaporosos velos, dejaba adivinar buena parte de su espléndido cuerpo deseando que él lo tomara entre sus brazos. Había colgado de sus pantorrillas y muñecas unos cascabeles que hizo tintinear al compás de sus pasos, atrayéndolo hacia ella con una mirada felina. Sus ojos, remarcados de oscuro, le daban un aire de misterio.

—*Questa* noche, hazme la *tua* esclava... *Fai lo che* quieras *di me* —le susurró al oído, bailando a su alrededor una danza oriental—. ¡Hazme *l'amore*! —le rogó, después de haberle rozado sutilmente los labios con los suyos.

Andrés sufría una congoja que lo tenía medio ahogado. No podía explicarse que Valeria no diera importancia al informe. A pesar de todo buscó su cuello para cubrirlo de besos, pero lo hizo sin demasiada pasión.

—*¿Che cosa sucede?* —Ella encontró una oscura sombra de inquietud en su mirada.

—Lo siento, es por lo que acabo de leer.

Comprendió su inquietud, pero en esos momentos su cuerpo no le pedía charlar. Trató de provocarlo mordisqueando sin prisa una de sus orejas, lo que siempre le había funcionado. Pero ni con ello obtuvo la menor respuesta positiva. Se recogió la melena, serenó sus sentidos como buenamente pudo y le pidió que se explicase.

—Te lo resumo en solo cuatro palabras: estoy sorprendido, desconcertado, incómodo y, por qué no confesarlo, bastante preocupado. —Se rascó la barbilla y buscó alguna reacción en el gesto de Valeria, en un intento de situar su posición.

Ella se dio cuenta y prefirió ir al grano para no demorar lo que en realidad deseaba. Confesó su dependencia física hacia él y su firme voluntad de evitar cualquier cosa que pudiera ponerla en peligro. La política le daba igual, le importaba él. Y desde su interesado criterio ya había filtrado las dos posibilidades que se le ofrecían dada la situación, decidiéndose con claridad por una.

—Únete al *tuo* compañeros. *Non* denuncies.

Él preguntó por qué le recomendaba esa opción.

—*Penso che nessuno mi* ha *amato come* tu. *E* para tenerte *piu* cerca *di me io preferisco* que *ti* sumes *alla* lista...

Para ella no había mejor solución. Lo besó en los labios con necesidad, y después confesó algo verdaderamente sorprendente. En su particular mezcolanza de ambos idiomas, contó que había descubierto pocos días antes que su esposo ejercía de enlace entre los dos servicios de información, entre el italiano y el de los agentes de la SSE afines. Y que nada más saberlo, lo había imaginado colaborando con su marido y, por tanto, entrando en su casa con más facilidad. Su feliz razonamiento pasaba por soñar con la posibilidad de amarse en su propio dormitorio, lo que la excitaba especialmente.

—Me gusta la idea —respondió Andrés, interesado sobre todo en la oportunidad de conocer a su marido, quizá una de las primeras piezas a investigar en el complejo entramado que acababa de conocer.

Cansada de una conversación que daba ya por agotada, Valeria decidió actuar.

Se levantó dos de los velos para que Andrés recibiera la imagen de su aterciopelada piel desnuda, agitó las caderas a escasos centímetros de su rostro y lo rodeó seduciéndolo con su melena y su perfume. Él olvidó de inmediato todo y volvió a mirarla con la necesidad de exprimir a esa mujer entre sus dedos, como si la oscura tormenta en la que acababa de verse inmerso, cargada de riesgos y dudas, se hubiera despejado de golpe y solo viera un cielo abierto y brillante, y a ella como único destino.

Valeria lo notó en su mirada. Se sentó encima de sus piernas, tomó posición a menos de un centímetro de su cuerpo, y dejó que los últimos tres velos, que apenas ya la cubrían, se evaporaran.

Y entonces se arropó entre sus brazos antes de pedirle que la amara.

—*Voglio* ser *la tua* espía *per sempre.*

Centro de adiestramiento canino de la Cruz Roja
Torrelodones. Madrid
Madrugada del 3 de mayo de 1936

XII

La luz del faro delantero de la BMW R11 que conducía Zoe barrió la última cuesta antes de enfilar la entrada de la finca. Había conducido de forma temeraria desde su casa después de haber recibido de madrugada una llamada de Rosinda. Aunque en un primer momento no la había entendido apenas, dado su nivel de histeria, después sí, cuando escuchó que se le morían los perros.

Max y su mujer Erika estaban ya en el recinto cuando Zoe apareció con una excesiva velocidad, tanta que tuvo que apretar a la vez y con energía los dos frenos para no llevarse por delante las perreras. Se detuvo a escaso medio metro, y bajó corriendo sin ni siquiera parar el motor. Con ella lo hizo Campeón, que se había unido a la expedición nocturna a pesar de sus iniciales negativas.

Rosinda la esperaba con dos grandes linternas de mano y el horror en su cara. A su lado y con un semblante que daba miedo estaba Max, y tras ellos Erika.

—He llamado a don Miguel Ruiz para que venga de inmediato a verlos. ¡Están fatal! —apuntó él.

—Una afortunada decisión —confesó Zoe, conocedora del enorme prestigio que tenía aquel veterinario, pionero de la clínica de pequeños animales en Madrid. Si había un especialista que supiese resolver un problema como el que tenían ese era don Miguel.

Zoe vio que Rosinda llevaba el botiquín de urgencia en la mano, y aprobó una vez más su eficiencia.

—¿Síntomas?

—Los guardeses me llamaron hará cosa de una hora y media. —Rosinda iba abriendo las puertas del recinto donde se alojaban los perros y después las de los cajones individuales—. Al llegar lo primero que me llamó la atención es que estuviesen todos mal; unos vomitando y el resto babeando de una forma exagerada, muy nerviosos y tocándose la boca con las patas. Al principio no escuché gemidos, pero poco después sí, como si se estuviesen ahogando. Me asusté muchísimo, sobre todo al ver sus miradas de moribundos.

—¿Puede ser una intoxicación? —le preguntó Max.

—Bueno..., eso es lo que parece. Pero he de verlos.

—Ahora no podemos permitirnos ni un solo tropiezo en el proyecto, y esto huele muy mal. Así que, venga... ¡Todo el mundo a trabajar y ya! —El comentario de Max no contribuyó a relajar la situación que quizá era lo que necesitaban, sino todo lo contrario. Zoe lo disculpó imaginando que se debía a los nervios.

Para que Rosinda pudiera tener las manos libres mientras abría los jaulones, Max se hizo cargo de las linternas. Detrás de ellos iba Zoe repasando qué enfermedades cursaban con esos síntomas y descartando aquellas que no tenían una presentación tan aguda. Tenía claro que la etiología no era vírica ni bacteriana. Había estado esa misma tarde viéndolos y ninguno había manifestado fiebre ni otros síntomas infecciosos.

Llegó al primer perro. Se trataba de un animal de menos de un año que permanecía tumbado, con el morro manchado de vómitos y un comienzo de edema facial. Tenía la lengua inflamada y medio azulada. Pidió un poco más de luz para confirmarlo. El perro respiraba muy fatigado, hundiéndosele el vientre cada vez que expulsaba el aire. Le metió un termómetro en el recto, miró la lividez de sus pupilas y con el fonendoscopio auscultó su corazón. Campeón, a su lado, dejó de mover el rabo y se puso a aullar, presintiendo la muerte. Miró a otro y encontró los mismos síntomas que en el primero, aunque todavía de mayor gravedad. El tercero tenía el mismo mal y la ránula sublingual inflamada, al fallarle los conductos salivares. La imagen era francamente alarmante. Todos los perros se encontraban a las puertas de la muerte y no tenía ni idea de por qué. El matrimonio que los cuidaba y vivía en la finca observaba a Zoe y a los animales alternativamente, llenos de espanto.

—¿Les habéis dado de comer algo diferente a lo habitual?

—Señora Zoe, no —contestó el hombre, apretujando entre las manos su boina—. Comieron normal, lo de siempre..., y no vimos que rechazaran nada. Hemos vuelto a revisar la comida por si estuviese estropeada, pero nos ha olido bien. No sabemos.

La mujer lloriqueaba mirando cómo los pobres animales se le morían. Los mimaba y cuidaba a diario y no podía imaginarse que pudiera perderlos a todos de golpe. Zoe acarició la cabeza del más joven y este respondió lamiendo su mano con debilidad.

—¿Pero qué os ha pasado? Parece un *shock* anafiláctico, pero los síntomas no coinciden al cien por cien —pensó en voz alta—. Ojalá llegue a tiempo don Miguel. Y esa lengua azulada...

Campeón miró a Zoe. En su expresión parecía haber algo más que el típico gesto de un animal que busca atraerse el interés de su amo, como si necesitase transmitirle algo. El perro, sabiendo que había captado su atención, se puso a olisquear por todos lados: entre los perros, en sus camas, en los comederos y bebederos. Correteaba buscando un rastro, y de pronto lo dejaba y volvía con la lengua fuera y una mirada brillante, como si tuviese una respuesta al enigma.

—¡Has de hacer algo, y ya! —la apremió Max al ver que dos de los perros habían dejado de respirar—. No puedo admitir que se nos muera uno solo más... ¡Ahora no! ¡Soluciónalo!

Zoe no lo había visto nunca tan nervioso y menos con ese tono de exigencia.

—Tranquilidad. Lo sé, lo sé... Estoy haciendo todo lo que puedo.

Con el botiquín abierto, tenía en cada mano un vial; uno era adrenalina y el otro un potente antihistamínico. Según lo que tuvieran los animales, uno de los tratamientos podía salvarles la vida. Era consciente de que debía tomar una decisión sin esperar al veterinario. A menos de diez metros de Zoe, vio a Campeón escarbando cerca de los boxes de forma nerviosa, alrededor de un largo y extraño reguero blanco que apenas se distinguía desde donde estaba. Extrañada por su comportamiento fue a ver qué llamaba tanto la atención de su perro.

Al instante volvió corriendo con la ampolla de adrenalina.

Metió veinte miligramos en un bote de cien mililitros, lo agitó, cargó cinco jeringuillas y las repartió entre todos los presentes.

—Pinchad a cada perro un centímetro cúbico subcutáneo, y a los que estén peor dejádmelos a mí que lo haré en vena. No perdamos ni un solo segundo. ¡Vamos!

—¡Esperad todos! —Max dudó de Zoe—. ¿De verdad, de verdad estás segura? ¿No sería mejor esperar a don Miguel?

Zoe no se lo pensó.

—¡Empezad ya con los que peor están! Confía en mí. Sé lo que hago.

—No entiendo cómo estás tan segura, si te falta media carrera.

Zoe entendió que no era el mejor momento de responderle, por lo que se empleó con uno que apenas podía cerrar la boca por la enorme hinchazón de su lengua. Buscó la vena cefálica del brazo, le clavó la aguja e introdujo muy despacio la adrenalina. Esperó a ver cómo reaccionaba. No era mujer de rezos, pero en esa ocasión invocó la ayuda de Dios. A punto estuvo de cortársele la respiración al ver cómo a los pocos segundos de su inyección el animal sufría un violento ataque y moría en sus brazos.

Max dejó de inyectar a su perro sin saber qué hacer. A ella le temblaban las manos. Se preguntó si no habría tomado una decisión equivocada. Volvió a mirar hacia el lugar donde había visto una hilera de gusanos, y se convenció.

—Seguid con las inyecciones.

Tan solo pasaron tres minutos cuando la mayoría de los animales empezaron a recuperar el tono de sus miradas, alguno hasta se levantó perezoso y tres de ellos empezaron a respirar con normalidad.

El motor de un coche irrumpió en el silencio de la noche, anticipando la llegada de don Miguel. Max lo presentó sin formalismos, y de inmediato el hombre se puso a inspeccionar al primer perro, al que vio en bastante peor estado del que le habían anticipado por teléfono.

—Veamos... veamos... —Sus manos eran ágiles, decididas. Recorrían el animal explorándolo por aquellos lugares donde sabía que podía obtener la información necesaria para dirigir su diagnóstico.

Zoe rompió el silencio explicando lo que había hecho y cuál creía que era la causa: una alergia aguda por contacto y consumo de orugas procesionarias del pino. Señaló con el dedo dónde las había visto, ante el asombro de los demás asistentes, que de inmediato fueron a mirar. El rigor clínico que caracterizaba a don Miguel hizo que no valorara todavía su acierto. Hasta que no hubiese terminado con su exploración y viera al conjunto de animales, prefería no opinar. Recordó un reciente artículo sobre ese tipo de alergias y los síntomas empezaron a coincidir uno tras otro.

Zoe se le adelantó al preguntar al matrimonio si no habían advertido la presencia de las orugas.

—Forman capullos en esos pinos de ahí arriba, es verdad. Y estos días las hemos visto migrar formando filas, pero no imaginábamos que pudieran hacer tanto mal a los perros.

Max preguntó qué podían hacer para evitarlas, y Zoe contestó que fumigar.

Don Miguel acababa de revisar el estado del quinto perro, y empezó a defender la buena decisión de su futura colega.

—Muchacha... —se retiró los guantes y hundió sus manos en un pozal con agua y jabón—, he de reconocer que tienes buen ojo clínico. Celebraré verte pronto ejercer, porque estoy seguro de que lo harás muy bien. Enhorabuena. Has resuelto un problema muy serio con poca información y nula experiencia. ¡Les has salvado la vida!

Zoe correspondió a los elogios sonriendo complacida.

—Él me puso en la pista.

Señaló a Campeón. El perro se había pegado al veterinario observando cómo lavaba la boca a uno de los perros con suero salino, después de que le hubiera pinchado un antiinflamatorio para rebajar la hinchazón de su laringe.

Don Miguel decidió que los más graves necesitaban un urgente lavado de estómago, no fuera que se hubiesen tragado alguna oruga o una peligrosa cantidad de pelo de ellas, que explicó era donde transportaban las toxinas. Rascó la cabeza de Campeón cuando la vio asomar entre sus brazos, y pidió ayuda a Zoe. Mientras preparaba los instrumentos, Max y Erika se despidieron, dadas las horas que eran y visto que no podían hacer nada más.

Con la ayuda de Rosinda sujetaron al perro y don Miguel explicó a Zoe cómo se debía introducir una sonda gástrica para que se repartieran el trabajo. En mitad del proceso, la advirtió sobre un detalle que le había llamado la atención.

—Me ha parecido ver algo de vitíligo en algunos animales.

—Lo sé. Llevo un tiempo advirtiéndoselo a Max, pero no hemos tomado ninguna decisión.

—Si tuvieras un número muy bajo de nacidos por hembra y si los cachorros tardasen más de la cuenta en presentar las orejas tiesas, empieza a alarmarte de verdad. Significaría que hay demasiada consanguinidad en los reproductores.

En su caso, al no haber tenido todavía partos, dado que solo llevaban ocho meses y los perros habían entrado de cachorros, la primera premisa no podía valorarla aún, pero sí confirmó lo de las orejas. Todos los animales procedían de un único centro, de Fortunate Fields, y recordó haber escuchado a Dorothy Eustis decir que tiempo atrás había tratado de mezclar sus líneas genéticas con las de otros criaderos para evitar ese mismo problema.

Eran las cuatro de la madrugada, el cielo estaba inundado de estrellas, y una repentina y fresca brisa empezó a aliviar el intenso calor que habían pasado dentro de los jaulones. Para Zoe, todavía inmersa en aquella retadora experiencia, no había otro escenario en el mundo que le produjera más satisfacción.

—Adoro este trabajo —le confesó a don Miguel.

—Y yo adoro contar con una colega tan eficiente y tan prometedora —le respondió sonriendo.

A mediodía, Zoe aparcó su motocicleta frente al portal de Max, saludó al portero y se dejó acompañar por él hasta la puerta del ascensor. En aquel edificio, la mayoría de las vecinas eran sesentonas y el hombre no tenía muchas oportunidades de alegrarse la vista. Le gustaban las mujeres bien dotadas, y aquella lo estaba. Nada más cerrar la puerta del ascensor y marcar desde fuera el número del piso de Max, el tipo no perdió un segundo en encenderse un pitillo y casi a la vez rompió a toser con tanta necesidad y violencia que por efecto de las sacudidas se quedó medio doblado.

Max no había superado el susto de la pasada noche, y quizá por eso recibió con desasosiego el nuevo problema que Zoe le expuso entre el primer y segundo plato. Erika escuchaba en un discreto silencio.

—Zoe, entiendo la traba —comentó Max—, pero no qué solución le ves. En otras palabras, me estás diciendo que no deberíamos emplear nuestros perros como reproductores pues aumentaríamos..., ¿la has llamado *su homocigosis*?

—Exacto. Lo que veo es que tenemos que actuar de inmediato. Si pretendemos entrenar entre setenta a setenta y cinco perros todos los años, vamos a necesitar nuevos reproductores dado que los actuales nos van a dar problemas. Y si queremos ampliar los servicios del centro, como comentamos durante el desfile, hemos de introducir nuevas razas. Con todo lo dicho, mi propuesta es que usted se encargue de encontrar los nuevos pastores alemanes y yo los sabuesos. En mi caso ya tengo un nombre y una ciudad para empezar.

—Ayer tuve la misma sensación que tengo ahora. Me sorprende que tengas un conocimiento veterinario tan avanzado cuando dejaste la carrera a medias. De todos modos, lo que te digo tómatelo como un elogio.

Max apoyó los cubiertos sobre el plato, rellenó las copas de vino y se fijó en ella. La gran responsabilidad que había tenido que asumir desde su contratación, junto con el esfuerzo de tiempo y trabajo que estaba poniendo en ello, empezaba a dejar señales en su rostro. Le habían aparecido unas pequeñas ojeras, y su semblante ya no era el de aquella jovencita que había descartado en su primera entrevista.

Zoe había madurado física y mentalmente.

—De acuerdo. Preguntaré en la Sociedad de Fomento de las Razas Caninas para que me den nombres de criadores de pastor alemán próximos a Madrid. Y por cierto, podrías abandonar ya ese «usted» con que me llevas tratando desde el primer día, ¿no te parece?

—Lo intentaré, Max. Por mi parte, iré planificando mi viaje a Soria —añadió Zoe.

—Tienes de antemano mi autorización para comprar o acordar lo que creas conveniente. Estoy seguro de que tomarás la decisión más adecuada. Ayer noche diste buena fe de ello.

Zoe dejó los cubiertos en el plato y se le escapó un suspiro. Pocas veces Max se había parado a elogiarla. Había ensalzado a los animales, la última vez viéndolos desfilar, y aplaudido algún que otro logro parcial del centro, pero nunca se había referido específicamente a ella. Y eso significaba mucho.

—Max, haré todo lo que esté en mi mano para no defraudarte.

Erika salió en apoyo de Zoe intuyendo lo que estaba pensando.

—Cariño, a ver cuándo te empiezas a dar cuenta de que trabajar con mujeres requiere algo más que organizar las cosas o dar órdenes, se nos ha de entender.

—Una tarea nada sencilla, por cierto… —apuntó él, mientras masticaba un trozo de solomillo.

—Tampoco tanto. Solo hay que cuidar ciertos detalles. Cuando tomamos una decisión la cumplimos, pero para ser del todo felices necesitamos compartirla. Y si además ha salido bien, es vital sentirnos reconocidas. No somos tan complicadas. —Le hizo un guiño a Zoe—. Hay dos fórmulas para iniciar una buena conversación con una mujer. Y son: «estoy deseando que me cuentes», y la segunda, «que sepas que me ha encantado».

Max, dándose por aludido, miró a su mujer y luego a Zoe.

—Zoe, perdóname si no he sabido transmitirte hasta ahora lo que pienso sobre tu trabajo… —Zoe lo cortó.

—No hace falta, Max. No tienes por qué.

Él prefirió ser espontáneo, antes de usar aquellas frases sugeridas por su mujer, y se lo dijo a su manera.

—A lo largo de mi carrera y en mis diferentes encargos nunca había tenido una colaboradora, siempre han sido hombres. Pero al conocerte me he dado cuenta del grave error cometido. Trabajar contigo es un placer.

El Burgo de Osma
Soria
7 de mayo de 1936

XIII

Justiniano vivía enfrente de la magna catedral del Burgo de Osma, en una casa de fachada medieval, enorme portón de carruajes y acceso lateral a un recoleto patio donde tenía un pozo, cuatro limoneros y una hamaca que colgaba de dos de ellos en la que dormía siestas antológicas.

Pudo ser ese el motivo de su mal recibimiento, porque cuando Zoe apareció en el patio con casco y gafas en la mano, capa de agua y pantalón impermeable, eran las tres y media de la tarde y la expresión que el hombre puso al verla estaba en el polo opuesto a la cordialidad.

—Te esperaba a comer —soltó en un tono áspero.

—Siento el retraso, pero me llovió tanto de camino que tuve que conducir más despacio.

—Ya, pero me has dejado a media siesta. —Zoe no supo qué contestar, violentada por el comentario—. Y encima querrás un café, imagino.

—Se lo agradecería mucho.

El hombre se echó los pelos para atrás y tiró del chaleco hacia abajo para tapar la media barriga que le asomaba. Se encendió un cigarrillo, la miró de arriba abajo y propuso que pasaran a la cocina. Lo siguió por la casa. De un solo vistazo dedujo que no estaba casado, ante tanto desorden como allí había, y también que no era hombre de dispendios, porque hacía un frío descomunal y no había resto alguno de fuego en la chimenea, ni tampoco brasas en la cocina de carbón.

Lamentó haber dicho que sí al café cuando le llenó la taza con un líquido helado, espeso, oscuro y amargo, que podía haber estado bueno el día que lo había hecho, que habría sido como mínimo hacía una semana.

—Siento que tu padre esté preso. —Zoe no había querido contarle lo grave que estaba—. Fuimos buenos amigos durante la carrera. Menudos sinvergüenzas que estábamos hechos por entonces. ¡Madre mía! —Una voluta del amarillento humo de su cigarrillo se le metió en el ojo y le arrancó una lágrima, aunque Zoe quiso interpretar que su padre podía haber tenido también una parte de responsabilidad—. No te pregunto qué tal está porque me lo imagino. Aparte de su encierro, con lo que amaba esta profesión de locos, el no ejercer tiene que estar suponiendo un verdadero martirio para él.

—No le quepa ninguna duda. Le manda muchos recuerdos.

—Y si se puede saber, ¿para qué necesita la Cruz Roja tantos sabuesos y con tanta urgencia?

—Como hay mucho miedo a lo que pueda suceder en España, la Cruz Roja ha decidido reforzar los servicios de asistencia y socorro canino, y con prisa, esa es la realidad.

Los pequeños ojos de Justiniano juzgaron la frágil figura de Zoe cuando se quitó la capa de agua y apareció vestida con una camisa de algodón y unos pantalones azules algo ceñidos.

—No se entiende que queráis ser veterinarias.

—¿Cómo? —Zoe dejó la taza de café encima de la mesa, y con la boca retorcida por su amargor esperó alguna aclaración.

—Nunca podréis resolver un parto difícil en una vaca o tumbar una oveja para explorarla, y mucho menos arreglar los cascos a un caballo de esos que por viejos y resabiados saben hasta latín. No seréis capaces de extraer una pieza dental a una mula y dudo mucho que podáis soportar la fetidez de una placenta retenida más de dos días. Con lo bien que estáis trabajando en lo vuestro, tras los fogones, o limpiando la casa, no sé a cuento de qué os metéis a estudiar esta carrera.

Zoe escuchó una a una sus apreciaciones, pero no se achantó.

—Quizá necesitemos un poco de ayuda en alguno de esos casos, pero las mujeres podemos enfrentarnos a cualquier situación cuando nos lo proponemos. —No era la primera vez que tenía que combatir ese tipo de prejuicios—. De todos modos, pretendo dedicarme a los perros, lo que no me exigirá las mismas condiciones físicas que si me decidiera por los caballos. —La firmeza de su expresión reflejaba la convicción de sus palabras—. Amo esta profesión desde muy pequeña, desde que acompañaba a mi padre a trabajar. Y la amo tanto que no sabría qué otra cosa hacer si no pudiera ejercerla, porque el papel de ama de casa ya lo viví antes de enviudar y no lo quiero repetir.

Justiniano la escuchó sin moverse ni un ápice de su idea, aunque decidió no seguir la discusión y abordar el objetivo de su visita, dada la urgencia con la que la joven la había solicitado.

—Aparte de tu llamada, también tuve otra de la Asociación de Veterinarios de Soria. Querían que después de estar conmigo acudieras a la capital para presentarte a más gente con sabuesos, creo que de la mano de dos compañeros que no me acuerdo en qué ayuntamientos trabajan. Pero no creo que lo necesites. Con Malaquías, *el Tramposo* tendrás más que suficiente, quien por cierto ha de estar al caer. —Miró la hora en un reloj de pared.

A Zoe le inquietó el apodo y preguntó a qué se debía.

—Malaquías es un tratante de corderos que se patea todos los apriscos de la provincia, y es raro el ganadero que no le debe un favor. Cuando le expliqué lo que querías, en menos de medio minuto me había listado los cinco propietarios con mejores ejemplares de esa raza.

—Parece el hombre perfecto para mis planes.

—Perfecto no es, pero bueno, ya lo conocerás.

Zoe estaba sentada en el asiento más sucio que hubiese visto en su vida, en una destartalada furgoneta cuya caja trasera estaba preparada para transportar una treintena de corderos en cada piso, y tenía dos. El tal Malaquías era un hombre entrado en los cincuenta, desdentado, de cabello rizado y con más de un trozo de paja viajando por él, cuya ropa necesitaba un urgente lavado, al igual que el pelo. Pero si había algo que caracterizaba a aquel hombre era su acidez de carácter y las pocas palabras que salían de su boca.

Lo único que le dijo al subir al coche fue que empezarían por San Leonardo, donde conocía a un vecino que además de trescientas ovejas tenía una pareja de sabuesos con excelente fama de cazadores. Cuando llevaban cuatro o cinco kilómetros recorridos, Zoe trató de arrancar una conversación.

—¿Mueve muchos corderos?

—¿Para qué lo quieres saber, carajo? ¿Acaso te interesa tanto el dato? —respondió levantando la voz, una voz rasposa y grave.

—Para nada en especial, era solo por hablar de algo.

—Hablar conduciendo me toca las narices...

—Bien, bien... Lo dejaré tranquilo, entonces.

El hombre escupió por la ventanilla, cambió de posición el palillo de dientes que había estado en la comisura izquierda de su boca desde que había llegado a casa de Justiniano, y pensó lo poco apropiada que iba la finolis esa para entrar en los establos.

Zoe estudió el interior del vehículo para ver dónde dejaba su bolso, pero terminó sujetándolo entre los brazos. Como tampoco se atrevió a preguntar el nombre del primer ganadero al que iban a ver, dada la poca gana de hablar que había demostrado el tipo. Por eso, cuando poco después de atravesar el río Lobos dejó la carretera asfaltada para entrar en otra serpenteante y de tierra, se contuvo. Al final de ella, y en lo más alto de una colina, distinguió una modesta edificación de piedra con un gran patio lleno de ovejas, rodeado por unas teleras de madera.

A Malaquías no le debían de preocupar demasiado los baches del camino, a juzgar por la velocidad que llevaba, pero a Zoe sí al ir golpeándose con la puerta o con el techo según fuera la profundidad de los socavones. Por eso, cuando llegaron a destino, y a pesar del brutal frenazo, suspiró aliviada.

A las puertas del aprisco un hombre de avanzada edad los esperaba apoyado en una garrota. Al ver salir de la furgoneta a Zoe, se le arquearon las cejas extrañado por la compañía que traía su tratante.

—¡Pero mira que eres granuja! ¡Fíjate qué bien te rodeas, bribón! —Chasqueó la lengua y en el descuido se le cayó la pava del cigarro que se estaba fumando. Maldijo a una docena de santos, la recogió del suelo y se la volvió a poner entre los labios.

Malaquías, con su habitual tono de descortesía, ni se la presentó. Gruñó al pasar a su lado y entró al establo para elegir los corderos que le iba a comprar.

—Me llamo Zoe. —Ella le ofreció la mano.

El anciano se la estrechó sonriéndose por dentro al ver los zapatos que llevaba, un modelo de lo menos adecuado para andar entre ovejas, y la invitó a entrar con el cigarro en la boca en su mínima expresión. Zoe dudó si no se estaría quemando.

La nave estaba dividida al centro en dos mitades iguales. En un lado estaban las ovejas con sus corderos y en el otro las no preñadas.

—¿Y a qué se debe el gusto de tenerla por aquí?

Ella miró desconcertada a Malaquías al deducir que no debía de haber anunciado a qué venían. El otro ni se percató, porque andaba moviéndose entre el rebaño valorando el estado de carnes de los corderos.

—Tengo entendido que tiene una excelente pareja de sabuesos y me gustaría hacerle una buena oferta por ellos, si me los quisiera vender, claro. Trabajo para la Cruz Roja, estamos desarrollando una nueva unidad de socorro canina y necesitamos ampliar el número de perros para atender nuevas necesidades.

—Y es medio veterinaria —gritó Malaquías mientras pasaba algunos corderos a un apartado pequeño de la nave, bajo la protesta de estos al verse separados de sus madres. Muchas corrieron tras ellos.

El anciano se quedó de una pieza al escuchar aquello.

—¿Una veterinaria? Nunca había escuchado cosa igual. ¡Será posible! ¡Por todos los demonios! —Se quitó la boina para rascarse la cabeza—. ¡A dónde vamos a parar!

—No le extrañe tanto, ya somos más de ocho las que estudiamos en Madrid y desde hace diez años tenemos a la primera veterinaria española ejerciendo en un pueblo de la provincia de Badajoz. ¿Qué le parece lo de los perros que le he dicho? ¿Los podría ver?

—Pues tengo unos corderos que se zurran.

Vista su contestación, estaba claro que el pastor ignoraba por el momento la propuesta de Zoe. Malaquías se volvió para ver cómo le respondía, sabiendo perfectamente a qué se estaba refiriendo su cliente.

—No le entiendo —contestó ella, habiendo descartado la posibilidad de que se estuviese refiriendo a una pelea entre los animales.

—Pues vaya veterinaria que está usted hecha, que no sabe ni eso. *Zurrarse* significa que tienen *diarrera.*

Zoe se sintió analizada e inmediatamente minusvalorada por aquellos dos hombres. Pero no rectificó lo de *diarrera* imaginando que era la forma que tenía de llamar a lo que se conocía como *diarrea.*

—¿Dónde están? —decidió no amedrentarse.

—Míreles el culo y los encontrará con facilidad. —Explotó de risa el pastor—. En efecto, tengo dos sabuesos, los mejores de toda la comarca, pero no están a la venta. Sin embargo me han criado a tres cachorros de unos cinco meses que si me los paga bien podrían ser suyos. Pero para que lleguemos a un trato, antes tiene que resolver la zurreta de esos corderos.

Zoe se alegró de llevar pantalones, pues tuvo que saltar una cancela metálica para entrar a donde estaban los animales, aunque temió caerse al notar cómo se le hundían los zapatos nada más pisar la paja reblandecida por los excrementos.

Fue hacia uno de los corderos con la cola manchada, pero se le escurrió entre las ovejas, que también se apartaron al ir hacia ellas. Los dos hombres la observaron entretenidos, sin la menor intención de ayudar. Zoe fue a por otro cordero con idéntico aspecto, pero tampoco consiguió hacerse con él. Y eso que había podido agarrarlo de una pata, aunque sin esperarse su respuesta en forma de patada en la rodilla. Lo peor no fue el dolor que le produjo el golpe, sino que además la desestabilizó y terminó en el suelo manchándose sin remedio el pantalón, y de paso las dos manos.

—Ve usted como este no es trabajo para una señorita —apuntó el pastor.

Zoe sacó su amor propio, se levantó y sin pensárselo dos veces atajó al mismo cordero en su huida. Lo tumbó sobre el suelo, apoyó una rodilla en su cadera, una mano en el cuello, y con la otra le levantó el rabo para identificar el estado del recto y el color de sus deyecciones.

La diarrea de los corderos podía ser causada por diferentes agentes infecciosos, pero el color achocolatado de la que estaba viendo hizo que pensara en uno en concreto. Las dudas que mantenían aquellos hombres sobre su capacidad profesional la obligaron a mojarse en el diagnóstico y a elegir un tratamiento que pudiera ser fácilmente aplicable, para sorprenderlos.

—Se zurran por el mal de las camas —atajó con un nombre que se acababa de inventar, pensando que la denominación científica no la iban a entender—. Una enfermedad que aparece pasado el primer mes de vida y casi siempre antes del segundo.

—¿Qué es eso del mal de las camas? —preguntó el pastor.

—¿A que el problema empeora cuando se está terminando una paridera, con los últimos corderos que nacen? —contraatacó Zoe.

—Pues ahora que lo dice..., sí. —El hombre se quedó perplejo ante el buen ojo de la mujer—. Mira por dónde que hasta va a estar usted un poco preparada... Esa *diarrera* ataca sobre todo a los corderos de las ovejas que se han retrasado más y las últimas que me paren, tiene razón.

—Les va a dar a comer un machacado de ajos mezclado con un poco de leche de la madre. No meta mucho ajo, no vaya a ser que rechacen la leche. Y hágales un favor, renueve y limpie las camas todo lo que pueda, sobre todo antes de cada paridera.

Zoe se incorporó desde el suelo, miró a sus dos atónitos espectadores, y aprovechándose de su momento de evidente superioridad moral, volvió a proponer la compra de sus perros.

—Le venderé mis tres cachorros, y en agradecimiento a lo que acaba de enseñarme me encargaré también de localizarle los otros siete que busca. —Se retiró la boina, la rodó entre sus manos y agradeció su ayuda.

—Yo mismo se los llevaré en mi furgoneta a donde me diga —apuntó Malaquías, quien por algún motivo cercano a la admiración acababa de dejar de tratarla de tú y estaba mostrando su cara amable.

—Gracias, se los pagaré encantada.

El pastor, un segundo antes de cerrarle la puerta de la furgoneta y a punto de que se fueran de su explotación, tocó con los nudillos en la ventanilla de Zoe.

—No sabrá también cómo se curan los *tetos* inflamados de las ovejas, ¿verdad?

Cañonero Eduardo Dato
Ceuta
3 de junio de 1936

XIV

Andrés Urgazi se dejó caer al agua desde una pequeña barca de remos en cuanto alcanzó el perfil del buque de guerra. Antes, había perforado la barca en dos puntos para hundirla y no dejar ninguna pista. Provisto de un traje de buceo de lona recauchutada y gafas especiales, después de verla desaparecer bajo el agua, se sumergió para recorrer la eslora del cañonero de proa a popa por el lateral que quedaba amarrado a puerto.

Escuchó voces.

A las dos y veinte de la madrugada, los únicos que podían estar despiertos entre sus ciento cuarenta tripulantes eran tres marineros de guardia y un suboficial.

Recorrió sus setenta y siete metros de eslora hasta alcanzar el límite del buque, le dio la vuelta, y al avanzar ahora por babor contó seis escotillas. Comprobó cómo iba de tiempo y vio que eran las dos y media: la hora y el lugar convenido para que le facilitaran el acceso al barco.

De uno de los ojos de buey más cercanos a él salía luz. Miró hacia la cubierta y confió en su suerte. Si en ese momento era localizado, estaba perdido. Los minutos de espera se le hicieron eternos hasta que vio aparecer una cabeza y poco después una escalerilla de cuerda que rodó hasta caer en sus manos.

Sin perder un segundo empezó a subir por ella, pero a medio recorrido sintió un tirón que significaba peligro. Se pegó al casco y escuchó hablar a dos hombres a poco menos de tres metros por encima. No entendió qué decían, pero, para su alivio, se marcharon al poco tiempo. Dos tirones de la cuerda significaban vía libre. Andrés siguió ascendiendo hasta llegar a cubierta. Su contacto lo urgió a entrar por una escotilla que acababa de abrir a su lado mientras recogía a toda velocidad la escala. Andrés se metió por ella y lo esperó, a refugio de un recodo.

—Subteniente Tomás Gancedo, a su servicio. Sígame hasta la cabina de telegrafía.

El hombre le pasó una toalla para evitar que dejara un rastro de agua. Andrés se secó y siguió sus pasos con extremo sigilo hasta llegar a un cruce de pasillos. Tomaron el de la derecha, pero a escasos metros de donde estaban escucharon voces que venían a su encuentro. Tomás pensó a toda velocidad en cuál de aquellas puertas podrían esconderse, dado que eran los camarotes de los oficiales. Señaló la segunda a su izquierda, donde dormía un alférez de fragata que sin ser de los suyos parecía estar más de su lado que el resto.

—Por si fuese necesario… —Le entregó una pistola a Andrés.

Entraron y cerraron la puerta a tiempo de no ser vistos. Tumbado sobre un camastro, el alférez abrió los ojos perplejo.

—Pero ¿se puede saber qué carajo estáis haciendo aquí?

Se incorporó de la cama desconfiado, pero no previó la rapidez del buzo, y menos aún el golpe seco que le propinó en la cabeza con su pistola. El efecto fue tan contundente que se desplomó sobre el suelo.

—Quizá me haya adelantado, pero solo así tendremos garantizada una total tranquilidad —se justificó Andrés.

—Lo peor es que me ha reconocido. Pero, bueno, se lo justificaré diciendo que iba encañonado —decidió Tomás en voz alta—. Aunque, claro, también tendré que inventarme un robo o algo parecido para explicar la presencia de un extraño en el barco. —Su cabeza se puso a pensar a toda velocidad, recreando un escenario ficticio que hiciese verosímil la versión que iba a tener que ofrecer a la mañana siguiente.

—Me parece bien, pero, para evitarnos cualquier sorpresa, atémoslo.

Tomás utilizó la sábana para amarrarle las muñecas y los pies, y la funda de la almohada como mordaza. Una vez quedaron convencidos de su completa inmovilización, salieron al pasillo. Desde allí hasta la cabina de telegrafía no se cruzaron con nadie más.

Entraron en ella y Tomás cerró la puerta.

—Espere. Voy a buscar el documento.

Andrés tomó asiento en una banqueta y se hizo espacio en una mesa para poder ver el escrito que justificaba su presencia a esas horas de la madrugada. El radiotelegrafista, hijo de socialista y afiliado en secreto a la UGT, abrió con llave un departamento metálico adherido a la pared donde guardaba los cables e informes más importantes junto con el libro de códigos y claves. Extrajo una carpeta azul. De ella sacó tres papeles que pasó a Andrés.

—Llegó hace cinco días. Lo que tiene entre las manos es una copia manuscrita que hice para usted. El original obra en poder del capitán.

Andrés leyó con detenimiento su contenido:

> «Las circunstancias gravísimas por las que atraviesa la Nación debido a un pacto electoral, que ha tenido como consecuencia inmediata que el Gobierno sea hecho prisionero de las organizaciones revolucionarias, lleva fatalmente a España a una situación caótica, la cual no se puede evitar más que mediante la acción violenta. Para ello los elementos amantes de la Patria tienen forzosamente que organizarse para la rebeldía, con el objeto de conquistar el poder e imponer desde él el orden, la paz y la justicia».

A la proclama le seguía una relación de bases, en total nueve, sobre las cuales quedaba estructurado un plan para la toma del poder en España, estableciéndose los pasos para dar por provincias y divisiones militares, con el fin último de instaurar una dictadura militar republicana.

—Se ha arriesgado mucho dejándolo con el resto de documentos oficiales —su comentario sonó a amonestación.

—Supuse que sería el último sitio donde se les ocurriría buscar —se disculpó.

—De acuerdo. Visto así, tampoco está tan mal pensado. Y dígame, ¿en qué otras manos ha podido caer el original? —preguntó Andrés al terminar de leerlo.

—Que yo sepa, solo lo ha visto mi comandante. Tuve cuidado de dárselo en sobre sellado.

Andrés metió el escrito en un sobre plastificado e impermeable y lo guardó dentro de su traje de goma. El documento estaba firmado de forma genérica por «El director», por lo que no era posible conocer su verdadero padre, pero se podía deducir quién lo había redactado.

—Imagino que en caso de rebelión, tal y como avanza el escrito, sospechará de sus oficiales, ¿cierto?

El radiotelegrafista no tenía ninguna duda.

—Se escuchan cosas últimamente —comentó nervioso—. Y si no he entendido mal, el próximo cinco de julio se desarrollarán unas maniobras militares en el valle de la Ketama donde se espera una acumulación de tropa que puede llegar a los cuarenta mil soldados. Esa puede ser la excusa perfecta para dar comienzo a los planes descritos en esa instrucción.

Andrés recibió sus opiniones sin comentar nada.

Lo menos que podía imaginarse el radiotelegrafista es que la visita de aquel buzo estaba siendo dirigida desde el otro bando. Porque aquella era la primera misión de Andrés a cargo del grupo de agentes del SSE ligados a los servicios secretos italianos, después de haber sido aceptado por ellos.

La lista de Valeria había desencadenado en Andrés la acelerada búsqueda de su cabecilla para convencerle sobre su afinidad a la causa, y así poder ser integrado en el grupo secreto; una táctica aprobada de antemano por el coronel Molina. Conseguido el primer objetivo, y para esquivar la inicial desconfianza del líder de los agentes insurrectos, había tenido que reunir una detallada explicación de sus razones, añadir las pruebas que demostraran su hipotético rechazo al Gobierno y comprometerse hasta el final con el juramento de honor. Le costó un poco más aclarar sus relaciones con el coronel Molina, la verdadera causa de que no hubieran contado antes con él. Lo hizo ateniéndose a la sagrada obediencia que un militar ha de mostrar a su superior, lejos de que fuera plato de buen gusto. El líder de los agentes que colaboraban con la agencia italiana reconoció los numerosos seguimientos practicados a Andrés, para tratar de confirmar de qué lado estaba. Porque ellos creían que, llegado el momento de una rebelión armada, el jefe de los Tercios de la Legión se pondría a favor del Gobierno. Aclaradas las dudas, o al menos en buena parte, la inesperada entrega de aquella lista secreta fue lo que terminó de demostrar la sinceridad de sus intenciones. Al verla, su nuevo jefe entre los agentes insurrectos, Carlos Pozuelo, fue plenamente consciente de las fatales consecuencias que tendría para el grupo que Andrés la hubiera hecho llegar al Ministerio de Guerra: seguramente un pabellón de fusilamiento por alta traición.

—Subteniente Gancedo, le agradecemos su valiente gesto dada la situación que estamos viviendo —comentó Andrés, animado a abandonar lo antes posible el cañonero—. Y descuide, que haremos llegar con urgencia el documento a Madrid —mintió.

—Confío en que podamos detener entre todos esta locura.

Tomás Gancedo escudriñó el pasillo a través de la rendija de la puerta antes de darle vía libre. Salieron en silencio, y deshicieron el camino hasta la cubierta.

Serían las tres de la madrugada cuando, con el cambio de guardia, Andrés abandonaba el cañonero por estribor descendiendo por la escalerilla de cuerda. Pero las cosas no fueron fáciles desde ese momento. Vigilancia de Puerto había intensificado las medidas de seguridad esa misma semana debido a la oleada de robos que se habían producido en sus naves y talleres, seguramente a manos de las tribus rebeldes rifeñas. Y para atender aquel cometido, cada noche patrullaban por las instalaciones una decena de marinos armados.

Un par de ellos, que pasaban en esos momentos cerca del buque, lo vieron.

Andrés escuchó el «alto» cuando estaba a medio camino del agua. El foco de una linterna buscándolo por el casco obligó a soltarse de la escalerilla y dejarse caer. Al no llevar bombonas de aire, la única posibilidad que tenía para huir sin ser detenido era bucear, lo que hizo en cuanto empezó a sentir la compañía de las primeras balas. Como había descendido por el lado del buque más pegado a puerto, creyó que, si rebasaba por abajo la quilla del cañonero, los disparos no lo alcanzarían. Y desde el otro lado podría dirigirse a cualquier dirección donde hubiera menor peligro.

Tomó aire, se hundió y siguió el perfil de acero del barco. Los algo más de tres metros y medio de calado se le hicieron eternos. De noche y sin ver el final, creyó que se ahogaba. Al rebasar el punto más bajo y empezar a subir por el otro lateral se empujó con las manos para ganar velocidad. La necesidad de meter aire en sus pulmones le resultaba agobiante, cuando empezó a distinguir un poco de luz en la superficie. Pero no terminaba de alcanzarla. Apretó la garganta y los pulmones, cerró los ojos y se impulsó con todas sus fuerzas hasta que notó el providencial frescor de la noche. Respiró con normalidad y estudió la situación. La tripulación del cañonero había sido alertada por la patrulla, lo que produjo la inmediata aparición de alguno de sus ocupantes por cubierta. Los vio enfocar sus linternas hacia el agua, por suerte donde él no estaba. Pero de repente, a su izquierda, vio venir una pequeña embarcación patrullera a toda velocidad. Esta vez sí se asustó. Las posibilidades que tenía de huida eran mínimas, pero debía explorarlas todas. Buscó la dársena del puerto que parecía menos protegida y empezó a nadar con todas sus ganas hacia ella. Los primeros veinticinco metros tuvo suerte de no ser visto. La luna jugó a su favor al quedar escondida por una nube, y el tiempo que tardó en volver a iluminar la noche lo aprovechó para alejarse del cañonero. Escuchó silbatos y hombres que corrían por la cubierta de los demás barcos.

Andrés, aunque acusaba el cansancio, siguió nadando sin parar, con la vista puesta en aquel rincón menos vigilado. A mitad de recorrido atravesó una larga mancha de brea que le supuso un verdadero tormento. Entre el intenso olor que desprendía y la incomodidad de abandonarla completamente pringado, lamentó su mala suerte. Era consciente del peligro que en esos momentos corría. Si lo capturaban, el escrito que escondía bajo el traje de goma supondría un grave problema de difícil explicación.

A pocos metros de su destino buscó un hueco entre dos embarcaciones de pesca, y al tocar el malecón se quedó completamente quieto, asegurándose de que no hubiera nadie. Pasados unos minutos, le pareció que el lugar era seguro. Ayudándose con las manos recorrió el muro de piedra hacia su derecha, donde vio una escalera de hierro clavada a él. Subió tres peldaños, miró a ambos lados, y en el momento en que pisó suelo firme alguien a su espalda le dio el alto desde la cubierta de un barco.

—¡Dese la vuelta y ponga las manos en alto!

Andrés obedeció sin remedio.

El hombre empuñaba una pistola. Entre las sombras de la noche y la bamboleante luz de un farol, consiguió verle la cara tan solo unas décimas de segundo; lo suficiente para reconocer su rostro.

—Eres Carlos Pozuelo, ¿verdad?

—Por suerte para ti, sí. Pensé que igual necesitabas un poco de ayuda en esta primera misión con nosotros. Tienes a medio puerto detrás de ti.

—¿Tenemos cómo huir?

Carlos Pozuelo señaló un almacén a sus espaldas.

—He aparcado mi coche detrás.

—Pues vámonos ya, que si me pillan con el documento que llevo encima, no sé cuál de los bandos me fusilaría primero.

Puerto de Bremen
Alemania
5 de junio de 1936

XV

Katherine lo intentaba con todas sus ganas, pero a pesar de ello no acababa de conseguir controlar sus nervios. Las manos le temblaban sin parar aunque las mantuviese sujetas la una contra la otra, sentía el cuello agarrotado y las mandíbulas tan apretadas que hasta le dolían las encías.

Miró a su marido, Luther Krugg.

Acababan de dejar su coche en una explanada vecina a las instalaciones del enorme puerto marítimo de Bremen. Tras conocer cuál de sus tres puertas daba acceso a la zona de tráfico de pasajeros, caminaban por una interminable dársena en busca de las oficinas de la naviera Norddeutscher Lloyd, una sociedad que unía los puertos de Bremen y Southampton tres veces por semana. Él tenía que viajar a Londres para entrevistarse con la presidenta del English Bulldog Club, la señora Pearson, en su criadero de Pearson Westall´s, y, oficialmente, Katherine solo iba a despedirlo. Sin embargo no podía dejar de pensar en lo que su marido le había revelado de camino.

—¿Y crees que desde entonces te siguen?

—Creerlo no, estoy seguro. —Luther miró a sus espaldas y se desabrochó el botón de la americana azul marino para comprobar la hora en el reloj de bolsillo de su chaleco. Vio que iban justos de tiempo.

Ella se apretó a su brazo angustiada.

—No sé cómo has podido aguantar tanto tiempo sin contármelo. Es todo tan terrible. Esos hombres... Heydrich, Himmler, Von Sievers... Y ese pobre al que mataron por haberte reconocido en Dachau. Tengo mucho miedo, Luther. —Lo miró a los ojos—. Con lo que saben de ti y tú de ellos, nos estarán chantajeando todo el tiempo que quieran. Nunca nos dejarán en paz. No pararán de pedirte más y más perros de ataque, o nuevos caprichos como lo de esa raza que te han mandado recuperar.

—No será para siempre, ya lo verás.

Al final de una hilera de almacenes localizó el edificio de la naviera.

—Ya... Quizá llegue ese día, sí, pero según me acabas de decir se están levantando muchos más campos como el de Dachau, donde terminarán encerrando a todos los enemigos políticos que tienen. Y si hay más campos, necesitarán más y más perros. —Sufrió por su marido al imaginar el tormento que estaría pasando ante tanta barbaridad—. ¿Qué podríamos hacer nosotros?

Luther respondió con un gesto esperanzado que ella no supo interpretar.

El hermoso rostro de Katherine, sus ojos intensamente azules, y hasta la piel sedosa y rectas facciones que la caracterizaban, en ese momento expresaban todos los temores que Luther había querido evitarle hasta entonces.

—¿Recuerdas que te hablé de un periodista con el que coincidí durante la travesía a Argentina? —Ella se lo confirmó—. Pues me vino a ver al despacho no hará dos semanas, y después de contarnos lo que vimos por allí, me propuso algo de enorme importancia para nosotros. —Calculó el poco tiempo que tenía para hablar del asunto antes de llegar a la oficina, por lo que decidió empezar sin más retrasos—. Con Dieter no solo compartí charlas y comidas en el barco, también coincidimos en la visión de los males que acechan a Alemania y en señalar quiénes son sus principales responsables. Cuando fuimos ganando confianza, me confesó la frustración que sentía al no poder denunciar desde su periódico los desmanes del Partido Nacionalsocialista. Hasta ese momento no le había explicado todavía los horrores de Dachau y lo que hacen con sus presos. Pero cuando vino a verme al centro y me empezó a dar los detalles de un horrendo crimen que había tenido que ver indirectamente conmigo, se lo conté todo.

Katherine adoptó un gesto de estupor que exigió de Luther más detalles.

Le explicó que la autoría de aquel asesinato, según las sospechas de Dieter, recaía sobre sus anfitriones alemanes en Argentina, y que la víctima era el corresponsal de su periódico en Córdoba, un joven que atendiendo a sus órdenes lo había seguido hasta la finca donde tenía que encontrarse con Nores. El infortunado reportero, según las palabras de su colega alemán, había aparecido días después con un disparo en la cabeza y a varios kilómetros de distancia de la hacienda, sobre las aguas de una caudalosa acequia.

—Dieter se excusó por haber mandado seguirme, justificando que lo hizo al saber que había abandonado el puerto de Buenos Aires en el vehículo de la máxima autoridad diplomática alemana, un hombre bajo permanente sospecha, y la razón última que había despertado su instinto periodístico.

—Otro crimen más... y cada vez más cerca de ti —apuntó Katherine desolada.

—Lo sé. Pero ahora no te quedes con eso. —Hizo una breve pausa para tomar aire—. Cuando le conté mis planes de viajar a Inglaterra a por los bulldogs, surgió el nombre de un contacto que tenía en Londres; un periodista del *Times,* íntimo amigo suyo, quien, en su opinión, podía ayudarnos.

—Pero ¿se puede saber qué habéis tramado? —Se detuvo, lo paró y se plantó frente a él a la espera de una contestación.

—Hemos ideado un plan para denunciar en Inglaterra lo que está pasando en Alemania. Y como él no puede hacerlo desde aquí sin jugarse el cuello, lo haremos nosotros.

—¿Cómo nosotros? —Katherine cada vez entendía menos.

—Te vendrás conmigo, en el barco, hoy mismo. Escucha con atención, cariño. —Ella estaba absolutamente aturdida—. Dieter nos espera con una documentación falsa que ha encargado para ti. En cuanto lleguemos a las puertas de la oficina nos despediremos. Yo entraré, pero tú regresarás al coche y esperarás un cuarto de hora antes de volver. En el maletero te he dejado ropa, gafas y un pañuelo para disimular tu aspecto y evitar que te sigan. Tramitarás el embarque como si viajaras sola, y cuando entres en el barco no me busques. Seguiremos separados durante la travesía por si se mantuviese la vigilancia. A la llegada a Londres, tomaremos cada uno un camino diferente. Dieter y yo decidimos no informar desde aquí al periodista inglés para evitar que nuestros planes fueran descubiertos. Por tanto, no nos espera. Tendrás que buscarlo en la redacción del *Times* para explicarle quién te manda y por qué. Yo me uniré a vosotros uno o dos días más tarde, después de la entrevista con la presidenta del club del bulldog, siguiendo lo previsto en mis planes de viaje. Una vez estemos a salvo y protegidos por el Gobierno británico, denunciaré todo lo que he podido ver y conocer, para que el mundo lo sepa. Y no tendremos que volver a padecer lo que hemos pasado este año.

Katherine sintió que le fallaban las piernas.

Le estaba pidiendo hacer algo que se veía completamente incapaz de afrontar con la necesaria serenidad. Pensó que le temblaría la voz, o que se le trabaría la lengua cuando entregara la documentación falsa, y seguro que la descubrirían. Así se lo confesó a Luther.

—Katherine, ¡no! No nos podemos permitir ningún error, ni dudas, ni nada parecido. Nos lo jugamos todo, piénsalo. Por eso has de ser fuerte. Yo sé que puedes hacerlo. He esperado hasta hoy para contártelo porque te conozco demasiado bien, y quería evitarte la ansiedad que hubieses sufrido si te lo hubiera explicado unos días antes. Ahora, mi amor, vas a tener que sacar todo tu valor de dentro, y hacerlo perfecto para que nadie sospeche.

Ella lanzó un suspiro entrecortado, inspiró tres bocanadas de aire y miró la oficina a pocos pasos.

—Está bien. Hagámoslo.

Llegaron hasta una sólida edificación de vistosa madera azul, de cuyo tejado colgaban dos carteles gigantes: uno con la imagen de los tres buques que hacían el trayecto a Inglaterra, y el otro con dos enormes transatlánticos que viajaban a Nueva York y Montevideo.

Se despidieron con un largo abrazo y un sinfín de besos y adioses. Ella se dio media vuelta agitando la mano muy sentida, y Luther entró en la oficina.

Estaba llena de pasajeros.

Unos esperaban frente al mostrador de embarques, la mayoría permanecían sentados, y unos pocos miraban los paneles de corcho donde se exponían los horarios, la meteorología prevista y alguna que otra oferta de vacaciones. Localizó a Dieter entre estos últimos, pero no se saludaron.

Luther se colocó en la fila y estudió con disimulo a todos los que estaban por delante. Cada vez que alguien entraba en la oficina, se volvía para ver si se trataba de Katherine o de alguno de los agentes que había llegado a identificar entre los que lo seguían. Había uno gigantesco, de pelo rapado al cero y con un aspecto tan gélido que era imposible no tomárselo en serio.

Entró un matrimonio de avanzada edad y tras ellos una joven de apariencia despistada. No los perdió de vista. La siguiente fue su mujer, con el rostro lívido y una mueca rara, seguramente como resultado de la tensión. Su vestido de corte discreto en tono verde oscuro y sobre todo el pañuelo en idéntico color que le cubría el pelo disimulaban una belleza que no era fácil hacer pasar desapercibida. Se colocó en la fila, y Dieter de inmediato se puso detrás de ella. Luther rezó por que todo saliera bien, mientras el periodista le pasaba disimuladamente los documentos falsos sin que nadie lo advirtiera. Ella los abrió, y en un difícil tembleque o y a duras penas consiguió localizar la página donde estaba su fotografía y su nuevo nombre: Martha Mussen, de Düsseldorf. Revisó la fecha de nacimiento y agradeció que coincidiera con la suya para no tener que memorizar más cosas.

Cuando a Luther le quedaba una sola persona para alcanzar el mostrador, apareció una mujer de fina figura y elegantemente vestida, que se colocó al final de la fila.

Katherine, mientras, observaba todo a su alrededor, llena de angustia. Trataba de repetirse mil veces su nuevo nombre, y dos de cada tres se le olvidaba. Atacada por los nervios miraba una y otra vez su documento, recontaba el dinero para el embarque, y no hacía más que mover de una pierna a otra la maleta que le había hecho Luther. En su angustioso estado, cualquiera de los que estaban a su alrededor le parecía sospechoso.

Luther sacó de su portadocumentos el cable con los datos de su reserva y lo dejó encima del mostrador. Una mujer de avanzada edad, demasiado maquillada para sus años y con una necesidad imperiosa de adelgazar no menos de cincuenta kilos, recogió los papeles y buscó su nombre en la lista de pasajeros.

—Aquí está..., Krugg, Luther. ¡Ajá!

Arrancó una tarjeta de un talonario, la rellenó con sus datos, le asignó un número de camarote a partir del esquema interior del navío que guardaba a su derecha, y le explicó que lo encontraría en la cubierta de primera clase. Ni Luther ni Dieter habían caído en el detalle de que Katherine iba a viajar en segunda, y le pareció mal viajar tan separados.

—Perdone que le moleste, pero querría hacerle una pregunta —Luther bajó el tono de voz.

—¡Hábleme alto! —Se señaló un oído, justificando su media sordera.

—¿Le quedan camarotes en segunda clase? Querría cambiar el mío.

La mujer se lo hizo repetir más alto, lo que supuso que todos los presentes se volvieran, perfectamente enterados de lo que preguntaba.

—Sí, sí... Todavía quedan. —Lo miró extrañada. Los cambios de segunda a primera eran frecuentes, pero no al revés. Decidió que tipos raros había por todas partes—. Le puedo dar uno, pero perderá la diferencia de dinero, cuarenta marcos.

—No hay problema —contestó, tratando de volver al anonimato.

La mujer terminó el trámite, borró el número del camarote anterior, escribió encima el nuevo y le estampó el sello.

—Salga por esa puerta, camine unos doscientos metros hasta que se encuentre con el muelle a su derecha, y a otros trescientos encontrará el control de embarque. No pierda mucho tiempo porque el barco tiene previsto el desamarre en menos de media hora.

Luther tomó la salida indicada, pero no pudo evitar echar un último vistazo a Katherine, a la que vio morderse los labios con una expresión que rayaba el espanto, visible a pesar de las gafas con las que trataba de camuflarse.

Una vez que la dependienta de la naviera terminó de tramitar los billetes del matrimonio de ancianos y el de la joven, así como los de otros dos hombres después, le tocó el turno a Katherine. Con el ataque de nervios que tenía le costó una barbaridad localizar sus papeles dentro del bolso. Se quiso morir cuando la mujer le pidió el dinero de la travesía y se le cayó el monedero al suelo rodando todo su contenido por la estancia. Dos amables caballeros se prestaron a recogerle las monedas y los billetes. Ella lo agradeció con una tensa sonrisa, y se puso a contarlo para pagar. Pero una y otra vez se perdía en la cuenta, ante la desesperación de la mujer del mostrador.

—Señora… —miró su pasaporte— Mussen, déjeme que lo haga yo. Si me espero a que usted termine, haremos perder el barco a los restantes pasajeros.

Con la mirada puesta en la encargada, ni ella ni Dieter vieron cómo desde el final de la fila se había ido acercando la última mujer que había entrado en la oficina, la de aspecto elegante. Pero sí escucharon su voz cuando se dirigió a ellos en voz baja.

—Katherine no viajará a Londres. ¡Ni lo intente, herr Dieter Slummer!

Él se volvió desconcertado. Los ojos de la mujer, de un insultante color lila, parecían estar hechos de hielo en ese momento. El periodista sintió una extraña presión sobre su estómago, y al mirar vio la boca de una pequeña pistola que le encañonaba el vientre.

—Pero… —Dieter trató de pensar a toda velocidad, con las protestas de la dependienta por detrás, que veía a su clienta dándole la espalda sin escucharla.

—Sin peros. —La mujer, en un bajo tono de voz para que solo ellos la oyeran, les adelantó que trabajaba para las SS y que hicieran exactamente lo que les iba a decir. Se dirigió a Katherine—. Usted acabe de pagar el billete, recójalo, y después me lo va a dar a mí. Y todo eso sin hacerse notar. —Continuó con Dieter, que no podía estar más preocupado por lo que les podía pasar—. Y usted, herr Slummer, va a salir ahora mismo por la puerta de entrada, donde le estarán esperando dos de mis hombres. De obedecerme o no, dependerá que la señora Krugg consiga un billete de barco o una cartilla de defunción. Usted verá.

La nazi vio salir a Dieter y esperó a que Katherine terminara con sus trámites. La mujer de Luther, al borde de un ataque de histeria, le pasó su tarjeta de embarque sin dejar de mirar la puerta por donde había salido su marido, con el vano deseo de que regresara en su ayuda.

—Y ahora sígame.

La mujer la agarró con tal fuerza del brazo que ella protestó por el dolor.

A la salida del pabellón las esperaban dos oficiales de las SS de uniforme y Dieter Slummer esposado. Eva, como la llamaron sus compinches, les entregó a una Katherine rota en llanto. Y antes de darse la vuelta, se dirigió a ella.

—Cuidaré bien de su marido. Descuide.

Uno de los nazis estuvo a tiempo de frenarla antes de que se lanzara a por Eva completamente fuera de sí.

En el muelle, el buque había empezado a admitir las primeras entradas de pasajeros.

Luther, ya embarcado y desde el exterior de su cubierta, no entendía el inexplicable retraso de su mujer. Iba reconociendo uno a uno a todos los que había visto llegar más tarde que ella.

Eva ascendió por la rampa. Tomó las escaleras interiores del buque hasta que le vio a través de la escotilla de una puerta. Se sonrió. Salió al exterior y se colocó a su lado.

—¿Viaja solo?

Al volverse, Luther reconoció a la mujer que había entrado en último lugar al despacho de billetes. Su voz no le pareció del todo desconocida.

—Sí, sí. Yo solo.

Le devolvió la misma pregunta para no parecer descortés.

—Yo también, aunque quizá no por mucho tiempo —contestó misteriosa. La salida de unos rayos de sol iluminó sus ojos dotándolos de un increíble color azul lila. Le ofreció la mano mientras se presentaba—. Mi nombre es Martha Mussen.

Luther reconoció el falso nombre de su mujer y se quedó paralizado, sin entender nada.

—Herr Luther Krugg, su amigo Dieter Slummer y su deliciosa mujer Katherine viajan en este momento hacia un centro especial donde serán interrogados y después aislados, por lo menos hasta que usted cumpla su misión en Inglaterra. El periodista, por cierto, un sucio traidor a Alemania, estaba bajo sospecha desde que supimos que había dirigido un seguimiento a nuestro embajador y a usted mismo en Argentina. Lo descubrimos al recuperar el carné de prensa de uno de sus corresponsales, que según tengo entendido tuvo un fatal accidente. Como lo teníamos estrechamente controlado desde entonces, supimos que le hizo una visita no hará ni dos semanas. Y aunque no pudimos averiguar todo lo que hablaron, interceptamos sus posteriores gestiones encaminadas a falsificar la documentación de su mujer. No había que ser muy espabilado para deducir cuáles eran sus intenciones; imprudentes y nada buenas, desde luego. Y por cierto, mi nombre es Eva Mostz.

Luther la escuchó completamente petrificado, y más aún al haber reconocido el nombre de la mujer que había interceptado su llamada a Katherine desde la finca de Nores.

—Debe de tratarse de una equivocación —se le ocurrió decir, lejos de saber cómo enfocar la delicadísima situación.

—¿Equivocación, dices? Lo que no termino de entender es lo que han visto mis superiores en ti —decidió familiarizar el trato—. Porque, después de vuestro intento de huida, si hubieras sido cualquier otra persona, habría recibido una inmediata orden de fusilamiento. La importancia de tu misión te ha salvado, piénsalo. Yo lo encuentro incomprensible, pero así es.

—Como le hagáis algo a mi esposa… —Cerró los puños indignado.

—De momento olvídate de ella, y si quieres recuperarla, tendrás que obedecerme en todo, absolutamente en todo lo que yo te diga. No juegues conmigo, te lo aconsejo. Con una sola llamada que haga, tu mujer podría saber qué significa de verdad la palabra *dolor*. Por eso, y vista tu tendencia a traicionarnos, desde este mismo momento me convertiré en tu sombra y no me despegaré de ti hasta dejarte de vuelta en Grünheide.

Media hora después, uno de los encargados de la cubierta de segunda clase les cambió los dos camarotes individuales que tenían asignados por uno de matrimonio, después de que la mujer le dejara caer en la mano un billete de diez marcos imperiales.

Cuando entraron, Luther se horrorizó al ver que era tan estrecho que apenas entraba la cama. Una cama que tenía de matrimonio solo el nombre, porque no excedía de un metro diez de ancho. Luther dejó su maleta en el suelo y sin dirigirle la palabra se puso a deshacerla. Ella se desabrochó su entallada chaqueta y la lanzó hacia una silla; la siguieron un fular de seda y un cinturón. Se descalzó aliviada y se tumbó sobre la cama soltando un largo suspiro.

—Debes de estar desarrollando un trabajo excepcional para que mis jefes tengan tanto interés por ti. Excepcional o imprescindible.

—Si supieras qué poco me gustan…

Ella no se dio por aludida, desplegó su melena por la almohada y buscó en su bolso de mano un paquete de cigarrillos.

—Ni se te ocurra.

—¿El qué? —contestó ella sin ceder un solo ápice de autoridad.

—Fumar.

Metió la mano otra vez en el bolso y extrajo una pequeña pistola con la que le apuntó sin pestañear.

—Vamos a dejar claro quién da las órdenes de ahora en adelante. Hasta que volvamos a Alemania, si me apetece respiraré hasta tu propio aliento. Quiero que te quede claro. Así que vete moderando tu mal genio, y a ser posible relájate un poquito.

Luther se mordió la lengua, apretó la mandíbula y continuó colocando su ropa en el pequeño armario. La mujer se fumó a gusto su cigarrillo, y al acabarlo se levantó de la cama, cerró con llave la puerta del camarote y buscó el baño.

—Me voy a dar una ducha. Sé bueno mientras.

Le lanzó un beso con los dedos, dejó la pistola sobre el lavabo y cerró la puerta tras ella.

Luther miró por la escotilla furioso. Su plan de huida no había tenido éxito, pero se juró que no sería el último.

Escuela de Veterinaria
Madrid
8 de junio de 1936

XVI

Oskar Stulz llamó a la puerta de un despacho.

—¿Se puede?

Desde su interior, una voz aflautada aprobó su petición.

El alemán entró decidido, echó un rápido vistazo al mobiliario, identificó al hombre que buscaba al leer su cargo en una pequeña placa sobre su mesa, y se presentó.

—Si he sido bien dirigido, tengo entendido que usted se responsabiliza de impartir en esta escuela una asignatura denominada Zootecnia Especial de Equinos, Perros, Bóvidos y alguna especie más.

—Pues sí, le han informado bien. Pero, discúlpeme, ¿podría saber con quién hablo?

Oskar se presentó, excusándose a continuación por el precario español que hablaba. Observó al catedrático. Por su pelo, rasgos o color de ojos, parecía tan ario como él.

—Si se encuentra más cómodo, no dude en usar su lengua. No tengo problema.

—Lo celebro —respondió Oskar, mientras dejaba el sombrero sobre una silla, relajaba su postura cruzando las piernas y se desabrochaba el botón de la chaqueta. Para un mejor desarrollo de aquella entrevista había descartado vestir de uniforme.

—¿En qué le puedo ayudar?

—Me habló muy bien de usted un abogado con el que he coincidido de caza en varias ocasiones, don Prudencio Ramírez. Lo conoce, ¿verdad?

Su amistad venía de años, confirmó el profesor.

—A mí no me encontrará pegando tiros por ahí, pero sé que a mi viejo amigo Prudencio le pierde.

—Como también le pierde el mundo del perro —apuntó Oskar—. O recorrer los pueblos más recónditos de Castilla que uno se pueda imaginar, recuperando viejas leyendas. Y en ese sentido, hace unos días me pasé un momento por su bufete para pedirle consejo sobre algo que ando buscando, y me recomendó que acudiera a usted.

—Pues ya me dirá en qué puedo ayudarle.

—Le cuento: llevo un tiempo buscando cualquier trabajo o estudio histórico que aborde las razas caninas de origen español. Hasta hoy he podido encontrar algunos datos y escritos salteados, pero todavía no he dado con algo científicamente sólido y profundo. Al igual que a su amigo y abogado, a mí también me apasiona la caza, y con esa excusa me he recorrido esa España de pueblos recónditos que tan bien conoce. Gracias a ello he recogido jugosos testimonios, escuchado leyendas, y he podido ver perros de razas muy viejas entre pajares, apriscos, majadas y rediles. Pero no he sido capaz de dar con ningún trabajo serio. —Sacó desde un bolsillo una libreta negra y una pluma, dispuesto a tomar notas.

El catedrático, sin disimular su satisfacción por tratarse de una de sus materias preferidas, le dirigió a continuación varias preguntas con idea de centrar mejor lo que necesitaba y hacer así más eficaz su respuesta. Oskar se las contestó.

—Entre todas las razas busco las más remotas en el tiempo, y en concreto las más comunes durante el primer milenio. Quiero saber cómo eran morfológicamente, sus posibles orígenes, qué usos se les daban, cómo se relacionaban con el hombre, y muy especialmente qué razas actuales descienden de ellas.

El hombre se levantó de su sillón, pidió permiso para pasar por delante de él, dada la estrechez del habitáculo, y buscó sin éxito un título en una de las estanterías. Lo intentó después en una desordenada pila de libros apoyados en el suelo, hasta que con gesto de triunfo se hizo con uno de tapas rojas.

—¡Aquí está!

Sopló sobre el lomo para eliminar el polvo, y lo abrió por sus primeras páginas para localizar el índice.

—Este es el único libro oficial que recoge nuestras razas caninas; un libro vigente desde mil novecientos once, donde encontrará descritas todas sus genealogías. Pienso que, con un poco de paciencia y echándole tiempo, va a poder descubrir varias referencias de lo que busca. Le tocará descartar la información más actual, pero sé que le ayudará a dirigir sus siguientes pasos. Porque, si no recuerdo mal, salvo una escueta explicación histórica de cada una de las razas, la datación retrospectiva de sus líneas familiares la inicia en el siglo XIX.

Oskar aceptó su préstamo con la promesa de devolvérselo al finalizar el estudio.

—Joven, dada la amistad que compartimos con don Prudencio, no he querido preguntar qué interés puede tener un alemán en hurgar en el pasado de nuestros perros, pero si quisiera despejar mi curiosidad, se lo agradecería.

Oskar, previendo esa pregunta, la contestó con rapidez.

—He de reconocer que cualquier cosa que tenga que ver con el mundo de los perros me apasiona. Pero para ser más concreto, y como criador de bracos, mantengo la sospecha de que en algún momento su sangre se tuvo que cruzar con la de algún perro español. Mi pretensión es aclararlo en la medida de lo posible, y de paso recorrer la larga tradición e historia canina que posee España y conocer mejor las razas que su nación ha dado al mundo.

El catedrático miró con discreción la hora en su reloj y se inquietó. En cinco minutos tenía junta de estudios con todo el claustro de profesores. Forzó la despedida de Oskar al levantarse de su silla de golpe, obligando a hacer lo mismo al alemán. Recogió de una percha una chaqueta de *tweed*, un bloc de notas, dos lápices, y poco menos que empujó a su visitante hasta sacarlo de su despacho, eso sí, instándolo a que le hiciera partícipe de sus descubrimientos.

—Le deseo un fructífero recorrido por el libro, y que disfrute conociendo a esos animales que también han hecho historia de esta vieja España; unas razas de perros cuyos nombres perduran a lo largo de los siglos. Me refiero a los mastines, lebreles o galgos, perdigueros, sabuesos, alanos y podencos. Todos ellos son parte de un legado del que nos sentimos muy orgullosos.

Oskar estrechó la mano del catedrático, volvió a agradecer su ayuda, y se despidieron tomando caminos opuestos. Él bajó las escaleras buscando la salida, pero al atravesar el atrio le llamó la atención su panel de avisos. Estaba ocupado en más de una tercera parte por el retrato ridiculizado de su Führer, acompañado con la gama más variada de insultos hacia Alemania. Se acercó hasta el corcho, le pareció que nadie lo estaba mirando, y sin pensárselo dos veces arrancó la foto de Hitler, la dobló con respeto y se la guardó en un bolsillo.

Pero dos alumnos lo habían visto.

—¿Para qué la quieres? —se envalentonó uno.

Oskar se dio media vuelta y sin hacerle caso siguió caminando, pero no le dejaron dar ni dos pasos.

—Me pregunto qué coño puede estar haciendo una rata nazi por aquí —se creció el segundo.

Oskar le retorció la mano después de habérsela quitado de encima cuando trataba de retenerlo.

—¡Dejadme en paz!

—¿Acaso no has leído al entrar que esta es una escuela libre de fascistas?

Oskar trató de escurrirse hacia la salida, pero no se lo permitieron, viéndose de nuevo rodeado. De los primeros murmullos se había pasado a hablar a voces, lo que estaba atrayendo a más gente, tanto alumnos como profesores. Entre ellos apareció Zoe, que había ido a recoger unos apuntes que Bruni le había dejado en una taquilla. Su presencia en la escuela no era casual. Desde hacía siete meses seguía el mismo procedimiento cada vez que su amiga no se los podía dar en mano. Porque además de los apuntes, Bruni le pasaba los libros y todo el material necesario para que pudiera estudiar su tercer curso de carrera sin el conocimiento de Max y a espaldas de la escuela. Decidida a cumplir la promesa hecha a su padre y sin dejarse vencer por las contrariedades, aunque fuera a costa de su descanso, Zoe había tomado aquella decisión empleando para ello una buena parte de sus noches y domingos.

Su sorpresa, al reconocer a Oskar como centro del problema, fue extraordinaria.

No podía entender a qué habría venido y menos aún qué razones tendrían para estar reteniéndolo. Cuando escuchó lo que uno de los alumnos le dijo, dudó qué hacer.

—¡Espera…, espera! Que aún no hemos acabado de hablar contigo, puto nazi.

Oskar sintió una gran inquietud ante su tono de amenaza, pero aún empeoró más al constatar cómo se arremolinaba cada vez más gente, y las miradas poco amistosas que le lanzaban.

—¡Propongo una asamblea para que nos explique sus teorías! —La idea partió de uno de los dos primeros, quien además de gritarlo con todas sus ganas le acababa de tirar una mano al pecho y le retorcía el nudo de la corbata con la otra.

—Déjate de bobadas y démosle una buena paliza! —propuso otro con los puños cerrados, deseando romperle la cara.

—¡Saquémoslo a la calle! —resolvió un tercero, dando por asumida la idea del anterior.

Oskar se vio tan seriamente amenazado que sin pensárselo dos veces sacó una pistola.

—¡Al próximo que se acerque lo mato!

El corro se abrió de inmediato, lo que le permitió caminar de espaldas buscando la salida.

—¿Qué está pasando ahí? —la voz del director de la escuela se elevó sobre el resto.

Oskar miró a sus espaldas, no fuera que alguien lo sorprendiera, observó al director, a los amenazantes alumnos, y fue en ese momento, entre una y otra cabeza, cuando vio la de Zoe.

Atónita, se tapaba la boca con las manos.

* * *

A eso de las tres de la madrugada del mismo día, en la garita de vigilancia del polvorín número tres y dentro del arsenal ubicado en el cuartel de Campamento, el soldado que llevaba tres guardias seguidas esa semana luchaba para no dejarse vencer por el sueño.

Cinco hombres, ajenos a esas instalaciones, observaban atentamente sus movimientos desde un lugar a resguardo. Habían neutralizado a otros tres vigilantes con un poco de cloroformo y un pañuelo sucio, el único que Mario, *el Tuercas* tenía a mano en ese momento, cuando otro de sus compañeros de escuadrilla destapó el botecito con el anestésico. Si conseguían reducir a ese último, solo les faltaría reventar el grueso candado que cerraba la puerta de acero del polvorín para hacerse con todos los explosivos que pudiesen cargar las dos mochilas que faltaban por llenar. Las otras tres iban hasta arriba de pistolas, robadas en otra zona del arsenal.

—Si nos pillan se nos va a caer el pelo —susurró el más timorato del grupo, un camarero afiliado a la FAI por obra de su mujer, una hembra con más arrojo que dos hombres juntos. Los demás lo riñeron hartos de él, pero resignados a tener que llevárselo a esas misiones, no fuera que tuvieran que enfrentarse con su esposa—. Tenemos cien pistolas, pero sin balas es como si no las tuviéramos... Ya me diréis cómo nos vamos a defender si empiezan a dispararnos...

—Si no te callas de una vez, juro que en cuanto tenga una de esas balas te la dedico a ti solito —intervino el jefecillo del grupo. Observó detenidamente la garita y contó los segundos que tardaba el vigía en golpear su cabeza con la pared cada vez que se dormía. Iba rebajando su tiempo poco a poco, hasta que en una de las ocasiones no volvió a enderezarse y la dejó apoyada. Aguantaron un poco más hasta comprobar que se trataba de algo definitivo—. Bueno, parece que por fin se ha dormido. —Se dirigió a Mario—. Ahora te toca a ti. Sube con el cloroformo, le das una buena dosis como para que no despierte en una semana, y cuando hayas terminado nos haces una señal. Tú quédate arriba vigilando mientras nosotros nos hacemos con la dinamita.

Mario aceptó la tarea, examinó la explanada que separaba su escondite de la garita, y al no ver a nadie se calzó un gorro negro de lana y corrió hasta la base de la torreta. Tomó las escaleras interiores y en menos de cinco segundos levantaba la trampilla del suelo y entraba con absoluto sigilo en su interior. El mozo roncaba de lo lindo. Destapó el frasco con el anestésico, empapó el pañuelo con una cuarta parte de él, y fue hacia el soldado. Contó hasta tres y se lo plantó entre la nariz y la boca, preparado para evitar su reacción. El hombre trató de zafarse, pero la sustancia actuó con rapidez y la fortaleza de Mario se lo impidió. Se asomó por un ventanuco en dirección a sus compañeros y levantó los dos pulgares. Corrieron hacia el recinto de explosivos sin perder de vista los alrededores. El cuartel dormía a esas horas. Buscó la pistola del soldado, comprobó que estaba cargada, se la echó al cinto y se puso a inspeccionar desde aquellas alturas el perímetro del recinto militar.

La idea de hacerse con las armas había surgido a partir de la última reunión de su grupo libertario, cuando después de haber repartido los periódicos propagandísticos por los cuarteles de Madrid, y de responder a otras dos propuestas de acción contra el fascismo, que por blandas uno del grupo las calificó como propias de monjas, Mario puso la idea encima de la mesa. Salvo el camarero y algún otro de corte más moderado, los demás lo celebraron convencidos de que no estaban los tiempos para andar con medias tintas. Todos reconocieron la oportunidad de guardar unas cuantas armas en la sede, y solo tardaron en decidir qué día lo harían, porque no hubo otra objeción más.

Finalmente sustrajeron unos veinte kilos de dinamita y varios detonadores, quizá demasiada carga para huir con prisa, pero lo hicieron. Porque cuando estaban a punto de salir del cuartel, desde una ventana del edificio principal, alguien les dio el alto. Los cinco corrieron como alma que lleva el diablo, pero no pudieron evitar que el primer disparo de fusil alcanzara al camarero en un hombro. No era una herida mortal, pero el impacto derribó al joven dejándolo medio atontado. Los otros cuatro, sin parar de correr, le gritaron para que los siguiera. Pero al ver que no se movía, Mario sacó la pistola que había cogido al vigilante, se retrasó hasta su posición y localizó la ventana desde donde disparaban. Apuntó bien y alcanzó de lleno al tirador.

—¡Venga, levántate! ¡Hemos de salir de aquí, y ya!

—Me duele mucho… No puedo.

Mario estudió la situación. Vio varios soldados armados con fusiles que corrían hacia ellos, y calculó que en menos de un minuto los alcanzarían. Disparó a discreción e insistió con el camarero.

—Pero ¡mira cómo sangro! ¿No ves que no puedo?

Mario volvió a mirar en dirección al cuartel y después a su compañero. Le apuntó con la pistola y le descerrajó un tiro en la cabeza.

—Lo siento… Conociéndote, hubieras cantado con toda seguridad.

Se dio la vuelta, recogió la mochila que llevaba el camarero y corrió con todas sus ganas.

Royal Tunbridge Wells Golf
Condado de Kent. Inglaterra
10 de junio de 1936

XVII

Los nueve hoyos del campo de golf en medio de la pequeña población de Royal Tunbridge Wells, en el condado de Kent, estaban perfectamente dibujados en la cabeza de miss Dorothy Pearson. Si no los había recorrido mil veces faltaría poco. Porque la señora Pearson, además de ser aficionada a los perros, al piano, a Dickens y al estudio de varias lenguas orientales, había conseguido ganar el campeonato femenino de golf de Inglaterra hacía solo tres años.

Cuando Luther y Eva Mostz llegaron a la aristocrática población donde aquella mujer vivía, a unos setenta kilómetros al sureste de Londres, quedaron impresionados por la magnitud y riqueza de sus mansiones. Recorrieron el centro desde la estación de tren, buscando la Bishops Down Road, donde se encontraba la residencia de Dorothy. Tras dejar atrás una calle porticada repleta de buenos comercios y dos grandes balnearios que anunciaban unas saludables aguas ferruginosas, las que habían dado tanta fama a la población, alcanzaron una mansión de estilo colonial que coincidía con el número y la calle de destino. Sin duda esa era la vivienda de la presidenta del Bulldog English Club.

Frente a la puerta principal Eva estudió su reflejo en el cristal. Se abrochó el botón superior de la chaqueta, buscó el mejor ángulo de su sombrero y terminó colgándose amorosamente del brazo de Luther. De cara a la presidenta del Bulldog Club, y tal y como se lo había hecho saber a su acompañante, ella adoptaría el papel de amorosa esposa; la clásica mujer supeditada a su hombre, poco habladora y tranquila, para así correr menos riesgos de que la inglesa quisiera ahondar mucho en su pasado. La idea no le pareció mal a Luther, quien era el más interesado en el éxito de la operación para volverse cuanto antes a Grünheide y recuperar a Katherine.

Una mujer de saludable aspecto les abrió la puerta.

—Encontrarán a la señora en el club de golf.

Luther se quedó algo desconcertado, dado que habían sido citados justo a esa hora por Dorothy cuando hablaron por teléfono la tarde anterior.

Preguntó a la mujer si el campo quedaba lejos de allí.

—Como no hemos venido en coche…

—Uy, tampoco lo necesitarían. —Salió al porche del edificio y señaló a su derecha, apoyándose en una de las columnas que soportaba la planta superior—. Tomen esa dirección, y cuando hayan pasado la cuarta casa doblen por la segunda calle y lo encontrarán. Lo raro es que no haya llegado todavía. Se habrá retrasado por algún motivo.

Eva, en un inglés casi perfecto y con un tono de lo más candoroso, preguntó si podía dejar allí la caja de bombones que traían de cortesía, para no ir con ella hasta el campo de golf.

—¡Cómo no…! ¿Miss…?

—Krugg. Señora Krugg —respondió Eva con una angelical sonrisa.

De camino al campo acordaron unos mínimos datos personales para no verse comprometidos en el caso de que se interesara por cosas como cuánto llevaban casados, dónde vivían, en qué ciudad habían nacido o cosas por el estilo. Eva lo miró de reojo y trató de rebajar la tensión entre ellos adoptando una actitud tranquila. Pensó en la trayectoria del personaje que iban a conocer.

—La verdad es que debe de ser una mujer bastante interesante —apuntó, manifestando un agudo escalofrío. El frescor de la arboleda que atravesaban, a solo cincuenta metros ya de la entrada al club deportivo, había hecho bajar la temperatura algunos grados.

—Sin duda debe de serlo, sí —respondió Luther sin ganas de darle conversación.

Ella lo miró, aburrida de su deliberada indiferencia.

Dorothy Pearson no tendría los treinta y cinco. Vestía falda larga, chaleco de lana y camisa blanca con corbata. Cuando la saludaron acababa de completar el hoyo con dos golpes bajo par, y su sonrisa mostraba una honda satisfacción al haber compensado un anterior recorrido no demasiado acertado.

—Herr Krugg, es un placer tenerlo por aquí. —Le estrechó la mano con una inusual fuerza. Un gesto que confirmaba su arrolladora personalidad—. Señora... ¿Han tenido un buen viaje?

—Excelente, gracias —contestó Eva, luciendo sus peculiares ojos de color lila junto a una encantadora sonrisa que mostraba su blanca dentadura.

—Miss Pearson, después de las excelentes referencias que me han dado de usted, tenía muchas ganas de conocerla —intervino Luther, mirando cómo metía el *putter* en una larga bolsa de cuero.

Ella sonrió con cortesía, y llamó a su *caddie* para que se hiciera cargo de los palos. El chico, muy joven, vino en su ayuda desde un penacho de bosque, entre dos hoyos, acompañado por un precioso bulldog. A Luther se le iluminó la cara cuando lo vio. Dorothy lo notó al instante.

—Les presento a King White, mi mejor ejemplar.

Luther lo estudió mientras caminaba. Cabeza enorme y morro hundido, la cara surcada por cuatro arrugas, incluidas las dos de su corta nariz. Mostraba un pecho muy musculoso y abierto, con las patas anteriores rectas y firmes, pero muy separadas entre sí y con los codos muy bajos. Apoyaba los pies como si estuvieran vueltos hacia afuera y mantenía los dedos bien abiertos. El pelo de su capa era casi blanco y se trataba de un macho, de unos veinticinco kilos.

—¡Hola, King! —Eva se acuclilló cuando lo tuvo a su altura. El perro la miró desconfiado.

Dorothy se interpuso entre ellos y le recomendó esperar a ser presentados por ella.

—Estos perros, por suerte, han perdido su legendaria ferocidad, pero no del todo. Tenga cuidado con ellos.

Los ojos oscuros del can miraron a los de su ama y adivinó su orden antes de que se la diera. Dotado de una paciencia infinita, se dejó colocar por sus manos hasta conseguir de él la típica postura de concurso, para que Luther lo estudiara mejor.

—Es fantástico… ¡Qué fortaleza y qué clase tiene!

Lo rodeó observando con detalle su tercio posterior, caracterizado por el mayor tamaño de sus patas frente a las delanteras, con unos corvejones bien aplomados y doblados hacia dentro. Le llamó la atención su poderoso cuello, corto, y con un grueso pliegue de piel por debajo, a la altura de la garganta.

El perro empezó a respirar con fuerza por la nariz emitiendo un sonido similar a un ronquido.

—¿Por qué hace eso? —preguntó Eva, guardando una prudente distancia con el animal.

—Si quieren se lo voy contando de camino a casa. Pronto será la hora del té y empieza a refrescar. Síganme.

Dorothy les fue explicando el porqué de su corto morro, herencia de sus antepasados que eran usados para combatir fieros toros en unos espectáculos que habían causado furor en Inglaterra desde el siglo XIII hasta el XVIII. Detalló que se trataba de luchas con apuestas entre un toro embravecido, anillado y atado por una cuerda, y uno o varios perros que se lanzaban contra el enorme animal y lo mordían en los morros y belfos hasta inmovilizarlo. Cuando lo conseguían se daba por terminada la pelea. La presencia de las arrugas por encima de la boca y fosas nasales les facilitaba no ahogarse con la sangre de sus víctimas, al resbalar por ellas mientras mordían, poniendo así todas sus fuerzas en ello. Dorothy justificó del mismo modo el aspecto de sus ollares, tan abiertos y en ángulo, para que así pudieran respirar sin soltar a su presa en ningún momento, bien apretadas sus mandíbulas. Otras razas, con otras formas de boca y nariz, según explicó, necesitaban abandonar la mordida para poder respirar.

Al llegar a la mansión, Dorothy decidió enseñarles el criadero antes de tomar el té. Estaba al fondo de una larga pradera arbolada, en su periferia.

—Ahora tengo veinticinco animales entre machos y hembras. Bueno, y en este momento diez cachorros de dos camadas. Son maravillosos de pequeños. Pero cuénteme, ¿qué es lo que en realidad puedo hacer por ustedes?

Luther le explicó sin entrar en demasiados detalles dónde trabajaba y cuáles eran sus planes con la extinta raza de los bullenbeisser, así como la recomendación que le había hecho el doctor Nores. Eva, callada, iba mirándolo todo. Llegaron a unos galpones de madera con unos parterres enrejados anexos, por donde empezaron a verse los primeros perros.

—Todavía no conozco en persona al joven doctor Nores, pero en efecto nos une una larga amistad epistolar, y por lo que sé, debe de haber hecho un gran trabajo con su dogo. Hace años me pidió dos machos y dos hembras, hijos de mis mejores animales, y pasado un tiempo de habérselos enviado me llegaron unas fotografías del producto final; asombroso, y por otro lado curioso. Me explico. Me gusta jugar a identificar similitudes entre el carácter y el físico de una determinada raza de perro con su país de origen, o con sus dueños. Y entre la foto del doctor y el perro que consiguió crear, he encontrado más de una.

Luther observó a la primera hembra que acababa de salir de uno de los jaulones, e instintivamente contrastó la teoría con su misma ama.

—Recibo la justa pena a mis palabras. —Se rio con ganas—. Pero no, por suerte no es ese mi caso. La raza bulldog está ganando cada día más adeptos en Inglaterra y no solo por razones históricas. El temple, la bravura, inteligencia y fortaleza de estos animales definen bastante bien la personalidad de mis conciudadanos. Somos un pueblo orgulloso de sí mismo, de sus leyendas, de sus costumbres y hasta de nuestras manías. Como imagino les sucederá a ustedes.

Eva se dispuso a dar respuesta al comentario con otra pregunta.

—¿A qué perro cree que nos asemejamos los alemanes?

Dorothy retiró el cerrojo del siguiente jaulón donde guardaba a dos madres que amamantaban a sus cachorros.

—Antes de responderle en concreto, he de empezar diciendo que miramos a su país con bastante preocupación —apuntó con cierta cortesía, muy a pesar de su verdadera opinión—. Y en ese sentido, temo decir que las razas que mejor encajan con el momento actual que vive su país, a la sombra de sus inquietantes dirigentes, son la rottweiler y la dóberman.

—No tema, comprendemos perfectamente su punto de vista. —Eva se empleó a fondo con su cinismo—. Puede expresarse con toda libertad. Somos muy poco amigos de los desvaríos que defiende el Partido Nazi.

Luther la miró indignado, pero lo disimuló para que no se diera cuenta la británica.

—Pues dicho eso, se lo agradezco, sí. Porque no comprendemos cómo han podido llegar a ascender a ese monstruo..., a ese Hitler... Sus ideas antisemitas, fascistas y expansionistas nos inquietan, y mucho —confesó mientras recogía un diminuto cachorro de menos de un mes.

—También nos preocupan a nosotros —afirmó Eva. Pero en esa ocasión, por el motivo que fuera, su convicción sonó más débil.

Dorothy la observó un instante, pero no comentó nada.

Desde que los había visto aparecer en el campo de golf le había parecido que en aquella pareja había algo que no encajaba. No sabía el qué, ni tampoco por qué lo presentía, pero sobre todo la mujer le producía desconfianza. La encontraba falsa. De repente, su pensamiento se vio ensombrecido por una duda. Se dirigió a Luther.

—En la primera carta me pidió colaboración con su proyecto y hoy me lo ha explicado mejor. Tratándose de una gran autoridad en genética como es usted, desde luego no tengo ningún inconveniente en cumplir con sus deseos. Pero, ahora bien, también le digo que me negaría en rotundo si sus objetivos coincidieran con algún plan ordenado por esos mandatarios nazis. No es que desconfíe de su palabra, pero ¿me podría dar alguna prueba sólida de que no es así?

Luther se puso a ello, garantizando que su interés era exclusivamente científico. Intentó hacerlo poniendo en ello toda su voluntad, dada la distancia que estaba empezando a tomar la mujer. Pero Dorothy parecía estar más atenta a Eva que a sus palabras. Vio cómo tomaba en brazos a un pequeño cachorro y lo acariciaba después con ternura. El animal se acurrucó sin abrir los ojos, mientras Eva le rascaba su gorda barriga llena de leche. Y fue entonces cuando Dorothy observó las manos de la mujer y no encontró ningún anillo de casada. Sin embargo, él sí lo tenía. Sus anteriores dudas se convirtieron en sospechas, por no decir certezas. No entendía muy bien qué estaba pasando allí, pero su instinto la empujó a tomar una decisión. Recogió el cachorro de los brazos de Eva y se lo devolvió a la madre. Con tono áspero los invitó a abandonar el jaulón. Su expresión había cambiado por completo.

Sin haber dado ni dos pasos de camino hacia la casa, se dirigió a ellos muy seria.

—Les voy a ser totalmente franca. Presiento que no han venido a mí con la verdad por delante. Así que, dadas las circunstancias, y como no lo termino de ver claro, he decidido que no les voy a vender ni uno solo de mis perros. Lamento haberlos hecho viajar en balde, pero acabo de tomar una decisión en firme. ¡No hay trato! Los acompaño hasta la calle.

Luther no supo qué decir.

El fracaso de la misión no era una buena noticia para él. Retrasaría fatalmente los objetivos del proyecto bullenbeisser, supondría un serio revés a sus planes y ayudaría más bien poco a mejorar su situación personal delante de sus promotores, bastante delicada, y mucho menos a recuperar a su mujer.

Eva intentó quemar un último cartucho.

—Miss Pearson, perdóneme, pero no acabo de entender su cambio de actitud. Estamos dispuestos a pagar los que nos pida por ellos, y estamos hablando solo de perros.

Dorothy miró a Eva directamente a los ojos y respondió frunciendo el ceño.

—Desconozco qué motivos os mueven, pero tú no eres su mujer. Y por mucho dinero que me ofrecierais, no me movería ni un milímetro de esta postura. Me niego a poner a mis perros en manos de alguien a quien no veo venir con transparencia. ¿Queda suficientemente claro, o preferís que avise a la Policía para que sepan que en el pueblo hay un par de nazis? Porque eso es lo que sois, ¿verdad?

—Dejémoslo así, miss Pearson. Nos ha quedado muy clara su posición, y en ese sentido ruego que disculpe todas las molestias —intervino Luther, cogiendo del brazo a Eva para buscar la salida de la finca.

Estaba a punto de hacerse de noche cuando abandonaron la señorial avenida y tomaron camino hacia la estación de tren, al principio callados. Sin embargo, Eva no paraba de pensar. No quería verse delante de sus superiores teniendo que explicar aquel fracaso.

Cuando solo habían recorrido la mitad de la calle comercial, y nada más haber dejado atrás una curiosa tienda de perfumes, Eva se detuvo frente al escaparate de una casa de té, abrió la puerta haciendo sonar un juego de campanillas y señaló a Luther la entrada.

—¿Y ahora qué quieres? —preguntó él con acritud.

—Si esa estirada y absurda mujer, de corte repugnantemente británico, no nos los ha querido vender, no hay otra solución: se los robaremos.

—Pero ¿qué dices?

Eva pidió dos tazas de té y unas pastitas cubiertas de mermelada que desde el mostrador estaban pidiendo que alguien se las comiera.

Una vez servidos, comentó sus planes en voz baja.

—Estás loca… Nos cogerán y será todavía peor. Ya verás.

—Luther, no estamos tan holgados de oportunidades como para andar descartando planes.

—No lo hago, solo pienso en cómo ser eficaz. Si no hubieras venido conmigo, quizá el plan inicial no habría fallado.

—De nada sirve lamentarnos, ahora hemos de ser inteligentes y calcular las consecuencias de este fiasco. Porque, si piensas que solo me afectará a mí, estás más que equivocado. Declararé lo que considere necesario para inculparte. Por otro lado, no olvides que cuando a mi gente le toca solucionar problemas serios, y este puede ser uno de ellos, lo hacen poniendo un metro de tierra por encima. Y si no, pregúntaselo a tu amigo Dieter.

—¿A qué viene lo de Dieter ahora? ¿Me estás diciendo que lo habéis matado? —Se llevó las manos a la boca.

—Claro. El mismo día de nuestra salida de Bremen —contestó impávida—. ¿O qué esperabas que hiciéramos con un tipo como él? ¿De qué otro modo podíamos actuar con alguien que traiciona a su país desde sus artículos, siempre con veladas críticas al partido, y que es pillado in fraganti cuando intentaba sacaros de Alemania?

—Solo sois unos asesinos. Un día pagaréis por todo lo que estáis haciendo. —Se mordió los labios, ahogándose las ganas de romperle la cara en esos momentos.

—Insúltanos lo que quieras, pero quédate con una sola idea: recuerda dónde estamos, y a ser posible dedica toda tu cabeza a pensar únicamente en cómo hemos de actuar aquí y ahora. Y da gracias a que todavía estamos a tiempo. Así que pongámonos ya a acordar cómo vamos a hacerlo, y sobre todo decidamos cuándo. ¿Has podido ver dónde estaban los cachorros? ¿Podríamos separar alguno de sus madres sin que se nos muriera de camino por falta de leche?

Luther, todavía afectado por la noticia del asesinato de Dieter, preguntó por Katherine.

—Ahora no estamos para esas cosas, sino para pensar en cómo salir con éxito de esta —contestó con toda su indolencia—. Pero, por si te sirve de algo, a tu mujer no le pasará lo de Dieter Slummer si vas avanzando en tus objetivos. Cuanto más tardes en alcanzarlos, más tardarás en verla.

Luther empezó a valorar la viabilidad del plan. Era una locura, pero tendrían que hacerlo.

—He visto a dos que estaban a punto de destetar. —Miraba a Eva y se acordaba de Dieter. Colaborar con aquel monstruo le parecía un despropósito, pero pensó en su mujer, su única manera de soportarlo—. ¿Cómo vamos a hacer para que no nos cojan? Dorothy Pearson nos denunciará en cuanto lo descubra.

—Lo sé. Por eso hemos de hacerlo ya, hoy mismo. Hay que jugar con el factor sorpresa y con los tiempos. Entramos en el criadero una vez se haga por completo de noche, nos hacemos con ese par de cachorros y tomamos el último tren a Londres. Si extremamos todas las precauciones, ella no se enterará hasta mañana por la mañana. Y para cuando lo haga, podríamos estar volando hacia Alemania.

* * *

Al día siguiente, en Tetuán, el sol apretaba con tantas ganas que no parecían las ocho de la mañana.

Carlos Pozuelo conducía su coche y Andrés Urgazi iba a su lado. Acababan de desayunar unos pasteles típicos de Tetuán, una especie de serpiente de hojaldre rellena de almendra que ahora notaba flotando por el interior de su estómago. Tampoco ayudaba mucho la agitada conducción que practicaba su jefe dirigiéndose a un bosque al este de la ciudad, donde iban a poder hablar con mayor tranquilidad.

Andrés no estaba seguro de lo que su nuevo responsable en la SSE le iba a contar. Después de la rocambolesca huida del cañonero Eduardo Dato, no se habían vuelto a ver. Pero Carlos había insistido mucho en ir a aquel recóndito lugar.

La sierra de Beni Hosmar, paralela a la costa, se caracterizaba por la gran cantidad de cedros y pinos marroquíes, algunos de ellos centenarios. Formaban un enorme bosque húmedo de escarpadas colinas y paseos agradables por sus zonas más llanas. Nada más aparcar en una explanada, al abrigo de un conjunto de pinsapos, y constatar que estaban solos, se decidieron a salir del vehículo.

Carlos recogió su chaqueta del maletero y señaló a dónde quería ir.

—A poca distancia de aquí, hacia el oeste, existe una hermosa cascada que suele tener agua incluso en este tiempo. Allí estaremos más frescos.

Caminaron unos quince minutos hasta alcanzar el alto de un risco, desde donde se precipitaba un chorro de agua de respetable altura. A la sombra de un vecino pinar, buscaron un tronco caído y se sentaron.

Carlos se encendió un cigarrillo y le dio dos profundas caladas antes de hablar.

—Andrés, si hemos venido hasta aquí es para evitar que la misión que te vamos a encomendar sea interceptada por algún agente enemigo. Verás que se trata de un asunto de trascendental importancia. —Se le acercó para hablar en voz más baja—. Necesitamos que estés disponible en Madrid a mediados de julio para una misión relámpago. Tendrás que ir con el beneplácito de Molina para que nadie sospeche de ti, por lo que vete pensando cómo justificar el viaje. Y en cuanto a tu tarea, una vez estés allí tendrás que entrevistarte con una altísima personalidad del Gobierno, un día determinado que sabrás a su debido tiempo. Le llevarás un mandato y una carta que recibirás el día anterior al viaje, y que solo a él podrás entregar. Esperarás a que los lea y volverás con su contestación. Por tu propia seguridad ahora no te daré más detalles, pero quiero que sepas que en tus manos viajará la solución al crítico momento que vive nuestra patria o supondrá su suicidio.

—¿Ya está decidida la fecha que tanto esperamos? —Andrés tragó saliva sintiendo la gravedad de su tarea.

—Parece ser que sí. Y también cómo ha de empezar todo.

SÍGUEME A DONDE YO VAYA

TERCERA PARTE

Residencia de don Félix Gordón Ordás
Calle Santa Engracia
Madrid
19 de julio de 1936

I

El salón de los Gordón Ordás parecía un hervidero de gente.

Allí estaba Sigfrido con su novia y compañera de carrera; y con ellos casi una docena de amigos y amigas que habían querido juntarse en una sola casa para compartir las noticias, los temores y las decisiones que debían tomar en aquellas angustiosas horas.

—Zoe, no te agobies demasiado si no obtienes línea. Todas las centralitas de Madrid deben de estar colapsadas.

El hermano mayor de Brunilda le pasó el teléfono para hacer dos llamadas: una al Ministerio de Guerra para localizar a Andrés, y otra a su jefe Max por si disponía de noticias de la Embajada suiza. Zoe pensaba que su hermano tenía que estar perfectamente informado de lo que estaba sucediendo, dado que era en el protectorado español donde se había producido el levantamiento. Pero no tenía forma de saber si seguía en Madrid o no. Si hacía caso a lo que le había dicho en persona la noche anterior, cuando había aparecido en su casa por sorpresa a las dos de la madrugada, su estancia en la capital iba a ser brevísima.

Tras una docena de intentos desistió, al no conseguir comunicar con nadie en el ministerio.

—Nunca hasta hoy había tenido tanto miedo por estar en la calle —intervino Bruni—. Esta mañana, nada más salir de mi último examen, me he cruzado con un grupo de anarquistas armados y pegando tiros, y la verdad es que temí que me pasara algo. Animaban a la gente a ir a la Puerta del Sol para protestar, y les daban pistolas.

Mientras unos y otros compartían experiencias, Unión Radio sonaba de fondo, a la espera del noticiario de las cuatro. Bruni decidió preparar unos bocadillos, ya que ninguno de los presentes había comido todavía, y Sigfrido empezó a contar a Zoe lo que había podido saber gracias a sus contactos socialistas.

—Hoy está todo el mundo reunido. Los partidos políticos están empezando a distribuir sus primeros comunicados y los sindicatos proponen responder a los golpistas en la calle. He sabido también que hay varios grupos de acción vigilando los cuarteles de Madrid, porque nadie se fía de nadie. Y el Partido Socialista y la UGT han convocado huelga general para mañana.

Un compañero de Sigfrido se sumó a la conversación aportando algunos rumores que le habían llegado a través de un pariente militar.

—El general Franco, por lo visto, radió ayer un extraño mensaje en el que saludaba con entusiasmo a las guarniciones golpistas, y loaba a la España con honor que saldría de ese heroico gesto. Esas fueron sus palabras exactas.

—Si se trata de un golpe como el de Sanjurjo del treinta y dos, no tenemos de qué preocuparnos —señaló la novia de Sigfrido.

—Ojalá tengas razón. Pero si se confirma que el general Mola ha levantado en armas Pamplona, que en Valladolid el general Saliquet ha hecho lo mismo, y que algo parecido está pasando en Sevilla, Burgos, Salamanca, Jerez, Córdoba, Cádiz y no se sabe cuántas ciudades más, la situación pinta mucho peor.

Bruni dejó una bandeja de bocadillos sobre la mesa del comedor y al ver que estaba libre el teléfono llamó a un primo que trabajaba en la oficina de la presidencia del Consejo de Ministros. La línea estaba ocupada, pero después de varios intentos lo consiguió. Explicó dónde estaba en esos momentos y con quién.

—Brunilda, no salgas a la calle por ningún motivo, ni tampoco tus amigos. Y separaos todo lo que podáis de las ventanas —le recomendó nada más empezar a hablar.

—Pero, Luis, ¿qué pasa? ¿Qué noticias tenéis?

—Acabo de saber que se están llevando a Azaña a un lugar seguro y que Casares Quiroga ha decretado la destitución de todos los generales sospechosos, además de revocar el estado de guerra que habían declarado en varias ciudades. En estos momentos tres navíos de la Armada se dirigen hacia el Estrecho para evitar el movimiento de tropas desde África. El asunto parece grave, aunque aquí nadie piensa que vaya a durar más de veinticuatro horas. De todos modos, hay muchos nervios, y aunque se sabe que la mayor parte del ejército está con nosotros, falta mucha información. Personalmente creo que la situación está fuera de control.

—¿Y qué hay de Madrid?

Bruni iba trasladando a los presentes las noticias que recibía de su primo.

—Hay dudas. Todavía no sabemos con certeza cuántos cuarteles se han pasado a los rebeldes y cuáles siguen siendo leales al Gobierno. Parece ser que la mayoría están de nuestro lado, porque cuando se les ha llamado para conocer su posición, no han contestado con el «¡Arriba España!», que según parece es la proclama de la insurrección. Pero está todo por ver. El Gobierno, además, está tratando de calmar los ánimos de los partidarios de actuar de inmediato en la calle y de que se arme al pueblo, como promueven los anarquistas o las juventudes socialistas y comunistas, junto con los sindicatos, pero de momento no se les está haciendo demasiado caso. Por eso os pido que no salgáis a la calle. Desde donde estoy se han empezado a escuchar los primeros disparos.

—Ten mucho cuidado, Luis —le recomendó Bruni, muy afectada por la difícil situación que le acababa de dibujar.

—Claro, no lo dudes. De aquí a una semana estaremos celebrando el cumpleaños de la abuela, como cada año, y todo esto solo habrá sido un mal sueño.

—Dios te oiga.

La comunicación se cortó y con ella el ambiente que se vivía en aquel salón de la calle Santa Engracia, donde un puñado de jóvenes, ajenos a las ensoñaciones revolucionarias de unos y a la voluntad de imponerse por las armas de los otros, se miraban muertos de miedo.

—Papá ha llamado antes de que llegaras, Bruni —se explicó Sigfrido—. Recibieron las primeras noticias de madrugada en México y están muy preocupados por nosotros. Menos mal que Ofelia y Anselmo están con ellos de vacaciones. Dijo que va a buscar la manera de llevarnos allí lo antes posible. Yo me quedaré, pero tú deberías irte, incluso antes de lo que tenías previsto.

Brunilda, presa de un ataque de angustia, no resistió más y rompió a llorar. Zoe la recogió entre sus brazos acongojada, preguntándose qué iba a ser de ella si las cosas se ponían tan feas como parecía.

En las noticias de las cuatro, Unión Radio Madrid no mencionó nada, pero sí lo hizo en las de las seis. Los locutores hablaron por primera vez y de forma oficial de un levantamiento en Marruecos, junto con otros focos repartidos por España, que por el momento, y según se sabía, estaban siendo controlados.

Escucharon en silencio las declaraciones del Gobierno emitidas desde el Ministerio de Gobernación:

«Gracias a las medidas de previsión que se han tomado por parte de las autoridades, puede considerarse desarticulado un amplio movimiento de agresión a la República, que no ha encontrado en la Península ninguna asistencia y solo ha podido conseguir adeptos en una fracción del Ejército que la República española mantiene en Marruecos, que, olvidándose de sus altos deberes patrióticos, fue arrastrada por la pasión política sin tener presentes los sagrados compromisos contraídos con el régimen republicano.

»El Gobierno ha tenido que tomar en el interior radicales y urgentes medidas, ya conocidas las unas y culminando las otras en la detención de varios generales, así como de jefes y oficiales comprometidos en el movimiento.

»La Policía ha conseguido también apoderarse de un avión extranjero que, según indicios, tenía el cometido de introducir en España a uno de los cabecillas de la sedición. Estas medidas, unidas a las órdenes cursadas a las fuerzas que en Marruecos trabajan para dominar la sublevación, permiten afirmar que la acción del Gobierno será suficiente para restablecer la normalidad. Para que la opinión no se desvíe, conviene que la gente sepa que Radio Ceuta, de la que se apoderaron elementos facciosos, da noticias simulando ser Radio Sevilla, de cosas que dice ocurridas en Madrid y en el resto de España, cuando, como es público y notorio, la normalidad es absoluta».

Terminado el noticiario, una relativa sensación de tranquilidad recorrió el ánimo de los presentes, que casi al unísono decidieron irse cada uno a sus casas. Se organizaron tres grupos de varones que acompañarían a las mujeres hasta sus domicilios siguiendo unas rutas establecidas. Pero cuando estaba a punto de salir el primero, Sigfrido vio desde la ventana cómo una docena de jóvenes detenían dos coches para requisarlos a punta de fusil.

—Vais a tener que ir en metro. Zoe, tú irás en el primer grupo. Los que se quieran venir conmigo a la Puerta del Sol, que se queden. Yo pienso ir a protestar con todas mis fuerzas. Este momento requiere la unidad de los demócratas; tenemos que defender la República y proteger nuestras libertades. Si los militares quieren acabar con ellas, nos van a tener enfrente.

Cuando Zoe llegó a su casa la esperaba Campeón.

Le extrañó su comportamiento. Estaba mucho más nervioso de lo normal. Pero imaginó que de un día tan turbulento como aquel no se podía esperar nada normal ni tan siquiera de un perro. En la calle, antes de entrar al portal, se había cruzado con un grupo de trabajadores ataviados con el clásico mono azul de trabajo, gorra de dos puntas, negra y roja, armados con fusiles y pistolas en dirección al vecino Cuartel de la Montaña.

Nada más entrar en el salón buscó una copa de *brandy*.

Se sentía como mareada, muy asustada y sola. Los peores vaticinios que todos pregonaban desde hacía meses se habían cumplido, pero no terminaba de querer creérselo. Se quitó los zapatos de tacón y después las medias, afectada por el cansancio de un día demasiado largo e inquietante. Con una buena cantidad de licor en la copa fue a tomar asiento en su sillón preferido, pero Campeón se cruzó en el camino para reclamar su turno de caricias. Dejó que se subiera al sillón, estiró las piernas y cerró los ojos para relajarse. No quiso ni encender la radio. Necesitaba pensar, ordenar en su cabeza todo lo que estaba sucediendo en aquel extraño día, y sobre todo decidir qué podía hacer si las cosas se ponían más feas.

Sonó el teléfono.

Levantó el auricular, y al reconocer la voz de su jefe Max, se felicitó al disponer de un aparato que le había puesto la Cruz Roja a cambio de estar permanentemente disponible para atender cualquier emergencia.

—Zoe, menos mal que te cojo en casa. He estado toda la tarde llamándote y como no me respondías he empezado a preocuparme en serio. ¿Dónde has estado? No te habrá pasado nada, ¿verdad?

Ella resumió lo que había hecho y sin pretenderlo le trasladó sus miedos.

—¿Qué sensaciones tienes tú, Max?

—Malas, muy malas. Pero veremos cómo evoluciona todo esto. De momento desde fuera de España se viven las noticias con un gran desconcierto. En mi embajada nadie sabe qué está pasando ni cómo han de reaccionar. La gente empieza a preocuparse de verdad. Hoy he visto cómo uno de mis vecinos llenaba el coche de maletas. No sé si se va de vacaciones o lo hace temiéndose otro tipo de problemas. Después del asesinato de Calvo Sotelo, supe de otros dos que escaparon a Francia. Entre las clases altas hay mucho miedo. Oye, por cierto, no hace falta que te diga que nuestra casa es tu casa.

—Espero que todo este lío se pueda resolver en pocas horas. Si tuviese algún problema te llamo, te lo prometo. De todos modos, gracias por pensar siempre en mí. —Sonó el timbre de la casa—. ¡Qué raro! Alguien llama a la puerta. Espera, te dejo sin colgar y veo quién es.

—Ten mucho cuidado de a quién abres.

Campeón se puso a ladrar y corrió hacia la puerta a toda velocidad. Tras él llegó Zoe preguntando quién la buscaba, antes de abrir.

—Soy yo, Andrés. Corre, déjame entrar.

Retiró los cerrojos y al abrir Campeón se le abalanzó. Andrés lo recibió feliz, pero tiró de él para meterlo pronto en casa.

—Pasa al salón. He de colgar el teléfono... Estaba hablando con Max. —Levantó el auricular—. Se trata de mi hermano. No te preocupes. Luego te llamo y seguimos hablando. ¿Te parece?

Max rogó que por favor no dejara de hacerlo y se quedó más tranquilo al saberla bien acompañada.

Nada más colgar el teléfono, Andrés empezó a hablar.

—Tengo el tiempo medido, pero al menos necesito una copa.

Zoe constató en su rostro una grave preocupación. Se dirigió al mueble bar y le sirvió un *whisky*.

—¿Qué sabes de lo de Marruecos? ¿Es tan serio como parece?

—Me espera un avión para regresar a Tetuán esta misma noche. Acabo de estar en el Ministerio de Guerra y llevo conmigo unas órdenes muy importantes. No te puedo contar, pero confío en volver a Madrid en solo unos días.

—No me has contestado a nada. Andrés, por favor, explícate. ¿Tenías noticias de lo que iba a pasar? —Zoe se aferró a sus muñecas con una expresión desesperada.

—De acuerdo, te cuento. Sabía que se iba a producir el golpe militar, sí. Desde hacía unas semanas se rumoreaban fechas, y yo mismo pude acceder a ciertas informaciones que indicaban lo que podía pasar. La Legión se ha rebelado, como también los Regulares y prácticamente todas las unidades del ejército en el norte de África, pero también en buena parte de Andalucía, Castilla la Vieja y las islas. Por la radio están contando la mitad de la mitad. La insurrección se está extendiendo por toda España y a los oficiales que no se están sumando al levantamiento se los fusila... Como verás, el momento es terrible.

—¿Y por qué has de volver a África? Podrían matarte... ¡No vayas!

—Casares Quiroga dimitirá esta misma madrugada como presidente del Consejo de Ministros y como ministro de Guerra. Le sustituirán dos republicanos moderados para tratar de frenar el levantamiento y dialogar con sus promotores. Uno de ellos será el general Miaja, y mi encargo consiste en llevar hasta Tetuán ciertas noticias en ese sentido.

—Pero ¿en qué bando estás? —La inesperada pregunta dejó mudo a Andrés durante unos segundos. Zoe lo conminaba a ser sincero, pero no debía serlo. Si le explicaba toda la verdad, podía comprometer su seguridad.

—En el de siempre —respondió sin extenderse.

Zoe entendió que al lado del Gobierno.

—Y ¿qué he de hacer yo? Quería ir a ver a papá, pero no sé si ahora será lo mejor. Desconozco cuál es la situación en Salamanca. Todo esto es horrible, Andrés... —La angustia ahogó sus últimas palabras.

—Estos días no salgas. Quédate en casa y procura no tener encendidas las luces por la noche. No te hagas notar mucho, y pide ayuda a tus amigos si te sientes asustada. Yo volveré pronto, y con lo que sepa decidimos.

Zoe se abrazó a él necesitada de protección, de compartir con alguien sus miedos y sus nervios. Él acarició su ondulado pelo, retiró un par de lágrimas de sus mejillas y la tranquilizó a su manera.

—No tengas miedo, canija. Además, te quedas con Campeón. Te protegerá, lo sé. Campeón sabe de guerras y de odios entre hombres. Él te ayudará.

Tetuán
Protectorado español de Marruecos
20 de julio de 1936

II

Andrés Urgazi, recién llegado de Madrid, tomó asiento sobre unos almohadones al lado de su nuevo superior, Carlos Pozuelo, quien junto a otros veinte hombres escuchaba con atención la relación de ciudades que hasta el momento habían declarado el estado de guerra. El análisis de la situación estaba siendo dirigido por el teniente coronel Yagüe, y tenía como público a una gruesa representación de los agentes de información que trabajaban en su bando desde hacía meses. En el ambiente se mascaba una evidente sensación de excitación, pero también de inquietud.

—Ya están de nuestro lado Pamplona, Valladolid, Burgos, Soria, Salamanca, Zaragoza, Gerona, Lérida, Ávila, Segovia, Huesca, toda Galicia y Baleares, y en Andalucía, Sevilla y Cádiz. Nuestros objetivos se están alcanzando casi como se esperaba —les expuso Yagüe.

—¡Mi teniente coronel, tenemos contestación del Gobierno! —Carlos Pozuelo reclamó su atención blandiendo un sobre oficial que acababa de recibir de manos de Andrés. Se levantó para dárselo en mano—. El teniente Urgazi lo recibió ayer y ha volado de madrugada para que lo tuviéramos a primera hora. Al parecer, desde Madrid nos urgen a que lo estudiemos.

El sobre estaba lacrado. Yagüe lo abrió y se entretuvo unos

minutos en leerlo. Al terminar ordenó que fuera transmitido por cable a los generales Sanjurjo, Mola y Franco.

—Esperaremos a ver qué dicen, pero me temo que ya no hay vuelta atrás. La oferta que nos hace el Gobierno es generosa, pero lo tenían que haber hecho mucho antes. Desde Pamplona el general Mola ha puesto en marcha tres columnas motorizadas hacia Madrid, y Burgos y Valladolid están participando con otras dos. Por el contrario, en Barcelona el alzamiento ha fracasado, y en Valencia y Bilbao también, lo que va a retrasar nuestra victoria final. En cuanto caiga Madrid, las demás lo harán también. Ahora no estamos para inútiles parloteos con los políticos, necesitamos aviones para transportar nuestras tropas a la península, porque en barco lo tenemos difícil. Desde hace unos días, el Estrecho está siendo fuertemente vigilado por varios buques de la Armada que aparecieron poco antes de nuestro levantamiento. No sabemos quién los pudo avisar, pero juro que si un día lo averiguo lo mataré con mis propias manos.

Andrés, sentado en el salón árabe del cuartel de Regulares junto al resto de agentes, y a la espera de nuevas órdenes, escuchaba las explicaciones de quien se había hecho cargo del mando de la Legión tras el fusilamiento del coronel Molina, noticia que le había espantado e intranquilizado profundamente. Aparte del aprecio personal, la falta de aquel hombre iba a complicar muchísimo su situación. El coronel había sido su único contacto dentro de aquella red de contraespionaje; a él le pasaba las informaciones que obtenía, y solo de él recibía las órdenes pertinentes. Al hilo de las sospechas de Yagüe, imaginó que el informe que le había hecho llegar tras su aventurada incursión nocturna en aquel cañonero había influido en las decisiones de la Armada, que de repente había mandado al Estrecho a sus mejores destructores.

Apenas había tenido tiempo de conocer los motivos del fusilamiento de Molina, solo lo que le había contado Carlos Pozuelo minutos antes de entrar a aquella reunión. Según sus palabras, su muerte estaba justificada por la inquietud que suscitaba su conocida posición política, pero sobre todo por la dubitativa posición que había adoptado ante el levantamiento, el día más crítico entre todos, el dieciocho.

Un ayudante de Yagüe entró en la sala sin miedo de importunar.

—Mi teniente coronel, el agregado militar de Italia señor Luccardi, al teléfono; le hemos pasado la llamada a su oficina. Dice que es muy urgente.

El teniente coronel pidió que lo esperaran, dado que aún tenían que explicar sus nuevas responsabilidades y misiones. Una vez en su despacho y a puerta cerrada, descolgó el teléfono al responsable de los servicios secretos italianos en Tánger.

—Amigo Giuseppe, Yagüe al aparato.

—Juan, lamento tener que anunciártelo, pero el envío de los aviones que nos pedisteis se va a tener que retrasar.

—¿Cómo dices? —explotó en tono furioso—. ¿Qué significa eso? Se nos había asegurado que... ¿Hablamos de horas o de días?

—Espero que solo sean días. Nuestro Duce ha estado recabando información en Inglaterra y Francia a través de nuestros agentes especiales para conocer la posición que adoptarán sus gobiernos en respuesta a vuestro alzamiento, y como parece que no está encontrando una postura clara y unánime, prefiere no adelantarse. Lo terminará haciendo, no lo dudes, pero de momento prefiere esperar unos días más.

—No podemos esperar unos días más. Nos jugamos el éxito en las próximas horas. Si no actuamos ahora con la debida contundencia, nos arriesgamos a un fracaso. Han de saber lo importante que es nuestro pedido; necesitamos esos aviones. Por favor, transmítelo a tus superiores de Roma.

—Lo haré, pero no esperes mucho. Te recomiendo ir pensando en alguna solución alternativa, aunque sea transitoria.

—De todos modos, mantenme informado, por favor.

Yagüe dio por terminada la conversación indignado. No había querido contarle que ya se había puesto en marcha otra vía de trabajo. Dada la amistad que tanto él como el general Franco tenían con el empresario nazi Johannes Bernhardt, habían decidido trasladarlo a Alemania en compañía del responsable de la aviación sublevada, Francisco Arranz, y de un tercer empresario, Adolf Langenheim, este último con excelentes contactos en la cúpula del partido. Los tres iban a solicitar una entrevista personal con Hitler. Esperaban hacerlo aprovechando la llegada de un vuelo de correos de la Lufthansa a Tetuán el día veintitrés. Su principal objetivo sería explicar de primera mano al Führer cuáles eran los planes del alzamiento y cuáles los beneficios que obtendría si los apoyaba, solicitándole inicialmente solo diez aviones de transporte y algún cazabombardero. Se había ideado esta solución dado que las primeras peticiones cursadas al Ministerio de Guerra alemán en ese mismo sentido no habían dado ningún fruto. La alta diplomacia germánica estaba tomando la misma posición que el resto de gobiernos europeos: evitar alinearse con uno de los bandos, a la espera de más información. Con esa postura no se estaba atendiendo a las recomendaciones que había hecho el propio contralmirante Canaris, como responsable de los servicios secretos alemanes, para que Alemania apoyara sin fisuras a los militares que se habían rebelado contra el Gobierno.

El teniente coronel, nada más colgar el teléfono, dio orden a su ayudante de que informara al resto de generales sobre la indecisión del máximo dirigente italiano. Su despacho estaba situado en el torreón norte del poderoso cuartel de Regulares que tenía la ciudad. Desde su amplio ventanal divisó el palacio del Alto Comisionado, donde en esos momentos despachaba el general Franco como nuevo jefe militar de los ejércitos de África. Deseó que sus gestiones con Alemania fueran fructíferas para que, de una vez por todas, sus legionarios iniciaran la conquista de la Península.

Le pasaron un cable urgente.

Al volver al salón árabe encontró a los agentes del servicio secreto en animada conversación. Su gesto desolado no pasó desapercibido a ninguno de ellos. Se instaló un inmediato silencio. Con voz temblorosa les leyó la información que acababa de recibir.

—Señores, he de transmitirles una terrible noticia... El general Sanjurjo, primera cabeza de nuestra acción armada, acaba de tener un accidente en el avión que lo llevaba desde Lisboa a España para empezar a dirigir las acciones armadas. Que Dios lo tenga a su lado. —Miró a todos con solemnidad—. Supongo que en pocas horas sabremos quién lo relevará, pero mientras eso ocurra, aparte de pedir sus oraciones por el alma del fallecido, les ruego que vayan tomando conciencia de la máxima importancia que tienen los trabajos que les vamos a encomendar. En estos momentos, y más que nunca, necesitamos conocer los planes de nuestro enemigo antes de que pueda ponerlos en marcha. Hemos de neutralizar sin ninguna demora a los agentes que se han quedado sirviendo en el otro bando, y soy consciente de que muchos son amigos. Necesitamos manejar con absoluta eficacia el abultado flujo de informaciones que en estos momentos se está produciendo entre las legaciones diplomáticas de los diferentes países con sede en Tánger, así como las respuestas que estas puedan empezar a mandar al Gobierno de la República o entre ellas mismas. Hemos de conocer qué piensan hacer, cómo ven nuestra causa y qué pasos pretenden dar, para sacar una ventajosa posición cuando nos sentemos a conversar con ellos. Así mismo, tendremos que bloquear cualquier entrega de armamento desde los gobiernos que parecen mostrar una mayor afinidad con el de la República, y evitar a toda costa la financiación de nuestro adversario. —Hizo una larga pausa, se echó las manos a la espalda y recorrió el perímetro de la sala mirándolos uno a uno—. Señores míos, los necesitamos. Queremos que sean ustedes los que se encarguen de cubrir esas misiones. Están escuchando no solo la voz de un superior, sino la de la misma España que está pidiendo a sus mejores hijos que lo den todo por ella. Desde hoy, han de servir a la patria desde su valentía, armados con su propia perspicacia e intuición, y henchidos de fervor guerrero. Pero protéjanse bien. No nos podemos permitir ninguna baja entre ustedes.

—¿Seguiremos en el protectorado o pasaremos a la Península, mi teniente coronel? —preguntó uno.

—La mayoría seréis enviados a la Península, a nuevos destinos que en breve se os darán a conocer; algunos hoy mismo.

Durante los próximos días, a medida que se vayan resolviendo de una forma u otra los diferentes frentes de guerra que permanecen abiertos, repartiremos las misiones. —Se dirigió a los cuatro tenientes del grupo—. Ustedes permanezcan sentados; serán los primeros en conocerlas. Los demás pueden irse. ¡Arriba España!

Todos los presentes corearon el mismo lema.

Andrés se acercó hasta el centro de la sala donde estaban los otros tres oficiales de su mismo rango comentando entre ellos la muerte de Sanjurjo. Algunos dudaron que hubiese sido un accidente.

Mientras el resto de los agentes abandonaban la sala, el teniente coronel Yagüe llamó a Carlos Pozuelo. Quería asegurarse de la idoneidad del teniente Urgazi para la misión que le quería encargar.

—No lo dude; es el idóneo. Su trabajo en la SSE ha sido en todo momento impecable. El teniente Urgazi se ha sabido mover con enorme eficacia en todas las misiones que le hemos encomendado, teniendo que resolver situaciones francamente complejas. En su favor ha de contar la convicción y templanza que ha demostrado para manejar como lo ha hecho, y con éxito, los difíciles pasos que le llevaron a tomar partido por nosotros. Pero sumado a lo anterior, he de decir que es un hombre que siempre ha trabajado con eficacia y un alto grado de autonomía. Y encima sabe francés.

—Parece el más adecuado, sí. La solicitud viene desde San Juan de Luz y la ha hecho alguien que se ha significado mucho en nuestro levantamiento: el conde de los Andes. Nos pide al mejor hombre que tengamos, alguien con una buena capacidad organizativa, que conozca bien todas las técnicas de espionaje, templado e inteligente, acostumbrado al peligro, y sobre todo leal y valiente. No sé si será mucho para tu candidato.

—Háblelo con él directamente y juzgue —lo animó Carlos.

El teniente coronel Yagüe desdobló el escrito del conde de los Andes, don Francisco Moreno Zuleta, e hizo llamar a Andrés.

—Mi teniente coronel, estoy ansioso de escuchar sus noticias.

—Eso está bien, muchacho. Tengo entendido que habla bien francés.

—Sí, señor, mi madre era francesa y desde bien pequeño me habló en su lengua.

—Aunque no de forma inmediata, quizá le mandemos a San Juan de Luz. ¿Conoce la ciudad?

—Todo lo bien que se puede conocer el lugar donde pasé tres vacaciones durante mi infancia.

—Mejor, mejor... Su conocimiento de la lengua y del terreno sin duda le pueden ser muy útiles para el encargo que le pensamos dar, aparte de sus habilidades como agente de información que, según me cuentan, ha demostrado con gran excelencia hasta el momento. Le explico.

Yagüe empezó a contar que bastante antes del mes de julio, entre San Juan de Luz y Biarritz, se habían establecido tres unidades de información en favor del derrocamiento del Gobierno de la República. La primera la formaba un grupo de aristócratas leales al rey Alfonso XIII, que de toda la vida veraneaban en el sudoeste francés. Otra estaba integrada por un clan de carlistas navarros, y la tercera dirigida por los catalanes de la Lliga Regionalista; todos ellos huidos de España meses antes del alzamiento, ante los estertores de muerte de la República y las amenazas que estaban sufriendo personalmente desde el poder.

—Como primer objetivo, cada grupo a su manera se dedicó a buscar la financiación necesaria para asegurar la viabilidad de nuestro proyecto. Pero ahora, una vez que se ha desencadenado todo, quieren invertir sus esfuerzos y recursos en otras actividades de índole secreta. Sin duda un loable objetivo, porque en una guerra se ha de combatir desde muchos frentes y no solo el armado. Y en cuanto a usted, se le ofrece la oportunidad de unirse a esas actividades, de las que poco más le puedo contar. Cabe decir que no sería algo inmediato, pero que les urge. Si acepta, tanto ellos como nosotros somos conscientes de que a sus actuales cualidades hemos de sumar un entrenamiento más específico en África. —Recogió la carta manuscrita por el conde de los Andes y se la pasó para que la leyera. Le dejó unos minutos.

—El trabajo me parece francamente interesante.

Desde su doble condición de espía y a la vista de un escenario con tantas posibilidades, el plan le pareció perfecto. Con solo imaginar la enorme cantidad de información a la que iba a acceder, hasta los riesgos personales que iba a correr le parecieron de menor importancia.

—¿En qué consistiría esa formación?

—Queremos enseñarle a usar cualquier tipo de explosivos y a manejarse bien con la radiotelegrafía. Conocerá los últimos métodos para encriptar mensajes y también los de camuflaje, y las mejores técnicas de seguimiento. Son solo algunos ejemplos que se me ocurren. Superada esa fase, lo mandaríamos a Francia. ¿Qué le parece?

—Estoy deseando empezar con esa formación, señor.

—Así se habla, muchacho. —Le palmeó en el hombro, satisfecho por su elección—. Le deseo un rápido entrenamiento y sobre todo un exitoso destino, que en su caso le recordará viejos tiempos.

—Seguro que así será. Gracias.

Ya se estaba dando la vuelta cuando le asaltó una duda.

—Perdóneme una última pregunta. Y esa formación específica que he de recibir, ¿dónde se me dará?

El teniente coronel Yagüe se disculpó por no haberle facilitado aquel dato.

—Contamos con una base secreta que muy pocos conocen. Está entre la ladera sur de la cordillera del Riff y el desierto. En un paraje tan aislado que la población más próxima está a algo más de setenta kilómetros. Constituye el lugar idóneo para el tipo de preparación que usted necesita. Es discreto, cuenta con excelentes entrenadores y una estricta disciplina interna que ayuda a conseguir en el menor tiempo posible la formación deseada.

—¿Cuándo he de salir para aquella base?

—Esta misma noche. Sin el sol se viaja mucho mejor por aquellas calurosas tierras.

Puerto de Somosierra
25 de julio de 1936

III

Cada vez que se escuchaba la explosión de un obús Campeón lanzaba dos ladridos al aire. Estaba flanqueando a Zoe, al amparo de una ambulancia de la Cruz Roja y enfrente de una pequeña camioneta donde habían viajado otros diez perros sanitarios.

Era media tarde y se encontraban en las proximidades de la pequeña población de Madarcos, en la cara sur del puerto de Somosierra, al abrigo de un bosque de castaños y en un hermoso paraje cuyo frescor era de agradecer después del tórrido día que había padecido Madrid.

Para Zoe y para el resto de mujeres que componían la unidad canina de la Cruz Roja aquella era su primera misión. Acompañaban al Quinto Regimiento, un cuerpo de voluntarios que había sido organizado en pocas horas por iniciativa del Partido Comunista de España y de las Juventudes Socialistas Unificadas en el patio de un colegio requisado, el de los hermanos salesianos, después de haber intervenido activamente en la toma del Cuartel de la Montaña. Sus miembros, procedentes de las milicias antifascistas obreras y campesinas, muchos de ellos del ramo metalúrgico, se habían hecho con el fervor y las armas necesarias para poner freno al intento de toma de Madrid por parte del ejército sublevado. Liderados por militares profesionales leales al Gobierno, se habían dividido en tres columnas para combatir a las unidades que venían desde Pamplona, Valladolid y Segovia, esperándolas en los puertos de los Leones, Navacerrada y Somosierra. Los enviados por el general Mola habían conseguido tomar el día anterior este último, como también el túnel ferroviario que comunicaba las dos mesetas y que constituía un enclave estratégico para poder atravesar la sierra con más comodidad que por el alto de la montaña.

Campeón, a los pies de Zoe, miraba a uno y otro lado con la sensación de haber vivido una situación parecida años antes. Aquel olor a pólvora quemada, a sudor y a miedo le transportaba a otros tiempos y a otras tierras. Miró a su ama y al pastor alemán que iba a acompañarla. Aunque los conocía a todos desde cachorros y ejercía con ellos un papel de guía, no terminaba de acostumbrarse a tener que compartirla.

A diferencia de su perro, aquel escenario era nuevo para Zoe, que acababa de vivir, con una mezcla de congoja y responsabilidad, los primeros disparos que se habían escuchado, prometiéndose ser fuerte y responder como se esperaba de ella. Acarició a Campeón y después a Toc y observó a su grupo de enfermeras.

Estaban acurrucadas, unas sobre otras, detrás de una enorme piedra de granito y a escasos cincuenta metros de ella. Su trabajo empezaría una vez cesara el fuego entre los dos bandos. Si no se les hacía de noche, soltarían a los perros en ese momento para buscar a los milicianos que hubiesen quedado heridos. Cada perro llevaba colgada del cuello una pequeña pieza de cuero en forma de cilindro que el animal mordía solo cuando encontraba a un herido, y que no soltaba hasta haber mostrado a su guía el emplazamiento de la víctima.

—Cuando empecemos a trabajar, quiero que me sigáis sin abandonar mis rodillas en ningún momento. ¿De acuerdo?

Los dos perros la miraron solícitos, jadeando y con la lengua fuera.

—Señorita camarada —un joven miliciano carraspeó para captar su atención. Al volverse, Zoe se fijó en sus brazos arañados por obra de las abundantes zarzas del terreno—. Me dice el comandante Luis Rivas que vaya preparando a los perros. Calcula que en menos de una hora habremos recuperado esos dos cerros. —Señaló con el dedo dos elevaciones rodeadas de frondosas zonas de bosque—. Dejaremos despejada una amplia franja de terreno para que puedan moverse con seguridad. Creemos que entre la arboleda y el arroyo, donde ha habido numerosos combates cuerpo a cuerpo, han quedado bastantes heridos.

Al ver que no iba armada le ofreció una pistola.

—Prefiero no tener que usarla, gracias.

—¿Y un cigarro? —Se sacó del bolsillo de su pantalón un paquete de picadura de tabaco y empezó a liarse un pitillo.

—No fumo, gracias —Zoe le sonrió.

Por el aspecto de sus dedos el tipo debía de trabajar en un taller mecánico. Lo miró con simpatía. El muchacho había dejado apoyado su fusil en una piedra y estaba rellenando con más tabaco el papel de fumar. Una vez que lo tuvo bien repartido, chupó el papel dos veces para dejárselo listo. Encontró un fósforo en uno de sus múltiples bolsillos y lo rascó sobre la cremallera. La llama iluminó su rostro en el mismo momento en que una bala atravesaba su cabeza.

—¡No!

El joven se derrumbó al lado de Zoe con un agujero en la frente por el que al instante empezó a surgir un fino reguero de sangre oscura. Su mirada se había quedado como congelada en ella. Completamente espantada, Zoe trató de acercárselo tirando con fuerza de su camisa y pidió ayuda a las enfermeras. Mientras dos de las muchachas corrían agachadas hacia ellos, Toc, el pastor alemán, olfateó al herido demostrando una extraña inquietud. Todo lo contrario que Campeón, más acostumbrado a convivir con ese tipo de situaciones de guerra, que siguió con el morro apoyado en el suelo. Las enfermeras, botiquín en mano, comprobaron nada más llegar que el hombre había fallecido. Las expresiones de impotencia de las tres mujeres surgieron tan sentidas que se abrazaron preocupadas.

Desde una arboleda cercana, algunos milicianos que habían presenciado la desgraciada escena acudieron a protegerlas colocándose en diferentes puntos de la ambulancia, para de inmediato vaciar los cargadores de sus máuseres en dirección norte.

—En cuanto os lo digamos, corred hacia donde están las demás. Aquí estáis demasiado expuestas —les advirtió uno muy joven.

Zoe se agarró al cuello de sus dos perros destrozada. La imagen de aquel pobre desgraciado al que le habían volado la cabeza, y que yacía a escasos centímetros de sus pies, le iba a resultar imposible de olvidar. Campeón, advirtiendo a su manera lo que le pasaba, se pegó más a ella, como si así quisiera protegerla de esos terrores.

—¡Ahora! —gritó el joven, señalando con la punta del fusil hacia dónde debían ir—. ¡Corred!

Sin haber pasado un segundo, las tres mujeres lo obedecieron en busca de la gigantesca roca donde se refugiaban las demás. Pero Zoe, al darse cuenta de que solo la seguía Toc, se volvió para mirar sin dejar de correr, extrañada de que Campeón siguiera allí, tumbado y sin demostrar la menor preocupación. Al llamarlo por su nombre el perro levantó la cabeza y se volvió hacia ella, pero como no entendió qué quería recuperó su postura anterior.

—¡Será tranquilo…! —exclamó indignada.

Estaba dispuesta a volver para recogerlo cuando sintió pasar una bala a escasos centímetros de su cabeza. Con su aliento desbocado se lanzó a correr hacia la enorme roca, viendo cómo otra de las balas se incrustaba en la corteza de un pino que apenas había dejado atrás, y una más hacía saltar chispas al explotar en un pedrusco que acababa de superar de un salto. Los silbidos de los proyectiles a su alrededor le helaron la sangre. Nunca había sentido tan cerca un peligro tan real como aquel. Y sintió miedo, mucho miedo.

Pasada media hora, a solo una del anochecer, los últimos reductos de resistencia habían sido neutralizados con la llegada de dos piezas de artillería que barrieron de proyectiles la línea enemiga y no pararon hasta que el comandante Rivas vio el combate ganado.

Las once mujeres, todas en silencio, sintieron el alivio del alto el fuego, pero también la falta de fuerzas para empezar a trabajar a partir de ese momento. Durante el largo tiroteo, quien no había rezado todas las oraciones que se sabía, había estado llorando. Y hasta hubo una que no dejó de pedirle a Zoe, entre gemidos, que se volvieran a Madrid. Su valor, como el del resto de aquellas voluntarias que habían visto en la Cruz Roja un modo de hacer el bien, no había sido medido hasta entonces en una situación tan crítica como la que acababan de vivir.

Zoe recuperó a Campeón sano y salvo y se dirigió hacia donde estaba el comandante Luis Rivas.

—Señor, cuando usted nos diga, mandamos a los perros.

El hombre, que dirigía una columna de obreros sin preparación militar alguna, a la que habían llamado Galán en honor del héroe militar Fermín Galán, muy popular entre la clase trabajadora, se sentía orgulloso del resultado conseguido. Habían sido capaces de detener a un ejército profesional en un enclave difícil, echándole muchas ganas, una gran dosis de valor y quizá bastante inconsciencia. Pero, en definitiva, el éxito había estado de su parte.

—Me pongo a su disposición —le contestó el hombre—. Acabo de ordenar por radio que sean avisados los alcaldes de los pueblos vecinos para que nos envíen con urgencia cualquier tipo de vehículos con los que poder evacuar a los heridos hasta los hospitales de Madrid. Me temo que tenemos muchos.

Zoe le explicó cómo trabajaban los perros, y que una vez los animales fueran localizando a los columnistas su única necesidad sería la de disponer de soldados y camillas suficientes para recogerlos y transportarlos hasta las ambulancias, quedándose las enfermeras encargadas del control de los perros o de practicar cualquier cura de urgencia para estabilizar a los heridos.

—¡Perfecto! Dispondrá de esos hombres en menos de cinco minutos. ¿Necesitará alguna otra cosa?

—Que no se nos haga de noche y poco más.

Zoe se dirigió hacia el grupo de enfermeras para dar las últimas indicaciones. Le agradó verlas preparadas y con sus respectivos pastores alemanes. Al acercarse fue recibida por un mar de rabos que se agitaban al unísono. Explicó a las chicas lo que había hablado con el comandante y les pidió dos cosas más.

—Sed muy prudentes. Hasta que no se os asigne la pareja de hombres que os acompañarán para protegeros, quiero que os quedéis aquí quietas. No necesitamos más héroes que los que tenemos que encontrar por esos montes. Yo me encargaré de vigilar que todo marche correctamente y de ir comprobando la respuesta de vuestros animales. ¡Mucha suerte! ¡Ya podéis soltarlos!

En ese momento las diez enfermeras aflojaron al unísono las correas de los canes y se inició un auténtico espectáculo para los que nunca habían visto trabajar a animales como aquellos. Cada perro cargaba a sus espaldas dos cartucheras identificadas con el símbolo de la Cruz Roja y un botiquín de primeros auxilios. Se pusieron a correr campo a través en distintas direcciones. Sin ladrar y con el hocico pegado al suelo, iban buscando cualquier rastro de olor humano, sobre todo de sangre, atendiendo a su entrenamiento. Pasados los primeros minutos, desde donde se encontraban las enfermeras todavía se podía ver a alguno de los perros corretear entre jaras y matojos de tomillo batiendo sus colas al aire.

Zoe, junto con Campeón y Toc, se dirigió a una zona que había sufrido con mayor intensidad los combates. Campeón corrió hasta una pequeña loma, alcanzó su máxima elevación y olfateó el aire dibujando un arco de ciento ochenta grados. El otro, con su pelaje casi negro, no se separaba de Zoe. Alcanzaron la posición de Campeón en el momento en que este la abandonaba y corría como un loco en dirección norte, salvando los pedruscos y la espesa vegetación que encontraba de camino, sordo a los gritos de Zoe.

—¡Vuelve aquí!

El animal no obedeció, adelantándose a otros perros que se dirigían hacia un bosque donde se había producido el tiroteo más cruento. Zoe, enfadada, aceleró el paso para encontrarse con ellos, pero a mitad de camino vio a uno de los pastores alemanes parado entre unas zarzas y un arroyo. Husmeaba alrededor de unos arbustos, lanzando ladridos. Se acercó a mirar.

—¿Algún herido por ahí? Soy de la Cruz Roja —exclamó en voz alta.

Nadie respondió. Observó extrañada al perro, hasta que entendió lo que pasaba cuando desde el matojo salió una liebre a toda velocidad y el perro detrás.

—No me lo puedo creer.

Después de haber recuperado su posición anterior, miró a Toc a los ojos y le dio la primera orden.

—¡Busca!

El animal, perfectamente entrenado, clavó su trufa en el suelo y barrió el contorno de un seto cercano, y tras él, dos o tres más a su alrededor. Y de repente agudizó el oído al escuchar algo. Zoe también lo había sentido. Avanzaron unos pasos más hacia las orillas del arroyo y se detuvieron a oír mejor. El gorgoteo de la poca agua que llevaba se mezcló en ese momento con los ladridos de un par de pastores, que por su tono e insistencia tenían que haber localizado a los primeros heridos. Zoe hizo ademán de irse. Necesitaba localizar pronto a esos perros para valorar su comportamiento al encuentro de los heridos. Pero en ese preciso momento se escuchó una tos a escasos cinco metros de donde estaban. Toc gruñó y fijó su atención en una masa de retamas. Zoe volvió a identificarse en voz alta, pero nadie contestó. Se dirigió despacio hasta donde le parecía haber escuchado la presencia humana, y cuando estaba a solo dos metros, entre las ramas vio a un hombre tumbado y escondido.

—Estate tranquilo, acabo de verte. —Sujetó al perro por el cuello para no intimidarlo.

—Quédate ahí, quieta, o te vuelo la cabeza.

Zoe lo obedeció al ver el cañón de una pistola dirigido a ella.

—Trabajo en la Cruz Roja y vengo a ayudarte. No te preocupes.

—Como… —tosió varias veces reflejando su mal estado—, como me denuncies, te llevo por delante.

Zoe comprendió que se trataba de un soldado del otro bando. Trató de hacerle entender que para ella tan solo era un herido, al que atenderían sin tener en cuenta de qué lado había combatido.

—Quizá tú lo hagas así, pero en cuanto me identifiquen esos comunistas seré hombre muerto.

—Déjame echar un vistazo a tu herida. Si es grave, te llevaremos a un hospital.

El hombre accedió, pero negándose a que viniera más gente.

Zoe, agazapada, atravesó los dos arbustos arañándose con las ramas. Le echó unos cuarenta años. Vestía uniforme de Infantería y tenía un impacto de bala en el hombro y otro en el vientre, este último muy superficial. A pesar de que ninguna de las heridas era mortal, estaba perdiendo demasiada sangre, lo que su rostro traducía con una lividez preocupante. Zoe le calculó una hora de vida si no actuaban. Se lo dijo con toda crudeza.

—¡He dicho que no quiero que avises a nadie! Ponme unas vendas, un antibiótico y déjame aquí. Si nadie más me encuentra, cuando se haga de noche podré escapar.

Zoe se lo pensó. No llevaba material sanitario ni tampoco su perro. Si lo dejaba allí, se iba a morir y nunca se lo perdonaría. Lo miró con gesto decidido, se incorporó y explicó lo que pretendía hacer.

—Iré en busca de ayuda. Te garantizo que nadie va a hacerte nada; tienes mi palabra. —El hombre, desconfiando, le apuntó amenazando con disparar—. Si lo haces, en cuanto se escuche la detonación vendrán a ver qué ha pasado y entonces sí que serás hombre muerto. Tú sabrás lo que te conviene.

El soldado, al ver que la mujer se iba, ante la encrucijada de saberse en manos del enemigo o de tener una muerte digna aunque fuera matando a todo el que se le acercara, levantó el percutor con intención de disparar. Apuntó a una de sus piernas, y cuando estaba a punto de apretar el gatillo vio venir hacia él una sombra a toda velocidad. Sin darle tiempo a responder, en décimas de segundo su muñeca recibió un primer mordisco. Entre la inercia del golpe y el dolor que le produjo la hilera de dientes de aquel perro enfurecido, perdió la pistola. Zoe se volvió y vio cómo Campeón lo atacaba con furia. Su perro acababa de salvarle la vida.

Pidió ayuda a gritos, ordenó a Campeón que lo dejara y permitió a Toc ir en apoyo de su perro. El soldado se quedó completamente quieto al tener a menos de diez centímetros de su cara a los dos animales enseñándole los dientes y dispuestos a todo. Pero, de repente y sin saber por qué, Campeón se separó y, ante la desconcertada mirada de Zoe, buscó el arma que había caído al suelo, la recogió entre los dientes y se la llevó a su dueña agitando el rabo, encantado.

—Buen perro, sí, señor.

Zoe lo acarició orgullosa de su oportuna reacción, como hizo también con Toc mientras veía a un grupo de milicianos venir en su ayuda, entre ellos al comandante Rivas. Encañonaron al herido y lo levantaron sin ningún cuidado.

—Lo mandaremos a un hospital junto con los nuestros para que sea curado. Pero más adelante le esperará un juicio —concluyó, viéndolo irse ayudado por dos de sus hombres—. Y en cuanto a usted, déjeme que le diga que ha sido una imprudente. Siguiendo sus propias instrucciones, dispuse que sus enfermeras estuviesen en todo momento acompañadas por mis hombres, y sin embargo ha sido la primera en tomar un riesgo innecesario. Haga el favor de no hacer más tonterías.

Zoe se disculpó y le dio la razón, pero con prisa. Quería averiguar cómo habían respondido los demás perros.

Una hora después, reunidos todos los animales y sus guías, hicieron balance del servicio. En total habían localizado a una treintena de hombres, tres de ellos del bando enemigo, aunque también a otros cuarenta y dos muertos. Los perros se habían comportado en general bien, salvo uno que se había perdido durante la operación aunque ya estaba recuperado, y otro que había sido acuchillado por uno de los sublevados antes de ser localizado por una patrulla de milicianos.

Zoe se quedó para atender al perro herido que necesitaba una intervención de urgencia. La hizo a la luz de los faros de un camión de transporte de tropas, después de que el resto de enfermeras tomase camino de vuelta a Madrid. Mientras le suturaba la piel una vez había detenido su hemorragia, y con la inoportuna presencia del morro de Campeón a escasos centímetros de sus manos, suspiró llena de buenas sensaciones. Por primera vez había visto los resultados de su trabajo con la unidad canina de la Cruz Roja. Y ahora, gracias a sus conocimientos, iba a poder recuperar a ese perro para que siguiera desempeñando sus funciones.

Nunca se había sentido tan importante y tan bien, aunque odiase el escenario.

Los miedos, el peligro que había sufrido con aquel soldado, o sus dudas sobre la operatividad del propio servicio de rescate; todo se había esfumado en un halo de satisfacciones. Y en esos momentos se acordó de su padre. Estaba segura de que, si la viera allí, entre rollos de catgut, agujas de sutura y gasas empapadas en desinfectante, se sentiría muy orgulloso; como ella se había sentido cuando lo acompañaba de pequeña, a su adorado padre.

Embajada alemana
Calle de los Hermanos Bécquer
Madrid
19 de noviembre de 1936

IV

Para los que habían pensado que el levantamiento de los militares se iba a resolver en menos de una semana, cuatro meses después no se vislumbraba todavía ninguna solución, ni tampoco a medio plazo.

A la gente le quedaba todavía mucho por sufrir.

El primer cordón humano que Zoe tuvo que atravesar fue el de los milicianos, y por lo menos serían un millar. Lo hizo enseñando su carné y el brazalete de la Cruz Roja. Ocupaban la calle Serrano, a ambos lados del cruce con la de Hermanos Bécquer, por la que tenía que bajar para acceder a la puerta principal.

El segundo control estaba a cargo de la Guardia de Asalto, que había apostado dos vehículos blindados a la entrada de la legación diplomática y otros dos a una veintena de metros. Lo formaban por lo menos un centenar de miembros, todos perfectamente armados.

El Gobierno, presionado por la intensa campaña de bombardeos y ataques que estaban asolando Madrid desde principios de otoño, se había desplazado el día seis de aquel mes a Valencia para establecer allí las sedes de la presidencia y del Gobierno de la República. Madrid se había convertido en un lugar lleno de peligros y carencias. El miedo recorría sus noches y el hambre sus días.

El dieciocho de noviembre, Hitler y Mussolini habían dado legitimidad al levantamiento del general Franco, y como consecuencia de ello el Gobierno de la República les había dado veinticuatro horas para que abandonasen sus embajadas en Madrid. La de Alemania se desplazaría a Salamanca. En el proceso de desalojo, la Guardia de Asalto se había encargado de la protección del cuerpo diplomático alemán e italiano, como también de los trabajadores de sus sedes.

Y esa era la fuerza que Zoe veía mientras caminaba hacia la puerta de la delegación germana. A sus espaldas se escuchaba el indignado clamor de la gente que quería ajustar cuentas con aquellos extranjeros tachados de fascistas. Solo dos días antes, la aviación alemana integrada en la Legión Cóndor había bombardeado la ciudad a media tarde como nunca antes se había hecho contra la población civil. Las bombas habían destruido centenares de edificios, tanto civiles como gubernamentales, y desde entonces no habían cesado de sonar las sirenas cada noche anunciando la llegada de más y más aviones con su temida carga de acero y dolor.

Además, desde hacía diez días, Madrid estaba rodeada por cuatro columnas armadas, en un decidido intento de tomar la capital, aunque, según había afirmado el general Mola en una entrevista radiofónica, había una quinta columna en el interior, hasta entonces durmiente y oculta, a la espera de unificar sus fuerzas con las que atacaban la ciudad por sus flancos. Se estaba luchando cuerpo a cuerpo en la Ciudad Universitaria, en los márgenes del río Manzanares, en Moncloa, Getafe y la Casa de Campo, y hasta en el Hospital Clínico. Algunas incursiones habían alcanzado el interior de la ciudad sin tomarla, como un tabor de regulares que tras pasar por la plaza de España había subido después por la Gran Vía.

Muchos de los milicianos que esperaban la salida de los diplomáticos alemanes para apedrearlos y tomar después la legación para el pueblo, venían de haber estado luchando a primera hora de esa misma mañana en el frente universitario, a donde acudían en tranvías, camiones, o a veces en metro.

La Junta de Defensa de Madrid, a cargo del general Miaja, resistía con bastante eficacia los envites de los sublevados gracias a la llegada de las Brigadas Internacionales, que desde el día nueve estaban apoyando su resistencia con la ayuda de tanques y aviones soviéticos.

—Señorita, ¿su documentación? —aquel era el cuarto agente que se la pedía y todavía le faltaban quince metros hasta la última garita.

Zoe esperó con paciencia a que le devolvieran su carné.

Llevaba arañazos por brazos y piernas; lo normal después de haberse pasado las tres últimas noches con sus perros y el equipo de guías y enfermeras en busca de heridos entre las malezas de la Casa de Campo o las inmediaciones del río Manzanares. Suspiró agotada. No había dormido apenas en las últimas setenta y dos horas.

Por las mañanas acudía a Torrelodones y por las tardes estudiaba en casa su cuarto curso de carrera como podía, haciendo uso de algunos libros viejos que había recogido de la casa de Bruni antes de que esta se fuera con sus padres. Pero desde hacía diez días, en coincidencia con la llegada de las columnas franquistas a Madrid, a las nueve de la noche empezaba para ella otro trabajo sin un horario de finalización: el de la búsqueda y ayuda de heridos.

—Puede pasar, disculpe las molestias, y gracias. —Era el primer agente que le había sonreído. A Zoe le extrañó; en aquellos tiempos era raro encontrarse a alguien que demostrara un poco de cortesía—. ¡Salud y mucha suerte! —la despidió al modo miliciano.

En el ambiente normal de la calle se estaba viviendo una presión ideológica tan asfixiante que hasta expresiones tan habituales como despedirse con un adiós se evitaban por su connotación religiosa, y en contra se saludaba con el puño en alto, o se vestía con ropa de corte proletario. El clima de terror que la ciudad vivía cada noche no se debía solo a los bombardeos, sino también a la presencia de milicianos armados en busca de fascistas, religiosos, empresarios o monárquicos escondidos. El odio social, la revancha personal y la brutalidad con la que operaban, a pesar de los esfuerzos del Gobierno por frenar sus desmanes, estaban empeorando la imagen exterior del país, y provocaban en Zoe un profundo rechazo.

Se miró sus anchos pantalones, después la camisa de basto algodón, y sintió que formaba parte de esa tercera España, como les sucedía a otros tantos miles de españoles, una España que nunca habría entrado en guerra, fiel a los principios de la República y de ideales moderados, la que no era ni fascista ni revolucionaria. Era esa otra España a la que nunca se la había tenido en cuenta, pero que ahora sufría las consecuencias de unos pocos que se habían creído que el destino los había puesto allí para guiar a la gente a una santa cruzada, y de otros que la querían llevar a un idealizado camino de regeneración obrera. Zoe pertenecía a esa España muda, la que sufría con inenarrable angustia cada noticia de una muerte, fuera detrás de una trinchera o en el muro de un cementerio al anochecer.

—¿A quién busca? —le espetó uno de los agentes alemanes, después de comprobar su identidad.

Ella contestó en alemán, dándole los nombres de su amiga Julia y de Oskar Stulz, con quienes había quedado. El hombre levantó un teléfono interior y esperó a que le confirmaran la cita. La invitó a pasar, y le rogó que esperara en el patio del palacete.

El barullo de cajas, maletas y gente que corría de un lado a otro era tremendo. Por las tres chimeneas del edificio salía una espesa humareda con olor a papel quemado. Todas las ventanas estaban protegidas por sacos de tierra, y en el patio había dos grandes camiones donde se estaban cargando enseres y cajones de madera con el águila imperial nazi marcada a fuego. Zoe imaginó que contendrían objetos que no podían abandonar: las emisoras de radio, informes, las planchas para confeccionar pasaportes y visados, o el material oficial de la delegación.

—Señorita, puede pasar. —Le devolvió su carné.

Una piedra de gran tamaño sobrevoló en esos momentos sus cabezas y se estampó contra una ventana del primer piso. El cristal se quebró provocando la alarma de los presentes.

—Le aconsejo que no esté mucho tiempo por aquí. Como ve, no podemos garantizar su seguridad. Los de ahí afuera están demasiado exaltados.

El soldado, de no más de veinticinco años, expresaba en su rostro una honda preocupación.

—Gracias, eso haré.

Los vio en el vestíbulo de la embajada. Julia bajaba las escaleras con unas bolsas por delante de Oskar, que hacía lo mismo cargando con un cajón de madera.

—¡Julia! —Zoe alzó la voz para llamar su atención.

—¡Hola! —La amiga dejó en el suelo lo que llevaba y se dieron un largo abrazo con sabor a despedida y a miles de palabras por decir—. Todo lo que está pasando es tan terrible, mi querida Zoe… Hacía demasiado tiempo que no nos veíamos. —Se miraron a los ojos y no faltaron unas lágrimas de emoción—. De haber sabido que se pondrían las cosas tan feas hoy, no te habría hecho venir. ¡Oskar! —Hizo que se acercara a saludarla.

El piloto de la Luftwaffe le pasó la caja a otro hombre, indicando a dónde debía llevarla.

—Zoe, un día extraño para volver a vernos… —El tono de su saludo sonó bastante neutro.

—¿Qué planes tenéis ahora? —les preguntó a los dos.

—Nos vamos a Burgos —contestó él—. La Legión Cóndor se ha instalado allí y he solicitado plaza para pilotar con ellos. Aquí no se puede estar ni un solo día más. Aunque quién sabe, si los intentos de las cuatro columnas que están rodeando la ciudad tienen éxito, quizá estemos de vuelta pronto. ¿Cómo te ha ido a ti?

Zoe no quiso ocultar su opinión sobre la situación que vivía Madrid.

—Dadas las circunstancias, es evidente que mal. Cada día veo más y más muertos, y entre la gente de bien no hace más que crecer el odio, muchas veces por culpa de vuestros aviones. —Su gesto se endureció y sus siguientes palabras también—. Aborrezco lo que estáis haciendo… —Su mirada buscó la esquiva de Oskar—. Quizá no debería decírtelo, pero no solo estáis sembrando de muertes Madrid, estáis desencadenando más rabia y valor en los que os combaten al cargarlos de razones. Aunque a ti eso te da más o menos igual.

Oskar recibió sus palabras con un gesto aparentemente tranquilo. Era demasiado consciente de que Julia adoraba a esa mujer, pero empezaba a estar un poco harto de ella; harto de sus denuncias, harto de la declarada posición antinazi que mantenía, y harto de su insistencia en querer saber a qué había ido a la escuela de Veterinaria aquel día, cuando a punto estuvo de terminar linchado. Una conversación que deliberadamente había evitado para no tener que explicar qué había ido a buscar, y sobre todo para quién. Su estrecha relación con Göring no la conocía casi nadie, ni siquiera Julia, y así deseaba mantenerla.

Le contestó de una forma condescendiente.

—Esa es solo una forma de ver el problema. Te aseguro que también hay otras —contestó finalmente Oskar, afilando su azulada mirada.

Julia cortó la conversación convencida del mal destino que podía tomar, conociendo a los dos. Adoraba a Oskar, pero Zoe era su amiga y lo sería por encima de cualquier circunstancia.

—¡Vente con nosotros, por favor! —La expresión de sorpresa que dejó en la cara de Oskar aquella invitación fue solo un anticipo de la siguiente, de profundo desagrado. Un detalle que a Zoe no se le escapó.

—Eso no puede ser —contestó ella.

—No lo digas tan pronto y escúchame —insistió Julia—. Hoy, Madrid es una ciudad demasiado peligrosa, pero más aún para una mujer sola, y nunca me perdonaría que te pasase algo. Además, una vez estuvieses en zona nacional podrías volver a visitar a tu padre y saber de él, piénsatelo.

Aquella mención inquietó profundamente a Zoe.

—Eso sería estupendo…

—Si quieres, te podríamos facilitar ahora mismo documentación diplomática y un pase para abandonar la ciudad. Ese es el verdadero motivo de haberte hecho venir.

Oskar se revolvió incómodo, pero se mantuvo callado.

—No lo sé, aquí me necesitan…

—Hazme caso, déjalo todo y ponte a salvo. En Burgos se vive en paz y no tendrías que seguir padeciendo este martirio.

Zoe se quedó callada dudando qué hacer. No era fácil renunciar a la posibilidad de ver a su padre, y la idea de escapar de aquel horror resultaba tentadora. Miró a Julia y se lo pensó una vez más. Pero pasados unos segundos llegó a la conclusión de que irse no iba a ser la decisión más acertada, ni la que su padre aprobaría. Había adquirido unos compromisos y su trabajo estaba siendo vital en un tiempo donde todo era poco. Sus noches de socorro eran duras, pero también muy satisfactorias. Porque cada vez que por obra de sus perros se libraba a un solo hombre de la muerte, se sentía inmensamente feliz y bien pagada. Y pensó también en Max. Después de aquella visita había quedado con él para estudiar cómo iban a afrontar la creciente necesidad de perros que estaba demandando la Junta de Defensa, y a Max no podía abandonarlo en esos momentos; no estaría a la altura de un hombre que se había volcado con ella. ¿Cómo iba a defraudar su confianza ahora?

En el exterior de la embajada, el murmullo de los milicianos había subido de intensidad por momentos, hasta que se escucharon varios disparos.

—¡Dinos algo, cielo! —Los ojos de Julia temblaron a la espera del sí que tanto deseaba escuchar—. ¡Tendríamos que irnos ya!

Zoe tenía la decisión tomada.

—No iré. Lo siento, Julia… Me quedo. Aquí todavía puedo hacer mucho por la gente y también por mí misma. Aunque esté muy complicado todo, quiero seguir estudiando y colaborando con la Cruz Roja.

—Zoe, recapacita. Te quedas sola en Madrid. Bruni se fue hace tres meses a México y su hermano Sigfrido está alistado y peleando en vete a saber qué frente. Y ahora me voy yo… Es una oportunidad única. Imagínate cuántos en esta ciudad soñarían con lo que te estoy proponiendo. —Al hilo de su comentario vieron pasar algunos de los cuarenta y cinco refugiados que habían residido en la embajada los últimos meses bajo protección diplomática. La mayoría estaban siendo entregados a las autoridades españolas.

Zoe se abrazó a su amiga.

—Vale, no vas a venir. Pero no me puedo ir sin tener una promesa por tu parte. Necesito saber que te vas a cuidar muchísimo y que no vas a asumir riesgos innecesarios. —Julia la acarició en la mejilla—. ¿Me lo prometes?

—Claro que sí. Y tú trata de hacerme saber algo de vosotros, ¿vale? Y otra cosa, si te llegase alguna noticia sobre mi padre que creas que he de saber, utiliza la Cruz Roja para contármela, por favor.

Julia golpeó con el codo a su novio para que explicara a Zoe lo que habían acordado antes de su llegada. Él se resistió. Había escuchado la conversación deseando que Zoe rechazara la oferta.

—Dile lo que hemos hablado. ¡Venga!

Oskar se tragó su orgullo y las pocas ganas de hacerlo, sintiéndose incapaz de resistir a más presiones de su novia, y le propuso algo.

—Si un día necesitases contactar conmigo, por cualquier motivo, o si tuvieras serios problemas, recuerda el nombre de José Banús. Búscalo en el hospital militar número veinticuatro en la calle Monte Esquinza, un palacete habilitado para los heridos de la CNT. Trabaja como enfermero y masajista, pero es de total confianza y puede hacerme llegar cualquier aviso —le soltó de un tirón—. Si te ves en aprietos, acude a él y dale mi nombre. Con eso será suficiente.

—Lo tendré presente. —Le sonrió agradecida, pero sin poder olvidar su anterior denuncia—. Y ahora os dejo, tenéis mucho que hacer y os estoy quitando demasiado tiempo.

—He de hacer una llamada antes de irnos. —Oskar comprobó la hora en su reloj—. Nos vemos en el vestíbulo en diez minutos.

El asunto tenía nombre de raza, y el número de teléfono que iba a marcar era el de su amigo Göring, quien sin duda se iba a alegrar con las conclusiones a las que había llegado después de haberse estudiado a fondo aquel libro prestado por el catedrático. La pista que había descubierto en el metódico trabajo sobre genealogía canina la había terminado de contrastar sirviéndose de un contacto en el consulado de Bilbao, llegando a la conclusión de que en España todavía quedaban algunos ejemplares de una raza muy antigua, heredera de otra alemana de ancestrales orígenes. Mientras subía las escaleras de dos en dos, Oskar pensó que con esa noticia cerraría el encargo que Göring le había hecho tiempo atrás en Karinhall y con ello se ganaría un ascenso, o eso esperaba. Göring dirigía la Luftwaffe y él estaba deseando lucir los galones de *geschwaderkommodore,* como jefe de un ala de cazabombarderos.

Residencia de Max Wiss
Calle Maldonado, 3
Madrid
19 de noviembre de 1936

V

Max Wiss vivía a solo cuatro manzanas de la embajada, en la calle Maldonado. La puerta de su vivienda, en la tercera planta, lucía una placa con la bandera suiza y otra con su nombre. Y bajo ellas una pequeña palanca, que al accionarla desencadenaba un coro de campanillas. A Zoe le encantaban. Las había escuchado por primera vez la tarde en la que Max la había puesto a prueba con los dos cachorros en su cocina, y desde hacía unos meses en bastantes más ocasiones, pues solían despachar allí para no tener que desplazarse a Torrelodones.

—Señora, disculpe que haya tardado en abrir. Estaba tan atento a las noticias de la radio que no me he enterado de su llamada. —Una dulce sonrisa ciñó los ojos del mayordomo hasta casi no vérsele las pupilas—. Por favor, pase, pase…

Zoe entró en el recibidor y se dejó ayudar con el abrigo.

—Mucho frío, ¿verdad?

—Pues sí lo hace, pero vengo caminando a buen paso y casi he entrado en calor. ¿El señor?

—Está en su despacho. La acompaño.

—Por favor, no se moleste. Conozco el camino. ¿Sabe algo nuevo de sus hijos?

El hombre arqueó las cejas y torció el morro, afectado por la pregunta.

—No, señora. Por eso escuchaba la radio. El mayor sigue embarcado en el destructor Velasco y no sé nada de él desde el dieciocho de julio. El segundo vive en Bilbao. Y el tercero es el que más me preocupa porque es un inconsciente y lo tengo defendiendo la Ciudad Universitaria; cualquier día me dará un susto. Ya verá. —Se llevó una mano a los ojos ocultando con pudor su pena.

—No lo piense, que eso no sucederá. —Le pasó la mano por el hombro con cariño.

—Dios la oiga, señora Zoe. Dios la oiga.

La puerta del despacho de Max estaba cerrada con llave. Tocó con los nudillos.

Tras escuchar pasos, le abrió Erika.

—¿Cómo te ha ido estas últimas noches, querida? —La esposa de Max vivía con pavor las actividades de aquella mujer a la que había cogido aprecio.

—Cansada pero contenta. Los perros están haciendo un trabajo increíble. Nunca imaginé lo bien que se comportan y lo poco que me fallan.

—Zoe, siéntate. —Del fondo del despacho le llegó la voz de Max—. Mi mujer ya se iba.

Erika captó la indirecta y sin quejarse excusó su presencia.

—Dentro de un momento volveré con un café. Así podremos hablar otro poquito, que este solo te quiere para él. —Sonrió a su marido con una pícara mirada.

Zoe se lo agradeció y buscó la comodidad de uno de los sofás de la estancia, dándose cuenta de que llevaba todo el día de pie. Suspiró agotada.

—Hoy no sé si resistiré una noche más como la de ayer.

—Quizá esta noche no puedas salir… —intervino misterioso.

Zoe preguntó a qué venía ese comentario.

—Podemos perder el centro y los perros esta misma madrugada. —La noticia dejó a Zoe perpleja. Max siguió explicándose—. Acabo de hablar con Rosinda, y me dice que las tropas del general Varela, o las de Yagüe, que para el caso me da igual, están tan cerca de la finca que es solo cuestión de horas. Si no voy a por ellos antes de esta madrugada, nos quedaremos sin unidad.

—Te acompañaré. —Zoe abandonó su relajada postura.

—¡Ni hablar! Cuento con la ayuda de cuatro hombres de la casa, cuatro enfermeros de nuestro hospital que se han prestado a echarme una mano, y la operación es arriesgada.

Ante la preocupante noticia, Zoe no quiso cargarle con más responsabilidad y se calló lo que pensaba. El recrudecimiento de los combates estaba demandando un mayor servicio canino, y fallar un solo día podía suponer algún herido más que moriría por no haber sido encontrado a tiempo.

—Ya tengo el camión y un nuevo destino para los animales: en la carretera de Vallecas, en una vieja vaquería que nos puede sacar del aprieto. No cuenta con las mejores instalaciones, pero nos servirá.

—¿Y Rosinda?

—Prefiere quedarse en el lado nacional. Por lo que nos deja.

—No sabes cómo la echaré de menos. Sin ella nos costará que todo funcione como hasta ahora. —Zoe sintió verdadera pena—. De todos modos, consigas recuperar los perros o no, seguiré yendo a ayudar por las noches —decidió Zoe.

—No entiendo cómo lo vas a hacer sin perros.

—Aunque sea iré con el mío. Campeón también fue entrenado en Fortunate Fields, algo hará.

Max recordó otra de las peticiones del general Miaja.

—Al parecer los nacionales están sembrando la nueva ciudad universitaria de minas para frenar los ataques de las columnas milicianas. La Junta nos pide que nuestros perros las detecten para evitar las constantes muertes que producen.

—Para esa tarea los sabuesos son los mejores. No creo que me llevase mucho tiempo tenerlos preparados.

—Pues hazlo, Zoe. Te los traeré a la vaquería de Vallecas.

La puerta del despacho se abrió y entró Erika completamente alterada.

—Querido, han venido otros…

Max se incorporó de golpe, miró a Zoe, y sin dar ninguna

explicación salió de la habitación con Erika. Zoe no entendía nada, pero se quedó preocupada por el delicado rescate que iba a acometer. Hasta que la llamase esa noche, no se quedaría tranquila.

Pasados unos minutos, Max volvió acompañado de un matrimonio mayor con los rostros completamente desencajados. Zoe asistió a su conversación en silencio.

—No sabe cómo se lo agradecemos. —La mujer se secó las lágrimas con su pañuelo.

—Acabamos de saber por un vecino nuestro que el dueño de la panadería donde compramos a diario nos ha denunciado —continuó el marido—. Verá, aunque estoy jubilado, soy militar de carrera, y puedo haberme convertido en un objetivo más de alguna de esas temibles brigadas de milicianos que actúan cada noche. Tememos seriamente por nuestra vida.

Max le palmeó el hombro tranquilizándolo.

—Haré lo que pueda por ustedes.

—Tiene que escondernos… —suplicó entre gemidos la mujer—. ¡Nos matarán!

—Venimos a usted por recomendación de uno de sus amigos que también es íntimo nuestro, de Jacinto Robledo.

—Claro, claro… Han hecho bien. Les puedo ayudar. Pero antes han de hacer algo por mí para que no acabemos todos en el paredón.

—Usted dirá, ¿quiere dinero? —El hombre sacó de su chaqueta un fajo de billetes agitándolos nervioso delante de Max.

—Por favor, guárdeselo para cuando de verdad lo necesite. No, no se trata de eso. Quiero que ahora abandonen el edificio con toda naturalidad, como si hubiesen terminado la visita, y a eso de las cuatro de la madrugada vuelvan. Los esperaré en el portal de enfrente y subirán conmigo. Después los alojaré en una habitación, y a partir de entonces estarán a resguardo.

Zoe se sintió sobrecogida con el gesto de Max. Su generosidad implicaba un enorme riesgo. Había escuchado decir que en algunas casas de diplomáticos extranjeros se habían encontrado refugiados, y el resultado para todos había sido fatal.

—Pero a esas horas... es muy peligroso andar por las calles. —Al hombre le temblaban las manos.

—Lo siento. Lo sé, pero no queda más remedio que hacerlo así. En estos tiempos nunca se sabe quién puede estar observándonos. Por eso es necesario extremar las precauciones. Vayan con cuidado y a las cuatro los espero.

Antes de salir del despacho la mujer se abrazó espontáneamente a Max repleta de gratitud, y su marido le estrechó la mano fuertemente emocionado.

Minutos después, al ver entrar a Max, Zoe le dio un sentido beso expresando lo mucho que valoraba su noble gesto.

—Pero... ¿y esto? ¿Qué pensará Erika si nos ve así?

—Pensará que tiene un marido muy grande.

—Vale, déjalo, que al final hasta me lo voy a creer.

Zoe le preguntó una sola cosa respetando profundamente su decisión, lejos de ponerse a juzgar lo que hacía.

—¿Hay más?

Max sonrió ante su curiosidad, pero la entendió.

—Sígueme.

Nunca había recorrido al completo la casa de Max. Le pareció gigante porque tuvieron que atravesar tres pasillos y dos recibidores hasta llegar a una estancia donde aparentemente terminaba la vivienda. Max se dirigió a una pared, entre una chimenea y una librería, corrió una pequeña pieza giratoria que disimulaba una cerradura y la abrió. Tras una puerta perfectamente camuflada en la pared, apareció un nuevo pasillo con cuatro puertas a los lados. De ellas empezaron a salir varias personas. Zoe contó ocho. Algunas parecían asustadas, pero otras mantenían la calma. Un hombre de excelente aspecto se dirigió hacia ellos. Su cara no le era del todo desconocida.

—Señorita Zoe... ¡Qué alegría verla de nuevo! —El hombre besó su mano, y de pronto lo recordó. Se trataba de un catedrático de Medicina amigo de la familia de su marido.

—Don Cortés tuvo la poca vista de definirse en público a favor de Gil Robles desde su cátedra, y lleva con nosotros tres meses, ¿me equivoco? —comentó Max.

—Así es, mi querido amigo y patrono. Y qué pocas veces

tenemos el placer de ver a una mujer tan guapa —se fijó en su vestimenta— que ni la fea moda de ahora, tan proletaria y vulgar, ha rebajado ni un solo ápice de su natural belleza.

Zoe respondió al elogio con un sentido «gracias», y escuchó a Max.

—Los demás arrastran sus propias historias. Tenemos a un cura, dos políticos y sus esposas, un escritor tachado de fascista, y una mujer en cuyos apellidos hay cinco siglos de historia de España.

Cuando Zoe salió a la calle, su mundo se había hecho pequeño y el de su jefe enorme. Caminó abstraída, todavía impresionada por lo que acababa de ver, y recordó la invitación a abandonar Madrid por parte de Julia. Se alegró de haber tomado la decisión acertada, más aún al constatar el heroico comportamiento de Max.

Recorría la acera en silencio, en busca del tranvía que la llevaría hasta la plaza de España. Llevaba una boina calada, abrigo negro con las solapas subidas y los dos brazaletes de la Cruz Roja, que más de una vez la habían sacado de un aprieto con los controles que se montaban en medio de la calle.

Estaba a punto de anochecer cuando se dio cuenta de la poca gente que paseaba como ella o compraba en los comercios, quizá porque desde hacía unas semanas estaban escaseando los alimentos más básicos. Por eso no se fijó en un lujoso vehículo descapotado que circulaba despacio, justo a su espalda. Ella iba pensando. Julia le había recordado lo sola que estaba en Madrid, y era verdad. Casi todos sus amigos y conocidos habían ido abandonando la ciudad por un motivo u otro. Tan solo le quedaban Max y su perro Campeón.

Sentado al lado del conductor del misterioso vehículo iba un viejo conocido de Zoe: Mario. Junto a cuatro milicianos más, venían de la sierra con los fusiles aún calientes, después de haberse liquidado toda la munición y de haber perdido una posición clave en el control del puerto de la Cruz Verde.

Zoe aceleró el paso con intención de cruzar la calle, adelantándose a un coche que vio venir hacia ella. Mario giró la cabeza para responder a uno de sus camaradas de escuadrilla en el justo momento en que ella terminaba de pisar la otra acera.

—A estas horas y por tu culpa, seguramente habrá una caterva de fascistas celebrando su victoria. Y no me extrañaría que más de uno fueran conocidos de tu burguesa familia —le soltó Mario al único universitario que tenían en su grupo, el hijo de un adinerado empresario que había huido de Madrid, al que le reprochaba sus ascendientes siempre que podía—. Si hubieras previsto mejor las balas que íbamos a necesitar, y te recuerdo que fuiste tú quien eligió la intendencia de esta patrulla, no estaríamos volviendo como perdedores.

—No me toques más los cojones con lo de mi padre, ¿vale? —El aludido plantó la boca de su pistola sobre la sien de Mario—. Porque un día se me escapará el dedo y te volaré esa jodida y vacía cabeza que tienes.

Aquellas voces hicieron que Zoe se volviera y de repente lo vio. Reconoció espantada a Mario. Aceleró el paso y dio la vuelta a la esquina en el preciso momento en que él miraba en su dirección. Él solo la vio por la espalda, pero su silueta le recordó a la inquilina de Rosa con la que había estado a punto de intimar y que le había costado la cárcel. Una hembra a la que seguía deseando desde aquel día; una mujer con quien ansiaba vengar sus instintos más brutales.

Caserío Natxo Enea
Avenue Larreguy, 17
San Juan de Luz. Francia
30 de noviembre de 1936

VI

Andrés Urgazi entró en el salón de aquel aristocrático edificio preguntando por el conde de los Andes, sin saber si era alguno de los seis hombres que estaban debatiendo acaloradamente alrededor de su amplia chimenea. Se abrió paso entre la espesa nube de humo que habían dejado sus habanos, y salvó como pudo el abundante reguero de botellas de vino que, según supo después, los habían acompañado la noche anterior hasta cerrar los detalles de una misión que iba a suponer su propio estreno en el Servicio de Información de la Frontera del Norte de España, SIFNE. Unas siglas que significaban la integración de los tres grupos de espionaje, de los que Yagüe le había hablado meses atrás, en uno solo.

—Perdonen —carraspeó para llamar su atención. Nadie reparó en él.

Se acercó un poco más, pero tampoco lo vieron. Solo cuando se plantó enfrente de ellos y se vio encañonado por tres pistolas a la vez, consiguió que le dirigieran la palabra.

—¿Quién carajo eres y qué haces aquí? —le interpeló uno.

—¿Cómo has podido pasar? —preguntó otro cacheándolo de arriba abajo.

Los demás lo observaban atónitos, preguntándose qué birria de medidas de seguridad habían establecido para que cualquiera pudiera entrar sin problema.

—Me llamo Andrés Urgazi, vengo de Tetuán y tengo que verme con don Francisco Moreno Zuleta. Me envía el teniente coronel Yagüe.

Uno de los presentes, de cincuenta y pico años, se levantó y fue a estrecharle la mano.

—¡Aquí me tiene! —Con esas tres únicas palabras dejó en evidencia su condición de andaluz—. El amigo Yagüe nos hizo llegar sus excelentes referencias, pero váyase haciendo a la idea de que en este complicadísimo escenario en el que nos movemos para usted todo empieza de nuevo. Le presento. —Se volvió a sus acompañantes y fue dando sus nombres hasta detenerse en el último—: Y él es Josep Bertrán i Musitu, responsable máximo del Servicio de Información de la Frontera Norte Española, el SIFNE.

Andrés estrechó la mano del catalán, sin duda alguna el de mayor edad.

—Que alguien le dé una pistola. —En menos de treinta segundos tenía en sus manos una—. Muchacho, deje aquí mismo todas sus cosas porque salimos de inmediato a Bayona para que cubra su primera misión. Se la explicaré de camino. Allí conocerá al resto de sus compañeros de comando. —Hizo una señal a otro de los presentes para que sustituyera la documentación que llevaba Andrés por su nueva identificación como ciudadano de la República Francesa—. Y ahora, monsieur André Latour, sígame.

No iban a tardar mucho tiempo en recorrer los veintiséis kilómetros que separaban por carretera las dos ciudades francesas, pero Bertrán i Musitu había pensado que serían suficientes para que Andrés conociera los antecedentes de la misión a la que se iba a enfrentar.

Empezó explicándole que entre Bayona, Biarritz, Hendaya y San Juan de Luz se concentraban las delegaciones de todos los servicios secretos que se pudiese imaginar, empezando por el Deuxième Bureau francés o el MI6 inglés, y siguiendo con el servicio de inteligencia militar italiano, los japoneses y, desde luego, la Abwehr alemana. Y que entre las agencias españolas también estaban representados los servicios de inteligencia del Ministerio de Estado y los pertenecientes al Gobierno vasco, destinatarios últimos de la misión que ahora pretendían poner en marcha.

Los orígenes de este último servicio, según le desveló el catalán, habían coincidido con las fechas del levantamiento en Marruecos, y su inspirador había sido el mismo lendakari Aguirre con objeto de extender hacia el extranjero sus estrategias políticas.

Según le siguió explicando, para su constitución Aguirre había contado con uno de sus más leales colaboradores, José María Lasarte, a quien había encargado la organización del nuevo servicio de información e inteligencia con independencia de los servicios secretos del Gobierno de la República. A las habituales funciones que se le venían dando a ese tipo de oficinas, el lendakari había querido sumarle una más, la diplomática, dirigida a establecer contactos directos con las dos potencias europeas más próximas a los intereses del nacionalismo vasco: Francia e Inglaterra. Y había ubicado aquella inicial oficina en Hendaya, ya que el padre de los primeros agentes, los hermanos Michelena, tenía una delegación de su empresa de aduanas allí.

—Junto a los Agesta, otros dos hermanos, y bajo la dirección operativa de Antonio Irala, su antiguo secretario en la Lehendakaritza, los cinco agentes iniciaron sus tareas de espionaje de una forma muy eficaz a pesar de su escasa estructura.

Bertrán puso como ejemplo de su eficiencia la estrategia que habían utilizado los vascos para recoger información de cada uno de los tres grupos que habían levantado el SIFNE, tanto el monárquico como el carlista y el suyo, comprando a las chicas de servicio que trabajaban en sus casas.

Andrés, que empezaba a memorizar aquellos nombres junto a los datos que iban surgiendo para poder pasárselos algún día al Gobierno, forzó la conversación para saber quiénes eran las máximas figuras que estaban detrás de las siglas SIFNE. Su interlocutor, lejos de sospechar de él, destacó el peso que tenía el grupo de aristócratas dentro de aquel servicio; un conjunto de nobles y grandes de España, leales al rey Alfonso XIII, que habían financiado personalmente el coste de las primeras operaciones militares contra la República. Entre ellos citó al mallorquín Juan March, al marqués de los Arcos don Luis Martínez de Irujo, a Félix Vajarano y Bernardo de Quirós, conde de Nava de Tajo, o a su mismo jefe de filas en la Lliga, Francesc Cambó, quien había puesto de su bolsillo diez mil libras esterlinas para empezar a hablar.

—El primer grupo de agentes vascos nos empezó a seguir desde nuestra primera ubicación, que por entonces estuvo situada en el Grand Hotel de Biarritz; luego en el palacete llamado La Fermé, y ahora en Natxo Enea. Pero, aparte de habernos estado vigilando en todo momento, consiguieron interceptar ciertas informaciones delicadas para nuestros intereses militares, informes que hicieron llegar después al propio lendakari a su sede provisional de gobierno en el hotel Carlton de Bilbao. Algo que ya no estamos dispuestos a permitir.

—¿Para qué quiere el Gobierno vasco que su servicio de información trabaje en misiones diplomáticas? —De todo lo que había hablado Bertrán, aquel detalle había llamado especialmente la atención de Andrés, que no entendía qué intereses podía compartir Euskadi con Inglaterra o Francia.

—Una vez que nuestras tropas recuperaron San Sebastián, las veinte legaciones extranjeras que habían abandonado Madrid para abrir sede allí se desplazaron a San Juan de Luz. Eso generó una cantidad de información a su alrededor que ni París y Berlín juntos. Pero volviendo a tu pregunta, e intentando ser lo más concreto posible, lo que ahora queremos saber es si se trata de un servicio que la Lehendakaritza está poniendo a disposición del Gobierno de la República, o persigue un interés de índole independentista. Y para resolver esas dudas, precisamente, contamos contigo.

Andrés preguntó cómo iba a jugar él dentro de aquel complejo entramado de servicios de información.

—Para contestar a tu pregunta, lo mejor será que pase a explicarte lo que vamos a hacer esta misma noche. —Miró a ambos lados de la carretera general después de parar el coche en un *stop*, y continuó hablando nada más girar en dirección Bayona—. Vas a sustituir a un tripulante de un pesquero bautizado como Domayo que en este momento está fondeado en puerto. Al hombre digamos que lo hicimos fallecer hace dos días, por lo que no podrá interferir demasiado en la operación —apuntó con cierta sorna—. Desde hace un tiempo venimos sospechando que el espionaje vasco aprovecha las salidas a alta mar de ese barco para transmitir por radio a algún punto de Vizcaya la información que obtiene de nosotros. Al asegurarnos que hablas francés como si fueras nativo y que te adaptas como nadie a interpretar cualquier tipo de papel, nuestro objetivo hoy es conseguir que te acepten en el Domayo.

—¿Pero cómo y por qué me van a querer en su tripulación? Tendrán mucho cuidado en saber a quién meten, ¿no?

—Eso te lo explicará el jefe de tu comando, Manuel Doncel, a quien conocerás en solo unos minutos. Ya estamos llegando.

El bar Urumea, próximo al puerto de Bayona, reunía esa noche a tres de los diez miembros del comando especial de la SIFNE del que Andrés iba a formar parte. Los vio charlando sentados a la mesa, entre un gran barullo de clientes que daban buena fe de la calidad de las ostras que el establecimiento tenía como especialidad y del chacolí que se traía desde el otro lado de la frontera.

Manuel Doncel, su nuevo jefe operativo, lo recibió encantado, pero con prisas para explicarle lo que iba a tener que hacer.

—Perdona la urgencia, pero eres nuestra única opción; a nosotros nos tienen ya fichados. Y lo tenemos que intentar hoy mismo porque la salida del barco es inminente y hemos de aprovechar a nuestro favor la imperiosa necesidad que tienen de cubrir la baja del cocinero.

—Ya me contó algo don Bertrán. Pero ¿por qué me van a aceptar? ¿No se cuidarán mucho antes de meter a un desconocido en un barco que, según decís, cumple funciones de espionaje?

—No te preocupes porque vas a ir recomendado por alguien que es de su máxima confianza y que por supuesto es también colaborador nuestro. Antes de tomar en cuenta tu opción, pensamos volarlo, como ya hemos hecho con otros buques que andaban transportando armas para el bando republicano. Pero decidimos que era mucho más interesante tener unos buenos oídos dentro que enmudecerlo bajo el agua. Tu misión será precisamente esa: conocer qué información le está llegando al lendakari y cuál es su respuesta, para informar después a nuestra inteligencia en Burgos.

Le pasó un papel con sus nuevas referencias personales, los barcos en los que supuestamente había trabajado como cocinero antes, una lista con las diez recetas más tradicionales de la cocina vasca, su número de afiliado al partido Acción Nacionalista Vasca, ANV, y los nombres de los dos activistas que supuestamente lo estaban recomendando.

—Memorízalo todo sin perder un segundo, y utiliza el baño del bar para cambiarte de ropa; usa la que te hemos preparado en esa bolsa. —Señaló una azul que acababa de dejar a sus pies.

—En el caso de ser enrolado, ¿cómo contactaré con vosotros?

—La tripulación del Domayo suele venir de chatos a este bar. Y esa camarera, la morenaza que te está mirando en estos momentos, sabrá escuchar lo que tengas que decirnos. Ella será tu enlace.

Bertrán, Doncel y el resto de agentes le desearon toda la suerte del mundo y agradecieron su inmediata disponibilidad. Él se restó importancia y al ir hacia el baño le surgió una duda más. Se volvió para resolverla.

—¿Y si me descubren?

Tomó la palabra Bertrán i Musitu.

—Si hablas, te mataremos nosotros y, si callas, ellos. Por lo que haz todo lo posible para evitarlo.

La llegada de Andrés al pesquero Domayo no fue tan sencilla como se lo habían pintado sus nuevos jefes. El capitán dedicó no menos de cinco minutos a estudiar su documentación y credenciales, bufando y mirando en sus ojos una y otra vez, con más dudas que ganas de aceptarlo en su barco.

Al tipo no le hacía falta jurar su afición por la comida y el vino, pues cargaba con evidentes pruebas de ello en su barriga, nariz y mofletes. Sus manos doblaban el tamaño de las de Andrés, los ojos surgían desde sus cuencas cargados de severidad y su carrasposa y profunda voz le daba un aire grave; el clásico personaje con quien convenía no andar jugando demasiado.

—Vienes recomendado por Patxi Durritxelena y mira que me llevo bien con él, pero no sé... —Le dio dos vueltas más a sus papeles sin decidirse—. Verás, nunca he metido en mi barco a nadie que no conociera personalmente. ¿Me entiendes? Aunque reconozca que ando necesitado de cocinero, no acabo de verte aquí dentro. ¿Y de qué conoces a Patxi?

Andrés improvisó como pudo, recabando los pocos datos que tenía.

—Aunque mi padre es francés mi madre era vasca, de Guetaria, y en concreto vecina de la familia de Patxi. De pequeños fuimos muchas veces a visitar a la familia y de eso lo conozco.

El patrón escuchó sus explicaciones lleno de desconfianza, pero la conversación se vio interrumpida por la entrada de su segundo.

—Patrón, corren rumores por el puerto de que se ha formado una gran bolsa de bacalao a trescientas millas de la costa, en torno a seis grados más al norte de donde solemos faenar.

El hombre, al escuchar la noticia, decidió soltar amarras esa misma noche. Pero de inmediato se dio cuenta de que, aún tirando por lo bajo, les iba a llevar tres días de navegación alcanzar el caladero. Y tener que aguantar las comidas del provisional cocinero que estaban sufriendo desde la muerte del anterior le puso la carne de gallina. Miró a Andrés, escupió los restos del tabaco de mascar harto de no sacarle ya gusto alguno, y tomó una determinación.

—André Latour, pago por semana. La cantidad que vas a cobrar dependerá de cómo se nos dé la pesca. No hay horarios. Se libra un día, pero no cuentes con uno en concreto. Ah, y si estás de acuerdo, te enseñaré la cocina. Espero que esta noche me sorprendas con una buena *zurrukutuna.*

—Se chupará los dedos.

Por suerte, Andrés reconoció esa receta entre las que le habían pasado en el bar. Se trataba de un plato de bacalao desmigado con pan y pimientos choriceros que no parecía demasiado complicado.

—Más te vale.

Aeródromo de Cuatro Vientos
Madrid
8 de diciembre de 1936

VII

El doctor Georges Henny, delegado de la Cruz Roja Internacional en Madrid, corría por la pista del aeródromo llevando de la mano a dos niñas que la institución pretendía expatriar a Francia.

Lo acompañaban el corresponsal del periódico *Paris Soir* y otro periodista también francés de la agencia de noticias Havas.

Se dirigían a tomar un avión propiedad de la Embajada francesa, un antiguo bombardero de la clase Potez 54 que había sido desarmado y habilitado como transporte de pasajeros y correo. Eran las cinco de la tarde, llovía con ganas en Madrid, y el parte meteorológico anunciaba mal tiempo hasta Toulouse, aunque no se esperaban fuertes tormentas. Por ese motivo, nada hacía pensar que el trayecto entre las dos ciudades fuera a sufrir ninguna complicación. O eso esperaba el doctor Henny, preocupado por los papeles que llevaba en su maletín de viaje; una información terrible que pretendía poner en conocimiento de la sede central de la Cruz Roja en Suiza, para que a su vez fuera valorada por la Sociedad de Naciones.

El suelo estaba resbaladizo.

Cuando llegaron a la escalerilla del avión, la turbulencia de sus motores encendidos levantó una cortina de agua que terminó de empaparlos por completo. Subieron los cinco pasajeros con prisa, la azafata cerró la puerta, comprobó que estaban todos los que esperaban y avisó al piloto para que iniciara las maniobras de despegue.

En uno de los hangares del mismo aeródromo, otros dos pilotos ponían en marcha sus dos cazas Nieuport 52, sorprendidos por las órdenes que acababan de recibir. Se colocaron las gafas, abrieron los inyectores de combustible y lentamente empezaron a rodar por la misma pista de despegue que minutos antes había usado el avión oficial de la Embajada francesa.

Además de compartir trabajo en la institución benéfica, al doctor Henny y Max los unía una buena amistad. Por eso, el suizo conocía de antemano la delicada misión de aquel vuelo. Henny, junto con el cónsul de Noruega y un delegado de la Embajada argentina, había estado investigando durante dos meses el destino de las preocupantes «sacas» de presos que se estaban produciendo en las cárceles de Madrid. Lo habían hecho después de no haber obtenido ninguna respuesta por parte del general Miaja, como máximo responsable de la Junta de Defensa de Madrid, cuando se lo habían preguntado. Fruto de sus propias pesquisas, habían descubierto que tanto en Alcalá de Henares como en Paracuellos del Jarama en aquellas mismas fechas se habían producido unos fusilamientos masivos, por lo que solo tuvieron que unir unas cosas con otras. Todos esos datos, la secuencia de los hechos y la atribución de sus posibles responsables viajaban en el maletín del doctor Henny, en aquel avión que acababa de dejar atrás la provincia de Madrid y sobrevolaba la de Guadalajara a eso de las seis de la tarde.

Un repentino ruido exterior atrajo la atención de sus pasajeros. Por las ventanillas advirtieron la sombra de un avión sobre el suyo. Se inquietaron. El piloto hizo cabecear las alas como saludo de amistad no a uno, sino a los dos aviones que acababa de descubrir volando por debajo y por encima, pero como respuesta solo obtuvo un ruido demoledor.

A la mañana siguiente, el nueve de diciembre, Max leía espantado el encabezamiento del diario *La Voz* en su primera columna:

«El avión correo Toulouse-Madrid ha sido ametrallado por trimotores fascistas. Alemania vuelve a disparar contra Francia».

Lo tiró al suelo y corrió a llamar por teléfono.

—¡Páseme con el general Miaja! —exigió con voz firme a la operadora de la Junta de Defensa que había respondido a su comunicación.

—¿Con quién hablo, por favor? —preguntó la mujer, molesta por el agrio tono del hombre.

—Soy Max Wiss, de la Cruz Roja Internacional.

—Espere, veré si le puede atender en estos momentos. Creo que está reunido.

Max empezó a taconear el suelo muy preocupado por el destino de su amigo Henny. Le había inquietado y mucho el delicado motivo de su vuelo, pero nunca se hubiera imaginado la posibilidad de que fuera abatido. Conociendo la gravedad de la información que se pretendía trasladar a la opinión pública mundial, no había que ser muy listo para entender quién perdía más si aquellas noticias salían a la luz.

Mientras su llamada seguía a la espera, pensó en Zoe. En cuanto terminara de hablar con Miaja y supiera qué destino habían sufrido sus ocupantes, la llamaría para saber cómo se arreglaba con el nuevo centro canino de la carretera de Vallecas. La recogida de los perros en Torrelodones había constituido toda una epopeya, habiendo tenido que luchar contra el tiempo y la excesiva cercanía de las tropas nacionales, pero por fortuna todo había salido bien y se había conseguido recuperar el servicio, sin otras contrariedades que las deficiencias de la nueva instalación.

—¿Señor Wiss? —la voz al otro lado del aparato era la del general Miaja—. Imagino el motivo de su llamada.

—¿Me puede explicar qué ha pasado? Y primero de todo, ¿qué se sabe de sus pasajeros?

—Tranquilícese. Por suerte, la vil acción de la aviación fascista pudo ser contrarrestada con la pericia del piloto francés, que consiguió aterrizar la nave de emergencia en mitad del campo. Me han informado de que no corre peligro la vida de ninguno de sus ocupantes, aunque se produjo algún herido.

—Me tranquiliza oírlo. —Suspiró aliviado—. Y dígame, ¿en qué estado se encuentra el doctor Henny?

—Puedo confirmarle que su compañero recibió un impacto en una pierna y que está siendo atendido en el hotel Palace. Parece ser que su estado no es serio. Su llamada ha coincidido precisamente con una reunión en la que estábamos estudiando cómo responder a la indigna acción de la aviación enemiga.

Max no pudo contenerse.

—A mí no me va a engañar.

—¿Cómo dice? —Al otro lado de la línea, la voz del general demostró un agudo malestar.

—Les están echando la culpa a los nacionales, pero usted y yo sabemos que eso no es verdad. Así lo veo yo, y así se lo transmitiré a mis superiores.

—No comprendo qué le lleva a pensar eso. Pero, si quiere, venga a verme y lo discutimos. Le aconsejo que no cometa una imprudencia sin que lo hablemos mejor.

A Max no le hacía falta ninguna otra charla, a esas alturas nadie le iba a hacer creer la versión oficial.

—Déjelo como está. No le quiero robar más tiempo; seguro que no le sobra. Gracias por atenderme al teléfono y que tenga buenos días.

Max le colgó, tomó su abrigo y decidió ir sin más demora al improvisado hospital en el que se había convertido el lujoso hotel Palace, para constatar el estado de su amigo Henny.

En el despacho del general Miaja el ambiente se había tensado sobremanera después de la conversación con aquel suizo. Al otro lado de su mesa, el máximo responsable de la seguridad en Madrid escuchó impertérrito sus nuevas órdenes.

—Haga lo necesario para que desde hoy todos los directivos de la Cruz Roja en Madrid sean constantemente vigilados. Quiero tener en mi mesa a primera hora de la mañana un informe detallado de cada llamada que hagan, de con quién se reúnen; quiero conocer sus movimientos en la ciudad, controlar sus domicilios, y saber de ellos hasta a qué hora empiezan a roncar. Este es un asunto de máxima prioridad. Así que ponga a trabajar a todos los hombres que considere necesarios. ¡Y hágalo ya!

Su interlocutor recibió y aceptó las órdenes, pero encontró un problema.

—Mi general, dado que muchos de ellos son extranjeros, quizá nos convendría no hacernos demasiado visibles; me refiero a que no puedan asociar su vigilancia con nuestras fuerzas del orden. Entiendo que, de ser así, podría suponernos un conflicto con los embajadores de sus respectivos países.

El general reconoció su acertado análisis y preguntó qué sugería a cambio.

—Podríamos encargar el trabajo a alguno de esos grupos que se han organizado en los ateneos libertarios, ya me entiende... Ellos pueden operar sin arriesgar nuestra imagen, y seguro que hasta son más efectivos. Si no tiene objeciones, podría ponerlos en marcha desde hoy mismo. ¿Me da su aprobación?

—¡Vía libre!

Centro de cría y adiestramiento canino
Grünheide. Alemania
10 de diciembre de 1936

VIII

Desde que había vuelto de Inglaterra, la vida de Luther Krugg era tan monótona como penosa.

A solo quince días de la Navidad, la ausencia de su esposa le producía una gran impotencia. Sería el primer año que pasarían las fiestas separados. Llevaba seis meses sin verla y todavía no sabía ni dónde estaba recluida. Después de su detención, a punto de huir a Inglaterra, las únicas dos cartas que le habían permitido recibir de su parte no venían selladas, y el texto había sido sin duda censurado. Eran las únicas pruebas de que Katherine estaba viva, no tenía ninguna otra. Y vivir con aquella falta de noticias estaba siendo una durísima experiencia.

Cada mañana, nada más llegar al centro de adiestramiento, dedicaba las dos primeras horas a revisar a los veintidós últimos cachorros fruto de haber cruzado las perras argentinas con un excelente macho bullmastif, y las hijas de ellos con una pareja de dogos franceses. También les echaba un vistazo a los bulldogs que había robado a la presidenta de la asociación británica, y después valoraba la evolución morfológica de las ocho líneas genéticas que había conseguido establecer hasta el momento. Al terminar con esa ronda, se pasaba un rato por la oficina y despachaba con su jefe Adolf Stauffer mientras compartían un café. Luego, desde media mañana hasta que la oscuridad le impedía continuar, se dedicaba a supervisar el trabajo de su equipo humano, a controlar la sanidad de los lotes caninos, a vacunarlos cuando tocaba, a dirigir los protocolos de adiestramiento y, en definitiva, a conseguir que los cuatro mil perros que desde hacía unos meses se criaban y adiestraban de continuo en Grünheide alimentaran los insaciables deseos de aquellos abominables dirigentes nazis.

Hacía su trabajo motivado por el chantaje a que estaba siendo sometido. Porque era consciente de que, si escapaba, erraba deliberadamente alguno de los pasos que estaba dando, o incumplía con sus objetivos, su mujer podía ser ejecutada.

Aquella gélida mañana de diciembre la taza de café estaba ejerciendo de segunda calefacción para sus manos mientras escuchaba a Stauffer.

—Acabo de recibir carta del director de Dachau, ya sabes, el tal Theodor Eicke. Nos agradece el envío de los últimos perros. —Siguió leyendo en voz baja a la vez que mojaba una pasta de chocolate en su humeante taza—. Dice que necesitará otros cincuenta pastores alemanes para cubrir las ampliaciones que han hecho. —Se retiró las gafas, las apoyó sobre la mesa y miró a los ojos a Luther—. ¿Qué le puedo contestar?

—Que se los pida a Heydrich, y si se lo autoriza cambiaremos la programación de entrega de los demás campos, cosa que dudo teniendo en cuenta la vehemencia con la que nos exigió el cumplimiento de los plazos.

—No creo que lo acepte.

—Pues eso.

Adolf rellenó las dos tazas con más café y preguntó por Katherine. Era un incómodo tema de conversación, pero llevaba un tiempo sin hacerlo.

—Desde la última carta de octubre, no he recibido ninguna otra noticia. Es desesperante… —Sus ojos azules buscaron la mirada de Stauffer—. Tú que eres tan amigo de esas sabandijas podrías averiguar dónde la tienen y cómo está.

Adolf se separó la camisa del cuello metiendo un dedo entre medias, incómodo por su comentario.

—Me comporté mal contigo, es cierto, pero ya te lo reconocí hace meses. Estaba siendo sometido a una insoportable presión que…

—Que te llevó a pisotear a tus amigos.

—O a protegeros a todos. Pero, bueno, eso es parte del pasado. Sabes que con lo de Katherine estoy de tu lado.

Luther dudó si no volvería a hacer lo mismo de verse presionado por el partido. Pero decidió no ensañarse.

—Ayer también llamó tu fan, Von Sievers. —El comentario amargó el sorbo de café que acababa de dar Luther—. Perdona, era una forma de decir. De sobra sé lo que piensas de él.

—¿Qué quería esta vez?

—Saber si ya pueden ver algún perro que empiece a parecerse al bullenbeisser —contestó Adolf, rebuscando algo entre sus papeles.

—Todavía no —contestó tajante—. ¡Ya me gustaría! Sería el salvoconducto de mi esposa.

Adolf encontró una anotación en un trozo de papel.

—Este es el nombre que me dio: Oskar Stulz, si…

—¿Quién es ese?

—Según me contó, se trata de un buen amigo de Göring destinado en España. Hasta ahí, una buena carta de presentación. Pero, además, parece ser que es un tipo muy aficionado a la caza y un experto en bracos. Por boca de Sievers también supe que hace un tiempo recibió, como embajada de su poderoso amigo Göring, la directriz de buscar por aquel país algún especialista en genealogía canina para descubrir qué razas españolas podían provenir de alguna alemana.

—Será otro maldito SS. —Luther se retorció un labio entre los dientes.

—También lo creo yo. Pero por lo visto ha encontrado una raza con un alto porcentaje de similitud con una de las nuestras. ¿Vas viendo por dónde van las cosas?

—Me va interesando más, sí. Sigue.

—El tal Oskar Stulz no había sabido nada del proyecto bullenbeisser, y su dedicación respondía exclusivamente a un favor personal pedido por su amigo Göring. Aunque, según Von Sievers, ahora ya ha sido informado de todo.

—¡Dime de una vez qué ha encontrado! Por favor.

—Te lo contaré en un minuto, pero para tu satisfacción, el descubrimiento de Stulz tiene que ver con un animal y una raza a la que tú habías llegado también indirectamente, o así se lo hiciste ver a Heydrich cuando hablaste con él en su despacho. ¿Lo recuerdas? Porque él sí.

Luther hizo memoria de aquel nefasto día, cuando mataron a su antiguo compañero de partido en Dachau, poco después de la entrevista. Pensó en lo que había hablado con Heydrich, y recordó de repente un detalle que le contó cuando repasaba las posibles siembras por el mundo de la sangre bullenbeisser.

—Le hablé de un grabado del pintor español Goya.

—Por ahí vamos bien. Y ¿por qué lo sacaste en la conversación?

—Porque los perros que aparecían en una de sus pinturas, una que plasmaba una antigua corrida de toros, se parecían muchísimo a los bullenbeisser.

—Son alanos. —Adolf pronunció el nombre de la raza en tono triunfal.

—¿Alanos? —Luther volcó su taza sobre la mesa, por suerte ya vacía—. Conozco poco esa raza, pero creo recordar haber leído que en efecto proceden de aquellas tribus germánicas que invadieron España durante el primer milenio, la de los alanos. Sin embargo, los imaginaba extinguidos en fechas cercanas a cuando Goya los pintó.

—Pues el tipo ese los ha localizado. ¡En España hay alanos!

—Esa puede ser —Luther no terminaba de creérselo— la sangre que me faltaba; el cruce definitivo. Con ellos en Grünheide podríamos fijar definitivamente la raza del bullenbeisser. Es... es... Sería un milagro si ese hombre se hiciera con algunos ejemplares.

—Se lo diré a Von Sievers. Pero no creo que lo tengamos muy fácil dada la situación de guerra en España. Stulz es piloto de la Legión Cóndor y supongo que estará haciendo sus gestiones, pero no sé nada más.

—¡Excelente noticia! —exclamó con un gesto emocionado—. Buscaré en los tratados que recibí desde Wewelsburg. Recuerdo uno donde se hacía referencia a esa raza. Y después, realizaré unos cálculos genéticos. —Se levantó de la silla—. Si me necesitas, estaré en mi despacho.

Durante las dos horas siguientes, Luther estuvo enclaustrado volando entre papeles, grabados y libros antiguos. Aquella revelación podía acelerar el final de su martirio, y por eso le había cambiado hasta el ánimo. Ni él mismo se reconocía, canturreando mientras revisaba sus análisis estadísticos y les añadía esa nueva impronta genética derivada del alano español, otro mito como el bullenbeisser, pero en este caso vivo.

Cuando sonó la puerta insistentemente, imaginó que se trataría de su jefe Adolf Stauffer, pero se equivocó de lleno. Tras ella lo esperaba una desagradable sorpresa llamada Eva Mostz, y justo detrás, otra mucho mejor e inesperada: su mujer Katherine.

Se lanzó a abrazarla emocionado, pero ella lo recibió como a un extraño. Al buscar el porqué en sus ojos, no encontró nada, tan solo una lágrima solitaria que resbaló por su mejilla, y una boca muda y sin expresión.

—¿Katherine? —La tomó de los brazos completamente aturdido y preocupado por su extrema delgadez.

—No esperes mucho de ella —intervino Eva.

Luther la miró sin disimular su odio.

La nazi se sentó en una esquina de su mesa de trabajo, se retiró el abrigo y lo hizo volar hasta que cayó encima de una silla. Cruzó sus largas piernas bajo una ceñida falda roja, luciendo medias de seda y zapato fino, se desanudó un pañuelo de cuello, e hinchó el pecho bajo un ajustado pulóver.

—¿Por qué dices eso? ¿Qué significa? —preguntó Luther, sin dejar de mirar a Katherine. No entendía qué le impedía hablar y el porqué de su estado de absoluta ausencia.

—Podías agradecerme primero habértela traído. Tampoco es que esperase de ti un sentido «gracias», pero no sé… Bueno, si me pones un café, no te lo tendré en cuenta.

Con un dedo, Luther señaló una cafetera y un pequeño fogón en una esquina de su despacho. Eva no se quejó de su descortesía y se dispuso a usarla. Él ayudó a sentarse a su mujer y besó su frente sintiendo sus propios latidos. Volvió a preguntarle qué le pasaba, pero no abrió la boca.

—Por Dios, pero ¿qué le habéis hecho?

Eva volvió con la taza, la dejó sobre la mesa y recuperó su anterior posición.

—Entiendo tu inquietud, pero no puedo darte demasiada información, me lo tienen prohibido. Y además, con toda sinceridad, no conozco su caso. —Probó el café dejando una señal de carmín en la taza.

Luther se revolvió en la silla. Necesitaba saber.

—¿La habéis drogado?

—No, para nada. Como te dije en Inglaterra, no volverías a tener a Katherine hasta que viéramos una aceptable evolución en tu trabajo. Tan solo sé que ha estado viviendo en un centro especial para mujeres, pero puedo imaginar que debieron de verla más fuerte de lo que en realidad era y se les vino abajo, o muy abajo, como se ve. Ayer fui a recogerla, obedeciendo órdenes de mis superiores, y me la encontré así.

Sacó una pitillera dorada de su bolso, la abrió y se encendió un cigarrillo, le dio una larga calada y echó el humo sin prisa.

—¿Quién la debió de ver más fuerte? ¿Dónde ha estado exactamente?

—Eso no te lo puedo contar. Pero, aunque lo hiciera, ¿qué más te da ya?

Luther no pudo soportar ni un minuto más su estudiada frialdad ni su cruel distancia ante el dolor ajeno, y sin darle tiempo a reaccionar, inesperadamente se lanzó sobre ella, la tumbó sobre la mesa de su despacho y, rodeando su cuello con ambas manos, empezó a ahogarla.

—¡Me lo vas a contar todo o te mato aquí mismo! —gritó, con una ira desconocida en él.

Eva empezó a toser asfixiándose de verdad. Se retorció sin conseguir contrarrestar su fuerza, tratando de hacerse con la pistola que escondía en su espalda, bajo la falda. La enloquecida mirada de Luther hizo que temiera de verdad por su suerte. Pataleó con furia, viendo cómo se le iba la vida en pocos segundos si no conseguía detenerlo antes, pero una mano ajena lo hizo.

—Déjala.

Era Katherine. La violencia de su marido la había despertado de su mundo de silencios lo suficiente para pronunciar aquella sola palabra. Una palabra que le salvó la vida a Eva, quien nada más librarse de él le plantó su pistola en el pecho.

—Solo mereces que te lo reviente ahora mismo, pero no lo haré. —Con el cabello despeinado, la respiración agitada y los zapatos de tacón bien clavados en el suelo le miró a los ojos; los suyos estaban inyectados en sangre. Luego observó a Katherine y comprobó que había vuelto a su anterior estado—. Ella lo hará por mí. Ella reventará tu pecho o tu corazón, me da igual.

—¿Por qué no me dejas en paz?

Eva recogió su abrigo, sus cosas, y antes de salir se volvió.

—Contigo tengo un encargo y lo voy a cumplir.

Ciudad Universitaria
Madrid
14 de enero de 1937

IX

De los diez sabuesos que se había traído de Soria, Zoe decidió utilizar dos para cubrir una peligrosa misión que le había sido asignada directamente desde la Junta de Defensa, extrañada de que se hubieran saltado a Max, con quien solían hablar.

Su objetivo tenía que ver con las alarmantes bajas que se estaban produciendo en la zona universitaria, pero por causas diferentes a las habituales. Los nacionales habían sembrado de minas un ancho pasillo entre el hospital Clínico y el cerro de los Locos, y el lugar se estaba convirtiendo en un auténtico infierno.

En la periferia de Madrid las posiciones de uno y otro bando se habían estabilizado. Sin embargo, cada día se libraba una guerra de trincheras en un intento de ir ganando posiciones al contrario. Y bajo ese criterio, la estratégica ubicación del Clínico era vital para ambos dada la excelente visibilidad que el edificio ofrecía en un ángulo de casi doscientos grados. Por ese motivo los enfrentamientos armados se sucedían en sus inmediaciones. Ejemplo de ello habían sido los cuarenta legionarios de la IV Bandera que habían fallecido el día anterior a la llamada a Zoe, por la explosión de una potente mina de fabricación rusa colocada en el centro de su ala oeste, en este caso por parte de las milicias revolucionarias.

El problema para el bando republicano es que el enemigo había dejado otras tantas en su retirada, y que desde sus trincheras, con unos curiosos lanzaminas que acababan de venir de Alemania, les estaban disparando unos desconocidos dispositivos que se camuflaban bastante bien en el suelo y que explotaban al pisarlos.

Zoe sintió una profunda angustia cuando supo que la bandera de aquellos pobres legionarios fallecidos coincidía con la de Andrés, del que no había tenido noticias desde hacía cuatro meses. Aunque sabía que su trabajo estaba en África, cuando desde la Junta de Defensa le garantizaron que su nombre no estaba en la lista de fallecidos, respiró tranquila.

Entrada la noche Zoe llegó a las puertas del hospital. Se colocó un casco identificado con la cruz roja, unas botas recias, dos brazaletes con el símbolo de la institución y un chaleco pesadísimo que podría evitarle la muerte en el caso de una explosión fortuita. Antes de iniciar su tarea, dos unidades de milicianos y otras dos de guardias civiles habían peinado las trincheras del enemigo más próximas para evitar que desde ellas pudieran alcanzarla mientras trabajaba con los perros.

Serían las dos de la madrugada cuando Zoe agarró las correas de los sabuesos, recibió las últimas instrucciones por parte del comandante de la Guardia de Asalto al cargo de la operación, y tomó camino hacia la zona sospechosa. Lo hizo en dirección norte, escoltada por dos guardias de asalto bien armados.

—¡Tú haz lo que te ordene y no los molestes cuando trabajen! —advirtió a Campeón, con el que también había contado para la misión, al verlo gruñir a sus dos compañeros perrunos; dos machos que lo superaban en talla, fortaleza, mandíbulas, y desde luego en olfato.

Los sabuesos eran perros dóciles pero tozudos. Su capacidad de aprendizaje sin embargo era muy rápida, y poseían a su favor una increíble destreza olfativa que les permitía detectar ciertos olores a enormes distancias, olores incluso imperceptibles para otros muchos de su misma especie.

Soltó de la correa a sus dos rastreadores.

Con el morro a menos de un centímetro del suelo, los animales empezaron a barrer el terreno trazando arcos de unos cuarenta y cinco grados por delante de sus cabezas, algo que Zoe les había visto hacer cada vez que los ponía a trabajar. Tras ellos, brincando despreocupado, cuando no olfateándoles el trasero, lo que desencadenaba alguna que otra queja de los adelantados, iba Campeón. No tenía ni idea de qué estaban haciendo por allí a esas horas, tan a oscuras y en medio de una noche verdaderamente gélida. Sintió un respingo.

El suelo estaba muy duro en algunas zonas a causa del frío, y las botas de Zoe crujían al pisar los terrones de tierra, las ramas y algún que otro pequeño guijarro. Cuando llegó a una zona de trincheras, le impresionó su estampa. Al haber sido abandonadas con urgencia parecían estar todavía habitadas, con restos de comida, ropa, cajas, hornillos, revistas y hasta algún que otro fusil. Imaginó a sus ocupantes: hombres o incluso chiquillos, horas y horas allí metidos, sintiendo cómo la humedad se adueñaba de sus huesos y las ratas les comían el rancho. Con alguno que había conseguido hablar durante sus salidas nocturnas pudo conocer lo insufrible que resultaba una guardia dentro de ellas, siempre en espera de que pasase algo que no pasaba; cuando encender un cigarrillo se convertía en la mejor distracción, y las conversaciones de novias lo más interesante que les podía entretener en todo el día.

Zoe caminaba despacio, al ritmo que había enseñado a los perros, educados para ir cubriendo bandas de terreno de unos dos metros de ancho antes de avanzar a las siguientes. En su bolsillo llevaba unas tiras de panceta seca con las que premiaría sus hallazgos. Escuchó una fuerte explosión a cierta distancia, y a continuación una ráfaga de ametralladora y disparos sueltos. Al no saber calcular distancias, se echó cuerpo a tierra para evitar la sorpresa de una bala perdida. Y solo cuando volvió el silencio, se reincorporó y miró por los alrededores para localizar a sus tres canes. Pero no vio a ninguno.

Empezó a ponerse nerviosa.

Usó un silbato especial que colgaba de su cuello. Pero tampoco los vio aparecer.

El trabajo del perro antiminas era uno de los más complicados que había aprendido en Vevey, porque el animal tenía que reconocer el olor del explosivo enterrado bajo tierra, pero evitando ponerse encima para que no le explotara. Otra de las peculiaridades de su tarea era que tampoco podían ladrar para dar aviso cuando encontraban algo. Porque en guerra de trincheras cualquier francotirador podía detectarlos y terminar con ellos. Por eso, era muy importante que el adiestrador estuviese siempre cerca y atento a su reacción cuando localizaban el explosivo: la de quedarse sentados mirando a su amo. Como todo eso lo sabía demasiado bien, Zoe estaba preocupada. Los perros se cansaban si pasaba demasiado tiempo sin recibir el premio, y se corría el riesgo de que abandonaran la postura y se pusieran a caminar cerca del explosivo.

Agudizó su oído al escuchar un sonido extraño al otro lado de una loma, lo puso en aviso de la pareja de guardias y los esperó retrasada.

—Señora, venga rápido —la llamó uno a los pocos minutos.

Zoe corrió hacia ellos con aquel enorme casco que se le movía para todos lados algo desconcertada, hasta que miró a donde le indicaban. En ese momento su corazón se le partió en dos. Se trataba de Campeón. Había recibido una bala y estaba tumbado y temblando, con la mandíbula apretada y salivando con profusión. Su mirada expresaba verdadero pánico. Al observar que la herida era bastante superficial respiró más tranquila, aunque sangraba bastante. Se arrodilló a su lado y lo vendó con rapidez.

—Pobrecito mío. Me quedaría contigo hasta que estuvieras bien, pero he de ir a ver qué hacen los sabuesos. Lo siento, no puedo dejarlos solos, no en este momento. Así que tendrás que quedarte aquí, no ladrar, y esperarme hasta que vuelva a recogerte.

El perro recibió sus palabras asustado, apoyó la cabeza en el suelo con resignación y se quedó mirando a un punto indeterminado. Zoe hizo una señal a los guardias para que fueran a buscar a los otros animales y usó una vez más el silbato para atraerlos, pero no consiguió nada. En realidad, podía ser una buena señal; si no se movían seguramente es que habían encontrado algo. «Pero ¿dónde están?», se preguntó, a un paso de sufrir un ataque de desesperación.

Siguieron caminando en línea recta salvando los desniveles del terreno, hasta que alcanzaron el alto de una colina. Desde ella, y a cierta distancia, vislumbraron bastantes fogonazos de disparos que parecían provenir de la cuesta de las Perdices. Zoe sintió miedo. Esa era la guerra de verdad. Una noche más estaba tan cerca del frente que en cualquier momento podía recibir un disparo, como le había pasado a Campeón, o saltar por los aires con alguna de esas minas que buscaba. Sin embargo, la consciencia del riesgo no terminaba de vencer su determinación de ayuda, pues se sentía compensada cada vez que cruzaba su mirada con la de un hombre herido y desesperado. Cada noche, asistía al cruel espectáculo de la muerte, entre tanques y nidos de ametralladora, atendiendo a unos milicianos desahuciados que habían acudido con el pecho henchido de ideales, poca preparación militar y una boina bien calada.

Desde aquel promontorio uno de los guardias localizó a los dos perros. Estaban juntos y sentados, echando la cabeza hacia los lados en busca de Zoe. Estarían a unos ciento cincuenta metros, a la entrada de un grupo de fresnos y por tanto posiblemente cerca de algún arroyo.

Los agentes le indicaron que fuera detrás de ellos, pisando sobre sus mismos pasos y todo lo agachada que pudiera. Zoe obedeció sintiendo sobre su espalda el efecto de las veinte horas que llevaba levantada después del interminable trabajo que le tocaba hacer cada mañana para adecentar el nuevo centro de la carretera de Vallecas.

Al llegar a donde estaban, los sabuesos empezaron a agitar la cola sin dejar de mirar el único objetivo que en ese momento les interesaba: los bolsillos del pantalón de Zoe y el premio que suponían dentro.

—¡Buenos chicos! —Les dio un pedazo de panceta a cada uno—. ¡Lo habéis hecho muy bien!

Orgullosa de ellos, se sentó sobre una rama baja, en uno de aquellos fresnos, para esperar al equipo de localización y extracción del explosivo. Aquel, sin duda, era el momento más delicado de todos. Porque los perros habían hecho su trabajo, pero al no conocer el emplazamiento exacto de la mina, cualquier imprudencia por parte de los especialistas, de los perros, o de ella misma, podía terminar en una desgracia. Mandó a los dos sabuesos que se quedaran quietos y pensó lo ajenos que eran al enorme drama que tantos y tantos hombres estaban padeciendo en aquella estúpida y brutal contienda. Ellos no habían sido creados para ir la guerra, como tampoco los hombres. Pero unos y otros, en aquel frío invierno de Madrid, estaban uniendo sus destinos para ayudarse y compensar los dramáticos resultados que producía.

Pensó en Campeón, vio cómo los equipos de desactivación empezaban a desenterrar la primera mina, y fue en su busca.

Campeón era su perro fiel, un perro de paz.

Ateneo Libertario de la Guindalera
Calle de Alonso Heredia, 8
Madrid
22 de febrero de 1937

X

Bajo ese pretencioso nombre, en aquel chalé bautizado como *El castillo* se libraba una batalla diferente a la que tenía lugar en las inmediaciones del río Jarama en aquellos días. En él se esquivaba la autoridad del Gobierno, se obviaban las directrices de los partidos republicanos, y la única consigna era aplastar con firmeza a los quintacolumnistas que desde dentro de Madrid colaboraban con las tropas de Franco.

Los milicianos anarquistas que lo habían constituido venían de haberse hecho grandes en la toma del Cuartel de la Montaña, y heroicos después de batirse contra un ejército profesional, entre peñascos, en la sierra del Guadarrama. Y ahora tenían como objetivo combatir al enemigo desde la retaguardia, a ese sinfín de individuos que seguían escondidos en sus barrios y casas luchando en secreto desde el interior de Madrid.

Pero no todos los que formaban aquel ateneo acudían a él para denunciar fascistas, desarmar complots, interrogar a sospechosos o incautar sus bienes; entre ellos había un segundo grupo denominado *la escuadrilla de la venganza* que no era sino una pavorosa colección de turbios personajes, en los que se concentraba lo peor de la condición humana; unos asesinos que operaban cada noche sin ley ni moral.

Unos y otros alimentaban finalmente a dos o tres checas,

de las más de doscientas que había en Madrid, donde a los acusados se les terminaba de juzgar y casi siempre ajusticiar.

La cercanía del barrio de Salamanca con aquel ateneo, barrio al que tachaban de nido de fascistas, justificaba un abultado trabajo de investigación por parte de sus miembros. Entre ellos se daban todo tipo de profesiones, pero abundaban los porteros, verdaderas atalayas de observación sobre las casas de los sospechosos. Rosa había empezado a acudir empujada por su novio Mario, pero sin demasiada convicción. Le había recriminado que estaba viviendo ajena a la guerra y que la necesitaban. Por eso, dos de cada siete noches acudía a barrer y a adecentar aquella casa, al haberse negado a participar, como hacían otras, en el registro de domicilios denunciados a partir de los chivatazos que se recibían.

Sin embargo, veía cosas que no le gustaban.

No tenía estudios ni cultura, pero sí un concepto claro de lo justo y lo injusto. Y por eso, le parecía mal que los detenidos no tuvieran un trato digno antes de que se les mandase a las checas para ser juzgados. Había presenciado una excesiva violencia con ellos, y también era consciente de la escasa preparación jurídica de los tribunales populares que eran nombrados para juzgarlos. Pero lo hacía por miedo, por miedo a un Mario al que veía cada vez más extremista.

Aquel lunes veintidós de febrero, cuando entró en el chalé de la Guindalera, apreció un especial revuelo.

Acababan de traer a una familia entera, a un matrimonio y a sus cinco hijos, el mayor de dieciséis años, acusados de estar usando una emisora desde su domicilio de la calle Lagasca para comunicarse con el enemigo. Rodeados por dos decenas de milicianos, a casi todos los conocía Rosa, los llevaban al antiguo comedor de la casa, habilitado aquella noche de forma extraordinaria como sala de interrogatorios y juzgado. De los hijos, tres eran niñas de unos ocho, diez y cuatro años. Y si unas chillaban, la pequeña lloraba a todo pulmón. Los padres intentaban tranquilizarlas para evitar que alteraran a sus captores más de lo que ya estaban.

Decidió entrar a escuchar.

Antes de sentarse sintió un pellizco en el trasero y al volverse vio a su novio Mario.

—Esta noche no sé a qué hora llegaré, pero, aunque sean las cuatro, hoy no te libras… —Miró su escote con expresión hambrienta.

—¿De dónde vienes?

—De organizar con la cuadrilla la vigilancia de un tipo que nos ha encargado la Junta de Defensa: un suizo.

—Te lo he dicho muchas veces: me gusta muy poco esa gente con la que te juntas.

—Deja ese tema en paz y no me hagas enfadar.

Rosa refunfuñó con su comentario, pero al ver entrar a la familia su atención se dirigió a los niños por los que sintió lástima. No entendía qué cuentas tendrían que saldar delante del pueblo a sus edades. Los plantaron frente a la mesa del comedor, convertida ahora en mesa de justicia, presidida por un personaje muy popular en el ateneo por lo bien que contaba los chistes. Se llamaba Tasio.

—Ese sabe de leyes lo que yo de medicina —comentó a Mario.

—Tampoco hace falta mucho para juzgar a esos traidores, pero Tasio estudió por lo menos un año de Derecho antes de abrir la chamarilería. No será mucho, pero más que tú y que yo, seguro… —Se fijó en el padre de la familia—. Mira cómo tiembla el jodido fascista ese.

—También lo harías tú si te vieras en su situación —repuso ella.

—A mí no me temblarían las canillas, te lo aseguro.

Uno de los vocales de la mesa pronunció los cargos sin mirar ni un solo papel.

—Se os acusa de espionaje y aquí está la radio que lo prueba. —Sacó de una bolsa una moderna unidad y la mostró a todos los presentes de forma victoriosa—. Y no digáis que no, porque cuando os pillamos la estaban manipulando esos dos niños. —Los señaló con el dedo.

El presidente tomó nota en un papel, hizo callar al padre

cuando quiso justificarse, y tras meditar un buen rato diferenció las culpas.

—La mujer se puede ir, porque a casi ninguna de vosotras se os da bien eso de la electrónica, y pareces una buena tipa. Y las tres chicas también, que luego habrá quien nos acuse de infanticidas. Pero este tribunal popular ha visto en la actuación de los dos mayores, como en la del padre, un delito de alta traición al pueblo, al estar ayudando a los que pretenden pisotearlo. ¿Tenéis algo que decir?

El hombre, armándose de valor, explicó que aquello era imposible porque la unidad que habían requisado no tenía capacidad de emisión, tan solo recibía, denunciando no entender cómo no lo habían comprobado.

El argumento, a falta de ser constatado, parecía impecable. Pero el presidente, al que le habían comentado antes de entrar a la sala que al menos el padre y uno de los hijos eran medio falangistas, sin ninguna gana de hacer perder el tiempo a sus camaradas para que comprobaran esa otra tontería de la radio, había tomado ya su decisión.

Sin notificar todavía su sentencia, rellenó el acta, la firmó, y se la entregó al supuesto secretario que la leyó.

—¡Libertad! —proclamó en voz alta.

La familia al completo se abrazó feliz. Pero el resto de los presentes sabía que esa palabra significaba otra cosa muy distinta en el proceder de aquel tipo de tribunales. Se llevaron al padre y a los hijos mayores por una parte, y a la madre y a las pequeñas por otra. En la trasera del chalé los estaría esperando un coche para que, salvadas las primeras protestas, los varones fueran llevados primero a la checa del cine Europa, donde terminarían de sacarles toda la información que pudieran, y después al cercano cementerio de la Almudena, donde iban a sentir a balazos el peso de su sentencia.

—Es el primer juicio que presencio —comentó Rosa a Mario en voz baja—. Pero vamos, que aquí se ha hecho de todo menos justicia. Pobres…

Mario recriminó de inmediato su opinión.

—Vigila mucho con quién haces ese tipo de comentarios, porque alguno puede pensar que estás en el otro bando. Rosa, va siendo hora de que entiendas de una vez que la causa obrera no puede perderse en esas menudencias, ha de luchar por la igualdad social en el camino de un verdadero socialismo libertario. Y para ello hay que limpiar esta sociedad podrida de todos los enemigos que la han hecho así, como esos que acabamos de ver. —Se levantó de golpe, consciente de que había quedado con su cuadrilla para empezar la ronda nocturna a las ocho, y eran y diez. Pero antes de despedirse la besó en los labios—. No seas tan blanda. Estamos en guerra y las tumbas están llenas de misericordiosos.

Rosa lo vio irse, preocupada. Las cosas que se decían sobre las formas de proceder de aquel grupo en el que andaba le parecían terribles. Ella no entendía la violencia gratuita que practicaban, y no era la única que pensaba lo mismo, incluso en aquel ateneo, pero nadie se atrevía a denunciarlo por temor a que les levantaran la tapa de los sesos.

Como ya había acabado de limpiar, buscó la salida del chalé, y al pisar la calle vio cómo Mario se ceñía una canana llena de balas antes de subir a la caja de un camión, donde lo esperaban los demás de su patrulla. Él no la vio, pero ella escuchó lo que les dijo.

—¿Sabemos ya cómo se llama el cura ese al que vamos a buscar?

—No, ni me importa —le contestó el jefe de la cuadrilla—. Me basta con el nombre de la calle y el piso: cuarto derecha del número treinta y siete, en Goya.

—¡Otra vez más ese maldito barrio de Salamanca! —apuntó otro, un albañil con el que Mario se llevaba muy bien—. ¡No es más que un refugio de víboras! Si las bombas de los fascistas nunca le caen será por algo —concluyó convencido.

Mario le palmeó en la espalda amigablemente. En su opinión, aquel tipo era un hombre íntegro y con sólidos principios revolucionarios. No sabía leer ni tenía demasiadas entendederas, pero disparaba al enemigo como ningún otro y sin complejos.

Cuando llegaron al portal, procuraron no hacer ruido para sorprender en el silencio de la noche al denunciado, antiguo párroco de una iglesia cercana al que habían dado todos por huido. La información les había llegado gracias a un fontanero que casualmente lo había reconocido en ese domicilio, propiedad de unas ancianas y devotas feligresas suyas, donde se había escondido desde el pasado mes de julio.

Subieron cuatro miembros de la escuadrilla, Mario entre ellos, y abajo se quedaron el chofer del camión y un patrulla. La fragilidad de los escalones acusó su presencia antes de lo previsto porque, sin haber pisado la última planta, en la tercera se les abalanzó un hombre, pistola en mano, disparando.

Al grito de «¡Arriba España!», se cargó a dos de ellos, que ni tiempo tuvieron de desenfundar sus pistolas. El albañil amigo de Mario corrió escaleras abajo tratando de huir despavorido, pero terminó con un agujero en la sien cuando el fugitivo lo alcanzó. Y el mismo Mario a punto estuvo de terminar igual si no hubiese sido porque antes de alcanzar el rellano de la escalera, yendo tras sus pasos, se cayó al suelo después de haber saltado cuatro escalones de golpe, esquivando por casualidad su disparo. Todavía en el suelo, alertó a voz en grito a los de abajo.

Pocos segundos después, en la calle, un hombre quedó tendido entre la acera y el capó de un coche agujereado a tiros: los que le disparó el conductor del camión estrenando una ametralladora soviética que esa misma tarde les habían dado en la checa. Y sin haber pasado media hora, el sacerdote compartió idéntico destino. Del portal salieron dos ancianas rotas de dolor buscándolo, y tras ellas la mujer del primero.

Los dos cuerpos habían quedado desparramados enfrente de una confitería y panadería que en tiempos de paz había sido una de las mejores de todo Madrid: Viena Capellanes.

Las tres mujeres fueron llevadas después al ateneo libertario de la Guindalera, y de allí a la checa de Tetuán, pero no volvieron a pisar sus casas.

Su sentencia, la muerte.

Su delito, alta traición al pueblo.

Residencia de Max Wiss
Calle Maldonado, 3
Madrid
25 de marzo de 1937

XI

El ambiente en las calles de Madrid era de auténtica euforia.

Tres días antes Franco había desistido de conquistar la capital y la noticia había sido recibida por muchos de los defensores de la ciudad como una prueba del inquebrantable espíritu de resistencia obrera y un esperanzador triunfo. Pero también hubo quien lo había lamentado, y mucho, sobre todo los que colaboraban con la facción sublevada desde la clandestinidad. Entre unos y otros, existía un grupo de gente que contemplaba a diario las injusticias que arrastraba el conflicto y trataban de luchar contra sus consecuencias. Entre estos últimos se encontraba Max Wiss.

Zoe aceleró su BMW R11 atravesando el centro de Madrid para llegar lo antes posible al domicilio de su jefe. Iba muy preocupada. Acababa de recibir la llamada del mayordomo de Max avisándola de que sus señores estaban siendo interrogados por unos milicianos que se habían llevado detenidos a todos los refugiados.

La puerta de la vivienda estaba abierta cuando al entrar se enfrentó con una docena de intrusos. Trató de obviarlos.

—Un momento, camarada, ¿se puede saber quién eres? —Uno de los milicianos la agarró del brazo.

—Trabajo para la Cruz Roja y quiero ver a mi jefe, a Max Wiss —respondió llena de seguridad.

Aunque la rodearon entre cuatro, mirándola de arriba abajo, Zoe no se achantó. Sacó su carné y se lo plantó en la cara al que la tenía sujeta. El hombre, de unos treinta y tantos, tiró la pava del cigarro sobre la alfombra sin poner el menor cuidado, la aplastó con la bota y señaló la puerta de la calle.

—Y yo respondo a las órdenes de la Junta de Defensa. Aquí no pintas nada.

—Es un ciudadano suizo. ¡No podéis detenerlo! —Escudriñó entre sus cabezas y la rendija de la puerta, por si veía a Max.

—Mira si podemos hacerlo o no. —Le enseñó un documento oficial sellado.

Al terminar de leerlo y sobre todo ver quién lo había firmado, Zoe entendió la gravedad de la situación. Aquello era una orden de expulsión en toda regla.

—Entiendo, camarada. —Dobló el papel y se lo devolvió—. Permitidme al menos que me despida de él.

El personaje lo contrastó con sus hombres y, al no recibir ninguna objeción, le dieron unos minutos. De camino al despacho se cruzó con el catedrático que la conocía. Iba escoltado por dos hombres. Sus miradas se encontraron. La del hombre era serena, pero Zoe no pudo evitar sentir una infinita pena. Nada bueno le iba a pasar. Le ofreció su sonrisa a falta de no poder hacer otra cosa mejor.

Cuando vio a Max, estaba volcando el contenido de los cajones de su escritorio sobre una maleta.

—Acabo de saberlo. ¡No lo quiero creer!

Max se volvió, hizo señas para que se callara y cerró con llave la puerta del despacho procurando hacer el menor ruido.

—No tengo mucho tiempo, Zoe. Como ves me han descubierto y en menos de media hora he de abandonar la casa con Erika. Nos enviarán en tren a Valencia, y desde allí a Marsella en barco.

Al verlo tan desencajado y cómo sangraba por un labio, se sintió acongojada.

—¿Y esa herida?

—No tiene ninguna importancia, no te preocupes.

—Si hablases con los de tu embajada, quizá podrían intervenir y parar todo esto.

—Ya no hay remedio... Aunque pude avisarlos y sé que se han movido con rapidez, no han conseguido frenar la decisión de la Junta de Defensa. Aunque al menos les han permitido venir a vigilar todo el proceso, lo que evitará que estas malas bestias tomen alguna medida más definitiva conmigo, como sé que han hecho con otros diplomáticos y extranjeros acusados como yo de encubrimiento. Deben de estar a punto de llegar: por tanto, por nosotros no te preocupes.

—¿Dónde está Erika?

—Debe de estar terminando de hacer la única maleta que nos permiten sacar aparte de esta. No ha parado de llorar desde que lo hemos sabido. Pero lo peor se lo va a llevar la pobre gente que acogimos en casa. Sufro con pensar qué será de ellos. Y desde luego me preocupas tú, y mucho. Soy consciente de que te quedas sola en esta ciudad, un lugar que solo se alimenta ya de venganzas y odios. —La cogió por los antebrazos y ella sintió cómo su garganta empezaba a encogerse.

—No me pasará nada. Seguiré con los perros ayudando en todo lo que...

—Perdona que te interrumpa, pero no tenemos tiempo, y yo tengo demasiada necesidad de contarte ciertas cosas que debes saber. Lo primero, guárdate este juego de llaves por si un día necesitases esconderte en el piso. —Zoe se las metió en el bolsillo—. Al ser propiedad de la Cruz Roja, la casa está considerada a todos los efectos como territorio extranjero, y por tanto no pueden incautarla y menos ocuparla. —Bajó la voz—. Además te he dejado bastante dinero en la caja fuerte. La encontrarás ahí, detrás de la enciclopedia francesa. —Señaló el lugar de la librería—. Memoriza el código, mil cuatrocientos veintisiete. Y has de destruir también dos gruesas carpetas rojas que dejé en el cajón con llave de la mesa de mi despacho en el hospital. En ellas fui guardando los documentos más comprometedores que me pasaron mis invitados y una copia de la denuncia que pretendíamos hacer sobre los fusilamientos masivos del pasado diciembre. Aquí no los podía esconder, porque temía que un día sucediera esto y fueran requisados. Contienen datos personales sobre terceras personas que, de salir a la luz, podrían correr un gravísimo peligro.

—Cuenta con ello.

—Zoe, de todos modos mi consejo es que abandones Madrid cuanto antes. Y que cuando lo hagas busques alguna legación suiza para poder localizarte.

—Max, gracias por todo, por el dinero, por tus advertencias, por…

Él volvió a cortarla, temía que los interrumpieran y le urgía hablar sobre una extraña y preocupante coincidencia que se había producido minutos antes de que ella llegara.

—No sé si te habrás cruzado con él, pero entre los milicianos que han entrado en casa, los mismos que por lo visto han estado vigilándome últimamente, hay uno que no solo dice conocerte, sino que asegura llevar mucho tiempo queriendo saber de ti. Así fue como me lo dijo cuando me preguntó de forma reiterada dónde o cómo podía encontrarte. Sabía que trabajabas en la Cruz Roja, pero no en qué. Como no me gustó nada, para protegerte le juré que habías abandonado Madrid hacía unos meses. Sin embargo, no estoy seguro de haber sido del todo convincente. —Zoe quiso confirmar si era el causante de su herida en el labio—. Sí, fue él, y parece un tipo peligroso. Por eso tienes que salir de esta casa sin ninguna demora. ¡Hazlo ya! No puede verte aquí.

En ese momento alguien trató de entrar en el despacho y, al ver que estaba cerrada la puerta, empezó a batirla de forma violenta. Zoe, aunque estaba muy asustada por lo que acababa de saber, fue consciente de los escasos segundos que tenía para expresarle sus sentimientos.

—Max, gracias por todo lo que has hecho por mí. —Se abrazó a él sintiendo la acogedora fuerza de su cuerpo—. Y por favor, no te preocupes más, me sabré cuidar. Gracias por todo. —Lo besó en la mejilla con sus ojos bañados en lágrimas.

La puerta reventó y por ella entraron tres individuos. Entre ellos Zoe reconoció a Mario, el novio de Rosa.

—Pero mira a quién tenemos por aquí… La que supuestamente se había ido de Madrid.

Zoe lo miró con espanto.

Max percibió el pánico en la expresión de su amiga y se interpuso entre ella y el miliciano, pero fue apartado de un fuerte empujón. Zoe sintió cómo sus piernas empezaban a temblar. Lo tenía a menos de medio metro de su cara. Recordó la tarde que había estado a punto de forzarla y sintió el mismo miedo ante su sucia mirada.

—¿La conoces? —preguntó el jefe de su grupo, el mismo que había permitido la entrada de Zoe al despacho.

Mario pensó con rapidez. Calculó que, si en ese momento la denunciaba, se la llevarían detenida y perdería toda oportunidad de cobrarse sus deudas. Por lo que cambió de estrategia.

—No... Para nada. Ahora que la veo más de cerca me parece que la he confundido con otra persona —mintió, para mayor desconcierto de Zoe.

El jefe de la escuadrilla se centró en Max, le advirtió que había agotado su tiempo y lo invitó a que saliera del despacho.

—Y tú ya te puedes ir —se dirigió a Zoe—. Han pasado los diez minutos que te di, y aquí no tienes nada que hacer.

—Venga, ¡vete ya! —Max la empujó deliberadamente hacia la puerta, y con su cuerpo frenó a Mario que ya iba tras ella.

Zoe entendió que aquella era su única oportunidad y salió corriendo por el pasillo. Sin ver si Mario la seguía, llegó a la puerta de la vivienda, la cerró de golpe y bajó los primeros escalones de tres en tres. Escuchó que alguien la volvía a abrir y después unos pasos que trotaban por la escalera. Aceleró todo lo que pudo hasta temer caerse. Cuando llegó a la calle buscó su moto, sacó la llave del bolsillo para ganar tiempo y trató de arrancarla. Pero le falló al primer intento. Recuperó el pedal de puesta en marcha, lo empujó con todas sus ganas y tampoco lo consiguió. Miró al portal temiendo la aparición de Mario en cualquier momento. Probó una vez más y por suerte rugieron los setecientos centímetros cúbicos de su motor. Retiró el pedal, metió primera y en ese momento vio cómo se le venía encima. Soltó de golpe el embrague y la moto se encabritó disparándola hacia el escaso tráfico que por suerte presentaba ese día la calle. Mario no cejó en sus intentos de cogerla, yendo tras ella en una decidida carrera, sorteando los coches que le venían de frente. Y puso tantas ganas en ello que en un máximo esfuerzo consiguió hacerse con el extremo de un pañuelo rojo que Zoe llevaba al cuello, y tiró tanto de él que a punto estuvo de derribarla. Pero Zoe reaccionó rápido, lo desanudó y pudo zafarse. Tan solo escuchó sus últimas palabras antes de acelerar su escapada.

—¡Un día te encontraré! ¡No lo dudes!

Media hora después Zoe escondía la motocicleta en un bajo que había alquilado en la parte trasera de su edificio y entraba en su casa aterrorizada. Campeón salió a recibirla nervioso. Llevaba dos días sin tocar la calle y su mirada era suplicante, inquieta, casi histérica. Zoe lo advirtió, pero decidió no arriesgarse a salir. Quizá fuera un temor vano porque estaba segura de haber despistado a Mario, pero seguía estando demasiado aturdida por el reencuentro y muy triste por la despedida de Max. Por eso, y a pesar de los infinitos deseos de Campeón, decidió quedarse en casa.

Preparó un poco de comida y, cuando cenó y le dio una buena parte a Campeón, se sirvió una copa de *brandy* y buscó el relax de su sofá, con la radio encendida. Hablaban de la llegada de una gran cantidad de tanques rusos a Barcelona y de los éxitos que se estaban produciendo en el frente de Aragón. Según Unión Radio, los ejércitos bajo el mando de Franco estaban perdiendo importantes posiciones y retrocediendo en otras. Pero Zoe apenas escuchaba. Se sentía profundamente afectada por esa otra guerra que le afectaba más de cerca; ¿podría sobrevivir a la inquietante amenaza de Mario?

Sierra de Ordunte
Encartaciones. Vizcaya
31 de marzo de 1937

XII

Aquella fresca mañana, cuando Oskar Stulz se echó a caminar montaña arriba tras los pasos de Perico, un ganadero vecino de Gijano, el último pueblo en el valle de Mena, el cielo de Vizcaya empezaba a verse surcado por más de cuarenta aeronaves de la Legión Cóndor. El Gobierno vasco todavía no lo sabía, pero con ellos se estaba dando por estrenada la Campaña del Norte, nombre con el que había sido bautizado el ambicioso plan militar de Franco y Mola para ganarle la cornisa cantábrica al bando republicano.

Cuando los dos extraños montañeros alcanzaron la cima más alta de su incursión, divisaron en dirección noreste la estela de explosiones que empezaban a dejar los Junkers arrasando la línea defensiva que había montado el Euzko Gudarostea, el ejército que dirigía en persona el lendakari Aguirre. Las largas columnas de humo que iban emergiendo desde el verde paisaje terminaron por dibujar una línea que consiguió unir la villa de Durango con la de Villarreal de Álava, por donde también pretendían entrar quince mil brigadistas navarros y un batallón de tropas hispano-italianas denominadas Flechas Negras.

Oskar enfocó sus prismáticos y pudo distinguir a su escuadrilla, la segunda de las tres con las que contaba el grupo de caza J/88 de la Legión Cóndor. Después de algunos fracasos sufridos con los viejos Heinkel frente a los modernos aviones rusos, acababan de estrenar los prometedores Messerschmitt Bf 109. Se le puso la carne de gallina al imaginar a sus compañeros detrás de sus mandos y en plena acción, mientras él solo sudaba entre riscos y abruptas vertientes en busca de un pequeño valle.

La elección del día no había sido casual.

Su entrada por la zona occidental de Vizcaya, territorio leal a la República, sería más segura, ya que la atención de los *gudaris* vascos estaría puesta en el otro flanco, en el oriental, por donde les estaban abriendo una inesperada y profunda brecha en sus líneas defensivas.

Vestía ropa de pastor, llevaba una boina bien calada para ocultar su pelo rubio, calzaba buenas botas para resistir el ascenso sin dificultades y guardaba una pistola en el bolsillo.

Su guía hablaba poco, lo que era de agradecer dado su todavía insuficiente nivel de español. Pero al llegar a orillas de un enorme peñasco, le advirtió que se anduviera con cuidado porque además de peligrar su apoyo, dado el estrechísimo y escarpado camino que tenían por delante, debían de estar cerca de un búnker que protegía la entrada natural de Burgos a Balmaseda.

—Desconozco su posición exacta porque cuando voy a ver a mis primos no suelo entrar por la montaña. Eso sí, me han advertido que está tan bien camuflado que, si no vas con mucho cuidado, hasta que no estás casi pegado a él no lo ves. Por lo que hemos de llevar los ojos muy abiertos.

Oskar no comprendió todas las palabras, pero cogió el sentido de la frase.

Los primos de Perico, con quienes habían quedado, eran tres muchachos de aldea con los que seguía viéndose a pesar de que la guerra los había separado en dos frentes distintos.

La sierra de Ordunte, por la que ascendían, formaba una especie de arco alrededor de un estrecho valle con un río en medio, el Kadagua. Aquel día se encontraba extrañamente despejada de nubes, como la mayor parte del cielo de Vizcaya, lo que estaba facilitando las incursiones aéreas alemanas.

Bajo las órdenes del coronel Von Richtofen, el centro de operaciones de la Legión Cóndor se había instalado en Burgos, dada su estratégica ubicación y la coincidencia con la capitalidad del bando sublevado. A través de dos aeródromos, el de Gamonal y el de Vitoria, el bando nacional pretendía asestar un golpe definitivo a los ejércitos republicanos del norte, divididos y peor armados que los de Franco. Y entre sus mejores pilotos estaba Oskar, asignado a misiones de ataque desde que había llegado a Burgos.

—Pijuí... pijuí...

Perico, seguramente imitando el canto de algún pájaro, señaló a Oskar un ligero cambio en el relieve de la montaña, perfilado sobre una abrupta pendiente. El alemán trató de definir mejor el perímetro de aquel búnker, pero todavía se encontraban demasiado lejos para decidir cuál podía ser su flanco más débil. Se arrastraron muy despacio por la izquierda abrigados por una línea de setos. A menos de quince metros analizaron la posibilidad de evitarlo, pero no había modo alguno. En aquel punto, la pendiente de la montaña era tan pronunciada que no quedaba hueco ni por arriba ni por abajo.

Tumbados y al abrigo de unos helechos, Perico buscó el oído del alemán para contarle cómo atacarlo. A Oskar no le pareció mala idea. Los primeros cinco metros para recorrer suponían el mayor riesgo de ser vistos. Luego, comenzaba otra frondosa masa vegetal como en la que estaban.

Cuando miraron a la boca del búnker no vieron a nadie. Pero a solo un segundo de cronómetro, en el momento en el que habían decidido avanzar a la posición más expuesta, la punta de una ametralladora asomó por ella, lo que los obligó a esperar. Media hora después, coincidiendo con los primeros calambres en las piernas causados por tan prolongada inmovilidad, el arma desapareció. Salieron de su posición un poco entumecidos y recorrieron con rapidez la comprometida distancia hasta alcanzar el búnker por su cara trasera. Perico señaló la puerta y Oskar apuntó con su pistola. Decidieron una táctica para evitar que el ruido de los disparos pusiera en aviso a otros soldados que anduviesen cerca.

Perico escaló la roca y se colocó encima de la puerta.

—¡Oveejaaaas! ¡Quit, quit, quit! —chasqueó la lengua simulando la llamada de un pastor a su rebaño. Lo repitió dos veces más, levantando la voz de un modo exagerado.

Escucharon a alguien manipular la manija de la puerta y al segundo apareció un hombre con boina roja y camisa caqui. Sin que le diera tiempo a advertir la presencia de Perico por encima de él, un afilado acero le seccionó el cuello de lado a lado y el desgraciado se derrumbó sin hacer el menor ruido. Oskar entró con rapidez al interior del búnker disparando dos veces; la primera bala atravesó el hombro del otro ocupante, lo que hizo que perdiera la ametralladora, y la segunda la cabeza. El hormigón de sus paredes ahogó el sonido de las detonaciones.

Al salir, felicitó a Perico por la eficacia de la operación, arrastraron el cadáver al interior del fortín y cerraron la puerta. A partir de allí solo tenían doscientos metros hasta la siguiente cima, desde la cual se debería divisar el cerrado valle al que iban.

Con el sonido de fondo de las bombas que no cesaban de caer sobre Mondragón y alrededores, avistaron finalmente un grupo de centenarios robles en lo más alto de la ladera por la que ascendían, y una vez atravesaron su penumbra, al otro lado se les abrió un precioso valle en cuyas laderas pastaban no menos de un centenar de vacas y unos cuarenta terneros, procedentes de la paridera de primavera.

—Esas son las vacas de mis primos. Por estas tierras, a su raza la llamamos *monchina.* Creo que el nombre viene de eso, de que viven siempre en el monte. Son bravas y montaraces, muy adaptadas a los pastos de montaña y a vivir aisladas. Ya verás qué poco les gusta la presencia del hombre.

Oskar las observó con curiosidad. La capa de pelo dominante era de un llamativo rojo castaño con sombras leonadas. Su tamaño era más bien pequeño, para lo que tenía visto en los ganados de dehesa, casi todas eran ojinegras y bociblancas, y tenían un manchón oscuro sobre el nacimiento de la cola.

—¿Y tus primos?

Perico colocó las manos a ambos lados de la boca, dobló la punta de la lengua volviéndola hacia atrás y silbó de un modo increíble, consiguiendo que su sonido se distribuyera a lo largo y ancho de aquellas montañas. En solo cinco segundos se escucharon dos silbidos de respuesta que surgieron desde la otra vertiente. Los primos se estaban localizando. Oskar intentó imitarlo, pero se vio incapaz de mantener la lengua en la misma posición y lo único que consiguió fue que el aire se le escapase por las comisuras de la boca produciendo un extraño efecto. Frustrado por su poca habilidad, observó con los prismáticos el perfil de las montañas y luego ladera abajo a dos hombres que tomaban un zigzagueante camino que parecía terminar donde ellos estaban. A pesar de la distancia que todavía los separaba, entre sus piernas distinguió dos sombras que le dejaron sin respiración. Allí estaban. Después de una complicadísima búsqueda por los pueblos más recónditos del norte de España, de ir recogiendo pequeñas pistas a partir de un rosario de conversaciones con la gente mayor de los pueblos, en las que todos juraban haber escuchado cosas maravillosas sobre ellos, y de haberse estudiado un largo y pesado tratado de genealogía canina española, acababa de llegar a un lugar, las Encartaciones, donde seguía habiendo alanos. Unos perros que eran auténticos hijos de un tiempo antiguo, algunos decían que tan antiguo como la llegada a la Península de los primeros pueblos godos.

—¡Traen dos con ellos! ¡Excelente! ¡Excelente! —proclamó Oskar con voz temblorosa.

—Cuando contactó usted conmigo, me dijo que si buscaba alanos era para comprarlos. Pero dudo que se los quieran vender. Quedan poquísimos. Y no hay perro mejor que él para inmovilizar a esas vacas que, de tan asilvestradas como viven, son medio salvajes. Si no fuera por ellos, no habría quien las recogiera del monte. Ese ha sido el trabajo que se ha pedido a estos perros desde siempre.

—Muy interesante, sí… —contestó Oskar, con idea de llevar la conversación por otros derroteros—. Perico, escúcheme. Estoy seguro de que usted puede ayudarme a convencerlos. Sabe que a sus primos les pagaría bien, pero por supuesto a usted más, ya que al fin y al cabo ha sido quien lo ha organizado todo —comentó, convencido del seductor poder de sus marcos.

—No lo dudo, pero vamos a ver qué dicen Gorka y Martiko.

Los primos eran unos hombretones de enorme presencia, rudas y gigantescas manos, poderosísimos brazos, y un pecho que por su ancho parecía más propio de un caballo que de un hombre. Saludaron al alemán con suspicacia. Oskar solo tenía puesta la atención en los dos perros, dos machos de tres años, según le dijo el más locuaz, Gorka. Los animales no extrañaron su presencia y demostraron un excelente carácter. A pesar de su metro ochenta, la poderosa cabeza de los dos canes le llegaba a la cadera. Calculó que tendrían unos sesenta centímetros a la cruz. Los animales se mostraban pacientes y disciplinados.

—Magníficos… Son verdaderamente preciosos.

Oskar era consciente de que se encontraba enfrente de los herederos directos de aquellos bullenbeisser que tanto deseaba tener Göring, según le había hecho partícipe tras una reciente y larga conversación telefónica. Los animales que estaba viendo compartían con la raza alemana la misma capa barreada, no tenían espolones en las patas, su trufa era negra, sus iris de color avellana, la mirada poderosa y segura, y también tenían las orejas recortadas en recto.

—¿Los podré ver trabajando?

Le contestó Martiko, el más joven. Un tipo de mejillas enrojecidas, ojos pequeños y nariz afilada.

—Ya le dijimos a Perico que esta no era época para recoger a las vacas. Lo hacemos entre octubre y diciembre, cuando los terneros tienen en torno a los seis meses. Por aquí lo llamamos *las octubradas,* pero como se puso tan pesado haremos una excepción con usted.

El otro primo, Gorka, miró con extremo recelo al alemán. No le gustaban nada los foráneos, y para él ya lo eran los de la vecina provincia de Burgos, como para recibir con buena cara a un tipo cuyos compatriotas estaban apoyando la insurrección militar contra la República y, por extensión, contra el Estatuto vasco. Le había costado un trago acudir a la cita, y si lo había hecho solo era por deferencia a su primo y por el dinero. Desconocía lo que Perico le ganaría al trato, pero las trescientas pesetas que ellos se llevarían por una demostración con los perros era lo que ganaba un obrero en dos meses de trabajo.

—¿Y ha venido hasta aquí solo para verlos? —le preguntó, mientras decidía contra qué vaca iba a lanzar los alanos.

—Sí, y a comprárselos.

Gorka se retiró la *txapela*, la hizo girar entre sus manos, bufó dos veces y contestó que eso nunca lo conseguiría. Se lo razonó. Ellos vivían de las vacas y necesitaban recoger los terneros cada año, matar un toro cuando se peleaba demasiado con otro, o tratar a los animales contra los parásitos. Y sin los perros, dada la bravura de aquel ganado, esas tareas serían casi imposibles.

—Le podemos guardar una o dos crías cuando las tengamos, pero adultos no. Y no conseguirá que cambiemos de opinión por mucho dinero que nos quiera dar; es así.

Oskar entendió sus motivos y les pidió las próximas camadas que tuvieran. Sacó una cámara de fotos Leica de una especie de zurrón que llevaba colgado al hombro y gastó un carrete entero con los perros, retratándolos desde todos los ángulos posibles. Los hermanos esperaban pacientes a que acabara para empezar con la batida de las vacas.

Le explicaron cómo lo iban a hacer. Primero localizarían al animal objetivo, irían hacia él con los perros a su paso, y cuando estuvieran tan cerca que de seguir caminando provocarían su estampida, les darían la orden para que la hicieran presa.

Oskar se sentó sobre la hierba, en la parte más elevada de la ladera, y observó sus movimientos. Supo qué animal habían elegido al ver la dirección que tomaban los hermanos, marcando su paso primero y rodeándola después. Pero cuando de verdad disfrutó fue al escuchar la orden seca que lanzaron a los dos alanos, y cómo empezaron a correr en pareja hacia la vaca. El animal, al verlos venir, tomó ladera abajo a toda velocidad, y tras ella los dos canes. La rapidez con que corrían y la bravura de los perros hicieron que en menos de un minuto el primero de ellos alcanzara una oreja del animal y el segundo quedara colgado de su morro. Uno y otro volaron durante unos metros prendidos al vacuno con sus poderosas mandíbulas, resistiendo sus cabeceos y las cornadas que les disparaba para quitárselos de encima. El animal resistió lo que pudo, pero terminó derrumbándose por la pradera, vencido por el dolor. Sin soltarse de ella, los perros aguantaron su mordida hasta tenerla del todo inmovilizada, gruñendo felices.

Los primos corrieron hasta ellos, como también hicieron Perico y Oskar. Cuando llegaron, solo tuvieron que atarla por las patas y colocarle un narigón para poder moverla después.

Los perros, con el morro fruncido y las mandíbulas hinchadas por la fuerza de su músculo, seguían doblados sobre el animal, llenos de sangre y con la mirada de quien sabe que ha cumplido con lo que se esperaba de él.

—Fascinante, increíble…, sorprendente. —Oskar no hacía más que elogiar de un modo u otro la acción de los perros, mientras gastaba un segundo carrete fotográfico. Estaba deseando hacer llegar aquellas fotos a su amigo Göring—. ¿Para cuándo tendrán la primera camada?

Gorka miró la floración de los setos, sintió el aire templado y el sol sobre sus brazos; acababa de empezar la primavera y era un buen momento para el celo de las perras.

—Quizá pronto. Vamos hacia una buena época de cubrición. Ya le avisará Perico cuando tengamos crías destetadas. Pero le van a salir caras, se lo aviso.

—¿Cuánto?

—Doscientas pesetas por cría. —La cifra era un auténtico robo, pero nadie había mostrado tanto interés como aquel alemán. Por eso probó.

—¿Cuántos me podrían dar?

Martiko calculó los que se dejarían para ellos como reposición, y contestó que podrían ser unos ocho.

—Si los tengo antes de julio, les pagaré a doscientas cincuenta pesetas. ¿Hay trato? —Les ofreció la mano.

—¡Hay trato!

Aeropuerto de Schönefeld
Berlín. Alemania
7 de abril de 1937

XIII

Oskar Stulz apagó los motores del bombardero Junker 52 a las puertas del hangar número ocho del aeropuerto berlinés. Acababa de aterrizar en su pista principal después de haber volado en compañía de una complicada tormenta que apenas los había abandonado desde su despegue en el aeródromo de Gamonal, en Burgos, con la excepción de una breve escala en Turín, donde habían tenido que repostar.

La mayor parte de los suministros que necesitaba la Legión Cóndor para sus operaciones en España llegaban por barco a Vigo desde el puerto alemán de Rostock, y desde allí eran transportados en camiones hasta el aeródromo de León, donde había quedado fijada la principal base logística alemana. Pero en aquellas fechas, debido al fuerte incremento de operaciones en el frente norte para la toma de Vizcaya, las necesidades de munición estaban siendo superiores, lo que había significado la apertura de un puente aéreo temporal con Alemania para aprovechar la proximidad de la industria armamentística con el aeropuerto de Berlín.

Pero el viaje de Oskar obedecía a una doble intención.

Dentro de su maletín llevaba un sobre para el veterinario Luther Krugg a quien todavía no conocía. Se lo entregaría en el mismo aeropuerto de Schönefeld atendiendo los planes del secretario general de la sociedad Ahnenerbe, Wolfram von Sievers.

Los otros tres tripulantes del avión descendieron por la escalerilla y pisaron suelo alemán, pero Oskar se quedó dentro para comprobar en bodega el estado de una pareja de perros perdigueros que iba a regalar a su amigo Göring.

—¿Qué tal el vuelo, muchachos?

La hembra parecía mareada. Abrió la portezuela del jaulón donde habían viajado, los dejó moverse por el interior de la aeronave, y cuando notó que estaban más tranquilos empleó las correas para bajarlos a pista. A pie de la escalerilla se encontraba Luther, con una idea parcial de los motivos por los que estaba allí.

—Magníficos ejemplares —comentó al verlos bajar.

—Es cierto, sí. Como también lo es su carácter. Son animales realmente dóciles, inteligentes y muy nobles; pero hay que verlos cazando, es entonces cuando justifican que se los reconozca como los aristócratas de la muestra. —Oskar acarició el lomo de la perra, y estudió a su interlocutor—. Herr Luther Krugg, ¿verdad?

—Sí, soy yo. —Se estrecharon las manos.

—Von Sievers me ha hablado mucho de usted y del proyecto en el que trabaja. En ese sentido, y abusando de tenerlo conmigo, me gustaría preguntar algo que hasta ahora nadie me ha sabido responder.

—Usted dirá —contestó Luther con cierta suspicacia.

—Tengo entendido que del tronco racial del mítico bullenbeisser surgieron dos variedades, diferenciadas por su tamaño y por el tipo de animal al que combatían: los brabanter bullenbeisser, que eran mejores para el oso, y los danziger bullenbeisser, de menor talla que los anteriores y especializados en el combate con toros.

Luther recibió la pregunta con sorpresa. De aquel hombre solo sabía lo que Von Sievers y su jefe Stauffer le habían contado: que disfrutaba de excelentes relaciones personales con alguno de los máximos dirigentes nazis, que era un gran aficionado a los perros y que estaba destinado en España; detalles personales que no le habían interesado tanto como el prometedor descubrimiento que había hecho localizando unos ejemplares vivos de la raza alana en alguna región española, algo que sí le había intrigado, y mucho. Se frenó las ganas de preguntar sobre aquel asunto y contestó a lo que le había consultado.

—Desde el principio he buscado recuperar la variedad danziger por ser la que mayor herencia genética ha dejado en otros perros, y me refiero a los bulldogs o a los mismos bóxer que también surgieron de ella. —Acarició la cabeza de uno de los perdigueros—. Cuando escuché por primera vez su nombre, me contaron que está especializado en la cría de bracos, pero veo que estos perros que trae poseen grandes semejanzas. ¿Tiene intención de cruzar las dos razas?

—No... No en este viaje, pero pretendo hacerlo en los próximos. En un perro la aptitud de rastreo no se enseña; si no la poseen en su sangre, no hay nada que hacer. Y he de reconocer que lo mejor que me ha pasado cuando he cazado en España ha sido cruzarme con esta raza, es el mejor perro de muestra que he conocido en mi vida. Por eso, y sin duda alguna, creo que mejorará las cualidades de nuestros bracos.

—Para la mejora de una raza, no siempre la pureza es la mejor opción. A veces conviene que se mezcle un poco. Estos perros son una buena prueba de ello —comentó Luther con segundas intenciones, aunque Oskar no se dio por aludido.

La llegada de un soldado para recoger a los perdigueros detuvo por un momento la conversación. Oskar le cedió las correas y ayudó a meterlos en un Mercedes aparcado al lado del hangar; el vehículo que usaría para llevarlos a Karinhall antes de su regreso a España.

Mientras esperaba a Oskar, Luther observó una febril actividad alrededor del avión. Contó hasta seis furgones, dos pequeñas grúas y más de una veintena de operarios dedicados a rellenar sus bodegas, supuso que con nueva munición destinada a España. Cuando el piloto volvió a su lado, Luther se empleó en contestar con paciencia las siguientes preguntas que le hizo, sin entender cuándo se iba a decidir a abordar el supuesto objetivo que los había reunido. Hasta que la ansiedad lo venció.

—Dígame una cosa, ¿cómo son?

Oskar sonrió comprensivo. Entendió que para un apasionado de los perros, como también era él, aquella espera se le tenía que estar haciendo muy dura. Buscó en su maletín, sacó un sobre blanco y se lo pasó.

Luther lo abrió con prisa y de inmediato sintió un respingo de emoción. Se trataba de una veintena de fotografías de una pareja de alanos realizadas desde diferentes ángulos. En un primer momento las miró con avidez, después las repasó más despacio y con más detalle. En la mitad de las instantáneas los animales estaban parados, fotografiados desde casi todas las posiciones posibles, y en el resto se los veía corriendo detrás de unas vacas por la ladera de un monte, cuando no luchando ferozmente con ellas.

—¿Dónde los ha encontrado? ¿Cuándo podría ir a verlos?

—Las fotos están hechas hace dos semanas en una región que en este momento está sufriendo duros combates, por lo que ahora es imposible ir. Las hice cuando todavía se podía entrar, salvando algunas dificultades, eso sí, y los perros pertenecen a unos pastores vascos que se comprometieron a venderme su siguiente camada. Para verlos deberíamos esperar al resultado de las próximas ofensivas. Si gracias a ellas cayese Bilbao, podríamos tener vía libre para ir a por los perros. No se preocupe, le avisaré.

Luther sacó del bolsillo de su chaqueta otras dos fotografías. En ellas aparecían los diez últimos cachorros que habían nacido en Grünheide después de haber integrado las raíces genéticas de los bulldogs ingleses en sus reproductoras. Oskar las miró con mucho interés comparándolas con sus instantáneas. El aspecto externo de los animales obtenidos por Luther presentaba muchas similitudes con los alanos de sus fotos, pero no tenían ni el tamaño ni la amplitud de sus fauces, como tampoco la curvatura de su cráneo o la fortaleza del tercio posterior.

—Si comparo los suyos con los que yo mismo vi, me atrevería a decir que son primos hermanos —comentó Oskar—, es cierto. Pero desconozco si los antiguos bullenbeisser se asemejaban a estos alanos de ahora.

—Presentaban muchas similitudes, pero también algunas características anatómicas que los alanos no tienen, por ejemplo el labio superior caído. —Volvió a estudiar las fotografías, convencido de su definitiva contribución al éxito de su empeño—. Alabo su iniciativa, herr Stulz, porque me ha dado la clave para recuperar al viejo bullenbeisser.

Oskar sonrió orgulloso.

El segundo en mando del nuevo Reich alemán y propietario de la fabulosa finca de Karinhall observaba agachado el perfil de una nueva maqueta instalada en paralelo a la de sus trenes en miniatura. Se la acababan de traer después de haber sido exhibida en la Exposición Internacional de Caza celebrada en Berlín, y recreaba el mapa en relieve de los bosques de Bialowieza, una de las reservas forestales más antiguas y mejor conservadas de Europa, localizada entre Polonia y Bielorrusia.

Cuando Oskar Stulz entró en aquella sala, ubicada en la planta alta del edificio principal, lo encontró colocando unas pequeñas figuras de barro sobre la maqueta. Estaba como absorto, eligiendo de una caja de madera ahora un grupo de jabalíes, después otro de ciervos, o salpicando entre medias unas piezas más grandes que parecían búfalos. Oskar reconoció en estas últimas al fabuloso uro que habían abatido hacía dos años en su propio bosque.

Göring levantó la vista del enorme tablero y reparó en su presencia.

—Los bosques de Bialowieza se convertirán muy pronto en la mayor reserva de animales antiguos que haya conocido Alemania, cuando podamos sembrarlo con los legendarios uros, renos, ciervos y otras de nuestras bestias mitológicas. Recreará las mismas escenas que Sigfrido pudo ver en los bosques de los Burgundios, como se versaba en *El cantar de los nibelungos.*

—¿No está Bialowieza en territorio polaco?

—De momento sí. Pero solo de momento —contestó convencido.

Oskar se acercó a mirar la maqueta e identificó una a una las diferentes áreas que estaban enumeradas en una de sus esquinas. Se imaginó en su interior.

—Sueño con poder tensar un día nuestros arcos para dar caza a alguna de esas bestias.

—Lo haremos, no te quepa duda. Yo también tengo un sueño que consiste en añadir a esas figuras un perro, el bullenbeisser. —Göring se incorporó con bastante agilidad después de haber estado arrodillado un buen rato y estrechó con energía la mano de Oskar—. Me alegro mucho de verte. ¿Cómo llevamos esos avances hacia Bilbao?

Oskar respondió con la información que poseía, destacando los importantes éxitos de su escuadrilla de combate en la aproximación al cinturón defensivo de Bilbao y transmitiéndole su confianza en el buen resultado de los bombardeos que tenían previsto realizar en los próximos días a poblaciones cercanas a la capital vasca.

—Imagino que tendrás mejores referencias a través de Von Richtofen, pero creemos que la próxima acción puede minar la moral de nuestro enemigo y acelerar de paso la conquista de aquellos territorios, que…

Göring lo interrumpió.

—Algo muy conveniente si queremos hacernos pronto con esos perros alanos que de forma tan meritoria has podido localizar. —Un brillo de especial satisfacción surgió desde su mirada—. Has hecho un gran trabajo, la verdad. Mi más sincera enhorabuena.

Oskar sintió una gran emoción al escuchar aquellos elogios e imaginó que oiría en cualquier momento la palabra *ascenso*. Pero no fue así. Para su total desconcierto, Göring dio el tema por zanjado y lo invitó a salir del edificio para ver qué sorpresa le había traído. A pesar de la decepción, Oskar recordó algo que llevaba tiempo queriéndole preguntar.

—Acabas de contarme tu idea de introducir esos perros en

los fantásticos bosques de Bialowieza, pero ¿tienes previsto algún otro destino para ellos?

Göring se paró en medio de las escaleras y contestó afirmativamente.

—Hasta ahora hemos criado y entrenado perros pastores y rottweiler para patrullar los campos de concentración, donde sabemos que el riesgo de fuga es bastante limitado. Pero llevo un tiempo barajando la posibilidad de aislar a esos miles de judíos que invaden nuestras ciudades sellando sus propios barrios. Lo he discutido con Himmler y parece que está de acuerdo en los fines, aunque todavía no en cómo y dónde hacerlo. Sin embargo, yo he seguido pensando en ello y sobre todo en la operativa que tendríamos que desplegar para mantener la disciplina y la seguridad dentro de esos centros de aislamiento.

Oskar, por pura lógica, imaginó las mayores posibilidades que tendrían sus ocupantes para escapar de aquellas localizaciones, y entendió la conclusión a la que había llegado Göring. Le vendría muy bien contar con la ayuda de un perro dispuesto a perseguir y dar caza a todo judío que intentara abandonarlas. La mera actitud del animal evitaría nuevas tentaciones.

—Es ahí donde quiero ver a los bullenbeisser, en plena acción, sacando su instinto de presa.

Oskar escuchó sus elucubraciones sin valorarlas demasiado. En su mente seguía flotando la decepción. Sencillamente no lo entendía. Eran amigos desde hacía mucho tiempo, en España había abatido seis cazas enemigos y su fama empezaba a ser destacada entre los miembros de su escuadrilla de combate. Y además Göring era el máximo responsable de la Luftwaffe, de la que dependía la Legión Cóndor donde él volaba. Sin embargo, no le ofrecía los galones que creía merecer.

Quizá por ese motivo, la entrega de los dos perdigueros transportados ex profeso desde Burgos resultó más fría de lo que cabía esperar. Unos animales de especial calidad que había conseguido localizar en un recóndito pueblo de aquella enorme provincia, combatiendo un intenso frío y la tozudez de unos propietarios cerrados a vendérselos a un precio normal.

Göring se lo agradeció. De hecho, le encantaron, y así se lo hizo saber destacando su elegancia y su estética. Pero nada de eso compensó la frustrante sensación que le estaba dejando su breve estancia en Karinhall.

—Sigue así, mi querido amigo —le despidió minutos después, a las puertas del Mercedes que lo devolvería al aeropuerto—. Con gente como tú, Alemania será cada día más grande y poderosa. ¡*Heil* Hitler!

No demasiado lejos de la carretera por la que circulaba el coche de Oskar de camino a Schönefeld, en Grünheide, Luther estaba con su mujer Katherine en la consulta del médico.

Después de algo menos de cuatro meses de su vuelta a casa, apenas pronunciaba tres palabras seguidas y cuando lo hacía nunca quería hablar de ella. El permanente estado de melancolía en el que estaba sumida no parecía mejorar ni con el paso del tiempo ni con la medicación que le habían recomendado.

Los avances en su estado eran muy escasos. Ya podía vestirse sola, asearse y comer, aunque había tenido que contratar a una mujer para que la acompañara todo el día. Katherine se había perdido en un mundo interior tan profundo que nada ni nadie le hacía abandonarlo. A Luther se le rompía el corazón cada vez que la encontraba sentada en el mismo sillón donde la había dejado por la mañana.

—Katherine, no te inquietes. El médico nos recibirá pronto y en cuanto te mire nos volvemos a casa. —Luther calmó su temblor de manos sujetándolas entre las suyas.

Aquella vida de ausencias lo estaba destrozando por dentro.

Cada día que pasaba reconocía menos a su mujer; era como tener un mueble. Desde su reencuentro no había vuelto a mostrar ninguna otra emoción, y las esperanzas de recuperación que le habían dado se oscurecían a medida que la veía hundirse en aquel pozo oscuro de su mente, en aquella profunda depresión que la tenía completamente anulada.

—Señor Krugg, el doctor los espera. —La amable enfermera ayudó a levantar a Katherine.

Cuando entraron en su consulta, el gesto del hombre no podía ser más inquietante.

—Herr Luther, por favor, siéntese usted también.

El médico repasó la ficha clínica de su paciente retrasando su dictamen a la espera de que Luther estuviera definitivamente sentado y preparado para escuchar. Conocía muy bien la situación de aquella pareja, la pérdida mental de la mujer y sus incapacidades afectivas. Volvió a leer los síntomas que habían justificado la preocupación del marido y su visita dos semanas antes, revisó los resultados de su exploración, miró de refilón el perfil de la mujer, carraspeó un momento y se pronunció.

—Herr Krugg, la extrema delgadez de su mujer ha podido disimularlo, pero ha de saber que está embarazada de casi seis meses.

Luther recibió la noticia como si un afilado cuchillo acabase de atravesar su estómago. Ella no reflejó ninguna sorpresa.

—Eso es imposible —pronunció, ahogándose en sus propias palabras.

—Me temo que lo es, y créame que lo siento.

Paseo del Pintor Rosales
Madrid
26 de abril de 1937

XIV

Cuando Zoe abrió la puerta, la expresión de Rosa no dejaba lugar a dudas sobre cuán importante era su mensaje. La noticia que venía a darle ahogó su inicial sorpresa, porque no podía ser peor.

Eran las seis de la tarde, Zoe acababa de llegar a casa después de haber trabajado todo el día con los perros en Vallecas, y estaba agotada por la falta de sueño que arrastraba desde hacía varias semanas. Por eso, cuando escuchó las advertencias de aquella mujer, le costó un tiempo entender su gravedad.

—Zoe, lo primero que has de saber es que no soy la única que ha conseguido tu dirección, y ahí empieza el problema. Estás en peligro. Esta misma noche, un grupo de milicianos que se hacen llamar *la escuadrilla de la venganza* van a venir a detenerte porque te ha denunciado Mario. —Zoe se llevó las manos a la boca espantada—. Supe que te vio el día que expulsaron a tu jefe, y no sabes cómo se ha movido desde entonces hasta dar contigo. Te ha acusado de colaboracionista y dice haber reunido suficientes pruebas de ello.

—¿Pruebas? ¿A qué pruebas se refiere? —Zoe tuvo que sentarse.

—Uno de la escuadrilla que trabaja en correos consiguió localizar dos cartas devueltas que habías enviado a tu hermano, al que Mario tachó de legionario fascista.

—¡No es fascista! —protestó Zoe.

—No te lo discuto, pero también hay quien te vio entrando en la embajada alemana el día que la cerraron, y también se te acusa de haber cooperado activamente con un quintacolumnista suizo, ya sabes, con tu jefe Max.

—Es todo mentira… —exclamó cada vez más nerviosa.

—Desde que lo denunciaste te la juró. Es así, te tiene muchas ganas y la cárcel le ha convertido en peor persona. Hasta yo le tengo miedo.

Rosa era consciente de que se estaba jugando el cuello por estar allí, pero necesitaba lavar su conciencia.

—No sabes cómo valoro lo que estás haciendo.

—Lo hago por ti, pero también por mí, Zoe. He visto y sigo viendo cosas que no me gustan, aunque no he tenido las agallas necesarias para reaccionar. Soy consciente de que si te cogen te van a matar. Siento ser tan bruta, pero lo menos que puedo hacer es avisarte.

—¿Y qué hago? —Empezaron a temblarle las manos, las rodillas…

—Vete. ¡Escapa de Madrid!

Zoe recordó de repente la despedida de Julia y Oskar en la embajada alemana, así como el nombre de la persona a la que podía recurrir en caso de extrema necesidad.

Rosa miró su reloj apremiada por irse.

Al advertir su urgencia, Zoe la ayudó a irse, abrazándola con tintes de despedida. La mujer, a punto de salir del piso, le trasladó sus últimas recomendaciones.

—No te entretengas ni un solo minuto. Lleva contigo lo menos posible, solo lo que de verdad vayas a necesitar, y sobre todo reúne todo el dinero que puedas. —Sacó una pistola de su bolso y se la dio—. Quédatela, se la he cogido a Mario. He pensado que quizá la puedas necesitar.

Tras cerrar la puerta Zoe se quedó apoyada sobre ella, con el pulso acelerado y la respiración rota, pensando qué tenía que hacer. Por suerte, unos días antes había destruido aquellos documentos que Max le había pedido, sin embargo no había sentido necesidad alguna de recoger el dinero de su caja fuerte. Decidió pasar por el domicilio de su exjefe para hacerse con él, de camino al hospital de la CNT de la calle Monte Esquinza donde tenía que localizar al enlace de Oskar, al tal José Banús. Empezó a moverse por la casa recogiendo cosas que pudieran hacerle falta, mientras Campeón la seguía completamente desconcertado, percibiendo su tensión.

Después de cerrar la puerta con doble llave, miró escaleras abajo para asegurarse de que no hubiera nadie. Como el edificio se había quedado vacío de vecinos, tan solo escuchó su respiración y la de Campeón. La mayoría de sus propietarios, miembros de la burguesía madrileña, habían huido durante los primeros días, y sabía de otros dos que habían conseguido refugio en una embajada.

Tanta quietud daba miedo.

Atropellándose a sí misma bajó hasta el portal seguida por Campeón. Se detuvo, miró a ambos lados de la acera, y al no ver nada extraño salió decidida. Vestida con un pantalón amplio, camisa blanca de algodón, pañuelo rojo al cuello y brazalete de la Cruz Roja, dio la vuelta a su edificio y buscó su motocicleta.

En el Ateneo de la Guindalera, el grupo que formaba la escuadrilla de la venganza repasaba los objetivos para aquella noche. Irían primero a Pintor Rosales, a por la mujer por la que tanto interés mostraba Mario, *el Tuercas*, acusada de colaborar con aquel suizo expulsado días atrás. Y después, barrerían dos manzanas del distrito de Moncloa donde se había visto a un sonado falangista.

—Mientras tú la detienes, los demás aprovecharemos para peinar los edificios vecinos donde seguro que encontraremos a más de un sospechoso —estableció el líder de la escuadrilla, dirigiéndose a Mario.

—Me parece bien. Luego me uniré a vosotros.

Como todavía tenían dos horas antes de que anocheciera, decidieron jugar a las cartas. Echaron unos tragos de vino desde una bota, eructó quien tuvo necesidad, partieron una larga barra de chorizo y repartieron las cartas para echarse entre cuatro una partida de mus.

Zoe aparcó la moto en la puerta del hospital militar número veinticuatro de Madrid para heridos de la CNT. Su brazalete sanitario le permitió entrar al interior sin muchas dificultades, con la indicación de que encontraría al enfermero y masajista Banús en la segunda planta, pero tuvo que dejar a Campeón atado al sidecar. Al entrar en la zona de enfermería y preguntar por él, un hombre de mediana edad, pelo oscuro y entradas prominentes se identificó como José Banús. En un primer momento el hombre se mostró extrañado, pero en cuanto le dijo quién le había dado su nombre la hizo pasar a una sala de curas y mandó que se tumbara sobre una camilla para simular una sesión de masaje por si entraba alguien.

Zoe actuó como le había pedido y explicó sin perder un segundo cuáles eran los motivos de su urgencia y hacia dónde tenía que huir.

—Entiendo… La cosa parece seria. Bien. —El hombre se paró a pensar cómo ejecutar un plan de evacuación inmediato con tan poco tiempo. Ya lo habían hecho en otras ocasiones, pero casi siempre dirigiendo a los huidos hacia el sureste de la capital, en dirección a Toledo y no hacia Burgos—. Espera un momento, voy a hacer una llamada.

Zoe se sentía atenazada por los nervios. Era consciente de que el miedo estaba dominando a su razón, lo que apenas le dejaba pensar. Comprendía que su situación estaba a punto de cambiar de forma radical. Si conseguía escapar, iba a dejar atrás todo lo que había conquistado con tanto esfuerzo, sus perros y un trabajo que había hecho de ella una persona nueva. Al verse allí, sin nadie más a quién recurrir, se sintió desprotegida, amenazada por un desalmado del que tenía un pavoroso recuerdo, y a expensas de un hombre que no iba a tener fácil ayudarla. Palpó desde fuera de su pantalón el sobre con dos mil pesetas que había cogido de la caja fuerte de Max, y sintió el peso de la pistola, con la esperanza de no tener que usarla.

Cuando José Banús volvió a la sala cerró la puerta tras de sí, sujetando el picaporte para evitar que alguien entrara.

—Hemos confirmado quién eres, y se va a dar aviso a Burgos para que organicen tu recogida una vez superes el frente, que ahora está en las inmediaciones de la Granja de San Ildefonso, en Segovia. El problema es hacerte llegar hasta allí superando el puerto de Navacerrada.

A continuación le explicó que lo harían desencadenando una red de comunicación que habían conseguido poner en marcha desde hacía unos meses. El grupo lo formaban varias personas y los mensajes los enviaban con código morse a través de unas linternas, pasándose la información desde las azoteas de varios edificios en Madrid hasta alcanzar algunos pueblos de alrededor de la ciudad, y terminando en el otro lado del frente.

—Tendrás que llegar primero a un lugar llamado el cerro del Espino, próximo al monte del Pilar y cerca de Majadahonda, donde te estará esperando tu primer contacto. Memoriza la contraseña que tendrás que darle: «Viva la República». Entiendo que te parecerá algo anormal, pero hemos pensado que, si errases de contacto, no extrañaría tanto tu saludo. El recorrido que deberás hacer desde allí te lo irá explicando cada miembro de esa cadena. Uno a uno te irán recogiendo y transportando como buenamente puedan hasta el siguiente. El último te dejará cerca de la línea del frente. A partir de ahí, tendrás que caminar tú sola y descender la montaña por donde te indiquen. ¡Ahora sal cuanto antes! No perdamos más tiempo.

—Y cómo hago para llegar a Majadahonda. ¿Voy sola?

—Me has dicho que tienes una motocicleta identificada con la Cruz Roja y veo que llevas puesto su brazalete. Creo que no tendrás muchos problemas. Intenta tomar el camino antiguo de Castilla, mejor campo a través, y si no tienes muchos contratiempos, en menos de una hora podrías estar contactando con tu primer hombre. El retroceso de nuestras tropas a la cara norte de la sierra te ayudará, porque sabemos que se ha rebajado notablemente la vigilancia que hasta hace poco había por Guadarrama y Navacerrada.

El hombre, uno de los principales cerebros de la red franquista de espionaje que se había organizado dentro de Madrid, la acompañó hasta la calle para despedirla y desearle toda la suerte del mundo.

—Muchacha, ya verás cómo en unas pocas horas todo se habrá arreglado y podrás vivir en paz. Ah, y saluda de mi parte a Oskar Stulz, un buen amigo. —Descubrió a Campeón sin entender qué hacía un perro ahí. Se lo preguntó.

—Es mío, sí. No lo puedo dejar en Madrid.

—No puedes llevártelo —afirmó con rotundidad.

—Si no va él, no voy yo —respondió ella sin dudarlo.

José Banús se rascó la cabeza desesperado. La presencia del animal podría suponer un serio contratiempo en alguno de los transportes que pudiera necesitar, pero conocía bien a las mujeres, y el gesto de Zoe significaba que por ese camino no tenía nada que hacer.

—Vale, hazlo. Pero, si en un momento dado, alguno de los nuestros ve que corréis excesivo peligro por su culpa, despídete de él.

Zoe miró a Campeón y se sintió aliviada sabiendo que iban a seguir juntos. Le colocó uno de aquellos petos que usaba para las misiones de socorro, arrancó la moto, se acomodó en ella, hizo que el perro se escondiera dentro de la caja del sidecar, y tras comprobar qué hora era aceleró la moto para salir de Madrid antes del toque de queda. En el bolsillo de la camisa llevaba su habitual salvoconducto que le servía para circular de noche por la ciudad hasta la zona universitaria. Confiaba en que fuera suficiente para alcanzar la Casa de Campo y desde ella la vieja carretera de Castilla.

Mientras iba atravesando una y otra calle de aquel Madrid tan cercano a sus recuerdos, trataba de rechazar la pena que sentía por lo que estaba abandonando, sobre todo cuando dejó a sus espaldas la escuela de Veterinaria. A la terrible incertidumbre de la escapada que iba a acometer, por un momento se le sumó la convicción de que nunca conseguiría cumplir esa promesa hecha a su padre.

La pararon en la bajada hacia el parque del Oeste, cerca de su casa, cuando quería tomar la ladera del río Manzanares para atravesarlo después y adentrarse en la Casa de Campo antes de que anocheciera.

La presencia de Campeón fue providencial, porque al ir identificado con el emblema de la Cruz Roja dio credibilidad a su explicación sobre los motivos asistenciales de su salida de la ciudad a esas horas. El salvoconducto, junto con el carné que acreditaba su pertenencia a la Cruz Roja, y un cierto descuido en las antiguas exigencias de control se sumaron para que superara el delicado trámite sin problemas y tomara la arboleda que daba comienzo a uno de los cazaderos más frecuentados por la monarquía española de siglos atrás, las dehesas de la Casa de Campo.

A solo un kilómetro de ella, un camión con media docena de milicianos en su caja hacía chirriar los frenos frente a la puerta de su casa, en el paseo del Pintor Rosales. Mario, *el Tuercas* bajó de un salto, ansioso por coger a Zoe. Mientras subía las escaleras, el resto de la escuadrilla se repartió por los portales vecinos en busca de fascistas, salvo el conductor del camión, que se quedó apoyado sobre el capó fumándose un pitillo. La casualidad hizo que cuando le estaba dando la última calada, al fijarse en el recorrido que hacían las volutas de humo al salir de su boca, se fijase en el perfil de la azotea de un edificio y que divisara una extraña luz intermitente.

—Pero serán hijos de puta.

Disparó al aire la colilla y corrió hacia un portal recargando el fusil de camino. Al entrar se chocó con Mario, que bajaba enfadadísimo al no haber encontrado a Zoe en su casa. Le explicó lo que acababa de descubrir desde la calle, y decidieron subir. Una vez en la última planta y como no encontraron el acceso a la azotea desde la escalera, calcularon cuál de las tres viviendas sería la que les podía llevar hasta ella. Derribaron su puerta de una patada y, tras comprobar que no había nadie dentro, exploraron las habitaciones exteriores hasta que en una apareció una trampilla en el techo que escondía una escalera. Cuando salieron al exterior se encontraron con un joven de unos veinte años tratando de ocultar a sus espaldas una potente linterna.

—¿Qué andabas haciendo con esa luz? —Se le acercó Mario. De un culatazo lo dejó de rodillas en el suelo.

—Nada, nada… —Al muchacho le temblaba la voz—. Se me había caído algo esta tarde y andaba buscándolo con la linterna.

El compañero de Mario encontró unos prismáticos apoyados en un reborde de la azotea y los usó para mirar hacia dónde podía estar dirigiendo esa luz. Mario plantó la boca de su ametralladora en la nuca del muchacho y gritó con su ronca voz:

—Canta pronto lo que estabas haciendo, o prometo que te haré volar como un pájaro.

El joven negó una vez más estar haciendo otra cosa que lo que ya les había explicado.

—Espera, espera…

El de los prismáticos acababa de localizar una lucecita que desde la distancia se encendía y apagaba con una frecuencia que no parecía casual. Dedujo que podía tratarse de morse, pero como él no sabía leerlo y tampoco Mario, decidieron avisar al jefe. Lo llamaron a gritos para que subiera.

Mientras esperaban se escuchó un par de disparos procedentes de alguno de los edificios vecinos.

—Dos perros menos como tú —exclamó Mario dirigiéndose al joven—. Bueno, última oportunidad, ¿vas a decirme qué mensaje estabas transmitiendo y a quién, o me vas a obligar a tener que hacer algo muy desagradable?

—Yo no he hecho nada.

Mario no se lo pensó dos veces, lo agarró por la camisa con las dos manos y fue arrastrándolo hasta el borde del edificio, momento en el que tomó fuerzas y lo lanzó al vacío. El joven, en el aire, gritó un «¡Arriba España!» antes de reventarse contra el suelo.

—Lo tuyo son los interrogatorios, joder. ¡Anda que lo bien que nos hubiera venido su testimonio!

Al llegar el jefe a la azotea corrió hacia ellos. Le explicaron dónde tenía que mirar, se calzó los prismáticos y empezó a traducir lo que estaba leyendo a partir de una lucecita que parpadeaba, se apagaba, o se mantenía enfocada hacia ellos consecutivamente.

—Dicen que cuando el paquete sea recibido en el cerro del Espino darán aviso. Les contestaré que de acuerdo, y así no sospecharán que los hemos detectado.

El jefe encendió la linterna y trasladó aquel mensaje hacia el mismo lugar del que había partido la otra luz. Y de pronto recordó un reciente y extraño suceso que los había llevado a sospechar de la presencia de un posible grupo organizado de quintacolumnistas en aquella zona. El origen de sus recelos había tenido que ver con el bombardeo de un edificio, entre las calles de Ferraz y Blasco Ibáñez, donde la Junta de Defensa había trasladado de forma discreta un polvorín de armas a su bajera. Pero lo que más había extrañado era que, cuando solo habían pasado dos días de ello, una bomba de la aviación alemana lo había destrozado por completo, respetando el resto del barrio. Al mirar aquella linterna dedujo cómo habían hecho llegar al enemigo la ubicación del arsenal volado.

—No termino de localizar el origen de esa luz. —Trató de tomar alguna referencia cercana, y a pesar de la oscuridad de la noche le pareció reconocer un campanario a la altura de Aravaca—. Salgamos a toda leche de aquí. Tenemos que pillar al que ha transmitido desde allí y descubrir qué es ese paquete al que hacen referencia.

Cuando pasaron al lado del cuerpo del joven, le pidieron a Mario que el siguiente interrogatorio se lo dejara a otro para conseguir sacarle algo antes.

—No merecía menos —concluyó él mientras subía al camión y se les unía el resto de camaradas.

Miró hacia el piso de Zoe y lamentó su mala suerte.

Centro de cría y adiestramiento canino
Grünheide. Alemania
26 de abril de 1937

XV

Desde su primera visita a Dachau en mayo del año treinta y cinco, Luther Krugg había visto crecer el número de campos de concentración en Alemania hasta un total de seis, aunque ahora solo funcionaban los cuatro más grandes.

A todos ellos había tenido que llevar perros.

Pero en el que acababa de estar había hecho lo contrario; había tenido que recogerlos debido a su cierre temporal. Ubicado dentro de un gran castillo del siglo XVI, el campo de Lichtenburg, en Prettin, al sur de Berlín, no había requerido tantos perros como los demás, dada su ubicación urbana y sus características arquitectónicas que prácticamente lo sellaban. Sin embargo, le había impresionado la fiereza con que lo recibieron los veinte pastores que en su momento les había llevado. Supuso que aquel cambio de temperamento tenía que responder a un maltrato continuado por parte de los guardianes, pero eso no había sido lo peor de su visita.

A diferencia de sus visitas a otros campos como el de Buchenwald, Esterwegen o Sachsenhausen, el cierre de Lichtenburg le había afectado de un modo más personal, al saber que iba a ser reformado para acoger solo a mujeres y pensar en la suya. Porque después de tres semanas de haber descubierto que Katherine estaba embarazada, todo en ella seguía igual;

apenas hablaba, vivía ausente, y lo único que había cambiado era el tamaño de su barriga, ahora que se fijaba más.

Aquel lunes, recién llegado a Grünheide desde Lichtenburg, metió los perros en un galpón aislado del resto de parques de cría y entrenamiento. Con un poco de tiempo y una específica reeducación, estimó que necesitaría algo más de un mes para recobrar su equilibrio emocional y devolverlos recuperados para el trabajo. Cuando acabó con ellos acudió al despacho de Stauffer para ponerle al corriente de su viaje, pero no lo hizo al ser recibido con un «tienes que leer esto» y un cable urgente en su mano.

Luther rompió el precinto y lo leyó con rapidez.

—Es de Oskar Stulz, ya sabes... —aclaró a su jefe—. Al haberse recuperado la paz en la región donde encontró los alanos, me invita a que vaya la primera semana de junio para seleccionarlos. Dice que cuenta con cinco propietarios más que ha podido sumar a los primeros. Por lo que podré elegir mejor.

—¿Y Katherine?

—Supongo que podría dejarla dos o tres días con la mujer que la cuida.

Stauffer, al igual que Luther, deseaba ver terminada cuanto antes la recuperación del bullenbeisser para que cesaran las presiones que también a él le llegaban desde Munich, y con ellas la férrea vigilancia que sufría el centro. Desde que Luther había empezado a acertar con los cruzamientos y los perros que nacían se iban pareciendo cada vez más al definitivo, el área que habían habilitado para el proyecto estaba siendo vigilada por efectivos de las SS con tanta intensidad que parecían las oficinas del mismísimo Führer, lo que le tenía completamente alterado.

La complicada situación familiar de Luther le hacía sufrir, y no sabía cómo ayudarlo en su particular calvario con Katherine. Habían conseguido superar aquella época de rencores surgida a partir de la coacción de Stauffer, y ahora sentía como propias las desgracias de su mejor colaborador. Su mujer se pasaba muchas horas con Katherine haciéndole compañía o sacándola a pasear, y él trataba de compensar los despistes de Luther y algún que otro error, al notarlo más distraído de lo normal, lejos de su habitual capacidad resolutiva.

Stauffer había hecho sus propias gestiones, discretas y a espaldas de su veterinario, para saber dónde habían podido tener recluida a Katherine y por qué. Su buena relación con el jefe local del partido le había animado a comentarlo para recabar su opinión. Y aunque solo había conseguido de él vaguedades, por primera vez escuchó hablar de un programa llamado *Lebensborn*; un plan perfilado por Himmler para mejorar la raza aria a través de una reproducción dirigida entre sus mejores representantes, masculinos y femeninos. Dadas las cualidades físicas y la belleza de Katherine, Stauffer dudó si no habría sido destinada a formar parte de uno de esos programas, hasta que supo lo de su embarazo. A partir de ese momento, las sospechas se convirtieron en evidencias. Sin embargo, nunca había compartido aquel convencimiento con Luther para no incrementar su indignación, y sobre todo porque no había podido contrastarlo.

Para el resto de sus compañeros de trabajo, la incógnita estaba en saber cómo iba a reaccionar Luther cuando naciera el niño; si lo iba a aceptar o no. Y también se preguntaban cómo actuaría la madre. ¿Seguiría tan absorta, o la presencia de un hijo la haría reaccionar?

Ajeno a lo que hicieran o pensaran sobre él, Luther sacaba el trabajo de una forma mecánica, desde luego sin poner la misma voluntad que unos meses antes, y con mucha menos pasión que cuando había oído hablar por primera vez del proyecto *Wiedergeburt Bullenbeisser*. Porque no solo había llegado a truncar su vida, también, y eso era lo peor, la de Katherine.

Cuando aquella tarde volvía a su casa apagó la radio del coche, hastiado de escuchar cómo se vendían las excelencias de la Alemania de Hitler en cualquier orden de cosas. Le daba igual la productividad de las fábricas, el aumento del comercio o la rebaja de la deuda, porque en su vida tenía peores problemas que esos. Al aparcar y frente a su vivienda identificó a uno de sus vigilantes dentro de un coche. Le dio la espalda harto de su presencia, cargó con su maletín de trabajo y dos bolsas con la compra, buscó las llaves de casa y entró.

—¿Querida...? —Empujó la puerta con el tacón de su zapato—. ¡Ya he vuelto!

Dejó todo en la cocina y la buscó en el *office*, pero allí solo estaba frau Berta planchando.

—Ha entrado en el baño no hará ni cinco minutos.

—¿En el nuestro o en el de cortesía?

La servicial mujer confesó no estar segura, pero Luther no la dejó ir a averiguarlo.

—Ya voy yo, tranquila. ¿Qué tal ha pasado el día?

Frau Berta apoyó la pesada plancha de hierro sobre un hornillo y contestó con su vibrante y aflautada voz.

—Hoy la he visto más nerviosa de lo normal. Ha comido más bien poco y se ha mostrado bastante huidiza. No sé por qué razón...

A Luther no le gustó lo que acababa de escuchar. Después de haber comprobado que no estaba en el primer aseo, se dirigió al de su dormitorio. Probó a abrirlo, pero la puerta estaba cerrada desde dentro.

—Katherine..., ¿estás bien?

No escuchó nada.

Movió con energía la manilla, pidió encarecidamente que le abriera y al no obtener respuesta se puso a patear la puerta preocupado.

—Cielo, ¡déjame entrar!

Luther pensó con rapidez. Corrió a la cocina a buscar un atizador, lo encajó en el quicio de la puerta e hizo palanca. La asistenta observaba la escena muy asustada. Cuando consiguió romper la jamba, la puerta se entreabrió y fue cuando la vio.

Katherine estaba sentada en el borde de la bañera y el agua rebosaba.

Sus ojos se encontraron y Luther intuyó en su expresión, y en solo una centésima de segundo, la locura que iba a cometer. Y lo supo antes de ver cómo el afilado acero de un largo cuchillo seccionaba el aire camino de su cuello. Se lanzó a frenarlo desesperado, pero resbaló y cayó a solo un metro de ella. Y en el justo momento en que se incorporaba y estiraba la mano para detener su brazo, escuchó el grito ahogado de Katherine, seguido por un coro de agudos chillidos por parte de la mujer que debía haberla atendido.

La herida se llenó de una profusa cantidad de sangre.

—¡Nooooo! —gritó espantado.

Le apretó el cuello con ambas manos, en un vano intento de cortar la hemorragia, hasta que entendió que aquello no tenía solución. Se había cortado la carótida y la yugular. Luther buscó respuestas en sus ojos, ahogado de espanto, pero la azulada mirada de Katherine empezaba a diluirse en un halo de muerte. Movió sus labios y pronunció seis palabras entrecortadas.

—No será nunca… de… ellos…

Sin haber terminado de hablar entró precipitadamente el nazi encargado de su vigilancia, advertido por los gritos que se escuchaban desde fuera de la casa. Al ver la escena se quedó paralizado, pero como su misión era salvaguardar aquel embarazo, al instante reaccionó y fue a por Katherine para llevarla a un hospital a tiempo de salvar al niño.

—¡Ni se te ocurra tocarla!

Abrazado a ella y empapado en su sangre, Luther impidió que se acercara.

Forcejearon sin poner cuidado en Katherine, que se venció desde la bañera arrastrando a su marido al suelo. Y fue en ese momento cuando la vio. Debajo del lavabo había volado una pequeña nota de papel. Luther consiguió metérsela en un bolsillo tan solo un segundo antes de recibir un golpe seco en la cabeza y perder el conocimiento.

El nazi tomó a Katherine en brazos y corrió hacia su coche. La tumbó precipitadamente sobre el asiento trasero, arrancó y pisó el acelerador a fondo para buscar un hospital en Berlín. Si no llegaba demasiado tarde, quizá salvase la vida del bebé y su propio cuello, cuando sus superiores se enteraran de lo que había pasado.

Luther no tardó mucho en recobrar el conocimiento, pero necesitó unos minutos más para situarse. El brutal golpe le había abierto una buena brecha en la cabeza que no paraba de sangrar, y al abrir los ojos sintió que todo le daba vueltas.

—Herr Krugg..., herr Krugg... Menos mal que ha despertado. Creí que ese animal lo había matado. —La asistenta había empapado una pequeña toalla en agua y se la ponía sobre la herida, muy asustada. Su mirada reflejaba el insoportable horror que había vivido.

Al recobrar la vista y enfrentarse a aquel escenario sangriento, sintió una incontenible ira.

—¿Dónde se la llevó?

—Habló de un hospital, pero no explicó cuál. —La mujer estrujaba entre sus manos la pequeña toalla sintiendo la boca seca y el corazón acelerado—. Herr Krugg, no sé cómo expresarle el arrepentimiento y la pena que siento. ¡Es un desastre! Yo... yo... Si hubiera estado más atenta... Esto va a pesar sobre mi conciencia toda mi vida.

Luther pensó cuál era el hospital más cercano a Grünheide, y concluyó que era el universitario Charité de Berlín, al que habría ido el nazi. Corrió a su dormitorio para quitarse la ropa mojada, con una presión en el pecho que apenas le dejaba respirar, y sacó la nota del bolsillo para leerla. En ella, con trazos borrosos e irregulares, Katherine había escrito: «Luther, sé libre».

En menos de cinco minutos abandonaba la casa, dejando a la asistenta rota de angustia en el dintel de la puerta, se subió al coche y tomó a toda velocidad la carretera con dirección a Berlín, con el alma destrozada y un odio feroz en su corazón.

Al entrar en el hospital preguntó en recepción.

Le confirmaron el ingreso de una mujer fallecida y embarazada, hacía menos de cuarenta minutos. Corrió por el pasillo en busca del ala de quirófanos donde se suponía que seguían operándola. Al llegar al lugar indicado lo hicieron pasar a una sala de espera donde vio al nazi sentado en una silla y a su lado a Eva Mostz. Sin abrir la boca se dirigió hacia el hombre, y con su metro noventa y una ira que le recomía le disparó un puñetazo en la barbilla y un segundo en el vientre que lo dejó inconsciente y derrumbado sobre su silla. Eva se protegió la cara con las manos, pero Luther tan solo la miró con un desprecio infinito.

—¿A qué has venido?

—Siento lo de tu mujer —contestó ella, sin dejar de estar prevenida ante cualquier reacción de Luther.

—Tú no sientes nada. Si estás aquí es porque quieres algo.

Eva no contestó.

—Vienes a por el niño. —Se sentó frente a ella dispuesto a llegar hasta el final de la historia. La sujetó por las solapas de la chaqueta y tiró de ellas hacia él—. ¿Qué significa esa criatura para vosotros? Me lo vas a contar ahora mismo o te juro que termino lo que Katherine evitó el día que me la trajiste.

En la sala de espera había dos personas más, que ante el feo cariz de la situación la abandonaron asustadas con intención de avisar al servicio de seguridad.

—Luther, no insistas. Son cosas que no puedo explicarte, por mucho que me amenaces. No lo conseguirás.

En ese momento entraron dos médicos y preguntaron por los familiares de Katherine.

—Yo soy su marido. —Se levantó Luther.

—Lamentamos informarle que después de haberlo intentado todo el bebé también llegó muerto al hospital.

Luther no lo había sentido nunca como suyo, pero le afectó.

—¿Era niño o niña?

—Niña. Se trataba de una niña.

—¿Podría estar un rato con mi mujer?

—Por supuesto. Sígame. Está en la morgue, pero disponemos de una habitación para estas situaciones.

Eva Mostz y su compañero lo vieron abandonar la sala de espera, desolados por el resultado.

—Se te va a caer el pelo —le soltó ella.

—¿Cómo iba a prever que se fuera a suicidar? Ni su marido pudo evitarlo.

—Esa niña era mucho más valiosa de lo que imaginas. —El hombre se tocó su tumefacto y dolido mentón y la miró con expresión de impotencia—. De ahora en adelante cambio de planes y de tarea. —Sacó del bolso un espejito de mano y revisó la pintura de sus labios—. Has de evitar por todos los medios que ese hombre intente informarse del lugar donde la tuvimos, y mucho menos visitarlo. Y desde hoy mismo hemos de duplicar su vigilancia; Luther tiene muchas menos razones para sernos fiel.

Cerro del Espino
Majadahonda. Madrid
Madrugada del 27 de abril de 1937

XVI

La noche era fresca para ir en moto, y todavía más vistiendo solo una camisa.

Zoe lo empezó a acusar cuando fue ganando altitud con relación a Madrid, sobre todo después de dejar atrás Pozuelo. Quizá no fuesen más de un par de grados, pero ella los traducía en nuevas tiritonas.

Cuando llegó al cerro del Espino no vio a nadie.

Buscó el recogimiento de un pinar vecino para dejar la moto, apagó el motor, se quitó las gafas protectoras y miró alrededor sin ver nada que le llamase la atención. Campeón asomó la cabeza por el sidecar preguntándose dónde estaba. Miraba a un lado y a otro sin reconocer lo que veía ni olía.

—Baja, anda, y ¡corre un poquito!

El perro obedeció. Sin alejarse mucho de ella escudriñó los alrededores marcando el territorio en algunos troncos de árbol y después en dos o tres setos más.

El cerro no presentaba ninguna irregularidad que redujera la visibilidad, por lo que, fuera por la razón que fuera, allí no había nadie. Al no haber tenido ninguna complicación de camino, se sentía algo más tranquila, aunque hasta entonces no había pensado en la posibilidad de que no apareciera su contacto. ¿Seguiría camino hacia Navacerrada ella sola, sin encomendarse a Dios ni al diablo?

Escuchó un relincho. Se volvió y vio venir a un hombre con dos caballos.

—¿Qué tienes que decirme?

Por un momento Zoe olvidó lo de la contraseña. El joven la miró precavido.

—¡Viva la República!

—Uff, menos mal. —Su interlocutor no tendría más de veinticinco años, y su gesto era serio. Se jugaba el cuello si los pillaban—. Por un momento dudé si eras otra persona. Perfecto entonces. ¿Sabes montar?

—Sí, aunque hace tiempo que no lo hago.

El muchacho miró sus zapatos y determinó que no eran los más adecuados. Como su mujer debía de tener el mismo número de pie, decidió resolver el problema antes de iniciar su partida.

—Necesitas mejor calzado. Súbete a la yegua y sígueme.

—¿Y la moto? —Señaló dónde la había dejado, medio escondida.

—Ya la recuperarán otros antes de que amanezca. Tranquila.

Campeón se acercó gruñendo a los caballos.

—¿Y este?

Zoe se lo explicó y prometió que no daría ningún problema. Según sus palabras, era un buen perro.

—Bueno, espero que sea así, porque necesitaremos ir campo a través hasta llegar a Villalba, donde nos esperará tu siguiente enlace. No permitas que ladre. —Tiró de la rienda para cambiar la dirección de su caballo, y señaló a Zoe una edificación en el punto más elevado del cerro, su casa.

Cuando llegaron a ella apareció por la puerta una mujer muy joven. Su expresión de miedo era tan evidente que apenas le salía la voz. Aquellas aventuras de su marido les iban a costar caras, se lamentaba una y otra vez. Le dejó sus botas, vio que le quedaban bien, y al verla tiritando sintió tanta lástima que le cedió su chaqueta de lana. Recuperó la linterna y memorizó qué mensaje tenía que enviar al enlace previo en Aravaca, y el aviso al siguiente en Torrelodones.

—Tened mucho cuidado —se le oyó decir cuando partieron a buen paso en dirección a la sierra, rodeando la población de Majadahonda por su vertiente oeste. Los caminos y senderos que fueron tomando a partir de entonces no eran en ningún caso rutas por las que circulara vehículo alguno, para evitar los controles del ejército popular.

—¿A qué hora calculas que llegaremos a Villalba? —Zoe agradecía el calor de aquella chaqueta prestada que se abotonó hasta arriba.

—Hacia las once. Tenemos un par de horas.

El camión alcanzó la cota más alta del camino del Barrial en Aravaca entendiendo que era justo allí de donde surgía la lucecita que habían visto en Pintor Rosales. Al llegar, identificaron algo más al norte el campanario de la iglesia, y decidieron que el lugar que buscaban tenía que estar cerca. Bajaron con las armas cargadas y observaron las cuatro o cinco modestas viviendas que se repartían en lo más alto del camino. En ese momento no vieron a nadie encaramado al tejado, pero eligieron las dos de cota más elevada, encaminándose hacia ellas.

En la primera actuaron en silencio para no poner en aviso al resto.

Uno de los milicianos se quedó afuera, con orden de disparar a todo el que viera salir de cualquiera de las edificaciones. No encontraron nada sospechoso en la que registraron. Sus ocupantes eran unos temblorosos ancianos con más miedo que prudencia, porque solo necesitaron encañonar a la mujer para que su marido cantase. Con la denuncia a las claras, salieron corriendo de la casa en busca de la vecina. La puerta de la vivienda se desencajó de sus goznes con una sola patada, y al entrar vieron a un joven de apenas dieciocho años apuntándoles con una escopeta de cartuchos que utilizó contra uno de ellos. El jefe de la escuadrilla respondió a la agresión con su Tokarev rusa.

—Ya no soy el único que destruye posibles testimonios —apuntó Mario con mala uva.

El compañero que había quedado herido se retorcía de dolor al notar el calor de los muchos perdigones que habían entrado en sus muslos, rodillas y hasta en los testículos. Le hicieron dos torniquetes usando los visillos de la casa, avisaron por radio al ateneo para que enviasen una ambulancia, pero se temieron lo peor. Mario revisó el cuerpo del traidor y encontró en su bolsillo la foto de una hermosa joven, quizá fuera su novia, y un papel con el código morse.

—Este debía de ser nuevo, porque tenía anotadas las claves.

Subieron al tejado usando una escalera que tenía preparada el joven espía en un lateral de la casa, y una vez arriba, el portador de los potentes prismáticos oteó el horizonte recorriendo un arco de más de ciento ochenta grados, sin ver en ningún caso nada extraño. Mantuvo la inspección durante un rato, seguro de que antes o después aparecería alguna lucecita en algún punto. Como así sucedió a los pocos minutos y a escasa distancia, pensaron que por los alrededores de Majadahonda. Tomaron de aquel punto una nueva referencia, esta vez la sombra de un extenso pinar a su derecha, y miraron si desde donde ellos estaban podían dirigirse en línea recta, aunque fuera atravesando el campo. Calcularon que tendrían que salvar un par de vaguadas y un arroyo, pero creían poder alcanzar el siguiente punto en muy poco tiempo.

La mujer que, al cabo de un rato, les abrió la puerta se quedó pálida al verlos, sobre todo cuando entraron en tropel. Uno de ellos la sentó a la fuerza en una silla de la cocina mientras otros se pusieron a buscar pruebas por la casa. Muy pronto localizaron la linterna. El jefe de la escuadrilla no se anduvo con miramientos con ella, le acarició una mejilla, observó sus pechos, y se sentó a su lado.

—Te cuento, guapa. Tienes tres opciones: dos son malas y la otra un poco peor. Si nos explicas pronto, o sea, ya, el mensaje que acabas de mandar con esa linterna y a quién, solo te violaré yo. Si tardas más de cinco minutos en cantar, lo haremos todos. Y si callas, te levantaré yo mismo la tapa de los sesos. ¡Tú eliges! —El hombre miró su reloj de muñeca para contar desde ese momento el tiempo.

La mujer, sudando de angustia, se retorcía las manos entre el mandil y la falda. No podía traicionar a su propio marido, pero al mismo tiempo los veía perfectamente capaces de cumplir sus amenazas. Mientras decidía qué hacer, apareció uno de los hombres explicando que acababa de encontrar una motocicleta de la Cruz Roja escondida en un bosquecillo de pinares cercano a la casa. Al oírlo, Mario corrió a verla, y a su vuelta explicó a su jefe, que seguía a la espera de la declaración de la mujer, que la motocicleta coincidía con la usada por la mujer que le había denunciado. Dedujeron entonces que el paquete al que se había hecho referencia en el primer mensaje interceptado no podía ser otra cosa que ella: Zoe Urgazi.

—No sé por qué huirá, ni tampoco por qué la están ayudando. Pero cuando la pillemos, te aseguro que esa zorra me lo va a contar todo.

—O sea, que además de estar desenmascarando esta sofisticada red de comunicaciones y a sus responsables, resulta que vamos detrás de una mujer que, a juzgar por la importante ayuda que le están prestando, o está transportando una información crítica o se trata de alguien importante para nuestro enemigo. Porque si no, no se entiende. —Volvió su ácida mirada a la testigo—. ¿Has visto a esa mujer?

—Sí —contestó a secas.

—¿Y hacia dónde ha ido? —El hombre le estrujó el antebrazo.

—Lo desconozco. Solo teníamos que ayudarla.

—¿Teníamos? —Miró a su alrededor—. Aquí no estás más que tú. ¿O acaso se ha ido con ella alguien cercano a ti, por ejemplo, tu marido?

La mujer no necesitó responder. Sus ojos y la tensión que reflejaron sus manos fueron suficientemente explícitos.

—¡Dinos hacia dónde han ido! —Mario le gritó a la cara.

—O cuéntanos dónde tenéis el siguiente punto de comunicación —se sumó el jefe, al suponer que aquella red estaba ayudando a la tal Zoe dirigiéndola de un punto a otro.

Pero la mujer no hablaba para no poner en peligro a su esposo.

—Ha pasado tu tiempo.

A la mirada de espanto que puso, al ver al hombre levantarse, cogerla por los brazos y tumbarla encima de la mesa de la cocina, le siguió un coro de gritos. Cinco minutos después las lágrimas de la mujer empezaron a correr parejas a las arremetidas de aquel monstruo que tenía encima. Cuando terminó, volvió a repetirle la anterior pregunta, pero ella cerró la boca tragándose el orgullo y el asco.

—Venga, que siga otro.

Se separó y dejó espacio a uno que en asuntos de faldas siempre se las daba de galán. La afectada tragó saliva y esperó una nueva vejación, pero esta vez le resultó tan brutal que, cuando iba a llegar el turno de Mario, habló.

—Torrelodones. En un antiguo torreón.

Los dos caballos probaron con gusto las pocas hierbas que crecían a los pies de una granja a las afueras de Villalba. Cansados por el esfuerzo, esperaban a que sus dos jinetes terminaran de hablar con el propietario de la explotación ganadera.

—Hemos de irnos ya —se dirigió a Zoe—. Algo ha debido de pasar con nuestro contacto en Torrelodones porque ha dejado de transmitir el mensaje de vuestra llegada de repente, y desde entonces no he vuelto a ver ningún destello más. Me temo lo peor.

El hombre, uno más en aquella cadena de luces y secretos, animó a Zoe a que subiera al camión donde pretendía transportar a una docena de terneros. Receló del perro, pero le pudo la insistencia de la joven y la prisa por salir de allí cuanto antes. Su encargo era llevarla hasta la base del puerto de Navacerrada, donde la esperaría el siguiente transporte al que ya había avisado.

Conocía de antemano el control que iba a tener que pasar una vez superara Moralzarzal, pero la carretera que iba directa a Navacerrada era de peor calidad y tenía no uno, sino dos puestos armados.

Zoe agradeció al anterior su ayuda y una vez arriba le pidió a Campeón que no molestara a los terneros para no inquietarlos más de lo que estaban. Sintió sus miradas temerosas cuando el camión arrancó. Algunos perdieron apoyo y se bambolearon peligrosamente sobre ella, aunque Zoe consiguió salvar sus pies de un fatal pisotón. El conductor gritó desde cabina que no les llevaría mucho tiempo, apenas media hora de camino, siempre que no tuvieran problemas con los controles armados.

En la décima curva Zoe empezó a acostumbrarse a las condiciones de aquel transporte y los terneros a ella, tanto que algunos se le acercaban llenos de curiosidad. Incluso hubo uno que, superada su inicial timidez, trató de llevarse de un bocado un trozo de su chaqueta. Campeón les gruñía. Y así, en un extraño equilibrio de acercamientos y huidas, fueron recorriendo el camino hasta llegar al primer punto de control. A menos de doscientos metros de la barrera, apareció un camión por detrás pidiéndoles paso con el claxon. Pisaron el arcén de la calzada para facilitar su adelantamiento sin saber quiénes eran, hasta que Zoe descubrió a través de una rendija que se trataba de un grupo de milicianos armados. Se le encogió el estómago. Cuando llegaron a la señal de *stop* el camión se detuvo, y ella hizo lo que le había mandado el conductor. Se agachó para quedar oculta entre los chotos, y esperó a tener suerte.

—¿Qué llevas ahí, Lucas? —El que le había dado el alto era un conocido de su pueblo.

—Carne para las tropas. Llevo unos terneros para el centro de carnización de Navacerrada. Hay que daros de comer bien a los que estáis defendiéndonos de esos fascistas. Así que en eso estoy. Los matarán esta noche.

—Vale, vale… ¿Has visto a esos que han pasado como si estuvieran persiguiendo al mismísimo demonio?

—Sí, a punto he estado de tener un accidente por evitarlos. ¿Sabes qué querían?

—A una mujer, dicen.

—Qué raro, ¿no? —contestó, tratando de transmitir serenidad.

—Pues sí. Nos han dicho que miremos bien a todo el que pase por aquí esta noche. Contigo no haría falta, pero me quedaré más tranquilo si echo un vistazo a esos terneros.

—Pues claro. —Salió del camión, desató una correa para levantar un poco la lona con el fin de que se subiera a la caja y pudiera mirar.

Desde dentro, Zoe, a punto del infarto, pensó con rapidez cómo podía evitarlo, dado que a poco que se movieran los animales, y a pesar de la escasa luz, la podían ver. Se le ocurrió algo.

El soldado y convecino del conductor levantó un primer pie para subir. Pero en ese preciso instante, desde dentro de la caja uno de los animales disparó una potente coz hacia las tablas a menos de diez centímetros de donde acababa de apoyar la mano. La soltó de golpe y volvió al suelo, afectado por el susto.

—Déjalo y vete. Que si me descuido me quedo sin mano. Pero antes de irte, ¿me puedes explicar qué llevas ahí dentro, miuras?

El conductor rio su ocurrencia y dijo que no, que se trataba de avileños.

—Ya sabes la mala sangre que a veces tienen.

Unos diez kilómetros más adelante, antes de llegar a la carretera que ascendía al puerto de Navacerrada, el camión se adentró en un pequeño bosque y se detuvo. Zoe bajó de la caja con Campeón en sus brazos y suspiró aliviada. Su conductor confesó el miedo que había pasado durante la parada, y se felicitó por la coincidencia de aquel golpe tan oportuno.

—No fue casual. —Zoe le enseñó una afilada horquilla de pelo con la que había pinchado en un corvejón al ternero adecuado.

—Pues ha sido una idea providencial. ¡Menos mal!

Desde el interior de la arboleda apareció un hombrecillo de largas patillas con dos mulas al que el transportista de ganado reconoció de inmediato.

—Jacinto será quien te acompañe hasta arriba. —Señaló la montaña.

Su nuevo custodio la saludó nervioso, y sin apenas hablar la instó a subirse a su montura pronto, porque acababa de ver a unos extraños en un camión a toda velocidad en dirección a Navacerrada, y las comunicaciones con el resto de agentes se habían cortado desde hacía un rato. Solo le dijo que tendrían que asumir un ascenso difícil por una zona muy alejada de la carretera principal. Y que, una vez arriba, él se volvería.

—Tendrás que bajar por tus propios medios hasta unas

pozas de agua, un poco más abajo de la mitad de tu descenso, en un enclave llamado *La boca del asno*, donde te esperarán las tropas amigas. Pero has de ir con muchísimo cuidado, porque de camino y en diferentes puntos hay trincheras llenas de soldados del ejército popular.

Zoe, agotada por la enorme tensión que estaba sufriendo desde hacía más de cuatro horas, sacó fuerzas de flaqueza, se ató la bolsa con sus pertenencias a la espalda y subió a la mula. Sintió dos agudas punzadas en los muslos por efecto de la anterior cabalgada, pero se tragó el dolor, se ajustó las riendas y siguió al otro equino cuando este empezó a adentrarse en el bosquecillo. Campeón correteaba entre ellos.

En Navacerrada nadie sabía nada de luces, de mujeres, ni de espías. El responsable del comité que dirigía la población explicó a los milicianos recién llegados que, si buscaban a la huida, la única vía posible para eludir la carretera normal era ir a caballo. Y les recomendó que, si creían estar tan cerca de ella, tomasen la vía asfaltada y la esperasen arriba, en el puerto.

—A trescientos metros de la cumbre y a la izquierda hay una cuerda antigua de paso de ganado que vuestra fugitiva tendrá que atravesar para descender hacia Segovia. Os recomiendo tomarla, seguro que la pillaréis.

Así hicieron.

El camión empezó a subir por la carretera hacia el alto de Navacerrada a menos velocidad de la que Mario hubiera deseado. Las pronunciadas curvas, el peso del camión y la pendiente le impedían ir más rápido. Desesperado por el tiempo que estaban perdiendo, quien apodaban el Tuercas intuyó la cercanía de Zoe. La imaginó montaña arriba, o a punto de superarla. En Torrelodones habían localizado al siguiente espía en plena faena. A pesar de que les había costado hacerlo cantar, el muchacho, con dos dedos menos y antes de emprender su tránsito a la otra vida, terminó desvelando los planes de Zoe en aquella montaña.

Llevaban ascendida la mitad cuando se pusieron a discutir cuánta ventaja podría llevarles. La mayoría pensó que la tenían que tener muy cerca. Y lo estaba, tanto que acababa de despedir al último de sus ayudantes y se disponía a descender a pie por la cara norte de la montaña hasta alcanzar aquellas pozas. Al saberse cerca del final, aceleró su paso con Campeón a su lado. Como le habían advertido dónde se situaban las diferentes líneas de trincheras, trató de hacer el menor ruido posible cuando se supo cerca de la primera. Apenas se veía algo, más bien casi nada, y por eso casi tuvo que gatear por unas empinadas rocas cuando se le cruzó un agudo remonte en el camino.

Doscientos metros más abajo, unos cinco minutos después, Campeón se detuvo en seco, levantó las orejas y estiró la cola olfateando el aire. Zoe comprendió que podía deberse a la cercanía de soldados. Sujetó al perro por la correa y caminó muy despacio.

En el alto de Navacerrada Mario descubrió huellas de calzado pequeño junto a las de un perro. Dedujo que Zoe iba con el suyo. Movido por su interés personal se fue adelantando al grupo, ante la marcha pesada y lenta que llevaban los demás, hasta que se quedó solo.

Zoe descubrió una larga trinchera a solo veinte metros de donde se había detenido Campeón. Calculó su extensión y comprobó que tan solo había un vigilante. Al estudiar el recorrido que repetía una y otra vez el soldado, se animó. Desde el centro de la trinchera caminaba unos veinte pasos a su derecha, esperaba quieto unos diez o quince segundos en el final, y después la recorría hasta el extremo izquierdo, lo que le ocupaba cinco minutos. Se detenía otros quince segundos en aquel extremo y volvía a la posición inicial, tardando otros tres o cuatro minutos. Zoe pensó que, si se acercaba lo bastante al límite derecho, en el momento en que el miliciano se volviese y fuese andando hacia su izquierda, dispondría de unos seis minutos o incluso un poco más para lanzarse a correr ladera abajo sin ser vista. Le parecía suficiente margen para salvar aquel punto de peligro.

Le puso a Campeón la correa y rebasó la trinchera sin sorpresas. Continuó bajando a buen paso hacia el lugar de encuentro, cada vez más convencida de estar rozando el final de su azarosa huida de Madrid.

No habrían pasado ni cinco minutos de aquel quiebro cuando escuchó voces a su espalda y un silbato dando la alarma. Zoe reaccionó de inmediato y se lanzó a correr montaña abajo con Campeón a su lado. Iba sorteando árboles, rebajas del terreno y pequeñas lomas, temiendo caer en cualquiera de ellas. Cuando había recorrido cuatrocientos metros a esa velocidad, empezó a sentirse terriblemente cansada e incapaz de resistir por más tiempo aquel ritmo, sobre todo por la extensión que tenía que dar en cada zancada. Pero Campeón, que acababa de percibir la presencia de alguien a escasa distancia de ellos, empezó a ir más rápido para obligarla a no reducir la marcha. Zoe, poco acostumbrada a hacer aquellos esfuerzos físicos, estaba a punto del colapso. Le faltaba el aire, sentía unas agudas punzadas en el vientre, y notaba las piernas como si fueran de goma. El perro, advertido de que el individuo al que todavía no veía les estaba ganando terreno, tiró de la correa hasta casi ahogarse con ella. De tanto empeño que puso, logró que Zoe retomara la carrera.

Pero a pesar de los esfuerzos no consiguieron aumentar la distancia con Mario, al que Campeón terminó reconociendo entre los árboles. Cuando empezó a ladrar y a mirar hacia atrás, Zoe descubrió espantada que su peor pesadilla estaba a punto de darles caza. No podía entender cómo habría conseguido localizarla, pero el pavor que le produjo su presencia hizo que sacara fuerzas de flaqueza y se lanzara a correr a mucha más velocidad. Le daba igual romperse las rodillas, morir de agotamiento o de un infarto; todo antes que caer en las manos de aquel sátrapa. Sin embargo fue en vano. Mario la agarró por un hombro y provocó que perdiera el equilibrio y rodara por el suelo. Gritó pidiendo auxilio antes de que su agresor le tapara la boca. Frente a la vengativa mirada de aquel hombre, Zoe sintió que todo estaba perdido, que allí se terminaban sus esperanzas y seguramente su vida. Pero Campeón no se rindió y con una incontenible rabia buscó el brazo del hombre para morderlo a conciencia. Lo consiguió al actuar con más rapidez que él, pero no vio la pistola con que le apuntó al pecho. Sin embargo, Mario no lo pudo matar, porque antes de disparar, otra bala le atravesó la cabeza; una bala que había salido de la pistola que consiguió sacar a tiempo Zoe desde el bolsillo de su pantalón, la que le había facilitado su novia Rosa.

El ruido de la detonación espabiló a todos los que estaban repartidos por la montaña. Empezaron a escucharse disparos cada vez más cerca. Zoe se levantó del suelo a toda prisa con intención de abordar el último tramo de la montaña, miró con alivio el cuerpo inerte de su peor pesadilla, y escuchó voces a su espalda.

—¿Zoe Urgazi? Venimos a ayudarla.

Al volverse, su mirada se cruzó con la de dos legionarios. Iban armados con fusiles ametralladores, y a punto estuvieron de descargarlos sobre la media docena de soldados enemigos que se les venían encima, alertados por los disparos, de no haber sido por la actuación de un perro que se había interpuestos entre ellos y los estaba frenando. El desesperado grito de la mujer llamando a Campeón no evitó que la sacaran de allí cuanto antes. Nada podían hacer por el animal, pero sí aprovecharse de la ventaja que les estaba ofreciendo.

Cogieron a Zoe en volandas y, en contra de su deseo y soportando sus protestas, la bajaron a toda velocidad hasta el campamento base, y de allí en un coche a la Granja de San Ildefonso donde la esperaban de pie, y en la entrada del hospital de campaña, Julia Welczeck y Oskar Stulz.

—Por Dios, Zoe, ¡qué miedo he pasado! —Su amiga la abrazó con todo su amor.

—¡Julia, he perdido a Campeón! —Se dirigió a Oskar desesperada—. ¡Ordena que vuelvan a por él!

—Eso es imposible. No puedo exponerlos por un perro —repuso él.

—Si no van ellos, iré yo —contestó Zoe decidida a volverse a la montaña en su busca—. No puedo abandonarlo.

Oskar la agarró en el momento en que le empezaron a fallar las piernas y solo un segundo antes de que perdiera el conocimiento.

TE ECHO DE MENOS

CUARTA PARTE

Sierra de Ordunte
Encartaciones. Vizcaya
4 de junio de 1937

I

Desde Balmaseda al alto de la sierra de Ordunte el coche cruzó el río Kadagua para ascender por una endiablada carretera que no podía estar en peor estado. Al volante iba Oskar Stulz y a su lado el veterinario Luther Krugg, en busca de unos pastores con los que habían quedado en una vieja ermita, en la cumbre del monte Kolitxa.

Una vez se reunieran con ellos, y con la ayuda de un traductor que viajaba en otro coche, iban a recorrer seis aldeas de la comarca para que Luther valorara la calidad de los alanos que Oskar había conseguido localizar.

En el asiento trasero viajaban también dos agentes de las SS en permanente custodia de Luther.

Oskar lo había recogido a primera hora de la mañana en el aeródromo de Gamonal y, si se les daba bien la ruta programada, a última hora de la noche lo devolvería al mismo punto para que regresara a Alemania.

El cielo estaba encapotado y amenazaba lluvia cuando tomaron la última curva desde la que se divisaba un edificio de corte románico con un techado de teja encarnada.

—Siento lo de tu mujer. —Oskar había conocido la noticia a través de Von Sievers.

Luther evitó remover sus recuerdos.

—Te lo agradezco, pero prefiero no hablar de ello.

—Discúlpame, lo comprendo perfectamente. —Oskar decidió cambiar de tema—. Mi idea es que hoy elijas los perros que más te gusten, negociemos su precio y, una vez completemos la cantidad que necesitas, lo dejemos todo preparado para que en un mes o mes y medio vuelvas a recogerlos. Pasarán cuarentena antes de llevártelos, tal y como pediste en tu último correo.

—Así ha de ser —aprobó Luther—. En Grünheide viven muchísimos perros y no puedo arriesgarme.

Gorka y Martiko les dieron un recibimiento bastante frío. De los dos, Gorka era quien menos interés tenía, pero había recibido días atrás la presión de un personaje de la Falange que acababa de ser nombrado supervisor general de la comunidad de municipios de las Encartaciones; una presión que podía significar, según su amenaza, tener que pasar una larga temporada entre rejas si no atendía convenientemente lo que aquellos hombres le pidieran.

Quizá por pura rebeldía, se dirigió a ellos en euskera para explicarles lo que iban a hacer desde ese momento.

El traductor, un vasco contratado por el consulado alemán en Bilbao en previsión de que algunos de los pastores a los que iban a conocer no supieran castellano, se lo tradujo.

—Dice que a la vuelta de la ermita han dejado cinco caballos para que podamos llegar a los diferentes lugares donde están los perros. Parece ser que los tienen en refugios para el ganado y son zonas de difícil acceso.

Los vigilantes de Luther protestaron ante la imposibilidad de cumplir las órdenes recibidas en cuanto a no perderlo de vista, pero Oskar los eximió de sus funciones, y determinó que se quedaran allí guardando los coches hasta su vuelta, responsabilizándose personalmente de la custodia del veterinario. Aceptaron a regañadientes, pero se quedaron preocupados por lo que pudiera pasar, porque a solo diez días de la muerte de su mujer, Luther ya había tratado de escapar en coche de Alemania, llevándose por delante la barrera de dos controles de la Gestapo. El fortuito paso de un rebaño de vacas por la carretera y una descarga de ametralladora que reventó dos de sus cuatro neumáticos lo habían frenado a menos de trescientos metros de la frontera con Polonia.

—Ándese con cuidado con él y no lo pierda de vista ni un solo segundo —le advirtieron a Oskar antes de dejarle una de sus pistolas.

Luther los miró hastiado. Después de la muerte de Katherine, aquel viaje a España ya no le interesaba, como tampoco el proyecto bullenbeisser, y en general nada que tuviera que ver con aquellos nazis a los que responsabilizaba de su suicidio. Stauffer, que había conseguido finalmente averiguar dónde había sido retenida su mujer, le habló del uso de los castillos de la orden, *ordensburgen*, como ejes de un esquema de mejora de la raza. En ellos, sus cadetes, hijos de los más fieles súbditos de las SS, además de estudiar y prepararse físicamente con gran exigencia, eran seleccionados para fertilizar a jóvenes de ortodoxa fisonomía aria, para alimentar después una serie de hogares donde se criarían los futuros mandos del Reich. Unos individuos inmaculados genéticamente y educados en la más pura filosofía nacionalsocialista. El espanto que le produjo aquel planteamiento se quedó corto al saber que Katherine había estado viviendo en uno de aquellos hogares, en Eifel, muy cerca del *ordensburg* Vogelsang, el mayor entre todos los castillos que se habían levantado para tan oscuro fin. Desde ese momento, todas las preguntas que se había hecho tanto sobre la pérdida de conciencia de Katherine como sobre su embarazo habían quedado contestadas. Y desde entonces, la necesidad de escapar de todo aquello había pasado a convertirse en su único objetivo. No tenía vuelta atrás; solo era cuestión de establecer dónde y cómo.

Cuando Luther y Oskar cabalgaron ladera abajo, se admiraron del maravilloso panorama que aquel paisaje ofrecía: una suma de verdes colinas, frescos e interminables prados y boscosos hayedos cargados de vida.

Luther vio al primer perro bajo un roble, tumbado y sesteando, cerca de la choza donde al parecer se guardaba a una veintena de ovejas. Pertenecía a los dos hermanos que los acompañaban.

El animal respondió a la llamada de sus amos levantándose con pereza. Se estiró arqueando la espalda, bostezó, se sacudió y finalmente se acercó con prevención a los recién llegados.

Luther descabalgó para encontrarse con él.

Gorka, que no quiso advertirlo de su agresividad, se quedó detrás. La mirada del can se encogió al ver al extraño que iba a su encuentro.

—Es precioso —comentó el veterinario, mientras observaba las potentes fauces de un macho de capa canela y ojos color avellana, ensombrecidos por un contorno de pelo oscuro, impresionado por su excepcional constitución física.

El perro gruñó cuando lo tuvo más cerca, pero no reaccionó como esperaba su amo al percibir en el recién llegado una actitud natural y pacífica. Luther acarició su cabeza y él batió la cola demostrando su aceptación.

—¿Qué edad tiene?

El traductor trasladó la pregunta a los pastores y al momento devolvió su contestación.

—Dicen que ha cumplido cuatro años, pero que no se fije mucho en él porque ese no está a la venta.

—¿Y dónde está el resto?

Martiko caminó hacia la choza y desatrancó un portón. En un segundo se asomaron tres cabezas de alanos, los tres con capa atigrada y de corta edad.

—Dicen que con estos sí pueden negociar, y que son hembras. Los machos tendrá que buscarlos en otro sitio.

Luther admiró la presencia de aquellas tres cachorras, y preguntó algunos detalles sobre su carácter y sobre todo qué criterios tenían en cuenta para seleccionar a los mejores en el derribo de sus vacas.

Martiko resolvió sus dudas explicando que, a pesar de la mirada desafiante, eran perros nobles y muy obedientes, capaces de abandonar a su presa a una sola orden.

—Para elegir los más aptos dejamos que sea la madre la que lo haga a los pocos días de haber parido —siguió explicándose a pesar de la feroz mirada de su hermano Gorka, que desaprobaba su colaboración—. Cuando está amamantándolos, hacemos un fuego cerca con un poco de paja y vemos el orden en que los va salvando. Siempre empieza por los mejores.

Luther no había escuchado nada parecido, pero lo interpretó como un buen ejemplo de la sabiduría que demostraba la gente de campo. Martiko pasó a explicar qué otro aspecto observaban para su selección: se fijaban en aquellos cachorros que demostraban una mayor autoridad dentro de la camada. Y ya de adultos, terminaban de decidirse por los que actuaban con mayor instinto y sin apenas necesidad de ser enseñados.

Luther hizo una foto a las tres hembras y propuso continuar ruta para conocer a los siguientes ganaderos.

Tuvieron cuatro ocasiones más para ir viendo al resto de ejemplares que Oskar había localizado, y en ellas Luther eligió cinco hembras adultas y dos machos jóvenes, que encontró perfectos desde el punto de vista morfológico. Con esos diez perros tenía cubiertas sus necesidades para cerrar el proceso de selección y poder dar por finalizada su labor en aquel maldito proyecto.

En el camino de regreso se cruzaron con una espesísima niebla que no los abandonó hasta llegar a la ciudad. Oskar condujo su coche hasta el aeródromo, pero el piloto fue tajante: no despegarían a menos que la niebla desapareciese.

Pasadas las ocho, cuando ya no parecía existir posibilidad alguna de que la visibilidad mejorara, Oskar llamó a su mujer para decirle que contase con una persona más a cenar y a dormir.

Mientras ellos se dirigían hacia la casa de los Stulz, Julia Welczeck habló con Zoe.

—¿Tienes alguna cita esta noche?

—Con este tiempo no pensaba moverme. —En días así a Zoe le resultaba especialmente doloroso no sentir a Campeón acurrucado a sus pies, imaginarlo aterido, desorientado, o muerto…

—Pues arréglate un poco que tienes cena en mi casa. Oskar va a traer a un invitado alemán con el que ha estado todo el día de viaje.

Zoe protestó al imaginar la típica cena de compromiso, pero Julia se negó a aceptar excusa alguna.

—Por favor, hazlo por mí. Además por lo visto es veterinario, podréis hablar de mil cosas. No puedes estar todo el día de casa al cebadero y del cebadero a casa.

Oskar le había conseguido aquel trabajo en una explotación cercana a Burgos donde se engordaba a los terneros para dar de comer a la Legión Cóndor. Un trabajo deprimente en un lugar deprimente. Zoe se tragó sus problemas de conciencia cuando el piloto alemán le prometió que si aceptaba el puesto mediaría por su padre. Una coacción en toda regla, que además había tenido que ocultar a Julia por expresa voluntad de su marido.

No es que la vida social le interesara demasiado, y menos la que le podía ofrecer un invitado alemán al que suponía nazi. Pero Julia tenía razón, después de haberse pasado el día entero entre terneros, oliendo a estiércol y con tan pocas emociones en su haber, hasta le apetecía cambiar de aires y pasar una velada diferente.

Llegó a la casa después de que lo hubieran hecho Oskar y Luther. Nada más bajarse del taxi se topó con dos escoltas alemanes que hacían guardia en el zaguán y dedujo que el invitado debía de ser un pez gordo del Partido Nazi. Estuvo a punto de darse la vuelta, pero pensó en su amiga, respiró hondo y pasó junto a ellos sin siquiera mirarlos.

Julia salió a recibirla y la acompañó hasta el salón. Los hombres se levantaron al verlas entrar y Oskar hizo los honores.

—Luther, esta es Zoe Urgazi, amiga íntima de Julia.

Se miraron incrédulos durante unos minutos, sin decirse nada, para extrañeza de sus anfitriones. Luther mostraba barba de una semana, profundas ojeras y una mirada melancólica; una imagen muy diferente al hombre que Zoe había conocido en Fortunate Fields.

—Ya nos conocemos —se arrancó ella.

—Sí, la recuerdo perfectamente.

Hubo un silencio incómodo.

Julia, extrañada de la reacción de su amiga, dio por terminada la presentación, se colgó del brazo de Zoe y la arrastró sin más preámbulos hacia el carrito de las bebidas.

—¿De qué lo conoces? —le preguntó en un susurro.

—Es un tipo siniestro. Ya te contaré. —Zoe trataba de controlar su creciente mal humor—. ¿A qué ha venido a Burgos?

—Ha venido por algo de unos perros, ya nos lo contará.

—¿Y por qué viaja con protección de las SS?

—Ni idea. No creo que tenga un cargo relevante, la verdad. No me explico por qué lo acompañan esos dos hombres a los que, por cierto, me negué a dejar entrar en casa.

No tardaron en pasar al comedor. Allí Julia repartió los asientos y a Zoe le tocó frente a Luther.

Lo observó y percibió en sus gestos cierta incomodidad. Mientras les servían los primeros preguntó a qué se debía su estancia en España, pero fue Oskar quien respondió por él.

—Por asuntos privados —atajó sin contemplaciones.

Luther levantó la mirada de su plato e intervino.

—He venido a lo mismo que fui a Suiza. A hacer mi trabajo —contestó con hosquedad mirando directamente a Zoe—. Debo comprar una decena de perros que necesito para mi centro de adiestramiento. Trabajo en un proyecto que pretende recuperar una vieja raza alemana desaparecida.

—¿Y qué raza es esa que estás tratando de recuperar? —Las sospechas de Dorothy Eustis empezaban a confirmarse.

—La bullenbeisser; un proyecto *fascinante* —pronunció aquella palabra con una mezcla de amargura e ironía, y luego apuró de un trago su copa de vino.

—¿Ah, sí? ¿Eres tú el promotor de la idea? —Había provocación en el tono de Zoe.

—No. Se ha gestado desde los sillones más cercanos a Hitler. —Rellenó su propia copa y se la bebió tan rápido como la primera—. Pero desde hace un tiempo carece de interés para mí. Si estuviera en mi mano, dejaría escapar a todos los perros del criadero. —Fue un dardo directo, pero Zoe le aguantó la mirada.

Oskar tosió nervioso y varió ligeramente el objeto de la charla explicando dónde habían estado. Evitó los detalles y solo mencionó de pasada a los alanos, pero al explayarse en la hermosura de los valles que habían recorrido, Luther apuntaló su anterior comentario sacando los nombres de Sievers y Heydrich como garantes del proyecto, y el interés especialísimo por parte del «amigo de Oskar», Göring.

—¿Eres amigo de Göring? —Julia miró a su marido desconcertada.

Oskar disculpó a su mujer delante de Luther sin contestar, pero ella insistió.

—Nunca me lo habías dicho.

—Ya hablaremos después… Te recuerdo que tenemos invitados —determinó él alzando la voz.

Estaba empezando a arrepentirse de aquella cena. La presencia de Zoe había sido cosa de su mujer, pero en el caso de Luther no podía echarle la culpa a nadie más que a sí mismo. A pesar de que lo habían prevenido sobre el veterinario, aquel tipo le había caído bien y lo que menos se esperaba es que terminara poniéndolo en evidencia.

Zoe casi disfrutaba viendo la tensión instalada en la mandíbula de Oskar, quien apenas había probado bocado.

—Pensé que en su criadero de Grünheide se dedicaban a algo parecido a lo que yo hacía para la Cruz Roja, o al menos eso fue lo que le contó a Dorothy. ¿No es también un centro de adiestramiento?

—Exacto. Pero nos dedicamos a adiestrarlos para atemorizar a presos políticos y judíos, o para atacarlos a una orden dada, o incluso para que crean que son sus presas de caza.

—¡Luther! Ruego que moderes tus opiniones delante de estas dos damas. No me parecen apropiadas en este contexto.

El veterinario pidió disculpas y se dedicó al *ossobuco* que no había probado todavía.

Ante las pruebas de su rechazo por los nazis, Zoe dudó si los dos SS que había visto afuera no estarían vigilándolo en vez de darle protección. Aquel hombre no respondía a la imagen que se había construido en Suiza. Parecía más bien una víctima atrapada en un sistema impuesto. Quería saber más, y aunque aquella mesa no era el mejor lugar, decidió lanzarle una señal.

—No siempre uno está donde quiere, ni tampoco tiene que compartir las ideas que imperan a su alrededor. A veces hay que aceptar trabajos detestables —Zoe le dedicó una mirada a Oskar.

Luther la observó desconcertado. ¿Quién era esa mujer? Tenía la certeza de que ella lo había boicoteado en Suiza y que aquella rebeldía poseía un trasfondo ideológico, pero ahora aparecía en una cena insustancial, casi insultante en un contexto de guerra, como amiga cercanísima de la mujer de un piloto de la Luftwaffe.

A partir de ese momento apenas hubo conversación, hablaron lo mínimo que exigía la cortesía. Sobre perros y razas españolas, y sobre temas relacionados con la carrera veterinaria. Generalidades, datos que flotaban entre incómodos silencios y ruido de cubiertos.

Oskar estaba deseando dar por terminada la velada y que los dos agentes se llevaran a ese imbécil a dormir a cualquier otro sitio. Pero Julia, quizás debido a su diplomática educación, parecía absurdamente empeñada en ejercer como espléndida anfitriona a pesar de la incomodidad general. Pasaron al salón, y con el pretexto de buscar unos volúmenes sobre alanos salió y se llevó a su mujer para tratar de convencerla de que acortase los honores.

Los dos invitados se quedaron a solas. Zoe estaba a punto de empezar a hablar de cualquier cosa cuando Luther se puso un dedo sobre los labios pidiéndole silencio. Quizás fuese la mezcla de letargo y arrojo provocada por el exceso de alcohol, pero el veterinario sintió que tenía ante sí su única posibilidad.

—Escúchame, por favor, tengo que decirte algo importante antes de que vuelvan. —Mostró una expresión de absoluta necesidad—. Odio con todas mis fuerzas a esos malnacidos, no puedo seguir colaborando con ellos, he tenido que traicionar todos mis principios para atender el sueño aberrante de unos enfermos que llevarán a Alemania al abismo. No lo soporto más. —Tomó aire y miró hacia la puerta temiendo que en cualquier momento aparecieran—. He de recoger a esos perros en uno o dos meses; aún no lo sé. Y esa será mi única oportunidad de escapar vivo.

Y tras una pausa para tomar aire, terminó:

—Necesito que me ayudes a huir…

Puerto de Bayona
Francia
10 de junio de 1937

II

Durante los seis meses que estuvo embarcado en aquel pesquero, Andrés Urgazi superó todas las expectativas que el SIFNE había puesto en él, pero terminó harto de tanto mar, de que todo a su alrededor oliera a pescado y del viento de poniente.

Como la cocina del Domayo estaba pegada al pequeño habitáculo donde se encontraba la radio, había recopilado numerosos informes. Entre todos ellos, el que detallaba unas curiosas negociaciones entre el Gobierno vasco y el Foreign Office inglés había sido el de mayor calado político, en opinión de su jefe Bertrán i Musitu.

La información que había escuchado mientras pelaba dos kilos de patatas, como solía hacer una de tantas noches de faena en alta mar, tenía que ver con los contactos de un emisario del lendakari Aguirre con algún representante del Gobierno británico entre Biarritz y Bayona para valorar un insólito acuerdo entre ambas instituciones; una proposición tachada de increíble cuando llegó a oídos de Bertrán. En ella se invitaba al Gobierno de Downing Street a establecer en Las Vascongadas un protectorado bajo su bandera. Para inmediatamente después, y desde la Lehendakaritza, proclamar su no alineación con la contienda española, frenando así el avance de las tropas de Franco por Vizcaya. Acabada la guerra, el cierre del plan consistiría en declarar la independencia de lo que en sus propias palabras llamaban el País Vasco.

Cuando Andrés le explicó la estrategia a Bertrán i Musitu, este reconoció que la idea estaba bien pensada teniendo en cuenta los importantes intereses en acerías e industria naviera que los ingleses poseían a lo largo de la ría del Nervión, pero que no era nueva; respondía a un viejo propósito del fundador del Partido Nacionalista Vasco, Sabino Arana.

Al mismo tiempo que Andrés cumplía aquella misión a bordo, había intentado, haciendo uso de las más variopintas estrategias, contactar con algún agente del bando republicano para darse a conocer en su actual destino y poder confesar su verdadera filiación ideológica. Pero ninguna de ellas había dado resultado. Las excesivas jornadas que le habían tenido embarcado, junto con los mínimos momentos de libertad que le ofrecía su trabajo en tierra, con la constante compañía de algún marinero del Domayo, habían evitado que pudiera moverse en ese sentido.

Por esas razones, y visto además que la información que emitía el pesquero para conocimiento del Gobierno vasco era cada vez menos sustanciosa, convenció a los del SIFNE para que le dieran un nuevo destino.

Era lunes, diez de junio, y el plomizo cielo que cubría Biarritz desde bien entrada la mañana acababa de dejarse atravesar por unos momentáneos y reconfortantes rayos de sol. Andrés los recibió con gusto sentado en la terraza del hotel del Palais y a la espera de su jefe de comando Manuel Doncel, quien le iba a explicar su nuevo cometido.

Se pidió un Martini, devolvió una sonrisa de galán en horas bajas a una mujer que llevaba no menos de diez minutos sin quitarle el ojo de encima, y se dejó llevar por la reconfortante paz que se respiraba en aquel lugar. Calculó el tiempo que había pasado sin tener noticias de Zoe o de su padre, y para su espanto sumó algo más de diez meses; una enormidad.

En Francia solo se sabía lo que la prensa interesada quería contar de Madrid.

Pero hasta con aquella visión, seguramente un tanto deformada, Andrés supuso que la situación para Zoe no debía de estar siendo nada fácil. Se la imaginó trabajando con los perros en el frente, y sintió una vez más un gran temor por ella. Las comunicaciones entre la zona nacional y la zona republicana se habían cortado, y desde el día del alzamiento no había vuelto a contactar con ella. Lo había intentado en varias ocasiones jugándose el tipo; unas escapando sin avisar del barco, y otras convenciendo a uno de los marineros para que lo ayudara a través de una tercera persona que traficaba con todo lo que se terciase: ya fuera tabaco, medias, chorizos, o ese tipo de cartas que circulaban por caminos alternativos al oficial. Pero en todos los casos le habían devuelto los correos.

—¿André Latour? —le preguntó un camarero.

—Sí, soy yo… —Andrés se mostró extrañado.

—Un caballero me dio esta nota para usted con la indicación de que se la hiciera llegar exactamente a las doce.

Andrés gratificó el servicio con una moneda de un franco, y desplegó aquel papel lleno de curiosidad. Cuando lo leyó, pagó de inmediato su consumición y se dirigió a buen paso hacia la salida del hotel para buscar, entre los carruajes aparcados, un enganche con un caballo bretón de color castaño y mancha blanca en el pecho. Por suerte solo había uno de esas características. Se subió, saludó a su conductor y le pidió en un perfecto francés que lo llevara hasta el faro. Avanzaron por la avenida de la Emperatriz. No habían recorrido ni doscientos metros cuando el hombre se volvió para hablar, quitándose antes el sombrero. Andrés reconoció de inmediato a su jefe directo en el SIFNE.

—Pero bueno…, esto sí que no me lo esperaba. ¿Tan mala es la paga de un jefe de comandos? —bromeó al ver de tal guisa a Manuel Doncel, con quien había quedado.

—Déjate de leches y escucha con atención, que tenemos a media docena de agentes de todas las nacionalidades detrás de cada movimiento que hacemos. —Le pasó una nota y un mechero para que la quemara en cuanto hubiera memorizado su contenido. Andrés leyó tres direcciones cercanas a Biarritz—. En el faro te unirás a Pedro Santiaguez para que ejecutéis juntos el plan. Y ahora quema el papel. —Andrés prendió el escrito y su jefe siguió explicándose—. Sabemos que en cada una de esas tres casas hay una emisora de radio. Las tendréis que volar y de paso neutralizar a los agentes enemigos que estén a su cargo. ¿Comprendido?

—¿Y los explosivos? —Andrés pensó con rapidez e identificó en un mapa mental las tres localidades señaladas: Anglet, Bidart y Arbonne.

—Los lleva Pedro en su coche. Te dejaré a los pies del faro y desde allí saldréis sin perder un solo segundo. Estaremos pendientes de que nadie os siga y de limpiar cualquier rastro que vayáis dejando, para que os concentréis en el objetivo. Queremos inutilizar esa red de transmisiones que tanto daño nos está haciendo, y buscamos un efecto sorpresa, y eso lo conseguiremos si la acción es fulminante y en varios lugares a la vez.

—Cuando antes has dicho *neutralizar*, ¿eso significa lo que significa?

—Lo has captado, muchacho. No creo que haga falta ponerle más palabras.

Andrés sintió una gran congoja. Una cosa era recoger información de unos u otros, filtrarla según conveniencia, o incluso hacer saltar por los aires una antena de comunicaciones, pero le estaban pidiendo matar. Y no sabía si iba a poder evitarlo.

Pedro Santiaguez conducía como un auténtico animal. El Citroën no hacía más que dar tumbos mientras recorría los escasos kilómetros que le faltaban para llegar a la primera población de la lista, Bidart, al lado de la costa. Iban tan rápido que en una de las últimas curvas, antes de enfilar la avenida principal del pueblo, habían estado a punto de volcar.

—Como no rebajes la velocidad, nos vamos a pasar el pueblo —le recriminó Andrés, quien estudió en un plano la ubicación de la calle a la que iban.

—Tú señala bien cómo llegar a la casa y déjame hacer.

Andrés lo dirigió sin cometer ningún error hasta la puerta de un edificio de dos alturas, un pequeño chalé de fachada descuidada y construcción barata.

Recogieron del maletero una bolsa con los explosivos, comprobaron que sus pistolas estaban cargadas y se dirigieron decididos hacia el zaguán. Andrés rezaba por no encontrarse con nadie. Y así fue. Colocaron una carga en la base de la antena y otra en el equipo que hallaron oculto dentro del horno de la cocina, tiraron mecha suficiente, la prendieron y salieron a toda velocidad del lugar. El coche no había salido del pueblo cuando escucharon las dos detonaciones, y al volverse, Andrés identificó una columna de humo que ascendía desde la primera vivienda objetivo.

Repitieron procedimiento en Arbonne, pero en este caso no lo tuvieron tan fácil. El domicilio donde se encontraba la emisora era un ático dentro de un edificio de vecinos. Cuando Pedro reventó de una patada la puerta de la casa, algunos salieron a ver qué pasaba. Mientras Andrés los encañonaba para obligarlos a entrar de inmediato a sus casas, escuchó una refriega de tiros en el interior de la que iban a asaltar. Entró pistola en mano y vio a un hombre despatarrado sobre un sofá, agujereado a balazos y desangrándose, pero Pedro también había sido herido en una pierna.

—¡Será cabronazo! —Miró el agujero que la bala había hecho en su pierna y se fabricó un torniquete en solo unos segundos, restando gravedad a la herida—. Busca tú la emisora y la antena y vuélalas con ese hijoputa dentro.

Andrés, apremiado por el revuelo que se estaba levantando en las demás viviendas, y ante el riesgo de que se presentara en cualquier momento la gendarmería, buscó a toda prisa los equipos. Por suerte, en menos de cinco minutos tenía los explosivos colocados y la palanca del detonador a punto. Dejó en el coche a Pedro con la pierna empapada en sangre y volvió a la casa para detonar la trilita. Cuando estaba cerrando la puerta del Citroën para cambiar de destino, todas las ventanas del edificio saltaron por los aires. Lo puso en marcha, se aferró al volante e hizo rechinar sus neumáticos.

Antes de tomar dirección a Anglet, decidieron llamar por radio a los suyos para que recogieran a Pedro de camino, con idea de que Andrés terminara la misión solo.

Anglet era una pequeña población situada entre Biarritz y Bayona, y a menos de media hora en coche del punto donde había sido recogido su compañero herido. Aparcó el vehículo en las inmediaciones de la estafeta local de Correos y frente a una especie de caserío. El edificio contaba con unas hermosas cuadras, y a espaldas de ellas un molino de viento en el que se identificaba una diminuta antena que emergía desde su extremo.

Aquella era la primera vez desde que estaba en Francia que se había quedado solo. Por eso, y como podía ser su única oportunidad para contactar con los suyos, decidió pensar qué argumentos y pruebas emplearía para ser lo más convincente posible y no terminar con un disparo en la sien.

Al haber tenido como única referencia en el bando leal al Gobierno al coronel Molina, nadie podía ratificar su posición. Ni siquiera en Madrid, donde su contacto había sido un buzón en una casa vecina al ministerio y un agente al que jamás había visto y que nunca le había dado su nombre. Con aquellos antecedentes, la posibilidad de que lo creyeran era remota. Pero no le quedaba otra. Tenía que arriesgarse.

En vez de entrar en la casa patada por delante, esta vez llamó al timbre.

Salió a abrir un hombre completamente calvo, de aspecto descomunal y cejas pobladísimas.

—Disculpe que le moleste a estas horas, pero imagino que, aunque sea tarde, preferirá saber que vengo con intención de volar la antena que tiene colocada en el molino trasero de su casa y junto a ella el aparato con el que emite.

Andrés había decidido finalmente plantearlo de la forma más directa posible. Mensaje y modo que sorprendieron tanto a aquel hombre que tardó unos segundos en reaccionar. Cuando lo hizo, asomó de su chaqueta una pistola con la que lo obligó a entrar a la casa.

—¿Pero qué está diciendo? ¿Quién es usted?

—Me llamo Andrés Urgazi y soy de los suyos.

El hombre, sin entender nada, le quitó la bolsa de las manos, la abrió y, al ver los explosivos, se alarmó de verdad. Lo encañonó entre las cejas.

—O me cuenta despacito y con claridad de qué va toda esta historia o le levanto la tapa de los sesos aquí mismo.

Andrés entendió lo delicado de su situación y optó por seguir en sus trece.

—Esta tarde hemos volado una de sus emisoras en Bidart y otra en Arbonne; lo puede confirmar. Se lo digo porque yo mismo he puesto la carga explosiva y no sabe cómo lamento que uno de sus compañeros muriera durante la acción, en concreto el de Arbonne. —Aquella última revelación estuvo a punto de provocar en el espía un estallido de ira, pero se contuvo. Estaba perplejo. Jamás había asistido a algo semejante... Lo siguió encañonando—. Sería absurdo que le estuviera contando todo esto, jugándome la vida, si no fuera verdad. Como le digo, trabajo para la SIFNE desde hace algo más de seis meses, aunque venía de actuar como agente doble en el protectorado español. Y lo que ahora quiero hacerles entender es que desde hoy me pongo a su entera disposición y a la espera de lo que mi gobierno me pida.

El hombre cogió el teléfono sin perderlo de vista y llamó a alguien. Andrés solo lo escuchó decir «Vaya», «Ajá..., ya veo» o «Perfecto entonces». Pero cuando colgó su gesto se había relajado. Le indicó dónde sentarse y confirmó la veracidad de sus informaciones.

—Como ve, no le he mentido.

Su interlocutor dejó de apuntarle con la pistola y se presentó.

—Me llamo Anastasio, Anastasio Blanco. De momento seré su única referencia hasta que confirmemos en Madrid quién es usted. Solo después decidiremos cómo hacer. Para vernos la próxima vez, lo esperaré en el café Anglet a eso de las ocho de la tarde de este próximo viernes. Si no pudiera acudir, a mí me fuera imposible, o sucediera algo, la cita pasaría a la semana siguiente, y así hasta que coincidiéramos.

—Muchas gracias, Anastasio. Y ahora, perdóneme, pero para no levantar sospechas tengo que volar su casa.

Calle de Cabestreros, 3
Burgos
15 de junio de 1937

III

Zoe cerró de golpe la puerta de su piso y tomó calle arriba para llegar a las nueve a las oficinas de la Junta Técnica de Estado ubicadas en la Casa del Cordón, una verdadera joya del gótico civil de Burgos. Tenía el tiempo medido. Una vez terminase con aquellas gestiones, tenía que pasar por el cebadero, y todavía, antes de comer, había quedado con Julia para tomar el aperitivo. En su cabeza flotaba la cena en su casa y la desesperada petición de aquel hombre.

Después de comprobar por tercera vez que llevaba todo en el bolso, caminó a buen paso al ritmo que las campanas de la catedral tocaban los tres cuartos. No había dormido bien, en sueños le había parecido oír que Campeón gemía en su puerta y medio dormida corrió a abrirla. Completamente desvelada, pasó el resto de la noche llorando y dando vueltas en la cama. Lloraba por su perro, por su padre, por haber matado a un hombre, por estar viviendo una vida que no era su vida, sin su trabajo, sin sus libros… Porque no soportaba ver cómo los nazis caminaban con toda naturalidad por esas avenidas, plazas y jardines, o comían a su lado en un restaurante.

La vida diaria en aquella ciudad, denominada por algunos como la Capital de la Cruzada, era muy diferente a la de Madrid en guerra. Se respiraba paz, pero había más uniformes en sus calles que dentro de un cuartel. Porque además de reunir a la Capitanía General de la VI Región y a la XI Brigada de Infantería, atraía todo el movimiento militar propio de su capitalidad para el bando franquista, así como a toda la tropa alemana: pilotos, soldados de intendencia, media Gestapo y una numerosa representación de las SS.

Su llegada a la ciudad había supuesto una difícil tarea de adaptación. Le tocaba asumir el tipo de sociedad que se estaba creando, a la sombra de una ideología que lo abarcaba todo. El cambio de estilo en el vestir o la obligación de las mujeres de dejarse ver en misa a diario eran solo unas pinceladas más en el dibujo de una nueva España que, si nadie lo evitaba, terminaría ganando la guerra y gobernando el país.

Y como mujer le preocupaba.

Se preguntaba si volvería a ser necesario el permiso paterno, o del marido, para tramitar cualquier asunto civil, si la mujer perdería sus avances con relación al hombre, o incluso si le prohibirían ejercer como veterinaria.

Se cruzó con un grupo de clérigos que iban rezando el rosario y poco después con unos milicianos falangistas a los que llamaban popularmente *mamas secas* porque se ocupaban de tareas burocráticas en lugar de poner en riesgo sus pechos en el frente.

Llegó a la plaza del Mercado Mayor donde estaba la Casa del Cordón, entró decidida y buscó la oficina de la Comisión de Agricultura.

—Señorita Urgazi, puede pasar al despacho número uno.

El joven que acababa de atenderla localizó un sello entre los muchos papeles que tenía la mesa y empezó a estamparlo con gesto aburrido.

Zoe caminó por un pasillo hasta llegar a la estancia indicada.

—¡Puede pasar! —la fuerte voz del secretario del comisionado taladró la puerta de su despacho.

Zoe entró con los papeles preparados, lo saludó con cortesía y los dejó encima de la mesa. El hombre revisó su contenido con escrupulosa atención.

—Me indica que han entrado veinte nuevos terneros en el cebadero, y en la tarjeta de transporte aparecen veintiuno.

—Se retiró las gafas y observó a su visitante sin entender qué pasaba allí, como tampoco qué locura les había entrado a las mujeres para asumir trabajos claramente masculinos.

—Se murió uno al desembarcarlo del camión. Un extraño caso de muerte súbita, ya sabe.

—Ya… Y ¿qué ha hecho con el cadáver? —La pregunta llevaba doble intención.

—Lo enterramos en cal viva, como aconseja la reglamentación sanitaria vigente. —Zoe sabía que en muchas ocasiones los animales que morían fuera del matadero eran revendidos en el mercado negro.

El personaje devolvió su atención al documento y lo firmó.

—Mandaré de todos modos a un inspector para comprobarlo. Ya se puede ir.

Zoe respiró tranquila al haber superado aquel primer trámite y buscó a su siguiente hombre una planta más arriba. Cuando entró en la sala de espera, contigua al despacho del poderosísimo secretario de Guerra, don Germán Gil y Yuste, lo primero que miró fue el historiado reloj de bronce que presidía la repisa de la chimenea. Había quedado a las diez y faltaban doce minutos. Decidió no sentarse y curiosear entre las pobladas estanterías que ocupaban las tres cuartas partes de la habitación.

Aquella cita le inquietaba mucho más que la anterior, que había sido puramente burocrática. En esta se jugaba algo más serio: saber si Andrés estaba vivo y cuál era su paradero. Retorció ligeramente su espalda para contrarrestar la tensión nerviosa que la atenazaba, y miró con ansiedad la puerta detrás de la cual se suponía que se encontraba aquel poderoso hombre.

Había recibido una carta de su padre, gracias a las gestiones hechas por Julia, a través de un funcionario de la nueva Embajada alemana en Salamanca que había ido a verlo. En ella le hablaba de una falsa mejoría, le contaba algunas cosas sobre su día a día y le preguntaba una vez más por Andrés. Pero por boca del contacto diplomático, su amiga había sabido que estaba mucho peor. Con el dolor de aquella noticia, solo esperaba que un día le dieran permiso para ir a verlo, o que los contactos de Oskar fueran lo suficientemente buenos como para que pudiera abandonar la prisión y vivir con ella.

—Señorita, el ilustrísimo secretario de Guerra ya puede recibirla.

Zoe se levantó decidida, se abotonó su ceñida chaqueta de franela azul, tomó aire y entró en un luminoso despacho donde la esperaba de pie un militar de imponente facha, rubio, de cuidado bigotito y sonrisa cordial.

—Siéntese, por favor, señorita Urgazi.

—Muchas gracias —respondió ella con una voz algo quebrada.

El hombre advirtió sus nervios y quiso tranquilizarla enseguida, anunciando que tenía buenas noticias.

A Zoe le cambió la cara. Terminó de tomar asiento, cruzó las piernas y empezó a jugar con un rizo de su pelo.

—No sabe cómo agradezco el tiempo que está invirtiendo en mi caso, un tiempo que estoy segura de que no le sobra.

—No se preocupe. ¿Cómo no voy a ayudar a una buena amiga de los Welczeck? Conozco al conde desde hace muchos años. Aunque, desde que dejó la embajada en España y lo destinaron a la de París, no he sabido de él salvo lo que me contó su encantadora hija cuando vino a interceder por usted. Pero bueno, dejémonos de formalismos y vayamos al grano. —Se colocó unas diminutas gafas redondas y recogió un papel de su mesa, pero no lo leyó de inmediato—. Antes de que le explique, he de reconocer la excelente pista que me facilitó al darme la última dirección de su hermano en Tánger. —Miró en el papel—. Andrés Urgazi Latour, teniente de la IV Bandera de la Legión, destinado en el cuartel general del Tercio en Dar Riffien hasta junio del treinta y cinco, y desde esa fecha a julio del treinta y seis en un servicio especial dependiente del Ministerio de Guerra, entre Tetuán y Tánger. De julio a noviembre del mismo año recibió entrenamiento en el campamento Dar el Nurk, al sur del protectorado. Y desde noviembre hasta hoy está colaborando con nosotros en un trabajo de enorme importancia que no le puedo detallar.

Zoe, que no podía soportar más esperas, le imploró que la sacara cuanto antes de dudas.

—Comprendo su necesidad de noticias, pero como le digo solo le puedo confirmar que se encuentra bien. Ha de estar muy orgullosa porque su hermano es un gran patriota, que a lo largo de su carrera profesional no ha hecho otra cosa que darlo todo por España.

—¿Pero qué le impide decirme dónde está? —Apoyó su pregunta abriendo las manos en un gesto suplicante.

—Está en Francia, pero poco más le puedo contar —resolvió, poniendo todo su empeño en evitar ser más explícito.

—En Francia no hay guerra y él es militar. No lo comprendo.

El general insistió en su obligación de ser discreto.

—Créame, por su seguridad es mejor que no sepa nada más. Como le digo, quédese tranquila porque está trabajando para el bien de su país.

A Zoe solo le cabía una explicación: su hermano estaba implicado en tareas de espionaje.

Cuando unos minutos después bajaba las escaleras del edificio para buscar la salida, iba repasando aquella conversación. Le había tranquilizado saber que Andrés se encontraba lejos del frente, aun a pesar de intuir los riesgos que podían entrañar sus nuevas actividades. Pero lo que no llegaba a entender era qué razones podía tener para estar jugándose el cuello en el bando franquista.

Las tareas de Zoe dentro del cebadero —dos naves desangeladas y apestosas donde los pobres animales eran hacinados para ser engordados hasta el sacrificio— consistían en supervisar la recepción de los animales cuando venían del campo, desparasitarlos y en general controlar su estado de salud. Pero además tenía que registrar todos los datos productivos de la estabulación, poniendo especial cuidado en conocer la velocidad de crecimiento, rebajar al mínimo el porcentaje de mortalidad y ser lo más eficaz posible en conseguir una óptima transformación de alimento en kilogramos de peso vivo. Un trabajo ingrato en un lugar deprimente.

Aquella mañana y después de sus dos entrevistas, andaba calculando las necesidades que iban a tener de grano y forraje para completar el mes, como también la mezcla ideal de ingredientes con la que optimizar el rendimiento de los terneros. Lo hacía en una improvisada oficina, al aire libre y en el extremo de una de las naves. Se encontraba al abrigo de una pajera y con un insistente coro de bramidos a su alrededor. A su lado tenía al responsable del cebadero, un joven con el que había congeniado desde el primer día. Su ayudante, un personaje tan enclenque que nadie entendía de dónde sacaba la fuerza para tumbar a aquellos animales de más de cuatrocientos kilos, la miraba de reojo, preocupado por las toses en los recién llegados.

—Señorita.

Zoe dejó de escribir y esperó a que hablara.

—Dime, Evaristo.

—Se trata de los nuevos. Tienen muchos mocos.

—De acuerdo, en cuanto termine con esto les echo un vistazo. ¿Habrás anotado bien todos los pesos, verdad? —El chico y tres obreros más acababan de hacer pasar a cien terneros por una báscula antes de mandarlos al matadero.

—Sí, señorita. Se lo he dejado apuntado en el cuaderno.

Lo que llamaba *cuaderno* en realidad era un puñado de papeles de variopintos tamaños unidos por una esquina con una pinza de la ropa, casi siempre manchados y con restos de mejor no preguntar qué, en donde se registraba a diario cualquier incidencia de la explotación. Papel que Zoe recogía para pasarlo a limpio en un libro mayor, que al finalizar cada mes iba a tener que revisar con un oficial alemán. Los terneros no es que tuvieran mocos, es que de sus ollares surgían auténticas cascadas. Zoe entró con unas botas de caucho al interior del último departamento en que estaba dividida la nave y paseó entre ellos. Los animales, poco acostumbrados a su presencia, se apartaban temerosos. Pero no le hizo falta verlos muy de cerca. Estaba claro lo que tenían y el tratamiento también.

—Evaristo, prepara un cóctel con dos partes de alcanfor por una de creosota, y le añades una de sulfaguacayolato de potasa. Dáselo durante dos días.

El aperitivo con Julia fue más breve de lo deseado. Apareció tarde, con gesto preocupado y ojos de haber estado llorando. A Zoe no le sorprendió el aspecto de su amiga. La noticia de la boda sorpresa le había caído como una losa nada más llegar a Burgos. Había algo claramente ominoso en aquel hombre. Pidieron soda y unas patatas. Cuando les trajeron la consumición Zoe decidió ir al grano.

—¿Qué ha pasado? ¿Habéis vuelto a discutir?

—Zoe, creo que no sé quién es Oskar. Cada día compruebo que me oculta más cosas. Al día siguiente de la cena le saqué el tema de su amistad con Göring, pero me lo negó con un convencimiento que no te puedes hacer idea. ¿Tengo que creerle? ¿Por qué se iba a inventar una cosa así aquel hombre? Me siento engañada. Ayer también me negó su participación en el bombardeo de la ciudad de Guernica después de haberle dado mi opinión sobre aquella barbarie. Pero esta mañana, cuando me he cruzado con uno de su escuadrilla, menos precavido que mi marido, no ha hecho más que elogiar la actuación de Oskar en aquella operación explicándome todo tipo de detalles. —Se mordisqueó el labio sin poder evitar que le temblaran las manos.

Zoe se vio tentada a hablar, a revelarle uno a uno los motivos de sus objeciones contra Oskar, la coacción que ejercía sobre ella a causa de su padre, y hasta se vio decidida a sumar a lo anterior las ganas de escapar de Burgos, de toda aquella farsa de paz teñida con la sangre de otros. Pero en ese momento le pareció inconveniente y ventajista.

—¿Por qué no te vas una temporada con tus padres? A lo mejor lo que necesitas es tomar distancia para poder ver con claridad. No hay nada irremediable, Julia. Es tu vida. Tuya, ¿entiendes? Si descubres que te has precipitado con la boda, no temas dar un paso atrás. Yo voy a estar aquí para apoyarte.

—Quizá tengas razón… Pero ha surgido una complicación: estoy embarazada.

Zoe le cogió las manos sin saber qué decir. En cualquier otro momento la hubiera felicitado, se hubieran abrazado y reído de pura alegría, pero después de lo que acababan de hablar, no sabía cómo explicarse.

—¿Cómo ha reaccionado él?

—No lo sabe… No me apetece decírselo, Zoe. ¿Hago bien?

—Acabará notándotelo… ¿Qué vas a hacer?

—No lo sé.

Aeródromo de Gamonal
Burgos
17 de junio de 1937

IV

Wolfram von Richthofen quiso estar presente en la última reunión con los setenta y dos pilotos de las seis escuadrillas que la Legión Cóndor tenía destacadas en Burgos, tres de bombarderos y otras tres de cazas, antes de lanzar el que esperaban fuera último ataque a Bilbao.

El Cinturón de Hierro, que hasta entonces había protegido la ciudad, estaba siendo bombardeado desde hacía veinticuatro horas por ciento cuarenta y cuatro unidades de artillería. Y las brigadas navarras estaban empezando a penetrar por los barrios periféricos de la ciudad, después de haber tomado las poblaciones altas de la ría, entre ellas Guecho y el barrio de Algorta.

Oskar Stulz, piloto de combate de la segunda escuadrilla J88, denominada *sombrero de copa*, atendía junto a sus diez compañeros las explicaciones del jefe del Alto Estado Mayor de la aviación alemana, Von Richthofen, a cargo también de la nacional y la italiana. Pero a cada poco se le iba la cabeza y revivía lo que había sucedido la noche anterior. Hizo girar la alianza en su dedo recordando cómo le había abierto la mejilla a Julia con ella, harto de sus suspicacias, de la distancia física que le había impuesto en las últimas semanas y de no haber dejado de discutir un solo minuto durante toda la cena.

—Ahora son las seis y media de la mañana. En tres horas necesitaremos que estéis en formación de combate para comenzar el ataque a la ciudad de Bilbao. Tenéis que evitar edificios civiles, tan solo los que os hemos marcado en vuestros planos; memorizadlos. Así mismo, deberéis obviar las industrias que rodean la ciudad, como las que discurren a lo largo de su ría, dada su importancia estratégica, según se nos ha indicado desde el Gobierno de Burgos. Al habernos hecho con el control del aeródromo de Sondika, no será necesario llevar depósitos de combustible extra como en anteriores expediciones, ya que dispondremos de munición y combustible allí mismo. Pasados los primeros ataques y en cuanto veáis avanzar a la infantería y a las unidades de tanques por la ciudad, las escuadrillas J88 adelantaréis vuestra posición a las afueras, en dirección Santander, para neutralizar su huida. Si antes de ello sois capaces de hundir unos cuantos barcos que con toda probabilidad tratarán de escapar, lo valoraré muy especialmente.

El hombre recorría de un lado a otro los escasos veinte pasos que separaban las dos paredes del barracón donde se habían reunido. Llevaba las manos a la espalda, y de vez en cuando se detenía a señalar algo en el plano de operaciones que había colocado sobre un atril.

Oskar admiró su autoridad y su verbo.

A veces se imaginaba desempeñando el papel del general Von Richthofen, y se veía perfectamente capacitado para ejercerlo. Localizó a su *geschwaderkommodore* sentado dos filas más adelante. Como máximo responsable de los treinta y seis pilotos que volaban en el ala de combate J88, Hubertus Merhardt von Bernegg no se había ganado la confianza del grupo. En opinión de Oskar, no era más que un mediocre.

Una vez terminó la arenga de Richthofen, se separaron por unidades. Las tres escuadrillas de cazas se mantuvieron en el mismo barracón para recibir órdenes más específicas por parte de Von Bernegg, mientras veían salir a las otras encargadas de los bombarderos.

—Espero que mi mecánico haya podido resolver el problema que tengo con una de las ametralladoras del avión, se me encasquilla con demasiada frecuencia —comentó Oskar con el compañero de su derecha, observando el plano de la ciudad de Bilbao y la ubicación de los edificios marcados. En su avión no llevaba bombas, como era el caso de los Junkers o los Heinkel a los que escoltarían, pero con sus balas de siete con noventa y dos milímetros podía volar depósitos de combustible, ametrallar trenes, estaciones eléctricas y barcos.

Volvió a pensar en Julia y se le inflamó tanto el ánimo que golpeó la silla vacía de delante haciéndola saltar por los aires. Lo miraron todos sin entender qué le pasaba, pero no hizo ningún comentario, volvió a mirar el plano de la ciudad y fijó tres de los objetivos marcados para vaciar los cargadores a gusto. Tenía en el timón de su avión ocho marcas blancas, una por cada caza enemigo derribado, y tan solo doce horas antes había hecho pintar la última al haber aniquilado en el aire a un Polikarpov I-16, sin duda el mejor caza que tenía la aviación republicana y el que más le motivaba, dada la dificultad de su combate. «Qué extraño contrasentido —pensó—, todo un as de los aires que vuelve a casa orgulloso de su hazaña, pero incapaz de manejar a una mujer caprichosa y absurda.» La voz de su superior lo devolvió a la realidad.

—¡Señores, ruego un poco de atención! Lo que os tengo que decir me va a llevar escasos minutos, pero es importante. Después, tendréis tiempo suficiente para revisar vuestros aviones. —Colocó un esquema sobre el atril donde quedaba reflejada la organización de las tres escuadrillas de vuelo y la ubicación de los respectivos aviones en cada una. Oskar localizó el suyo—. Aterrizaremos primero en el aeródromo de Sondika y desde allí realizaremos las diferentes oleadas de ataques con una separación de media hora. Cada una de ellas la llevará a cabo una escuadrilla, y empezará la primera a cargo del capitán Harder. La segunda esta vez quiero que esté dirigida por el teniente coronel Schilichting. —Oskar lamentó no haber sido el elegido—. El equipo de Schilichting se encargará de proteger de forma especial a los compañeros del ala experimental VB/88 para que prueben los nuevos bombarderos que hemos recibido, los Heinkel H 111. Y en el caso de la tercera, como todavía no tenemos suficientes Messerschmitt, atacaréis la carretera que va hacia Sodupe, al oeste de Bilbao, para frenar la huida del enemigo.

Oskar observó la cara de Schilichting y se le revolvieron las tripas. Nunca le había gustado el tono desdeñoso con que lo trataba, tan solo tenía tres aviones abatidos y un Stuka destrozado por un mal aterrizaje. En su opinión, no estaba capacitado para ese puesto.

Von Bernegg seguía hablando.

—Es muy probable que a partir de pasado mañana tengamos que cambiar de escenario y actuemos por los alrededores de Madrid. Desde la Junta Técnica de Estado se nos pide ayuda, dado el fuerte enfrentamiento que se está produciendo en las inmediaciones de la villa de Brunete. Así que cambiaremos las verdes colinas y el mar por la seca llanura. Pero para vuestra alegría, nos esperan más de un centenar de cazas Polikarpov para medir nuestras habilidades aéreas.

Recogió sus papeles, se calzó la gorra y dio por terminada la reunión convocándolos a iniciar el despegue a las siete y media en punto.

Dos horas después, Oskar acariciaba el fuselaje de su Messerschmitt en pleno vuelo antes de cerrar la cabina de cristal, encantado con las asombrosas prestaciones de aquel avión con el que acababa de alcanzar una velocidad de cuatrocientos ochenta kilómetros por hora. Bajo sus alas vio dibujada la ría de Bilbao y el perfil de un carguero, en el que seguramente pretendían huir unos cuantos centenares de personas, que acababa de soltar amarras. Iba con bandera blanca, pero le dio igual. Recordó cómo le había insultado su mujer después de haberle pegado, gritó su nombre con todas sus fuerzas, maniobró la palanca de vuelo hacia la derecha y abajo y enfiló el avión hacia la línea de flotación de la embarcación. Apagó la radio cuando escuchó que Schilichting preguntaba qué diantres iba a hacer con aquel barco, levantó el seguro de las dos ametralladoras, apretó las mandíbulas y empujó el gatillo liberando toda su furia.

* * *

Zoe los veía pasar en coche todos los días en dirección al monasterio de San Pedro Cardeña, a escasos trescientos metros de su cebadero y a algo más de diez kilómetros de Burgos. Y aunque iban vestidos con ropa civil, no le cabía ninguna duda de que se trataba de la Gestapo.

Lo sabía porque era público entre los burgaleses que en el convento de las salesas de la calle Bravantes habían montado su oficina, junto al Estado Mayor de la Legión Cóndor, y había visto ese mismo coche aparcado en su puerta más de una vez, y a alguno de sus ocupantes salir del edificio.

Pero aquellos hombres no iban solos, los acompañaba otro segundo vehículo ocupado por tres oficiales del Ejército de Franco.

Entraban y salían del recinto anteriormente consagrado sin que nadie supiera qué uso le estaban dando. En la calle se rumoreaba que había sido transformado en un centro de intendencia, debido al frecuente tránsito de camiones que entraban y salían de él. Otros, en centro de operaciones de la inteligencia militar. Y algunos aseguraban que funcionaba como campo de reclusión de brigadistas internacionales capturados en el frente. Pero en realidad nadie sabía a ciencia cierta qué sucedía detrás de aquellos muros.

Zoe veía pasar a los dos coches a escasos veinte metros de su cebadero antes del anochecer, en un punto estrecho de la carretera. Y la inquietaban. Pero nunca se había atrevido a husmear; nunca hasta aquella tarde.

Acababa de perderlos de vista en dirección Burgos cuando se decidió.

A mitad de camino entre el cebadero y el monasterio, se levantaba una arboleda cuya espesura dificultaba la visibilidad entre ambos edificios. Cuando se adentró en ella y a punto de atravesarla, entre medias de los pinos consiguió ver algo. Las paredes del edificio principal estaban rodeadas por una verja metálica de más de cuatro metros de altura, y entre las dos quedaba un estrecho perímetro por el que vio patrullando a unos soldados. Si quería saber qué estaba pasando allí dentro, iba a tener que acercarse por lo menos hasta la valla, pero no tenía ninguna excusa que lo justificara. Como no se le ocurría nada, dudó si no sería mejor dejar aquellas averiguaciones en paz, no fueran a meterle un tiro por cotilla. Pero de pronto vio una solución. Se dio media vuelta, regresó al cebadero corriendo y se lo explicó a Evaristo.

—¡Se ha vuelto loca!

—Tú elígeme al más pequeño, haz lo que te he dicho y ve al pueblo a por un caballo.

No había pasado una hora cuando la patrulla que vigilaba el monasterio vio a un joven ternero pastando a menos de veinte metros de la verja completamente despreocupado. Le chistaron. El animal se fijó en ellos, pero al momento devolvió su atención a la hierba. Segó un puñado con la lengua y se llenó la boca con un gesto aburrido. Se preguntaron de dónde habría salido aquel bicho con tan poca pinta de silvestre. Zoe observaba la escena agazapada tras un arbusto, a unos setenta metros de los guardias, esperando que se acercara más a ellos.

A uno de los soldados se le ocurrió la feliz idea de probar puntería con una piedra, lo que espantó al bicho de la valla. Al verlo, Zoe decidió actuar. Desató las riendas del caballo, lo montó, le marcó las costillas con los tacones de sus botas y el animal respondió con un trote rápido. El soldado iba a repetir pedrada cuando vio aparecer a una mujer a caballo silbando a pleno pulmón. Desde algunas ventanas del monasterio empezaron a asomarse los primeros hombres. Zoe se dio cuenta, pero con la velocidad que llevaba no pudo distinguirlos apenas.

—¡Ese ternero es mío!

Cuando llegó a la altura del animal saltó del caballo y corrió tras él para hacerse con la cuerda que colgaba de su cuello, lo que fue vitoreado por muchos de sus misteriosos espectadores.

—Este no es sitio para hacer un rodeo, guapa. —El comentario fue reído por sus dos compañeros.

—Muy gracioso… Ya lo sé. Se me escapó.

En aquel preciso momento, desde la ventana más cercana y a espaldas de los soldados, Zoe vio a un hombre que gesticulaba para llamar su atención. Lo observó con disimulo mientras tiraba de la correa del ternero hacia ella. El tipo trataba de indicarle algo insistiendo con las manos para que no se fuera, pero ella no acertaba a saber el qué. Las rejas en las ventanas y los rostros secos y angustiados de sus ocupantes significaban una dura reclusión que le recordó a la de su padre.

—Esta es una zona de alta seguridad… Así que ya te estás yendo con el ternero y tu caballo lejos de aquí —la amonestó uno de los soldados.

Dadas las circunstancias, Zoe se despidió de los vigías y tomó camino de vuelta a buen paso. Antes de adentrarse en la arboleda se volvió dos veces, intrigada por aquel hombre, y en la segunda ocasión vio volar un pequeño objeto lanzado desde su ventana en el momento en que la patrulla doblaba la esquina del edificio. El objeto cayó a unos veinte metros de ella.

El hombre que lo había tirado la animaba a buscarlo, pero eso iba a obligar a Zoe a deshacer su camino, lo que no entenderían los vigías. Aun así, lo hizo, descabalgó del caballo, recogió una piedra envuelta en un papel manuscrito, se la metió en un bolsillo, y al ser vista por los soldados los saludó como si nada.

Cuando al llegar al cebadero lo leyó, se encontró con solo ocho palabras escritas a sangre: «Avise prensa extranjera: nos están matando a todos».

Café Anglet
Anglet. Francia
25 de junio de 1937

V

—

Cuando Andrés empujó la puerta del café, se cumplía el segundo viernes desde que había contactado con el agente republicano Anastasio Blanco. No había podido acudir a su cita antes al haber estado implicado en una tarea de vigilancia encargada por su jefe en el SIFNE.

Pero la casualidad le había llevado a conocer en aquel seguimiento a un nuevo agente inscrito en el bando nacional, Julián Troncoso, responsable de una unidad de inteligencia ajena al SIFNE y dirigida directamente desde Burgos.

El grupo de Troncoso contaba con siete agentes, tenía como sede la comandancia militar del Bidasoa en Irún, y había nacido bajo expreso deseo de Franco para tomar el control de todas las actividades exteriores de espionaje, dejando al margen a los carlistas, los monárquicos y los catalanes del SIFNE.

Andrés Urgazi y Julián Troncoso se conocieron al chocar sus coches mientras perseguían a uno de los agentes franceses vigilados. Tras un tenso reconocimiento que a punto estuvo de acabar a tiros, entendieron que ambos operaban para el mismo bando. A partir de ese momento decidieron repartirse el trabajo, y fueron tan buenos los resultados de su acuerdo que optaron por continuar colaborando en otras misiones, siempre con el beneplácito del SIFNE.

Aunque entre las dos unidades de espionaje existían ciertas reticencias, el jefe de Andrés había aceptado aquella colaboración como una buena oportunidad para conocer los movimientos del grupo dependiente de Burgos y poder coordinarse con ellos en la medida de lo posible.

Bajo ese criterio y tan solo dos semanas después del primer contacto, Andrés acababa de ser informado de que en breve iba a compartir una compleja misión con Troncoso, aunque no había obtenido muchos más detalles.

Sin embargo, en medio de aquel complejo baile entre diferentes cuerpos de información, la entrevista a la que iba a acudir aquella tarde en el café Anglet era bastante más importante para él que cualquier otra. Porque esperaba dejar fijadas sus relaciones con el Gobierno republicano como también el modo de hacerles llegar su información, evitando exponerse demasiado ante sus actuales compañeros del SIFNE.

Dentro del café, en la mesa más apartada localizó a Anastasio Blanco. Pero no estaba solo. Lo acompañaba un hombre. Andrés, como no esperaba más compañía que la de Blanco, tras unos dubitativos segundos se dio media vuelta y buscó la salida. Pero antes de alcanzarla sintió una mano sobre su hombro.

—¡Tranquilo, Urgazi! Se trata de un amigo que te quiere conocer.

Se quedó parado, miró de nuevo al otro personaje y decidió confiar en lo que el agente le decía. Cuando llegaron a la mesa donde estaban tomando café, el extraño se presentó sin levantar demasiado la voz.

—Mi nombre es Anselmo Carretero, y antes de nada quiero agradecerte mucho que hayas venido. Valoramos los enormes riesgos que estás asumiendo en defensa de los intereses de nuestro gobierno. —Le estrechó la mano—. De todos modos, desde el primer momento que oí hablar de ti supe quién eras. Porque tú tienes una hermana que se llama Zoe, ¿verdad?

—Sí, es cierto. Es mi hermana. Pero ¿podría saber de qué la conoces?

Anselmo le explicó que era cuñado de una de las mejores amigas de Zoe, de Brunilda Gordón, lo que significó que Andrés terminara de centrar las referencias que tenía de él.

—Cuando Anastasio me explicó cómo te presentaste en su casa, pregunté por ti en el Ministerio de Estado y también en el de Guerra sin obtener inicialmente ningún dato. Como me extrañó que nadie te conociera, y la información que nos dabas parecía bastante verídica, fui ascendiendo de interlocutores hasta llegar a Largo Caballero, viejo conocido mío, quien para mi sorpresa sí sabía quién eras. —Dejó la taza de café sobre la mesa—. En solo unos minutos te explicaré por qué estoy aquí y en qué trabajo. Pero entiendo que deberías saber primero que el último contacto del malogrado coronel Molina, cuando pasabais la información más delicada del protectorado de Marruecos, era precisamente Largo Caballero.

Andrés escuchaba con absoluta atención cada una de sus revelaciones, pero sin dejar de mirar a su alrededor. Anselmo lo notó y de inmediato trató de tranquilizarlo.

—Tenemos a dos agentes en el exterior del café que conocen perfectamente a los tuyos. Si alguno se acercara lo sabremos al instante y podrás huir por la puerta trasera.

—Gracias. —El buen proceder que seguían le tranquilizó.

Anselmo empezó a explicar qué responsabilidades tenía.

—Desde el pasado mes de marzo dirijo el Servicio de Información Diplomática y Especial, encargado de coordinar todas las actividades secretas del Gobierno en el exterior. Entre todos los países, Francia es sin duda el que acapara un mayor interés, porque concentra el setenta por ciento de las actividades secretas relacionadas con la guerra. Por ese motivo, tu aparición nos viene rematadamente bien en este momento.

—Queremos que nos expliques quién sostiene hoy al SIFNE, sus agentes, los sistemas de comunicación que emplea y qué misiones tienen en cartera. Y otra cosa; hay un agente que nos preocupa en especial, y me refiero a Julián Troncoso y su Legión Negra. Está siendo muy eficaz boicoteando en ciertos puertos franceses algunos mercantes que deberían proveer de armas y otros suministros a nuestro ejército —apuntó Blanco—. ¿Sabes algo de él?

Andrés confesó su reciente relación.

—Es probable que pueda ampliaros en breve los pocos datos que tengo sobre Troncoso debido a que trabajaremos juntos en una próxima misión.

—Conocerlo desde dentro sería lo ideal —exclamó Anselmo—. ¿Puedes adelantarnos en qué consistirá?

—Aún no. Pero pronto lo sabré.

—Como ves, esperamos mucho de ti, Urgazi, pero imagino que deberíamos hablar sobre cosas más prácticas, como por ejemplo el modo en que nos comunicaremos de ahora en adelante. Lo he pensado mucho, y se me ha ocurrido una forma bastante sencilla. Como me dijiste que vivías en Biarritz —continuó Blanco—, sugiero que cambies de carnicería a una que se encuentra detrás del Ayuntamiento que se llama Le Poulette d'Or. Pierre, su propietario, colabora con nosotros y será quien desde hoy quede encargado de recibir y transmitir los mensajes.

Después del beneplácito de Andrés, Anselmo continuó.

—Hemos de cuidar que tus actuales jefes no sospechen de ti. Para nosotros acceder a la información que manejan es mucho más importante que tu involucración directa en cualquier acción ofensiva.

Andrés agradeció su prudencia, y vio llegado el momento de contarles todo lo que sabía: nombre y dirección de los espías del SIFNE, cómo estaba estructurada la organización directiva y su financiación, y qué últimas informaciones importantes estaban manejando. Como noticia urgente, reveló la existencia de un plan para ejecutar en menos de una semana a dos agentes republicanos en Burdeos. Y para terminar les facilitó los nombres de cinco individuos alemanes con los que su servicio de espionaje colaboraba estrechamente.

Blanco tomó nota de todo y quedó en espera de que Andrés le diera la fecha exacta del ataque a Burdeos en cuanto la supiera, sintiéndose enormemente aliviado. Anselmo Carretero, urgido por Blanco a no prolongar la conversación por mucho más tiempo debido a motivos de seguridad, mientras pagaba los cafés preguntó a Andrés por su hermana.

—He tenido noticias suyas tan solo hace tres días, pero han sido de forma indirecta. Sé que está bien, y que vive en Burgos. Desconozco qué ha podido llevarla hasta allí, porque lo supe a través de un alto cargo de Franco con el que se entrevistó para pedir información sobre mí. De todos modos, en cuanto pueda, iré a verla.

—Me alegra muchísimo saber que está a salvo aunque sea en zona enemiga. Pude charlar con ella en varias ocasiones y es una mujer que vale mucho. Me gustaría estar al corriente de lo que vayas sabiendo de ella. Y si llegaras a verla pronto, salúdala de mi parte, me siento en deuda.

—¿Se puede saber por qué?

—Antes de estallar la guerra me pidió que intercediera por vuestro padre a través de alguno de mis contactos, pero me fue imposible. Y como solo pude confirmar su enfermedad terminal, me quedé con la sensación de no haber hecho lo suficiente.

Andrés había realizado sus propias gestiones desde Francia interesándose por su padre y las noticias no podían ser peores. Su estado era tan crítico que esperaba que cualquier día lo llamaran desde Salamanca para anunciarle el final. Lo comentó con Anselmo antes de despedirse.

—Soy consciente de lo que vas a hacer por nosotros. Moverse entre dos unidades de espionaje tiene un alto riesgo personal, pero confío plenamente en tu capacidad y solo me cabe desearte suerte. Trabajarás con Anastasio de forma regular, pero me tendrás siempre que lo necesites. Aunque vivo en Valencia vendré a menudo. Y ten la seguridad de que, si un día te ves en serio peligro, organizaremos tu evacuación de forma inmediata.

Mientras los veía irse, Andrés decidió quedarse cinco minutos más hasta que se hubieran alejado lo suficiente del café. En su cabeza flotaban las consecuencias de su decisión, y en la de Anselmo la excelente impresión que él le había causado. De camino a Hendaya lo comentó con Anastasio Blanco, antes de reunirse con su grupo de agentes, con quienes iban a compartir los objetivos de trabajo para los próximos meses.

La tarea de Anselmo Carretero al frente del servicio de espionaje exterior republicano no estaba siendo sencilla. La eficacia de su trabajo había dependido hasta el momento de dos factores fundamentales: la implicación de las embajadas y cuerpos consulares, y el dinero. Pero como en ninguno de los dos casos había conseguido la respuesta esperada, estaba ensayando una tercera vía: montar equipos de agentes bien organizados en diferentes puntos estratégicos, y que fueran dependientes de él.

En realidad su viaje a Francia había tenido como principal misión la de coordinar con Anastasio Blanco la organización de esos nuevos grupos. De hecho, antes de la entrevista en el café Anglet, se habían reunido los dos para decidir las tres principales tareas que les iban a encomendar: reforzar la vigilancia de fronteras con un total de veinte localidades controladas, desde Hendaya a Canfranc; mejorar la información para contrarrestar los sabotajes del SIFNE y facilitar así el tránsito de los mercantes con España, y dejar montada una unidad de contraespionaje con el firme apoyo de Andrés.

—Veo nuevos y mejores tiempos gracias a Urgazi —apuntó Anastasio, antes de detener el coche frente a la agencia de viajes en Hendaya que usaban como coartada.

—Estoy de acuerdo, pero hemos de cuidar mucho las misiones que le encomendemos; es demasiado importante para nuestros intereses.

Anselmo empezaba a vislumbrar los primeros resultados a tanto esfuerzo.

Los necesitaba él, pero también los necesitaba su media España.

Calle de Cabestreros, 3
Burgos
2 de julio de 1937

VI

Zoe cerró el portal de su casa y se dirigió hacia el centro sin saber si iba a hacer lo correcto. En su bolso llevaba la nota que le había lanzado aquel preso hacía dos semanas. Desde que la tenía con ella, había elaborado una lista con los corresponsales que trabajaban en los medios extranjeros menos afines a Franco. Algo aparentemente sencillo, pero en realidad no tanto, dado que se rumoreaba que entre ellos corrían los favores pagados y algún que otro espía camuflado. Urgida por el paso de los días, se había decidido por el británico Dick Sheepshanks, a quien conocía personalmente porque Julia se lo había presentado en un concierto. Derrochaba elegancia, tendría sus mismos años, una mirada despierta, y aunque quizá le sobraba flema británica, parecía un tipo sagaz. Aparte de sus muchas virtudes, dos factores fundamentales hicieron que Zoe se decantara por él: trabajaba para la agencia Reuters y desayunaba a diario, siempre a la misma hora, en el café España.

Pasó junto a la catedral y tomó la calle Fernán González sin sentir la presencia de un coche negro que la seguía desde que había salido de su casa. Quería deshacerse cuanto antes de aquella nota, y aunque estaba dispuesta a ayudar en lo que pudiera, tenía miedo, así que aceleró su paso sin prestar atención a nada. Desde el vehículo, un hombre con gafas oscuras, sombrero y abrigo de paño negro, no perdía un solo movimiento de la mujer.

Ella giró a la derecha en dirección a la plaza Mayor y el vehículo aceleró para alcanzarla, pero la inesperada aparición de un carromato tirado por una mula lo obligó a frenar de golpe. Antes de alcanzar el cruce con la calle Laín Calvo, donde abría sus puertas el café España, Zoe se volvió sobresaltada para ver quién estaba pitando con tanta vehemencia. Identificó un coche negro como responsable de las molestias, pero retomó su camino sin prestarle mayor atención.

A solo dos pasos del café se detuvo, inspiró varias veces para relajarse y localizó al periodista al otro lado del cristal. El hombre devoraba una magdalena y un periódico. Se había decidido a entrar cuando el violento chirriar de unos neumáticos la frenó. Del vehículo salió un extraño que se le vino encima sin que pudiera reaccionar. La agarró del brazo, abrió la portezuela trasera del coche y la empujó con brusquedad a su interior sin pronunciar una sola palabra. Zoe buscó la manija de la puerta con intención de escapar, pero la encontró bloqueada. Lo intentó con la otra, pero tampoco; todo era inútil.

—¡Ayúdenme! —gritó a la gente a pleno pulmón—. ¡Socorro! —siguió chillando con todas sus ganas.

Algunos de los transeúntes que presenciaron la escena fueron en su ayuda, pero su captor, que ya había tomado el asiento delantero, antes de que se le echaran encima aceleró a fondo para atravesar la plaza a toda velocidad ante el estupor de los presentes. Zoe, aterrorizada, pensó en la comprometida nota que llevaba en el bolso. Miró su nuca y sus manos al volante. ¿Sería alguno de los que veía pasar cada día hacia el monasterio de San Pedro Cardeña? Presa de un gran desconcierto, temió que se tratase de la Gestapo. Rebuscó en su bolso por si había algo con lo que defenderse, pero tan solo encontró útiles de belleza, su documentación, varias monedas sueltas, un pañuelo y las llaves de casa. Las sacó, eligió la más afilada, y cuando estaba a punto de clavársela en el cuello, su captor se retiró el sombrero, las gafas, y se volvió hacia ella con una gran sonrisa.

—¿Andrés?

—Hola, hermana. Siento haberte asustado, pero temía comprometerte si alguien me reconocía contigo.

—¡Casi me matas del susto! —le dio un beso retorciéndose desde el asiento trasero—. ¡Qué alegría!

Andrés le explicó cómo había dado con ella y el motivo de su prevención

—Creo que me están siguiendo desde hace unos días.

—¿Y se puede saber por qué te tienen vigilado y quiénes?

—De forma oficial trabajo para los nacionales, pero a quien de verdad sirvo es a la República. Agente doble, canija, ¿qué te parece? Aunque me temo que los primeros sospechan de mí.

Brevemente le contó que había sido destinado en el suroeste francés y las actividades que realizaba ahora en Biarritz, donde vivía.

—Me temía algo así. Casi preferiría no haberlo sabido. Ten muchísimo cuidado, por favor. —Lo abrazó por detrás—. Con razón no me cuadraba mucho lo que me dio a entender Gil y Yuste, que fue quien te localizó. No llegó a especificármelo, pero de sus explicaciones se podía deducir que estabas actuando como espía para ellos. —Apoyó la barbilla en el hombro de su hermano y miró a través del parabrisas—. Oye, ¿pero a dónde me llevas?

—Confía en mí, ¿vale? Luego te cuento. —Paró el coche y la invitó a pasar al asiento de delante, junto a él. Cuando la tuvo cerca la estrechó entre sus brazos—. ¿Tú cómo estás? Tienes mala cara, Zoe.

—Andrés, perdí a Campeón… O más bien, lo abandoné. Mi pobre perro. Tenías que haberlo visto. Cómo me defendió, cómo me cuidó. Fue en mi salida de Madrid, en el último momento. —Apenas podía contener las lágrimas.

Andrés lo sintió profundamente. Le vinieron de golpe un buen puñado de imágenes de aquel chucho leal y entrañable. Realmente dolía imaginarlo vagando herido y hambriento o agonizando en una cuneta.

—Es un perro listísimo, seguro que habrá salido adelante —mintió.

—Sí, eso quiero creer… —Ella se enderezó en el asiento y guardó silencio.

—Hay algo más, ¿verdad? ¿Qué pasa, Zoe?

Ella sacó el papel que debía haber entregado al periodista y le explicó cómo había llegado a sus manos.

—Déjame verlo.

Lo leyó e, impresionado por su dureza, quiso saber por qué había elegido a aquel periodista.

—En estos tiempos que corren no te puedes fiar de nadie, Zoe. Muchos de esos corresponsales operan como espías para uno u otro bando. No sé si será el caso del tal Sheephanks, pero déjame a mí el encargo; se lo transmitiré a una persona que por cierto conoces bastante bien.

—¿A quién te refieres? —comentó llena de curiosidad.

—A Anselmo Carretero.

—¿Anselmo? —Arqueó las cejas perpleja—. ¿De qué conoces tú a Anselmo? ¿Está en Francia?

Ya en la carretera, Andrés le explicó la importante responsabilidad que su amigo tenía dentro de los servicios de espionaje republicanos, y desde cuándo trabajaba para él.

—Nunca lo hubiera imaginado en ese puesto, ni a ti colaborando con él.

Circularon en silencio durante un rato, Zoe había quedado enredada en sus propios pensamientos. Le vino a la mente el misterioso veterinario alemán y su extraña petición de auxilio. Tal vez su hermano con todos sus contactos en inteligencia supiera qué hacer. A ella ese tema la sobrepasaba, lo recordaba a menudo, pero en ese momento tenía muchos frentes abiertos y se sentía incapaz de involucrarse en algo así.

Estaban atravesando Valladolid cuando le contó la cena en casa de su amiga Julia, y cómo Luther le había confesado en secreto su voluntad de desertar y los motivos que tenía para hacerlo.

—Interesante… Muy interesante. Por lo que dices, ese hombre debe de manejar mucha información sobre la situación en Alemania. Estoy seguro de que a Anselmo le va a gustar la idea. ¿Y dices que tiene que volver a Burgos dentro de pocas semanas para recoger unos perros y llevárselos en un avión de vuelta? Ya... Deberíamos pensar algo. —Al mirar por el retrovisor comprobó que el coche que los seguía llevaba más de cien kilómetros sin separarse de ellos—. Y tendremos que encontrar el modo de comunicarnos tú y yo una vez que haya hablado con Anselmo y sepamos cómo operar. Hay quien usa los periódicos para incluir mensajes encubiertos en la sección de anuncios por palabras, pero me resulta demasiado evidente. Y me temo que como estoy vigilado, necesitaremos extremar las precauciones. En Biarritz se escucha bastante bien Radio Castilla y Radio Nacional. Podrías hacerme saber el día de llegada de ese veterinario alemán a través de una de esas emisoras.

—¿Cómo? —Zoe no conocía el procedimiento.

—Contrata un anuncio, por ejemplo el de una ficticia boda dentro de la sección de sociedad, y haz que lo repitan tres o cuatro días seguidos. De ese modo tendré la seguridad de escucharlo. Y para nombrar a los hipotéticos novios utiliza los de nuestros padres.

—Me gusta la idea; es sencilla. Pero una vez puesto el anuncio, ¿cómo sabré qué tengo que hacer después? ¿Cómo me harás llegar tu información?

—Luego lo vemos, canija. Ahora no es el momento, entre otras cosas porque me he de concentrar en los que nos están siguiendo.

Tiró el cigarrillo por la ventana y le pidió que se agarrara fuerte.

Sin haber terminado la última palabra pisó el acelerador a fondo y empezó a tomar distancia con el otro automóvil, pero no la suficiente. Aquellas carreteras de Castilla eran tan planas que no había modo de escabullirse. Por eso, cuando vio en un mojón los veinte kilómetros que los separaban de Tordesillas, Andrés decidió entrar en su núcleo urbano para intentar despistarlos. Estaba obligado a proteger la identidad de Zoe como fuera, y aquella podía ser su única oportunidad.

A mitad de la arteria principal del pueblo, giraron a la izquierda a una velocidad completamente desaconsejada. Como no se lo esperaba, Zoe se golpeó la cabeza con la ventanilla y dudó si no iba a salir disparada en una de esas. Para evitar nuevas sorpresas se agarró con fuerza al asiento.

—En el lateral de tu puerta encontrarás una pistola, ¿sabes usarla?

Zoe tocó el frío metal.

—¿Recuerdas al novio de Rosa, a Mario?

Giraron a la derecha, y poco después a la izquierda por una estrecha calle, pero Andrés comprobó que también lo hacía el otro coche.

—¡Coño, no nos despegamos de ellos! —Bajó una marcha y ganó velocidad en un entorno urbano de enorme estrechez—. Claro que me acuerdo de ese mierda.

Zoe le puso al corriente de su rocambolesca huida de Madrid, y cómo en la cara norte de Navacerrada, tras un accidentado descenso a la carrera en busca del lugar donde la estaban esperando para ser rescatada, había tenido que defenderse de él.

—Lo maté, Andrés. Tuve que matarlo. —La cabeza reventada de Mario aún la perseguía—. Me creía incapaz de hacer algo así.

—Era basura, Zoe. Olvídalo. El mundo no ha perdido gran cosa.

Entraron en una plaza donde Andrés localizó una cochera abierta, calculó el tiempo de que dispondría hasta ver aparecer el otro automóvil y se decidió.

—Nos vamos a meter ahí. En cuanto frene sal corriendo a cerrar la puerta de tu lado. Yo haré lo mismo con la mía, y después busca el mejor escondite que puedas. Y ahora pásame la pistola.

El coche entró disparado, Andrés tuvo que dar un volantazo para evitar estrellarse contra un carromato que desde fuera no habían visto. Lo golpeó de lado, clavó los frenos y bajó corriendo para empujar las puertas del portón. Pesaban una barbaridad, pero aun así, Zoe, haciendo un tremendo esfuerzo, se encargó de la suya hasta que consiguieron cerrarlas. Andrés se quedó pegado a ellas, mirando a través de una rendija. Los vio entrar y salir de la plaza sin que reparasen en ellos. Zoe, resguardada tras un fardo de paja y sin mover un solo pelo, veía a su hermano apoyado sobre la pared y con la pistola preparada.

Cuando no habían pasado ni cinco minutos, se volvió a escuchar el sonido de un motor y una frenada. Zoe se agazapó aún más. Sentía una aguda tensión, pero no miedo; la presencia de su hermano le daba seguridad.

Andrés buscó algo con lo que atrancar el portalón. Localizó el palo de un viejo azadón y pudo pasarlo por las dos asas de la puerta a tiempo. Escuchó hablar a dos hombres, y al segundo cómo intentaban abrirla. Como se les resistían empezaron a patearla. Desde el otro lado de la cochera, su propietario entró a ver qué pasaba. Andrés no se dio cuenta, pero Zoe sí. Iba armado con una garrota y caminaba hacia su hermano con evidentes intenciones. Pensó a toda velocidad qué hacer. Si gritaba podía poner en aviso a los de afuera, por lo que decidió otra cosa. Salió de su escondite y corrió en busca de la espalda de aquel tipo. Cogió una piedra, acortó distancias, y cuando pudo alcanzarlo se la estampó en la cabeza. El hombre quedó noqueado en el suelo. Su hermano, al darse cuenta, le hizo un significativo gesto de aprobación con la mano y la animó a esconderse de nuevo.

Una vez fuera de peligro con las espaldas apoyadas sobre una bala de paja, recuperaron el aliento. Andrés tomó la mano de su hermana. Y habló despacio.

—Zoe, te estoy llevando a Salamanca…

—¿Papá?

—Ayer por la mañana. En cuanto me llamaron me subí al coche.

Zoe, rota de dolor, se tapó la boca con la mano. Aunque esperaba la noticia desde hacía meses, la tristeza no le permitió hablar. Incapaz de sobreponerse al agudo dolor que en ese momento sentía, recibió como único alivio las caricias de su hermano.

El recorrido hasta Salamanca no tuvo más incidentes. Pero aquella parada a mitad de camino los había retrasado más de la cuenta, por lo que cuando quisieron llegar al cementerio nadie los esperaba ya, ni siquiera el cura, solo un nicho sin nombre, recién sellado, donde según el encargado estaba su padre.

De pie, frente a aquella losa de granito, se miraron en silencio, acongojados.

Zoe dio dos pasos y besó la piedra con ternura, sintiendo un torbellino de sensaciones y recuerdos que la pena terminó ahogando. Después de recorrerla con sus manos, sin prisa, como si estuviera acariciando la cara de su padre, de su boca, de sus temblorosos labios solo salió una palabra, balbuceante, quebrada, con la que quiso resumir todo lo que le debía como hija: «gracias».

Andrés se acercó a ella y la abrazó en silencio.

En aquella reconfortante quietud, a pesar de su dolor e impotencia, sintieron que quedaba bien cerrada esa última etapa que todo hijo ha de cubrir con su padre, cuando en el sagrado deber de lealtad que se tiene hacia él le da entierro.

Dos horas después volvían hacia Burgos agotados de tantas emociones, pero con una agradable paz interior que despertó conversaciones plagadas de recuerdos de infancia y juventud, cuando todavía la familia la formaban cuatro.

A Andrés se le partía el alma solo de pensar en dejar sola a su hermana.

—¿Zoe, por qué no te vienes a Biarritz conmigo?

Ella tardó en contestar. Se preguntó qué estaba haciendo en realidad en Burgos, había deseado alejarse de aquella ciudad casi desde el momento mismo en que la pisó. Pero no podía abandonar a Julia, no ahora que estaba embarazada de ese nazi.

—Prometo que iré, pero más adelante. Ahora tengo asuntos que solucionar aquí.

—No lo demores mucho, por favor. Sería buena idea que te unieras a la huida del alemán, si es que conseguimos sacarlo.

Andrés quería dejar zanjado ese tema antes de que llegaran a la ciudad y se despidieran.

—Nos falta ver cómo puedo hacerte llegar mis mensajes... Piensa en algo que puedas necesitar de Francia que aquí no lo encuentres. No sé, quizá algo de ropa. —Lo descartó nada más proponerlo—. ¿Se te ocurre algo?

Zoe recorrió un día normal de su vida repasando todos los objetos que usaba, y al llegar al momento del cebadero se le ocurrió una idea.

—He sabido que los franceses están empezando a experimentar con un nuevo antibiótico que me gustaría probar: la penicilina. Podría ser la perfecta excusa para estar comunicados. Yo te pasaría por radio la fecha de la llegada de Luther, y tú me darías el plan de escape de Luther enviándomelo en un paquete con todos los botes de penicilina que me consigas a la dirección del cebadero. Tendríamos, por tanto, el vehículo con el que hacer viajar el mensaje, quedaría saber cómo disimularlo para que solo yo entendiera su significado.

A Andrés le pareció una excelente solución, y como estaba acostumbrado a manejar las técnicas de criptografía, al cabo de pocos segundos le propuso una fórmula.

—¡Usaremos los prospectos! Marcaré con unos diminutos puntos ciertas letras; uniéndolas obtendrás el sentido de la comunicación. Y en previsión de que pudiera caer en otras manos y lo descubrieran, vamos a ponérselo un poco más difícil: tendrás que leerlo en orden inverso. Solo así cobrará sentido.

—Perfecto, yo usaré la radio y tú las medicinas.

Andrés le pidió que se quedara con su pistola para que, llegado el momento, se la pasara al veterinario.

Paseo del Espolón
Burgos
3 de julio de 1937

VII

A la mañana siguiente de estar con Andrés, Zoe llamaba insistentemente a la puerta de casa de Julia Welczeck preocupada. Hacía dos semanas que no sabía nada de ella, tenía muchas cosas que contarle, y cuando había tratado de coincidir en alguno de los sitios a los que solía acudir a diario, nadie la había visto.

Una empleada del hogar abrió la puerta con gesto preocupado.

—¿Qué le ha pasado a la señora?

Zoe entró decidida.

—Se desmayó mientras hablaba con usted por teléfono. —La invitó a esperar en el salón hasta que el médico terminara de verla—. No sabemos qué le pasa, no quiere salir de su dormitorio y apenas habla.

Zoe preguntó si estaba el señor con ella. La empleada se lo confirmó antes de ofrecerle una taza de café.

—No, no tomaré nada. Pero dígame una cosa, ¿qué más me puede contar?

La mujer, que no tenía demasiadas luces, le explicó que llevaba varios días postrada, con un terrible dolor de cabeza y sin apenas comer.

Zoe se quedó pensando. Lo que acababa de oír no le gustaba demasiado, pero imaginó que se debería a su embarazo.

Al cabo de unos eternos minutos la empleada volvió a entrar para decirle que podía subir. Zoe lo hizo a la carrera, sin guardar ninguna formalidad. Cuando entró en el dormitorio vio a Oskar sentado en el borde del colchón con un gesto desencajado. Las cortinas estaban echadas y no había apenas luz.

—Supongo que tú lo sabías, claro… —Su tono de voz sonó severo.

—¿Sabía el qué? —Zoe besó en la frente a su amiga desde el otro lado de la cama—. Hola, Julia. ¿Cómo te encuentras?

—Bueno… —contestó de forma ahogada.

Oskar se levantó de la cama y la rodeó hasta llegar a donde estaba Zoe.

—¿Qué os ha dicho el médico?

—¿Qué va a decir? Pues que tiene todos los síntomas de una mujer embarazada de más de tres meses, y un marido que al parecer ha de ser el último en saberlo. ¿Te parece normal? —Le rechinaron los dientes, cerró los puños y golpeó el cabecero de la cama furioso.

—¿Por qué no te tranquilizas un poco? —Zoe se envalentonó—. A lo mejor deberías preguntarte por qué no te lo ha querido contar.

Julia intervino para evitar un enfrentamiento.

—Oskar, no me encuentro nada bien. Ya lo ves… Ahora no tengo fuerzas ni para discutir. Ya hablaremos después. ¿Podrías dejarnos un rato a solas?

El hombre refunfuñó, pero salió del dormitorio dando un portazo.

Zoe se sentó a su lado y Julia rompió a llorar desconsolada, empujó las sábanas, se bajó un poco el camisón y dejó al descubierto un importante moratón en uno de sus hombros.

—¿Qué significa eso?

Julia contestó ladeando la cabeza para que viera la herida de su mejilla.

—Sucedió hace dos semanas… Se puso como un loco sin que yo le hiciera nada. Fue horrible…

Zoe explotó llamándolo canalla y un par de imprecaciones más. Luego la recriminó por no haberla avisado.

—¿Has estado tragándotelo tú sola todos estos días? No me lo puedo creer.

—Me sentí tan mal que no quise que nadie me viera. Solo quería estar en la cama, llorando y a solas, tratando de entender por qué me estaba pasando todo esto. No sé qué hacer.

—¿Cómo que no sabes qué hacer? Tienes que abandonarlo, llama a tus padres y que vengan a recogerte. No tienes por qué aguantar esto. Te ayudaré.

Julia se secó las lágrimas con la sábana, suspiró y trató de explicarse.

—No estoy segura de que eso sea lo que quiero. Zoe, ¿sabes qué pasa? Que lo amo, todavía lo amo demasiado para separarme de él. Puede estar pasando por un momento de excesiva tensión, ya sabes, y quizá su trabajo le esté afectando más de lo que es capaz de resistir. Creo que debo darle una oportunidad.

—Te equivocas. Si lo ha hecho una vez, si ha sido capaz de pegarte, puede repetirlo.

—No lo creo. Estoy segura de que volverá a ser el de antes.

Zoe se reconcomió por dentro sin entenderla. Odió a Oskar con todas sus ganas, pero se dio cuenta de que no iba a convencerla.

—Prométeme que me avisarás si vuelve a pasar.

—Tienes mi promesa.

Sobre la mesilla había una carta abierta que Julia recogió para que la leyera.

—Es de Bruni.

—¿De Bruni? Adelántame qué cuenta.

Julia le explicó que había empezado a trabajar en unos laboratorios mejicanos de nombre Biofarma junto a Maruja Roldán, otra de sus compañeras de carrera.

—¿Y se puede saber qué hace Maruja en México? —La última vez que la había visto había sido en casa de los Gordón Ordás el mismo día del alzamiento.

—Por lo visto se casó con Sigfrido en Valencia hace unos meses.

—Me alegro por ella, es una chica estupenda.

En aquella carta, Bruni contaba que Sigfrido la había enviado con sus padres al temer por su seguridad en España, dado que él se había alistado y le tocaba ir al frente en breve. También explicaba que su padre estaba tratando de montar un laboratorio veterinario para acoger a los colegas que huían de la guerra, pero que todavía no lo tenía concretado.

Julia siguió relatando a Zoe algunos de los detalles de la vida diaria de Bruni, lo grande que era Ciudad de México y hasta una descripción de la casa donde vivían, como también un variado surtido de anécdotas sobre sus intentos de integración en los ambientes mejicanos.

—Pregunta muchísimo por ti. —Cerró los párpados agotada.

—¿Qué te pasa? —Zoe le acarició la frente.

—Creo que necesito descansar un poco. No te preocupes por mí, sabré cuidarme. De verdad. Vete ya. Si llegase a necesitarte, ten por seguro que lo sabrás.

Zoe le dio dos afectuosos besos y salió del dormitorio deseando encontrarse con Oskar para dejarle claro lo que pensaba de él, pero la empleada le explicó que había salido.

Cebadero de la Legión Cóndor
Burgos
15 de julio de 1937

VIII

Evaristo entregó a Zoe un paquete que había llegado a su nombre aquella misma mañana remitido desde Francia. Ella lo recogió con el corazón latiendo a toda velocidad, pero hasta que no se quedó sola no lo abrió. Externamente mostraba evidencias de haber sido inspeccionado, pero al no haber tenido noticias de los servicios de seguridad de la Secretaría de Guerra, entendió que no habrían sido capaces de detectar nada extraño en él.

Siete días antes había contratado en radio Castilla el anuncio de un falso compromiso matrimonial, una vez Julia le había advertido que su marido esperaba la llegada de Luther para recoger los perros el día diecisiete. Su situación matrimonial no había mejorado nada, más bien iba a peor, pero Zoe no había conseguido todavía convencerla de que terminara con él.

Dentro de la caja encontró diez estuches de penicilina. Buscó en uno de ellos el prospecto y revisó detenidamente el texto sin ser capaz de ver ninguna marca ajena a la imprenta. Probó con los demás, y en el quinto aparecieron. Recordó cómo tenía que hacer, invirtiendo el orden de las letras, y en un papel fue anotando palabra a palabra hasta que vio completado el mensaje que le enviaba Andrés. Al leerlo, se quedó petrificada. La táctica que habían ideado para que Luther escapara era sencilla de entender, pero entrañaba una enorme dificultad. Y ella, después de haberlo pensado bien, había tomado la firme decisión de acompañarlo.

Terminó toda la faena que tenía pendiente en el cebadero, y cuando vio que eran las siete decidió regresar a casa. Se metió el prospecto en un bolsillo de la chaqueta para destruirlo, y se despidió de Evaristo mientras este terminaba de dar de comer a los terneros.

Un par de horas después, en la tranquilidad de su salón y con una copa de vino en la mano, quemó la prueba, y a continuación empezó a pensar en las dos complicadas jornadas que tenía por delante. Se suponía que Luther aterrizaría al día siguiente por la mañana en Gamonal, y que volvería con los alanos, ya de noche, con idea de quedarse a dormir en Burgos. Julia le había explicado que su marido pretendía recogerlo en cuanto pisara suelo español para llevárselo directamente hasta Balmaseda. Luther iba a dormir en las dependencias del Alto Estado Mayor de la Legión Cóndor, así que sería imposible contactar con él por la noche. La única opción era acudir a primerísima hora de la mañana al aeródromo de Gamonal. Como los perros iban a pasar la noche en uno de los hangares a la espera de su embarque, era de suponer que Luther acudiera antes o después para verlos y dar su aprobación antes de meterlos en el avión.

Con aquella difícil coyuntura, las posibilidades de éxito parecían reducidas, pero no imposibles. Si conseguía llegar muy temprano, Luther estaría a tiempo de poner en marcha el plan. Se puso el camisón y una bata de lana para estar más cómoda, preparó algo de comer y encendió la radio. Pero por efecto del cansancio, terminada la cena, le vino el sueño estando en el sillón. Cuando tres horas después sonó el timbre de la puerta y miró el reloj de pared, al ver que faltaban solo cinco minutos para las doce, se sintió aturdida.

Preguntó quién era, y al escuchar la voz de Julia abrió de inmediato.

Julia entró desencajada con el pelo enmarañado y un pañuelo sobre los labios.

—Se ha vuelto loco, Zoe. Me va a matar… —Temblaba tanto que apenas podía hablar.

Zoe la sujetó y la ayudó a sentarse. Le apartó el pañuelo de la boca y vio el labio inferior partido. Un fino reguero de sangre resbaló por su barbilla.

—¡Hijo de puta!... Espera, Julia, no te muevas, voy a curarte eso.

Mientras iba a por el botiquín, Julia comenzó a hablar atropelladamente. Zoe desde el baño apenas podía entenderla, pero sentía cómo iba perdiendo el control, estaba aterrada. Corrió hacia el salón y la abrazó.

—Respira, Julia, respira… —La tomó de los hombros y ella misma comenzó a respirar profundo buscando calmarse y calmarla. Pero Julia necesitaba hablar, parecía incluso desorientada, la miraba sin verla.

—Empezamos a discutir otra vez, y cuando me harté de escuchar sus gritos, le dije que se había acabado y que me iba con mis padres. Entonces enloqueció. Dijo que me iba a matar y me pegó en la boca con tanta fuerza que caí al suelo. Luego empezó a lanzar golpes a ciegas, patadas… Salí corriendo, pero me perseguía como un animal, lo oía resollar detrás de mí como una bestia… y yo abrazaba a mi bebé… —Se agarró el vientre con la mirada perdida—. Estábamos solos, nos iba a matar. Me encerré en el dormitorio y lo esperé tras la puerta con el atizador.

A Zoe se le heló la sangre.

—¿Lo has matado?

—No. Pero quedó aturdido y escapé.

—Vamos a avisar a tus padres ahora mismo.

Julia, completamente aterrada, contestó con un hilo de voz:

—No hay tiempo… Tenemos que escondernos.

Tan solo una hora más tarde Oskar aporreaba la puerta de Zoe, pero como no le abrían reventó la cerradura de una patada. Entró furioso y recorrió la casa hasta el último rincón sin encontrarlas. De inmediato pensó en el cebadero, y como tampoco las encontró allí, decidió buscarlas en casa de algunos de sus mejores amigos. Empezó su particular ronda por cada uno de aquellos domicilios a tan intempestivas horas. Como no obtuvo la menor pista de ellas, en su desesperación preguntó en todos los hoteles y pensiones de la ciudad, donde tampoco consiguió nada. Parecían haberse esfumado.

* * *

En la madrugada del día diecisiete, no habían dado las seis de la mañana cuando dos mujeres y un joven estudiaban los últimos cincuenta metros que les faltaban recorrer para alcanzar la pared trasera del hangar C del aeródromo de Gamonal, desde un bosquecillo de abedules al que habían llegado momentos antes. Con el cobijo de la noche y agachados, fueron pisando por la hierba con extremo sigilo, mirando continuamente a cada lado, al ser conscientes de que en aquel tramo vigilado se lo jugaban todo. Delante de ellas iba Evaristo, el encargado del cebadero, que de forma desinteresada había acogido en su propia casa a Zoe y a Julia. A menos de un metro del hangar se tumbaron y se taparon por entero con unas mantas oscuras, a la espera del paso de una patrulla de soldados a los que habían visto hacer la ronda cada diez minutos.

—Les... abriré la puerta y me voy. Mucha suerte —susurró el joven.

Zoe buscó su mano y se la apretó agradecida.

—Nos has salvado la vida. Que Dios te lo pague.

El joven, que era diestro en el uso de las ganzúas, se levantó corriendo, localizó la cerradura de la puerta y la manipuló sin encontrar en ello demasiadas dificultades. Cuando terminó, como era poco amigo de las despedidas, se dio media vuelta y rehízo el camino hacia la arboleda.

Zoe destapó la manta.

—Entraré yo primero para estudiar la situación, y en cuanto vea la oportunidad te aviso —le indicó a su amiga.

Empujó la puerta y al asomar la cabeza su mirada se cruzó con la de un perplejo soldado que de primeras no entendió qué hacía aquella mujer allí. Zoe sacó la pistola de su pantalón tan nerviosa que se le cayó al suelo, oportunidad que el vigilante aprovechó para desenfundar la suya y apuntarle.

—¡Estate quietecita! —Lanzó una patada al arma de Zoe—. Veamos qué piensa mi superior de todo esto...

La agarró con brusquedad del brazo y empezó a tirar de ella para que su comandante decidiera qué hacer. Zoe se resistía a caminar, pero la fuerza del hombre contrarrestaba cualquier intento de escapada. Miró hacia atrás. Como la puerta del hangar se había quedado abierta vio aparecer a Julia armada con una pistola tras sus pasos. A pesar del pavor que reflejaba su cara, al haber presenciado la captura de su amiga, era consciente de que su suerte dependía de la determinación que pusiera.

—¡O la suelta ahora mismo o disparo! —le gritó al soldado.

Zoe le brindó un gesto de apoyo, pero el hombre no pareció sentirse demasiado intimidado al ver de quién partía la amenaza. Se volvió y fue hacia ella decidido a arrebatarle al arma.

—¡Dispara! —exclamó Zoe.

Julia sintió tan agarrotados sus dedos que no acertó con el gatillo y tampoco tuvo tiempo de reaccionar antes de que el tipo se hiciera con su pistola. Zoe trató se zafarse, pero no lo consiguió. Sin embargo, en ese preciso momento hubo algo que llamó su atención. Por la puerta entró un perro a toda velocidad. Su aparición fue tan inesperada que apenas pudo reconocerlo. El animal se abalanzó sobre la pierna del incrédulo soldado y le clavó los colmillos con tanta decisión que el muchacho, por apartarlo, soltó a las dos mujeres. La impresión de Zoe al reconocer a Campeón fue tan intensa que se quedó paralizada en un primer momento, hasta que vio cómo el hombre en respuesta al ataque estaba tratando de ahogar a su perro. Recogió la pistola del suelo y le golpeó en la cabeza con todas sus ganas. El tipo perdió el conocimiento y Campeón lo liberó de la mordida. Miró a su ama y se lanzó a ella con una desbordante alegría.

—No me lo puedo creer. ¿Pero cómo has podido dar conmigo, cómo has sabido llegar hasta mí? —Se abrazó a él emocionada.

El perro estaba sucio y famélico, pero derrochaba felicidad. Empezó a lamer la cara de Zoe con enorme gozo. Se retorcía sobre sí mismo para no perderse ni una sola caricia, sintiéndose bien pagado después de haber sufrido todo tipo de calamidades en busca de su dueña, tras un rastro que había perdido una infinidad de veces, y viviendo de lo poco que encontraba para comer. Un largo camino que lo había llevado, día a día y después de dos largos meses, a encontrarla.

—Este es mi perro, mi buen perro... Si pudieras hablar, cuántas cosas tendrías que contarme... Te he echado tanto de menos...

Julia recordó a Zoe el peligro que corrían señalando al soldado.

—Deberíamos maniatarlo y esconderlo en alguna parte que no quede a la vista, o nos pillarán.

A su izquierda vieron dos puertas. Por suerte la primera era un almacén de herramientas donde localizaron un grueso cordaje con el que inmovilizar al soldado. Lo arrastraron a duras penas y una vez dentro le ataron a conciencia. A falta de una mejor mordaza, a Julia se le ocurrió usar un trozo de su falda.

Después de comprobar el trabajo, cerraron la puerta y echaron un vistazo a lo que había en el hangar. Más de la mitad estaba ocupada por unos grandes cajones que imaginaron llenos de suministros y armamento. Entre algunos de aquellos contenedores se abrían estrechos pasillos que resultaban perfectos para esconderse. Eligieron el que parecía más ancho, lo recorrieron agachadas y al llegar a su extremo comprobaron la buena visibilidad que ofrecía del resto del hangar. A escasos diez metros de ellas identificaron unos jaulones forrados de madera donde debían estar los perros. Campeón no paraba de olfatearlo todo, pero se mantuvo tranquilo y obediente.

No habían pasado diez minutos cuando vieron entrar a Luther. Iba hablando con Oskar y por delante de dos miembros de las SS.

Zoe supo que se enfrentaba al momento más crítico de la misión. Tenía que contactar con él para exponerle el plan sin apenas tiempo, y además sumarse ella, Julia y también Campeón, lo que no había sido previsto por su hermano, para complicar las cosas un poco más. Pero como aquella era la única manera que tenían de escapar de Burgos, estaban dispuestas a arriesgarse lo que hiciera falta.

Volvió a observar lo que hacían.

El avión que iba a transportar los perros hasta el aeropuerto de Berlín acababa de detenerse enfrente de la nave, y al instante quedó abierta su puerta lateral para facilitar la carga.

Las dos mujeres se empezaron a inquietar al ver que Oskar no se separaba ni un solo segundo del veterinario y que se les estaban agotando las oportunidades. Julia temblaba de miedo al pensar qué haría su marido si la localizaba. Y de pronto vieron cómo Luther se dirigía a solas hacia los cajones. Zoe sintió que se le salía el corazón del pecho al verlo acercarse a donde estaban. Esperó a tenerlo más cerca y le chistó. Él miró a su alrededor desconcertado, pero al no ver a nadie siguió con lo suyo empezando a inspeccionar el estado de los perros.

—¡Luther! —Zoe levantó un poco más la voz para hacerse oír.

Él se volvió y entre dos enormes cajones la vio. Comprobó que nadie más lo estaba mirando y se acercó hasta ella simulando que apuntaba algo en unos papeles.

—Ya pensaba que te habías olvidado de mí.

Zoe habló en voz baja.

—Escúchame bien. La única solución que han encontrado para conseguir que escapes, burlando a los tuyos y a las tropas de Franco, se encuentra aparcada al otro lado de este hangar. La idea es que secuestres el avión que te llevará a Alemania y lo hagas aterrizar en Toulouse, donde te estará esperando un responsable de los servicios secretos republicanos para procurarte un refugio seguro. Desgraciadamente no han encontrado otro medio para sacarte de España, y son plenamente conscientes de lo arriesgado que es. En cuanto sobrevueles Aragón tendrás el apoyo de la aviación popular, y a partir de entonces lo demás será mucho más fácil. —Le pasó un papel con unas instrucciones más precisas—. Antes de que las leas, te aviso: no viajarás solo. Nos vamos a unir Julia Welczeck, mi perro y yo.

Luther se quedó paralizado al asumir las dificultades de la operación. En el avión, aparte del piloto y copiloto, viajarían con los dos SS que apenas le habían dejado respirar desde su salida de Alemania. Y tampoco veía cómo podía embarcar a dos mujeres y a un perro sin que nadie se diera cuenta. Sin embargo, Zoe le dio la solución.

—Tú despista a esos hombres para que podamos escondernos dentro de los cajones donde viajan los perros.

Él le dio la llave que abría los cerrojos y Zoe las dos pistolas que se había metido en el enorme bolsillo del feo pantalón de trabajo con el que vestía: la de su hermano y una más que Evaristo le había facilitado. Pero Luther las rechazó.

—Mejor te las quedas de momento tú. Una vez despeguemos ya me las pasarás.

Tragó saliva sin saber muy bien cómo iba a conseguir neutralizar a los experimentados SS, y se despidió de ellas.

—Nos vemos luego. ¡Suerte!

—¡Suerte para todos! La necesitaremos —contestó Zoe.

Luther se alejó para buscar a Oskar, y poco después los vieron entrando en el avión. Las dos mujeres, seguidas por Campeón, aprovecharon la oportunidad para correr hacia los cajones donde estaban los perros. Zoe abrió el candado del primero y convenció a Julia para que entrara en él, ante la sorpresa de los dos alanos que estaban dentro. Lo hizo a pesar del pánico que le daban. Uno de ellos le dedicó un ligero gruñido y el otro la olió de arriba abajo mientras se hacía un hueco. Zoe cerró por fuera la caja y se metió en la contigua con Campeón. Manipuló su cerrojo a través de un pequeño ventanuco enrejado que permitía la respiración del jaulón, y estudió a los perros que les habían tocado; dos eran cachorros de menos de un año, lo que iba a facilitar las cosas, y el tercero debía de ser la madre. Campeón congenió pronto con la hembra y soportó estoicamente el juego de los cachorros que en cuestión de segundos ya estaban mordisqueándole las orejas y tirando de ellas con todas sus ganas.

Zoe se sentó en una esquina del jaulón y rezó para que todo saliera bien. Miró a Campeón y le dio un enorme abrazo.

Avión de transporte Junkers Ju 90
Aeródromo de Gamonal
Burgos
17 de julio de 1937

IX

Las tres cajas que contenían los supuestos diez perros pesaban más de lo esperado a ojo de los ocho soldados encargados de su transporte.

La primera en ser llevada hasta el avión fue la de Zoe, que se dejó las uñas en la madera de sus paredes en un intento de contrarrestar los bamboleos y el golpeteo con los perros. Aparte de las estrecheces que ofrecía el interior del jaulón, el ruido era ensordecedor. Los animales ladraban furiosos al no saber qué estaba pasando y desde fuera los hombres no paraban de gritarles para que se callaran. El recorrido por la pista no tuvo demasiadas complicaciones, pero cuando llegaron a la portezuela del avión, al tener que subir a pulso el cajón, la falta de pericia de los soldados hizo que estuvieran a punto de terminar en el suelo, para espanto de Zoe. De vez en cuando, a través del pequeño ventanuco, veía el perfil de alguno de sus portadores y en ese momento su corazón palpitaba a toda velocidad, ante el temor de ser descubierta. Por eso, no respiró tranquila hasta que se vio en la bodega del avión y terminaron de meter los otros dos cajones, con Julia en uno de ellos.

Los cuatro motores del Junkers se pusieron en marcha en cuanto el piloto dio la orden de que cerraran las puertas.

Luther tomó asiento en la primera fila y tras él lo hicieron sus dos vigilantes, comentando distraídamente qué iban a hacer en cuanto les dieran permiso a su llegada a Berlín.

Oskar, desde tierra, despidió con la mano a Luther viendo cómo el enorme aparato empezaba a desplazarse por el firme para encarar la pista de despegue. En su cabeza corría un único pensamiento: encontrar a su mujer, de la que no sabía nada desde hacía treinta y seis horas. Para ello había dispuesto un dispositivo de búsqueda formado por una veintena de hombres que estaban recorriendo la ciudad casa por casa. Se sentía furioso y humillado por culpa de ella, pero también con Zoe, a la que consideraba responsable de la decisión de Julia. En cuanto las encontrara, iban a saber cómo se cobraba un Stulz una afrenta como aquella.

Se dirigía hacia su coche para abandonar el aeródromo cuando se le acercaron unos soldados con gesto serio y a buen paso, llevando a un muchacho firmemente sujeto.

—Mi capitán, hemos capturado a este joven cuando trataba de salir del recinto, lo hemos interrogado a conciencia, y pensamos que debe saber lo que nos acaba de contar. —El detenido tenía el labio partido, y la cara y medio cuerpo molidos a golpes.

—Ya me dirán qué puede interesarme de él. —Le levantó el mentón y lo miró a los ojos.

—Dice que ha venido con dos mujeres que han huido en el avión que acaba de despegar.

Oskar sintió un agudo escalofrío al escuchar aquella noticia, ordenó que lo mataran allí mismo y salió corriendo hacia la torre de control.

En la cabina de pasajeros, una vez que el aparato había tomado altura, Luther explicó que iba a echar un vistazo a los perros. Su temple facilitó que no sospecharan nada.

Atravesó la cortina que separaba la zona de pasaje de la improvisada bodega, y se movió entre los tres jaulones preguntando en cuál estaban. Unos golpes despejaron sus dudas. Recuperó la llave de manos de Zoe, les abrió y dejó que también salieran los perros. Armado con una de las pistolas miró al techo de la aeronave como si estuviera implorando un apoyo celestial, inspiró tres veces seguidas, comprobó que la pistola estaba cargada y regresó a la parte anterior del avión.

Los dos SS, sorprendidos ante la aparición de los perros y sin entender a cuento de qué Luther los había soltado, se levantaron de su asiento, pero nada más darse la vuelta se lo encontraron encañonándolos con una pistola.

—¡Tirad vuestras armas! —Desenfundaron sus Luger y las dejaron en el suelo—. Al primero que se mueva le vuelo la cabeza. ¡Hablo en serio!

Los perplejos alemanes vieron aparecer a dos mujeres, una de ellas también armada. Zoe se volvió a la bodega a por unas cuerdas y Julia se quedó quieta, frente a los dos soldados, temblando y a punto de sufrir un ataque de nervios. Apenas podía sujetar con una sola mano la pistola que acababa de recoger.

Luther los cacheó de arriba abajo para evitarse cualquier sorpresa, mandó que se sentaran e hizo uso de las cuerdas atándolos a los asientos con toda la firmeza que pudo. Comprobó su inmovilidad y a continuación los amordazó. Miró a las chicas.

—Ante la menor sospecha, no dudéis en disparar.

Campeón se metió por debajo de los asientos, retorciéndose para caber, y en cuanto asomó la cabeza, plantó las dos patas sobre las butacas y les enseñó los dientes, dando a entender quién era ahora el jefe.

Sin perder un solo segundo, Luther se dirigió a la cabina con la pistola en una mano y el nuevo plan de vuelo en la otra. Su entrada coincidió con un aviso por radio ordenando su regreso a Burgos. Pero no les permitió responder, se hizo con la única pistola que llevaban, ordenó que apagaran la radio y señaló al piloto el nuevo rumbo del avión.

—Quiero escuchar los motores de este avión rugiendo al máximo de su potencia, por lo menos hasta que atravesemos los Pirineos en dirección Toulouse. Pero os aviso que, si veo que la brújula señala un cambio de rumbo, el primero en recibir un tiro vas a ser tú. —Apuntó al copiloto.

Atendiendo a sus órdenes, el potente bombardero se ladeó ligeramente a la derecha para corregir el ángulo de vuelo.

Mientras, en tierra, Oskar seguía al lado de la emisora de radio, esperando el resultado de los repetidos intentos de los técnicos por recuperar la comunicación con el Junkers.

—Mi capitán, me temo que han apagado su receptor.

Oskar, al imaginar lo que podía estar pasando, salió corriendo de la torre y se dirigió hacia el primer hangar en busca de su Messerschmitt, dispuesto a abatir aquel avión con su mujer y Zoe dentro. Además de la afrenta personal, pensó en las consecuencias que recaerían sobre él cuando se supiese en Alemania que se había dejado escapar a aquel veterinario junto a los diez alanos, y con ellos el proyecto más mimado de Göring, y todo delante de sus propias narices. Al accionar el contacto del avión, sintió una oleada de escalofríos imaginándose enfrente de su amigo y teniendo que darle explicaciones.

Con la alerta generada desde Burgos, otros dos cazas de la Legión Cóndor despegaron del aeródromo de Vitoria para ir en busca del avión secuestrado, con la dificultad de no saber en qué dirección volaba.

Oskar, desde los mandos del suyo, pasados doce minutos de infructuosa búsqueda, acababa de localizar la estela de humo que habían dejado los motores del Junkers, cuando se encontraba sobrevolando una abrupta sierra al sur del Ebro. Ascendió hasta ponerse a la altura de aquel rastro sin llegar a ver la cola del bombardero. Miró de nuevo a tierra y comprobó que había dejado atrás la ciudad de Tudela. El límite con la zona roja creía haber oído que estaba en esos momentos a mitad de camino entre Huesca y Lérida, no demasiado lejos; por lo que aumentó la velocidad para tratar de cogerlos antes.

Dentro del Junkers, Luther acababa de abrir la portezuela lateral del avión para hacer saltar a los dos SS junto con el copiloto, después de un amago de rebelión que había podido atajar. Ninguno quería saltar y hasta tuvo que empujarlos, pero una vez vio sus paracaídas desplegados respiró más tranquilo, cerró la compuerta y volvió a cabina para ver por dónde iban.

—¿Cuánto nos falta para llegar a Lérida? —preguntó al piloto.

—Unos quince minutos, o quizá algo más. Tenemos viento en contra y eso nos puede retrasar. —El comandante no demostraba demasiada tensión.

—¿Cuál es la velocidad máxima de este avión?

—Su velocidad operativa es de trescientos cincuenta kilómetros por hora; ahora volamos a trescientos veinte.

—Quiero ver la aguja del velocímetro superando el número cincuenta, y lo quiero ver ya…

El piloto obedeció sus órdenes.

Cuando estaban sobrevolando Zaragoza, Luther empezó a creerse el éxito de la operación, pero de repente apareció un caza alemán por la derecha. Desde aquella distancia no identificaron a su piloto, pero sí las señales que hacía ordenando que dieran la vuelta.

Julia entró a la cabina espantada.

—¡Es Oskar! Reconozco su avión.

—No son malas noticias, son peores —apuntó Zoe francamente preocupada—. Lo veo capaz de todo. Si no lo obedecemos, nos derribará.

Julia miró muy asustada por la ventanilla y reconoció una malvada sonrisa en su marido. El piloto del bombardero viró de golpe atendiendo a las indicaciones del caza, lo que provocó que Julia y Zoe se golpearan contra el fuselaje. En respuesta, Luther le plantó el cañón de su pistola en la cabeza, espetándole con voz firme:

—O seguimos el rumbo que le he marcado, o le descerrajo un tiro ahora mismo.

El piloto lo vio capaz de hacerlo y modificó de nuevo la dirección.

—Nos vamos al suelo de todos modos. Este es un avión de carga que no puede esquivar la capacidad de tiro de un caza, y menos de ese —apuntó—. Nos acertará de lleno.

El Messerschmitt se colocó detrás de la cola del Junkers a menos de cuatrocientos metros, levantó el seguro de sus dos mortíferas ametralladoras, apuntó a los alerones y disparó una primera ráfaga.

Desde el bombardero sintieron el silbido de los proyectiles. Las dos mujeres se abrazaron aterrorizadas y Campeón empezó a ladrar como si adivinara el peligro que corrían. Era de imaginar que con el siguiente intento los alcanzarían, pero en ese momento vieron aparecer frente a ellos a dos aviones con bandera republicana. Luther los señaló dando un grito de alegría.

Los dos cazas de fabricación rusa pasaron a cada lado del bombardero abriéndose en arco para cambiar su dirección y buscar la cola del Messerschmitt. Oskar, al verlos, perdió altura y redujo velocidad para atacar al que había quedado a su derecha. Armó las ametralladoras, y cuando lo tenía a tiro disparó una larga ráfaga dirigiendo la brillante estela de balas hasta que atravesaron el fuselaje de su atacante. En menos de quince segundos, el caza cayó envuelto en llamas. Pero el otro había conseguido colocarse detrás de él y, sin darle ninguna oportunidad de reacción, disparó sobre sus alerones afectándolos seriamente. Con la estabilidad del avión fatalmente comprometida, Oskar entendió que no tenía otro remedio que intentar huir. Pero al iniciar la maniobra comprobó que tenía frente a él al Junkers. Buscó el perfil de su timón y fue a disparar, sin embargo su avión no soportó la segunda ráfaga de balas procedente del otro caza, y perdió de inmediato el control del aparato. Al saber que se estrellaba sin remedio hizo saltar el cierre mecánico de la ventanilla, se desabrochó el cinturón y se lanzó al vacío activando el paracaídas.

Mientras descendía, miró el avión donde se escapaba su mujer con su peor enemiga, un traidor a Alemania y diez perros que le costarían su carrera. Maldijo su suerte, pero se prometió a sí mismo que un día la cambiaría.

—Juro que os encontraré.

QUINTA PARTE

Aeropuerto de Toulouse
Francia
17 de julio de 1937

I

Cuando Luther Krugg abrió la portezuela del Junkers, además de una bocanada de calor entraron media docena de gendarmes franceses armados y dando voces. Detrás de ellos iba Anselmo Carretero, que, después de presentarse en alemán, lo urgió a taparse la cabeza con una capucha negra y a abandonar el avión sin perder un solo segundo. Pero la sorpresa del recién llegado fue mayúscula cuando desde el interior de la aeronave vio aparecer a dos mujeres con las que no contaba. Aunque Zoe lo recibió con un cariñoso abrazo y Julia con dos besos, él se quedó helado, al ser consciente del cambio de planes que aquello suponía.

—¿Pero se puede saber qué hacéis aquí? —Su gesto demostró más inquietud que alegría.

—Es un poco largo de contar, pero verás... —respondió Zoe—, Julia y yo nos vimos...

La repentina aparición del piloto alemán, esposado y acompañado por dos gendarmes, congeló su explicación. El hombre miró con desprecio a Luther, lo llamó traidor y bajó las escalerillas murmurando contra él. Zoe, que se había quedado con ganas de justificar a Anselmo por qué se habían sumado a la fuga, decidió hacerlo en ese momento, pero Anselmo no la dejó hablar.

—Vuestra presencia lo cambia todo... —se expresó sin

ocultar su enfado—. No hará ni una hora que tuve que explicar a las autoridades francesas qué razones nos habían empujado a organizar esta operación, y aunque las entendieron no me quedó más remedio que aceptar la inmediata llamada a sus homólogos alemanes para evitar un conflicto mayor. Eso va a significar que en pocos minutos aparecerán un montón de compatriotas suyos con ganas de darle captura. Luther ha de entender que su presencia incomoda a ambos países, y en ese sentido lo que están haciendo los franceses tiene mucho mérito. Porque además de movilizarse con inusitada rapidez, han aceptado un trato que le contaré más adelante. —Miró su reloj, resopló agobiado y se dirigió a los tres—: Esperadme dentro del avión.

Bajó las escalerillas corriendo, caminó a buen paso por la pista acompañado por dos de sus hombres y entró en un pequeño edificio de una sola planta cuya azotea estaba plagada de antenas. En el avión, las dos mujeres se sintieron tan agotadas que decidieron volver a sus asientos para recuperarse, mientras Luther tranquilizaba el excitado ánimo de los alanos, que no habían dejado de ladrar desde que habían parado motores. Campeón observaba a unos y a otros bastante desconcertado, aunque optó finalmente por buscar cobijo a los pies de Zoe.

Cuando Anselmo volvió, sus órdenes fueron claras y tajantes:

—Julia, hemos llamado a tus padres y nos han dicho que vendrán a buscarte en un avión esta misma tarde. Como no es conveniente que nadie te asocie con Luther y menos con este suceso, mis hombres te van a llevar a un hotel. —Le pasó otra capucha a Zoe—. Y tú vas a venirte con nosotros hasta que se me ocurra otra idea. Tapaos la cabeza.

Las dos amigas se fundieron en un rápido abrazo.

—¡Ven a verme en cuanto puedas! —Julia jugó con el tirabuzón de Zoe, enroscándolo en su dedo.

—No tenemos tiempo para muchas despedidas —apuntó Anselmo.

—Lo haré... No pienso perderme los encantos de París y menos aún a mi medio sobrino. —Le acarició la barriga—. Aunque he de saber primero a dónde me van a llevar.

Anselmo comprobó la llegada de su transporte y las apremió todavía más. Se dieron dos besos, deseándose suerte, y Julia, desde la puerta del avión, los vio bajar a la pista custodiados por varios hombres. Los esperaban dos vehículos: uno de protección y el suyo, más oscuro y de mayor tamaño, al que habían enganchado un amplio remolque donde estaban subiendo a los perros. Campeón, que había olido a Zoe y acababa de verla entrar en el coche, se les escurrió desde su interior, saltó al suelo y a toda velocidad entró en el vehículo antes de que cerrara la puerta.

Pasado el primer peligro y a unos cuantos kilómetros del aeropuerto, Zoe fue la primera en quitarse la capucha. Entreabrió un poco los ojos, pero los volvió a cerrar al afectarle la luz. A su lado iba Luther y entre ambos su perro. Anselmo, en el puesto de copiloto, no había dejado de hablar desde que habían salido del aeropuerto. En ese momento estaba justificando la urgencia de sus decisiones.

—Calculad cómo van a reaccionar los servicios de inteligencia alemanes en cuanto se enteren de que uno de sus bombarderos ha sido secuestrado por un disidente dispuesto a sacar a la luz sus trapos sucios, aparte del desprestigio que va a producir en España el hecho en sí... —Volvió la cabeza para dirigirse al veterinario—. Luther, te has convertido en el enemigo público número uno. Es muy probable que hoy seas el principal objetivo de la Gestapo y la Abwehr en Francia, querrá localizarte media SIFNE de Franco, posiblemente ciertos grupos franceses profascistas como La Croix de Feu, y seguro que también la SIM italiana. Por eso, cuando estábamos pensando en el diseño de esta operación, convencí al Gobierno francés de los inconvenientes políticos que podía acarrearles tu retención y, por el contrario, las ventajas que iban a conseguir si nos hacían responsables a nosotros, a los servicios secretos republicanos. Su conformidad ha significado que me permitieran hacerme cargo de ti y buscarte un lugar donde puedas desaparecer por un tiempo. Pero me pusieron una condición.

—¿De qué se trata?

—Quieren una detallada declaración de lo que está sucediendo en Alemania, cualquier información que hayas podido obtener de sus líderes y todo lo que sepas en relación con sus planes de futuro. Cuanto antes se lo podamos dar, será mejor para todos porque nos dejarán tranquilos y podremos trabajar en un segundo objetivo que me interesa muy especialmente.

Zoe escuchaba a Anselmo sin saber qué iba a ser de ella. No quería interrumpirlo, pero se acordó de su hermano y necesitó saber de él.

—Imagino que habrá escuchado por radio la noticia del secuestro —respondió Anselmo—, por lo que se imaginará que ha salido bien. De todos modos, antes de salir del aeropuerto dejé instrucciones para que supiera lo tuyo. Se alegrará. Zoe, en cuanto a tu inmediato futuro, no se me ocurren más que dos posibilidades: quedarte en Biarritz con tu hermano o volar a México. Allí cambiarías definitivamente de aires y de sobra sabes con qué alegría te acogería tu amiga Bruni. Si te decidieras por esta última opción, creo que podría hacerme con un pasaje.

Las dos alternativas le interesaron tanto que prefirió pensárselo mejor antes de optar por una de ellas. Respiró más tranquila.

—Señor… —intervino el chófer—. Por detrás del coche de escolta llevamos otro que no se ha separado de nosotros desde Toulouse. Me temo que nos sigue.

Anselmo sacó de sus pies un radiotransmisor y contactó con los otros agentes.

—Despistad a ese coche blanco que nos sigue. Es una orden. Corto y cambio.

—Ok. Ustedes aceleren a fondo mientras nosotros lo frenamos. Corto.

Nada más cerrar la comunicación, el conductor del segundo vehículo realizó una brusca maniobra quedándose en mitad de la carretera, pero con tan mal cálculo que dejó suficiente margen para que el coche sospechoso pudiera superarlo y sembrara de disparos su carrocería. Anselmo, al verlo, pidió a su conductor que pisara a fondo el acelerador, y decidió sacar su pistola. Le pasó otra a Luther. En ese momento circulaban por una carretera llena de curvas después de haber dejado atrás la ciudad de Pau. Sus perseguidores, seguramente con un motor más potente, aprovecharon una buena recta para ganarles terreno, pero gracias a que volvieron a aparecer nuevas curvas no pudieron adelantarlos.

Los perros iban ladrando como locos, seguramente mareados de tantos bamboleos, acelerones y frenazos. Y Zoe, agarrada a Campeón, aunque sabía que estaba en buenas manos, decidió acurrucarse entre las dos filas de asientos observando cómo Luther disparaba a través de los agujeros de bala que habían quebrado el parabrisas.

Anselmo, con la ventanilla bajada, les estaba disparando a las ruedas y al motor, pero la sinuosidad de la carretera le hizo errar, hasta que enfilaron una larguísima recta cuyo final se perdía de vista. La abordaron los tres vehículos con muy poca distancia entre ellos, y fue entonces cuando Anselmo vio una oportunidad. Utilizó de nuevo la radio para dar instrucciones a sus hombres.

—Vamos a frenar de golpe para que os pongáis a su altura. Actuad sin miramientos. Cambio y Corto.

El coche de Anselmo realizó la maniobra planeada, lo que ayudó a que el tercer vehículo alcanzara al sospechoso y pudieran disparar al conductor. La bala que atravesó su cabeza provocó que el coche empezara a dar tales bandazos que después de dos vueltas de campana terminó estampado contra un árbol.

Sin detener el vehículo Anselmo llamó a sus hombres.

—Parad solo un momento para comprobar que hayan muerto. Después volved a por nosotros. Cambio.

Cuando unos minutos después sobrepasaron el pequeño pueblo de Gabas, a escasos kilómetros de la frontera con Huesca, Anselmo recobró una conversación que se había quedado en el aire.

—Hemos elegido un recóndito refugio de montaña para esconderte. Estarás solo, pero con comida suficiente para pasar varios meses sin necesitar nada del exterior. El lugar es conocido como Les Deux Pins. Lo elegimos porque su ubicación es muy discreta y tiene una pequeña cuadra donde cobijar a los perros y un pequeño gallinero. Dada su cercanía a Sallent de Gállego, es el lugar ideal para lo que quiero que hagas por nosotros.

Luther asumió su reclusión, pero no terminaba de entender para qué le dejaban los perros ni qué querrían de él.

—Valoro lo que estáis haciendo por mí, y más aún después de haber arriesgado vuestras vidas, pero no acabo de ver cómo puedo ayudaros desde un lugar como el que me acabas de describir.

Para ponerle en antecedentes, Anselmo comentó la importancia táctica que tenían los Pirineos en aquel momento. Explicó que, después de la pérdida de Santander y de Bilbao, esperaban que Franco se dirigiera a Asturias, lo que podía suponer, si no se remediaba antes, que toda la cornisa cantábrica y con ella una buena parte de su industria armamentística quedase en sus manos. Pero el problema no terminaba con aquella pérdida geográfica; había miedo a que el Ejército nacional volviera a dirigir sus tropas hacia Madrid, o hacia Valencia, donde residía el Gobierno, en un avance que podía suponer el final de la contienda.

—No trabajo en inteligencia militar, pero los que sí lo hacen están pidiendo que atraigamos la atención del enemigo hacia Aragón. Y bajo ese criterio se han iniciado ataques a Teruel desde Valencia y a Huesca por Cataluña. Pero además sabemos que a través de las montañas se está produciendo una intensa actividad de espionaje, que el tráfico de material bélico y de dinero aumenta cada día, y que Franco está reclutando a importantes mandos militares huidos desde Cataluña que vuelven a España por los Pirineos para combatirnos. En definitiva y por lo que a mí respecta, como responsable de los servicios de información exterior necesito saber qué está sucediendo en estas montañas, y además me he propuesto mejorar la comunicación entre ambos lados. Y ahí es donde te necesito, Luther; a ti y a esos perros que transportamos.

Zoe y Luther se miraron sin entender en qué estaba pensando. En total se habían traído diez alanos, de ellos dos cachorros. Los escucharon ladrar.

—¿Qué pueden hacer los perros?

—Actuar como espías —proclamó Anselmo esperanzado.

—En vuestra guerra, claro… —apuntó Luther en un frío tono de voz.

—¿Alguna objeción?

—Una no, muchas… Precisamente he huido de la Alemania nazi para no seguir fabricando perros de guerra. Si ahora me pide que los entrene como espías, aparte de no entender cómo, estaría haciendo lo mismo que he odiado con toda mi alma. Aunque entiendo sus esfuerzos por frenar el fascismo en España, lo siento, pero no cuente conmigo. No lo haré.

La decisión de Luther echaba por tierra el plan de Anselmo, la justificación de aquel destino y la presencia de los perros. Apretó las mandíbulas, hizo sonar los dedos y después de repensárselo a fondo se le ocurrió otra solución.

—Zoe, tú aprendiste a adiestrar a perros mensajeros cuando estuviste en Suiza, ¿verdad?

—Lo hice, sí…

—¿Podrías conseguir que atravesaran las montañas ellos solos, pasando información de un lado a otro de la frontera?

—Es difícil, pero no inviable…

Al contestar a Anselmo como lo acababa de hacer, sabía que se estaba metiendo ella sola en la boca del lobo. Pero se sintió empujada a ayudar, a devolverle el favor de su huida de España aunque en realidad no la hubiese programado, a responderle como amigos que eran.

—¿Me ayudarías?

Zoe miró a Luther y se imaginó viviendo aislada junto a él. La idea no le seducía demasiado, pero tampoco veía nada malo en que un perro trasladase información secreta de un punto a otro, con ello no ponían en riesgo su vida. Por eso se decidió, sin pensárselo mucho más.

—Gracias, Zoe, gracias… —Le pagó con una sonrisa llena de complicidad—. Dispongo de una eficaz red de agentes introducidos en la retaguardia enemiga desde Elizondo hasta

Canfranc que trabajan con un único objetivo: recoger y trasladar cualquier información que pueda sernos útil. El problema es que al estar infiltrados en territorio enemigo no pueden usar la radio ni otros medios con los que trasladar los mensajes y lo tienen que hacer en persona, entre ellos, lo que implica una alta exposición. De hecho, hace menos de un mes perdimos dos agentes. Sin embargo, un perro no levantará sospechas, sobre todo si trabaja de noche y fuera de las vías comunes que unen ambos países. ¿Cómo lo ves?

—Cuenta conmigo —resolvió Zoe.

Anselmo lo celebró con un sonoro manotazo sobre el salpicadero.

—Perfecto... ¿Cuánto tiempo necesitarás para entrenarlos?

Zoe calculó que en dos meses podría tener dos o tres perros preparados, aunque no solo iba a tener trabajo con los animales, tendría que estudiar a fondo el terreno, buscar qué sendas de montaña eran las mejores para alcanzar el otro lado de la frontera, y sobre todo ponerlos a prueba.

—Creo que a mediados de septiembre podrían empezar. Pero no necesitaré tantos perros; con los dos cachorros y uno más que está a punto de cumplir el año tendré suficiente. El resto está entrenado para derribar vacas de monte y es difícil cambiar sus habilidades una vez adultos. ¿Qué opinas tú, Luther?

—Es cierto —contestó de forma seca.

—En Vevey aprendí varias técnicas para adiestrar perros estafeta. Y recuerdo una con la que conseguíamos que cubrieran distancias kilométricas sin perderse; quizá sea la más adecuada para el tipo de tarea que quieres que ponga en marcha.

—¡Excelente, excelente! —Anselmo no podía demostrar más satisfacción.

Aceptó sus plazos, pero no el volverse con los perros que le sobraban. Razonó que, si alguien los reconocía, podía hilar pistas y poner en riesgo la operación y su seguridad. Se comprometió a tener organizado para septiembre un sistema con el que hacerle llegar los mensajes, y volvió a agradecer su disponibilidad.

Habían dejado atrás la carretera general y circulaban por una pista de tierra, a partir de la cual solo había bosques y praderas. Nada más detenerse los coches, todos sus ocupantes los abandonaron con ganas de estirar las piernas. En una arboleda cercana esperaban dos caballos amarrados, con los que iban a terminar de ascender hasta el refugio. Soltaron a los perros, y sin perder tiempo emprendieron la ascensión a la montaña antes de que se hiciera de noche. Al no haber previsto una montura para Zoe, esta tuvo que ir a espaldas de Anselmo, lo que hizo que escuchara toda la conversación con el alemán. Durante más de una hora Luther explicó los proyectos en los que había estado trabajando, se explayó sobre la personalidad de Heydrich y de Von Sievers, desveló con detalle la realidad y los fines últimos de los campos de concentración, y sobre todo el significado que tenía el proyecto bullenbeisser para algunos dirigentes nazis.

Entre tantos nombres, lugares y datos como surgían en aquella conversación, Zoe terminó concentrándose en sus propios pensamientos. Recuperar el trabajo con perros tenía su atractivo y entrenarlos en una nueva tarea también, pero convivir con un hombre al que apenas conocía y en un lugar donde no podrían escapar el uno del otro empezó a generarle dudas. Aprovechó el largo ascenso para estudiar los gestos y expresiones de Luther por si le daban una pista sobre su forma de ser. Pero no llegó a grandes conclusiones.

El refugio de Les Deux Pins era pequeño y carecía de cualquier comodidad. Disponía de dos habitaciones. La más grande servía de dormitorio, salón, comedor y cocina, y la segunda de almacén. Por no tener no tenía ni aseo. Aquel lugar estaba pensado para montañeros que necesitaban un lugar a cubierto para pasar la noche y protegerse del frío, pero no para vivir varios meses. Sin embargo, el establo era más grande; permitía guardar tres o cuatro caballos con holgura, disponía de un amplio corral ideal para los perros y abundante paja y heno para hacerles la cama a unos y a otros. En una de sus esquinas se abría una pequeña habitación con un colchón en el suelo que tendría más pulgas que lana, pero que tomaba provecho del calor de las bestias.

—Uno de los dos tendrá que dormir en el establo, claro. —Dada la escasez del alojamiento, Anselmo terminó su papel de cicerone muy pronto—. Tenéis comida en conserva para pasar estos dos meses, pero en breve será época de setas, y el bosque os puede ofrecer algún conejo. Además de mantas, hemos dejado ropa, aunque siento decir que es de varón. —Miró a Zoe con un gesto de disculpa—. En septiembre te traeré algo más apropiado, te lo prometo.

—No pasa nada… —Ella tragó saliva al constatar una limitación más a las muchas que tenía aquel lugar. Entendió que para aislar por completo a un perseguido como Luther tampoco habría muchos destinos mejores, y ya había pasado por situaciones difíciles, por lo que decidió afrontarlo con la mejor actitud posible.

—Yo dormiré en el establo —señaló Luther.

—Estaremos bien —añadió ella antes de despedirse de Anselmo con un beso.

—Tú, Luther, no te dejes ver, y si puede ser quédate siempre dentro. Sé que os estoy pidiendo a los dos un gran esfuerzo, pero también que llegará el día en que os lo devolveré. Cuidaos mucho, y nos vemos pronto. ¡Suerte!

Anselmo, mientras deshacía el camino de vuelta con sus hombres, decidió hacer una parada para inspeccionar a fondo el vehículo accidentado y sus ocupantes con intención de recoger de ellos toda la información posible. De la documentación que llevaban encima dedujeron que eran alemanes, quizá de la Abwehr. Como el coche se había separado bastante de la carretera y nadie había reparado en él todavía, todo estaba igual a como lo habían dejado. O casi todo, porque se juraron que habían visto a cuatro ocupantes y no a tres, como había en ese momento.

Unas horas después Zoe empujó a Campeón para hacerse su hueco en la cama, se tapó hasta arriba con dos mantas y observó el fuego que calentaba el interior del refugio. Imaginó a Luther en aquel colchón sucio en compañía del único caballo que les habían dejado, y de los alanos, y se alegró de las sábanas limpias que le habían correspondido. Jugueteó con una oreja de campeón, mientras notaba que se dormía hecho un ovillo, y repasó sus veinticuatro últimas horas vestida con un grueso jersey de lana tres tallas más grande que la suya, y unos largos calcetines que pasó por encima del pantalón. Había corrido una arriesgada aventura que por suerte había terminado bien. Pensó en su padre con nostalgia, pero también en su madre al saberse en su tierra natal. Les agradeció los pocos y gratos recuerdos que habían impregnado su infancia, y se vio abriendo un nuevo capítulo de su vida, entre montañas, perros y un hombre del que lo desconocía todo.

Sótanos de la comandancia militar del Bidasoa
Irún
18 de julio de 1937

II

Andrés Urgazi estaba amarrado a una silla y con dos hombres a su lado empeñados en conseguir su confesión. Uno de ellos era Troncoso y el otro un matón con los puños de acero. Lo sabían bien sus mejillas y sus dos cejas reventadas, como también la boca de su estómago después de haber recibido una incontable cantidad de golpes. Llevaban tres horas de intenso interrogatorio y todavía no habían conseguido que de sus labios saliera una sola palabra que lo encausara.

—No tenemos ninguna prisa y tú tienes mucha sangre todavía que perder. Piénsalo.

Troncoso tomó asiento a su lado, se lavó las manos para eliminar los restos de sangre y bebió un poco de agua. Le ofreció el vaso, pero cuando iba a beber le tiró el contenido por la cara y lo abofeteó a continuación con todas sus ganas. Andrés se repasó la dentadura con la lengua y notó el agujero de una muela que acababa de saltar por los aires.

—No tengo nada que decir —contestó una vez más.

El segundo tipo masculló dos palabrotas y abrió una funda de cuero para elegir qué instrumental iba a utilizar a continuación. Andrés lo miró de reojo resignado. Ya había pasado por el suplicio de tener su cabeza dentro de una cuba de agua hasta perder el conocimiento, le habían levantado una a una las uñas de los pies, provocándole un insoportable dolor, y todavía sentía la carne de la espalda retorcida y ulcerada bajo el efecto de unos alicates.

—Por enésima vez. ¿Por qué huiste del equipo de seguimiento que te pusimos durante tu viaje a Burgos? ¿A qué fuiste y qué nos querías ocultar? ¿Con quién te viste? —preguntó Troncoso.

Andrés trató de hablar, pero al notar cómo la afilada lanceta que había elegido el verdugo para empeorar su martirio empezaba a atravesar la carne de su dedo solo pudo gritar.

—Propuse tu seguimiento después de que la gendarmería francesa desmontase una buena parte de nuestras actividades en Francia por culpa del testimonio de un traidor, lo que significó la detención de cinco de nuestros agentes. Y resulta que solo un día después de aquella redada abandonaste tus tareas apareciendo en Burgos con no sé qué objetivo, pero en todo caso fuera de mi control. Y encima, al repasar tu historial militar, ha aparecido un hecho que solo empeora tu situación; y me refiero a tu relación con el coronel Molina.

—Fui a Burgos… por motivos personales. Y claro que escapé… de los que me seguían… —Tragó saliva y apretó los puños en un intento de combatir los latigazos de dolor que le subían por la pierna—. Porque pensé que eran… agentes republi… canos —consiguió terminar la frase.

Troncoso sacó la pistola, cargó la recámara con una bala, y se la plantó en la entrepierna.

—¡O confiesas o te reviento los huevos!

Andrés leyó en su mirada una decidida intención de llevar a cabo la amenaza, cerró los ojos, y una oleada de sudores fríos recorrió su espalda antes de escuchar la detonación. Imaginándose lo peor, bajó la cabeza. Suspiró al ver el agujero en la silla, a cinco centímetros de sus partes íntimas.

En ese momento entraron dos agentes para sustituir a los anteriores, pero Troncoso decidió dar por terminado el interrogatorio hasta la mañana siguiente.

—Hoy no te has ganado la comida… Dadle solo agua.

Lo desataron y se lo llevaron a rastras hasta tirarlo dentro de una apestosa celda donde no había ni medio natural donde evacuar las necesidades y mucho menos ventilación. Los propios guardianes sintieron náuseas.

Andrés, una vez a solas repasó una a una sus heridas. Las limpió con su propia saliva y una tira de camisa, y trató de no rozarse con la porquería que había a su alrededor para evitar una segura infección. En su primera noche apenas pudo dormir mientras pensaba una y otra vez cómo podía convencerlos y salir vivo de aquello, pero al final no le sirvió de nada, porque al día siguiente todos los argumentos que se le habían ocurrido fueron vanos. Desde primera hora había tenido al equipo de Troncoso dedicado a ensayar con él los más sofisticados suplicios, pero tampoco le habían hecho hablar. Hasta que a media tarde entró otro de sus hombres con una urgente noticia.

—¿Estás completamente seguro?

—Del todo, señor. Lo hemos pillado hace solo una hora pasando información a través de un transportista. Nuestro traidor se llama Lucca Spertinni, el italiano enviado por sus servicios secretos para supuestamente ayudarnos. Acaba de confesarme su afiliación anarquista.

Troncoso se cagó en todos sus muertos y tiró al suelo el largo palo de caucho con el que acababa de golpear a Andrés. Él mismo le soltó las correas y mandó que avisaran a un médico para curar sus heridas.

—No sé qué puedo decir.

Andrés lo miró a los ojos, los suyos inyectados de rabia, y contestó con toda la firmeza que pudo.

—No vuelvas a dudar de mí…

* * *

A doscientos treinta kilómetros al sur, Oskar Stulz esperaba una llamada en su despacho. A la hora convenida, con absoluta precisión, sonó el teléfono. Al cuarto tono descolgó el auricular y una voz surgió al otro lado de la línea.

—¿Hablo con herr Stulz?

—El mismo al aparato.

—Solo dispongo de tres minutos para facilitarle la información que me pidió.

—Le escucho atentamente.

—La señora Welczeck está residiendo en París dentro de nuestra legación diplomática, tal y como usted imaginó, pero no hemos sido capaces de localizar a la segunda mujer con la que huyó y tampoco a ese veterinario. Perdimos a tres hombres mientras los seguíamos, y al final se nos escaparon.

Al escuchar las primeras protestas de Oskar por la insuficiencia de sus resultados, el hombre trató de calmarlo con una detallada explicación de los recientes movimientos de su esposa, a lo que sumó el mérito de haber conseguido instalar un micrófono en su residencia privada.

—Mire, como sus órdenes fueron avaladas por las más altas instancias del partido, desde la Abwehr nos pusimos en marcha de inmediato. Pero a pesar de todo nuestro empeño, ha de entender lo difícil que está siendo enfrentarse a la Gestapo, que es la encargada de la seguridad del embajador. Imagine el riesgo que hemos corrido al infiltrarnos en su propia casa.

A pesar de sus argumentos, Oskar no se dio por convencido.

—¡Me dan igual los riesgos! La realidad es que no tiene nada que ofrecerme.

El hombre prometió mantenerlo informado y le anunció la creación de un equipo especial con sus mejores agentes, con la única finalidad de localizar a Luther Krugg.

—Imagino que más tarde o más temprano la señora Urgazi se pondrá en contacto con mi esposa. Quizá a través de ella consigamos dar con él.

—¿Sabe si esa mujer tiene algún familiar que pudiera ayudarnos a localizarla?

—Ahora que lo recuerdo, sí. Zoe tenía un hermano destinado en el protectorado español, un comandante de la Legión. Andrés… Andrés Urgazi.

—Tomo nota. Lo investigaremos a través de nuestros servicios en Tánger y lo que descubramos lo sabrá de inmediato.

Aún no había colgado el teléfono cuando uno de sus hombres le anunció la llegada de Von Sievers. Oskar lo esperaba y sabía que aquella visita sería desagradable.

Se incorporó de golpe, comprobó en un espejo su perfecto estado de revista, y al verlo entrar adoptó un gesto tranquilo, muy diferente del que mostraba el jefe nazi. Sin tener siquiera tiempo de ofrecerle asiento, recibió su primer comentario.

—Muchacho..., usted no sabe lo que ha hecho.

Oskar hubiera preferido una protesta más concreta.

—Quizá sí lo sepa —contestó de forma lacónica.

—Le aseguro que no... Su nombre no solo está en boca de Himmler, Göring o Heydrich, ha llegado hasta el mismísimo Führer.

Oskar sintió que se le encogían las tripas.

—Créame que soy el primero en desear la captura de Krugg para devolverlo a Alemania... ¡Ya me gustaría dar buenas noticias en ese sentido! Acabo de hablar por teléfono con el máximo responsable de nuestros servicios secretos en Francia y me ha jurado que están haciendo todo lo posible por encontrar al veterinario.

Oskar no sabía qué hacer con las manos para evitar su temblor. Las apretó contra sus piernas para que Von Sievers no lo notase.

—Usted sabrá qué debe hacer, pero le adelanto que, si pasado un mes no lo ha conseguido, querrán su cabeza, y no piense que su amigo Göring lo protegerá, porque la orden vendrá firmada por él mismo. Está furioso... como nunca lo había visto. No se puede imaginar cuánto. El frenazo en el proyecto bullenbeisser ha sido una noticia mortífera para su ánimo, y no descansará hasta que Krugg vuelva con nosotros. —Se quitó la gorra de plato, dejó los guantes sobre ella, cruzó una pierna sobre la otra y miró a su alrededor—. ¿Qué diantres piensa hacer para resolver la situación?

Oskar se armó con una seguridad que no tenía y contestó:

—Luther Krugg no es invisible. Aparecerá. Y cuando lo haga, allí estaré yo.

Ibón de Respomuso
Pirineo aragonés
9 de septiembre de 1937

III

Jasco se merecía su nombre dado lo seco de su carácter.

Era el mayor de los tres alanos que había entrenado Zoe, y aquel día iba a tener que demostrar a su monitora que todo el esfuerzo invertido en él durante los dos últimos meses había merecido la pena.

A pesar de no haberse agotado el verano, el frío había hecho acto de presencia demasiado pronto tiñendo de blanco las primeras cumbres. Desde su caballo Zoe llamó al perro. Lo notó cansado, pero tampoco le extrañó después de haber estado correteando la última hora entre peñascos, senderos y collados.

Aquella iba a ser la primera vez que iban a atravesar la frontera por una de sus zonas más escarpadas y ya se estaba arrepintiendo. El relieve era demasiado abrupto y temía que su caballo en cualquier momento pudiera hacer un mal apoyo y se despeñaran.

Tan solo cinco días antes había aparecido por el refugio Anselmo Carretero con nuevos víveres, algo de ropa para ella y el nombre de dos agentes que serían sus contactos a ambos lados de las montañas. Al que vivía en Pau lo había conocido aquella misma mañana en un bosque, donde a partir de ese jueves se citarían cada semana. Y al otro lo tenía que localizar en los alrededores del ibón de Respomuso, un lago natural que le pareció ver por detrás de unos agudos riscos hacia los que se dirigía. Solo unos minutos antes había bordeado otro de aquellos ibones de montaña, el de Arriel Alto, de menor tamaño. Nada más llegar a su destino y con el manto azulado del agua a cincuenta metros de ella, calculó cuánto tiempo había necesitado desde su salida del refugio y cuánto necesitaría para volver antes de que se hiciera de noche.

Había quedado a las seis, y eran y cuarto. Decidió esperar quince minutos más.

Los ollares de su caballo parecían auténticas chimeneas al condensarse el aire que expulsaba desde los pulmones. Desde el bancal en el que se habían parado se divisaba una inmejorable panorámica. Observó a Jasco. Perseguía a un conejo por la ribera del ibón mientras ella recibía el frescor de la montaña sin nada con qué protegerse. Cogió unos prismáticos para otear la cara sur de la hondonada, pero no vio a nadie. Aburrida por la espera, sus pensamientos sobrevolaron las circunstancias de su actual vida. La convivencia con Luther había sufrido ciertos altibajos dada la permanente desaprobación a que la tenía sometida con el asunto de los perros, pero, salvado aquel tema, podía afirmarse que el ambiente entre ellos era bastante neutro, quizá porque apenas habían abordado asuntos de índole más personal. La historia del proceso de recuperación del bullenbeisser, con todas sus connotaciones, ocupó las primeras veladas. Sin embargo, con el paso de los días, como las tardes y las noches se hacían demasiado largas en aquel lugar tan alejado de todo, cuando dieron con un tema que a los dos les gustó, su profesión, el asunto terminó llenando todo su tiempo en común.

Para bien de Zoe, después de recorrer por encima la parte más anecdótica de su trabajo como veterinario en Alemania, un buen día Luther se propuso compensar sus carencias de formación, esquematizó todo lo que le faltaba por aprender, y a partir de entonces y día a día fueron recorriendo sus conocimientos técnicos. Entre latas de atún, la ansiedad de Campeón por comérselas antes que ellos, y el fuego de la chimenea que se convertía en la única luz de que disponían al caer la noche, Zoe fue aprendiendo la parasitología y las enfermedades infecciosas más comunes, memorizó los principios activos que componían la farmacología veterinaria moderna, y a través de sus excelentes dibujos descubrió la esencia de la microbiología y de la anatomía patológica. Además, al mes de estar en el refugio, la inesperada muerte de uno de los perros les permitió abordar una larga relación de técnicas quirúrgicas con la única ayuda de un cuchillo de cocina y unas pinzas de depilar que ella había encontrado dentro de su bolso.

Aquellas lecciones sin libros ni catedráticos, sin compañeros ni exámenes, supusieron para los dos un deseado encuentro repleto de explicaciones, preguntas y charlas, que a veces se prolongaban hasta el amanecer con la última brasa consumida. Tras ello, cada uno buscaba su soledad para descansar, o en el caso de Zoe para repasar lo aprendido.

La aparición desde el fondo de un collado de un jinete, envuelto en una capa y a buen paso, la devolvió a la montaña. Esperó a ver qué hacía. El hombre, después de saludarla amigablemente, la animó a que bajara hacia donde él estaba. Zoe puso al caballo al trote, confiada, con la presencia de Jasco a su derecha, que no perdía de vista al extraño.

Se llamaba Martín, a secas. No le quiso dar su apellido.

El poco espacio de cara que asomaba bajo su enorme boina escondía a un tipo duro, de mirada severa y voz ronca. No habló más de tres palabras antes de ordenar que lo siguiera sin desviarse un solo metro de su paso, aunque la primera fue un taco al descubrir su condición de mujer, y la segunda un insulto dirigido a su jefe Anselmo por no habérselo adelantado.

Recorrieron el largo collado por el que había aparecido, y después de cuatro o cinco kilómetros cruzaron un riachuelo, dejando a su izquierda un ancho llano donde había unas cuantas vacas pastando. Un poco más adelante tuvieron que atravesar un estrecho paso con un peligroso precipicio a su izquierda y luego una cascada que Zoe apenas consiguió evitar. Superado un último recodo, alcanzaron un precioso hayedo en cuyo corazón se levantaba un modesto refugio de piedra.

Martín descabalgó de su caballo, estudió los alrededores y al comprobar que estaban solos la invitó a pasar.

En su interior hacía más frío que afuera.

Zoe, recogida sobre sí misma, se asombró al ver cómo el personaje empezaba a quitarse ropa como si estuvieran a cuarenta grados.

—Bueno, pues aquí será donde se haga el intercambio de mensajes. —Miró a Jasco con cierta prevención, dado su fiero aspecto—. ¿Y este va a ser el perro que me va a mandar? Parece demasiado joven…

—Lo es, pero está bien entrenado y cumplirá con lo que se le pida.

—No seré yo quien lo discuta, de acuerdo. —Fue a acariciarlo, pero retiró la mano al dudar si no sería una mala decisión—. ¿Ha pensado cuándo vamos a empezar los contactos, y si serán de noche o de día, o con qué periodicidad?

Zoe le explicó que los dos jueves siguientes acompañaría al perro para hacerle aprender el camino. Sacó de un bolsillo del pantalón un bote de cristal que contenía esencia de eucalipto y derramó un par de gotas sobre el calzado del asombrado receptor. Inmediatamente después buscó dentro de un zurrón un pedazo de carne seca y se la pasó a Martín para que fuera él quien se la diera a Jasco.

—Como lleva dos días sin comer tiene un hambre voraz. Lo que pretendo conseguir es que relacione el olor de su calzado con el premio de la carne, de tal manera que cuando vuelva a pasar hambre acuda en su busca desde donde yo lo suelte.

—Entiendo que siempre he de traerle algo de comida.

—En efecto. —Ella siguió desvelando la táctica que tenían que seguir—. Cada jueves tendrá que esperarlo en este refugio y a esta misma hora. El perro llevará una pequeña bolsa de cuero cosida a su correa donde meteré los mensajes que me haga llegar su compañero de Pau, y usted hará lo propio con los suyos.

—Pues no se hable más, queda todo aclarado. —Le gustó aquella mujer; demostraba un arrojo fuera de lo común. Empezó a abrigarse dando por sentado que la reunión había acabado para él, pero quiso prevenirla—. Tenga mucho cuidado a su vuelta; últimamente se suele ver a una patrulla de alta montaña por la zona de los glaciares. Aunque queda algo separada de su camino, si la vieran tendríamos un grave problema los dos. Para el próximo día, intente vestir de color gris para camuflarse mejor con la piedra de la montaña. Su caballo ya lo hace gracias a su capa oscura, pero usted hoy puede ser detectada a distancia.

La primera parte del camino de vuelta no presentó ningún contratiempo, como tampoco el recorrido más próximo a los glaciares. Pero cuando Zoe tomó el escarpado sendero que unía los dos ibones, su paso por una zona sembrada de pequeños guijarros sueltos, junto con unas fuertes rachas de viento que levantaron verdaderas columnas de polvo, complicó mucho su marcha. Ató con una cuerda a Jasco para que no se perdiera y emprendió el resto del camino sin prisa, hasta que después de algo más de una hora se empezó a divisar el último valle previo a la subida al refugio. La noche se les estaba echando encima, por lo que puso a trotar al caballo.

Una sorpresa le esperaba a la vuelta de una arboleda.

Jasco fue el primero que lo olió, pero al ir atado no reaccionó.

Zoe escuchó un pavoroso rugido, luego se movieron las ramas de un arbusto, después el silencio, y de pronto desde la maleza apareció el morro de un enorme oso con la mirada puesta en ellos.

Al verlo, el caballo se puso a dos patas sin que Zoe pudiera reaccionar, perdió el equilibrio y se cayó a los pies de Jasco. El perro, frenado por la correa, gruñía y enseñaba los dientes a la bestia salvaje que se les venía encima. Zoe, al imaginar la espantada de su caballo, desató a toda velocidad al perro de su montura, con un ojo puesto en el oso y otro en el cordel. El rocín, como era de esperar, tomó impulso con su tercio posterior y salió disparado, evitando en el último momento el zarpazo del úrsido que había decidido empezar por él, pero Jasco, ya libre, decidió atacar al oso. Zoe, incapaz de encontrar las fuerzas necesarias para ponerse de pie y correr, pataleó el suelo en un intento de separarse de aquel escenario de horror. Frente a sus ojos, el gigantesco animal recibió sobre sus fauces el valor del joven perro, que se quedó colgado de él al haberle clavado su poderosa mandíbula entre la nariz y el labio. El oso gruñó de dolor y le disparó las garras a un muslo, abriéndole tres heridas que solo sirvieron para que Jasco apretara aún con más fuerza sus colmillos hasta inmovilizarlo. Zoe no lo podía creer, un perro de apenas un año estaba consiguiendo reducir a un animal diez veces más pesado que él. Aprovechó la ventaja que le daba el perro, se levantó y corrió ladera abajo con todas sus ganas y sin mirar atrás durante un rato, hasta que se sintió demasiado cansada y tuvo que detenerse. Al volverse para ver qué le había pasado a Jasco, comprobó con gran alivio que había salido vivo de la pelea. El perro cojeaba, pero se le veía caminar hacia donde estaba ella.

Se dobló agotada y trató de relajarse un poco, pero las piernas no pudieron resistir la suma del pánico que acababa de pasar, el agotamiento de la carrera y la fuerte impresión recibida, y terminó en el suelo sin fuerzas. En ese momento aparecía corriendo Campeón y algo más retrasado Luther, a caballo. Lo habían visto volver sin Zoe y, al temerse lo peor, habían corrido a su encuentro.

Campeón, muy nervioso, la olfateó de arriba abajo y le lamió las heridas de sus manos. Pero cuando a los pocos minutos escuchó a Jasco ladrar, miró a su ama, obtuvo su aprobación y se lanzó a correr en su busca.

Luther descabalgó de un salto, comprobó con gran alivio que no estaba malherida y le acercó a la boca una cantimplora.

—¿Pero qué os ha pasado?

—Por suerte, a mí nada. Pero vete a buscar a Jasco porque a él sí. Su instinto de alano me ha salvado la vida.

Refugio de Les Deux Pins
Pirineos
16 de septiembre de 1937

IV

—

Luther se enfadó cuando aquel jueves Zoe decidió acudir a su segunda cita con Martín a pesar de haberle trasladado sus objeciones. Jasco se había recuperado en menos de dos días del ataque del oso, las heridas que le había producido eran superficiales, por lo que no había razón alguna para que no la acompañara. Y ella se había mantenido firme en su decisión de cumplir la misión que Anselmo le había encomendado.

Una vez más se quedaba solo en aquel reducido escondite de piedra, vigas de madera y suelo de tierra, que desde hacía sesenta y un días se había convertido en su particular prisión. A lo largo de su vida nunca había tenido tan poco que hacer y tanto tiempo disponible, por lo que pasada la primera semana de su estancia había llegado a la conclusión de que necesitaba organizarse un buen programa de actividades diarias para no perder la cabeza.

Tras desayunar cada día lo mismo, una tira de panceta a la plancha con una infusión a partir de una mala mezcla de hierbas del vecino bosque, una vez habían agotado el café, adecentaba el establo retirando el estiércol que dejaban los perros y el caballo, salía a continuación a dar un corto paseo por los alrededores en busca de algo para comer, revisaba tres cepos fabricados por él donde a veces caía un conejo, y se pasaba un buen rato en la leñera troceando los gruesos troncos con los que alimentar las necesidades de la lumbre.

Cuando agotaba aquellas primeras tareas, le alcanzaba el mediodía sentado en un taburete bajo, frente al hogar, donde calentaba alguna de las conservas que les habían dejado, casi siempre a base de legumbres, o ponía a tostar un pedazo de tocino salado. Su obligada dieta no le ofrecía mucha variedad, y tampoco su vida. La única distracción consistía en un viejo aparato de radio que de vez en cuando captaba alguna emisora francesa, y las menos, alguna del otro lado de la frontera.

Después de comer se dedicaba a dibujar los esquemas con los que enseñaba a Zoe: planos operatorios, un casco de caballo con todos los detalles anatómicos y sus principales lesiones, la dentadura de un perro… Aprovechaba las caras en blanco de las hojas de un almanaque del año dieciséis que había encontrado entre unos periódicos viejos. Aquella tarea, además de ocuparle gran parte de la tarde, ejercía en él un consolador efecto al dar utilidad a su tiempo. Campeón aportaba la compañía, a veces excesiva, pero en general grata, al compartir las largas ausencias de su dueña. Su relación con Luther se estrechaba a medida que iban pasando los días ante el corto abanico de posibilidades que le ofrecía aquella pequeña edificación.

Pero aquella tarde pasó algo, algo que lo cambió todo.

Cuando se encontraba enfrascado en la elaboración de un esquema con las diferentes técnicas de anestesia en el perro, cinco hombres irrumpieron en el refugio. Por su aspecto, entendió que se trataba de un grupo de fugitivos que intentaban alcanzar la Francia neutral, seguramente después de haber pasado un verdadero infierno de travesía. Sus rostros reflejaban un miedo atroz. Se le cayó el alma al suelo. Parecían agotados, temblaban de pies a cabeza, y al ver a Luther levantaron las manos creyendo que sus planes de fuga acababan de irse al traste.

A base de gestos les hizo entender que no estaba armado y que tampoco era policía.

—Entonces, ¿quién es usted? —El cabecilla del grupo lo miró con prevención.

—Yo, Luther, soy alemán.

El que parecía más joven se dirigió a él en su idioma.

—¿Y qué hace un alemán en un refugio de alta montaña?

—Seguramente lo mismo que ustedes: huir.

El joven tradujo sus palabras al resto, lo que provocó un inmediato alivio en sus expresiones.

—¿Son solo ustedes o hay alguien más afuera? —preguntó Luther.

—Teníamos un guía, pero huyó antes de ayer cuando divisamos una patrulla de nacionales. Veníamos con tres hombres más, pero murieron hace dos días; los primeros agotados y uno por culpa de la mordedura de una víbora.

Luther los invitó a que se acomodaran donde pudieran. Algunos habían desgastado tanto sus esparteñas que pisaban sobre gomas de neumático recortadas, protegiéndose los pies con los restos de cualquier tela. Observó en dos de ellos unas feas heridas, medio ennegrecidas.

Cuando entró el último de aquellos desahuciados, Luther puso al fuego una olla con agua para hacer caldo, añadió dos trozos de panceta y un espinazo de conejo y lo dejó cocer. Les buscó algo de ropa y esperó a que se cambiaran mientras recogía la que llevaban, llena de desgarros y agujeros. Cuando los cinco hombres se repartieron frente al fuego, ansiosos por probar bocado, él tomó asiento a su lado, estudió sus miradas y escuchó sus dramas.

Aunque habían recorrido juntos el último tramo de su complicado éxodo, en realidad eran dos expediciones que el destino había reunido a mitad de camino, a pesar incluso de provenir de bandos diferentes y de haber escapado por motivos también distintos. Entre ellos había dos sacerdotes, un profesor de Jaca tachado de rojo por las nuevas autoridades académicas, un miliciano anarquista del POUM que había conseguido huir de la cárcel y un joven falangista leridano perseguido por sus antiguos compañeros de universidad. Cada uno contó su angustiosa experiencia y las razones que lo habían empujado a arriesgar la vida atravesando unas montañas donde la muerte acechaba detrás de cada risco.

Los tres que habían salido desde el norte de Lérida, de zona republicana, lo habían hecho dirigidos por un falso guía que les había robado primero y abandonado después en medio de la montaña, a la altura de Benasque. Pero como viajaban con la inamovible intención de llegar al santuario de Lourdes, con más resolución que fuerzas en sus piernas, habían continuado camino hacia el valle de Tena y se habían cruzado con el otro grupo que escapaba de zona nacional. La precariedad de su situación, la contrariedad de perder al segundo guía, o los riesgos de morir todos de hambre y agotamiento habían conseguido conciliar a una gente que en otras circunstancias hubiera sido impensable siquiera reunir.

A Luther le sorprendió la familiaridad que se había establecido entre ellos cuando en realidad no eran sino enemigos en aquella guerra fratricida. Al escuchar el relato de los dos sacerdotes, uno era presbítero y el otro diácono de la misma parroquia, entendió hasta dónde podía llegar el horror y la barbarie humana al narrar las brutales palizas que habían sufrido junto a otros curas y seminaristas tres semanas antes, habiendo escapado de la muerte de puro milagro. También le impresionó la precipitada huida del que había sido maestro en zona nacional, cuando tres de sus alumnos, a los que había educado, querido y tratado desde su infancia, lo habían sentenciado a muerte por haberse declarado republicano y haber escondido, en una casa de campo que poseía vecina a Jaca, al anterior alcalde socialista que no era sino su propio hermano.

El miliciano, un barcelonés que había abandonado la ciudad condal con las primeras columnas que se mandaron a Aragón, con la nariz doblada y cinco costillas rotas después de los interrogatorios que había sufrido al ser capturado por una tropa de regulares, se dirigió a Luther para pedirle un favor.

—Mi idea es llegar hasta Pau donde vive un amigo, pero también tengo familia en Tramacastilla de Tena. No sé si pido mucho, pero me gustaría hacerles saber que estoy a salvo, para que a su vez informen a mis padres en Barcelona... Está muy cerca de aquí, al sur de Sallent de Gállego. ¿Usted podría contactar de alguna manera con ellos?

A Luther empezó a rondarle una idea.

—Quizá haya una manera, aunque no sería nada fácil. He de estudiarlo despacio. ¿Podría decirme con quién de su familia debería contactar en caso de que lo intente?

El catalán le facilitó el nombre de su primo y su descripción, agradeciéndole de antemano su disponibilidad. Para sorpresa de Luther, el maestro de Jaca preguntó si también podía utilizar al primo del anarquista para hacer llegar a su familia un correo personal, y a esa segunda solicitud se sumó el joven falangista y también los sacerdotes. Luther les facilitó papel y lápiz y en pocos minutos recogió cinco notas dirigidas a cinco destinatarios diferentes.

Apremiados por abandonar el refugio y retomar su camino antes de que se hiciera de noche, se bebieron el caldo agradecidos por la generosidad de Luther y emprendieron el último descenso hasta alcanzar el valle. Desde allí buscarían un pueblo que tuviera gendarmería donde solicitar la condición de exiliados, para después dirigirse a sus respectivos destinos.

En el momento que Luther se quedó solo, recogió aquellos cinco mensajes y los leyó. Aunque no terminaba de entenderlos del todo, imaginó que detrás de cada uno había historias familiares rotas, recuerdos envueltos en cariño y avisos para aliviar la segura preocupación de unos seres a los que nunca conocería. Retomó la idea que se le había ocurrido, miró por la ventana, y se sintió reconfortado. Aprovecharía la ausencia de Zoe el siguiente jueves para dirigirse montaña abajo en busca del familiar del miliciano en aquel pueblo, al otro lado de la frontera.

Sabía que se jugaba su propia seguridad, pero iba a merecer la pena.

Cuando Zoe llegó aquella noche le extrañaron varias cosas. Encontró una olla con bastante caldo, y sin embargo Luther estaba preparando un revuelto de huevos con setas. Y debajo de una silla descubrió un pantalón muy estropeado y hecho un gurruño que no recordaba haber visto. Pero además, en el ambiente sobrevolaba un tufo que no coincidía con el habitual olor de su compañero de refugio.

—¿Hemos tenido visita?

Mientras dejaba el zurrón sobre una mesa, echó un vistazo a su alrededor sin entender qué estaba pasando.

—Pues claro, han venido a tomar café nuestros vecinos de valle —ironizó él.

—No me tomes el pelo. Alguien ha estado aquí.

—Pero ¿a cuento de qué piensas eso? —Luther avivó el fuego sin querer mirarla—. He pasado toda la tarde junto a Campeón, y me he entretenido escribiendo más y más papeles, que por cierto hoy te van a encantar porque nos toca empezar nueva materia…, la anestesia.

Zoe se dio por vencida, aunque no terminó de convencerla su comportamiento. Acababa de sentarse y acusó en un instante todo el cansancio del día, le pasaban factura la pesada excursión hasta aquel ibón y las cuatro horas a caballo.

—Eso huele muy bien… Estoy hambrienta.

Campeón olfateó alrededor de la sartén donde se cuajaban los huevos, miró a Zoe para saber si iba a poder probar aquel manjar, y al recibir su negativa bajó la cabeza y se tumbó en una esquina a la espera de recibir su ración diaria de patatas cocidas y moras, que en aquel comienzo del otoño era todo lo que el bosque les podía ofrecer.

Bostezó aburrido, apoyó la cabeza sobre las patas y se pasó la lengua por la boca al recordar los cinco tazones que había conseguido relamer mientras Luther despedía a aquellos hombres.

Puerto de Brest
Francia
Madrugada del 18 de septiembre de 1937

V

A eso de la una de la madrugada diez desconocidos abordaron la cubierta del submarino republicano C-2, amarrado a puerto desde hacía una semana por una reparación menor, gracias a la complicidad de su comandante. Entre ellos el primer oficial de otro de los sumergibles de la Armada republicana fondeado en Burdeos, el C-4, y Andrés Urgazi. Este último se colocó detrás de Troncoso, junto a una pareja de italianos, dos franceses del grupo fascista Croix de Feux, y tres agentes más de la comandancia de Irún, todos a la espera de ver abierta la escotilla por donde entrar.

Andrés tenía preparada su pistola. Sabía por Anselmo que uno de los contramaestres estaba avisado de la hora y día en que se iba a producir, pero desconocía cómo pensaba operar.

Nada más pisar la cubierta de la nave y de forma inesperada, se les abalanzó un hombre que puso en aviso al resto de la tripulación a gritos. Troncoso respondió plantándole el cañón de su pistola entre las cejas con la amenaza de levantarle la tapa de los sesos si no se callaba de inmediato, gesto que repitió el resto del grupo con cada uno de los marineros que empezaron a aparecer. De los siete asaltantes que entraron al sumergible, cuatro se dirigieron hacia la sala de torpedos, donde se enfrentaron a un grupo de suboficiales. Estos, al ir desarmados, aunque forcejearon, terminaron doblegándose a los pocos minutos. El resto de la tripulación también se rindió. Todos, salvo el segundo contramaestre que se había escondido en la cabina de mando.

Cuando intentaron entrar, el refugiado amenazó con matar al primero que se atreviera a poner un pie dentro.

—Vamos a sacar a ese cabrón de ahí —aseguró Troncoso después de haberle lanzado una carga de gases lacrimógenos.

Dejó pasar unos minutos, los suficientes para conseguir su aturdimiento, momento en el que ordenó a dos de sus hombres que entraran a por él. El amotinado se llevó por delante al primero reventándole la cabeza de un disparo, lo que provocó un intenso tiroteo entre las dos partes, hasta que al verse acorralado se encerró en la torreta blindada del sumergible.

Andrés sabía que el contramaestre estaba del lado de los servicios de inteligencia republicanos, pero desconocía si actuaba en solitario. Troncoso, afectado por el contratiempo, se dirigió al comandante del submarino.

—Ordene a su mecánico que arranque motores. Necesitamos salir de puerto y alcanzar alta mar lo antes posible.

—He de buscarlo... —El primer oficial se dirigió a Andrés y a uno de los franceses—. ¡Acompáñenme!

Lo siguieron hasta la sala de torpedos donde lo encontraron encerrado en una de sus camaretas. Cuando le quitaron la mordaza y el comandante le trasladó la orden, se negó a obedecer.

—¡Hágales caso o le matarán! —le conminó su jefe.

—Mi comandante, aunque quisiera no iba a servir de nada. Ayer por la tarde, el contramaestre me ordenó que no recargara los acumuladores, y sin el motor eléctrico el submarino no podrá navegar.

Andrés se felicitó por la eficaz actuación de su hombre dentro del C-2.

—¡Maldita sea! —exclamó Troncoso.

—Esto huele a boicot —apuntó otro del grupo.

Miraron al comandante por si se le ocurría alguna solución, pero el hombre no pudo hacer otra cosa que confirmar la incapacidad del C-2 para navegar.

—Entonces solo nos queda escapar —resolvió Troncoso, fastidiado por el fracaso de la operación—, y además a toda leche, no vaya a venir la gendarmería francesa y terminemos todos enchironados.

La orden de retirada corrió de boca en boca entre los miembros del comando, quienes tuvieron que abandonar al fallecido, debido a los riesgos que conllevaba una huida con él. Se repartieron en tres coches, y a Andrés le tocó el que conducía Troncoso. Iban los dos solos.

Eran las dos de la madrugada cuando, según lo convenido, desde la nueva sede del Ministerio de Estado republicano en Valencia se realizaba una llamada al máximo responsable de la gendarmería francesa de Brest y otra al de Burdeos para denunciar el intento de secuestro del submarino español. Advertidos de la existencia del comando terrorista, los dos jefes policiales pusieron en marcha un importante despliegue de fuerzas para localizarlo. Como la información suministrada provenía de una fuente oficial del Gobierno español, y la personalidad de los sospechosos era de sobra conocida por la Policía gala, que llevaba tiempo tras los pasos de Troncoso, en ningún caso repararon en medios.

Andrés, consciente de los planes de Anselmo, imaginó que de camino a Irún se cruzarían con varios controles de la gendarmería. A los dos primeros vehículos los pararon en las Landas, tan solo unas horas después del intento de asalto. Pero Troncoso decidió en el último momento cambiar su ruta para evitar la carretera principal, y tomó la de Mont-de-Marsán. Una decisión afortunada que evitó que terminara detenido.

A pocos minutos de alcanzar Biarritz, Troncoso le trasladó una comprometedora pregunta.

—¿Crees como yo que la misión ha sido boicoteada?

Andrés tocó con sus dedos el acero de su pistola Star por si la tenía que usar adelantándose a sus posibles conclusiones.

—Así lo creo. Volvemos a tener un topo —determinó sin temblarle la voz.

No se le ocurrió nada más contundente para neutralizar sus dudas. Todavía flotaban en su recuerdo los sótanos de la comandancia y el suplicio que había padecido en ellos. Pensó que si Troncoso barajaba una lista de sospechosos, él la encabezaba, sin duda.

—Comparto la misma opinión. —Lo miró de reojo con suspicacia—. Porque ese contramaestre sabía de antemano que íbamos a entrar. Lo que significa que de nuevo uno de los nuestros se ha ido de la lengua. Pero esta vez, juro que me voy a encargar personalmente de desenmascararlo. Estoy harto de traiciones, y esta me la voy a cobrar cara, muy cara...

Bosque de Gabas
Pirineos franceses
14 de octubre de 1937

VI

Como todos los jueves Zoe recogió la bolsa plastificada con un nuevo mensaje.

La encontró en el interior del tronco de un árbol. Montó en su caballo y salió de aquel bosque situado a media distancia entre el refugio y la carretera general que unía Pau con el puerto del Portalet. Miró el reloj y apretó el paso del animal.

Cuando entró con el caballo a la cuadra encontró a Luther recogiendo los huevos del gallinero. Al escuchar un relincho a sus espaldas se volvió a mirar.

—¿Sigue lloviendo?

—No ha parado desde que salí esta mañana.

Zoe se quitó la capa de agua y la sacudió con energía. Se arregló el pelo y se acercó hasta donde él estaba. Tomó asiento sobre un paquete de paja y observó lo que hacía. En sus manos llevaba la bolsita.

Luther espantó a una gallina que se negaba a cederle su huevo, completó la docena que había ido a buscar y se dio media vuelta para mirar a Zoe. La encontró pensativa. Para ella, aquel jueves sería uno más en sus tareas de apoyo al espionaje republicano, pero en el caso de Luther iba a significar un importante estreno al poner en marcha un auténtico corredor humano de hombres y mujeres desesperados. Miró la hora en su reloj y sintió prisa y ganas de empezar a moverse. Aunque necesitaba que Zoe se fuera pronto para tener libertad de movimientos, no quiso pasar por alto algo que había escuchado en la radio mientras desayunaba.

—En los informativos de las nueve han dado una noticia terrible… —Zoe lo miró—. Según han explicado, ayer se produjo una gran explosión a las afueras de Jaca, en una instalación donde al parecer los nacionales estaban fabricando proyectiles de mortero. Hay diez mujeres muertas y otras cuarenta y tantas malheridas.

—Es terrible, sí. Tan terrible como cualquiera de las noticias que escuchamos a diario. En este país estamos en guerra, Luther, cada día mueren cientos de personas.

—Ya. ¿Y sabes que la semana pasada descubrieron a dos hombres ametrallados no muy lejos de aquí, en una cuneta de la carretera de Sallent de Gállego a Jaca?

Zoe lo miró en silencio un momento, y luego, intuyendo el porqué de los comentarios, preguntó:

—¿Por qué me estás contando todo esto?

—Tú verás, Zoe… Quizá sea pura casualidad, pero quién sabe si no son esos los objetivos marcados en los mensajes que los perros están trasladando.

Zoe fue a decir algo, pero no la dejó hablar.

—Con la de hoy habrás hecho ya cuatro entregas, ¿no te has sentido alguna vez tentada de leerlos?

—Luther, no te metas. Es mi país, estamos en guerra. A veces hay que tomar partido. Tú no puedes entenderlo.

—¿Y tú lo entiendes, Zoe? ¿Entiendes lo que estás haciendo? Si descubrieses que las acciones que acabo de contarte tienen algo que ver con tu misión, ¿dormirías tranquila? Creo que alguien con un mínimo de ética no puede prestarse a hacer algo así, y si lo hace, ha de hacerlo asumiendo su responsabilidad.

—¿Quién te crees que eres para juzgarme? ¿Hablas de ética tú? ¿Tú que estuviste meses entrenando perros para el ataque? ¿Tú que fuiste un peón obediente de los nazis? —Se arrepintió de aquellas palabras casi al momento de pronunciarlas. Sabía que el golpe había sido muy bajo.

Luther estaba pálido.

—Me vi obligado a hacerlo. Y sí, tienes razón, no actué bien, y por eso sé de lo que hablo. Recordarlo es un infierno, y te aseguro que no se te olvida. Lo revives cada día, cada noche. Tu eres buena persona, no puedes…

Zoe no quiso escuchar más.

—Desde que entramos por la puerta de Les Deux Pins he tenido que soportar, casi a diario, tus miradas, tus comentarios. Sé que desapruebas lo que hago, pero no tengo por qué aguantarlo… —Se puso en pie y empezó a sacudirse los restos de paja de forma nerviosa—. No admito que me culpabilices de todos los males que has escuchado por la radio. La guerra es la única causante de todos esos daños, como lo fue de las muchas brutalidades que he vivido en primera persona. Ahora resulta que yo soy la culpable… Estoy harta, ¿sabes? Harta de vivir contigo. Me cansas, me aburres… Me…

—Zoe, escucha…

—¡No! No quiero oír ni una palabra más. Me voy con Jasco y este mensaje —blandió el sobrecillo en el aire—, para ver si por mi culpa se cargan a alguien más.

—¡No te vayas! —alzó la voz—. Atrévete a abrir esa bolsa y leámoslo. Si estoy equivocado, te pediré perdón de inmediato.

Zoe, que había estado a punto de irse, jugueteó con ella entre las manos y se lo pensó dos veces. Se sentía enfurecida y con ganas de mandarlo al infierno, pero para dejar las cosas zanjadas de una vez por todas decidió ver su contenido. Dentro había un sobre sellado. Lo acercó a la lumbre con cuidado para despegar el lacre sin romperlo y recuperó de su interior un papel doblado por la mitad. Al leerlo trató de descifrar lo que estaba escrito, pero no entendió nada.

—Es imposible. Está en clave.

—Déjame verlo.

Insertadas entre las palabras aparecían salteadas y en aparente desorden unas cuantas consonantes que entorpecían el significado global. Vio que aumentaban además de número e imaginó que respondían a un tipo de secuencia. Pidió que se lo dejara antes de irse para transcribirlo en un papel y poder dedicarle un rato con más tranquilidad.

Zoe lo miró alterada. Arrugó el ceño y dudó si aquello servía para algo.

—Date prisa porque me he de ir. Ah, y por el bien de nuestra convivencia, intenta no sacar conclusiones antes de tiempo.

La montaña se había teñido de blanco en poco menos de tres semanas y la abundante nieve había tapado por completo su vegetación. En los últimos cuatro días no había dejado de nevar un solo momento, pero aquel jueves lucía el sol. Sin embargo, Zoe estaba congelada y no solo por fuera. La repercusión de la noticia que Luther le había trasladado la reconcomía. Porque, a pesar de la encendida defensa de su honorabilidad, no las tenía todas consigo y quizá las suposiciones de Luther fueran ciertas.

Recorrió el arroyo de Arrious hasta el lago del mismo nombre después de haber atravesado la frontera. Cabalgaba sin apenas poner atención, pensando.

Nunca había sentido aquella guerra como suya, y sin embargo le había tocado conocer de cerca sus caras más oscuras. Sus huidas de Madrid y de Burgos habían sido causadas por la crueldad y brutalidad de una gente que en otras condiciones quizá nunca se hubiera comportado de aquel modo. Y pensó en Mario y en Oskar. El profundo odio que estaba invadiendo el corazón de tantos y tantos españoles había transformado a algunos de ellos en auténticos monstruos.

Miró a Jasco; quizás dentro de su correa viajaba la muerte de alguien o tal vez el dolor de muchos. Y se espantó ante la idea de estar participando en ese juego de horror.

En el exterior del refugio Luther estaba esperando la llegada del familiar del miliciano, con el que había conseguido contactar a los pocos días de haber recibido la visita del grupo de refugiados.

Aurelio, que así se llamaba, era un pastor de ovejas que se conocía hasta el más pequeño rincón de aquellas montañas al haberlas pateado durante no menos de cuarenta años. A Luther no le había sido difícil dar con él cuando siguió las indicaciones dadas por su primo. En aquella época del año se le podía ver con sus ovejas en un paraje próximo a la frontera con Francia, que por su especial microclima ofrecía comida cuando el resto de pastos escaseaban.

Luther no tuvo que escarbar mucho en su personalidad para darse cuenta de que Aurelio, a sus cincuenta y pico años, era sobre todo un tipo básicamente bueno. El hombre, además de agradecerle haber ayudado a su familiar en su huida de España y de valorar los riesgos que había corrido para dar con él, creyó en su buena fe y no dudó en pedirle que diera un paso más para acometer con él un proyecto que había decidido poner en marcha; una idea que iban a terminar de hablar esa misma tarde aprovechando que el pastor tenía que pasar cerca del refugio, de paso al mercado de Pau, donde según explicó le pagaban mejor los corderos que en Huesca.

Aurelio apareció a la hora convenida con dos gossos d'atura, un centenar y medio de ovejas y sus respectivos corderos. Campeón ayudó a los perros a mantenerlas quietas cerca del refugio, mientras el pastor entraba a hablar con Luther. Sin haberse sentado a la mesa donde le esperaba un bocado, le preguntó abiertamente si había tomado ya una decisión con relación a su propuesta.

A pesar de su mal castellano, Luther consiguió hacerse entender. Le dejó claro que podía contar con él y con sus perros, a pesar de los riesgos que conllevaba. La causa bien lo valía.

El pastor le agradeció su apuesta con vehemencia y lo celebró estrechando con fuerza su mano.

—No se arrepentirá. —Relajó su postura, tosió el mal habano que se acababa de encender y estiró los pies hasta dejar las pesadas botas de monte cerca del fuego—. Como ya le conté, yo me encargaré de llevar a los fugitivos hasta el barranco de Bocitero, al oeste del río Aguas Limpias. A partir de ahí será trabajo suyo, suyo o de los perros. Le he dibujado un plano con una ruta que casi nadie conoce; recorre siete kilómetros dentro de España y el resto en Francia. No le dará problemas.

—¿Cuándo la primera?

—Puede que para dentro de cinco o seis días. Mándeme uno de sus perros y se lo devolveré con la fecha y hora exacta.

Después de abordar algunos detalles menores, se despidieron deseándose suerte para sus conjuntas misiones. Le asombró su habilidad para reunir a las ovejas con tres únicos silbidos con los que puso a trabajar a los perros, pero más aún su enorme talla moral. Se abotonó la pesada chaqueta de lana y aspiró el límpido aire que venía del sur.

Zoe y Jasco habían llegado al lago Arrious. Para ella, la presencia de sus aguas suponía haber alcanzado el destino final de su viaje, y para el perro el punto donde empezaba su recorrido en solitario hasta encontrarse con Martín. Los ocho kilómetros que el animal debía hacer de ida y los correspondientes de vuelta le ocupaban menos de una hora, el tiempo que Zoe tenía que esperar para regresar juntos a Les Deux Pins.

Empezó a nevar con fuerza cuando los cascos de su caballo chapotearon en la orilla del lago. Jasco movía el rabo nervioso a la espera de su orden. Zoe sacó los prismáticos de la funda y exploró la zona por la que tenía que pasar el perro, sin encontrar nada extraño. Y cuando iba a pronunciar la palabra clave para ponerlo en carrera, vio aparecer a su izquierda a media docena de soldados esquiando a gran velocidad por la ladera sur del monte que rodeaba el lago. Aunque estaban a bastante distancia de ellos, Jasco se puso a ladrar. El eco que había en aquel lugar amplificó el sonido, lo que atrajo a sus perseguidores.

Desde la lejanía, le dieron el alto.

Zoe reaccionó con rapidez, calculó el tiempo que necesitaría para volver a atravesar la frontera y la velocidad que llevaban aquellos hombres, y temió no conseguirlo. Azuzó a su caballo, y el animal se puso a cabalgar poniendo en ello todo su empeño, pero no había pasado ni un minuto cuando empezaron a sentir a su alrededor los primeros disparos. La mala fortuna hizo que una de las balas rozara una de las patas del caballo y provocase su estrepitosa caída sobre la nieve, arrastrándola a ella. Jasco se puso a ladrar como un loco al sentir el peligro cada vez más cerca, y Zoe, con apenas unos rasguños, después de ver que la herida no era importante tiró de las riendas para levantar al equino, pero no tuvo éxito. El caballo pateaba furioso, pero no acertaba a ponerse en pie. Ella miró a su espalda y los vio a menos de quinientos metros. Con la velocidad que llevaban, si no salía de allí de inmediato, se le echarían encima. Devolvió su atención al animal, y cuando no sabía qué más hacer, Jasco tuvo una buena idea. Le marcó un corvejón con sus colmillos, sin apretar fuerte, pero lo suficiente para que de un brinco el caballo volviera a estar a cuatro patas. Zoe montó de un salto, le clavó los tacones de las botas y sintió al momento el poderoso empuje de su tercio posterior, una vez se había lanzado al galope. Jasco se les adelantó hasta desaparecer de su vista.

Después de dibujar unas cuantas guirnaldas en la montaña, dos de los esquiadores forzaron un rápido derrape y apuntaron mejor sus armas buscando el perfil del equino. Al constatar lo cerca que el perseguido estaba de la frontera, dispararon sus fusiles hasta vaciar los cargadores.

Zoe, aferrada al cuello del caballo sentía la tensión de sus músculos sin mirar hacia atrás. El animal disparaba la nieve helada a su paso, con toda su atención puesta en el frente hasta que pisaron suelo francés. Solo en ese momento, viéndose a salvo, rebajó su velocidad y los dos respiraron más tranquilos. Zoe pensó en las consecuencias de haber sido localizada por aquella patrulla. No solo no iba a poder entregar el mensaje ni avisar a Martín, lo que acababa de ocurrir afectaba a todos los correos que le hicieran llegar. Sin ningún género de dudas, la vigilancia que se impondría sobre aquella zona a partir de ese momento complicaba definitivamente el futuro de la misión.

Decidió ponerlo en conocimiento del otro agente de Pau y de Anselmo, a través de un mensaje que dejaría en el árbol que ejercía de buzón en sus comunicaciones.

Pasados unos kilómetros y afectada todavía por el peligro que acababa de vivir, se sintió emocionalmente frágil. Por un momento, y a pesar de la discusión que habían tenido unas horas antes, deseó que Luther estuviera allí.

Jasco apareció después de un buen rato y se unió a su paso como si no hubiera pasado nada. Zoe vio en su valiente actuación la misma que tantas veces había demostrado Campeón. Una noble actitud que despertó en ella un profundo orgullo.

—Gracias por lo que has hecho, Jasco. Eres un buen perro.

Cuando aquella noche entró en el refugio se abrazó a Campeón para disfrutar de su compañía. Le hubiese gustado poder contarle a Luther lo que había ocurrido, pero él ya le había dejado claro que detestaba lo que estaba haciendo, y lo último que necesitaba era una nueva tanda de reproches, así que decidió irse a dormir cuanto antes. Aun así, necesitó preguntar:

—¿Has podido descifrarlo?

—No, todavía no.

Un incómodo silencio se instaló entre ellos.

—Bueno… Yo estoy agotada, me voy a la cama.

—¿No vas a cenar?

—No tengo hambre. Buenas noches.

Hotel Plaza Biarritz
Francia
6 de octubre de 1937

VII

El excomisario de Policía de Santander, Manuel Neila, era uno de los nombres marcados en la lista con la que operaba uno de los comandos del nuevo servicio de inteligencia franquista. Pretendían organizar su secuestro en la lujosa villa que el alto exfuncionario poseía en Anglet. El constante latrocinio que había demostrado aquel hombre hacia algunas personalidades de derechas, afincadas en la capital cántabra antes de que fuera tomada por las tropas franquistas, como su brutal comportamiento en general le habían granjeado una sanguinaria fama que no podía quedar impune por el hecho de haber escapado de España.

Aquella era una de las misiones que se estaban discutiendo en la habitación ocho del hotel Plaza donde se había establecido provisionalmente el nuevo responsable del Servicio de Información Militar y Policía, conocido por sus miembros como SIMP.

Tras las masivas detenciones que había practicado la gendarmería francesa a lo largo del mes de septiembre en Bayona, San Juan de Luz y Biarritz, los servicios secretos nacionales habían sufrido un duro golpe. Julián Troncoso había sido encarcelado, y con él cuarenta agentes más, dejando medio desarmada la anterior operativa de inteligencia. Sin embargo, en menos de un mes y bajo la nueva dirección del comandante

José Ungría, quien había sido antiguo agregado militar de la Embajada española en París, se había conseguido reorganizar parte de los comandos, reunidos ahora en el hotel para recibir sus órdenes.

Andrés Urgazi estaba escuchando atentamente las nuevas directrices, pero cuando Ungría empezó a hablar sobre unas extrañas coincidencias que se estaban produciendo en torno a la frontera de Huesca con Francia prestó especial atención.

—Desde hace un mes hemos detectado un significativo aumento de boicots en esa región. Nos han incautado un envío de granadas y ametralladoras suecas cuando estaban a punto de atravesar el túnel de Canfranc, se ha volado una fábrica de obuses en Jaca, y uno de nuestros agentes fue secuestrado en Tarbes cuando iba a recoger unos planos de vital importancia. Quien se está adelantando a nuestras acciones es evidente que conoce bien su trabajo. Hemos de localizar a esa unidad enemiga y neutralizarla de inmediato.

Uno de los agentes más veteranos, Ibáñez de Opacua, se postuló para realizar con tres hombres más un barrido desde Aragües del Puerto a Bielsa, vanagloriándose de conocer mejor que nadie la zona.

Andrés, aunque solo estaba parcialmente informado sobre las actividades que desarrollaba su hermana junto al veterinario alemán en aquella región, temió que estuvieran hablando de ellos.

—Me gustaría formar parte de ese comando —intervino, interrumpiendo a Ungría.

—No, Andrés, prefiero que te quedes en Biarritz a la espera de una posible misión. Creemos que en estos días pueden llegar al aeródromo cinco aeroplanos desmontados y embalados bajo encargo del Gobierno rojo. Si se confirma la veracidad de la noticia, necesitaré a alguien que compruebe la naturaleza del cargamento para informar cuanto antes a Burgos y denunciarlo al Gobierno francés.

Lo que menos imaginaba Andrés era que aquella decisión también obedecía a órdenes externas. Porque a los anteriores recelos de Troncoso, que Ungría había empezado a compartir, desde hacía una semana se le habían sumado los de la Abwehr. En una reunión mantenida en aquella misma habitación, el jefe de los servicios secretos alemanes en Francia había descrito a Andrés como objeto de su máxima prioridad, dado que su hermana había participado en el secuestro del bombardero. Tenían la esperanza de que los llevara hasta ella, y posiblemente a su cómplice Luther Krugg. Además de poner sobre la mesa aquella razón, sumaron otra de mayor calado al desvelar el interés que el mismísimo Göring tenía en el caso. Con aquellas premisas Ungría había entendido la urgencia de los servicios secretos alemanes, como también el estrecho seguimiento que pretendían dar a su hombre, a lo que accedió sin rechistar.

Andrés, sin saber que estaba en boca de tanta gente y desconociendo la delicada situación en la que se encontraba, aceptó la misión. Desde ese instante no vio el momento de abandonar el hotel. Temiendo por su hermana. Solo sabía que estaba escondida en algún enclave de los Pirineos en la región de Pau, y que se había prestado a colaborar en alguna labor de espionaje. Necesitaba informar a Anselmo a través de su habitual contacto en la carnicería para que supieran lo que se estaba organizando.

Cuando cerró la puerta de la carnicería, miró a ambos lados de la calle y tan solo vio a una anciana estudiando el escaparate de una librería y a una pareja de jóvenes sentados en un banco, besándose como si no hubiera mañana. Se alejó de ellos despreocupado, sin darse cuenta de que en el mismo momento en que doblaba la esquina con la *avenue* de Jaulerry los aparentes enamorados se levantaban y, cogidos de la mano, lo seguían sin perderlo de vista.

* * *

A cuatrocientos kilómetros al sur, Oskar Stulz acababa de colgar el teléfono encantado. Desde hacía una semana conocía los movimientos del hermano de Zoe, y tenía la esperanza de que en algún momento lo llevase hasta Luther. A pesar de la durísima amonestación que había recibido por parte de Göring durante una visita ex profeso a principios de septiembre, ahora reconocía la gran ayuda que este le había procurado al ofrecerle a la Abwehr para dar con ellos.

Arrancó la moto, se puso el casco y se dirigió al aeródromo de Gamonal, donde le esperaba su avión y una operación de ataque a las posiciones del ejército popular a las afueras de la ciudad de Huesca. Se proponía realizar un trabajo brillante para compensar su decepcionante fracaso con Luther, y conseguir de una vez por todas la cruz de hierro.

Una hora después se ajustó los cinturones de seguridad del Messerschmitt, activó todos sus dispositivos de vuelo y, mientras esperaba la orden de despegue, se acordó de su mujer y del hijo que esta le había robado. Sacó de su cartera una fotografía en la que estaba con ella en las escaleras de entrada de su casa de Burgos, recién casados, y sintió una mezcla de rabia e impotencia.

Si había hecho bien las cuentas, el niño nacería en enero.

Se imaginó en París, recuperando como fuera al heredero del apellido Stulz, y prometió castigar a su madre como se merecía.

En guerra todo valía, también con una mujer como esa.

Refugio de Les Deux Pins
Pirineos franceses
19 de octubre de 1937

VIII

Luther se había pasado toda la noche empeñado en descifrar aquel mensaje. Le había costado mucho hallar sus claves, pero gracias a su paciencia y a un pequeño error, se pudo agarrar a esa pista y con ella terminó por descubrir ciertas reglas que, sin ser todas, le permitieron entender con bastante precisión el contenido.

Lo dejó encima de la mesa junto a su traducción antes de salir con Campeón y uno de los alanos para encontrarse con Aurelio y recoger al primer grupo de fugitivos en el lugar que este le había indicado. Llevaba en sus manos el pequeño plano. Eran las siete de la mañana y, si no se le daba mal, estaría de vuelta a las once, después de haber recorrido unos diez kilómetros a través de las montañas.

Zoe había salido antes que él y no se habían visto.

Ella había ido al bosque donde recogía los encargos del agente de Pau para informar a Anselmo de las dificultades que tenía para desempeñar sus labores de espionaje, a partir de haber sido detectada por las tropas nacionales de alta montaña, y su decisión de detener durante un tiempo el envío de nuevos mensajes.

Cuando regresó al refugio y no encontró a Luther dentro, ni tampoco en el establo, se empezó a preocupar en serio. Le extrañó no ver a Campeón y comprobó que también faltaba uno de los alanos.

Entró desconcertada al interior de la casa, tiró la pelliza sobre la cama y decidió tomar una infusión. Al ir a por una taza, sobre la mesa descubrió dos papeles. Los leyó.

En uno de ellos reconoció el texto del mensaje que había copiado Luther con intención de descifrarlo, y cuando abordó el contenido del segundo tuvo que sentarse. El escrito recogía nombre y apellidos de alguien a quien tachaban de traidor, con la indicación de «eliminar», y la ubicación de dos edificios en Jaca para ser volados.

Rompió en pedazos los papeles y los tiró al suelo. Le faltaba el aire.

No podía culpar a nadie más que a ella. Nadie la había engañado. ¿Qué responsabilidad iba a pedirle a Anselmo cuando se estaba librando una guerra y él trataba de actuar en defensa de sus legítimos intereses, con los medios que pudiese? ¿Y ella? ¿Realmente no lo sabía? ¿Qué creía que eran aquellos mensajes? ¿Saludos? ¿Felicitaciones de cumpleaños? ¿De verdad nunca se le había pasado por la cabeza que lo que estaba haciendo con los perros podía significar un daño real?

Se odió por hipócrita y lloró.

Se pasó un buen rato apoyada sobre la mesa hasta que escuchó un ladrido familiar, y al abrirse la puerta recibió la alegría de Campeón.

—¿Dónde te habías metido?

El perro levantó las dos patas delanteras y las apoyó sobre sus piernas. Zoe lo acarició a fondo, para satisfacción del animal, que venía de haber pasado un intenso frío.

—Me ha ayudado a mí... A nosotros. —Luther empujó la puerta. Detrás de él Zoe vio a cinco desconocidos, ojerosos, agotados y temblando.

—Pero...

Luther los invitó a entrar al interior del refugio ante la desconcertada mirada de Zoe. Uno de ellos llevaba pegado a los pies a uno de los alanos más jóvenes.

—Son fugitivos, a los que ayudo a escapar de España.

—¿Te has vuelto loco?

Zoe se levantó de la silla con tanta energía que la tiró al suelo.

—No, para nada.

—Ahora entiendo lo del otro día. Me lo negaste, pero has tenido que estar viéndote con alguien para organizar todo esto. Nos has puesto en peligro a los dos. ¿Por qué no me lo contaste? No quiero pensar lo que nos puede pasar si nos denuncia alguien.

Zoe, atragantada por la indignación, le asaeteaba a preguntas y reproches.

—¿Así agradeces que te ayudáramos a escapar? ¿Ignorando las directrices de Anselmo? Nos utilizaste y ahora nos pones en peligro. ¿Y pretendes darme lecciones de ética?

—Zoe, vienen extenuados… No creo que sea el momento.

Ella se dio cuenta de que estaba gritando rabiosa, ignorando por completo el drama de los recién llegados, y se sintió avergonzada.

Al constatar el penoso estado de aquellos hombres cambió de actitud. Dejó de hablar y fue a poner una olla con agua al fuego para prepararles algo caliente. Y además sacó de la pequeña despensa varias tiras de carne seca para que comieran algo. Al verla llegar con aquel jugoso alimento, uno de ellos, el más anciano, se lo agradeció.

Ella observaba cómo Luther ayudaba a sentarse a unos y a otros, les quitaba los abrigos o les acercaba un vaso de agua, y sintió una honda admiración. No entendía ni cómo ni cuándo había podido organizar aquel trasiego humano, pero su gesto era tan noble que no se atrevió ni a preguntar. En ese momento era consciente de que lo único importante eran sus invitados, y a ellos se dedicó en cuerpo y alma mientras escuchaba sus historias y sus miedos, los porqués de su huida y las esperanzas que tenían puestas en algún lugar demasiado lejos de sus casas y de sus vidas.

Cuando los despidieron a media tarde, Zoe se quedó con la sensación de que había pasado algo demasiado importante como para no hablarlo despacio con él, pero que la decisión que había tomado Luther desde ese momento iba a ser también la suya.

De vuelta a la cocina, se instaló un silencio extraño entre ellos que ninguno se atrevió a romper. La traducción de aquel mensaje, su decepción por haber tomado una decisión equivocada, o haber visto cómo Luther había empleado a los perros para una finalidad bastante mejor que la suya la llevaron a ver las cosas de otro modo. Se volvió hacia él, dejó lo que tenía en sus manos y, sin pronunciar una sola palabra, le regaló una mirada cargada de reconocimiento. Luther respondió con otra que a Zoe le pareció contenida, como si no quisiera reflejar lo que de verdad sucedía en su interior. Y se sintió turbada, pero no la rehuyó, se mantuvo quieta, a la espera de una palabra que no vino, y de un porqué, que tampoco.

Aquella noche la conversación que mantuvieron a los pies de la lumbre fue diferente a cualquier otra, porque Luther decidió hablar de Katherine. Habían pasado seis meses de su muerte y sin embargo hasta aquel momento nunca había intentado expresar en voz alta y a nadie la sucesión de emociones que había sentido tras el fatal suceso.

—Mi mujer era un ser extremadamente sensible, alegre y vitalista, pero también frágil. Su amor era inagotable, incondicional. Me respetaba y creía en mí, pero vivía llena de miedos, era aprensiva, y cualquier suceso que afectara a nuestra *plácida* rutina la desestabilizaba. Por eso sufrió tanto durante los últimos años, entre nazis y absurdos perros mitológicos, aunque eso no fue lo que en realidad la llevó a perder la cabeza…

Zoe escuchó con espanto la causa de su suicidio desde un hondo respeto y sin atreverse a preguntar nada más para no remover su dolor. Con la mirada puesta en las brasas le transmitió su pesar y sintió la necesidad de confesar sus últimas decisiones.

—He comunicado a Anselmo mi voluntad de no volver a actuar como espía para él.

—Me alegra saberlo. Pero creo que yo también te debo una explicación. Tendría que haberte contado cómo surgió la oportunidad de ayudar a esa gente.

—No te preocupes, no pasa nada. Lo peor es que no sé cómo se tomará la noticia Anselmo ni cuánto tiempo más nos mantendrá por aquí. Si tuviéramos que irnos, ¿has pensado qué hacer? —Probó un sorbo de licor de hierbas.

—Aún no lo sé. Dependerá de lo que suceda en Alemania. Si los nazis se mantienen en el poder, me tocará seguir escondiéndome, y en permanente peligro, o buscar algún lugar lo más alejado de Europa donde vivir.

—¿Y no echas de menos ejercer la profesión?

—Todos los días. ¿Y tú? Si España siguiese en guerra, ¿a dónde irías?

Zoe no llegó a decirle toda la verdad porque desde hacía tiempo soñaba con un lugar que veía muy difícil de conseguir, y por eso lo cambió por un destino más probable, México.

Se terminó la copa, sintió de golpe el cansancio de todo el día, y anunció su intención de acostarse.

—Yo también, pero me quedaré despierto un rato más.

Zoe se levantó de la silla, lo miró de reojo y se sintió ligeramente inquieta.

—Hasta mañana, Luther.

—Hasta mañana, Zoe.

Bosque de Biscau
Alrededores de Gabas. Francia
10 de noviembre de 1937

IX

Las Cortes republicanas se acababan de reunir por primera vez en la historia en el monasterio de Montserrat presididas por Martínez Barrio, el Gobierno se había trasladado a Barcelona al ver peligrar la plaza de Valencia, Franco había nombrado su primer gobierno eliminando la Junta Técnica, y el pueblo seguía viendo morir a sus hijos en una guerra perdida por todos de antemano.

Junto al último mensaje que Zoe había recogido, encontró otro dirigido a ellos en el que Anselmo Carretero los citaba para verse en un bosque próximo a la pequeña población de Gabas. Aparte de los detalles de fecha y hora, había añadido un pequeño plano con el punto de encuentro marcado con una equis. Les había extrañado aquel detalle, en las anteriores visitas se había presentado directamente en el refugio, pero con las últimas decisiones que habían tomado el encuentro era más que oportuno.

Decidieron salir con bastante tiempo, dado el abigarrado entorno boscoso, y lo hicieron con Campeón, con idea de alejarlo durante unas horas de la única hembra adulta de alano a la que tenía bastante harta con sus devaneos amorosos.

Se cumplían cuatro meses desde que habían llegado a Les

Deux Pins, pero sin duda alguna noviembre había sido el más gratificante de todos. En menos de treinta días habían conseguido ayudar a escapar de la zona nacional a tres grupos de fugitivos, dieciséis personas con sus dieciséis dramas, a las que habían acogido en su refugio después de haber atravesado aquellas peligrosas montañas que representaban la frontera entre muerte y libertad. Un recorrido que, a tenor de las indicaciones del pastor de Tramacastilla, se había dividido en tres tramos. El primero lo asumía él; otro intermedio en el que los fugados eran guiados por uno de los alanos junto a Campeón; y el tercero en zona francesa en el que Zoe y Luther acudían a su encuentro con mantas, mucho cariño y un caballo.

Nunca olvidarían sus miradas de agradecimiento ni las palabras que surgían de unos labios agrietados por el frío y el miedo. Como tampoco olvidarían los que huían de España, al descubrir que allí donde no parecía haber más que piedras, praderas y bosques, a más de mil seiscientos metros de altitud, había dos personas que daban lo que no tenían para ayudar a unos peregrinos en busca de su dignidad.

Cabalgaron por caminos secundarios hasta que pasada una hora llegaron a una vieja choza que coincidía con el punto señalado en el plano. Dejaron el caballo a espaldas de la edificación y entraron con sigilo. En su interior no había nadie. Campeón recorrió todo su perímetro con la trufa a menos de dos centímetros del suelo, hasta que se lanzó a la caza de un ratón que apareció bajo unos listones de madera podrida. Zoe, completamente helada, se envolvió la cara con la bufanda y tomó asiento en la única silla que encontraron.

—Lástima no tener con qué encender fuego. —Observó con pena la chimenea—. Esto sería otra cosa.

Luther andaba fisgoneando en unas grandes cajas de madera apiladas en una de las esquinas.

Zoe se fijó en él con ojos de mujer y no solo de compañera de refugio. Desde hacía unas semanas su relación había cambiado, como también lo habían hecho sus conversaciones, cada vez más íntimas y profundas. Pero también era consciente de que ambos mantenían intacta una barrera emocional de difícil abordaje. Se producían coincidencias, pero de inmediato se marcaban distancias, en un juego de precauciones y mensajes mudos.

Escucharon unos pasos por el exterior de la choza.

Campeón levantó las orejas, corrió a la puerta y gruñó.

—Zoe, escóndete detrás de las cajas.

Luther se colocó a la izquierda de la entrada armado con una pistola.

Los goznes de la puerta crujieron, se empezó a abrir, y Campeón se puso a agitar el rabo como un loco.

—¿Zoe...? ¿Luther...?

Al reconocer la voz, ella abandonó su escondite y fue hacia Anselmo para darle dos besos.

—¿Estás sola?

—No —respondió Luther, que apareció por su espalda. Se guardó la pistola y estrechó su mano.

—No se os ocurra separaros a partir de ahora —le repuso Anselmo de una manera un tanto misteriosa.

Ante el inmediato interés que puso Zoe por entender los motivos de su advertencia, Anselmo entró de lleno en lo que venía a decirles.

—Hemos recibido una comunicación de tu hermano advirtiéndonos que el nuevo servicio de inteligencia franquista, el SIMP, ha organizado un comando especial para rastrear la frontera de Huesca con Francia en respuesta a nuestras últimas acciones de sabotaje y boicot.

Luther se mordió la lengua retrasando su opinión al no saber todavía para qué los había convocado.

—¿Qué tal está Andrés?

—Aparte del mensaje al que me he referido, sabemos poco de él. Hemos procurado evitar los contactos, por seguridad.

—¿A qué se debe tu visita? —Luther decidió ir al grano.

—He venido por tres motivos. El primero advertiros a los dos sobre el comando. El segundo tiene que ver contigo, Zoe. Recibí tu última comunicación, y estoy de acuerdo con que retrasemos durante un tiempo el envío de nuevos mensajes, y con más razón ahora que sabemos que os buscan. Sin embargo, no quiero perder la oportunidad de reconocerte en persona lo mucho que nos has ayudado. —Sonrió a Zoe—. No solo has sido muy valiente, también muy eficaz. Gracias.

—No hay de qué —respondió ella con escasa convicción.

Miró a su compañero de refugio y se preguntó si no había llegado el momento de contarle a Anselmo qué nuevo uso estaban dando a los perros. Pero Luther, que supo interpretar lo que estaba pensando, le hizo un disuasivo gesto. Gracias a Campeón, Anselmo no se percató. El perro, después de no haberse apartado de su lado desde que había entrado en la cabaña, acababa de exigirle una ración de caricias poniéndole la cabeza sobre una de sus rodillas.

—Y por último... —Había cubierto dos de sus objetivos, pero le faltaba el más incómodo. No se anduvo por las ramas porque quizá fuese el más grave de los tres asuntos que había venido a tratar—. Tenéis que dejar de pasar refugiados —sentenció.

Los habían descubierto.

—¿Cómo lo has sabido? —preguntó Zoe incómoda.

—Dirijo un equipo de investigación, es lógico que me entere de muchas cosas. Y no he sido el único, sabemos que la noticia ya corre por la región, y os recuerdo que tenéis demasiados enemigos buscándoos. Os jugáis mucho, pero también nosotros. Si llegasen a localizaros, comprometeríais a muchos de mis hombres, y no estoy dispuesto a permitirlo. —Endureció su gesto.

Zoe vio llegado el momento de confesar sus dudas.

—No te falta razón, Anselmo. Pero quiero que entiendas el origen de la decisión que hemos tomado, aunque ahora hable por mí. Estoy segura de que la guerra no va a conseguir otra cosa que dejar una España destrozada para mucho tiempo, y cada vez me cuesta más identificarme con la causa. Me conoces, y por eso sabes cómo he pensado siempre. No es que haya cambiado de bando, es que no soy capaz de asumir una sola muerte más por mi culpa. He conocido la realidad de las dos Españas, he llegado a la conclusión de que la brutalidad y lo peor de la condición humana se han instalado en ambas. Conseguí huir de la barbarie, de las miserias y del horror cuando abandoné Madrid, pero no encontré en Burgos nada diferente. Por todo ello, cuando he sido consciente de que al actuar como espía estaba siendo cómplice de más y más dolor, decidí dejarlo. Siento ser tan sincera, pero es así como lo veo.

Anselmo entendió que aquellas palabras ponían el punto final a la misión. Iba a responder, pero Luther se le adelantó.

—Aunque lo de los fugitivos surgió de una forma accidental, ahora no estamos dispuestos a dejarlo.

—Más tarde o más temprano os localizarán. Si lo hace la Abwehr, date por muerto, Luther. Y no creas que a ti no te implicarán, Zoe, te acusarán de encubridora o de cualquier cosa que se les ocurra. ¿Lo habéis pensado bien de verdad?

—Sí, y asumimos los riesgos —respondió Luther—. Y precisamente lo quiero hacer con unos perros que estaban destinados a provocar dolor y muerte, a convertirse en bestias. Por eso no acepté tu encargo. Ahora que puedo ser coherente con mis principios, no voy a dar un paso atrás.

Después de escuchar la firme declaración de intenciones, Anselmo necesitaba unos minutos de reflexión para analizar cómo podía afectar el cambio de situación a todos, y tomar decisiones. Les pidió que se quedaran dentro. Paseó alrededor de la casucha, al abrigo de un denso pinar, afectado por las consecuencias que aquello iba a producir en el trabajo de sus agentes, aunque comprendía su postura. Lo primero que asumió fue la imposibilidad de mantener su aislamiento en aquel refugio, dado el alto riesgo que tenían de ser localizados. Sería difícil convencerlos porque dejar Les Deux Pins significaría el fin de su colaboración con el paso de gente por la frontera. Conocía mejor a Zoe, pero Luther parecía igual de obstinado. Y en caso de conseguirlo, le esperaba un siguiente escollo: organizar su realojo en algún otro destino y preparar el traslado, dos tareas complejas y delicadas.

Cuando regresó al interior sintió su inquietud.

—De antemano os advierto que sobre lo decidido no cabe discusión alguna. —Tomó asiento a su lado—. Abandonaréis el refugio en dos semanas y para entonces necesito tener claro a dónde os he de llevar. Tenedlo presente, vendré a por vosotros el veinticuatro de noviembre.

Protestaron. Tenían comprometida una nueva recepción de refugiados para el día diecisiete y otra el veinticuatro. Sin embargo, y a pesar de su insistencia, Anselmo se mostró impasible.

Luther se decidió por Inglaterra. Un país alejado de cualquier influencia alemana y en el que su profesión gozaba de indiscutible prestigio. Pero Zoe dudó qué contestar. La determinación de su compañero de exilio la había dejado desconcertada y triste; no había hecho ni amago de saber qué idea tenía ella, como si diera por sentada su inmediata separación.

Los dos hombres la miraron a la espera de su contestación, y Zoe respondió con lo primero que le vino a la cabeza, dolida por la actitud de Luther.

—¿Todavía estás a tiempo de conseguirme ese pasaje para México?

Sallent de Gállego
Huesca
16 de noviembre de 1937

X

Los tres componentes del comando del SIMP vigilaban desde dos posiciones distintas una cuadra a las afueras del pueblo de Tramacastilla de Tena, donde les habían asegurado que se organizaban expediciones de fugitivos para escapar de la zona nacional.

La noche era fría, pero no como la anterior, en la que habían llegado a diez bajo cero.

Protegidos con gruesos abrigos, armas cortas y la discreción de un vecino pajar, esperaban a que saliera el grupo con idea de seguirlo hasta descubrir por dónde realizaban el paso, sus posibles compinches al otro lado de la frontera, y capturar in fraganti a su promotor: un pastor al que también hacían responsable del resto de actividades de espionaje que habían provocado que estuvieran allí. Su denuncia les había llegado a través de un cartero falangista, que conocía a todo el mundo en la comarca. Además de su trabajo postal, aquel confidente regentaba una tahona, trabajaba como zapatero en horas muertas y abría y cerraba la sede de la agrupación local de la Falange en el pueblo de Sallent de Gállego.

A los agentes enviados por Ungría, además de las provechosas pistas dadas por el delator, les llamó la atención la referencia que hizo a unos extraños perros, cuya raza no se había visto antes por la comarca, que sin pertenecerle habían sido vistos con él por la montaña y que podían estar implicados en el tráfico de los huidos.

Bien entrada la noche escucharon descorrerse las puertas del establo y vieron que un hombre de mediana edad asomaba la cabeza y escudriñaba los alrededores. En menos de un minuto vieron salir a cuatro personas protegidas con pasamontañas y ropa de abrigo.

El grupo se dirigió campo a través en dirección norte en completo silencio.

Su primer destino era el pueblo de Panticosa, arranque del difícil recorrido de montaña que les esperaba después.

Los agentes del SIMP los vieron alejarse a buen paso, unos pegados a otros, detrás del pastor. El hombre iba acompañado por dos perros, uno era chucho y el otro de raza, pero desconocida para ellos. Recordaron la mención del cartero. Calcularon una separación de quinientos metros, y salieron tras ellos.

Cuando los huidos llegaron a las inmediaciones del prestigioso balneario que daba fama al pueblo solo había pasado hora y media, pero algunos empezaban a acusar un cierto cansancio. Bordearon sus instalaciones de la forma más discreta posible y continuaron andando hacia el norte con la ventaja de la luna llena. Media hora después encaraban una difícil ascensión, a menos de cinco kilómetros de tocar la frontera, que según el pastor les iba a llevar no menos de dos horas de duro ascenso, en la que sin duda iba a ser la peor parte del recorrido.

Por detrás de ellos, el cabecilla del comando empezó a hartarse de tanta montaña y de las constantes quejas de sus compañeros por las dificultades de la marcha. Miró su plano y calculó a cuánto estaban de Francia. Al verse tan cerca, entendió que o aceleraban o los iban a perder.

—Muchachos, necesitamos cortarles el paso antes de que superen el último ibón pegado al borde fronterizo. He visto que existe un sendero alternativo a la ruta oficial que nos permitiría tomarles la delantera y cogerlos por sorpresa.

Los dos agentes observaron el escarpado recorrido que les proponía y tragaron saliva al captar su dificultad.

—Jefe. Podríamos tomar su mismo camino, pero a un paso mucho más rápido del que hemos llevado hasta ahora, y sin tanto esfuerzo les daríamos caza también.

—No. Ni hablar. Hemos de llegar antes. Imagino que por los alrededores del ibón estarán esperándolos para pasarlos al lado francés. Se trata de coger a todos. —Sacó una petaca con *brandy*, bebió un trago y se la pasó—. Entrad en calor, que todavía vamos a pasar un poco más de frío...

Aurelio, el pastor de Tramacastilla, iba animando a cada uno de los miembros de su grupo durante el difícil ascenso. Era consciente del enorme sacrificio que les estaba exigiendo, pero también de que aquella era la única ruta alejada de los controles militares y la que se habían aprendido los perros para, una vez pasada la frontera y ya sin él, conducirlos hasta un torrente denominado Gave d'Arruille, donde los esperarían Luther y Zoe para terminar el camino hasta el refugio.

Cuando eran las dos de la madrugada se adentraron en una densa arboleda, detrás de la cual divisarían la oscuridad del ibón de Bramatuero Bajo. Jasco olisqueó la alfombra de hojas que cubría el camino bajo los primeros árboles, adelantándose a una zona tan oscura que apenas permitía ver a dos pasos de distancia. La mano del pastor buscó la correa de Campeón y pidió a los presentes que fueran llamándose cada poco tiempo para que nadie se despistara.

Cuando después de quince minutos llegaron al final del bosque, el ánimo del grupo mejoró notablemente, al constatar la cercanía del país galo y sentir su salvación más cerca. Corrieron hasta la orilla del lago con el eco de la crujiente nieve bajo su calzado y se juntaron a los pies de una enorme mole de granito, detrás de la cual discurría el último sendero antes de la frontera. Se felicitaron por haberlo conseguido abrazándose a Aurelio, llenos de agradecimiento.

Los últimos cincuenta metros atravesaban dos promontorios rocosos, detrás de los cuales el camino ascendía ligeramente. Apoyado en una de aquellas enormes masas de granito, Aurelio les explicó que a partir de ese momento serían guiados únicamente por los dos perros. Allí terminaba el tramo del recorrido bajo su responsabilidad. Pero la sorpresa se encontraba parapetada tras las dos moles de piedra, y cuando el último fugitivo pisó suelo francés se les echaron encima apuntándoles con las armas.

—¡Manos arriba! El primero que se le ocurra hacerse el valiente recibirá la primera bala.

Uno de los agentes corrió tras el pastor al verlo huir. Su disparo despertó a la montaña. Aurelio recibió la bala en un hombro y quedó tendido a pocos metros de su perseguidor.

El líder del comando se hizo con la correa de Jasco, pero se le escapó el otro, y aunque trató de abatirlo con su arma, no acertó.

Mientras encañonaba a los cuatro evadidos ordenó al otro agente que buscara por los alrededores. No entendía cómo pretendían huir. Había escuchado la despedida del pastor, y en el lado francés no había nadie. No entendía nada. Resistió los violentos tirones del perro y recibió su amenazante mirada sin saber qué papel podían tener aquellos dos animales. Decidió averiguarlo.

Se fijó en los cuatro capturados y eligió el que tenía una expresión más asustada. Era un hombrecillo enjuto y de ojos saltones, que temblaba como un flan. Apuntó el cañón de la pistola en su pecho y cargó una bala.

—O me explicas cuál era vuestro plan desde este punto y quién os iba a esperar y dónde, o en tu caso dalo por terminado...

—Por favor, señor... Yo no he, yo no entien..., no sé nada... —trastabilló al hablar, preso del miedo.

El agente del SIMP apuntó el arma a su pie y disparó.

El hombre se dobló de dolor lloriqueando.

Los otros tres miraron con espanto al brutal tipo, y él recorrió sus ojos uno a uno. Apuntó la pistola a la cabeza del herido y preguntó.

—¿Alguien quiere salvarle la vida?

Tres horas después, Zoe y Luther atravesaron el torrente de Arruille en dirección sur para acercarse un poco más al paso por donde tenían que llegar los nuevos fugitivos conducidos por Jasco y Campeón.

—Las otras veces llegaron bastante antes…

Zoe miró su reloj y vio que solo faltaban diez minutos para las cinco de la madrugada.

—Quizá esté peor el tiempo al otro lado de esos altos y la nieve los esté retrasando —contestó Luther metiéndose las manos en los bolsillos para calentarse los dedos.

Zoe eligió un promontorio para disfrutar de una mejor panorámica y lo escaló con dificultad, tenía las piernas entumecidas por el frío. Al tocar su cumbre recibió una bofetada de viento gélido que apenas le permitió abrir los ojos. Buscó el último meandro del torrente, recorrió la ladera de la montaña que cerraba el valle y fijó la vista en el risco por donde solían aparecer los fugitivos. Pensó en el difícil momento que estarían pasando aquellos pobres hombres.

Una noche en los Pirineos dejaba factura a quien se atrevía a pasarla al ras, como estaba haciendo ella en esos momentos, pero no se podía quejar. No se jugaba su vida como hacían los otros, tenía un refugio a menos de una hora, fuego con que calentarse, una cama y comida.

Inmersa en sus pensamientos, no escuchó a Luther cuando llegó por detrás, pero lo sintió cuando la rodeó con sus brazos.

—Estabas temblando… —se justificó.

—Te lo agradezco… Estoy helada, sí… —consiguió decir, extrañada por su gesto.

Los siguientes minutos los pasaron en silencio, ateridos de frío, pero compartiendo su calor, a la espera de ver aparecer a los fugitivos. Zoe se sintió apurada. Nunca había recibido de él una muestra de atención como aquella, y todavía tenía en mente la palabra Inglaterra y el mal sabor que le había dejado.

Pasada media hora, vieron aparecer una sombra que se movió a gran velocidad hacia ellos. Estaba demasiado lejos para identificarlo mejor, pero era uno de los perros. Se separaron y corrieron ladera abajo para recibir al animal.

Se trataba de Campeón.

El perro tomó impulso a dos metros de ellos y se echó a los brazos de Zoe con tanta fuerza que a punto estuvo de tumbarla.

—¿Y Jasco? ¿Dónde están los demás?

Campeón la miró, sacó la lengua y jadeó feliz.

—Quizá se ha adelantado al grupo —supuso Luther—. Seguro que aparecerán en breve.

—Ojalá tengas razón, pero no sé. Intuyo que les ha pasado algo... Van a ser las seis y en menos de dos horas se hará de día. No es normal.

Zoe se agachó para hablar con Campeón.

—Escúchame... Nosotros no conocemos los caminos por los que venís, pero necesitamos que nos lleves. —Campeón ladeó la cabeza sin entender qué quería—. ¡Busca a Jasco! ¡Jasco! ¡Jasco! ¡Vamos!

El perro dio dos vueltas sobre sí mismo, olfateó el aire y se lanzó a correr hacia las montañas. Luther se hizo con el caballo, lo montó y ayudó a Zoe a subir. Se calzó los estribos y lo lanzó al galope tras el perro.

Dos horas después, ya de día, volvían al mismo promontorio sin haber encontrado una sola pista de su paradero. No habían llegado hasta el límite de la frontera al no poder bajar a caballo por el último desfiladero, pero la divisaron desde lo alto sin ver a nadie.

Zoe descabalgó muy preocupada. No lo habían hablado entre ellos, pero se temían lo peor. Si habían sido interceptados, su única esperanza estaba en manos de Aurelio y su resistencia a la confesión. O callaba, o en pocas horas tendrían alguna peligrosa visita.

—No sirve de nada seguir por aquí, esperando. No van a aparecer. Volvamos al refugio.

Zoe se plantó frente a él, apretó los puños, y recordó su huida en Guadarrama cuando había dejado atrás a Campeón.

—No pienso abandonar a esos hombres, y tampoco a Jasco. Yo me quedo.

Luther suspiró, asumió su tozudez, y al ver que eran las ocho de la mañana decidió volver solo al refugio para recoger algo de comida y agua.

—En menos de una hora, estaré de vuelta —se despidió, antes de doblar al caballo para que tomara dirección norte.

Los primeros rayos de sol del estrenado diecisiete de noviembre encontraron a una mujer abrazada a su perro en lo alto de un promontorio, con la mirada puesta en el infinito y una pistola preparada por si tenía que usarla.

Esa misma noche, habían sonado tres teléfonos con un intervalo de media hora.

El primero fue descolgado en la habitación número ocho del hotel Plaza en Biarritz. Su destinatario: el comandante Ungría, quien escuchó una asombrosa historia que tenía como protagonistas a dos perros que actuaban como guías en el paso de refugiados por los Pirineos. Su agente, desde Sallent de Gállego, le había dado todos los detalles que había obtenido después de someter a confesión a cada uno de los integrantes del grupo detenido, como también a su principal cómplice. Del último no había conseguido gran cosa, al morírseles durante el interrogatorio. Tan solo unos datos que no parecían demasiado importantes. Uno era el número de refugiados que había conseguido ayudar en total; y otro, la raza del perro que habían capturado cuando por curiosidad le habían preguntado por ella.

De toda aquella información, el nombre de aquella raza, junto con el detalle de las cartucheras que llevaba atadas a la espalda, suscitó un especial interés en Ungría, recuperando de su memoria una noticia.

La segunda llamada la recibió el máximo responsable de la agencia de espionaje alemán en Francia, la Abwehr, después de que su homólogo en los servicios secretos nacionales tuviera entre las manos un periódico donde se daba la noticia del secuestro de un avión de la Legión Cóndor a mediados de julio. Entre líneas, y sin darle mayor importancia, se citaba que dentro de la bodega habían viajado una decena de perros de esa misma raza por alguna razón desconocida. Un extraño suceso que había terminado con la desaparición de los responsables, a excepción de la hija del embajador alemán en Francia, cuya participación nadie se explicaba.

Oskar Stulz recibió la tercera desde la Abwehr.

—Herr Stulz, siento llamarle de madrugada, pero por fin tenemos noticias... ¡Ha aparecido uno de los alanos!

Andrés se enteró de lo sucedido cuando acudió a una reunión de urgencia que Ungría había convocado en el hotel Plaza a las diez y media de la mañana. Llevaba toda la semana en el aeródromo de Biarritz y los aviones desmontados habían llegado, pero la inquietante desaparición de su carnicero hizo que no pudiera neutralizar su entrega a las tropas nacionales. El primer día no le había extrañado ver la tienda cerrada, pero que tres días después siguiera igual le pareció bastante raro, aparte de preocupante al dejarle sin su habitual medio de contacto con el grupo de Anselmo Carretero.

Lo que no podía imaginar era en manos de quién había caído aquel pobre hombre, y qué medios estaban usando para hacerle cantar lo que sabía sobre Andrés. Por eso tampoco le extrañó que Ungría lo convocara, junto con seis compañeros más, para contarles qué había pasado la noche anterior entre Sallent de Gállego y un lugar de montaña a los pies de la frontera. Pero cuando escuchó lo del perro, la localización de la operación y el resultado de las llamadas que Ungría había hecho durante la noche, cuyo contenido estaba compartiendo con todos ellos, sintió una aguda taquicardia al temer por Zoe.

Pensó que, si su jefe había llamado a la Abwehr, y sobre todo a la Legión Cóndor a causa de las coincidencias con la fuga de los alanos, Oskar Stulz estaba al corriente de todo y le llevaba varias horas de ventaja.

Andrés no sabía que su presencia en aquella reunión y lo que le estaban haciendo saber formaba parte de un plan orquestado por su jefe, la Abwehr y Oskar Stulz para conseguir que los llevara hasta el lugar exacto donde estaban los alanos, al suponer que detrás de ellos estaría Luther y posiblemente su hermana Zoe, en algún punto en medio del Pirineo francés.

La última comunicación de Oskar con Ungría había tenido lugar una hora antes de aquella reunión, a eso de las nueve y media, desde el aeródromo de Pau, a donde acababa de llegar pilotando su propio avión. Había salido de Burgos todavía de noche nada más recibir la noticia, pero ahora necesitaba nuevos datos para dirigir la detención de Luther Krugg, una de las piezas más cotizadas para la cúpula nazi. Pero no solo era Oskar el que tenía razones personales para resolver aquel caso; gracias a la declaración del carnicero, Ungría había descubierto el doble juego de Andrés, lo que le iba a hacer pagar con la muerte en cuanto terminara esa misión.

Ajeno a lo que se le venía encima, Andrés estaba calculando a contrarreloj los pasos que tenía que dar en cuanto pudiera salir de allí.

—Burgos quiere la cabeza de todos los implicados en ese paso de fugitivos, pero nos faltan los del lado francés —continuó hablando Ungría—. En mi opinión, se trata de la misma unidad de espionaje que buscábamos, la responsable de los atentados y boicots que veníamos sufriendo últimamente. —Tomó papel y lápiz y empezó a colocar nombres en tres columnas—. Repartiremos la búsqueda en tres equipos; dos que inspeccionarán la región pirenaica francesa y uno el valle de Tena. La operación se llamará Alano y hemos de ponerla en marcha mañana. Así que moveos… Esta noche os quiero ver viajando hacia los diferentes puntos de actuación.

Andrés fue incorporado a uno de los grupos con destino francés, aunque tanto él como Ungría sabían que no iba a acudir con su equipo. Cuando se dio por terminada la reunión, en su cabeza había un solo objetivo: salvar a Zoe por encima de todo. Para conseguirlo iba a tener que desertar del SIMP y necesitaba contactar de forma inmediata con Anselmo para saber dónde la tenía escondida.

A la salida del hotel se dirigió a buen paso hasta su casa para recoger munición, dinero y las llaves de su coche, sin percatarse de los dos agentes de la inteligencia alemana que llevaba pegados a su espalda.

Acudió después al vecino pueblo de Anglet a casa de Anastasio Blanco.

A pesar de tenerlo prohibido, Andrés no estaba ni para reprimendas ni para cuidar los protocolos de seguridad. Le explicó la situación, lo que necesitaba, e imploró su ayuda. A pesar de las protestas de su jefe, accedió a llamar a Barcelona para que hablara con Anselmo. Utilizaron para ello una cadena de emisoras repartidas por el sur de Francia, hasta que la de Montpelier contactó con el despacho de Anselmo, una comunicación que estaba pinchada por el SIMP de Ungría. A los pocos minutos Andrés se apuntaba en un papel la dirección que necesitaba, y se despedía de Anastasio a toda velocidad.

Pero no solo él había tomado nota de un refugio llamado Les Deux Pins.

En la calle, uno de los agentes de la Abwehr estaba trasladando a sus superiores la dirección de la casa en la que acababa de entrar Andrés, con una solicitud de registro una vez la abandonara. Lo hacía desde un teléfono público, ubicado en una estafeta de correos vecina a donde se habían parado. Andrés salió del chalé, y sin perder un solo segundo se subió a su coche, arrancó y pisó el acelerador a fondo. Al verlo, el segundo agente tuvo que hacer lo mismo sin poder esperar a su compañero, que se quedó pasmado y con el teléfono en la mano.

El agente alemán se encendió como pudo un cigarrillo sujetando el volante con las piernas, se cagó en lo rápido que le hacía ir aquel tipo, y lo siguió callejeando por la ciudad hasta que tomaron la carretera en dirección a Pau. Miró el reloj.

Faltaban dos minutos para las doce de la mañana.

Refugio Les Deux Pins
Pirineos franceses
17 de noviembre de 1937

XI

La montaña había cambiado de color a mediodía y otra vez al atardecer.

Frente a ella, Zoe y Luther, después de catorce horas de demora, compartían la amarga sensación de que allí ya no hacían nada, pero ninguno se atrevía a decirlo. Les dolían las piernas de estar sentados tanto tiempo, sus tripas crujían de hambre, y a esas alturas del día sus esperanzas estaban por los suelos. Y para empeorar la situación, Campeón llevaba demasiado tiempo sin moverse y se estaba poniendo un poco pesado.

Zoe trató de tranquilizarlo, pero no lo consiguió.

El problema que se les planteaba no era sencillo de resolver y los nervios empezaban a aflorar, también en el perro. Estaban preocupados por los fugitivos, por Jasco y por lo que les podía pasar a ellos.

—¿Cómo estás?

—Triste y asustada. Si han cogido a esos pobres hombres, será cuestión de horas que nos encuentren.

—Sería lo lógico, pero confío en Aurelio. Es un hombre íntegro y duro, no se dejará vencer con facilidad. Si no han venido todavía, es muy probable que no lo hagan ya. En ese sentido el tiempo corre a nuestro favor.

Para desentumecerse, Zoe estiró las piernas y los brazos, y

Campeón se puso a saltar a su alrededor interpretando que se iban.

—Necesito caminar, y él cambiar de aires. Me vuelvo andando al refugio. —Se sacudió el polvo de los pantalones.

—Ni hablar. Vete a caballo. Si te vieras en un aprieto, te sacaría del apuro.

—¿Y tú?

—Les daré una última oportunidad, pero no estaré mucho. Volveré pronto. Esta noche deberíamos hablar, Zoe; creo que ha llegado el momento de abandonar estas montañas.

—Opino lo mismo.

Zoe dejó el caballo en el establo y a Campeón con el resto de los perros. Le extrañó su excesiva inquietud, pero decidió que aquel día todos estaban raros. Cerró la puerta al verlos querer salir en tropel detrás de ella, y se dirigió hacia el refugio. Iba pensativa y preocupada. No es que aquel lugar fuese el paraíso, pero estaba harta de huir. Abrió la puerta, colgó el abrigo y se quitó las botas, trató de arreglarse un poco el pelo en el único espejo de la casita, y se dirigió al hogar para echar dos troncos mientras pensaba qué podía preparar para comer. Los perros no paraban de ladrar. Decidió que iría a ver qué les pasaba en cuanto tuviese el fuego encendido.

Pero no pudo.

Del almacén salió Oskar Stulz.

Al verlo, se sobresaltó tanto que tuvo que apoyarse en la cocina para no caerse.

—Hola, Zoe... Menuda sorpresa, ¿verdad?

Vestía de paisano, su postura era relajada, tenía gesto cansado y en su mano una pistola.

—¿No me vas a ofrecer un café? Estaba buscándolo ahí dentro, pero o no tenéis o está muy escondido.

Zoe cogió un puchero y lo llenó con agua para calentarla. Dispuso un poco de hojarasca seca por encima de los maderos y la encendió con un fósforo. De cuclillas, mientras esperaba a que las llamas tomaran un poco de cuerpo, pensó qué podía hacer para defenderse de él. Solo se le ocurrió una idea. Bajo la constante presión de su mirada, al incorporarse desde el suelo buscó apoyo en el armario, y de espaldas a él trató de abrir uno de sus cajones, en el que guardaban los cuchillos. Lo hizo con mucho cuidado.

—No te molestes, ya no están ahí… —La miró de reojo.

—¿Qué quieres de mí?

Oskar tardó unos segundos en responder. Puso dos tazas sobre la mesa, cucharillas, un azucarero, y pidió que se sentara.

—Para empezar, los perros que nos habéis robado… Por cierto, ¿por dónde anda tu amigo? Intuyo que no muy lejos.

Zoe comprendió que no le serviría de nada ocultar la presencia de Luther.

—¿Cómo has dado con nosotros?

—Gracias a uno de los alanos. Tiene gracia, ¿verdad? Fueron ellos los que os facilitaron el modo de huida, y ahora son los que os han delatado... Ironías de la vida, ya ves… Bueno, no ha sido solo él, pero no tengo que contártelo todo.

La captura de los fugitivos y de Jasco quedaba confirmada.

La infusión de hierbas empezó a burbujear. Oskar se guardó la pistola en la espalda y sirvió las tazas. Miró a Zoe, tomó un primer sorbo y se decidió a hablar.

—Vuestra huida me complicó mucho las cosas, pero no solo vengo por eso. Tienes una gravísima deuda conmigo, una deuda con nombre de mujer, y no me iré sin habérmela cobrado. —Afiló su mirada.

Zoe vio en sus ojos un odio viejo y un brillo de locura. Estaba perdida. Consciente de sus nulas posibilidades, optó por hablar con valentía.

—No te merecías a Julia —contestó rotunda—. Eres una rata. Hizo bien en abandonarte.

—Fuiste tú quien la empujó a hacerlo.

—Y lo haría cien veces más. —Levantó la voz armada de razones—. ¿Pero con qué autoridad puedes pedirme responsabilidades después de haber intentado volarnos a todos cuando escapábamos en el avión, incluidos Julia y tu propio hijo? —Miró de reojo por la ventana con la esperanza de ver aparecer a Luther.

Oskar se levantó de la silla, la estampó contra la mesa y se aferró al cuello de Zoe. Ella trató de zafarse sin conseguirlo.

—¿Ni sintiéndote en peligro eres capaz de respetarme? ¿No te bastó con dejarme en ridículo delante de mis superiores? ¿Ahora te regodeas en el fracaso de mi matrimonio y me insultas? —Zoe se sonrió—. ¿Y encima te ríes en mi cara? —Sacó su pistola y le clavó el cañón en una mejilla—. Vas a tener que elegir: o implorarme perdón o esto… —Le rompió la camisa y manoseó sus senos.

—Me da igual lo que hagas conmigo —contestó ella. Su actitud encolerizó todavía más a Oskar. La encañonó en el pecho.

—Estoy deseando apretar este gatillo.

—¿A qué esperas? ¡Hazlo! —Su pensamiento voló hacia el pasado, a una casa de Salamanca. Sintió el calor de los brazos de su madre y la sonrisa de su padre, y recorrió en décimas de segundo las cosas maravillosas que la vida le había dado.

Lo miró a los ojos, y leyó en ellos lo que iba a hacer. Por eso cerró los suyos y apretó los dientes esperando el final.

De repente escuchó a Luther:

—¡Déjala!

Lo vio correr hacia Oskar.

El primer disparo reventó un tarro de confitura en una de las estanterías de la cocina, pero el siguiente hirió a Luther en la pierna. Oskar, con sonrisa de vencedor, amenazó con levantarle la tapa de los sesos si ella no dejaba la pesada sartén que acababa de coger.

—O la devuelves a su sitio o te aseguro que esto será una sangría.

Zoe lo obedeció a pesar de las indicaciones que le estaba haciendo Luther.

Los disparos habían alertado a los perros, que ladraban furiosos.

—Eres un canalla. —Le escupió antes de agacharse a ayudar a Luther.

Preocupada por la abundante sangre que perdía, corrió a por un paño de cocina y le hizo un torniquete.

—Necesito que me ayudes a tumbarlo sobre la mesa. Si no le saco la bala pronto, se desangrará.

A Oskar inicialmente le pareció una idea absurda, pero pensó en Göring y decidió hacerle caso.

De un manotazo Zoe retiró de la mesa todo lo que había, y a continuación lo levantaron a pulso hasta dejarlo sobre la madera. Le preguntó dónde había escondido los cuchillos, y tras saberlo fue a por uno y lo puso sobre las brasas.

Oskar no la perdía de vista ni un solo segundo.

Zoe estaba dispuesta a operarlo. Visualizó mentalmente el recorrido anatómico que iba a tener que abordar al recordar los dibujos que habían estudiado juntos, tomó aire, y esperó a que el cuchillo estuviera al rojo.

Oskar le apuntaba con la pistola, asombrado con la rapidez y seguridad que Zoe demostraba.

—Hazlo bien, que todavía tiene que dar la cara ante ciertas personas que están deseando verlo.

Luther apretó los puños de dolor y lo miró asqueado.

—Te voy a matar —consiguió decir antes de perder el conocimiento.

Zoe preparó sobre la mesa un improvisado instrumental, encendió una vela para calentar otro cuchillo más pequeño con el que cauterizar los vasos destrozados por la bala, y buscó la botella de orujo. Roció sus manos con el licor y echó un chorro sobre la herida. Miró a Luther llena de miedo y después a Oskar, expresándole su más profundo odio. Cortó con unas tijeras la tela del pantalón para visualizar mejor el campo de actuación y recuperó el cuchillo desde el fuego. Suspiró tres veces para serenarse, y penetró dentro de la herida.

Las sucesivas embestidas de los perros contra los portones del establo consiguieron vencerlos. Cuando se abrieron, salieron en tropel para repartirse por los alrededores, salvo Campeón, que se puso a olfatear la puerta del refugio muy nervioso, al intuir un peligro que no alcanzaba a ver. Puso toda su atención en los sonidos que surgían desde su interior hasta que escuchó unos pasos a su espalda. Al volverse, se le iluminó la mirada al reconocer a su viejo amo. Corrió en su busca y se puso a saltar a su alrededor una y otra vez para atraer su atención, pero no lo consiguió. Lo acompañó hasta la entrada del refugio con la esperanza de obtener algún gesto de reconocimiento a su absoluta entrega, pero tampoco le respondió, ni tan siquiera dejándolo entrar al interior. Ladró furioso cuando le cerró la puerta en las narices, se revolvió varias veces sobre sí mismo, y terminó quedándose sentado frente a la entrada, mirándola y sin terminar de aceptar aquel desprecio.

Cuando Andrés Urgazi entendió lo que había pasado, disparó a Oskar sin pensárselo dos veces hiriéndolo ligeramente en el cuello. Zoe, que acababa de terminar de curar a Luther, se volvió para ver quién era y gritó su nombre en el momento en que otra bala salía de la pistola de Oskar para atravesar mortalmente el corazón de su hermano.

—¡Nooooo! —su grito surgió desde lo más profundo de su ser, desgarrando el aire y el tiempo. Corrió a su lado para recogerlo en sus brazos, consciente de la gravedad de su herida.

—No ha podido ser… —Un reguero de sangre se le escurrió por la comisura de los labios.

Zoe se abrazó a él rota de dolor. Observó en sus ojos la presencia de la muerte y no lo quiso aceptar, pero nada podía hacer. Y cuando todo estaba por terminar, Andrés pronunció solo tres palabras, las más importantes de su vida:

—Te quiero, canija…

La muerte se llevó el alma de Andrés y medio corazón de su hermana, que para no permitirlo seguía abrazada a él, como si no dejara resquicio alguno por donde pudiera escaparse su espíritu.

Miró a su alrededor y se dio cuenta de que nada tenía sentido.

La muerte había venido a robarle a uno de los suyos, sirviéndose de un desalmado que por unos nimios motivos había ejecutado la sentencia.

Rota de dolor buscó a Luther, que ya había recobrado el sentido, dispuesta a luchar para que aquella sombra mortal no se cobrase otra alma más. Se miraron, y fluyó entre ellos una emoción nueva.

Oskar se tocó el cuello y al sentir el calor húmedo de su sangre decidió cerrar aquel oscuro capítulo de una vez por todas. Comprobó que le quedaban balas en la pistola, una preparada en la recámara, pero en el momento en que iba a hacer uso de ella alguien más entró en la casa. El desconocido, que había seguido a Andrés desde Biarritz, armado con un subfusil ametrallador escupió un par de tacos en alemán, y en nombre de la Abwehr pidió que se rindieran. La perplejidad que produjo en todos los presentes creció cuando vieron entrar a una jauría de perros detrás del recién llegado.

Los alanos, cansados de ladrar, habían visto la puerta abierta.

Luther los vio.

Y Zoe también.

Y al unísono pronunciaron la palabra fatal varias veces:

—¡Ataca! ¡Ataca! ¡Ataca!

Los perros sacaron de sus recuerdos el instinto que llevaban en la sangre y miraron a aquellos dos extraños con ojos oscuros y dientes afilados. El primero que actuó esquivó la bala de Oskar y le clavó la mandíbula en la boca para inmovilizarlo, como hacían los suyos desde siempre, entre aquellas verdes montañas prisioneras de una región llamada las Encartaciones. Y otros dos hicieron lo mismo con el recién llegado, que no tuvo ni tiempo de disparar su arma, quedando tendido en el suelo con dos cabezas de perro encima; una le destrozaba la garganta, y la otra, media cara.

Oskar tuvo tiempo de ver cómo dos alanos más lo atacaban para llevarse su vida pegada a los colmillos. Solo sintió la primera dentellada alrededor de su cuello.

Pero hubo un perro que no actuó como el resto, vencido por la pena: Campeón.

Él estaba llorando a Andrés.

Les Deux Pins
Gabas. Francia
Anochecer del 17 de noviembre de 1937

XII

—

Bajo tres paraguas, y en la penumbra de un día demasiado duro para todos, Zoe, Luther y Anselmo despedían a Andrés en su tumba, excavada a toda prisa a los pies de un roble centenario.

Anselmo había volado desde Barcelona a Toulouse, alarmado por la llamada que Andrés le había hecho a primera hora de la mañana, y se había presentado en el refugio solo media hora después de que los perros actuaran.

Luther, apoyado sobre Zoe, echó una última palada de tierra después de que lo hicieran ella y Anselmo.

La soledad de aquel paisaje desencadenó una gran congoja en Zoe al verse transportada a otro tiempo, al entierro de su madre en una dehesa y bajo la sombra de un grupo de encinas, y al de su padre, más cercano, en aquel cementerio olvidado de la ciudad de Salamanca.

Los invocó para que desde los cielos acompañaran a su hijo.

Campeón a su lado estaba anormalmente quieto. Tenía la mirada puesta en aquella montaña de tierra que iba escondiendo a un hombre al que había querido. Y sintió pena. Se pegó a las piernas de Zoe, la miró, se cruzaron sus dolores, y aulló anunciando una nueva muerte en el valle.

Y en ese momento, a ella le pareció ver cómo su hermano acariciaba por última vez la cabeza de su perro, le daba un beso de despedida a ella, en una mejilla, y se perdía para siempre entre aquellas oscuras nubes que ocultaban el cielo.

—Nos tenemos que ir ya —insistió Anselmo, imaginándose la inmediata llegada de media Abwehr y de la SIMP tras la pista de los perros—. Entiendo lo mal que te sientes, Zoe, y lo difícil que es abandonar a un hermano de este modo. Pero corremos un enorme peligro —les trasladó su inquietud.

Zoe y Luther entendieron su urgencia y se afanaron por recoger sus pocas pertenencias en el menor tiempo posible. A Zoe le intimidó la presencia de los cadáveres medio despedazados, pero a Luther no. No había piedad posible con gente como esa. Y el destino se había cobrado sus atrocidades con la misma moneda.

Echaron un último vistazo a las paredes de piedra con la sensación de que allí se dejaban algo importante. Desde un inicial rechazo mutuo, agravado por el desencuentro que les había provocado el encargo de espionaje, Zoe había recibido un poco después el increíble regalo de una formación profesional inesperada y un cierto olvido de sus anteriores miedos y fantasmas hacia los hombres. Y Luther, en aquel escenario tan pleno de naturaleza, había conseguido enterrar una buena parte de su pasado y se había reconciliado con la vida. Aunque le habían quedado cosas por decir, sobre todo a Zoe.

Al cerrar la puerta de aquel refugio, no solo quedaban para el recuerdo los días que habían compartido, también las incógnitas sobre su futuro. Bajaron el sendero callados. Ninguno se atrevía a mencionar qué iba a ser de ellos. Por eso, cuando al llegar al coche preguntaron a Anselmo a dónde los llevaba, él les devolvió la cuestión.

—Si mantienes tu idea de ir a Inglaterra, puedo preparar tu evacuación esta misma noche. Avisaré por radio a mi gente para que lo tengan todo preparado a nuestra llegada a Toulouse. —Luther miró a Zoe, mantuvo unos segundos de silencio, pero finalmente se lo confirmó—. Y en tu caso, Zoe, si te has decidido por México, tardaríamos un poco más en programar el viaje hasta que encontráramos pasaje.

—Quizá cambie de destino.

En cuanto el coche empezó a rodar por el camino, ella volvió su mirada hacia atrás para dejar memorizado en su recuerdo aquel escenario. Pensó en Aurelio, quien por ayudar a unas cuantas personas a salvar la vida posiblemente se había jugado la suya. Y se vio montada a caballo, atravesando las montañas, entre peligros y perros. Con el dolor de la pérdida de Andrés se le escaparon unas lágrimas, pero de repente vio venir hacia ellos a los nueve alanos corriendo. Pidió a Anselmo que detuviera el coche y se bajó para despedirse de cada uno, sabiendo que solo se podían llevar a Campeón. Les lanzó un último beso y cerró la puerta del vehículo, dejando para siempre atrás aquellos cuatro intensos meses vividos entre fríos, perros que habían jugado a espías, sus estudios y el descubrimiento de un hombre al que ahora no deseaba perder.

Anselmo arrancó, aseguró que mandaría a alguien a buscar a los perros, y recibió como compañero de asiento a Campeón, quien a los pocos metros de tomar la carretera hacia Pau fijó su mirada hacia delante y sin mover la cabeza, como si su vida y la de su ama solo tuvieran a partir de entonces un único destino, supo que para ellos todo volvía a empezar.

Fortunate Fields
Vevey. Suiza
15 de enero de 1938

XIII

Dos meses después Zoe abrió la ventana de su dormitorio para admirar el nevado perfil de los Alpes, bajo un cielo que parecía prometer un día soleado. Pero como a las siete de la mañana el frío de enero no era un buen compañero de amaneceres, se le coló por el camisón y desencadenó un agudo respingo. Ella cerró de golpe y se volvió corriendo a la cama.

Al meterse, recuperó el calor que había dejado su propio cuerpo.

A sus pies, Campeón ladeó la cabeza para mirarla y golpeó la colcha con el rabo dos o tres veces, bastante poco convencido, en realidad agotado por el intenso trabajo que le tocaba hacer cada día.

Zoe comprobó que todavía le quedaba media hora para levantarse, se tapó con la sábana hasta la punta de la nariz, recorrió la moldura del techo y pensó en la importante conversación que iba a tener con Dorothy. Si aceptaba su propuesta, sería la persona más feliz del mundo.

Le debía mucho a aquella mujer.

Su acogida en Fortunate Fields y el trabajo que de inmediato le propuso habían sido sin duda las noticias que pudieron compensar un poco la difícil despedida de Luther y los duros recuerdos de Les Deux Pins. Le había bastado una sola llamada al criadero suizo, aquella noche en Toulouse, para saber que su propietaria la aceptaba encantada en su casa.

Sin Andrés y sin su padre, con una España que no terminaba de doblegarse a los ejércitos de Franco y la conciencia de que su historial había quedado marcado para siempre después de lo que había hecho en uno y otro frente, la posibilidad más sensata se llamaba México. Pero su corazón la dirigió a Vevey, quizá por ser el lugar donde había sido más feliz en los últimos años, o tal vez por su mayor cercanía a Inglaterra.

Dorothy no estaba en la oficina cuando fue a buscarla.

La encontró en un área de ampliación del criadero donde los perros estaban aprendiendo a detectar explosivos, tarea en la que Zoe estaba implicada. Campeón iba a su lado, consciente de que un día más le iba a tocar repetir varias veces los trabajos que aprendían después los demás perros, pero en su caso para formar a los monitores. Zoe se sentía orgullosa de él, porque ninguno de los pastores alemanes del centro había demostrado tanta sagacidad y rapidez en ese cometido como él, y por el prestigio que se había ganado ante el resto del equipo humano que trabajaba en Fortunate Fields.

Al llegar a su lado, esperó a que terminara de dirigir los ensayos de un innovador método para el rescate de heridos, y solo cuando terminó fue hacia ella. De camino sintió crujir sus zapatos sobre la escarcha del suelo. La temperatura era tan gélida que en ocasiones no terminaba de desaparecer en todo el día.

—Dorothy, necesito comentar contigo algo que me tiene muy inquieta.

—Se te nota en la cara... ¿Lo hablamos delante de un buen desayuno? ¿Te parece?

Se agarró de su brazo, y de camino al pabellón principal corrigió un mal movimiento por parte de un monitor al pasar al lado de otro de los parques de entrenamiento, se fijó en que las papeleras estaban sin vaciar desde hacía más de una semana y comentó la clase que tenían un par de foxterrier con los que estaba ensayando nuevos ejercicios. Pero entre tantas cosas, también se dio cuenta de que Zoe un día más seguía vistiendo la misma ropa. Se prometió arreglarlo esa tarde, era consciente de la escasez de equipaje con que había venido y a ella le sobraban vestidos y faldas, y además coincidían en la talla.

—Antes de que me expliques lo que te preocupa, me gustaría conocer tu opinión sobre una idea que te puede parecer peregrina, pero que me está apeteciendo abordar... —Miró hacia un punto indeterminado, frente a ella, y le dio a su voz un deliberado tono intrascendente—. ¿Tú crees que a Luther le gustaría trabajar con nosotros?

Zoe sintió un escalofrío al escuchar aquel nombre. Desde que sus vidas habían tomado caminos diferentes, no sabía mucho de él, solo que había sido contratado en un centro de investigación cerca de Londres y que parecía contento con su trabajo. Lo sabía gracias a una postal que había recibido a finales de diciembre con la imagen de un abeto navideño lleno de guirnaldas y un *Merry Christmas* en letras doradas. Una postal que desde entonces dormía todas las noches en su mesilla.

—Imagino que no, Dorothy. Cuando eligió Inglaterra no sopesó otras posibilidades que también se le ofrecían. —Aparte de la doble intención implícita en sus palabras, alargó la última sílaba sin ocultar lo defraudada que se sentía por ello—. Pero pruébalo...

—Pásame su dirección. Cualquier día le escribo.

Llegaron al chalé principal y entraron en el comedor. Margareth, la camarera, les tenía preparado un revuelto de huevos, café y una bandejita de dulces. Tomaron asiento y Zoe no esperó ni a probarlo.

—Dorothy, he pensado una cosa que no sé si verás posible. —Retorció la servilleta y tomó aire—. Desde hace tiempo tengo una deuda pendiente con mi profesión y con mi padre que me gustaría resolver de una vez. Me explico. Al centrar todo mi trabajo en los perros de la Cruz Roja, no pude terminar la carrera de Veterinaria en Madrid. Y al estallar la guerra se hizo imposible. Pero en todo ese tiempo he tratado de estudiar como si hubiera acudido a clases, me he leído los mismos libros con los que trabajan los alumnos, y tuve la suerte de contar con un maestro que me terminó de enseñar una buena parte de la materia académica, a los pies de los Pirineos.

—Imagino que te refieres a Luther... —Dorothy era mujer y sabía interpretar por qué le cambiaba la cara a Zoe cada vez que surgía ese nombre.

—Sí... La verdad es que aprendí muchísimo con él. —De lo poco que se había traído de Les Deux Pins, uno de sus bienes más preciados eran aquellas doce hojas de almanaque pintarrajeadas por detrás, que incluían todo un tratado de anatomía, cirugía e histología—. Como es algo que llevo pensando desde que llegué, me atreví a escribir a la Escuela de Veterinaria de Zúrich. Les conté mi caso, y les debió de conmover porque, para mi sorpresa, han aceptado examinarme de los dos años que me faltan en una sola prueba oral, en junio.

—¡Me parece una excelente noticia! ¿Qué problema hay?

Zoe la miró incrédula. ¿Problemas? Todo era un problema... Le explicó que iba a necesitar estudiar muchísimas horas e ir con frecuencia a la biblioteca de la universidad para aprender la terminología técnica ahora en alemán, lo que le parecía abusar de su confianza.

—Se resentiría mi trabajo... Por mucho empeño que ponga en sacar todas las tareas adelante, no sé si llegaré a todo. Por eso necesito tu aprobación.

Zoe bajó la cabeza y revolvió la taza de café. Se le había quedado frío, pero más helada se iba a quedar ella si la contestación no era la que deseaba escuchar.

Dorothy se sonrió al notarlo.

Apreciaba a aquella joven desde el primer día que había aparecido por su casa. Era una luchadora, tenía cabeza y amor propio, pero también era resolutiva y un punto atrevida, como cuando había decidido salvar a aquellos perros que se proponía recoger Luther. Le recordaba en tantas cosas a ella que deseaba ayudarla. Y además, también tenía una propuesta.

—Cuando terminemos de desayunar te daré mi opinión. Pero eso será fuera de Fortunate Fields. Necesitaremos un coche.

Se abotonó la chaqueta al sentir frío y adoptó una sonrisa difícil de interpretar.

No tardaron más de quince minutos en llegar a una finca vecina a Fortunate Fields que Zoe conocía, rodeada de enormes abetos, y en primavera y verano de centenares de hortensias que producían una especial sensación de paz a su alrededor. En el cartel de entrada se podía leer The Seeing Eye, «El ojo que ve».

Aparcaron por detrás del edificio del complejo que hacía funciones de dormitorio, comedor y oficinas, y siguió a Dorothy a buen paso hasta llegar a un recinto al aire libre en el que un grupo de ciegos estaban aprendiendo a ser más autónomos con la ayuda de unos perros que iban dibujando un recorrido lleno de obstáculos, rampas, puertas que abrir y cerrar, escaleras, o falsas paradas de tranvía.

—Como bien sabes, desde el año veintiocho vengo desarrollando este tipo de tareas; sin duda alguna la más gratificante de todas las que he emprendido en mi vida. Tanto aquí como en Estados Unidos hemos formado a más de un centenar de instructores para que puedan adiestrar a perros guía, y gracias a ellos hoy puedo decir que hay más de quinientos invidentes que han mejorado su movilidad y en general su vida. Pero todavía quedan muchas lagunas, muchas cosas que perfeccionar para que estos animales lleguen a convertirse en sus verdaderos segundos ojos.

Zoe observó cómo uno de ellos tiraba suavemente de su acompañante para ayudarlo a subir una falsa escalera. Aparte de mirar por él, mostraba un grado de concentración poco común para un animal. No se imaginó a Campeón haciéndolo.

—Es un precioso trabajo para un perro —apuntó Zoe.

—Lo es, pero todavía no he dado con la raza perfecta para ello. Necesitaría tener a un animal más decidido que los pastores alemanes con los que empezamos; dispuesto a hacerse paso entre la gente en medio de una calle, que no dependa de que su amo tenga que premiar siempre su comportamiento, y que posea un sólido equilibrio emocional para obviar sus instintos en beneficio del uso al que está siendo dedicado. En resumen: un perro que se olvide de sí mismo para regalarse a su amo.

—La idea es preciosa.

—Estoy de acuerdo. Pero, para conseguirla, necesito a alguien que ponga todo su talento y sensibilidad en esa labor. —Miró a Zoe y le dedicó las siguientes palabras después de haberlas meditado mucho—. Me gustaría que lo hicieras tú, Zoe. Además, te llevaría menos tiempo que el trabajo actual, por lo que queda contestada tu pregunta anterior. Si aceptas mi propuesta, podrás estudiar, y también se beneficiará de ello The Seeing Eye, porque espero que apliques toda la ciencia médica que aprendas en descubrir qué facetas de su inteligencia son las más idóneas y las promuevas, como también que ayudes a preservar la salud de un animal que se vuelve imprescindible para su dueño. Y en definitiva, que persigas una actitud única en ellos con el fin de que sus amos sientan con su ayuda que sus limitaciones son menores… —Provocó una pequeña pausa, tomó aire, y le propuso formalmente su idea—: ¿Quieres ser la directora técnica del proyecto The Seeing Eye?

Zoe sintió tanta emoción que temió que se escucharan desde fuera los latidos de su corazón desbocado. Se imaginó a su padre orgulloso, y a su hermano dándole un pellizco en la barbilla y feliz por la noticia. Tembló de arriba abajo, en su cara surgió una enorme sonrisa de gratitud, unió sus manos con las de Dorothy y respondió con la voz medio quebrada:

—Me encantaría…

Aquella tarde, bajo un precioso cielo azul, Zoe paseaba con campeón a su lado sobre una de las enormes praderas que rodeaban Fortunate Fields. El perro iba y venía con un palo en la boca que su dueña le tiraba lo más lejos que podía. Sin desviar un milímetro sus ojos de ella, el animal recordó de repente otra pradera, próxima a una población a la que había llegado con su anterior amo, con Andrés, en la que el juego había consistido en buscar una pistola que este le lanzaba.

Todavía podía escuchar el ruido de disparos, o el ensordecedor rugido de un extraño aparato que aparecía y desaparecía por el cielo sembrando la tierra de fuego y sangre. Por entonces no entendía en qué consistían aquellos juegos que los humanos practicaban para destruirse, y aunque lo había vuelto a ver varias veces más de la mano de su nueva dueña, no había encontrado un solo motivo que lo justificara.

Porque los perros como él no entendían de guerras ni de armas.

Ni tampoco conocían en qué consistía el odio, o el sentido de aquella otra palabra que tantas veces les había escuchado decir: *la política.* Una palabra en la que se amparaban para matarse entre ellos.

Él no sabía hacer otra cosa que cuidar a aquella persona que se había cruzado en su vida.

Cuando se volvió para mirar a Zoe, esta le regaló una de sus tiernas caricias. Y en ese momento prefirió aquel otro juego, porque ese sí lo entendía, el del amor: la razón última de su verdadero pacto de lealtad.

Universidad de Zúrich
Suiza
9 de junio de 1938

XIV

La facultad de Veterinaria estaba llena de alumnos, de nervios y de exámenes finales.

Pero Zoe padecía su propia tortura al enfrentarse a un tribunal nombrado exclusivamente para ella, en un salón de actos vacío que se hacía eco de sus explicaciones.

Como primer tema le habían pedido que describiera la actinomicosis, una enfermedad de los bóvidos descubierta por uno de los profesores más ilustres que había pisado aquella universidad, Otto Bollinger. Y como era uno de los procesos que mejor se había preparado, su exposición fue precisa y muy completa. Acabada aquella materia, tuvo que abordar seis preguntas más de las asignaturas que configuraban los dos últimos cursos, con la mastodóntica Terapéutica y Toxicología entre ellas, cuyo desarrollo le había supuesto un mayor esfuerzo. Acabado aquel bloque, aún le faltaba una pregunta más para terminar el examen teórico. Después del cual llegaría el práctico.

Hacía demasiado calor.

A pesar de que las ventanas estaban abiertas, en vez de refrescar a los presentes parecían las mismísimas bocas del infierno.

Zoe esperó a conocer la última cuestión a la vez que repasaba de cabeza la respuesta dada a la clasificación y descripción de los antiparasitarios más importantes. Se abanicó con los papeles que tenía sobre la mesa y concluyó que no había cometido ningún error.

—Señorita… Por último querríamos que nos contase cuáles son las patologías más comunes en el ovario de la yegua. —El presidente del tribunal se retiró las gafas, cruzó las manos sobre la mesa y esperó a que empezara a hablar.

Zoe dejó el abanico a un lado, se desabrochó un botón de la camisa asfixiada de calor, y abordó la cuestión de forma ordenada, empezando por un primer resumen de los procesos que a continuación detalló. Tardó media hora en cerrar su exposición, pero se quedó convencida. Después de unos minutos de silencio, el tribunal empezó a debatir. Compartieron sus notas, cuchichearon entre ellos y hasta revisaron una columna de libros para contrastar algún dato de su intervención.

Zoe temblaba. Trataba de escudriñar en sus gestos alguna pista de lo que pensaban, por pequeña que fuera, pero le pareció que tardaban tanto que los nervios terminaron por vencerla.

Aquellos cinco hombres tenían la llave que podría abrir su futuro, pero también cerrar su mayor sueño.

El rítmico golpeteo de una pluma sobre la mesa en manos de uno de los catedráticos sonaba igual que un cronómetro en pleno descuento de tiempo.

Miró la hora, ya eran las dos de la tarde.

—Fräulein Zoe Urgazi Latour. ¡Levántese para escuchar el resultado de este tribunal!

Se estiró la falda, jugó con su tirabuzón, se echó después las manos a la espalda y cerró los ojos.

—Después de haber respondido a las materias que le han sido requeridas para su evaluación, y de constatar un conocimiento suficiente de ellas, este tribunal determina que puede pasar a la prueba práctica al haber demostrado su aptitud. ¡Le damos nuestra más sincera enhorabuena!

Incapaz de medir su reacción, se le escapó un sentido «viva» y corrió hacia ellos con una gran sonrisa y la intención de estrechar sus manos uno a uno.

—Gracias, caballeros…, gracias. Este título supone para mí mucho más de lo que se pueden imaginar.

—Aguarde, aguarde… Que aún falta por determinar la prueba práctica que va a tener que completar.

Zoe sabía que, superada la teórica, estaba casi aprobada, pero tampoco podía darlo por hecho. El presidente metió la mano en una urna, sacó un papelito y lo leyó:

—«¡Diagnóstico histológico del linfosarcoma de Stiker!» —pronunció con voz solemne—. A continuación le vamos a pasar cuatro dibujos, ha de reconocer el correcto y describir todo lo que vea en él.

Zoe sintió un gran alivio y se sonrió al recordar la tensa entrevista que había mantenido con el director de la escuela de Madrid cuando había pretendido asistir a las clases. Aquel hombre le había hecho la misma pregunta y la imagen del tejido dañado había quedado grabada a fuego en su memoria.

Identificó sin problemas cuál era, y su explicación terminó de convencer a los presentes, que dieron por concluida la prueba felicitándola por formar parte desde aquel día de la profesión veterinaria.

A Zoe, mientras atravesaba los pasillos de la facultad, le faltaba el aire y solo tenía ganas de salir a la calle para explotar a llorar. Se cruzó con varios grupos de alumnos que se abrazaban deseándose unas felices vacaciones, y añoró tener a alguien con quien compartir su alegría. Había conseguido lo que desde tan pequeña había deseado, pero se sintió muy sola. Apretó los ojos para evitar que se le escapara la primera lágrima antes de tiempo, alcanzó el atrio de la facultad, y se los tapó ante el resplandor de la calle.

Al salir y recuperar la visión se encontró con una enorme sorpresa.

Allí, en la acera, estaba su mejor amiga con un bebé de corta edad y una desbordante sonrisa.

—¡Julia! —Se abrazó a ella bañada en lágrimas.

—Dime de una vez qué ha pasado… ¿Has aprobado?

—¡Sí! Ya soy veterinaria… ¿Te lo puedes creer? ¡Pero mira a quién tenemos por aquí! —El niño la observó extrañado con sus enormes ojos azules—. ¡Por Dios… Es guapísimo! Cuántas ganas tenía de verlo, y a ti. ¡Qué alegría más grande! Pero ¿cómo has sabido que me examinaba?

—Dorothy —contestó Julia. En su expresión no cabía más orgullo y felicidad.

—Claro… —La estudió de arriba abajo—. Por lo que veo, el embarazo no te ha dejado ni una sola señal, condenada; sigues igual de atractiva. No te haces idea de lo feliz que me has hecho.

—Lo sé, pero no soy la única que ha venido a verte.

Zoe se quedó parada, sin entender a qué se refería. Miró a su alrededor y no vio a nadie.

—¡Campeón! —gritó Julia, mirando a su izquierda.

Pegado al edificio había un parque rodeado por un alto seto. De él surgió la figura de un perro que necesitó solo dos saltos para abalanzarse sobre su dueña.

Zoe, de cuclillas, lo acogió entre sus brazos. Aquel perro había sido el compañero más leal que había tenido durante los tres últimos años, y le pareció justo que un día tan grande para ella también estuviera a su lado. Se lo iba a agradecer a Julia cuando frente a sus ojos aparecieron unos zapatos de hombre. Recorrió los pantalones hacia arriba y, sin podérselo creer, apareció Luther.

Su mirada brilló de alegría.

—¡Enhorabuena, Zoe! —Le tembló la voz—. No podía perderme este momento. Al fin y al cabo, alguna culpa he tenido también.

Julia decidió dejarlos a solas para que hablaran. Empujó el cochecito con su hijo y se dirigió al parque para esperarlos.

—No solo he venido a felicitarte, además te he traído esto.

Zoe lo miró intrigada. Él sacó del pantalón algo y al abrir la mano apareció un colgante con una perla.

—¡La perla de mi madre! ¡La que perdí en Fortunate Fields! —Se la puso al cuello, la acarició complacida y de inmediato le asaltaron las preguntas—: ¿La has tenido todo este tiempo sin decirme nada?

Luther se acercó a ella, cogió la perla entre sus manos y escudriñó en sus ojos una respuesta a sus dudas. Aquella joya había sido para él como un talismán gracias al cual la había tenido presente en todos y cada uno de sus días, mucho más desde que se habían separado.

—Esperé a estar más seguro.

—¿Más seguro de qué?

—De lo que sentí por ti desde el mismo día que la perdiste. —Luther recogió su rizo y lo colocó dentro de su melena. Ella sintió un escalofrío al notar sus dedos.

—Me tienes desconcertada, no sé si te entiendo. —Un intenso calor la atravesaba por entero. No podía casi respirar.

—Cuando nos conocimos en Fortunate Fields, como aún estaba casado, me negué a admitir el impacto emocional que me produjiste porque supe perfectamente qué significaba. Por entonces, al no saber si te iba a volver a ver, aquella sensación se fue durmiendo hasta quedar ahogada con la muerte de mi mujer. Pero luego, en aquella cena en Burgos, volvieron a despertarse los deseos de conocerte mejor, y vi la oportunidad. Tu ayuda para huir y nuestra posterior reclusión en Les Deux Pins supuso un enorme regalo que me permitió descubrirte de verdad, lo que provocó una revolución interior que aún arrastro. Pero como no terminaba de ver ninguna señal por tu parte me frustré, hasta llegar a pensar que no representaba otro papel en tu vida que el de compañero de huida. Aunque tampoco me atreví a preguntártelo... —Zoe recibía sus confesiones siendo consciente de que cada una de esas palabras estaban haciéndose un hueco en su corazón. Le ofreció sus manos, y Luther las recogió por primera vez observándolas con una gran emoción—. ¿Recuerdas cuando te abracé en aquella larga espera? Quería saber qué sentías, pero no sé, no capté lo que buscaba. Tantas veces lo intenté que terminé pensando que todo era fruto de mi deseo. Y por eso decidí separarme de ti. Sin embargo, estos dos meses me han hecho ver sin ninguna duda lo que quiero.

Zoe empezó a sentir un hormigueo interior y una congoja que le estaba costando contener.

—¿Quieres decir que...?

—Quiero decir que te amo, Zoe. Que te he amado desde aquel día, y que no he dejado de hacerlo desde entonces. Quiero decir que no soporto un minuto más sin estar a tu lado, sin escuchar tu voz y perderme en tus ojos. —La cogió por los brazos y suspiró. Se sentía aliviado por habérselo dicho, pero necesitaba su respuesta—. ¿Y tú?

Zoe le tapó la boca con una mano, lo miró a los ojos, desnudó por completo sus emociones y acercó su boca a la suya para fundirlas en un deseado beso. No necesitó palabras para decírselo, el suave roce de sus labios significó todo lo que sentía. Porque allí, a las puertas de la universidad y con Campeón entrelazado entre sus piernas, supo que aquel era el hombre con quien iba a compartir el resto de su vida.

NOTA DEL AUTOR

—

La Guerra Civil y los perros

He de reconocer que no es fácil establecer como trasfondo histórico de una novela un periodo tan terrible como el de la Guerra Civil, cuyos dolorosos efectos hablan por sí solos: centenares de miles de muertos, una España quebrada en dos y una honda herida que para muchos españoles todavía perdura. Confieso que mientras recorría aquellos acontecimientos, aunque solo fuera con la imaginación, he sentido espanto, pena, frustración y en general un gran desconsuelo al constatar en qué nos llegamos a convertir. Pasado el tiempo, a uno le cuesta entender cómo se pudo desencadenar tanto odio y brutalidad entre nosotros.

Con todo ello, mi primera reflexión después de haber tratado de conocer mejor lo que sucedió es de respeto. Respeto desde luego hacia todos los que la sufrieron en primera persona, pero también respeto a los hechos históricos y a sus protagonistas.

Por otra parte, he sido consciente de lo poco que nuestros mayores nos contaron sobre aquellos hechos, y qué decir de los libros de texto. Unos porque seguramente quisieron esconder las penalidades y horrores que pudieron ver o conocer, y los otros al pretender darnos un relato parcial de lo que sucedió.

En mi caso, el hecho de haberme asomado a esos años desde la distancia ha sido un ejercicio de justicia y de comprensión de lo más recomendable.

Esta novela no es un alegato de ninguno de los dos bandos, pues tengo claro que ambos fracasaron. Pero sí lo es de aquella tercera España que sufrió las consecuencias del conflicto sin sentirse parte de los sublevados ni de los que intentaron resistir. Y es ahí donde he querido colocar a su principal protagonista, a Zoe, y también, y salvando las naturales distancias, a los perros.

Cuando pensé en abordar la Guerra Civil desde el ángulo de nuestras inocentes mascotas, me di cuenta de lo poco que se había escrito sobre ellas. He tenido enormes dificultades para encontrar referencias de su participación en el conflicto, a diferencia de lo que ofrece la historiografía de las dos guerras mundiales, donde hay abundancia de relatos, unidades específicas caninas y las más variadas anécdotas.

En mi desafortunada búsqueda por archivos militares, ensayos o trabajos sobre la guerra del treinta y seis, llegué a pensar que los perros habían sido borrados del mapa. Pero finalmente empezaron a aparecer las primeras pistas, algunas de ellas vitales para construir la trama de *Pacto de lealtad.*

La que sin duda despertó más mi curiosidad surgió de un breve comentario hecho en un artículo referente a la historia del perdiguero de Burgos, donde se mencionaba que la Legión Cóndor, durante su estancia en la capital del bando nacional, y al menos en el año treinta y siete, cargó aviones enteros de perros con destino a la Alemania nazi sin justificar el motivo.

A partir de aquel escueto dato me puse a investigar para qué podían querer esos perros los alemanes durante los años treinta, y fue entonces cuando descubrí una insólita estrategia bélica organizada por la cúpula nazi, fundamentada en la cría y entrenamiento masivo de perros de guerra, esquivando las restricciones impuestas por el Tratado de Versalles y bajo la excusa de un futuro uso policial. Los datos y personalidades que aparecen en la novela, como es el caso de Max von Stephanitz, no solo son verídicos, sino que hay constancia de su activa participación en varios de esos centros de cría intensiva de pastor alemán, donde se llegaron a adiestrar a más de doscientos mil animales, convirtiéndose en el principal mentor de la raza delante de las máximas autoridades nazis. Stephanitz consiguió que aquellos animales fueran vistos como los mejores compañeros del guerrero ario, mano derecha de las elitistas unidades de las SS, y una honorable raza germánica más. En aquella locura colectiva que protagonizaron Himmler, Hitler o Heidrich, por citar a algunos responsables del poder nazi, el máximo responsable de la Luftwaffe y segundo en la escala de mando, Hermann Göring, se propuso además recuperar viejas especies desaparecidas, protagonistas de antiguas leyendas nórdicas, como fue el caso del bisonte indoeuropeo, o uro, con el que repobló un antiquísimo bosque ubicado en la actual Bielorrusia. He llegado a ver fotografías suyas contemplando la maqueta de aquella floresta para que sirviera de reserva de esos míticos animales, a los que él mismo dio caza en su finca de Karinhall al noreste de Berlín. Recomiendo a los que puedan estar interesados en este aspecto que busquen imágenes sobre Karinhall; descubrirán las locas excentricidades de un hombre que entre maquetas de tren, leones y su extrema afición por la caza, aterrorizó a Europa.

La Cruz Roja Española creó una unidad canina sanitaria pocos años antes de la guerra, hecho que pude constatar en la hemeroteca del periódico *ABC* al verla desfilar por el paseo de la Castellana el catorce de abril de mil novecientos treinta y seis, durante la celebración del quinto aniversario de la Segunda República. Información que comprobé en el archivo que posee esa institución en Madrid.

Así mismo, entre Francia y España y a lo largo de los Pirineos, se utilizaron perros espía o estafeta para el envío de mensajes, manejados por agentes del espionaje republicano y nacional, como también perros contrabandistas que eran usados para transportar el estraperlo. Aunque exista poca constancia documental, los testimonios orales de los que vivieron en aquellas zonas así lo aseguran. Como es el caso de los gossos d'atura en el entorno del Pirineo catalán.

El periodista Moisés Domínguez articuló hace pocos años la historia de un «perro de guerra» que acompañó a su amo, un teniente de la IV Bandera de la Legión, durante la Guerra Civil y la Revolución de Asturias, que me sirvió para fabular la aparición en la novela del principal protagonista canino, y me refiero a Campeón. Un periodista soriano, en 1938, rastreó la vida de aquel animal hasta saber de él, apareciendo plasmado en algunas fotografías en compañía del general Queipo de Llano, por ejemplo durante la entrada de las tropas nacionales a la ciudad de Badajoz. Así mismo, tuvo constancia de su participación en el frente universitario en Madrid, donde falleció su dueño, y de su posterior muerte en Soria después de haber vagado desconsolado por media Castilla. Sin duda alguna, un ejemplo vivo de la lealtad que un perro puede llegar a demostrar por el hombre.

Los perros en la historia

Se sabe que el perro desciende del lobo gris europeo e indio.

Los primeros restos arqueológicos que se han localizado hasta la fecha posen una antigüedad de treinta y dos mil años, pero su domesticación se cree que se produjo en torno a los cinco mil años antes de Jesucristo.

Los egipcios, tres mil años antes de nuestra era, reflejaban ya en sus relieves la existencia de tres tipos de perros. Poseían una raza estilo lebrel o galgo, la más dominante en un principio, hasta que apareció otra de tipo moloso, con grandes semejanzas a los mastines y dogos actuales, que fue usada para la guerra. Y todavía se hace referencia a una tercera de defensa, más pequeña.

El faraón Tutankamón dejó constancia de su uso bélico en un relieve que él mismo protagoniza luchando contra los nubios en compañía de una manada de molosos armados con collares de púas.

Los griegos dividieron las razas caninas en siete: tres de ellas molosas, mastines, alanos y dogos; una como guardianes; otra de pastores; y una pequeña tipo pichón maltés para la casa. Los romanos añadieron a esos usos la pelea en sus circos, recurriendo a unos grandes perros con habilidades de presa y combate tipo mastín o alano, que al parecer surgieron de Asia Menor. Y además clasificaron los perros según su capacidad de trabajo en perros de caza, de pelea, rastro, carrera, pastoreo y uso doméstico o compañía.

Los asirios emplearon también unos perros para la caza y la guerra de tipo moloso, como se pueden apreciar en los relieves del palacio de Nínive en el actual Irak.

Como vemos, la presencia del perro como herramienta de guerra es tan antigua como la propia humanidad. De haberlos tenido como protectores y cazadores, pasaron a formar parte de los ejércitos en las distintas civilizaciones, llegando en ese desempeño hasta nuestros días.

Se tiene constancia documental del uso de perros en la conquista de América para aterrorizar y vencer a los indios, como fue el caso de un perro llamado Becerrillo, del que habla el cronista Gonzalo Fernández de Oviedo; un alano del que dijo: «... de gran entendimiento y denuedo porque entre doscientos indios sacaba uno que fuese huido de los cristianos y le asía por un brazo y le constreñía a venirse con él y lo traía al real y si ponía resistencia lo hacía pedazos. Y a medianoche si se escapaba un preso, aunque fuese a una legua, diciendo "ido es el indio" o "búscalo", daba en el rastro y lo traía».

Pero donde se emplearon de forma masiva y para múltiples tareas fue durante la Primera Guerra Mundial, en la que los podemos ver tirando líneas de teléfono, como detectores de minas, en funciones de estafeta, sanitarios, arrastrando ametralladoras pesadas, como mensajeros, patrullando, o incluso de paracaidistas. Y aún más en la Segunda Guerra Mundial, donde además de las anteriores funciones recurrieron a los perros para convertirlos en bombas contra los tanques, o en el caso alemán para patrullar en los campos de concentración, recibiendo un especial entrenamiento para desarrollar una máxima agresividad contra los presos.

Una labor bastante desconocida que desempeñaron nuestros perros no hace demasiado tiempo tuvo que ver con el contrabando. A finales del siglo XIX y primeros del XX entre Algeciras y Gibraltar se emplearon miles de ellos para transportar tabaco desde el Peñón a la Línea, pertrechados con una especie de mochilas llamadas *enjalmas*, donde podían esconder entre 3 y 30 libras de tabaco. Tan importante fue el uso de esos animales que los periódicos de la época hablaban de cerca de cinco mil animales adiestrados para la faena. Recojo la noticia del periódico *La Vanguardia* del día uno de febrero de 1909.

«Zona de Algeciras.– Apresados por el Cuerpo de Vigilancia Costera 507 kilogramos de tabaco, 310 cigarros puros, una embarcación y un reo, matándose 68 perros de los dedicados al fraude. El grupo de Carabineros aprehendió 1.069 kilogramos de tabaco, dos reos y dos carruajes con caballerías.

»Y el Servicio Marítimo de la región aprehendió 656 kilogramos de tabaco, 19 bultos, 9 enjalmas y 7 latas con igual artículo, dos embarcaciones y 10 reos, inutilizándose 20 perros contrabandistas...»

Todos aquellos usos parecen estar muy lejos del habitual trato que ahora damos a nuestras mascotas, pero vienen a reflejar lo que el perro ha llegado a ser para el hombre desde la prehistoria: la especie más leal, generosa y entregada a los deseos del hombre. Un ejemplo que hoy día continúa conmoviéndonos cuando los vemos rescatando víctimas de un desastre natural, acompañando a ancianos o a ciegos, o cuando leemos en un periódico la historia de un perro que ha velado a su amo muerto durante más de diez años a los pies de su tumba, o a las puertas del hospital al que lo acompañó en su último paseo.

Pacto de lealtad es un canto a la virtud más característica de nuestros perros; esa abnegada lealtad que desde siempre han demostrado como especie. Son innumerables los ejemplos, pero quiero rescatar uno que por su antigüedad me ha parecido cuanto menos curioso. Cayo Plinio, en su *Historia Natural*, escribió en el año ochenta de nuestra era un suceso acontecido en Roma, donde se nos cuenta que: «El sitio de Roma donde generalmente se ajusticiaba se conocía con el nombre de Gemonías, y consistía en una especie de foso profundo, en el cuál se habían formado escalones dispuestos en gran declive, de tal suerte que una vez lanzados los reos rodaban velozmente, sin poderse contener, destrozándose antes de llegar al fondo del precipicio, y así encontraban una muerte horrible y de carácter infamante.

»En el año 781 de la fundación de la supradicha ciudad, el cruel y sanguinario Nerón había firmado la sentencia de muerte contra "Tito Sabino" y todos sus esclavos, y uno de éstos, durante el tiempo que permaneció en prisión estuvo acompañado por un perro que, aunque mansejón, no pudieron los carceleros quitárselo de su lado dada la fiereza que mostraba en los varios intentos realizados, pues en más de uno hirió gravemente al que con valentía quiso llevárselo a viva fuerza.

»Cuando sacado del cautiverio el amo se le condujo hasta el borde de Gemonías, el leal can tampoco se le separó un instante, y al recibir de repente el sentenciado el empujón postrero, dicho animal, con decisión impetuosa, se lanzó en seguimiento del cuerpo rodante logrando por casualidad llegar con vida al fondo del abismo y lamiendo con insistencia el cadáver del amo empezó a emitir aullidos tan impresionantes para los testigos presenciales de aquella ejecución, que, compadecidos no pocos, le echaron diversidad de alimentos, los que trasportaba de su boca a la del difunto, como si pudiera servir para revivirle.

»Al cabo de unos días de acudir la bárbara multitud a regocijarse en tan fúnebre espectáculo, se sacaron los cadáveres de los varios ejecutados, para arrojarlos al río Tíber, y el perro, con la cabeza inclinada y aspecto triste fue siguiendo a los conductores hasta la orilla, tardando menos tiempo en tirarse al agua en pos de la masa inerte del que fue su amo, del que éste necesitó para ser mojada al descender gravitando sobre aquel elemento.

»Allí se le vio bucear y reaparecer repetidas veces en la superficie, siempre empujando con el hocico, para impedir la sumersión de tan queridos despojos, y aunque varios espectadores hicieron grandes esfuerzos con la finalidad de sacar con vida a aquel fidelísimo animal, ya tirándole objetos flotantes, ora llamándole cariñosamente y con jeribeques atrayentes, nos les hizo caso y se dejó arrastrar por la impetuosa corriente del río, apareciendo posteriormente orillando los cadáveres de amo y perro; pero el de éste estaba con la boca férreamente atarazada al muy pequeño y pobre sudario que aquel llevaba puesto».

Mujeres veterinarias en tiempos de la República

Pacto de lealtad también es un homenaje a ellas.

He fabulado la presencia de Zoe entre un grupo de valerosas mujeres que a principio de los años treinta, y gracias a una modificación del plan de estudios, pudieron abrazar una profesión reservada al varón hasta entonces. Y lo hicieron con una garra, ilusión e inteligencia notables. He seguido la trayectoria individual de cada una de ellas, y sé que muchas no lograron terminar sus estudios por culpa de la Guerra Civil. Pero otras lo consiguieron, iniciando su ejercicio profesional en una España que, a pesar de los avances legislativos en favor de la mujer, no terminaba de aceptarla en el trabajo, y menos entre animales. Algunos de sus nombres aparecen en esta novela, junto al de un auténtico preboste de la profesión: don Félix Gordón Ordás, que murió exiliado en México sin haber podido volver a pisar su amada tierra leonesa. Además de ser una de las personalidades que más han prestigiado la profesión veterinaria, en su caso rescatándola de anticuados procederes, fue un gran político, orador, conferenciante, ministro, embajador y presidente del Consejo de Ministros de la República en el exilio. Y además buena persona.

En uno de los capítulos de la novela he introducido una alocución radiofónica real, pero no en su integridad para no cansar al lector. Si lo hice fue para visualizar una realidad social que hoy casi nos hace reír, pero que constituyó el marco que a ellas les tocó vivir.

Durante la Guerra Civil muchos estudiantes de Veterinaria fueron de inmediato alistados en ambos ejércitos para atender a la importante cabaña mular y equina, como también para asegurar la higiene y salubridad de los alimentos de la tropa y la organización de los centros de producción intensiva de carne, donde se cebaban los cerdos o terneros con ese fin.

Lo he dicho en anteriores novelas, pero renuevo con esta mi gratitud a la maravillosa profesión que tengo, un oficio que tanto en horas bajas como en altas nunca ha dejado de demostrar un enorme espíritu de entrega y profesionalidad.

Vivo con orgullo ser veterinario.

AGRADECIMIENTOS

Esta novela ha disfrutado de la ayuda de muchos compañeros de profesión que han contribuido en diferente medida a enriquecerla, y no quiero olvidar a ninguno. Entre todos, quien me facilitó la ambientación de la antigua escuela de Veterinaria de Madrid, ubicada en la calle Embajadores, los planes de estudio de aquellos años y la realidad veterinaria en tiempos de la Segunda República fue mi estimado amigo Joaquín Sánchez de Lollano, a quien vuelvo a agradecerle su permanente y desinteresada contribución. La prestigiosa catedrática de Medicina y Cirugía Animal, doña María Castaño Rosado, a la que disfruté como profesora de Anatomía Patológica, me aportó una ingente documentación, incluso de índole privada, sobre las primeras mujeres veterinarias en España, con alguna de las cuales supe que la unió una gran amistad. Sus investigaciones sobre la aparición de la mujer en el campo de la veterinaria son, además de rigurosas, una fuente de datos y anécdotas que me han ayudado a construir las circunstancias de su gesta.

Para profundizar en la personalidad de don Félix Gordón Ordás conté con la inestimable ayuda del presidente de la Asociación Nacional de Historia de la Veterinaria, el doctor veterinario y responsable de salud pública del Ayuntamiento de San Sebastián, don José Manuel Etxaniz, uno de los mayores expertos en la vida y obra del insigne colega Gordón Ordás.

Agradezco el soporte técnico que me brindó el actual catedrático de Genética de la Facultad de Veterinaria de Madrid, don Javier Cañón, ayudándome a plantear cómo se podía reconstruir una raza desaparecida a través de las descendientes. Y desde luego no puedo olvidar la amabilísima charla que tuve con el general veterinario don Luis Caparrós, quien es sin duda el mayor especialista en veterinaria militar. De sus trabajos de investigación sobre la Guerra Civil he sacado algunos datos que han salpicado varios capítulos.

Para obtener respuesta a las muchas dudas que aparecieron cuando intentaba describir algunas patologías caninas y sobre todo los tratamientos que se podían emplear ochenta años atrás, tuve la perfecta ayuda de una compañera a la que tengo en gran estima. Reyes Cuesta me regaló sus conocimientos como propietaria de una clínica de pequeños animales en Benalmádena, y además es mi amiga. ¡Gracias, Reyes!

Sin abandonar el mundo veterinario, no puedo dejar de hacer una especial mención a mi estimado colega don José Manuel Sanz Timón. José Manuel es uno de los mayores expertos en el conocimiento de las diferentes razas caninas que tenemos en España. Con él compartí una agradable comida y luego sobremesa en su casa de Toledo, al ser el autor del artículo donde se citaban los transportes de perros a Alemania por parte de la Legión Cóndor, que a su vez escuchó de boca de uno de sus protagonistas, el coronel García Bengoechea.

Y por fin llego a Raquel Gisbert. Una vez más, mi editora ha puesto no solo todo su interés, sino su compromiso personal por defender esta novela, algo que solo puedo agradecer. Su apuesta ha significado verla arropada por el Grupo Planeta en su conjunto. Hemos compartido *Pacto de lealtad* desde su génesis y me ha ratificado que trabajar con ella sigue siendo un auténtico placer.

En esa misma labor, aprecio la enorme contribución que han hecho Antonio Quintanilla, Emilio Albi y Rocío Verdasco. El privilegiado soporte que he recibido de su parte se ha visto plasmado en una mejora de la arquitectura narrativa de un relato de por sí complejo. Les debo mucho.

Y me dejo para el final de la lista, aunque créanme que para mi no lo son, a ustedes, mis lectores. Espero de todo corazón que la historia de Campeón, Zoe y Luther les haya gustado.

Les prometo que ese ha sido mi único deseo.

Si ha sido así, nos vemos en la siguiente y, si no, ruego me disculpen.

ÍNDICE